KB213903

오만과 편견

옮긴이 · 박현석

목원대학교 국어국문학과 졸업.

번역 전문가, 에이전트.

번역서로는

『마법의 언어』, 『어리석은 자의 철학』, 『유쾌한 표현술』, 『뤼
팽 베스트 걸작선 』, 『홈즈 단편 베스트 걸작선17 』외 다수.

오만과 편견

2004년 1월 1일 1판 1쇄 인쇄
2012년 7월 30일 3판 46쇄 펴냄

지은이 | 제인 오스틴
옮긴이 | 박현석
기획 | 김정재
디자인 | 하명호
마케팅 | 홍의식
펴낸이 | 하중해

펴낸곳 | 동해출판
등록 | 제302-2006-48호
주소 | 경기도 고양시 일산동구 장항1동 621-32(410-380)
전화 | 031)906-3426
팩스 | 031)906-3427
e-mail | dhbooks96@hanmail.net

ISBN 89-7080-117-0 (03840)

오만과 편견

Pride and Prejudice

제인 오스틴 지음 | 박현석 옮김

동해출판

● 옮긴이의 말

　《오만과 편견》은 제인 오스틴이 남긴 여섯 편의 장편소설 중에서 가장 처음인 1796년에 집필된 작품이지만 책이 되어 세상에 나온 것은 그로부터 17년 뒤인 1813년이었다. 따라서 그녀의 처녀작인 이 소설은 《지성과 감성Sense and Sensibility, 1811》보다도 늦게 출판되었다. 《오만과 편견》은 오스틴이 21세 때 쓴 작품으로 그녀의 최대 걸작품이 되었다. 21살 아가씨가 처음으로 쓴 소설이 영국 문학사에서도 높은 위치를 점해 오늘에까지 이르렀다는 것은 실로 놀랄 만한 일이다.

　실제로 《오만과 편견》과 같이 잘 짜여진 구성과 등장 인물이 각각의 성격에 따라 명확하게 그려진 소설을 21살의 풋내기 아가씨가 썼다고는 도저히 믿기지가 않을 정도다. 작품의 배경이 좁게 한정되어 있다는 점, 작가의 도덕관이 인습적이라는 점, 정열이 부족하다는 점 등을 비판하는 이들도 있지만 그녀가 목적으로 삼았던 '시골 마을의 가정 생활에 대한 묘사'를 이렇게 발랄하게 하나의 세계에 담아냈다는 점을 생각한다면, 이는 대단하다고 하지 않을 수가 없다. 나는 그녀에 대해서 여러 가지 흠을 잡아 그녀의 영역 안에 있는 가치관까지 말살하려는 종류의 비평에는 찬성할 수가 없다. W.H.개러드라는 교수는, 오스틴의 소설 세계는 유복한 신사, 숙녀와 그 자녀들만을 위해서 신이 만들어 놓은 듯한 곳으로 '신이나 가난한 자들을 들여놓을 틈이 없을 뿐만 아니라 자연마저도 일체 배제되어 있다.'고 비난하고 있는데, 이처럼 소위 말하는 발자크적 리얼리즘의 관점에서 오스틴을 비난하는 것은 그 대상을 잘못 선정한 조잡한 비평이라 할 수 있을 것이다. 이는 마치 오스틴의 소설이 등장인물의 성격을 명확히 그리고 있다는 이유만으로 그녀를 셰익스피어에 필적할 만한 작가라고 평하고 있는 것과 마찬가지이다.

나는 오스틴을 세계 최고의 소설가라고 인정하지는 않는다. 개인적인 취향에서 말하자면 이 소설과 같이 소위 교양파 소설이라 불리는 작품보다는 야만파 소설이라 불리는 작품, 예를 들자면 마크 트웨인의 작품 같은 데서 인간미를 느끼게 된다. 이러한 소설에는 악마가 등장하는데 그렇기 때문에 신도 등장한다. 오스틴의 소설에는 신사 숙녀뿐 아니라 평범한 사람도 등장하는데, 이 사람들은 이미 악마와 연을 끊은 사회인,

바로 교양인들이다. 이런 의미에서 《오만과 편견》은 세계 최고의 사회 소설, 가정 소설 중의 하나라고 할 수 있을 것이다.

눈에 보이지 않는 것보다 마음에
보이지 않는 것이 더 두려운 일이다.
— 탈무드

1

막대한 재산을 가지고 있는 독신 남성이라면 틀림없이 아내를 갖고 싶어 할 것이라는 사실은 세계 어느 곳에서나 통하는 진리다.

이제 막 이웃집으로 이사 온 그런 남자의 마음이나 의견을 알 수는 없지만 지금 말한 진리만은 촌구석 마을 사람들의 마음에 굳게 뿌리 내리고 있어, 그 남자는 벌써 자신들 딸 중 누군가의 남편이라고 결정해 버리고 만다.

"여보, 네더필드 사원에 드디어 사람이 들었다는데 그 얘기 들으셨어요?"

어느 날, 베넷 부인이 남편에게 말했다.

베넷 씨는 아직 듣지 못했다고 대답했다.

"하지만 사실이에요. 조금 전에 롱 부인이 오셔서 전부 얘기해 주셨거든요."

이 말에 대해서 베넷 씨는 대답을 하지 않았다.

"어떤 사람이 들어왔는지 당신은 알고 싶지 않으세요?"

부인이 답답하다는 듯이 소리를 질렀다.

"얘기하고 싶어 하는 건 당신이잖소. 듣는 일이라면 그다지 반대하지 않소."

이는 상대의 마음을 충분히 자극하는 말이었다.

"좀, 들어보세요. 롱 부인의 말에 의하면 네더필드를 빌린 분은, 글쎄 잉글랜드 북부의 굉장한 부자 청년이라는 거예요. 월요일에 사두마차를 타고 와서 둘러보고는 아주 마음에 들어하며 바로 모리스 씨와 이야기를 마쳤다고 하더군요. 성 미카엘 축일(9월 29일) 전에 이사를 하고, 하인들 중 몇 명은 다음 주말까지는 와서 살기 시작한다더군요."

"그 사람 이름이 뭐지?"

"빙리래요."

"기혼이오, 미혼이오?"

"어머! 당연히 독신이죠. 당신도 참! 재산이 풍부한 독신으로 연 수입이 4, 5천 파운드는 된대요. 당신 딸들에게 이보다 더한 희소식도 없을 거예요."

"어째서지? 도대체 우리 딸들과 무슨 관계가 있다는 얘기지?"

"당신도, 참. 왜 그렇게 답답한 거예요! 그 분이 우리 딸들 중 누군가와 결혼할 수도 있다고 생각하지 않으세요?"

베넷의 부인이 대답했다.

"그런 꿍꿍이속이 있어서 여기로 이사 오는 건가?"

"꿍꿍이속? 어이없어라. 어떻게 그런 말을 할 수가 있는 거죠? 하지만 우리 딸들 중 누군가와 사랑에 빠지게 될지도 모르잖아요. 그러니까 그분이 오시면 바로 찾아가 보세요."

"내가 무슨 핑계로 찾아가겠소? 당신이 딸들과 함께 찾아가든지, 아니면 딸들만 보내면 되지 않겠소? 딸들만 보내는 편이 나을지도 모르겠군. 당신은 그 어떤 아이에게도 지지 않을 만한 미모를 지니고 있으니 함께 간다면 빙리 씨가 당신을 가장 좋아하게 될지도 모르니까."

"어머, 그런 입에 발린 소리를. 뭐, 나도 옛날에는 그렇게 못생긴 편은 아니었지만 지금은 그렇게 대단하지도 않다고 생각해요. 말만한 딸을 다섯 명이나 데리고 있는 여자가 새삼스레 자신의 미모에 대해서 생각할 수나 있겠어요?"

"하긴, 생각하고 자시고 할 미모조차도 사라져버린 경우가 흔히 있으니까."

"하지만, 당신. 빙리 씨가 마을에 오시거든 꼭 가서 만나보시고 오세요."

"그건 약속할 수 없겠는걸."

"그래도 딸들 생각도 좀 해주세요. 딸들 중 한 명을 훌륭하게 해치울 수 있다는 사실을 조금이라도 생각해 보세요. 윌리엄 루카스 경과 부인도 그럴 마음으로 일부러 찾아갈 결심을 했다고 하니까요. 평소 같으면 새로 온 사람을 방문하거나 하는 일은 하지 않는 분이잖아요. 당신이 가주시지 않으면 우리들까지도 갈 수 없잖아요."

"거 참, 고리타분한 얘기군. 걱정 말게. 빙리 씨는 당신이 찾아가면 기뻐할 걸세. 나는 편지를 한 통 쓸 테니 당신이 좀 전해주구려. 딸들 중 아무나 마음에 드는 애를 한 명을 골라주신다면 아주 기쁘겠다고. 엘리자베스를 위해서 한마디 추천의 말을 반드시 덧붙이기는 할 테지만."

"제발 그러지 좀 마세요. 엘리자베스가 다른 아이들보다 나은 점이 있는 것도 아니잖아요. 그 애는 제인의 미모에 비하면 절반에도 미치지 못하고, 리디아의 애교에 비하면 그 절반도 갖고 있지 못해요. 그런데도 당신은 무슨 일만 있으면 그 애 편만 들잖아요."

"하나같이 이렇다할 장점도 없는 애들뿐이니. 모두 어디서나 볼 수 있는 아가씨들처럼 어리석고 무지하지만 그래도 엘리자베스는 형제들 중에서는 좀 영리한 면이 있단 말이야."

그가 대답했다.

"아니, 여보! 어떻게 자기 딸들을 그렇게 흉볼 수 있는 거죠? 당신은 날 괴롭히는 게 그렇게도 재미있으세요? 내 연약한 신경에는 조금도 동정해 주지 않으시는군요."

"그건 오해야. 나는 당신의 신경을 아주 존경하고 있어. 당신의 신경은 내 오랜 친구니까. 나는 적어도 지난 20년간 당신이 그 신경에 대해서 거듭 얘기하는 것을 측은히 여기며 들어 왔으니까."

"아! 당신은 내가 얼마나 괴로워하고 있는지 모르시는 것 같군요."

"그래도 당신은 그 괴로움을 극복하고 연 수입이 4, 5천 파운드나 되는 청년들이 이 마을로 잔뜩 몰려들어오는 것을 볼 수 있을 때까지 오래 살 거야."

"그런 사람들이 20명 온다 해도 당신이 찾아가 봐주지 않으면 무슨 소용이 있겠어요?"

"20명이 온다면 나도 일일이 다 찾아가 볼 테니, 걱정 말아."

베넷 씨는 재기와 풍자와 신중함과 변덕이 기묘하게 혼합된 인물이었기에 베넷 부인은 23년이라는 경험만으로는 아직 그의 성격을 받아들일 수가 없었다. 반면 그녀는 마음을 쉽게 드러내는 성격이었다. 그녀는 이해력이 좋지 않았으며, 지식도 풍부하지 않은 변덕이 심한 성격을 가진 여자였다. 그녀는 뭔가 마음에 들지 않는 일이 있으면 모두 신경 때문이라고 생각해버리곤 했다. 그녀의 평생 사업은 딸들을 결혼시키는 것, 유일한 낙은 이웃을 방문하는 일과 수다였다.

2

베넷 씨는 빙리 씨를 방문한 사람들 중에서도 일찍 방문한 편에 드는 사람이었다. 부인에게는 끝까지 방문하지 않겠다고 고집을 피웠지만 겸사겸사 갈 마음은 있었던 것이다. 그랬기에 부인은 남편이 방문한 날 밤까지 아무것도 모르고 있었다. 그날 밤, 그는 이런 식으로 그 사실을 밝혔다. 둘째 딸이 분주히 모자를 손질하는 모습을 바라보면서 갑자기 그녀에게 말을 걸었다.

"엘리자베스, 빙리 씨가 마음에 들어 하면 좋을 텐데."

"빙리 씨가 어떤 걸 좋아하는지 우리들이 알 필요 없잖아요. 방문하려고도 하지 않으면서."

부인이 화가 난다는 듯이 말했다.

"잊으셨어요, 어머니? 우린 모임에서 그 분을 뵐 수 있을 거예요. 그리고 롱 씨가 그 분을 소개시켜 준다고 약속했잖아요."

엘리자베스가 말했다.

"롱 씨가 그렇게 하리라고는 믿기지 않아. 그 분에게는 조카딸이 두 명이나 있으니까. 이기적인 위선자, 그런 사람이 어디 또 있겠어?"

"나도 그렇게 생각하오. 당신이 그 사람의 힘에 의지하려 들지 않다니, 감탄했소."

베넷 씨가 말했다.

이 말에 대해서 베넷 부인은 대답을 하지 않기로 했다. 하지만 입을 다물고만 있을 수도 없었기에 딸들 중 한 명에게 화풀이를 해댔다.

"키티, 제발 부탁이니 기침 좀 그만 해라. 조금은 내 신경도 생각을 해주렴. 너는 내 신경을 갈가리 찢어놓는구나."

"키티라고 기침을 하고 싶어서 하겠소? 꼭 이럴 때만 나오는 걸."

베넷 씨가 말했다.

"나라고 재밌어서 기침을 하는 게 아니야. 엘리자베스 언니, 다음 무도회는 언제지?"

키티가 화를 내며 대답했다.

"다음 다음 주 내일이야."

"맞아, 그랬었지. 그렇다면 롱 씨는 그 전날까지 돌아오질 않을 테니 그 분을 소개시켜 줄 수 없겠군. 롱 씨도 그 분을 모르고 있으니."

"그럼 당신이 먼저 거절을 하고, 빙리 씨를 그 분에게 소개를 하면 되겠군."

"아니, 안 돼요. 여보. 무엇보다도 내가 아직 그 분과 친분이 없는 걸요. 당신은 어째서 저를 그렇게 놀리기만 하시는 거죠?"

"난 정말 당신의 용의주도함에 놀랐다니까. 하긴 2주일 정도의 친분은 아무것도 아니지. 보름이 지나기도 전에 어떤 사람인지를 완전히 파악하기란 전혀 불가능한 일이니까. 하지만 우리들이 하지 않으면 다른 사람이 먼저 할 게 아닌가? 결국 롱 씨와 두 조카딸들도 운에 맡길 수밖에 없을 거고, 롱 씨는 친절한 행동이라 생각할 테니 만약 당신이 소개해 주기 싫다면 내가 그 일을 맡겠소."

딸들은 아버지를 바라보았다. 베넷 부인은 '당치도 않은 소리!'라고 단 한마디만을 했을 뿐이다.

베넷이 외쳤다.

"그 힘에 넘치는 감탄사는 도대체 무슨 뜻이지? 당신은 소개라는 형식을 당치 않다고 생각하고 있는 건가? 그 형식을 강조하는 것을 당치 않다고 생각하고 있는 건가? 그렇다면 나는 당신 생각에 전혀 동의 할 수가 없네. 메리, 넌 어떻게 생각하니? 넌 생각이 깊은 아이니까. 그리고 위대한 책들을 읽으며 따로 적어놓기도 하잖니?"

메리는 뭔가 그럴듯한 대답을 하고 싶었지만 무슨 말을 해야 할지 떠오르지 않았다.

베넷 씨는 계속해서 말했다.

"메리가 머리를 정리하는 동안 나는 빙리 씨에 대한 얘기를 다시 하겠네."

"빙리 씨 얘기는 이제 넌덜머리가 나요."

베넷 부인이 소리질렀다.

"거 참 안됐군. 왜 좀더 빨리 얘기해주지 않았나? 오늘 아침에만 그 사실을 알았어도 그를 방문하지 않았을 텐데. 참 난처하게 됐구먼. 일단 방문을 했으니 이제 와서 친분을 끊을 수도 없고."

그가 바라던 대로 여자들은 아주 놀란 표정을 지었다. 그 중에서도 베넷 부인이 가장 크게 놀라는 듯했다. 처음에 그녀는 기쁨에 넘쳐 소란을 피우더니 곧 자기는 처음부터 이렇게 될 줄 알고 있었다고 당당하게 말했다.

"어머, 정말 잘 다녀 오셨어요, 여보! 나는 당신이 결국에는 내 말을 들어주실 거라고 생각하고 있었어요. 딸들을 사랑하고 계시니까 이런 친분을 무시할 리 없다고 믿고 있었어요. 저 정말 기뻐요! 그리고 오늘 아침에 다녀왔으면서 지금까지 아무 말도 하지 않으시다니 참 재미있네요."

"그럼, 키티야 마음껏 기침을 하렴."

베넷 씨가 말했다. 이렇게 말하며 방밖으로 나와 아내의 수선으로부터 벗어났다.

"참으로 자상한 아버지시다. 안 그러니? 너희들이 아버지의 은혜에 보답이나 할 수 있겠니? 이 일에 관해서는 내게도 마찬가지다. 우리들 정도 나이가 들면 매일 새로운 친분을 쌓으며 살아간다는 것이 그리 즐거운 일만도 아니란다. 하지만 너희들을 위해서라면 우리들은 어떤 일이라도 할 거야. 리디아, 우리 착한 아기. 너는 나이가 제일 어리지만 이번 무도회에서 빙리 씨는 틀림없이 네게 춤을 청할 거야."

문이 닫히자 그녀가 말했다.

"아! 난 괜찮아요. 나이는 제일 어리지만 키는 가장 크니까."

리디아가 당찬 어조로 말했다.

그리고 그녀들은 빙리 씨가 답례로 얼마나 빨리 베넷을 방문할지 맞춰보기도 하고, 그를 언제 식사에 초대해야 좋을지 결정해보기도 하면서 그날 밤을 보냈다.

3

베넷 부인은 다섯 딸들과 함께 빙리 씨를 방문한 사실에 대해서 남편에게 이것저것 물었지만, 결국 빙리 씨의 성격에 대해서는 아무것도 알아낼 수가 없었다. 그녀들은 여러 가지 방법으로 공격을 해보았다. 노골적으로 질문을 하기도 하고, 교묘하게 둘러치기도 하고, 마음대로 자기 생각을 말해보기도 했다. 하지만 그는 그런 방법에 넘어가질 않았다. 그랬기에 그녀들은 결국 이웃에 사는 루카스 부인이 누군가에게서 들은 이야기를 정보로 삼을 수밖에 없었다. 루카스 부인의 정보에 의하면, 빙리 씨는 상당히 좋은 평가를 받고 있었다. 윌리엄 경이 그를 마음에 들어한다는 것이었다. 그는 아주 젊고, 놀랄 만큼 호남아며, 더없이 상냥하고, 그리고 마지막으로 그는 이번 모임에 많은 친구들을 데리고 올 것이라 말하고 있다고 했다. 이보다 더 기쁜 소식이 있을까? 춤을 좋아한다는 것은 사랑에 빠지기 일보직전이라는 얘기다. 빙리 씨의 마음을 사로잡을 수 있다는 희망이 모두의 마음속에서 솟아오르기 시작했다.

"만약 운 좋게도 우리 딸들 중 한 명이 네더필드에서 살게 되고, 다른 아이들도 행복하게 결혼하는 모습을 볼 수만 있다면 나는 그 이상 아무것도 바라지 않겠어요."

베넷 부인이 남편에게 말했다.

2, 3일 후에 빙리 씨가 답례로 베넷 씨를 방문해 와서 10분 정도 그의 서재에서 그와 함께 앉아 있었다. 빙리 씨는 전부터 아름답다는 소문을 들은 적이 있었던 젊은 아가씨들의 모습을 볼 수 있으리라 생각하고 있었다. 하지만 그는 아버지 밖에 볼 수가 없었다. 아가씨들은 그보다는 조금 운이 좋았다. 그녀들은 2층 창을 통해 그가 파란 상의에 검은 말을 타고 오는 모습

을 볼 수 있었기 때문이었다.

그 후, 곧 빙리 씨를 식사에 초대했다. 베넷 부인이 주부로서의 솜씨를 한껏 발휘하여 음식 준비를 완전히 마쳤을 때 식사를 연기해야겠다는 대답이 돌아왔다. 빙리 씨는 다음날 도회로 나가봐야 했기 때문이다. 그렇기에 초대에 응할 수 없다는 내용이었다. 베넷 부인은 당황하지 않을 수 없었다. 어쩌면 그는 언제나 여기저기 돌아다니느라 당연히 있어야 할 네더필드에는 결코 진득하니 붙어 있지 못하는 것이 아닐까 걱정이 되기 시작했다. 루카스 부인이 그가 런던에 간 것은 단지 무도회에 많은 친구들을 데리고 오기 위해서일 뿐일 것이라는 의견을 말했기 때문에 그녀는 어느 정도 마음을 놓을 수가 있었다. 얼마 지나지 않아 빙리 씨가 12명의 여자와 7명의 신사를 모임에 데리고 올 것이라는 소문이 돌기 시작했다. 아가씨들은 여자의 숫자가 많았기에 내심 마음이 상해 있었다. 하지만 무도회 전날이 되자 12명이 아닌 6명, 그것도 여자 형제 5명과 사촌 여동생 한 명만을 런던에서 데리고 왔다는 이야기를 듣고 아가씨들은 안심할 수 있었다. 그리고 드디어 회장에 모습을 나타냈을 때 그의 일행은 겨우 5명밖에 되지 않았다. 빙리 씨와 두 명의 자매, 그 언니의 남편과 또 다른 청년 한 명.

빙리 씨는 사람 좋은 신사답게 밝은 얼굴과 오만하지 않은 편안한 태도를 보였다. 그의 여자 형제들은 상당한 미인으로 세련된 모습을 하고 있었다. 그의 매형인 허스트 씨는 단지 신사답다고 할 수 있을 정도였지만, 친구인 다아시 씨는 보기 좋게 큰 키와, 아름다운 얼굴 윤곽과, 품위 있는 태도와, 그가 들어선 지 5분도 지나지 않아서 모두에게 퍼진, 연 수입이 1만 파운드나 된다는 소문으로 곧 모인 사람들의 이목을 집중하게 되었다. 남자들은 남자다운 사람이라고 말했으며, 여자들은 빙리 씨보다 훨씬 더 미남이라고 말했다. 사람들은 그날 밤 모임의 중반까지 그를 감탄의 시선으로 바라보았지만, 이후로는 그의 태도가 혐오감을 주었기 때문에 인기도 한풀 꺾이고 말았다. 그는 성격이 오만해 동석한 사람들을 얕잡아보고 함께 즐기려고 하지 않는다는 것을 알 수 있었기 때문이었다. 이제 더 이상 다비셔에 있는 그의 광대한 영지조차도, 그의 무뚝뚝하고 사람을 얕잡아보는 표정 때문에 그의 친구인 빙리 씨와는 비교할 수도 없는 사람이라는 점을 덮어주지는 못했다.

빙리 씨는 곧 방 안의 모든 중심 인사들과 친해지게 되었다. 그는 쾌활하고 꾸밈없는 성격으로 그 어떤 춤에도 처음부터 참가했으며, 무도회가 너무 빨리 끝났다고 화를 내고 자신도 네더필드에서 무도회를 한번 열겠다고 했다. 이러한 서글서글한 성격은 저절로 사람들에게 알려지게 되어 있다. 그와 그의 친구는 정말 천지차이였다. 다아시 씨는 허스트 부인과 한 번 춤을 췄고, 빙리의 여동생과 한 번 춤을 췄을 뿐 다른 여자들을 소개받기를 거부하고 그날 밤의 나머지 시간을 방안을 돌아다니며 자기 친구들과 가끔 이야기를 나누는 일로 보내고 말았다. 그의 성격에 대해서는 이제 더 이상 의심할 여지가 없었다. 그는 세상에서 가장 오만하고 가장 불쾌한 남자였다. 모든 사람들이 그가 두 번 다시 무도회에 오지 않기를 바라고 있었다. 그 중에서도 베넷 부인은 그에 대해서 가장 큰 반감을 품고 있었다. 그녀는 당초부터 그의 태도가 마음에 들지 않았는데 그가 그녀의 딸을 경멸했기 때문에 참으로 밉살스러운 사람이라고 생각하게 되었다.

엘리자베스 베넷은 신사들의 숫자가 적었기 때문에 두 번 정도 춤을 출 수가 없었다. 바로 그때, 다아시 씨가 바로 옆에 서 있었기에 마침 몇 분 전부터 춤을 멈추고 다아시 씨에게 모두와 함께 춤을 출 것을 권하러 온 빙리 씨와 얘기하는 것을, 그녀는 자신도 모르게 듣게 되었다.

"자, 다아시. 제발 우리 같이 춤을 추세. 나는 네가 그렇게 멍청한 모습으로 혼자 서 있는 것을 보기가 싫어. 춤을 추는 편이 훨씬 나아 보여."

빙리 씨가 말했다.

"나는 춤추지 않겠네. 잘 알고 있는 사람이 상대가 아니라면 결코 춤추고 싶어 하지 않는다는 걸 자네도 잘 알고 있지 않나? 이런 모임에서 춤을 출 수 있다고 생각하나? 자네의 여자 형제들과는 이미 약속을 지켰고, 그 외에 억지로 춤을 출 만한 여자가 이 방안에 단 한 명이라도 있는가?"

"나는 자네처럼 그렇게 까다롭게 굴고 싶지는 않네. 만약 내게 왕국을 하나 준다 해도! 내 명예를 걸고 말하겠는데, 나는 지금까지 이렇게 유쾌한 아가씨들이 한자리에 모인 것을 본 적이 없네. 그 중에서도 몇몇은 굉장한 미인이 아닌가?"

빙리 씨가 언성을 높였다.

"자네는 방 안에 있는 단 한 명의 아름다운 아가씨하고만 춤을 추고 있지 않나?"

다아시 씨는 이렇게 말하며 베넷 씨의 장녀를 바라보았다.

"그래, 저렇게 아름다운 아가씨는 본 적이 없네! 하지만 그 동생 중에 자네 바로 뒤에 앉아 있는 아가씨도 아주 아름답네. 그리고 마음도 아주 고와 보이네. 내 파트너에게 부탁해서 자네에게 소개시켜 달라고 해도 괜찮겠지?"

"어디?"

이렇게 말하며 뒤돌아서 잠시 엘리자베스를 바라봤지만 그녀와 눈이 마주치자 시선을 돌리고 비웃듯이 말했다.

"참을 수는 있겠지만 내가 매혹당할 만한 미인은 아니네. 그리고 요즘 나는 다른 남자들이 쳐다보지도 않는 아가씨를 위해서 봉사하고 싶은 마음이 조금도 없다네. 자네는 얼른 자네 파트너에게로 가서 그녀의 웃는 얼굴이나 즐기게나. 나와 있어봐야 시간만 낭비할 뿐이니."

빙리 씨는 그의 충고에 따랐으며, 다아시 씨도 그 자리를 떠났다. 엘리자베스만이 그 자리에 남게 되었지만 다아시 씨에게는 그다지 호감을 가질 수가 없었다. 하지만 그녀는 아주 즐겁다는 듯이 친구들에게 그 이야기를 하며 돌아다녔다. 그녀는 조금이라도 재미있는 일이 생기면 아주 즐거워하는 쾌활하고 장난기 많은 성격을 가지고 있었기 때문이었다.

베넷 일가 모두에게 그날 밤은 아주 즐거운 시간이었다. 베넷 부인은 자기 장녀가 네더필드의 친구를 크게 감탄시키고 있는 모습을 봤다. 빙리 씨는 그녀와 두 번 춤을 췄으며, 그의 여자 형제들은 그녀를 특별히 귀여워하는 듯했다. 이에 대해서 베넷 부인은 물론 제인 자신도 아주 기뻐했다. 물론 베넷 부인처럼 노골적으로 드러내지는 않았지만. 엘리자베스는 제인이 기뻐하고 있다는 것을 알 수 있었다. 메리는 빙리 씨가 자기에 대해서 이 근처에서 가장 교양 있는 아가씨라고 빙리의 오누이들에게 이야기하는 것을 들었다. 그리고 캐서린과 리디아는 운 좋게 한 번도 상대가 없어서 춤을 쉬는 일이 없었다. 그녀들은 무도회에서 상대가 있으면 그 이상 더 바랄 것이 없는 그런 나이였다. 이렇게 일가 사람들은 모두 기분 좋게 그들이 살고 있는 마을, 그리고 그들이 중심인물인 마을 롱본으로 돌아왔다. 돌아와 보니 베넷 씨는 아직 잠들지 않은 채였다. 그는 책만 있으면 시간 가는 줄을 모르는 사람이었지만 오늘은 여러 가지로 크게 기대를 걸고 있었던 그날 밤의 일에 대해서도 알고 싶었다. 그는 오히려 그 미지의 사람에 대한 아내의 기대가 어긋나기를 은근히 바라고 있었다. 하지만 그는 곧 그와는 정반대의 이야기를 듣게 되었다.

"여보, 제 말 좀 들어보세요."

이렇게 말하며 그녀는 방 안으로 들어왔다.

"아주 즐거운 밤이었어요. 아주 멋진 무도회였어요. 당신도 함께 갔으면 좋았을 텐데. 제인은 더할 나위 없이 인기가 좋았어요. 모든 분들이 어쩜 저렇게 아름다울 수 있냐고 말했어요.

빙리 씨도 제인을 아주 아름답다고 생각해서 두 번이나 함께 춤을 췄다고요! 한번 생각해 보세요, 여보. 정말 두 번이나 춤을 췄다니까요. 두 번이나 청을 받은 것은 그 아이뿐이에요. 처음에는 루카스 양에게 춤을 청했어요. 나는 그 분이 루카스 양과 함께 일어서는 걸 보고 정말 화가 났어요. 하지만 루카스 양 같은 사람은 조금도 아름답지 않다고 생각했을 거예요. 누가 그런 사람을, 그렇죠? 여보. 그리고 그 분은 제인이 춤을 추는 동안 아주 감탄했어요. 그래서 저 사람은 누구냐고 묻고는 소개를 받아서 다음 춤을 청했어요. 그리고 세번째는 킹 씨와 두 번 춤을 췄고, 네 번째는 마리아 루카스와 두 번 춤을 췄고, 다섯 번째는 다시 제인과 두 번 춤을 췄고, 여섯 번째는 엘리자베스와 춤을 췄고, 그리고 블랑제 춤은……."

"만약 그 사람이 조금이라도 나를 배려했다면, 그 절반쯤에서 춤추기를 멈췄을 거야. 제발 부탁이니 그 남자와 춤을 춘 사람들의 이름은 그 정도로 해두게. 그 남자가 첫 춤에서 발목을 삐었으면 좋았으련만."

베넷 씨가 화가 난다는 듯이 소리 질렀다.

"아, 여보. 나는 그 분이 아주 마음에 들었어요. 누구보다도 멋진 미남이었으니까요. 그 자매들도 첫눈에 반할 정도의 인물들이었어요. 나 지금까지 그렇게 품위 있는 물건들을 본 적이 없어요. 허스트 부인의 긴 상의는 아마도……."

베넷 부인은 계속해서 이야기했지만 여기서 다시 말이 끊기고 말았다. 베넷 씨는 치장에 대한 이야기는 그만두라고 말했다. 그래서 그녀는 다른 이야깃거리를 찾지 않을 수 없었다. 그녀는 다아시 씨의 무례함에 대해서 화가 나서 견딜 수 없다는 듯이 조금 과장스레 이야기했다.

"정말이라니까요."

그녀가 덧붙여 말했다.

"엘리자베스는 그 사람의 마음을 끌지 못했지만 오히려 잘된 일이에요. 그런 불쾌한 사람의 마음에 들면 골치만 아프죠. 그 잘난 척하며 오만하게 구는 모습에는 정말 견딜 수 없었어요. 자기는 아주 대단한 사람이라는 듯한 모습으로 여기저기 돌아다녔다고요. 엘리자베스가 춤의 상대로 삼기조차 부끄러울 정도의 용모라고 떠들면서! 나, 당신이 그 자리에 있어서 그 독설로 따끔하게 혼을 내줬으면 좋겠다고 생각했어요. 정말 기분 나쁜 남자예요."

4

제인과 엘리자베스 두 사람만이 함께 한 자리에서, 이전에는 조심스레 빙리 씨를 칭찬하던 제인이, 그 사람은 아주 멋진 분이라며 드디어 동생에게 고백하고 말았다.

"그 분은 정말 훌륭한 청년이야. 영리하고 쾌활하고 시원시원해. 나, 그렇게 품위 있는 태도는 본 적이 없어. 마음이 아주 넓고 예의도 바르지."

제인이 말했다.

"거기다가 미남이잖아. 모든 청년들이 부러워할 정도로. 역시 그 분은 흠 잡을 데가 없어."

엘리자베스가 대답했다.

"나, 그 분이 두 번째로 춤을 청해왔을 때는 정말 기뻤어. 그렇게까지 생각해줄 줄은 꿈에도 몰랐었거든."

"어머, 그래? 나는 언니를 위해서 그렇게 되기를 바라고 있었어. 하지만 바로 그게 언니와 내가 다른 점이지. 언니는 언제나 달콤한 사랑의 공격을 받아들이지만 나는 결코 받아들이지 않으니까. 그 분이 언니에게 두 번 춤을 청하는 것만큼 당연한 일도 없을 거야. 언니가 그 방에 있던 어떤 여자보다도 다섯 배 정도 더 아름다웠다는 것은 그 분도 인정하지 않을 수 없었을 테니. 그건 그 분의 친절이 아니야. 하지만 그 분은 틀림없이 상냥한 분이야. 내가 허락할 테니 그 분을 마음껏 좋아하도록 해. 언니는 지금까지 그 분보다도 훨씬 못한 사람들을 몇 명이나 마음에 두곤 했으니까."

"어머, 엘리자베스."

"아니, 언니는 언제나 이것저것 따지지 않고 아무나 금방 좋아한단 말이야. 언니에게는 다른 사람의 결점이 보이지 않으니까. 언니 눈에는 세상 모든 사람들이 선량하고 친절하게 보이지? 난, 언니가 다른 사람 험담하는 걸 한 번도 들은 적이 없거든."

"나는 단지 함부로 다른 사람의 험담을 하지 않으려 하고 있을 뿐이야. 하지만 자기 주장은 언제나 확실하게 하고 있어."

"그건 나도 알고 있어. 바로 그게 이상하다는 거야. 언니만큼 분별력 있는 사람이 어째서 타인의 멍청한 행동이나 바보 같은 행동을 보지 못하는 걸까? 공평을 위장하는 일은 아주 흔해 빠진 일이지. 어디서나 볼 수 있는 일인걸. 하지만 겉치레나 속마음 없는 공평, 타인의 좋은 성격만을 보고 그것을 더욱 좋게 이야기하고 나쁜 점은 조금도 이야기하지 않는 건 언니만의 전매특허야. 그러니까 언니는 그 분의 여자 형제들도 좋아하지, 그렇지? 하지만 그 사람들의 태도는 그 분과는 달랐어."

"그래, 맞아. 처음에는. 하지만 함께 얘기를 나눠보렴. 아주 마음이 좋은 분들이서. 동생은 오빠와 함께 생활하며 집안일을 돌보기로 했다더구나. 그 분들은 틀림없이 우리들의 좋은 이웃이 될 수 있을 거라 생각해."

엘리자베스는 아무 말 없이 귀를 기울였지만 그렇게 되리라고는 믿지 않았다. 모임에서 보여준 두 사람의 행동은 모든 사람들에게 만족을 줄 만한 것은 아니었다. 그녀는 언니보다도 관찰력이 뛰어나고 사람들의 말에 쉽게 좌우지되지 않았으며, 누군가가 친절을 베풀었다고 해서 판단력을 잃거나 하지도 않았기에 두 사람을 좋게 볼 기분이 들지 않았다. 틀림없이 두 사람은 훌륭한 여자들이었다. 자신들의 마음에 들기만 하면 기분이 좋아지며, 마음이 내키면 상냥해지기도 한다. 하지만 너무 오만했고 자존심도 강했다. 그녀들은 그래도 아름다운 편이었으며 도시의 일류 사립학교에서 교육을 받았고, 2만 파운드라는 재산을 가지고 있었기에 평소에도 씀씀이가 컸으며, 또 상류사회 사람들과 사귀고 있었기 때문에 그 어떤 점을 놓고 보더라도 자신들을 훌륭하다고 생각하여 다른 사람을 얕잡아볼 만한 자격을 가지고 있다고 해도 좋았다. 잉글랜드 북부의 명문가 출신으로 그 사실이 그들의 기억에 깊이 각인되어 있었기 때문에 오빠와 자신들의 재산이 상업으로 벌어들인 돈이라는 사실은 쉽게 잊곤 했다.

빙리 씨는 10만 파운드라는 재산을 아버지로부터 물려받았다. 아버지는 그 돈으로 토지를 살 생각이었지만 목적을 달성하기 전에 세상을 뜨고 말았다. 빙리 씨도 같은 생각으로 때때로 주(州)를 물색해 보기도 했지만, 지금은 훌륭한 집을 갖게 되었고 토지의 관할권도 얻었기 때문에 그의 무사안일한 성격을 잘 알고 있는 많은 사람들은 앞으로 평생을 네더필드에서 보낼 것이며, 토지매입 건은 다음 대에 맡겨지는 것이 아닐까 생각하게 되었다.

그의 여자 형제들은 그가 자신의 토지를 갖게 되기를 염원하고 있었다. 하지만 그는 이제 겨우 일개 땅을 빌려 주거를 안정시킨 것에 지나지 않았지만, 빙리 양은 오빠의 식탁에서 주부대신 일하는 것이 싫지만도 않았고, 또 허스트 부인은 재산가라기보다는 상류사회 사람과 결혼했기에 자신이 편리할 대로 동생의 집을 자기 가정이라 생각하곤 했다. 빙리 씨가 20살이 넘은 지 채 2년도 되지 않았을 때, 마침 권하는 사람이 있어서 네더필드의 집을 보게 된 것이었다. 그는 30분 정도 그 집의 외관과 실내를 둘러보았는데 그 위치와 중요한 방들이 마음에 들었고, 거기에 집 주인이 자랑스레 하는 말도 마음에 들었기 때문에 바로 빌리기로 한 것이었다.

그와 다아시의 성격은 그야말로 정반대였지만 둘은 굳은 우정으로 연결되어 있었다. 빙리는 느슨하고 솔직하고 털털한 성격 때문에 다아시에게 사랑받고 있었다. 다아시 자신의 성격과 이렇게 반대되는 성격도 없었고, 또 다아시는 자신의 성격이 그다지 마음에 안 드는 것도 아닌 듯했지만. 빙리는 다아시의 자신에 대한 경의에 가장 의지하고 있었으며 무엇보다도 그의 판단력을 높이 평가하고 있었다. 이해력이라는 점에서는 다아시가 훨씬 앞서 있었다. 빙리도 결코 이해력이 부족한 편은 아니었지만 다아시는 누가 뭐래도 머리가 좋았다. 그리고 다아시는 오만하고 마음속에 뭔가를 품고 있는 듯한 까다로운 사람이었다. 태도에 품위는 있었지만 사람을 끌어들이는 힘은 없었다. 그런 면에 있어서는 그의 친구가 훨씬 앞서 있었다. 빙리는 곳곳에서 사람들의 호감을 샀지만 다아시는 언제나 사람들을 화나게 만들곤 했다.

두 사람이 메리턴의 모임에 대해 이야기하는 태도는 두 사람의 특징을 잘 보여주는 대목이었다. 빙리는 지금까지 이렇게 유쾌한 사람들과, 이렇게 아름다운 아가씨들을 만난 적이 없었다고 말하고 모든 사람들이 자신을 친절하고 상냥하게 대해줬다고 말했다. 형식적인 면, 답답한 면이 조금도 없었기에 자신은 곧 방안의 사람들과 친해질 수 있었으며 거기에다 베넷 양(제인)보다 아름다운 천사는 없을 것이라고도 말했다. 하지만 다아시는 아름다움이나 현대적인 모습은 약에 쓰려고 해도 찾아볼 수 없는 사람들의 모임을 본 것에 지나지 않았다. 누구 하나 흥미를 끄는 사람이 없었으며, 누구 하나 자신에게 상냥하고 편하게 대해 주는 사람이 없었기 때문이었다. 베넷 양은 그의 눈에도 아름답게 보이기는 했지만 지나치게 웃음이 헤픈 사람으로 보였다.

허스트 부인과 동생도 듣고보니 그런 것 같다고 말했다. 하지만 두 사람은 그녀에게 감탄했다고 말하고, 호감이 간다고 말했으며, 귀여운 아가씨라고 공언한 뒤 좀더 깊이 사귀고 싶다고도 말했다. 이렇게 해서 베넷 양에게는 귀여운 아가씨라는 패찰이 붙게 되었으며 이 두 자매의 형제인 빙리는 이렇게 칭찬을 듣는 아가씨라면 자신은 자기가 좋을 대로 생각해도 되는 것이라고 느끼게 되었다.

5

롱본에서 그다지 멀지 않은 곳에 베넷 일가와 남달리 친하게 지내고 있는 가족이 살고 있었다. 윌리엄 루카스 경은, 전에는 메리턴에서 장사를 하고 있었는데 거기서 상당한 재산을 모았고, 시장 직에 있는 동안 황제에게 답사를 올려 기사 작위를 받았다. 그는 이 작위를 부여받은 일에 깊이 감명을 받은 듯, 갑자기 장사에 흥미를 잃게 되었으며, 작은 시장 마을이 재미없어졌기에 이 두 가지를 버리고 가족과 함께 메리턴에서 약 1마일(약 1.6㎞ - 역자 주) 정도 떨어진 집으로 이사했다. 이후로 그 집은 루카스 저택이라 명명되었는데, 이 일로 인해 그는 자신의 위대함을 아주 기쁘게 생각하게 되어 상업에 구애됨 없이 누구에게 대해서나 정중한 태도를 보일 수 있게 되었다. 그는 자신의 신분이 높아진 것을 자랑스레 여기기는 했지만 결코 오만한 태도를 취하지는 않았다. 아니 오히려 그는 누구나 진심으로 대했다. 선천적으로 악의가 없으며, 거부감이 들지 않고, 상냥한 성격이었던 그는 성 제임스 궁전에서의 배알 이후 더욱 예의바른 사람이 되었다.

루카스 부인은 아주 선량한 사람으로 베넷 부인의 이웃으로서 거부감을 느낄 만큼 지나치게 영리하지도 않았다. 남편과의 사이에 자식들이 몇 명 있는데 장녀는 분별력이 있고 머리가 좋은 아가씨로 나이는 27살 정도, 엘리자베스와는 둘도 없는 친구 사이였다.

루카스 가의 아가씨들과 베넷 가의 아가씨들은 무슨 일이 있어도 서로 만나서 무도회에 관한 이야기를 나누고 싶어했다. 그래서 모임이 있던 다음날 아침, 루카스 가의 아가씨들이 이야기를 나누기 위해서 롱본을 방문했다.

"넌 어젯밤 시작이 참 좋았어, 샬럿. 빙리 씨가 처음으로 네게 춤을 청하지 않았니?"

베넷 부인이 정중하고 조심스러운 어투로 루카스 양에게 말했다.

"네, 하지만 그 분은 두 번째 파트너에게 마음을 빼앗긴 듯했어요."

"어머, 제인을 말하는 거니? 하긴 두 번이나 춤을 청했으니까. 그 분은 틀림없이 그 아이가 마음에 든 듯했어. 난 그렇게 생각했어. 실제로 그런 얘기를 들었거든. 어떻게 된 건지는 잘 모르겠지만 로빈슨 씨와 얘기할 때."

"어머니는 제가 우연히 엿듣게 된, 그 분과 로빈슨 씨와의 대화에 대해서 말씀하시고 싶으신 거죠? 제가 그 일에 대해서 말씀드리지 않았던가요? 로빈슨 씨가 그 분에게 우리들 메리턴의 파티는 어떤가, 방에 아름다운 여인들이 많다고 생각하지는 않는가, 어떤 사람이 가장 아름답다고 생각하는가 물었더니 그 분은 주저함 없이 마지막 질문에 대해서 '그야 베넷가의 장녀지. 누가 보더라도 이에 대한 이론은 없을 걸세' 라고 대답했다는 것을 말씀하시는 거죠?'

"맞아, 맞아! 그렇다면 그 일은 더 이상 의심할 여지가 없겠군. 하지만 어쩌면 일이 전부 엉망이 되어 버릴지도 모른단 말이야."

"네가 들은 것보다 내가 들은 것이 더 중요할 것 같은데, 엘리자. 다아시 씨가 한 말은 그 분의 친구가 한 말에 비하면 믿을 것이 못되지 않니? 불쌍한 엘리자. 그걸 어떻게 참을 수 있었는지."

샬럿이 말했다.

"제발 그 일을 엘리자 앞에서 얘기하지 말아줘. 그런 냉대를 받고 있다는 걸 알게 되면 이 아이가 괴로워할 테니까. 정말 그렇게 기분 나쁜 사람은 처음이라니까. 그런 사람 마음에 들어봤자 곤란하기만 할걸. 어젯밤 롱 부인이 말씀하시기를 그 사람은 롱 부인과 30분이나 함께 앉아 있었는데 결국에는 한마디도 걸지 않았다고 하더구나."

"정말이에요? 어머니. 뭐가 잘못된 거 아니에요? 다아시 씨가 그 분에게 말을 거는 걸 내가 틀림없이 봤는데요."

제인이 말했다.

"그야 당연하지. 끝까지 아무 말도 하지 않기에 그 분이 네더필드가 마음에 드냐고 다아시 씨에게 물었고, 다아시 씨는 그에 대한 대답을 하지 않을 수 없었으니까. 하지만 말을 걸었다고 아주 화를 냈다고 하더구나."

"빙리 양이 그러는데 그 분은 친한 사람이 아니면 별로 얘기를 하지 않는대요. 대신 친해진 사람에게는 아주 친절하다고 하던데요."

제인이 말했다.

"너는 그런 말을 믿니? 그렇게 친절한 사람이라면 롱 부인에게도 말을 걸지 않았겠니? 나는 그 이유를 알 만하다. 다른 사람들의 말에 의하면 그 사람은 오만하기 그지없다더구나. 어쩌면 롱 부인이 마차가 없어서 마차를 빌려서 무도회에 나왔다는 얘기를 어디선가 들었을지도 모르지."

"롱 부인에게 말을 걸든지 말든지 그건 나하고는 상관없는 일이라고 생각해요. 단지 엘리자와 춤을 췄으면 좋았을 것을."

루카스 양이 말했다.

"엘리자, 나라면 다음에 기회가 온다 해도 그런 사람과는 춤을 추지 않을 거다."

베넷 부인이 말했다.

"나, 약속 할 수 있어요. 무슨 일이 있어도 그 사람과는 춤을 추지 않겠어요, 어머니."

"그 분의 오만함은 다른 사람의 오만함과는 달라서 내게는 그다지 거부감을 주지 않아요. 그럴만한 분명한 이유가 있거든요. 그렇게 멋진 청년이 집안도 좋고 재산도 있으니 처음부터 끝까지 자기 마음 가는 대로 행동하며 좀 오만하게 구는 건 조금도 이상한 일이 아니에요. 이건 누구라도 마찬가지죠. 이렇게 말하면 우스울지 모르겠지만 그 분에게는 오만하게 굴 권리가 있어요."

루카스 양이 말했다.

"그건 맞는 말이야. 나도 그 분이 내 자존심을 건드리지만 않았다면 그 자리에서 그 분의 오만함을 용서할 수 있었을 거야."

엘리자베스가 대답했다.

"자존심은 누구에게나 있는 약점이라고 생각해. 지금까지 내가 읽은 책을 놓고 보더라도 그건 누구에게나 공통되는 것이라고 생각해. 인간의 성격이란 자칫 자존심을 세우기 십상

이거든. 그리고 그것이 현실이든 상상이든 자신만의 어떤 특성에 대해서 자기만족감을 느끼지 못하는 사람은 거의 없다고 생각해. 허영과 자존심은 곧잘 같은 의미로 사용되고 있기는 하지만 전혀 다른 것이지. 허영심이 없어도 자존심이 있는 사람은 있으니까. 자존심은 스스로가 자신을 좋게 생각하는 것이지만, 허영심은 남이 나를 좋게 생각했으면 하는 마음이거든."

깊은 사고를 자랑으로 여기고 있는 메리가 말했다.

"만약 내가 다아시 씨와 같은 부자였다면 아무리 오만해도 신경 쓰지 않을 거야. 폭스 하운드를 한 무리 기르며 매일 술을 한 병씩 마실 수 있을 테니까."

누이들을 따라온 루카스의 아들이 외쳤다.

"그건 과음이에요. 그걸 내가 본다면, 이 아줌마가 그 병을 빼앗아버릴 거예요."

소년은 절대로 빼앗기지 않을 거라 말했으며, 그녀는 아니 무슨 일이 있어도 빼앗겠다고 단언했고, 이런 식으로 이야기는 방문이 끝날 때까지 계속되었다.

6

얼마 지나지 않아서 롱본의 여자들이 네더필드의 여자들을 방문했다. 그리고 바로 그에 대한 정식 답례가 있었다. 베넷 양(제인)의 상냥한 대응에 허스트 부인과 빙리 양은 그녀에게 더욱 호감을 품게 되었다. 비록 어머니에게는 전혀 정감이 가지 않았고 동생들은 이야기 상대도 되지 않았지만 위의 두 딸에 대해서는 앞으로도 친하게 지내기를 희망한다고 했다. 언니인 제인은 이 호의를 아주 기쁘게 받아들였지만 엘리자베스는 그녀들이 누구에 대해서나, 심지어는 언니인 제인에 대해서도 아직 오만함을 버리지 못했다는 사실을 알았기에 아무래도 그녀들을 좋아할 수가 없었다. 그들의 제인에 대한 호의에는 오만한 부분이 있기는 했지만 그녀들의 형제인 빙리 씨의 제인에 대한 칭찬에 영향을 받은 듯 어느 정도는 진실된 부분도 있는 듯했다. 그가 제인과 만날 때마다 그녀를 끊임없이 칭찬하고 있다는 사실은 누구나가 다 알고 있는 사실이었다. 또 엘리자베스는 제인이 처음부터 그에 대해서 호감을 품고 있었으며 그것이 점점 열렬한 사랑으로 바뀌어가고 있는 상태에 있다는 것을 잘 알고 있었다. 하지만 그녀는 그 사실이 세상에 알려지지 않았다는 것을 기쁘게 생각하고 있었다. 제인은 감정적이기는 하지만 차분한 성격과 언제나 변함없는 쾌활한 태도를 겸비하고 있었기에 말 많은 사람들의 억측을 피할 수 있었기 때문이다. 그녀는 이 사실을 친구인 루카스 양에게 말했다.

"재미있을지도 모르겠네. 이런 일로 세상을 속이는 것도. 하지만 너무 용의주도한 것에도 일장일단은 있지. 여자가 자신의 애정을 세상이 알지 못하게 하는 것처럼 그 상대인 남자에게도 느끼지 못하게 한다면 상대의 마음을 자기 것으로 만들 기회를 놓치게 될지도 모르니까. 그렇게 된 다음에 세상 사람들도 모르는 일이니까 괜찮다고 스스로를 위로해봤자 결국에는 자기만 손해를 보게 되는 거지. 세상 모든 애정에는 감사와 허영심이 섞여 있기 때문에 아무리 위대한 사랑이라도 그것들의 도움 없이 그냥 내버려둬서는 안 돼. 처음에는 누구나 자유롭게 시작할 수 있어. 상대를 아주 조금 좋아하게 되는 것은 아주 자연스러운 일이지만, 막상 정말로 사랑하게 되었을 때 상대의 마음을 모르고도 깊이 사랑할 수 있는 마음을 갖고 있는 사람은 아주 드물거든. 십중팔구 여자는 역시 실제 느끼고 있는 것 이상으로 애정을 표현하는 편이 좋아. 빙리 씨는 물론 네 언니를 좋아하고 있어. 하지만 언니 쪽에서 손을 내밀지 않는다면 언제까지고 그냥 좋아하는 감정에 머물고 말 거야."

샬럿이 말했다.

"하지만 언니의 성격을 감안한다면, 언니도 최선을 다하고 있는 거야. 언니가 그 사람을 사모하고 있는 것이 내게도 느껴지니까 그걸 모른다면 그 분이 이상한 거지."

"하지만 엘리자, 그 사람은 너만큼 제인의 성격에 대해서 잘 알지 못하잖아."

"그래도 여자가 남자를 사랑하게 돼서 그것을 숨기려고만 하지 않는다면 남자는 그걸 모를 리 없을 거야."

"그야, 늘 만날 수 있다면 알 수 있겠지. 하지만 빙리와 제인은 만나는 횟수는 많지만 몇 시간이고 함께 있는 게 아니잖아.

그리고 언제나 많은 사람들 속에서 얼굴을 마주하기 때문에 계속 이야기만 할 수 있는 것도 아니고. 그러니까 제인은 그 30분이라는 시간을 적절히 사용해서 그 사람의 주의를 끌지 않으면 안 돼. 그 사람을 완전히 자기 것으로 만든다면 원하는 만큼 사랑을 나눌 시간이 생기겠지만."

엘리자베스가 대답했다.

"네 계획도 그리 나쁘지만은 않네. 단, 만족스러운 결혼을 하려는 것 외에 다른 문제가 없는 경우라면. 나라도 만약 재산가가 됐든 뭐가 됐든 남편을 한번 가져보자고 마음을 먹게 되면 네 계획을 좀 빌려 쓰겠어. 하지만 제인의 마음은 그런 게 아니야. 언니는 다른 마음이 있어서 연애를 하고 있는 게 아니야. 언니는 아직 자신의 애정이 어느 정도인지도, 그 애정이 합당한 것인지조차도 잘 모르고 있단 말이야. 그 사람을 알게 된 지 이제 겨우 2주일밖에 지나지 않았는걸. 메리턴에서 그 사람과 네 번 춤을 췄고, 아침에 잠깐 그 사람의 집을 방문했고 그 이후에 네 번 식사를 같이 했을 뿐이야. 그 정도로는 제인이 그 사람의 성격을 충분히 이해할 수 없잖아."

"꼭 그렇다고만 할 수도 없지. 단순하게 식사만 했다면 그 사람이 식욕이 왕성한 사람인지 아닌지 정도밖에 알 수 없었겠지만 그 나흘 모두 밤을 함께 지냈다고. 나흘 밤이나 함께 있었는데, 그건 상당한 시간이라고 생각지 않니?"

"그래, 맞아. 그 나흘 동안 두 사람은 둘 다 커머스(카드 놀이의 일종)보다 벙탕(21점을 만드는 카드 놀이)을 좋아한다는 정도는 알 수 있었겠지. 그 외의 중요한 특징에 대해서는 별로 알아내지 못했을 거라고 생각해."

"하지만 나는 진심으로 제인의 성공을 기원하고 있어. 만약 제인이 내일이라도 당장 그 사람과 결혼을 한다고 해도 12개월간 그 사람의 성격을 연구한 것과 마찬가지로 행복해질 수 있을 거라고 생각해. 결혼에서 오는 행복이란 운에 의한 것이거든. 서로의 마음을 알고 있다고 해도, 이전부터 닮은 점이 있었다고 해도 그런 것들이 행복을 더 크게 해주는 건 아니니까. 결국에는 서로 어긋나게 돼서 불편한 관계가 되어버리고 말거야. 그러니까 너도 일생을 함께 할 사람의 결점은 될 수 있으면 모르고 있는 편이 행복할 거야."

샬럿이 말했다.

"샬럿, 재미있는 얘길 하는구나. 하지만 그건 옳지 않아. 너 자신도 옳지 않다는 걸 잘 알고 있겠지? 어차피 너도 그렇게 하지 못하리란 걸 알고 있겠지?"

엘리자베스는 언니에 대한 빙리 씨의 애정을 관찰하는 일에만 몰두하고 있었기에 그의 친구인 다아시가 자신에게 흥미를 느끼기 시작했다는 사실에는 조금도 생각이 미치지 못했다. 다아시 씨는, 처음에는 그녀가 아름답다고는 생각하지 않았다. 그는 무도회에서 그녀를 보고도 아름답다고는 조금도 생각하지 않았다. 그 뒤에 만났을 때도 단지 그녀를 비판하기 위해서 그녀를 바라보았을 뿐이었다. 하지만 그녀의 얼굴에는 어디 한군데 잘난 데가 없다고 스스로 확신한 뒤, 친구에게도 그 점을 확실하게 이야기하려는 순간 검은 눈동자를 한 그녀의 아름다운 표정이 얼굴 전체를 상당히 총명하게 해준다는 사실을 알게 되었다. 그 뒤를 이어서 그를 당혹하게 만드는 사실들이 하나하나 발견되기 시작했다. 그는 비판적인 시선으로 그녀의 몸에서 균형 잡히지 못한 부분을 몇 군데고 찾아냈지만 그 용모의 경쾌함 때문에 좋은 느낌을 갖게 한다는 사실만은 아무래도 인정하지 않을 수 없었다. 그는 그녀의 예의범절이 상류사회의 그것과는 다르다고 주장했지만 그 경쾌하고 명랑한 행동에 마음이 끌리게 되었다. 그녀는 그 사실을 전혀 알지 못했다. 그녀에게 있어서 그는 어디서나 냉담한 남자, 자신을 춤 상대로 삼을 만큼 아름답지 못한 여자라고 생각하고 있는 남자에 지나지 않았다.

그는 엘리자베스에 대해서 좀더 자세히 알고 싶어졌다. 그녀와 이야기를 나누기 위해서 우선은 그녀가 다른 사람들과 이야기하고 있는 것을 주의해서 들었다. 그것이 그녀의 주목을 끌었다. 윌리엄 루카스 경의 저택에서 커다란 모임이 개최되었을 때의 일이었다.

그녀가 샬럿에게 말했다.

"내가 포스터 대령과 이야기하고 있을 때, 다아시 씨는 뭣 때문에 그걸 엿듣고 있었을까?"

"그건 다아시 씨만이 답할 수 있는 질문인데."

"하지만 다음에 또 그런 짓을 한다면 '나 당신이 무슨 짓을 하고 있는지 알고 있어요'라고 폭로해 버릴 거야. 그 사람은 빈정대는 듯한 눈을 하고 있어. 그러니까 내가 강하게 나가지 않으면 그 사람이 점점 두려워질 것 같은 기분이 들거든."

그로부터 얼마 지나지 않아서 그가 그녀들 쪽으로 다가오기 시작했다. 특별히 그녀들과 이야기를 나눌 생각은 없는 듯했다. 루카스 양은 엘리자베스에게 이 문제를 그에게 말해보라고 했다. 엘리자베스는 그 정도는 식은 죽 먹기라는 생각이 들어서 그를 향해서 말했다.

"다아시 씨. 내가 포스터 대령에게 메리턴에서 무도회를 열어달라고 청할 때, 아주 말을 잘 했죠?"

"굉장한 기세더군요. 하지만 그건 언제나 여자들을 정력적으로 만드는 문제니까."

"너무하시는군요."

"이번에는 여자를 조를 차례에요. 내가 악기를 열 테니까, 엘리자, 그 다음은 알지?"

"너는 정말 이상한 친구야. 아무 앞에서나 무턱대고 연주해라, 노래 불러라 하니 말이야. 내가 음악에 소질이 있다면 네 말을 아주 고맙게 생각하겠지만 난 그렇지 않아. 평소부터 일류 연주가들의 연주를 듣고 있는 사람들 앞에서는 정말 연주하고 싶은 생각이 들지 않는다니까."

하지만 루카스 양이 물러서려 하지 않았기에 그녀는 이렇게 덧붙였다.

"알았어. 네가 그렇게 우긴다면 할 수 없지."

그리고는 다아시 씨를 한번 쳐다본 뒤 다시 말했다.

"여기 계신 모든 분들이 알고 있는 속담이 있는데 '죽을 식히기 위한 숨을 남겨둬라(이래저래 불평하지 말고 자신의 행동에 주의하라는 뜻)'라고. 나도 노래를 부를 숨을 남겨두었으니까."

그녀의 노래는 결코 훌륭하다고는 할 수 없었지만 듣고 있자니 기분이 좋아졌다. 한 곡, 두 곡이 끝난 후에 몇몇 사람들이 한 곡 더 불러줄 것을 청했지만 그에 대한 대답을 채 하기도 전에 동생인 메리가 진지한 자세로 악기 앞에 앉아버렸다. 가족 중에서 유일하게 아름답지 못한 메리는 학문과 예술을 열심히 공부했기 때문에 틈만 나면 자기 실력을 보여주기 위해서 몸부림을 쳤다.

메리에게는 타고난 재능도 없었으며 취미도 없었다. 단지 허영심 때문에 열심히 연습했지만, 또 그 허영심 때문에 잘난 척을 하거나 건방진 태도를 보이기도 했다. 이는 그녀보다 우수한 사람에게도 장점이 될 수 없는 일이었다. 여유 있게 자만하지 않는 엘리자베스의 실력은 동생의 절반에도 미치지 못했지만 모두 즐겁게 듣고 있었다. 메리는 긴 연주곡이 끝난 뒤에 스코틀랜드와 아일랜드의 곡으로 끝을 맺었다. 칭찬과 감사의 말을 듣고 기뻐했지만 그것은 방의 한쪽 구석에서 루카스 가의 딸들과 두세 명의 사관들, 열심히 춤을 추고 있던 그녀의 동생들이 다른 사람에게 그렇게 해달라고 청했기 때문이었다.

다아시 씨는 그녀들 옆에 서 있었는데 마음속으로, 이렇게 대화가 없는 모임이 어디 있겠냐며 분개하고 있었다. 그는 자신의 생각에 너무 깊이 빠져 있었기에 윌리엄 루카스 경이 말을 걸어올 때까지 경이 자기 옆에 있었다는 사실조차 알지 못했다.

"젊은 사람들에게는 참으로 매력적인 즐거움이죠, 다아시 씨. 누가 뭐라고 해도 춤이 제일입니다. 나는 그것이 상류사회 최고의 풍류 중 하나라고 생각하고 있습니다."

"정말 그렇습니다. 게다가 그다지 상류라고 할 수 없는 사회에서도 화제가 되는 것이 강점이라고 할 수 있겠죠. 야만인들도 춤은 추니까요."

윌리엄 경은 미소를 지을 뿐이었다. 그리고는 한동안 입을 다물고 있다가 빙리가 무리 속으로 들어가는 것을 보고 말을 이었다.

"당신 친구는 춤을 아주 잘 추는군요. 당신도 틀림없이 춤을 잘 추겠지요, 다아시 씨?"

"메리턴에서 제가 춤추는 것을 보셨습니까?"

"그럼요. 아주 재미있게 봤습니다. 세인트 제임스에서도 가끔 춤을 추십니까?"

"아니요, 전혀."

"거기서는 춤을 추는게 일종의 예의처럼 되어 있지 않나요?"

"하지만 그런 예의는 어디에서고 거절하고 싶어요."

"런던에도 집을 가지고 계시지요?"

다아시 씨는 고개를 끄덕였다.

"나도 도회에서 살고 싶다고 생각했던 적이 있었습니다. 제가 워낙 상류사회를 좋아하거든요. 하지만 런던의 공기는 아내에게 별로 좋지 않을 것 같아서."

그는 무슨 대답이 있으리라 생각했기에 여기서 말을 끊었다. 하지만 상대는 대답할 마음이 전혀 없는 듯했다. 그때 엘리자베스가 그들 쪽으로 다가왔기에 윌리엄 경은 여자를 아주 소중히 여기고 있다는 것을 행동으로 보여주고자 커다란 소리로 그녀에게 말을 걸었다.

"이봐요, 엘리자베스 양. 어째서 춤을 추지 않는 거죠? 다아시 씨, 이 젊은 아가씨를 당신의 멋진 춤 상대로 소개하겠습니다. 이렇게 아름다운 사람이 당신 앞에 나타났으니 더 이상 춤을 추지 않겠다고 고집부리지 마세요."

이렇게 말하면서 그녀의 손을 잡아 다아시 씨에게 건네려 했다. 다아시 씨는 깜짝 놀랐지만 그녀의 손을 잡는 것이 싫지는 않았다. 하지만 그녀가 갑자기 손을 뺀 뒤, 조금 망설이며 윌리엄 경에게 말했다.

"나는 정말 춤을 추고 싶은 마음이 조금도 없어요. 저는 상대를 부탁하려고 여기에 온 게 아니니까요."

다아시 씨가 진지한 얼굴로 정중하게 그녀의 손을 잡으려 했지만 소용없는 일이었다. 엘리자베스는 굳게 마음먹고 있었다. 윌리엄 경이 아무리 설득해도 그녀는 결심을 바꾸지 않았다.

"엘리자 양, 당신은 춤을 아주 잘 추면서도 그걸 보여주려

하지 않겠다니 너무하는군요. 이 분도 오락을 그다지 좋아하지는 않지만 30분 정도라면 함께 즐기실 거라고 생각하는데요."

"다아시 씨는 정말 예의바르신 분이에요."

엘리자베스가 미소 지으며 말했다.

"그렇고말고요. 더구나 상대가 어디 보통 상대입니까? 엘리자 양. 이 분이 정중하게 대하는 것은 조금도 이상한 일이 아니에요. 당신과 같은 상대에게 누가 냉담하게 대할 수 있겠어요?"

엘리자베스는 요염하고 아름다운 시선을 다른 곳으로 돌렸다. 이 신사에게는 엘리자베스가 거절한 것이 실례라고는 생각되지 않았다. 그는 왠지 모를 만족감에 잠겨 그녀에 대해서 생각했다. 그러자 빙리 양이 그에게 말을 걸어왔다.

"당신이 무슨 생각을 하고 계신지 맞춰볼까요?"

"과연 맞출 수 있을까요?"

"당신은 매일 밤 이런 식으로 보내는 것은 참을 수 없는 일이라고 생각하고 계시죠? 이런 사람들과. 나도 동감이에요. 나도 이렇게 짜증나기는 처음이에요. 재미라고는 조금도 찾아볼 수 없는데 떠들어대고, 모두들 대단할 것도 없으면서 잘난 척하고. 당신의 혹평을 꼭 들어보고 싶어요."

"당신의 추측은 완전히 빗나갔어요. 나는 좀더 즐거운 일을 마음속으로 생각하고 있었어요. 나는 한 아름다운 여인의 얼굴에 있는 한 쌍의 밝은 눈동자가 전해주는 실로 커다란 기쁨에 대해서 생각하고 있었어요."

순간 빙리 양은 시선을 그의 얼굴 위에 고정시키고, 당신에게 그런 생각을 하게 할 만큼 대단한 평가를 얻고 있는 사람이 도대체 어떤 여인인지 듣고 싶다고 말했다. 다아시 씨는 아주 대담하게 대답했다.

"엘리자베스 베넷 양이오."

"엘리자베스 베넷 양!"

빙리 양이 앵무새처럼 말했다.

"어머, 놀랐어요. 도대체 언제부터 그 분을 그렇게 좋아하게 되었죠? 그럼 축하의 말씀은 언제쯤 드려야 하나요?"

"그런 질문을 하실 줄 알았습니다. 당신은 상상력이 풍부하니까요. 순식간에 칭찬에서 사랑으로, 사랑에서 결혼으로 비약해 버리니까요. 조만간에 당신이 축하의 말씀을 하실 거라고 생각하고 있었습니다."

"아니요. 나는 당신이 진심으로 그녀를 생각한다면 이건 이미 결정된 일이라고 생각해요. 당신 장모님은 정말 애교 있는 분이세요. 펨벌리에서 함께 생활하실 거죠?"

이렇게 그녀가 혼자서 재미있어 하는 동안 그는 전혀 관심 없다는 듯이 듣고만 있었다. 그리고 이렇게 아주 침착한 그의 태도가 무슨 말을 해도 괜찮다는 안심감을 그녀에게 심어주었기에 그녀의 기지에 넘친 이야기는 그칠 줄을 몰랐다.

7

베넷 씨의 재산은 전부 합쳐봐야 연 수입 2천 파운드밖에 되지 않는 토지가 전부였다. 그리고 딸들에게는 불행한 일이지만, 남자 상속인이 없었기 때문에 그것도 먼 친척이 되는 사람에게 한정적으로 상속을 시킬 수밖에 없었다. 어머니의 재산은, 그녀 자신에게는 충분한 것이었지만 남편 재산의 부족분을 보충하기에는 충분한 것이 아니었다. 그녀의 아버지는 메리턴에서 변호사를 하고 있었는데 그녀에게 4천 파운드의 재산을 남겼다.

그녀에게는 여동생이 한 명 있는데 필립스라는 사람의 아내가 되었다. 원래는 그녀 아버지의 서기 역을 맡고 있다가 그의 일을 이어받은 사람이었다. 그리고 남동생이 한 명 있는데 런던에서 크게 장사를 하고 있었다.

롱본은 메리턴에서 겨우 1마일 떨어진 곳에 있었다. 아가씨들에게는 그렇게 먼 거리가 아니었기에 그녀들은 일 주일에 서너 번 정도 그곳으로 가서 이모를 문안하거나 길 건너편에 있는 부인 모자 가게에 들르기도 했다. 특히 나이 어린 캐서린과 리디아는 누구보다도 부지런히 그곳으로 발을 옮겼다. 언니들보다 마음이 복잡하지 않았기 때문에 특별히 재미있는 일이 없을 때면 일부러 메리턴까지 걸어가서 아침 시간을 즐기고, 그것을 저녁에 이야깃거리로 삼았다. 시골에는 대체로 재미있는 이야기가 없었지만, 그래도 그녀들은 어떻게 해서든 이모가 재미있는 이야기를 하도록 했다. 얼마 전부터 의용군 연대가 아주 가까운 곳에 와 있었기 때문에 그녀들은 재미있는 이야기와 행복이라는 두 가지를 충분히 공급받을 수 있었다. 연대는 겨울 내내 머물 예정이었고, 메리턴에 그 본부가 있었다.

요즘 필립스 부인을 방문하는 일은 그녀들에게 있어서는 재미있는 지식을 쌓아갈 수 있는 더 없이 좋은 기회였다. 그녀들은 하루하루, 사관들의 이름이나 연고에 관한 지식을 점점 쌓아가고 있었다. 사관들의 숙소도 오랫동안 비밀로 남아 있을 수는 없었다. 그리고 그녀들은 사관들과도 아는 사이가 되었다. 필립스 씨는 모든 사관들과 친분을 쌓고 있었다. 그것이 그의 조카딸들에게 지금까지 맛보지 못했던 행복의 원천이 되었다. 그녀들은 사관들의 이야기 외에 다른 이야기는 하질 않게 되었다. 빙리 씨의 재산은 이야기 속에 등장하는 것만으로도 그녀들의 어머니에게는 힘이 되었지만, 그녀들에게 있어서는 기수의 군복에도 미치지 못하는 가치없는 것이었다.

어느 날 아침, 그녀들이 이에 관해서 열심히 이야기하고 있는 것을 듣고 베넷 씨가 냉담하게 말했다.

"너희들 얘기를 듣고 있자니 두 사람 모두 멍청이임이 틀림없는 것 같구나. 이전부터 그렇지 않을까 생각하고 있었는데 드디어 확인했다."

캐서린은 어리둥절해서 대답을 할 수 없었지만 리디아는 전혀 아무렇지도 않다는 듯이 계속해서 카터 대위를 칭찬하며, 그 사람이 내일 아침에 런던으로 떠나니 오늘 그 사람을 만나고 싶다고 말했다.

"당신은 정말 너무해요. 당신은 무슨 일만 있으면 자기 아이들을 바보라고 생각하시는군요. 나는 다른 아이들이라면 모르겠지만 자기 자식만은 그렇게 생각하고 싶지 않네요."

"만약 자신의 아이들이 바보라면 그것을 알아두어야 할 필요가 있잖겠소?"

"그야 그렇지만, 우리 아이들은 모두 아주 영리하니까 그럴 필요 없어요."

"그 점에 관해서만은 당신과 내 생각이 다른 것 같소. 나는 아무리 사소한 일에 대해서라도 당신과 같은 마음을 갖고 있다고 생각했었는데 그게 아닌 것 같구려. 나는 작은 아이 둘을 굉장한 바보라고 생각하고 있으니까."

"애들은 아직 어린 아이라고요. 우리와 같은 분별력을 요구하지 마세요. 우리와 비슷한 나이가 되면 저 아이들도 사관들 생각은 하지 않을 거라고요. 내겐 이런 추억이 있어요. 내게도 빨간 코트를 아주 좋아하던 시기가 있었어요. 지금도 마음속으로는 좋아하고 있지만. 그러니까 일 년에 5, 6천 파운드를 버는 친절하고 젊은 대령이 우리 아이와 사귀고 싶어한다면 난 반대하지 않겠어요. 며칠 전, 밤에 윌리엄 경 댁에서 군복을 입고 있는 포스터 대령을 봤는데 아주 멋있었거든요."

"어머니."

리디아가 외쳤다.

"이모님이 그러시는데 포스터 대령과 카터 대위가 요즘에는 처음 이곳으로 왔을 때처럼 왓슨 댁에 가질 않는대요. 요즘에는 두 사람이 클라크 도서관에 서 있는 걸 이모님이 자주 보셨대요."

베넷 부인이 대답하려고 할 때 하인이 베넷 양 앞으로 온 편지를 가지고 들어왔기에 말이 끊겼다. 네더필드에서 온 편지로 하인은 답장을 기다리고 있었다. 베넷 부인의 눈은 기쁨으로 빛나고 있었다. 딸이 편지를 읽고 있는 동안 부인은 흥분된 어조로 열심히 말했다.

"제인, 누가 보낸 거지? 어떤 내용이니? 그 분이 뭐라고 그러시니? 어서 말 좀 해보렴, 어서."

"빙리 양이 보냈어요."

이렇게 말한 제인이 커다란 목소리로 편지를 읽었다.

'친애하는 벗에게

만약 당신이, 오늘 루이자와 내가 식사를 할 때 방문해 주시는 친절을 베풀지 않는다면 루이자와 나는 앞으로 평생 동안 서로를 미워하며 살아가게 될지도 모릅니다. 여자 둘이서 하루 종일 마주 앉아서 이야기를 나누면 결국에는 싸움을 하게 될 테니까요. 이 편지를 받는 즉시 이곳으로 와주세요. 오빠는 사관들과 회식을 하기로 했어요.

"사관들과! 이모님은 어째서 그 사실을 이야기해 주지 않으셨지?"

리디아가 외쳤다.

"밖에서 식사를 하는 건가? 거 참 안됐구나."

베넷 부인이 말했다.

"마차를 쓸 수 있을까요?"

제인이 물었다.

"안 된다. 말을 타고 가는 편이 좋을 거야. 비가 올 것 같으니까. 그렇게 되면 오늘은 거기서 묵을 수밖에 없을 테니."

"거 참 좋은 방법이네요. 저쪽에서 바래다주겠다고 말하지 않는 한."

엘리자베스가 말했다.

"그럼 빙리 씨 마차는 빙리 씨가 타고 메리턴에 갈 테고, 허스트 씨 댁에는 마차가 없으니까."

"나, 마차로 가고 싶어요."

"하지만 얘야, 아버님 말은 분명 다른 일이 있을 거야. 그렇죠? 여보. 말을 밭에서 쓰실 거죠?"

"내가 쓰는 시간보다 밭에서 쓰는 시간이 더 많은 건 사실이지."

"어쨌든 오늘은 아버지가 쓰신다고 하면 어머니의 목적은 달성되는 셈이네요."

엘리자베스가 말했다.

엘리자베스는 끝내 아버지로부터 말을 쓰겠다는 승낙을 억지로 받아냈다. 그랬기에 제인은 말을 타고 갈 수밖에 없었다. 어머니는 쾌활한 목소리로 날씨가 나빠질 것 같다고 거듭 되풀이하면서 문까지 배웅을 나갔다. 어머니는 자신의 목적을 달성했다. 제인이 집을 나간 지 얼마 지나지 않아서 장대 같은 비가 내리기 시작했기 때문이다. 동생들은 언니를 걱정했지만 어머니는 기뻐하고 있었다. 비는 밤새도록 조금도 그치질 않고 계속해서 내렸다. 틀림없이 제인은 돌아올 수 없었다.

"역시 내 생각이 옳았어."

베넷 부인은 몇 번이고 이렇게 말했다. 마치 자기가 비를 내리게라도 했다는 듯이. 하지만 그녀는 다음 날 아침이 될 때까지 모든 일이 자신이 계획한 대로 되었다는 사실을 알지 못했다. 아침 식사가 막 끝났을 때, 하인이 네더필드에서 엘리자베스 앞으로 온 편지를 가지고 왔다.

'친애하는 엘리자베스에게

오늘 아침 나는 몸이 아주 좋질 않단다. 어젯밤 비에 흠뻑 젖어서 그런지도 모르겠어. 친구는 몸이 좋아질 때까지 돌아가서는 안 된다고 한단다. 존스 씨에게 진찰을 받아야 한다면서 놓아주질 않는다. 그러니까 존스 씨가 나를 진찰하러 왔다는 얘기를 듣더라도 놀라지 말거라. 목이 아프고 두통이 있을 뿐 다른 데는 괜찮으니까.

　그럼 이만.'

　엘리자베스가 큰 목소리로 편지를 다 읽자 베넷 씨가 말했다.

　"이봐, 당신은 딸이 병으로 위험해져도, 죽는다 해도 그것이 당신 말대로 빙리 씨를 따라간 때문이라는 걸 알게 되면 그걸로 만족이지?"

　"어머! 난 그 애가 조금도 걱정되질 않아요. 그 애가 죽다니요? 사람이 감기에 좀 걸렸다고 죽겠어요? 잘 간호해 줄 테니 그 댁에 있는 한은 괜찮을 거예요. 마차가 있다면 내가 한번 가보고 싶지만."

　엘리자베스는 걱정이 돼서 마차가 없더라도 가보기로 결심했다. 그녀는 말을 타지 못했기 때문에 걸어 갈 수밖에 없었다. 그녀는 그 결심을 밝혔다.

　"너는 왜 그렇게 생각이 없니? 길이 저렇게 엉망이 됐는데 그런 생각을 하다니. 그곳에 도착할 때쯤에는 도저히 남들 앞에 나설 수 없는 꼴이 되고 말거다."

　그녀의 어머니가 소리쳤다.

　"언니를 만나는 거라면 상관없겠죠. 그러려고 가는 거니까."

　"뭐야? 지금 나 들으라고 하는 소리냐, 엘리자베스? 말로 데려다 달라고 하는 거냐?"

그녀의 아버지가 말했다.

"아니요. 그게 아니에요. 말을 타고 갈 생각은 하지도 않았어요. 확실한 목적이 있다면 거리는 문제가 되질 않아요. 겨우 3마일밖에 안 되는 걸요. 저녁 식사 전까지는 돌아올게요."

"난 언니의 깊은 배려에 감탄했어. 하지만 감정의 움직임은 이성으로 통제하지 않으면 안 돼. 내 생각으로는 언제나 필요한 만큼 노력해야 한다고 생각해."

메리가 말했다.

"우리들도 메리턴까지 함께 가겠어."

캐서린과 리디아가 말했다. 엘리자베스는 그녀들이 함께 가는 것을 승낙했다. 이렇게 해서 세 자매가 함께 출발했다.

"서둘러 가면 카터 대위가 출발하기 전에 잠깐 만날 수 있을지도 몰라."

리디아가 걸으며 말했다.

메리턴에서 그녀들은 헤어졌다. 두 동생들은 한 사관 부인의 숙소를 찾아갔다. 엘리자베스는 혼자서 계속 걸었다. 빠른 걸음으로 들판을 가로질러, 가축의 침입을 막기 위한 울타리를 뛰어넘어, 조급한 마음으로 웅덩이를 뛰어넘어 간신히 집이 보이는 곳까지 왔을 때, 복사뼈는 시큰거리고, 양말은 더러워졌으며, 얼굴은 서둘러 걸은 열기로 빨갛게 달아올라 있었다.

그녀는 아침 식사 중인 방으로 안내되었는데 그곳에는 제인을 제외한 모든 사람들이 모여 있었다. 그녀가 나타나자 모두가 놀랐다. 그녀가 이렇게 이른 아침에, 길이 좋지 않은데도 혼자서 3마일이나 걸어왔다는 사실은 허스트 부인과 빙리 양에게는 믿을 수 없는 일이었기 때문이었다. 그래서 엘리자베스는 그녀들이 그 일 때문에 자신을 경멸하고 있다는 사실을 알 수 있었다. 하지만 그녀들은 아주 정중하게 엘리자베스를 맞아들였다. 그녀들의 형제인 빙리 씨의 태도에서는 정중함 이상의 무엇인가를 느낄 수 있었다. 기쁨과 친절이 있었다. 다아시 씨는 거의 말을 하지 않았으며, 허스트 씨는 아무런 말도 하지 않았다. 다아시 씨는 서둘러 걸어 온 탓에 상기된 그녀의 아름다운 얼굴에 마음을 빼앗긴 한편, 혼자서 이렇게 멀리까지 걸어온 다른 이유가 있는 것이 아닐까라는 의문에도 반쯤 마음을 빼앗겼다. 허스트 씨는 아침을 먹는 일에만 열중하고 있었다.

언니의 용태에 대해서 묻자 돌아온 대답은 그다지 좋지 않았다. 베넷 양은 어젯밤에는 잠을 잘 자지 못했으며, 지금 깨어 있기는 하지만 열이 많이 나서 방에서 나올 수 없다는 것이었다. 곧 언니가 있는 방으로 안내되었기에 엘리자베스는 기뻤다. 그리고 제인도, 이렇게 방문해 주길 바라는 마음은 컸지만 편지에 그런 마음을 적어 걱정을 시키거나 폐를 끼치고 싶지 않았기에 일부러 적지 않았던 만큼 동생이 방으로 들어서자 굉장히 기뻐했다. 하지만 아직 이야기를 길게 할 수는 없었다. 빙리 양이 두 사람만을 남겨둔 채 방에서 나가자 제인은 아주 친절하게 간호해줘서 감사하고 있다는 말만을 한 뒤, 다른 일에 대해서는 그다지 얘기하려 들지 않았다. 엘리자베스는 말없이 옆에 있기만 했다.

아침 식사가 끝나자 빙리 가의 두 자매가 찾아와 함께 있었다. 엘리자베스는 이 두 사람이 제인을 얼마나 사랑스러워 하며 마음을 쓰고 있는지를 직접 볼 수 있었기에 자신도 이 두 사람이 점점 좋아지기 시작했다. 의사가 와서 환자를 진찰했는데 역시 독한 감기에 걸렸으니 빨리 나을 수 있도록 모두가 신경써 주길 바란다며 그녀에게는 침대로 돌아갈 것을 권하고 잠시 후에 물약을 주겠다고 말했다. 곧 의사의 지시에 따랐다. 열이 더 오르기 시작해서 머리가 지끈지끈 아팠기 때문이었다. 엘리자베스는 방에서 한시도 떨어지질 않았다. 다른 여자들도 가능한 한 방에서 나가지 않으려 했다. 실은 신사들이 조금 전에 외출했기 때문에 다른 방에 있어도 달리 할 일이 없었기 때문이었다.

시계가 3시를 알리자 엘리자베스는 이제 돌아가야겠다고 생각하고 내키지는 않았지만 그렇게 말했다. 빙리 양은 마차를 타고 가라고 했다. 그리고 엘리자베스는 강권에 못 이기는 척 곧 승낙했지만 그때 제인이 그녀와 헤어지는 것을 아주 두려워했기 때문에 빙리 양은 마차를 권하는 대신 당분간 네더필드에 머물러주길 바란다고 말하지 않을 수 없었다. 엘리자베스는 깊이 감사하며 이에 동의했다. 이에 하인이 롱본으로 가서 그녀가 머물게 되었다는 사실을 가족에게 알리고 갈아입을 옷을 가지고 오기로 했다.

8

5시가 되자 두 자매는 옷을 갈아입기 위해 방에서 나갔다. 그리고 6시 30분에 엘리자베스는 저녁식사에 초대됐다. 그러자 정중한 질문들이 일제히 쏟아졌다. 그 중에서도 빙리 씨의 질문에서는 남달리 제인을 걱정하는 마음을 읽을 수 있었는데 그녀는 그를 만족시켜줄 만한 대답을 할 수가 없었다. 제인의 증세가 조금도 좋아지지 않았기 때문이었다. 두 자매는 그 말을 듣자, 가엾게 됐다며 독감에 걸리면 얼마나 괴로운지, 자기들도 병에는 걸리고 싶지 않다고 서너 번 되풀이해서 말했을 뿐 이후로는 그 일에 대해서 완전히 잊어버리고 말았다. 제인이 눈앞에 없을 때 제인에 대한 그녀들의 무관심한 태도를 보고 엘리자베스는 다시 처음처럼 그녀들이 마음에 들지 않는다고 생각하게 되었다.

함께 식사를 하는 사람들 중에서 그나마 엘리자베스의 마음에 든 사람은 오직 빙리 씨밖에 없었다. 그가 제인을 걱정하고 있다는 것을 명백하게 알 수 있었으며, 그녀 자신에게도 친절하게 대해 주었기 때문에 아주 기분이 좋았다. 그 덕분에 자신이 남들에게 폐를 끼치고 있다고 생각했던 마음이 조금은 풀리게 되었다. 빙리 씨 이외의 사람들은 그녀에게 신경을 쓰지 않았다. 빙리 양은 다아시 씨에게 푹 빠져 있었으며, 그녀의 언니(허스트 부인)도 역시 그녀에게 지지 않을 상황이었다. 허스트 씨는 엘리자베스가 그 옆에 앉아 있었는데, 이 사람은 단지 먹고 마시고 카드놀이를 하기 위해서 살아 있는 사람이었기에 엘리자베스가 스튜보다 담백한 맛의 요리를 좋아하다는 사실을 알게 되자 말도 걸지 않았다.

저녁식사를 마치고 엘리자베스는 곧 제인이 있는 방으로 돌아갔다. 빙리 양은 그녀가 식당에서 나가자마자 그녀의 험담을 해대기 시작했다. 태도가 예의에 어긋나며, 오만함과 남을 배려하지 않는 마음을 섞어놓은 듯한 사람이라 말하고 말솜씨도 품위도, 멋도 아름다움도 없는 사람이라고 말했다. 허스트 부인도 같은 생각으로 이렇게 덧붙였다.

"결국 잘 걷는다는 것 외에는 아무 것도 볼 게 없는 사람이란 얘기지. 오늘 아침에 본 모습은 평생 잊을 수 없을 거야. 그야말로 미친 사람인 줄 알았다니까."

"정말이에요, 언니. 나 웃음을 참느라고 혼났어요. 도대체가 여기까지 왔다는 게 믿기지 않아요. 언니가 감기에 좀 걸렸다고 시골길을 그렇게 뛰어올 필요는 없잖아요. 그 더러운 머리를 엉망으로 만들어가면서."

"맞아. 속치마는 또 어떻고. 너도 그 사람의 속치마를 봤겠지? 한 6인치(15.24㎝) 정도는 흙탕물로 더럽혀져 있었어. 그걸 감추기 위해서 가운을 내렸지만 전혀 도움이 되질 않았지."

"누님이 하는 말은 아주 정확할지는 몰라도 내 눈에는 거의 들어오지 않았어요. 오늘 아침 엘리자베스 베넷 양이 이곳에 들어섰을 때는 아주 건강하게 보였을 뿐, 속치마 같은 것은 눈에 들어오지도 않았어요."

빙리가 말했다.

"당신은 보셨겠죠, 다아시 씨? 당신 누이동생이 그런 모습으로 있는 걸 보고 싶지 않다고 생각하시죠?"

빙리 양이 말했다.

"그야 두말할 필요도 없죠."

"3마일인지 4마일인지 몇 마일인지는 몰라도 발목 위까지 흙탕물을 튀겨가면서 혼자서, 그렇게 혼자서 걷다니! 도대체 무슨 생각을 하고 있는 거지? 독립심을 과시하며 걷거나 시골에서 흔히 볼 수 있는 예의 따위 무시하고 있다는 것을 보여주려고 했다는 생각이 들어."

"그야 언니에 대한 애정을 표시하고 있는 거라고 생각 돼요."

빙리가 말했다.

"다아시 씨, 조금 걱정이 되는군요. 당신은 그녀의 반짝이는 눈을 그렇게 칭찬했는데 이번 일로 조금은 생각이 바뀐 게 아닐까 하고."

빙리 양이 속삭이듯이 말했다.

"천만에요. 운동을 해서 그랬는지 오히려 더욱 빛나고 있었어요."

그가 대답하자 한동안 침묵이 흘렀다. 잠시 후, 허스트 부인이 다시 말을 했다.

"나는 제인 베넷에게 아주 감탄했어. 정말로 귀여운 아가씨야. 어디 좋은 곳으로 시집갔으면 좋겠다고 생각하고 있어. 하지만 그런 아버지와 어머니, 그리고 신분이 낮은 친척들뿐이니 쉬운 일은 아니겠지."

"언니, 틀림없이 그 이모부가 변호사를 하고 있다고 하지 않았었나?"

"맞아. 그리고 또 한 사람, 치프사이드에 살고 있는 친척이 있다던데."

"정말 멋지군요."

빙리 양이 이렇게 덧붙였다. 그리고 두 사람은 마음껏 웃어댔다.

"치프사이드가 그 사람들의 친척으로 넘쳐난다고 해도 그 사람들의 매력은 조금도 줄어들지 않아요."

빙리가 외쳤다.

"하지만 실제로 신분이 높은 남자와 결혼할 기회는 줄어드는 게 사실이지."

다아시가 대답했다.

이 말에 대해서 빙리는 아무런 대답도 하지 않았다. 하지만 두 자매는 이에 깊이 동의하고 한동안은 그녀들의 사랑하는 친구의 천박한 친척들에 대해서 놀리듯 이야기를 나누었다.

하지만 두 사람은 다시 상냥함을 되찾은 듯, 식당에서 나와 제인이 있는 방으로 들어가 커피를 마시러 나오라는 말이 있을 때까지 함께 있었다. 제인은 아직도 몸이 많이 좋지 않았다. 엘리자베스는 밤 늦게까지 옆에서 떠나지 않았는데, 언니가 잠든 것을 확인하고서야 안도의 한숨을 내쉴 수 있었다. 그래서 내키지는 않았지만 그래도 밑으로 내려가 보는 것이 예의라고 생각했다. 응접실로 들어서자 모두가 돈을 걸고 카드놀이를 즐기고 있었다. 함께 하자는 제안을 받았지만 비싼 돈을 걸어야 할 것 같은 생각이 들었기에 언니를 구실로 이를 거절하고, 그래도 아직은 조금 여기에 있을 수 있으니 그 동안 책이라도 읽고 있겠다고 말했다. 허스트 씨는 놀랐다는 듯이 그녀를 바라보며 말했다.

"당신은 카드 놀이보다 독서를 좋아하나요? 좀 특이하군요."

"엘리자베스 베넷 양은 카드놀이를 경멸하고 있는 거예요. 책을 대단히 좋아하시기 때문에 그 외의 일에는 아무런 흥미도 느끼지 못하죠."

빙리 양이 말했다.

"나는 그렇게 칭찬을 받을 만한 사람도, 또 그렇게 비난을 받을 만한 사람도 아니에요. 나는 그렇게 책을 좋아하지 않기 때문에 많은 일들에 흥미를 느끼고 있어요."

엘리자베스가 언성을 높였다.

"언니를 간호하는 일이 즐거우시죠? 곧 좋아진 언니를 보면 그 즐거움이 더욱 커질 것입니다."

빙리가 말했다.

엘리자베스는 진심으로 그에게 감사했다. 그리고는 몇 권의 책이 놓여 있는 테이블 쪽으로 걸어갔다. 빙리는 곧 '다른 책을 더 가져올까요? 서재에 있는 책을 모두 가져와도 상관없어요,' 라고 말했다.

"당신을 위해서도 그리고 나의 체면을 위해서도 책이 좀더 많았으면 좋았을 것을. 나는 워낙 게을러서 이 많지도 않은 책들 중에서 아직 읽지도 않은 것들이 있을 정도니까요."

엘리자베스는 이 방에 있는 책들 중에서 골라도 충분하다고 말했다.

"정말 한심해. 아버지는 어째서 책을 이것밖에 남겨주지 않으셨지? 펨벌리에 있는 당신의 도서실에는 책이 많죠, 다아시 씨?'

빙리 양이 말했다.

"그렇습니다. 몇 대에 걸쳐서 책을 모았으니까."

그가 대답했다.

"그리고 다아시 씨도 손수 책을 많이 늘리셨죠? 늘 책을 구입하고 계시잖아요."

"이런 시대에 가정에 있는 도서실을 소홀히 하다니, 내게는 이해할 수 없는 일입니다."

"소홀히 하다니요! 당신은 그 고상한 장소의 미관을 위해서라면 무엇 하나 소홀히 할 수 없겠죠. 오빠, 오빠도 자기 집을 지을 때는 펨벌리의 반만이라도 좋으니까 보기 좋은 집을 지었으면 좋겠어요."

"나도 그렇게 하고 싶단다."

"그 근처 토지를 사서 펨벌리를 모델로 삼으면 정말 좋을 거예요. 잉글랜드에 다비셔만큼 아름다운 주도 없거든요."

"그렇게 하자. 다아시가 팔 마음만 있다면 펨벌리를 사버리 자."

"오빠, 나는 현실적인 얘기를 하고 있는 거예요."

"캐롤라인, 그러니까 펨벌리를 흉내내기보다는 사버리는 게 더 확실하지 않겠니?"

엘리자베스는 이들이 주고받는 이야기에 정신이 팔려서 집중해서 책을 볼 수가 없었다. 그래서 곧 책을 던져놓고 카드 놀이를 하고 있는 쪽으로 다가가서 게임을 지켜보기 위해서 빙리 씨와 그 누이 사이에 자리를 잡았다.

"다아시 양은 지난 봄보다 훨씬 많이 자랐겠지요? 키가 나 만큼은 되지요?"

빙리 양이 말했다.

"그럴 겁니다. 지금도 엘리자베스 베넷 양과 비슷하거나 조금 더 클 정도니까요."

"정말 다시 한번 보고 싶어요. 그렇게 유쾌한 분은 본 적이 없어요. 그 용모와 그 태도! 나이에 어울리지 않게 못하는 것도 없고. 특히 피아노 연주는 정말 훌륭해요."

"정말 놀랍다니까. 젊은 아가씨들은 모두 어떻게 그런 걸 꾹 참으면서 배울 수 있는 걸까?"

빙리가 말했다.

"젊은 아가씨들은 모두 무엇이든 할 수 있다고요? 어머, 오빠 무슨 소릴 하는 거예요?"

"그럼. 모두 잘들 하고 있지 않니? 화판에 칠을 하기도 하고, 병풍에 장식을 달기도 하고, 지갑을 뜨기도 하고. 그런 것들을 못하는 아가씨는 한 명도 없을 게야. 그리고 어떤 아가씨 이야기가 나올 때면, 그 아가씨들은 뭐든 잘 한다고 하는 말을 들을 수 있지 않니?"

"잘 한다는 사실의 일반적인 범위를 말하고 있는 자네의 말은 지나치게 사실적이네. 자네가 말하는 잘 한다는 것은 단지 지갑을 뜨거나 병풍에 장식을 달거나 하는 일밖에 하지 못하는 수많은 여자들에게까지 적용되는 것일세. 하지만 나는 자네처럼 평범한 여자들을 평가하는 일에는 동의할 수 없다네. 내가 알고 있는 여자들 중에 정말 잘 하는 사람은 여섯 명도 되질 않으니까."

다아시가 말했다.

"내가 알고 있는 사람들도 그래요."

빙리 양이 말했다.

"그렇다면, 당신의 잘 한다라는 말 속에는 수많은 것들이 포함되어 있겠군요?"

엘리자베스가 말했다.

"그래요. 나는 여러 가지 일들을 포함해서 말하고 있는 거요."

"그렇고말고요! 두말 할 필요도 없지! 어디서나 흔히 볼 수 있는 사람들보다 훨씬 뛰어난 사람이 아니고서는 정말로 잘하는 사람이라고 말할 수 없지. 음악과 노래와 그림과 춤과 현대어 등을 완전하게 이해하고 있지 않으면 안 되지. 그리고 그 외에도 걸음걸이, 목소리, 화술 등의 어딘가에 뛰어난 점이 없다면 잘 한다고는 전혀 말할 수 없겠죠."

그의 충실한 조수가 말했다.

"그러한 것들을 전부 갖추고 있어야만 합니다. 그리고 책을 폭넓게 읽어서 마음을 향상시켜, 좀더 본질적인 것들을 길러 나가지 않으면 안 됩니다."

다아시가 덧붙여서 말했다.

"이것으로 당신이 잘 하는 여자를 여섯 명밖에 알지 못한다고 말씀하신 뜻을 잘 알았습니다. 정말 그렇다면 단 한 사람이라도 알고 있다는 게 이상할 정도군요."

"당신 역시 여자이면서 여자들이 그런 정도의 일을 할 수 없다고 말하는 건가요?"

"나는 그런 여자를 본 적이 없거든요. 나는 당신이 말하는 것과 같은, 그런 능력과 취미와 근면과 품위를 모두 가지고 있는 분을 아직 본 적이 없어요."

허스트 부인과 빙리 양은, 엘리자베스가 은연중에 드러낸 의문은 사실과는 다른 것이라고 외치며 자신들은 그런 것들을 모두 갖추고 있는 사람들을 많이 알고 있다고 말하려고 했지만, 그 순간 허스트 씨가, 진행 중에 있는 일을 등한시해서는 안 된다고, 조용히 하라고 불평을 털어놨다. 그것으로 이야기가 중간에서 끊겼기에 엘리자베스는 곧 그 방에서 나왔다.

"엘리자 베넷은 자신의 성(性)을 과소평가해서 다른 성에게 환심을 사려고 하는 젊은 여성 중의 한 명이에요. 많은 남자들이 이런 여자를 좋아하는 것 같더군. 하지만 내 생각으로는 유치하기 그지없는 교활한 수단이에요. 아주 비열한 방법이야."

그녀가 방을 나서 문이 닫히자 빙리 양이 말했다.

이 말은 주로 다아시를 향해서 한 말이었기에 다아시가 그에 대한 대답을 했다.

"맞는 말이에요. 여자가 남자를 사로잡으려고 사용하는 방법에는 비열한 면이 숨어 있는 경우가 많지요. 교활함과 비슷한 그런 것들은 모두 경멸받아 마땅합니다."

빙리 양은 이 대답에 만족할 수 없었기에 이 이야기를 계속하고 싶은 마음이 없어졌다.

엘리자베스는 다시 한 번 그들이 있는 방으로 와서 언니의 증상이 악화되었기 때문에 옆을 떠날 수 없게 되었다고 양해를 구했다. 빙리는 바로 존스 씨를 데리고 오라고 재촉했다. 하지만 그의 누이들은 시골 의사의 진단은 믿을 수 없으니 급히 사람을 보내서 런던에서 불러와야 한다고 했다. 엘리자베스는 그 일에 대해서는 승낙하지 않았지만 빙리의 제안에 응하는 것은 그렇게 싫지만도 않았다. 그래서 만약 베넷 양이 다음날 아침이 되어도 상태가 좋아지지 않으면 아침 일찍 존스 씨를 데리고 오기로 했다. 빙리는 아무래도 즐거운 시간을 보낼 수가 없었다. 그의 누이들은 재미없다며 불평을 털어놓았다. 하지만 그들은 따분함을 저녁 식사 후의 이중창으로 달랠 수가 있었다. 빙리는 환자와 그녀의 동생을 최대한 보살펴주라고 가정부에게 말하는 것으로 마음을 조금 달래보는 수밖에 없었다.

9

그날 밤, 엘리자베스는 대부분의 시간을 언니가 있는 방에서 보냈다. 다음날 아침이 되자 바로 빙리 씨가 하녀를 보내 용태를 물어왔으며, 그 바로 뒤에 품위 있고 침착해 보이는 빙리 자매의 하녀 두 사람이 문안을 왔다. 엘리자베스는 조금 좋아졌다고 답할 수 있어서 기뻤다. 그리고 증세가 호전되기는 했지만 어머니가 와서 제인을 보고 다정하게 용태를 판단해 줬으면 좋겠다고 생각하고 있으니 롱본으로 편지를 보내주길 바란다고 부탁했다. 편지는 곧 롱본에 도착했으며, 거기에 적힌 내용대로 하겠다는 승낙을 받았다. 베넷 부인이 어린 두 딸을 데리고 네더필드에 도착한 것은 아침식사가 막 끝났을 때였다.

제인의 증상이 눈에 띄게 중한 상태였다면 베넷 부인도 당황을 했겠지만 막상 만나보니 그리 대단 것이 아니었고, 다시 건강을 회복하게 되면 제인은 네더필드를 떠나야 했기 때문에 바로 병이 낫는 것은 조금 생각해봐야 할 일이라고 느꼈다. 그랬기에 그녀는 집으로 데리고 가달라는 제인의 청에는 귀를 기울이지도 않았다. 또 비슷한 시기에 찾아온 의사도 그건 바람직하지 않다고 말했다. 어머니와 세 자매는 한동안 제인 옆에 있었는데 곧 빙리 양이 찾아와 불렀기에 그녀들은 그녀가 안내하는 대로 식당으로 들어갔다. 빙리는 그녀들을 맞아들이며, 따님의 상태가 어머님이 생각하고 있는 것만큼 나쁘지 않았으면 좋겠다고 인사했다.

"그런데 생각보다 좋지 않은 것 같아서 아직은 움직일 수 있을 만한 상태가 아니에요. 존스 씨도 아직은 움직여서는 안 된다고 말씀하시고요. 미안하지만 조금 더 신세를 질 수밖에 없겠어요."

이것이 그녀의 대답이었다.

"움직인다고! 어떻게 그런 생각을 할 수가 있죠? 제 동생도 동의하지 않을 겁니다."

빙리가 소리를 질렀다.

"걱정하지 마세요, 부인. 베넷 양이 여기에 있는 동안은 최선을 다 해서 돌보겠어요."

빙리 양이 차가운 듯한 어조로 정중하게 말했다.

베넷 부인은 장황하게 감사의 말을 늘어놓았다. 그리고는 이렇게 덧붙였다.

"정말이지 이렇게 친절하신 친구들이 없었다면 저 아이가 어떻게 되었을지 모를 거예요. 저 아이의 상태가 워낙 좋지 않으니까요. 그리고 아주 괴로워하고 있어요. 저 아이는 원래 참을성에 있어서만은 누구에게도 지지 않을 아인데도요. 저렇게

착한 아이는 세상 어디에도 없을 거예요. 나는 다른 아이들에게 곧잘 이런 말을 해요. 너희들은 언니와는 비교할 수도 없다고. 이 방은 정말 훌륭해요, 빙리 씨. 저기 보이는 자갈길은 뭐라 표현할 수 없을 만큼 운치가 있군요. 전국에서 네더필드처럼 좋은 곳을 본 적이 없어요. 비록 빌리신 기간은 짧지만 그동안 갑자기 이사를 하거나 하는 일은 없겠죠?"

"저는 무슨 일이든 갑자기 해버리는 편이거든요. 그러니까 일단 네더필드를 떠나기로 마음을 먹으면 아마 5분 안에 사라져버리고 말 겁니다. 하지만 지금 같아서는 이곳에 완전히 뿌리 내리고 싶습니다."

그가 대답했다.

"내가 생각했던 대로네요."

"이제 조금은 저를 이해하시기 시작했군요."

그가 엘리자베스를 향해 외쳤다.

"예, 아주 잘 알 수 있어요."

"그 말씀을 칭찬이라고 생각하고 싶지만, 그렇게 간단하게 마음을 읽혀버렸다는 것도 조금 한심한 얘기군요."

"하지만 어쩔 수 없는 걸요. 그렇다고 심각하고 복잡한 성격이 당신과 같은 성격보다도 훌륭하다고는 말할 수 없겠죠."

"엘리자베스, 감히 여기가 어디라고. 집에서 쓰는 말투를 여기서 써서는 안 된다."

그녀의 어머니가 외쳤다.

"저는 몰랐어요. 당신이 성격에 대해서 연구하고 계신 줄은. 성격을 연구하는 일이 재미있습니까?"

빙리가 계속해서 말했다.

"네, 하지만 복잡한 성격을 가진 사람이 더 재미있어요. 재미만 놓고 보자면 복잡한 성격을 가진 분이 더 나은 편이죠."

"시골은, 대체로 그런 연구에 대한 자료를 충분히 제공하지 못하죠. 시골의 구석구석을 아무리 돌아다녀봤자 어차피 한정된, 변화가 없는 사회 속에 있는 것과 마찬가지니까요."

다아시가 말했다.

"하지만 살고 있는 사람이 변하니까 언제라도 새로운 점을 관찰할 수가 있죠."

"그렇고말고요. 시골에서도 도회에서와 마찬가지로 사람들의 변화는 언제나 일어나고 있으니까요."

베넷 부인은 다아시의 시골구석이라는 말에 화가 나서 외쳤다.

모두가 깜짝 놀랐다. 다아시는 그녀를 한 번 쳐다본 뒤 입을 다문 채로 얼굴을 돌렸다. 베넷 부인은 그에게 완전히 승리를 거둔 것이라 착각하고 계속해서 의기양양하게 말했다.

"저는 가게나, 공공장소를 제외한다면 런던이 시골보다 좋다고는 생각하지 않아요. 시골이 얼마나 즐거운 곳이라고요. 그렇죠, 빙리 씨?"

"나는 시골에 있으면 시골에서 벗어나고 싶은 생각이 들지 않아요. 그리고 도회에 있을 때는 역시 도회를 벗어나고 싶은 생각이 들지 않고요. 각각 좋은 점이 있으니까 나는 어느 곳에 있든지 행복하게 지낼 수가 있어요."

"네, 그건 당신이 조용한 성품을 가지고 있어서 그런 거예요. 하지만 저 분은 시골이 아주 형편없는 곳이라고 말씀하시네요."

베넷 부인은 다아시 쪽을 바라보며 말했다.

"어머, 그건 어머니가 오해하고 있는 거예요. 어머니는 다아시 씨의 말을 완전히 오해하고 계신 거예요. 다아시 씨는 단지 시골에서는 도회에서처럼 여러 종류의 사람들과 만날 수 없다는 걸 말씀하신 거예요. 그건 어머니도 인정하실 수 있으시죠?"

어머니 때문에 얼굴을 붉히며 엘리자베스가 말했다.

"그건 그렇지. 누가 아니랬니? 하지만 이 촌구석에서는 많은 사람을 만날 수 없다는 말에는 찬성할 수 없어요. 이렇게 많은 사람들이 있는 시골은 그리 흔하지 않다고 생각해요. 여기서는 24가구나 되는 사람들이 서로를 식사에 초대하면서 교제를 나누고 있으니까요."

엘리자베스를 생각하는 마음에서 빙리는 터져나오려는 웃음을 억지로 참았다. 그의 누이동생은 그만큼의 배려가 없었기에 다아시 씨 쪽을 쳐다보면서 의미 있는 미소를 지어보였다. 엘리자베스는 어머니가 다른 곳으로 신경을 돌릴 수 있을 만한 이야기를 하려고, 자기가 여기에 와 있는 동안 샬럿 루카스가 롱본에 오지 않았었냐고 물었다.

"응, 어제 그 아버지와 함께 왔다. 윌리엄 경은 정말 좋은 분이에요. 그렇게 생각하지 않으세요, 빙리 씨? 상류사회에 어울리는 분이죠. 아주 품위 있으시고 굉장히 활달하시고! 언제, 누구와 만나더라도 친절하게 대하시잖아요. 나는 그런 게 참된 교양이라고 생각하고 있어요. 자신을 아주 훌륭한 사람이라고 자만하며 누구와도 말을 하려고 들지 않는 사람은 생각이 잘못 된 사람이에요."

"식구들과 함께 식사를 했나요?"

"아니, 그냥 돌아가겠다며 고집을 피우더구나. 민스파이를 구워야 할 일이라도 있었겠지. 우리들은 말이에요, 빙리 씨, 그런 일을 척척 해내는 하녀들이 언제나 준비되어 있기 때문에 딸들에게 그런 일은 가르치지 않아요. 하지만 사람들은 각자 스스로가 판단하지 않으면 안 되니까 루카스 댁 따님들도 역시 훌륭하다고 할 수 있겠죠. 단지 예쁘지 못하다는 점이 좀 안타깝기는 하지만! 그래도 나는 샬럿 양이 아주 못생겼다고는 생각하지 않아요. 그 분과 우리는 아주 친밀한 관계를 갖고 있으니까요."

"아주 흥미로운 아가씨로군요."

빙리가 말했다.

"그럼요. 하지만 못생겼어요. 루카스 부인도 자주 그렇게 말씀하시고는, 제인은 예뻐서 부럽다고 하시는 걸요. 자기 딸을 자랑하고 싶은 마음은 없지만, 그래도 제인과 같은 미모는 흔히 볼 수 있는 게 아니니까요. 아니요. 모두들 그렇게 얘기하고 있어요. 내 딸이라고 귀여워서 하는 말이 아니에요. 제인이 아직 15살 때 일이었는데, 런던에 살고 있는 제 동생인 가디너의 집을 방문하셨던 분이 제인을 아주 사랑하게 돼서 제 올케는 우리들이 그곳을 떠나기 전에 틀림없이 결혼을 청할 거라고 했을 정도였어요. 실제로 그렇게는 되지 않았지만. 틀림없이 나이가 너무 어려서 그랬을 거예요. 하지만 제인에게 바치는 아름다운 시를 수도 없이 짓기도 했어요."

"그것으로 그 사람의 사랑도 끝이 났죠. 지금까지 그렇게 시나 짓고 그것으로 사랑을 끝내버린 사람들은 또 얼마나 많을까요? 사랑을 잊는 데 시가 도움이 된다는 사실을 처음으로 발견한 사람은 누구일까요?"

"시는 사랑의 양식이라고 생각하고 있었는데요."

"훌륭하고 건강하고 건전한 사랑이라면 그렇겠죠. 처음부터 강렬한 사랑이라면 무엇이든 영양분으로 삼을 수 있어요. 하지만 바싹 마른 것과 같은 사랑이라면 잘 쓴 단시 한 편으로도 그것을 굶겨 죽일 수 있으니까요."

다아시는 그저 미소를 지을 뿐이었다. 그 후, 한동안 아무도 말을 하지 않았기 때문에 엘리자베스는 어머니가 또 엉뚱한 얘기를 꺼내는 것이 아닐까 하고 마음을 졸였다. 그래서 무슨 말인가 하고 싶었지만 무슨 말을 해야 할지 떠오르지 않았다. 짧은 침묵 뒤에 베넷 부인이 빙리 씨에게 제인을 여러 가지로 신경 써줘서 고맙다고 말하고, 엘리자베스까지 신세를 지게 돼서 미안하다는 말을 하기 시작했다. 빙리 씨는 오만함이라고는 조금도 느껴지지 않는 정중한 말씨로 그에 대한 대답을 했다. 그 때문에 그의 누이동생도 아주 정중하게 그 상황에 맞는 말을 하지 않을 수가 없었다. 그녀는 주인으로서 그다지 정중한 태도를 보이지는 못했지만 그래도 베넷 부인은 만족해하며, 곧 마차를 준비하도록 명령했다. 그 명령이 떨어지자 막내딸이 사람들 앞으로 나섰다. 밑의 두 딸은 이곳에 와 있는 동안 서로 소곤거리고 있었는데 그 결과로 막내딸이 빙리 씨에게 그가 처음 이 곳에 왔을 때 네더필드에서 무도회를 열겠다고 했던 약속을 지키라고 조르기로 했던 것이다.

리디아는 건강하고 성장이 빠른 열다섯 살 소녀로 피부가 곱고 시원시원한 얼굴을 하고 있었다. 어머니의 사랑을 받아 어렸을 때부터 사람들 앞에 내세워지곤 했다. 그녀는 아주 건강했으며 선천적으로 타고난 자만심이 있었는데, 그녀의 이모부가 베푼 만찬에 참석했을 때, 그녀의 분방한 대응을 받은 사관들이 그녀를 마음에 들어 하며 애지중지했기 때문에 자신감이 더욱 커져 그것이 자만심으로 변하게 되었다. 그랬기 때문에 무도회에 관한 이야기를 빙리 씨에게 하는 것이 그녀에게는 식은 죽 먹기와도 같은 일로 여겨졌고, 그녀는 갑자기 약속에 대한 이야기를 꺼냈을 뿐만 아니라, 만약 약속을 지키지 않는다면 세상에서 이처럼 부끄러운 일은 없을 거라고까지 이야기를 하고 말았다. 이 갑작스러운 공격에 대한 그의 대답 역시 베넷 부인에게는 아주 만족스러운 것이었다.

"약속은 틀림없이 지킬 생각입니다. 언니가 회복된 뒤, 만약 괜찮으시다면 아가씨가 무도회 날짜를 정해 주십시오. 하지만 언니가 아픈 동안에는 아가씨도 춤을 추고 싶은 마음은 없겠죠?"

리디아는 그 대답에 만족한다고 대답했다.

"그럼요. 언니가 나을 동안 기다리는 편이 훨씬 좋지요. 그리고 그러는 동안 카터 대위도 틀림없이 메리턴으로 돌아올 거예요. 당신이 주최하는 무도회가 끝나면 그 분들을 졸라서 꼭 무도회를 열게 할 거예요. 포스터 대령에게 만약 무도회를 열지 않으면 그건 수치라고 말할 거예요."

그녀는 이런 말을 덧붙였다.

잠시 후, 베넷 부인과 딸들이 돌아갔다. 그리고 엘리자베스는, 자기 가족들의 행동에 대한 평가는 빙리의 두 누이와 다아시 씨의 입에 맡겨둔 채 바로 제인이 있는 방으로 돌아갔다. 하지만 다아시 씨는 빙리 양이 아무리 엘리자베스의 '아름다운 눈동자'에 대해서 놀려대도 그녀들과 함께 엘리자베스의 험담을 할 마음이 생기질 않았다.

10

그날도 전날과 대체로 비슷하게 시간이 흘러가고 말았다. 허스트 부인과 빙리 양은 아침 몇 시간을 환자 옆에서 보냈고 제인의 병세는 조금씩 호전되고 있었다. 그리고 저물녘에 엘리자베스는 응접실에서 그들과 함께 자리를 했다. 하지만 루

(카드 놀이의 일종)를 위한 테이블은 준비되어 있지 않았다. 다아시 씨는 편지를 썼으며, 빙리 양은 그의 옆에 앉아서 그가 편지 쓰는 것을 지켜보며 그의 누이동생에게 자신의 소식을 전해달라고 끊임없이 부탁해서 그가 편지를 쓰는 일에 집중할 수 없게 했다. 허스트 씨와 빙리 씨는 피케(카드 놀이의 일종)를 하고 있었으며 허스트 부인은 그들의 승부를 지켜보고 있었다.

엘리자베스는 뜨개질을 하면서, 다아시와 빙리 양의 이야기에 귀를 기울이면서 즐거운 시간을 보냈다. 빙리 양은 그가 글씨를 잘 쓰며, 행들도 잘 정렬되어 있고, 길이도 아주 길다는 등 쉴새없이 칭찬을 했지만 그는 아무리 칭찬을 들어도 전혀 상대를 하려들지 않았기에 기묘한 대화가 되었다. 이는 엘리자베스가 알고 있는 두 사람에게는 아주 잘 어울리는 대화였다.

"이런 편지를 받으면 다아시 양도 아주 기뻐할 거예요."

그는 아무런 대답도 하지 않았다.

"당신은 편지도 아주 빨리 쓰시는군요."

"천만에요. 나는 느린 편입니다."

"일 년 동안 아주 많은 편지를 쓰시겠죠. 일에 관한 편지도! 그건 아주 귀찮은 일이죠?"

"그 귀찮은 일을 당신이 아닌 내가 하고 있으니 잘 된 일 아닙니까?"

"동생에게 제가 보고 싶어 한다고 꼭 좀 전해주세요."

"원하시는 대로 조금 전에 그렇게 썼습니다."

"그 펜 잘 안 써지지 않아요? 제가 고쳐드릴까요? 저 아주 잘 고치거든요."

"고마워요. 하지만 나는 언제나 내가 고치죠."

"어머, 정말 줄을 잘 맞춰서 쓰시네요."

그는 입을 다물었다.

"동생이 하프 연주를 잘 한다는 말을 듣고 내가 기뻐했다는 말을 전해주세요. 그리고 동생이 그린 작은 테이블의 설계도가 아주 마음에 든다고, 그랜틀리 씨 것과는 비교도 할 수 없을 정도라는 말도 꼭 전해주세요."

"그 아주 마음에 들었다는 얘기는 다음 편지에 쓰면 안 되겠습니까? 이번에는 그 뜻을 충분히 전할 수 있을 만한 공간이 없네요."

"어머, 그럼 그렇게 하세요. 1월에는 만날 수 있을 테니까요. 그런데 다아시 씨, 당신은 늘 동생에게 이렇게 길고 훌륭한 편지를 쓰고 계시나요?"

"대부분 긴 편지를 보내죠. 훌륭한 편지인지는 잘 모르겠지만."

"저는 긴 편지를 거침없이 써 내려가는 사람이 훌륭한 편지를 못 쓴다고는 생각지 않아요."

"다아시에게는 그런 말들이 칭찬이 되질 않는단다, 캐롤라인. 그 사람은 거침없이 써 내려가는 것이 아니거든. 그 사람은 단지 네 단어를 생각해내기 위해서 얼마나 고심을 한다고.

안 그런가 다아시?"

그녀의 오빠가 외쳤다.

"내 문체는 자네 것과는 아주 다르다네."

"그럼요! 오빠는 말도 되지 않을 만큼 아무렇게나 쓰거든요. 단어의 절반 정도를 빼먹고 쓰고, 잉크가 번져서 글씨들이 보이지도 않는다니까요."

"나는 생각들이 아주 빨리 떠오르기 때문에 일일이 표현할 만한 시간이 없단 말이야. 그래서 때때로 내 편지를 읽는 사람들에게 내 뜻을 전혀 전달하지 못하는 경우가 생기는 거지."

"당신의 겸손은 비난의 화살촉을 무디게 만드는군요."

엘리자베스가 말했다.

"겸손한 척하는 것은 무엇보다도 교활한 짓이지. 그건 때때로 자신의 의견을 아무렇게나 말하는 것, 또 때로는 간접적으로 자만하는 일에 지나지 않으니까."

다아시가 말했다.

"그렇다면 조금 전의 내 겸손은 그 둘 중, 어느 쪽에 속한다는 거지?"

"간접적인 자만이지. 자네는 실제로 자신의 문장력의 결점을 자랑하고 있지 않나? 그 결점은 생각이 빨리 떠오르고, 그걸 잽싸게 행동으로 옮기는 데서 오는 거라고 생각하고 있질 않나. 그리고 그런 자네의 행동을, 존경할 만한 것은 아니지만, 적어도 흥미 정도는 끌 수 있는 것이라고 생각하고 있질 않나? 무엇이든 잽싸게 해치우는 능력이란, 언제나 본인에게는 인정을 받지만 그 불완전한 마무리에 대해서는 생각하지 않는 경우가 많거든. 자네는 오늘 아침, 베넷 부인에게 네더필드를 떠나기로 결심하면 5분 안에 사라져버릴 거라고 말했는데 그건 자네 자신에 대한 일종의 찬사, 칭찬의 말이었지. 하지만 중요한 일을 뒤로 한 채, 자네 자신에게도 다른 어느 누구에게도 실제로는 아무런 득도 되지 않는데도 그렇게 서둘러 뛰쳐나가는 일에 대해서 어떻게 칭찬을 하란 말이지?"

"아니, 아침에 한 중요하지도 않은 말을 저녁이 되도록 기억하고 있다니 너무하는군. 하지만 맹세하겠네, 나는 자신에 대해서 사실만을 얘기했다네. 지금도 그렇게 생각하고 있네. 그러니까 나는 단지 부인 앞에서 잘난 척을 하려고 필요 이상의 경솔한 짓을 한 게 아니네."

빙리가 말했다.

"어쩌면 정말 그럴 생각이었을지도 모르겠지. 하지만 나는 자네가 그렇게 빨리 이곳을 떠나리라고는 믿지 않네. 자네의 행동 역시 다른 사람들처럼 우연에 지배받고 있으니까. 예를 들어서 자네가 말을 타려고 할 때 친구 한 명이 '빙리, 다음 주까지 있는 편이 좋을 걸세'라고 말한다면 자네는 그렇게 할 걸세. 이곳을 떠나지 않을 걸세. 그리고 또 다른 말을 듣는다면 한 달을 머물지도 모르는 일일세."

"그러니까 당신이 하고 싶은 말은 빙리 씨가 자신의 성격을 충분히 말로 표현하지 않았다는 것이죠? 당신은 빙리 씨 자신이 하신 것보다 더 빙리 씨를 자랑하고 계시는 거죠?"

베넷이 외쳤다.

"정말 감사합니다. 당신은 내 친구의 말을 나의 부드러운 성격에 대한 칭찬으로 해석해 주셨군요. 하지만 당신은 다아시가 생각지도 못했던 의미를 부여한 듯합니다. 만약 그럴 경우 내가 냉정하게 거절하고 그대로 말에 올라 떠나버리면 이 사람은 그러는 편이 훨씬 보기 좋다고 생각할 테니까요."

빙리가 말했다.

"그렇다면 다아시 씨는, 당신이 처음 행하려고 했던 일의 무모함은 그것을 무슨 일이 있어도 해내겠다는 완고한 의지에 의해 무마되는 것이라고 생각하고 계신다는 말씀입니까?"

"솔직히 말하자면 그 점은 저도 잘 모르겠습니다. 다아시가 설명해줄 겁니다."

"자네 마음대로 내 의견이라고 해놓고 나보고 그걸 설명하라고 하다니, 나는 그걸 내 의견이라고 인정할 수 없네. 그렇지만 만약 사정이 당신이 말씀하신 대로라고 하더라도 베넷 양, 빙리가 집으로 돌아올 것과, 계획을 연기하기를 바란다고 말한 그 친구는 단지 그렇게 하기를 바랐기 때문에 그렇게 말했을 뿐, 어째서 그렇게 해야 하는지에 대해서는 한마디도 하지 않았다는 사실을 잊지 말아주세요."

"친구의 설득을 쉽게 받아들이는 것은 조금도 바람직한 일이 아니라고 생각하고 계시는 건가요?"

"아무런 확신도 없이 받아들인다면, 그건 이해력이 있다는 말을 듣기는 힘든 행동이죠."

"다아시 씨, 당신은 아무래도 우정이나 애정이라는 것들의 감화력을 조금도 생각하고 계시지 않는 듯하군요. 부탁하는 사람에 대한 경의를 품고 있다면 이유를 듣지 않고서도 그 청을 들어줄 수 있는 거예요. 나는 특별히 당신이 빙리 씨에 대해서 상상한 경우를 놓고 얘기하고 있는 게 아니에요. 빙리 씨가 그런 경우에 처했을 때의 행동에 대해서 이야기하기보다는 그런 경우가 실제로 일어나기를 기다리는 편이 나을 거라고 생각해요. 하지만 친구들 사이에서 자주 있는 일인데 만약 한 친구가 그렇게 중요하지도 않은 결심을 바꾸기를 바란다고 할 경우 그 이유를 충분히 말하지 않는다면 당신은 그 사람을 비난하실 생각입니까?"

"그 문제에 대해서 이야기하기에 앞서 그 두 사람이 얼마나 친밀한지, 그 부탁이 어느 정도로 중요한 것인지에 대해서 결정해 두는 편이 좋을 것 같지 않으세요?"

"제발 그 모든 구체적인 상황을 얘기해 주게. 그 두 사람의 키와 몸에 대해서 얘기하는 것도 잊지 말아주게."

빙리가 외쳤다.

"베넷 양, 키와 몸에 관한 얘기는 당신이 생각하고 있는 것보다 훨씬 중요한 일이니까요. 만약 나와 비교해서 다아시가 이만큼 크지 않았다면 나는 틀림없이 그를 지금의 반만큼도 존중하지 않았을 거예요. 어떤 때, 나는 다아시가 세상에서 제일 무섭거든요. 특히 일요일 밤에 그가 자기 집에서 아무것도 하지 않고 시간을 보낼 때는요."

다아시 씨는 미소를 지었다. 하지만 엘리자베스는 그가 조금 기분이 상한 듯이 보였기 때문에 나오려는 웃음을 참았다. 빙리 양은 오빠가 그런 황당한 말을 한 것을 비난하며 다아시가 받은 굴욕 때문에 매우 화를 냈다.

"자네가 무슨 생각을 하고 있는지 알겠네. 자네는 논의하는 것이 마음에 들지 않는 거지, 그래서 이 논의를 그만두려고 하고 있는 거지?"

다아시가 말했다.

"그럴지도 모르겠군. 논의라는 건 싸움과 다를 바 없으니까. 자네와 베넷 양의 논의를 내가 방에서 나갈 때까지 조금만 뒤로 미뤄줬으면 아주 고맙겠네. 그 뒤부터는 나에 대해서 무슨 말을 하든 상관없네."

"당신의 청은 그리 어려운 일이 아니에요. 다아시 씨도 쓰시던 편지를 마저 쓰시는 편이 좋을 거예요."

엘리자베스가 말했다.

다아시 씨는 그녀의 충고에 따라서 계속 해서 편지를 썼다.

그 일이 끝나자 그는 빙리 양과 엘리자베스 양에게 음악을 들려주길 바란다고 말했다. 빙리 양은 재빨리 피아노 앞으로 가서 엘리자베스에게 먼저 연주할 것을 정중하게 권했지만 엘리자베스 역시 정중하게 그리고 그보다 더 간절하게 사양했기 때문에 빙리 양이 피아노 앞에 앉았다.

허스트 부인은 동생과 함께 노래를 불렀다. 두 사람의 이 노래를 듣는 동안 엘리자베스는 피아노 위에 있던 몇 권의 악보를 들춰보면서 다아시 씨의 시선이 자주 자신에게 쏟아지는 것을 의식하지 않을 수 없었다. 그녀는 설마 이렇게 훌륭한 사람이 자기 같은 사람에게 관심을 갖고 있으리라고는 상상도 못하고 있었다. 그래도 나를 싫어해서 이쪽을 쳐다보는 것이라면 더욱 이상한 이야기가 된다고 생각했다. 그래서 그녀는 마침내, 다아시 씨의 정의에 비춰봤을 때 자신에게는 여기에 있는 누구보다도 잘못 된, 버려야 할 점이 많기 때문에 그의 주의를 끌고 있는 것이라고 생각하기로 했다. 그녀에게 그 생각은 그다지 괴로운 것이 아니었다. 그에게 인정을 받고 싶을 만큼 그를 좋아하지 않았기 때문이었다.

이탈리아의 노래를 몇 곡 연주한 뒤, 빙리 양은 경쾌한 스코틀랜드 곡으로 변화를 주었다. 그러자 다아시 씨가 엘리자베스 곁으로 와서 이렇게 말했다.

"베넷 양, 이런 분위기에 맞춰서 릴(스코틀랜드의 무용)을 추고 싶다는 생각이 들지 않습니까?"

그녀는 미소만을 지을 뿐 아무런 대답도 하지 않았다. 그녀가 대답이 없었기에 그는 조금 놀라며 다시 한 번 같은 질문을 했다.

"어머, 조금 전에도 들었어요. 하지만 어떻게 대답해야 할지 생각이 나질 않았어요. 당신은 내게 '네'라고 대답하게 한 뒤, 내 취미를 경멸하려는 생각을 갖고 계시다는 걸 난 잘 알고 있어요. 하지만 나는 언제나 그런 계획을 깨뜨려, 나를 경멸하려는 사람들의 기대를 배반하는 일을 즐기거든요. 그래서 릴은 추고 싶지 않다고 대답하기로 결정했어요. 자, 경멸하시고 싶으시다면 경멸하세요."

그녀가 말했다.

"무슨 말씀이신지."

엘리자베스는 그에게 수치를 주려고 했지만 그가 정중하게 나왔기 때문에 놀라지 않을 수 없었다. 하지만 엘리자베스의 태도에는 상냥함과 장난기가 섞여 있었기 때문에 다른 사람의 약을 올리기엔 적합하지 않았다. 오히려 다아시는 이렇게 자신의 마음을 방황하게 만든 여자는 처음이라고 느끼게 되었다. 그는 만약 이 사람의 친척관계가 나쁘지만 않았다면 자신은 걷잡을 수 없는 상태에 빠졌을 것이라고 생각했다.

빙리 양은 질투심에 빠져 있었다. 그녀는 친애하는 친구인 제인의 회복을 빌기 시작했는데 거기에는 엘리자베스가 사라졌으면 좋겠다는 마음도 포함되어 있었다.

그녀는 다아시와 엘리자베스가 결혼했을 경우를 화제로 삼거나 그런 결혼 생활로 다아시가 행복해질 수 있는 방법에 관한 이야기로 그를 화나게 해서 그의 마음에 자신의 여자 손님에 대한 혐오감을 심어주려고 노력했다.

다음날, 두 사람이 정원수 사이를 산책할 때 빙리 양이 말했다.

"부탁이 있는데요. 만일 그런 경사스러운 일이 일어나게 된다면 당신의 장모님에게 입을 다물고 계시는 편이 그 분을 위해서 좋을 거라고 슬쩍 말씀해 드리세요. 그리고 만약 할 수만 있다면 밑의 두 따님이 사관들을 따라다니지 못하게 했으면 좋겠어요. 그리고 또 한 가지, 말씀드리기 거북한 일이지만, 당신 부인의 그 잘난 척하는 듯한, 건방진 듯한 모습을 거둬들이도록 해주세요."

"그 외에, 내 가정의 행복을 위해서 달리 하실 말씀은 없으십니까?"

"네, 물론 있지요. 그녀의 이모부와 이모님인 필립스 부부의 초상화를 펨벌리의 복도에 걸어놓으면 좋을 거예요. 판사이셨던 큰할아버님 옆에 걸어놓으세요. 부류가 다르긴 하지만 같은 직업을 갖고 계시니까요. 사랑스러운 엘리자베스 양의 그림은 그리지 못하게 하는 편이 좋을 거예요. 어떤 화가가 그 반짝이는 눈을 유감없이 제대로 그릴 수 있겠어요?"

"옳은 말씀입니다. 그 눈의 표정을 포착하기란 그리 쉬운 일이 아니지요. 하지만 빛깔이나 모양, 그 빼어나게 아름다운 속눈썹이라면 그릴 수 있을 겁니다."

그 순간 다른 길에서 나타난 허스트 부인과 엘리자베스를 만났다.

"당신들도 산책을 하고 계실 줄은 몰랐어요."

빙리 양은 자신들의 이야기를 듣지나 않았을까 싶어서 당황한 듯이 말했다.

"정말 너무하시는군요. 나간다는 말 한마디 없이 빠져나오시다니."

허스트 부인이 대답했다.

그리고는 다아시 씨의 나머지 한 쪽 팔을 잡은 뒤, 엘리자베스를 혼자 걷게 했다. 길은 세 사람이 걷기에 알맞은 넓이였다. 다아시 씨는 자신들 세 명이 엘리자베스에게 무례한 짓을 하고 있는 듯한 기분이 들어서 곧 이렇게 말했다.

"우리들에게 이 길은 너무 좁군요. 가로수 길로 나가는 게 좋겠어요."

하지만 엘리자베스는 그들과 함께 있고 싶은 마음이 없었기에 웃으며 대답했다.

"괜찮아요, 괜찮아요. 그대로 걸으세요. 함께 계시는 모습이 아주 보기 좋아요. 모두 아주 아름답게 보여요. 제가 끼어들면 그 좋은 그림이 깨져버릴 거예요. 그럼 이만."

그녀는 이렇게 말하고 발랄하게 달려가기 시작했다. 여기저기 거닐면서 하루 이틀 지나면 집으로 돌아갈 수 있다는 생각으로 기쁨에 젖었다. 제인은 상태가 좋아져서 그날 밤에는 두 시간 정도 자신의 방에서 나와 있어도 괜찮을 것 같다고 생각했을 정도였다.

11

저녁식사를 마치고 여자들이 자리를 옮겼을 때, 엘리자베스가 언니에게 갔더니 언니는 감기에 걸리지 않도록 충분히 몸을 따뜻하게 하고 있었기에 언니를 데리고 응접실로 갔다. 그러자 그녀의 두 친구들이 여러 가지 기쁨의 말들로 맞아들였다. 엘리자베스는 이 두 여자가 남자들이 모습을 나타내기 전까지 보여준 상냥한 태도는 지금껏 본 적이 없는 것이라 생각했다. 그들은 화술도 대단했다. 초대받았던 모임의 모습을 정확하게 전달했으며, 일화를 재미있게 이야기하고, 지인들을 통쾌하게 조소하기도 했다.

하지만 남자들이 방 안으로 들어서자, 제인은 더 이상 주빈이 될 수 없었다. 빙리 양의 눈은 잽싸게 다아시 쪽으로 향했으며 그가 몇 걸음 옮기기도 전에 그에게 무슨 말이든 하지 않고는 견딜 수가 없었다. 다아시는 제인에게 정중한 축하의 말을 건넸다. 허스트 씨도 그녀를 향해 가볍게 머리를 숙이며 '다행입니다'라고 말했다. 하지만 풍부한 애정과 열의는 빙리의 인사와 함께 그 모습을 드러냈다. 그는 기쁨과 걱정으로 흥분해 있었다. 방을 옮겼다고 해서 제인의 몸에 이상이 생기면 안 되었기에 처음 30분은 난로에 불을 피우는데 쓰여졌다. 그리고 그녀는 빙리의 청으로 문에서 떨어진 난로 옆으로 자리를 옮겼다. 그리고 그는 그녀의 옆에 앉아 다른 사람에게는 거의 말도 걸지 않았다. 엘리자베스는 맞은편에 앉아서 일을 하면서 처음부터의 상황을 자세히 지켜보며 아주 기뻐했다.

차를 마시고 나서 허스트 씨는 처제(빙리 양)에게 카드 테이블로 오기를 은근히 권했지만 소용없는 일이었다. 그녀는 다아시 씨가 카드 놀이를 즐기지 않는다는 정보를 은밀히 입수하고 있었다. 그러자 허스트 씨는 곧 노골적으로 카드 놀이를 하자고 했지만 이도 역시 거절당하고 말았다. 그녀는 아무도 하고 싶어 하지 않는다고 말했는데 그에 대해서 아무도 말을 하지 않는 것을 보면 정말 그녀가 말한 대로였을지도 몰랐다. 따라서 허스트 씨는 할 일이 아무것도 없었기 때문에 하는 수 없이 안락의자에 몸을 눕혀 잠을 자기 시작했다. 다아시는 책을 집어들었다. 그러자 빙리 양도 책을 집어들었다. 허스트 부인은 팔찌와 반지를 만지작거리면서 때때로 빙리 씨와 제인 양의 대화에 끼어들기도 했다.

빙리 양의 신경은 반은 자신의 책을 읽는 일에, 반은 다아시 씨의 진행 상태를 지켜보는 일에 쓰였다. 그녀는 쉬지 않고 무엇인가를 묻거나 그의 책을 들여다보고 있었다. 하지만 그를 대화로 끌어들이지는 못했다. 그는 그녀의 질문에 대답만을 하면서 계속해서 책을 읽었다. 그녀는 단지 그가 읽고 있는 책의 둘째 권이라는 이유 때문에 고른 책을 재미있게 읽을 수 없다는 사실을 깨닫고 싫증이 나서 커다랗게 하품을 한바탕 하고 나서 이렇게 말했다.

"이렇게 저녁 시간을 보내는 건 아주 즐거운 일이에요. 누가 뭐래도 독서만큼 즐거운 것도 없어요. 책이 아닌 다른 것에는 금방 싫증이 나거든요. 내가 자기 집을 갖게 될 때, 훌륭한 도서실이 없다면 틀림없이 비참한 생각이 들 거예요."

아무도 대답을 하지 않았다. 그러자 그녀는 다시 하품을 한 번 하고는 책을 내던진 후, 뭔가 재미있는 일이 없을까 방안을 한바퀴 둘러보았다. 그때 그녀의 오빠가 제인 양에게 무도회에 대해서 이야기하는 소리가 들렸기에 갑자기 그를 바라보며 이렇게 말했다.

"하나 물어보고 싶은데요. 오빠, 정말 네더필드에서 무도회를 열 생각이세요? 결정을 하기 전에 이 자리에 모이신 분들에게 의견을 물어보는 게 좋을 것 같아요. 터무니없는 오해일지도 모르겠지만, 이 중에는 무도회를 즐거움이라기보다는 형벌이라고 생각하는 분이 몇 분 계실 거라고 생각하거든요."

"다아시를 두고 하는 말인가? 그렇게 싫다면 시작하기 전부터 잠을 자도 상관없네. 하지만 무도회라면 이미 결정되었어. 니콜스가 화이트 수프를 준비해 주기만 한다면 나는 지금 당장 초대장을 돌려도 좋다고 생각하네."

그녀의 오빠가 외쳤다.

"나는 무도회를 아주 좋아해요. 단지 방법을 좀 바꿨으면 좋겠어요. 그런 모임의 일반적인 진행방법에는 아주 지루한 면이 있지요. 춤 대신에 대화를 나눌 수 있다면 그러는 편이 훨씬 합리적일 텐데요."

그녀가 말했다.

"캐롤라인, 훨씬 합리적일지는 몰라도 그렇게 된다면 무도회답지 않을 게 아니냐?"

빙리 양은 그에 대한 대답은 하지 않고 바로 일어서서 방안을 여기저기 돌아다녔다. 그녀의 모습에는 품위가 있었고, 걸음걸이도 보기에 좋았지만 그것을 봐주기 바라는 다아시 씨는 여전히 독서에 열중하고 있었다. 솟아오르는 감정을 어떻게 처리해야 할지 모르던 그녀는 다시 한번 관심을 끌 결심을 하고 엘리자베스에게 말했다.

"엘리자 베넷 양. 내 말대로, 나처럼 방안을 거닐어보세요. 같은 자세로 오랫동안 앉아 있다가 걸으니까 정신이 아주 맑아지는군요."

엘리자베스는 놀랐지만 곧 그녀의 의사에 따랐다. 빙리 양의 다정함은 그녀가 목표로 했던 사람에게도 전달되었다. 다아시 씨는 눈을 들었다. 그는 빙리 양의 의외의 다정함에 엘리자베스 본인에게도 지지 않을 만큼 놀라 무의식적으로 책을 덮어버렸다. 그는 곧 함께 걷자는 제의를 받았지만, 당신들 두 분께서 방을 걷게 된 이유는 두 가지로 생각할 수 있는데 그 어느 쪽 이유가 되었든 지금 자신이 함께 걷게 되면 두 사람의 방해가 될 뿐이라며 이를 거절했다.

"무슨 말씀이시죠? 저 아주 궁금해요."

빙리 양이 말했다. 그리고는 엘리자베스에게도 물었다.

"당신은 무슨 말씀인지 아시겠어요?"

"아니요. 전혀. 하지만 틀림없이 우리를 약올리고 있는 걸 거예요. 그러니까 그것에 대해 묻지 않는다면 틀림없이 아주 실망하실 거예요."

엘리자베스가 대답했다.

하지만 빙리 양은 무슨 일이 있어도 다아시 씨를 실망시킬 수는 없었다. 그래서 그녀는 그 두 가지 이유에 대해서 설명해 달라고 그를 끈덕지게 졸랐다.

그녀가 이야기할 기회를 주자마자 그가 곧 대답했다.

"나는 그것을 설명하는 일에 대해서는 아무런 이의도 없습니다. 당신들이 이런 식으로 밤을 보내게 된 이유는, 두 분이 서로를 신뢰하는 사이로 무엇인가 비밀스럽게 이야기하고 싶은 것이 있든지 아니면 걷고 있으면 그 모습이 한층 더 매력적으로 보인다는 사실을 알고 있기 때문이겠죠. 만약 첫 번째 이유라면 내가 방해가 될 것이고, 두 번째 이유라면 나는 난로 옆에 앉아 있는 편이 그 모습을 잘 감상할 수 있을 테니까요."

"어머! 어떻게 그런 말을. 나 이렇게 심한 말은 처음 들어요. 이런 말을 듣고 어떻게 참으라는 거죠?"

빙리 양이 외쳤다.

"그건 그리 어려운 일이 아니죠. 상대에게 고통을 주거나 괴롭히는 일이라면 누구라도 할 수 있는 일이에요. 놀리세요. 비웃어 주세요. 두 분은 친하시잖아요, 방법은 잘 알고 계시겠죠?"

엘리자베스가 말했다.

"하지만 저는 정말로 몰라요. 실제로 친밀함으로부터도 그런 것은 배우지 못했거든요. 저렇게 조용하고 차분한 사람을 놀리다니! 못 해요, 못 해. 차라리 냉대를 받을 거예요. 그리고 비웃을 데가 없는데 비웃으려고 한다면 오히려 비웃음을 당하게 될지도 몰라요. 다아시 씨가 혼자서 비웃을지도 몰라요."

"다아시 씨를 비웃어서는 안 된다! 그것 또한 굉장한 특권이군요. 굉장함을 잃는다면 큰일 나지요. 하지만 그런 관계를 여기저기서 맺는다면 내가 곤란해져요. 나는 웃음을 아주 좋아하니까."

엘리자베스가 외쳤다.

"빙리 양은 내가 갖고 있지 못한 것까지 갖고 있다고 말해 줬어요. 가장 현명하고 가장 선량한 인간이라도, 아니 가장 현명하고 가장 선량한 행위라도 농담을 인생 최대의 목표로 삼고 있는 사람에게 걸리면 그저 비웃음거리밖에 되질 않으니까요."

다아시가 말했다.

"옳으신 말씀이에요. 그런 사람도 있기는 있죠. 하지만 저는 그런 사람이 되고 싶지는 않아요. 저는 현명한 사람이나 선량한 사람을 비웃음의 대상으로 삼고 싶지는 않아요. 어리석은 짓이나 하찮은 짓, 변덕스러운 짓이나 비합리적인 짓은 정말 재미있다고 생각해요. 그래서 할 수만 있다면 웃어주려고 하고 있지요. 하지만 당신에게 그런 결점은 전혀 없다고 생각돼요."

엘리자베스가 대답했다.

"아니, 세상에 그런 사람이 어디 있겠습니까? 하지만 나는 지금까지, 이해력이 빠른 사람이라도, 그것 때문에 종종 비웃음거리가 되는 것과 같은 결점을 피하기 위해, 열심히 연구를 해왔죠."

"허영이나 오만과 같은 것을 말씀하시는 거죠?"

"그래요. 실제로 허영은 하나의 약점이죠. 뛰어난 정신의 소유자라면 오만은 언제나 능숙하게 억제가 가능하기는 하지만요."

엘리자베스는 가벼운 미소를 지으며 시선을 돌렸다.

"다아시 씨에 대한 조사를 벌써 끝내신 것 같은데 어떤 결과가 나왔죠?"

빙리 양이 말했다.

"다아시 씨는 결점이 없는 분이라는 확신을 얻었어요. 그것을 숨기지 않고 스스로가 인정하고 계시는 걸요."

"아니, 그런 생각은 눈곱만큼도 가지고 있지 않아요. 나는 결점투성이 인간입니다. 단 그것이 이해력이라는 부분의 결점이 아니기를 바라고 있을 뿐입니다. 내 성격은 자랑할 수 있을 만한 것이 못됩니다. 너무 유연하지 못하다고 생각하고 있어요. 틀림없이 세상 사람들과 어울리기 힘든 성격이죠. 나는 타인의 어리석은 행동이나 악덕을 좀처럼 잊을 수가 없어서 괴롭습니다. 나에 대한 무례함도 마찬가지고요. 내 감정은 좀처럼 움직이질 않습니다. 나는 집념이 강한 성격이라고 할 수 있습니다. 나는 일단 호의를 잃게 되면 평생 호의를 갖지 못하게 됩니다."

다아시가 말했다.

"그건 분명히 결점이군요! 화해하기 힘든 집념은 성격상의 상처라 할 수 있죠. 당신은 당신의 결점을 아주 잘 지적하셨어요. 그렇기에 나는 당신을 비웃을 수가 없어요. 당신에게 있어서 나는 이제 더 이상 위험인물이 아니에요."

엘리자베스가 외쳤다.

"나는 그 어떤 성격 속에도 특수한 악으로 달리려는 경향이 있다고 생각해요. 선천적인 결점으로, 아무리 좋은 교육을 받아도 이는 없어지지 않아요."

"그럼 당신의 결점은 그게 누구건 사람을 비웃는 경향이 있다는 거네요?"

"그렇다면 당신은 그게 누구건 사람이 한 말을 일부러 오해하는 거겠군요?"

다아시가 미소 지으며 대답했다.

"우리 음악을 즐겨요. 언니, 형부를 깨워도 괜찮겠죠?"

빙리 양은 자신을 끼워주지 않고 이야기하는 두 사람의 대화에 심심해진 듯 소리질렀다.

그녀의 언니는 이를 반대하지 않았다. 피아노의 뚜껑이 열렸다. 다아시는 잠시 그러는 것도 나쁘지 않겠다는 생각이 들었다. 그는 엘리자베스에게 너무 신경을 쓰고 있다는 위험을 느끼기 시작했다.

12

언니와 둘이 의논한 결과 엘리자베스는 다음날 아침에 어머니 앞으로 편지를 써서, 오늘 중으로 마차를 보내달라는 부탁을 했다. 하지만 베넷 부인은 딸들이 화요일까지 네더필드에 머문다면 제인은 정확히 일주일 동안 머물게 되는데, 당연히 그렇게 되리라고만 생각하고 있었기 때문에 무슨 일이 있어도 그 전에 그녀들을 데리고 오는 일만은 하고 싶지 않았다. 따라서 그녀의 대답은, 엘리자베스의 소망과는 어긋나는 것이었다. 엘리자베스는 하루라도 빨리 집으로 돌아가고 싶었다. 베넷 부인은 화요일 전에는 마차를 보낼 수 없다는 내용을 적어 보냈고, 추신으로 만약 빙리 씨와 그 누이가 붙든다면 더 머물러도 상관없다는 말을 덧붙였다. 하지만 엘리자베스는 더 이상 머물지 않겠다고 결심했으며, 그들이 자신들을 붙잡을 리가 없을 것이라고 생각했다. 오히려 필요 이상으로 오래 머문다는 생각을 들게 하지 않을까 걱정되어 제인에게 바로 빙리 씨의 마차를 빌리라고 재촉하고, 결국에는 그날 아침에 네더필드를 떠나겠다는 계획을 밝히고 마차를 빌리기로 합의를 봤다.

그 이야기를 하자 모두가 입을 모아 아직은 걱정이 된다면서 적어도 내일까지는 머물라고 간청했기 때문에 결국 제인은 마음을 바꾸어 출발을 다음날로 미루기로 했다. 그러자 빙리 양은 더 머물라고 한 것이 후회됐다. 엘리자베스에 대한 그녀의 질투와 혐오감이 제인에 대한 그녀의 애정보다 강했기 때문이었다.

이 집 주인은 두 사람이 그렇게 빨리 돌아가겠다고 한 말을 듣고 진심으로 섭섭하게 생각하여, 몇 번이고 베넷 양에게 아직은 안 된다고, 몸이 조금 더 회복된 뒤에 가라고 말했지만 제인은 자신이 틀리지 않았다는 생각을 굽히지 않았다.

다아시 씨에게 있어서 그것은 희소식이었다. 엘리자베스는 그만하면 충분히 네더필드에 머물러 있었다. 그녀는 그가 좋아하는 것 이상으로 그의 마음을 끌었다. 거기다가 빙리 양은 그녀에 대해서는 예의바르지 못했으며, 평소보다 더 그를 귀찮게 했다. 그는 현명하게도 지금은 그녀를 소중하게 생각하고 있다는 모습을 조금이라도 보이지 않도록, 그의 행복에 영향을 줄 수 있는 사람이라는 희망을 주어 그녀가 자만심을 갖지 않도록 특별히 주의해야 한다고 결심했다. 만약 실수로라도 오늘 그런 생각을 들게 하는 행동을 하게 된다면, 그 행동은 그러한 생각들을 확인시켜 주거나 파괴할 만큼 커다란 힘을 갖고 있다는 사실을 잘 알고 있었기 때문이었다. 그 결심을 굳게 지키기로 한 그는, 토요일에는 그녀에게 단 열 마디 말도 건네지 않았다. 단 둘이서 30분이나 함께 있은 적도 있었지만 그는 진지한 표정으로 책만 읽었을 뿐, 그녀 쪽으로는 시선도 돌리려 하지 않았다.

일요일, 아침 기도가 끝나자 대부분의 사람들을 기분 좋게 하는 이별의 시간이 다가왔다. 엘리자베스에 대한 빙리 양의 정중함은 제인에 대한 애정처럼 뜨거운 것이었다. 그리고 헤어지기 직전에는 제인에게 롱본이나 네더필드에서 다시 만나게 됐으면 좋겠다고 말하고, 아주 부드럽게 포옹을 한 뒤, 이번에는 엘리자베스와도 악수를 했다. 엘리자베스는 매우 발랄한 모습으로 작별을 고했다.

두 사람이 집으로 돌아왔지만 어머니는 그다지 탐탁지 않은 표정을 지었다. 베넷 부인은 지금 돌아오면 어쩌자는 건지, 이런 식으로 피해를 주면 안 되지 않는가, 제인은 틀림없이 다시 감기가 심해질 것이라고 했다. 하지만 그녀들의 아버지는, 말로는 그다지 기쁨을 표현하지 않았지만 두 사람이 돌아온 것을 아주 기뻐해 주었다. 그는 집안의 화목을 위해서 이 두 사람이 꼭 필요하다는 것을 절실히 깨닫게 되었다. 밤에 전 가족이 모여 이야기를 나누어도 제인과 엘리자베스가 없었기 때문에 생기가 느껴지지 않아 아무런 의미도 찾을 수 없었기 때문이었다.

메리는 여전히 화성학과 인간성에 대한 연구에 몰두해 있었다. 감탄할 만한 새로운 발췌문을 찾아냈으며, 한번쯤 경청할 가치가 있는 진부한 도덕에 관한 새로운 관찰 결과도 가지고 있었다. 캐서린과 리디아는 또 다른 정보를 들려주었다. 지난 수요일 이후, 연대에서는 여러 가지 일들이 일어났고, 여러 가지 소문들이 떠돌았다. 몇몇 사관들이 그녀들의 이모부와 회식을 했으며, 어떤 병사는 매를 맞았으며, 포스터 대령이 결혼할 것이라는 소문이 실제로 나돌고 있었다.

13

"부탁이 한 가지 있는데. 오늘은 특별한 음식을 만들도록 명령을 했으면 좋겠어. 실은 가족 이외에 손님이 한 분 오시기로 되어 있거든."

다음날 가족 모두가 아침 식탁에 앉았을 때 베넷 씨가 부인에게 말했다.

"누구를 말씀하시는 거죠? 아무도 올 사람이 없을 것 같은데, 혹시 샬럿 루카스가 갑자기 방문할지도 모르겠군요. 하지만 그 사람이라면 내 음식만으로도 충분하죠. 자기 집에서도 우리 집 음식처럼 맛있는 음식을 먹을 기회가 별로 없을 테니까요."

"내가 말하는 사람은 신사야. 우리 집에는 처음 오시는 분이지."

베넷 부인의 눈이 빛났다.

"처음 오시는 신사라고요? 빙리 씨로군요. 어머, 제인 너는 왜 한마디도 하지 않았니? 요 내숭쟁이! 빙리 씨를 만나게 된다면 나 아주 기쁠 거예요. 하지만, 어머 이를 어쩌지. 오늘은 생선을 한 마리도 살 수 없는 날인데. 리디아, 너 벨 좀 울리거라. 지금 당장 힐에게 말을 해두어야겠다."

"빙리 씨가 아니란 말이오. 지금까지 한 번도 뵌 적이 없는 분이오."

그녀의 남편이 말했다.

모두가 놀랐다. 그리고 그는 아내와 다섯 딸들에게 일제히 질문을 당하는 기쁨을 누리게 되었다.

한동안 그녀들의 호기심을 즐긴 뒤에 그는 이렇게 말했다.

"한 달쯤 전에 이런 편지를 받았지. 그리고 2주일쯤 전에 답장을 보냈어. 왜냐하면 좀 어려운 사건으로 빨리 손을 쓸 필요가 있다고 생각했기 때문이지. 이 편지는 내 사촌형제인 콜린스가 보낸 건데, 그는 내가 죽으면 언제든지 너희들을 이 집에서 쫓아낼 수 있는 사람이거든."

"어머! 난 그런 얘기를 듣고 참을 수가 없어요. 제발 그런 밉살맞은 사람 얘기는 하지 말아요. 당신 재산이 당신 자식들에게 넘어가지 않고 다른 사람에게 넘어간다니, 세상에 그런 어처구니없는 일이 또 어디 있겠어요? 내가 당신이라면 벌써 옛날에 무슨 조치를 취했을 거예요."

그의 아내가 소리를 질렀다.

제인과 엘리자베스는 어머니에게 한정 상속에 대해서 설명하려고 했다. 전에도 몇 번인가 설명하려고 했지만, 이는 베넷 부인의 상식으로는 도저히 받아들일 수 없는 문제였다. 그녀는 딸이 다섯 명이나 있는 집의 재산을 가져다가 아무런 상관도 없는 남자에게 주다니, 이처럼 잔혹한 일도 없을 거라며 거칠게 비난을 했다.

"그건 틀림없이 어처구니없는 일이지. 콜린스가 롱본을 상속하게 되는 죄는 어떤 방법으로도 씻을 수 없는 것이네. 하지만 이 편지를 읽는다면 이 남자의 말에 조금은 위로를 받을 수 있을 거요."

베넷 씨가 말했다.

"아니요. 위로받을 수 있다고 생각하세요? 당신에게 편지를 보냈다는 것 자체가 벌써 무례한 짓이에요. 아주 위선적이에요. 나는 그런 허위에 찬 사람은 싫어요. 차라리 그 사람 아버지처럼 당신하고 싸움을 계속하는 편이 낫지 않겠어요?'

"그도 그렇지만, 그 점에 대해서는 아들인 만큼 조심하는 부분이 있는 것 같소. 들어보면 알 거요."

'켄트 주, 외스터램 교외 헌스퍼드
10월 15일

존경하는 아저씨

아저씨와 돌아가신 아버지 사이에 계속되었던 불화는 나를 아주 불안하게 만들었습니다. 그래서 아버지가 돌아가신 뒤부터는 때때로 이 불화를 개선해야겠다고 생각했지만 아버지께서 일부러 멀리하시던 사람과 사이좋게 지내는 것은, 돌아가신 분에 대한 실례가 되는 것이 아닐까라는 생각이 들어서 자제를 하고 있었습니다. ─ "여보, 알겠소?" ─ 하지만 지금은 이 문제에 대해서 마음을 정했습니다. 왜냐하면, 부활절에 목사로 임명받았고 다행스럽게도 루이스 드 버그 경의 미망인인 캐서린 드 버그 영부인의 은혜를 입게 되었기 때문입니다. 이분의 보살핌과 은혜로 나는 이 훌륭한 교구의 목사로 등용되었기 때문에 앞으로는 여기서 영부인에게 깊이 감사하는 마음으로 영국 교회가 제정한 제례의식을 행하도록 열심히 노력하지 않으면 안 됩니다. 그리고 나는 목사로서 내 힘이 닿는 범위 안에 있는 모든 가정에게 평화의 축복을 전하고 이를 확립

시키는 것을 의무라고 생각하고 있습니다. 그렇기 때문에 나는 아저씨께 이렇게 우호적으로 인사를 드리는 것은 아주 훌륭한 일이라고 자만하고 있습니다. 또 내가 이번에 롱본의 재산을 상속하게 된 사실에 대해서도 너그럽게 봐주시고, 제가 보내는 올리브 가지를 기분 좋게 받아주실 것이라고 자신하고 있습니다. 나는 천진하기만 한 아저씨 따님들의 권리를 침해할 수밖에 없다는 사실에 대해서 괴로움을 느끼고 있습니다. 그래서 그에 대한 사과의 말씀을 드림과 동시에, 힘이 닿는 한 따님들에게 보상을 하려고 각오하고 있다는 사실을 말씀드리려고 합니다. 만약 내가 그곳으로 가서 사과의 말씀을 올리는 일을 아저씨가 반대하시지 않으신다면 11월 18일, 월요일 4시에 아저씨와 아저씨의 가족들을 방문하는 영광을 누리고 싶습니다. 그리고 다음 주 토요일까지 폐를 끼치려고 합니다. 이는 내게 무리한 일정이 아닙니다. 캐서린 부인은 내가 가끔 일요일에 이곳을 비워도 다른 목사가 제 대신 일을 봐준다면 결코 아무런 말씀도 하시질 않기 때문입니다. 아주머니와 따님들에게도 잘 말씀해 주십시오.

언제나 당신의 행복을 빌고 있는,
윌리엄 콜린스'

"그러니까 4시가 되면 이 신사가 화친을 위해서 나타나실 거요. 이 사람은 틀림없이 아주 양심적이고 예의바른 청년일 거야. 나는 틀림없이 친하게 지낼 수 있을 만한 사람이라고 생각하오. 만약 캐서린 부인이 앞으로도 이 사람이 우리 집을 찾아오는 것을 너그럽게 봐주신다면."

베넷 씨가 편지를 접으면서 말했다.

"그래요. 애들에 대해서 쓴 부분을 보면 조금은 분별력이 있어 보이는군요. 딸들에게 보상하고 싶은 마음이 있다면 난 그에 대해서는 반대하지 않겠어요."

"조금 이해하기 힘든데. 그분은 도대체 어떤 식으로 우리들이 납득할 수 있을 만한 보상을 하겠다는 거지? 하지만 그런 마음을 갖고 있다는 건 틀림없이 훌륭한 생각이야."

제인이 말했다.

엘리자베스는 무엇보다 그가 캐서린 부인에 대해서 품고 있는 커다란 경의와, 그 어떤 때라도 자신의 교구 사람들에게 세례를 베풀고, 결혼식을 올려주며, 장례식을 치러주겠다고 한 친절한 마음에 대해서 이상함을 느꼈다.

"틀림없이 좀 유별난 사람이야. 나는 그 사람의 정체를 모르겠어. 문체에 과장스러운 부분이 있어. 그리고 상속인이 된 것에 대해서 사과를 하고 있는데 무슨 마음을 먹고 있는 거지? 그렇다고 그 권리를 피할 마음이 있는 것 같지도 않고. 이래도 분별력이 있는 사람인가요? 아버지."

엘리자베스가 말했다.

"글쎄, 모르겠다. 만나보면 분별력과는 거리가 먼 사람일지도 모르겠다. 편지에 비굴한 면과 오만한 면이 섞여 있는 것을 보면 아무래도 그런 사람일 가능성이 크다. 어쨌든 빨리 만나보고 싶다."

"문장만을 놓고 보면 그분의 편지에 결점은 없어 보여요. 올리브 가지를 보낸 것은 그다지 새로울 것도 없지만 그래도 좋은 표현이라고 생각해요."

메리가 말했다.

캐서린과 리디아는 편지에도 편지를 쓴 사람에게도 관심이 없었다. 그들의 사촌형제가 붉은 상의를 입고 온다는 것은 거의 불가능에 가까운 일이기 때문이었다. 지난 몇 주간 다른 색 상의를 입고 있는 남자들과 자리를 함께 해봤지만 그것은 견디기 힘든 일이었다. 한편 그들의 어머니는 콜린스 씨의 편지로 지금까지 품어왔던 그에 대한 악의를 대부분 잊고, 그녀의 남편과 딸들이 놀랄 만큼 태연하게 그를 맞아들일 각오를 하고 있었다.

콜린스 씨는 정시에 도착했으며, 모든 가족들이 아주 정중하게 그를 맞아들였다. 베넷 씨는 별로 말이 없었지만 여자들은 말을 걸고 싶어했고, 콜린스 씨는 말을 걸지 않으면 이야기를 하지 않는 사람처럼 보이지도 않았고 또 말수가 적어 보이지도 않았다. 그는 키가 크고 어딘지 둔해 보이는 25살의 청년이었다. 지나치게 진지해서 무게가 있어 보이는 풍채였고 동작에서는 형식적인 냄새가 났다. 자리에 앉은 뒤 얼마 지나지 않아서 그는 베넷 부인에게 이렇게 아름다운 따님을 두셔서 아주 행복하겠다고 말하고, 소문을 통해서 아름답다는 얘기는 들었지만 소문보다 훨씬 아름답다고 말했다. 그리고 따님들을 조만간에 훌륭한 집안으로 시집보낼 수 있을 것이라고 덧붙였다. 이 은근한 말투를 그다지 좋지 않게 듣는 사람도 있었지만 어떤 입에 발린 소리라도 싫어하지 않는 베넷 부인은 그 말에 선뜻 대답을 했다.

"당신은 정말 친절하신 분이군요. 나도 마음속으로 그렇게 되기를 바라고 있어요. 그렇게 되지 못한다면 딸들은 앞으로 생활하기 힘들어질 거예요. 세상일이란 알 수 없는 거니까요."

"아저씨 재산의 상속권에 대해서 말씀하시는 거로군요."

"어머! 그래요. 가엾게도 딸들에게는 안타까운 일이죠. 나는 당신을 원망하고 있는 게 아니에요. 이렇게 된 것도 모두 운명이니까. 하지만 일단 한정 상속 된다면 앞으로 어떻게 될지 모르는 게 재산이죠."

"부인, 저는 이 아름다운 사촌 동생들의 고통을 잘 알고 있습니다. 지나치게 간섭을 한다든지, 경솔하게 보이면 안 된다고 생각하기 때문에 조심하고 있지만 드릴 말씀은 아주 많습니다. 하지만 나는 따님들을 칭찬하기 위해서 여기에 왔다는 사실만은 자신 있게 말씀드릴 수 있습니다. 지금은 이 이상 다른 말씀은 드리지 않겠지만, 조금 더 친해진다면……."

식사를 하러 오라는 전갈 때문에 그는 여기서 말을 끊었다. 딸들은 서로 얼굴을 마주보며 미소지었다. 콜린스 씨의 칭찬의 대상이 된 것은 딸들뿐만이 아니었다. 그는 현관과 식당, 모든 가구를 음미한 뒤, 칭찬을 아끼지 않았다. 그것들을 언젠가는 자신의 물건이 될 것이라는 생각으로 바라보고 있을지도 모른다는 생각이 들자 베넷 부인은 억울한 마음이 들기는 했지만 그런 마음만 들지 않았다면 모든 물건을 아낌없이 칭찬하는 그의 태도는 그녀를 깊이 감동시켰을 것이다. 저녁식사 때도 그는 음식에 대해서 칭찬을 했다. 그리고 그는 아름다운 사촌동생들 중에서 누가 이렇게 훌륭한 음식솜씨를 가지고 있냐고 물었다. 그러자 베넷 부인이 그의 잘못을 수정해 주었다. 우리는 솜씨 좋은 요리사를 고용할 만큼의 재산을 가지고 있기 때문에 딸들에게는 절대로 부엌일을 시키지 않는다고 좀 거친 어투로 말했다. 그는 기분을 상하게 해서 죄송하다고 말했고, 그녀는 좀 수그러진 어조로 조금도 화나지 않았다고 말했지만 그래도 그는 15분 정도 계속해서 사과의 말을 했다.

14

저녁식사 동안 베넷 씨는 거의 한마디도 하질 않았다. 하지만 하인들이 자리에서 물러나자 손님과 이야기를 해야 할 때라고 생각하고, 너는 좋은 후원자가 생겨서 행복하겠구나, 라고 상대가 아주 기뻐할 만한 이야기를 꺼냈다. 캐서린 드 버그 부인이 그의 희망을 북돋워주고 그가 편안하게 생활할 수 있도록 돌봐주고 있다는 것만은 틀림없는 사실인 듯했다. 베넷 씨는 이 이상 좋은 화젯거리를 고를 수 없었을 것이다. 콜린스 씨는 캐서린 부인을 입에 침이 마르도록 칭찬했다. 그 이야기가 나오자 그의 태도가 한층 더 엄숙해져서 아주 근엄한 표정으로 대강 다음과 같은 이야기를 했다.

"나는 태어나서 지금까지 상류사회 사람들 중에서 캐서린 부인처럼 상냥하고 겸손한 태도를 겸비한 사람을 본 적이 없습니다. 그녀는 영광스럽게도 내가 그녀 앞에서 행한 두 번의 설교에 대해서 따뜻한 찬사의 말을 전했죠. 또 그녀는 나를 로징스의 집으로 두 번이나 식사에 초대했으며, 또 얼마 전 토요일 저녁에는 커드릴(카드 놀이의 일종)을 함께 하자며 사람을 보내왔습니다. 내가 알고 있는 많은 사람들은 캐서린 부인이 오만하다고 말하고 있지만, 나는 상냥함 외에는 아무것도 본 적이 없어요. 그녀는 다른 신사에게 말을 걸 때와 다름 없는 태도로 내게도 말을 걸어주었어요. 그녀는 내가 동네 사람들이 모인 곳을 찾아가도, 가끔 친척을 방문하기 위해서 1, 2주일 간 교구에서 떠나 있어서 결코 아무런 말도 하지 않습니다. 그녀는 신중하게 선택해서 가능한 한 빨리 결혼하는 편이 좋을 거라고 권한 때도 있었습니다. 또 한 번은 초라한 목사관까지 일부러 오셔서 내가 개조를 해놓은 곳을 하나하나 칭찬했고, 또 황송스럽게도 이렇게 바꾸는 편이 좋겠다고 말씀해 주신 적도 있습니다. 그건 2층 다락방의 선반에 관한 건이었죠."

"정말 모든 것이 예의바르고 정중한 일들뿐이네요. 그리고 아주 느낌이 좋은 분 같아요. 다른 귀족 부인들이 모두 그분 같지 않다는 사실이 안타까울 정도네요. 그분은 당신과 가까운 곳에 살고 계십니까?"

베넷 부인이 말했다.

"목사관 정원과 길 하나를 사이에 두고 부인이 주거하고 계시는 로징스 장원이 있습니다."

"미망인이라고 말씀하셨는데 가족들과 함께 살고 계신가요?"

"따님이 한 분 계시는데 그분이 로징스와 막대한 재산의 상속인입니다."

"어머! 그건 많은 따님을 둔 것보다 훨씬 잘된 일이에요. 그런데 그 따님은 어떤 분이죠? 예쁜가요?"

베넷 부인은 머리를 흔들며 외쳤다.

"아주 매력 있는 분입니다. 캐서린 부인도 참된 아름다움이라는 점에서 말하자면, 이목구비에 좋은 가문의 젊은 부인에게서 볼 수 있는 특징이 나타나기 때문에 드 버그 양은 어떤 아름다운 여성보다도 훨씬 아름답다고 말씀하시고 계십니다. 하지만 불행하게도 몸이 허약해서 여러 가지 교양 습득에는 지장이 있는데 만약 몸만 건강하셨다면 상당한 교양을 쌓았을 거라고 교육 담당을 위해서 동거하고 계시는 분이 내게 말했습니다. 아주 상냥한 분으로 작은 말들이 끄는 조그만 마차를 타고 우리 집 옆을 자주 지나다니시거든요."

"그 분은 이미 국왕을 배알하셨어요? 궁정부인 중에서 그런 이름을 가진 분은 들어본 적이 없는 것 같은데."

"불행하게도 건강이 좋질 않아서 런던으로 외출하기가 힘듭니다. 이건 내가 일전에 캐서린 부인에게도 드린 말씀인데, 그로 인해서 영국 궁정은 가장 빛나는 보석을 잃은 셈입니다. 영부인도 이 표현이 아주 마음에 드셨던 모양인데, 이미 눈치 채셨겠지만, 나는 언제라도 부인이 마음에 들어 할 미묘한 찬사를 어떤 경우에라도 할 수 있습니다. 나는 캐서린 부인에게 곧잘 말씀드리곤 했습니다. 부인의 귀여운 따님은 공작부인이 되기 위해서 태어난 분입니다. 그리고 그 최고의 작위도 따님에게 부담을 주는 것이 아니라 오히려 따님에 의해서 더욱 빛나게 될 것입니다, 라고. 영부인은 이런 대단치도 않은 말을 좋아하시는데 나는 특별히 이런 식의 배려를 해야만 한다고 생각하고 있습니다."

"정확한 판단일세. 그리고 교묘하게 윗사람의 비위를 맞추는 말을 사용할 줄 아는 재능을 가진 자네는 행복한 사람일세. 그런 은근한 기쁨을 주는 말들은 그 자리에서 충동적으로 생겨나는 건가, 아니면 미리 연구를 한 결과인가?"

베넷 씨가 말했다.

"그건 대부분 그 자리에서 생겨나는 겁니다. 물론 저는 때로는 평범한 자리에나 어울릴 만한 공치사를 떠올리거나 정리하며 즐기는 때도 있지만 그런 것을 말할 때는 가능한 한, 자연스레 말을 하고 있는 것처럼 보이려고 노력합니다."

베넷 씨는 이 대답에 아주 만족했다. 그의 친척은 그의 바람대로 아주 어리석은 사람이었다. 그는 이렇게 재미있는 일도 없을 거라 생각하며 친척의 말에 귀를 기울였지만 언제까지나 진지한 표정을 짓고 있었다. 그리고 때때로 엘리자베스 쪽으로 시선을 돌리는 외에는 누구에게도 자신의 즐거움을 나눠주려 하지 않았다.

하지만 차를 마실 시간이 되기 전에 이미 그 즐거움에도 질려버렸기 때문에 차를 마실 시간이 되자 베넷 씨는 기뻐하며 그를 다시 한 번 응접실로 데리고 갔다. 그리고 차를 마신 뒤에 여자들에게 책을 읽어주지 않겠냐는 부탁을 했다. 콜린스 씨는 승낙을 했고, 곧 책이 한 권 들어 왔다. 하지만 그는 그것 ─순회도서관에서 빌려왔다는 것을 한눈에 알아볼 수 있었다─을 보고 갑자기 뒤로 물러나며 미안하지만 자기는 소설을 읽지 않는다고 말했다. 키티는 눈을 동그랗게 뜨고 그를 바라봤으며, 리디아는 소리를 질렀다. 다른 몇 권의 책을 꺼내 잠시 생각을 한 뒤, 포다이스의 '설교집'을 골랐다. 리디아는 그가 그 책을 펼치자마자 하품을 했고, 아주 단조롭고 무거운 어조로 세 페이지를 채 읽기도 전에 이런 말로 방해를 했다.

"어머니, 필립스 이모부가 리처드를 내쫓겠다고 한 걸 알고 계세요? 그렇게 되면 포스터 대령이 고용한다고 하던데요. 이모가 토요일에 그렇게 말씀하시던 걸요. 나, 내일 메리턴까지 걸어가서 그 일을 확인해 보겠어요. 그리고 데니 씨가 언제 런던에서 돌아오는지 물어볼래요."

리디아의 두 언니가 조용히 하라고 했다. 하지만 콜린스 씨는 기분이 아주 상해서 이렇게 말했다.

"나는 젊은 아가씨들이, 비록 자기들을 위해서 쓰여진 글이라 할지라도 좀 딱딱한 내용의 책에는 흥미를 갖지 않는다는 사실을 종종 볼 수 있었습니다. 솔직히 말하자면 나는 좀 놀랐습니다. 누가 뭐래도 배움만큼 젊은 아가씨들에게 도움이 되는 일도 없으니까요. 하지만 이 이상 내 사촌동생들에게 강요하지는 않겠습니다."

그리고는 베넷 씨를 향해서 주사위놀이의 상대가 되어주겠다고 말했다. 베넷 씨는 딸들에게는 저희들끼리 그런 놀이를 하도록 내버려두자고 한 당신의 방책은 아주 현명한 것이라고 말하고 그의 도전을 받아들였다. 베넷 부인과 딸들은 리디아가 실례를 범한 것에 대해 정중하게 사과하고 앞으로는 이런 일이 없도록 하겠다며 더 읽어달라고 했지만 콜린스 씨는, 자기는 어린 사촌들에게 악의를 품고 있지도 않으며, 또 그녀들의 행동을 모욕적이라 생각하여 이에 분개하고 있지도 않다고 말한 뒤, 베넷 씨와 다른 테이블에 앉아 주사위놀이를 준비했다.

15

콜린스 씨는 영리한 사람이 아니었다. 그리고 선천적인 결함이 교육이나 교제에 의해서 조금도 고쳐지질 않았다. 그 이유 중 하나는 그의 생애 대부분을 못 배우고 욕심 많은 아버지의 지도 밑에서 보냈기 때문이다. 또 다른 하나는 그가 어떤 대학에 들어가기는 했지만 단지 필요한 학기만을 출석했을 뿐, 특별히 득이 될 만한 친구도 사귀지 않았기 때문이다. 그의 아버지는 단지 명령에만 따르도록 그를 교육시켰기 때문에 그는 원래 아주 겸손한 태도를 지닌 사람이었으나, 지금은 사회에서 물러나 생활하고 있는 어리석은 자의 자만심과 젊은 나이에 뜻하지 않은 성공을 거뒀다는 데서 오는 오만함 때문에 많이 변하게 되었다. 그는 운 좋게도 헌스퍼드 교회의 목사 자리가 비었을 때, 캐서린 부인의 후원을 얻었다. 그리고 그녀의 높은 지위에 대한 존경심과, 자신의 보호자로서 그녀를 숭배하는 기분과, 자신을 대단하다고 생각하는 마음과, 성직에 종사하는 자의 권리와 목사로서의 권리를 대단하다고 생각하는 마음이 뒤섞여서 그는 오만과 순종, 거만함과 겸손함으로 뒤섞인 인물이 되어버렸다.

지금은 훌륭한 집이 있고, 수입도 많았기 때문에 그는 결혼을 해야겠다고 생각했다. 그래서 롱본의 가족들과 화해를 하고 아내를 얻어야겠다고 생각했다. 세상에 떠도는 소문대로 만약 딸들이 아름답고 귀엽다면 그 중 한 명을 골라서 결혼을 해야겠다고 생각했던 것이다. 이것이 아버지의 재산을 딸들에게 물려주려는 그의 보상, 사죄를 위한 계획이었다. 그리고 이야말로 더할나위 없이 훌륭한 계획이며, 자신의 입장에서 말하자면 너무도 관대하고 공평한 계획이라고 생각하고 있었다.

딸들을 만난 뒤에도 그의 계획은 변하지 않았다. 베넷 양 (제인)의 아름다운 얼굴을 보자 그의 이 결심은 더욱 굳어졌으며, 재산은 무슨 일이 있어도 장녀인 그녀에게 건네줘야겠다고 생각하게 되었다. 첫날밤에는 그녀가 그의 마음에 들었다. 하지만 다음날 아침에 마음의 변화가 생겼다. 아침 식사 전에 15분 정도 베넷 부인과 마주앉아 있는 동안 그의 목사관에 대한 이야기가 화제로 올랐고, 그 다음에 자연스럽게 그곳의 여주인이 롱본에서 나올지도 모른다는 그의 희망을 밝히자 베넷 부인은 아주 은근한 미소를 지으며 그건 아주 잘 된 일이라는 표정을 지었지만, 단 그가 속으로 정해두었던 제인만은 안 된다는 말을 이렇게 표현했다.

"내가 이런 말하기는 좀 그런데……. 밑의 딸들에 대해서 확실한 대답을 할 수는 없지만, 아직 마음에 두고 있는 사람은 없는 것 같아요. 제인에 대해서는 조금 말해둘 필요가 있는데, 아니 꼭 말해야만 할 의무가 있는데, 곧 약혼할 수 있을 것 같아요."

콜린스 씨에게는 제인을 엘리자베스로 바꾸기만 하면 되는 일이었다. 그리고 그것은 바로, 베넷 부인이 불을 지피고 있는 동안 행해졌다. 엘리자베스는 나이에 있어서도, 아름다움에 있어서도 제인의 다음이었기에 당연히 제인의 뒤를 이을 사람으로 고른 것이었다.

베넷 부인은 그 암시를 마음 깊은 곳에 소중히 간직한 채, 이렇게 해서 두 딸을 곧 결혼시킬 수 있겠다는 생각이 들자 어제까지만 해도 입에 담기도 싫던 남자가 지금은 아주 마음에 들었다.

리디아는 메리턴까지 걸어가겠다던 계획을 잊지 않았다.

메리를 제외한 다른 자매들은 모두 함께 가겠다고 했다. 베넷 씨의 청으로 콜린스 씨도 동행하게 되었다. 베넷 씨는 어떻게든 그를 쫓아내고 혼자서 서재에 있고 싶었던 것이다. 그도 그럴 것이 아침 식사를 마치고 베넷 씨의 뒤를 따라서 서재로 들어온 콜린스 씨는 언제까지고 거기에 머물면서 겉으로는 장서 중 가장 큰 폴리오판을 읽는 척했지만 실은 베넷 씨에게 헌스퍼드에 있는 자신의 집과 정원에 대한 이야기를 쉴새없이 떠들어댔기 때문이었다. 그런 그의 행동 때문에 베넷 씨는 조금도 안정을 취할 수가 없었다. 서재에서 베넷 씨는 언제나 편하게 안정을 취할 수 있었다. 언젠가 엘리자베스에게도 말한 것처럼, 집안의 다른 방에서는 어리석음이나 자만과 마주할 각오를 하고 있지 않으면 안 되었지만 서재에서만은 언제나 그런 것들로부터 자유로울 수 있었던 것이다. 그래서 그는 곧 콜린스 씨에게 딸들의 산책에 참가할 것을 정중하게 권했으며, 독서보다 산책을 훨씬 더 좋아하는 콜린스 씨는 아주 기뻐하며 커다란 책을 덮고 밖으로 나섰다.

콜린스 씨는 별것도 아닌 일을 과장스레 이야기했으며, 아가씨들은 정중하게 그 이야기에 고개를 끄덕이는 식으로 메리턴에 도착하기까지의 시간이 흘렀다. 그때부터 밑의 딸들의 주의는 그에게서 멀어져 있었다. 그녀들의 시선은 곧 사관들을 찾아서 거리를 방황했는데, 아주 멋진 모자나 상품진열창 속의 아주 새로운 모슬린이 아니고서는 그 시선을 멈추게 할 수가 없었다.

얼마 지나지 않아서 모든 여자들의 시선이 한 명의 청년에게 쏠아졌다. 그는 그녀들이 지금까지 본 적이 없는 아주 신사다운 청년으로 도로의 건너편 길을 사관 한 명과 함께 걸어가고 있었다. 그 사관이 바로 리디아가 런던에서 돌아왔는지 알고 싶어하던 데니스 씨로 그녀들과 마주치자 인사를 했다. 모두가 그 청년의 풍채에 감탄해서 도대체 그가 누구인지를 알고 싶어 했다. 키티와 리디아는 어떻게든 알아내고 싶었기 때문에 도로 건너편에 있는 가게에 갖고 싶은 물건이 있다는 듯이 도로를 건너 보도로 올라서자 운 좋게도 두 신사가 발길을 돌려서 같은 장소에 있을 수 있었다. 데니스 씨가 그녀들에게 친구인 위컴 씨를 소개하겠다고 하고, 위컴은 어제 자기와 함께 런던에서 왔으며 기쁘게도 이번에 자신이 속한 군단의 장교로 임명받은 사람이라고 했다. 그건 아주 그럴듯한 이야기였다. 이 사람은 여기다가 군복만 입는다면 완벽한 매력을 갖추게 되기 때문이었다. 그만큼 훌륭한 풍채를 갖고 있었다. 그는 미의 정수만을 모아놓은 듯 얼굴은 단정했으며, 체격도 좋은데다가 태도도 아주 친절했다. 소개가 끝나자 그는 곧 이야기를 걸어 왔는데 아주 예의 바르고 겸손한 태도였다. 그들이 이렇게 유쾌하게 이야기를 나누고 있을 때 말 달리는 소리가 들려 그쪽으로 시선을 돌리니 다아시와 빙리가 말을 타고 길을 달려오고 있는 모습이 보였다. 무리 속에서 그녀들을 알아보고 두 신사는 그녀들이 있는 곳으로 와서 인사를 했다. 주로 빙리가 말을 많이 했으며, 베넷 양이 그걸 듣고 있었다. 그는 지금 그녀의 안부를 묻기 위해 롱본으로 가는 중이었다고 말했다. 다아시 씨가 그걸 증명하기라도 하듯 인사를 했다. 그리고 가능한 한 엘리자베스 쪽으로는 시선을 주지 않겠노라고 마음을 먹은 순간, 낯선 사람의 모습이 눈에 들어왔다. 두 사람은 서로의 얼굴을 바라보았는데 마침 그때 두 사람의 모습을 보게 된 엘리자베스는 이 만남의 결과에 대해서 놀라지 않을 수 없었다. 두 사람의 안색이 점점 변하기 시작했는데, 한 사람은 창백해졌으며 다른 한 사람은 붉게 변하고 있었다. 위컴 씨는 곧 모자를 벗어들었다. 다아시 씨는 이 인사에 마지못해 답했을 뿐이었다. 도대체 어떻게 된 일인지? 도저히 상상도 안 되는 일이었지만, 또 사정을 알고 싶다고 생각하지 않을 수도 없는 일이었다.

그로부터 일 분 정도 지나서 빙리 씨는 그런 일에는 전혀 눈치 채지 못한 듯한 태도로 작별인사를 하고 친구와 함께 말을 달렸다.

데니스 씨와 위컴 씨는 여자들과 함께 필립스 씨 댁 문 앞까지 걸어갔다. 리디아 양은 함께 들어가자고 끈질기게 청했으며 필립스 부인까지도 거실의 창을 열어젖히고 큰소리로 그들을 불러들였지만, 그들은 인사를 한 뒤 돌아가고 말았다.

필립스 부인은 언제나 조카들을 만나는 것을 좋아했는데, 위의 두 자매는 요즘 집에 없었기 때문에 특히 그녀들을 아주 반갑게 맞았다. 그녀는 몇 번이고 두 사람이 갑자기 집으로 돌아가서 아주 놀랐다고 말하며, 두 사람이 자기 집 마차로 돌아가지 않았기 때문에 만약 길에서 존스 씨 가게의 심부름꾼을 만나 베넷 가의 따님들은 이미 댁으로 돌아가셨으니 네더필드로 물약을 가져다줄 필요는 없다는 이야기를 듣지 못했다면 자기는 아무것도 모르고 있었을 것이라고 얘기했다. 바로 그때 제인이 콜린스 씨를 그녀에게 소개했기에 그녀는 그에게 인사를 하지 않을 수 없었다. 그녀는 매우 정중하게 그를 맞이들였으며, 콜린스 씨는 더욱 정중하게 인사에 답했다. 그는 전부터 친분이 있었던 것도 아닌데 갑자기 찾아뵙게 돼서 죄송하다고 말하고, 하지만 자신은 이 젊은 아기씨들과 친척관계에 있으니 자신의 실례를 용서하실 거라 믿는다고 했다. 필립스 부인은 그의 태도가 너무도 정중했기에 그에 대한 경외감을 품고 이 낯선 사람에 대한 상상에 빠졌지만 또 다른 낯선 사람에 대한 질문과 감탄 때문에 그녀의 상상은 곧 깨지고 말았다. 하지만 그 사람에 대해서 그녀가 조카들에게 해줄 수 있는 답변이란, 데니 씨가 그를 런던에서 데리고 왔다는 사실, 그는 주 부대의 중위로 임명되기로 내정되었다는 것 등 조카들도 이미 알고 있는 일들뿐이었다. 그녀는 한시간 전부터 그가 거리를 왔다갔다하는 것을 지켜보고 있었다고 말했다. 만약 위컴 씨가 보였다면 키티와 리디아는 틀림없이 이모의 뒤를 이어서 그 지켜보는 일을 계속했을 것이다. 하지만 그 때는 공교롭게도 두세 명의 사관들 외에는 아무도 창문 앞을 지나는 사람이 없었고 그 사관들은 미지의 사나이인 위컴 씨와 비교하면 '멍청하고 불쾌한 사람들'로 밖에 생각되질 않았다. 몇

몇 사관들은 다음 날 필립스 댁 사람들과 식사를 함께 하기로 되어 있었다. 그리고 필립스 부인은 만약 롱본의 식구들이 다음 날 저녁에 올 수 있다면 남편에게 말해서 위컴 씨도 불러서 소개해 주겠다고 조카들에게 약속했다. 조카들은 그 말에 찬성했다. 그러자 필립스 부인은 그렇다면 제비뽑기를 유쾌하게 즐긴 뒤에 간단하게 따뜻한 저녁을 먹자고 말했다. 그런 즐거운 상상으로 모두 가슴을 설레며 즐거운 기분으로 헤어졌다. 콜린스 씨는 방에서 나올 때, 몇 번이고 사과의 말을 했지만 이모는 아주 정중하게 그런 사과는 할 필요가 없다고 말했다.

그녀들이 걸어서 집으로 돌아가던 중에 엘리자베스는 제인에게 두 신사 사이에서 일어났던 일을 들려주었다. 하지만 제인은 두 사람 중 한 명이, 혹은 두 사람 모두가 잘못 생각하고 있었던 것이라며 변호하려 했지만, 그와 같은 행동은 그녀에게도 이해할 수 없는 것이었다.

집으로 돌아온 콜린스 씨는 필립스 부인의 행동과 예의바른 태도를 말함으로써 베넷 부인을 아주 기쁘게 해주었다. 그는 캐서린 영부인과 그 따님을 제외하고, 그렇게 품위 있는 부인은 본 적이 없다고 강조했다. 왜냐하면 필립스 부인은 최고의 예의로 그를 맞았을 뿐만 아니라 처음 만난 그를 다음날 만찬에 특별히 초대해 주었기 때문이었다. 물론 그가 그녀들의 친척관계라는 사실이 작용했다고도 생각할 수는 있었지만, 그래도 이렇게 친절한 대접은 지금까지 받아본 적이 없기 때문이기도 했다.

16

젊은 사람들이 이모와 약속했다는 사실에는 별다른 이견이 없었다. 또 콜린스 씨가 자신이 방문해 있는 동안 단 하룻밤이라도 베넷 부부를 집에 남겨두고 외출하고 싶지 않다고 했지만 이는 다른 사람들에 의해서 무시되었다. 그렇게 해서 그와 다섯 자매들을 태운 마차는 마치 시간이라도 재두었다는 듯 적당한 시간에 메리턴에 도착했다. 그리고 일행이 응접실로 들어섰을 때, 아가씨들은 위컴 씨가 이모부의 초대에 응해서 이미 집에 와 있다는 사실을 들을 수 있었다.

이런 이야기를 들은 뒤에 모두가 자리에 앉자 드디어 콜린스 씨에게 주위를 둘러보며 칭찬할 수 있는 기회가 찾아왔다. 그는 이 방의 적당한 넓이와 가구들을 아주 칭찬하며, 마치 여름의 아침식사를 위해 준비한 로징스의 작은 방에 있는 것 같은 기분이 든다고 말했다. 이렇게 비교하는 식의 말은, 처음에는 그다지 호응을 얻지 못했지만 필립스 부인은 곧 그에게서 로징스가 어떤 곳인지, 그 소유자가 누구인지를 듣고 캐서린 영부인의 많은 응접실 중 한 곳의 모습에 대해서, 난로만도 800파운드를 들여서 설치했다는 말을 들었을 때는 새삼스레 그의 과분한 칭찬을 느낄 수 있었고 그 집에 사는 가정부의 방과 비교당한다 해도 불쾌하지 않을 것이라고 생각하게 되었다.

그는 그런 식으로 캐서린 영부인의 품위와 그 저택의 훌륭함에 대해서 필립스 부인에게 들려주면서 틈틈이 이야기를 돌려 자신이 살고 있는 곳에 관한 이야기와 그 곳의 수리에 관한 일들을, 신사들이 들어오기 전까지, 자랑하듯 기분이 좋아져서 이야기했다. 필립스 부인은 아주 열심히 그의 이야기를 들었으며 그의 이야기를 들을수록 대단한 사람이라는 생각이 들어 그 사실을 곧 마을 사람들에게 들려주어야겠다고 마음먹기 시작했다. 아가씨들은 콜린스 씨의 말에는 그다지 귀를 기울이고 싶지 않았고, 또 특별히 마음을 끄는 일도 없었기에 그저 악기라도 있었으면 좋겠다고 생각하기도 하고, 선반 위의 자신들이 만든 변변찮은 모조 도자기들을 바라보기도 하며 기다리는 시간이 아주 길다고 느꼈다. 하지만 그 기다림의 시간도 곧 끝났다. 신사들이 방으로 들어왔으며 위컴 씨도 함께 방으로 들어섰다. 엘리자베스는 전에 이 사람을 보고 감탄하고, 그 이후로도 계속 멋진 사람이라고 생각하게 된 것도 어쩌면 당연한 일이라고 생각했다. 주의 사관들은 대체로 믿음직하고 신사적인 사람들이었지만 그 중에서도 최고의 사람들이 함께 이곳에 온 것이었다. 하지만 위컴 씨는 인품에 있어서나, 용모, 체격, 걸음걸이에 있어서 다른 사람들보다 훨씬 더 뛰어났다. 물론 그 외의 사람들도 그들의 뒤를 따라서 방으로 들어온, 평퍼짐한 얼굴에 숨을 헐떡이며 포도주 냄새를 풍기고 있는 필립스 이모부보다는 몇 배나 더 뛰어난 사람들이기는 했지만.

위컴 씨는 모든 아가씨들이 다시 한 번 뒤돌아볼 만큼 행복을 누리고 있는 남자였고, 엘리자베스는 그런 남자의 옆자리에 앉은 행복한 여자였다. 그는 곧 그녀에게 말을 걸었는데, 화제는 오늘밤에는 비가 내리고 있다든가, 이대로 장마가 시작될 것 같다는 등의 이야기였다. 그의 아주 유쾌해 보이는 말투는 가장 평범하고, 가장 지루하며, 가장 흔해빠진 화제라도 이야기하는 사람의 교묘한 기술에 따라 재미있는 것이 된다는 것을 그녀에게 느끼게 해주었다.

위컴 씨와 사관들과 같은 강적들이 나타나서 미인들의 관심을 끌었기 때문에 콜린스 씨는 곧 자신의 존재가 잊혀져버리는 신세가 되고 말았다. 젊은 여자들에게 있어서 그는 틀림없이 아무런 흥미도 가질 수 없는 사람이었다. 하지만 때때로 필립스 부인이 친절하게 그의 이야기를 들어주었고, 그에게 신경을 써주었기 때문에 커피와 머핀(작고 둥글게 구운 빵)을 배불리 먹을 수 있었다.

그래서 카드 놀이를 위한 테이블을 꺼냈을 때 그는 위스트(4명이 한 조가 되어 승부를 겨루는 카드 놀이)에 참가하여 그녀의 은혜에 보답할 수 있는 기회를 얻었다.

"아직은 이 놀이의 규칙을 잘 모르겠지만 이런 것을 배우는 것은 아주 바람직한 일입니다. 내 지위를 생각한다면."

그가 말했다.

필립스 부인은 그가 자기 말을 들어준 사실에 대해서는 아주 고맙게 생각하고 있었지만 그 이유를 말하기까지 기다리고 싶은 마음은 들지 않았다.

위컴 씨는 위스트 게임에는 가담하지 않았다. 그리고 곧 엘리자베스와 리디아의 청을 받아들여 두 사람 사이에 자리를 잡았다. 처음에는 리디아가 그를 완전히 독점할 것만 같은 위기감이 감돌았다. 왜냐하면 그녀는 한번 이야기를 꺼내면 끊임없이 이야기를 해대는 성격이었기 때문이었다. 하지만 그에 못지않게 제비뽑기 놀이도 좋아하는 그녀는 곧 승부에 몰입하여 내기를 걸거나, '제발 맞춰줘'라고 소리 지르는 일에 열중하여 한 사람에게만 주의를 집중하고 있을 수가 없었다. 그래서 위컴 씨는 승부에 신경을 쓰면서도 엘리자베스에게 말을 걸 수 있는 시간을 얻을 수 있었다. 그리고 엘리자베스는 아주 기쁜 마음으로 그의 이야기를 들었다. 하지만 그녀가 가장 듣고 싶어 했던 말, 그가 어떻게 해서 다아시 씨와 알게 되었는지 이야기해 달라고는 말할 수가 없었다. 그녀에게는 그의 이름을 입 밖으로 낼 용기가 없었다. 그런데 뜻하지도 않게 그녀는 그 궁금증을 풀 수 있었다. 위컴 씨가 먼저 그에 대해서 이야기를 시작한 것이다. 그는 네더필드가 메리턴에서 얼마나 떨어져 있는지를 물었고, 그녀의 대답을 듣자 좀 주저하는 듯하며 다아시 씨가 어느 정도 네더필드에 머물러 있었냐고 물었다.

"한 달 정도요."

엘리자베스가 대답했다. 그리고 그 이야기를 멈추고 싶지 않았기에 이렇게 덧붙였다.

"그분은 다비셔에서도 손꼽히는 재산가라지요?"

"그렇습니다. 그곳의 토지는 정말 대단합니다. 순수 연 수입이 1만 파운드입니다. 그 일에 대해서라면 나만큼 확실한 정보를 제공할 수 있는 사람도 없을 겁니다. 저는 어렸을 때부터 그 사람의 가족들과 특별한 관계를 맺고 있었으니까요."

위컴이 대답했다.

엘리자베스는 깜짝 놀랐다는 표정을 지었다.

"이렇게 말하면 당신은 매우 놀라겠지만 그러는 것도 무리는 아닙니다. 어제 우리들이 아주 냉담한 태도로 만나는 것을 보셨을 테니까요. 당신은 다아시와 아주 친하게 지내고 계십니까?"

"그냥 알고 있는 정도죠. 그 분과 한집에서 나흘을 보낸 적이 있었는데 아주 차가운 분이라고 생각해요."

엘리자베스가 흥분해서 외쳤다.

"나는 무슨 말도 할 권리가 없습니다. 그 사람이 상냥한지 어떤지에 대해서는. 그런 의견을 가질만한 자격이 없습니다. 워낙 오래 전부터 잘 알고 있었기 때문에 공평한 재판관이 될 수는 없습니다. 아무래도 편협해질 수밖에 없습니다. 하지만 그 사람에 대한 당신의 생각에는 누구나가 놀라지 않을 수 없을 겁니다. 당신도 아마 다른 자리에서는 이렇게까지 강한 어조로 말하지는 않겠죠? 여기는 가족들이 함께 자리를 한 곳이니."

위컴이 말했다.

"확실히 말씀드리겠는데 나는 이 집뿐만 아니라 그 어떤 집에서라도 같은 말밖에는 하지 않을 거예요. 네더필드에서는 차마 그런 말은 못하겠지만. 하트퍼트셔에서 그분은 아주 미움을 받고 있거든요. 모든 사람들이 그분의 오만함에 치를 떨고 있어요. 누구를 만나더라도 그분에 대해서 이보다 좋게 말하는 사람이 있을 리 없을 거예요."

"나는 가엾은 표정을 지을 수 없습니다. 그 사람이든 누구든, 참된 가치 이상 평가받지 못한다고 해서. 하지만 그 남자는 참된 가치 이상의 평가를 듣지 못하는 경우는 거의 없어요. 사람들은 그 사람의 재산과 지위 때문에 눈이 어두워지든지 아니면 압도당할 것 같은 그의 당당한 태도를 두려워해서인지 그 사람이 원하는 대로 평가를 하거든요."

엘리자베스가 잠시 사이를 둔 뒤에 대답했다.

"저는 아주 조금밖에 그분을 모르지만 아주 신경질적인 분이라고 생각해요."

위컴은 그저 고개를 흔들 뿐이었다.

"어떻게 생각하세요? 그 사람이 앞으로도 계속 여기에 머물 것 같나요?"

다음 이야기할 기회를 기다렸다가 그가 말했다.

"저희들도 알 수 없죠. 하지만 내가 네더필드에 있을 때, 그분이 돌아가실 거라는 말을 듣지는 못했어요. 그분이 가까이 있다고 해서 당신이 주 부대를 위해서 세운 계획이 방해를 받지 않았으면 좋겠어요."

"아니, 그런 일은 없을 겁니다. 내가 다아시에 의해서 쫓겨

날 염려는 없습니다. 만약 그 사람이 우리들의 만남을 피한다면, 자신이 여기서 떠나야만 할 것입니다. 우리들은 사이가 좋지 않습니다. 따라서 그 사람을 만나는 일은 고통이지만 내가 그 사람을 피해야 할 이유는 내가 전세계에 공언할 수 있는 것 외에 아무것도 없습니다. 즉, 그 사람을 만나면 정말 지독한 녀석이라는 생각이 들고 지금의 그가 한심하다는 생각이 들어서 싫어지는 것입니다. 베넷 양, 그 사람의 아버지인 고 다아시 씨는 그 어떤 사람보다도 선량한 사람 중의 한 사람으로 내 친구 중에서도 가장 성실한 친구였습니다. 그래서 다아시와 만나면 수많은 따뜻한 추억들 때문에 마음 깊은 곳까지 슬퍼지게 됩니다. 나에 대한 그 사람의 행동은 말로 표현할 수 없을 정도로 잔혹한 것이었지만, 그래도 그 사람이 돌아가신 아버님의 희망을 저버리지 않고 영혼을 욕되게 하지 않는 한 무슨 일이든 용서할 수 있을 것 같은 기분이 듭니다."

엘리자베스는 이야기가 점점 재미있어진다고 생각하고 온 마음을 쏟아서 듣고 있었지만, 자신이 끼어들기 힘든 문제이기 때문에 이 이상의 사정에 대해서는 묻지 않았다.

위컴 씨는 좀더 일반적인 이야기로 화제를 돌려서 메리턴에 관한 일, 그 근방에 관한 일, 사교사회에 대한 일 등을 아주 마음에 들었다는 듯이 이야기하기 시작했다. 특히 사교사회에 대해서는 아주 조용히, 하지만 천천히 음미하는 듯한 정중함으로 이야기를 하기 시작했다.

"끊임없이 멋진 사교가 가능할 것 같아서, 나는 주 부대에 들어갔습니다. 나는 전부터 그 부대가 제대로 구성된 짜임새 있는 군대라는 사실을 알고 있었는데 거기다가 친구인 데니가 현재 주둔지에 대한 이야기와 메리턴에서 굉장한 인기를 끌고 있다는 이야기, 소중한 만남이 가능하다는 이야기 등을 들려줬기에 완전히 매료당했습니다. 고백하겠는데 나는 사교활동 없이는 살아갈 수 없습니다. 나는 실의에 빠진 사람으로 고독을 견딜 만한 기운이 없습니다. 나는 직업과 사교 없이는 살아갈 수 없습니다. 나는 원래 군 생활을 바라지는 않았지만, 지금은 상황이라는 것이 그것을 내게 어울리는 것으로 만들어버렸습니다. 사실 나는 목사라는 직업을 갖게 될 운명이었습니다. 나는 목사가 되기 위한 교육을 받으며 자랐습니다. 그리고 지금 우리들이 화제로 삼고 있는 사람의 마음에 들기만 했어도 나는 지금쯤 굉장한 목사가 되어 있었을 것입니다."

그가 말했다.

"어쩜!"

"그렇습니다. 돌아가신 다아시 씨는 그의 증여권 내에 있는 최고 교회의 재산을 물려받을 권리를 내게 주겠다고 유언했습니다. 그는 제 교부(敎父)로 나를 아주 귀여워해 주셨습니다. 그의 친절은 말로는 표현할 수 없을 정도였습니다. 그는 내게 편안한 삶을 제공하려고 했습니다. 또 그렇게 되리라고 믿고 있었습니다. 그런데 그 교회 재산이 반납되자 그것이 다른 사람 손으로 넘어가게 되었습니다."

"어머! 어떻게 그런 일이. 유언을 무시하다니. 어째서 당신은 법률상의 배상을 청구하시지 않는 거죠?"

엘리자베스가 외쳤다.

"유언장의 문구에 형식적인 미비함이 있어서 법에 호소해도 소용없다는 사실을 알게 되었기 때문입니다. 체면을 중히 여기는 인간이라면 그 뜻을 의심하지 않겠지만 다아시는 그것에 대해 의심을 품게 되었습니다. 그리고 그것을 단순한 조건부 추천으로 취급하고, 있는 일 없는 일 다 끌어들여 나를 당돌하고 부정한 사람으로 만들어 그러한 요구권을 완전히 잃은 사람이라고 단정해버렸던 거죠. 2년 전에 그 교회 재산의 소유자의 자리가 공석이 되었고 나는 그 때 마침 그것을 상속할 수 있는 연령이 되었는데도 다른 사람의 손에 넘어가고 말았죠. 내가 그것을 잃을 만한 그 어떤 행동도 하지 않았다는 것은 명백한 사실입니다. 나는 정열적이고 앞뒤 가리지 않는 성격을 갖고 있기 때문에 때로는 그 사람에 대해서 내가 갖고 있는 생각을 서슴없이 이야기한 적도 있을 것이며 그 사람에게 직접적으로 이야기한 적도 틀림없이 있을 것입니다. 하지만 그 이상의 나쁜 짓을 한 기억은 없습니다. 그 사람과 나는 성격이 아주 다른 인간이기 때문에 그 사람이 나를 미워하고 있는 것도 사실이기는 합니다."

"정말 너무하는군요! 사람들 앞에서 창피를 당해도 상관없는 사람이네요."

"언젠가는 그렇게 될 것입니다. 하지만 나는 그렇게 하지 않을 거예요. 나는 그 사람의 아버지를 잊기 전에는 그 사람에게 수치를 안겨주거나 그의 정체를 폭로할 수 없습니다."

엘리자베스는 이런 마음을 가지고 있는 그가 훌륭하다는 생각이 들었으며, 그것을 말로 표현하고 있을 때의 용모가 이전보다 더욱 아름답게 비춰졌다.

"그런데 그 사람이 그런 짓을 하게 된 동기는 무엇일까요? 어째서 그렇게 잔혹한 짓을 하게 되었을까요?"

잠시 사이를 두었다가 그녀가 말했다.

"나를 아주 싫어했기 때문입니다. 그리고 거기에는 질투심도 어느 정도 작용했다고 볼 수 있습니다. 만약 돌아가신 다아시 씨가 그렇게 나를 좋아하시지 않았다면 그 아들도 나를 그렇게 싫어하지 않았겠지만, 워낙 아버지가 나를 너무도 귀여워하셨기 때문에 틀림없이 어렸을 때부터 그 점이 마음에 들지 않았을 겁니다. 그 사람은 두 사람 사이에 있었던 경쟁과도 같은 것을 견디기 힘들어했죠. 왜냐하면 아버지가 곧잘 내 편을 들곤 하셨기 때문에 그것을 견딜 수 없었던 거죠."

"나는 다아시 씨가 그렇게 나쁜 사람이라고는 상상도 못했어요. 비록 좋은 사람이라고 생각한 적은 없었지만 그렇게 나쁜 사람이라고도 생각하지 않았어요. 그 사람은 대체로 인간을 인간으로 생각하지 않는 사람이라고 생각하고는 있었지만, 그렇게 악질적인 복수를 하는 부정하고 몰인정한 사람이라고는 꿈에도 생각지 못하고 있었어요."

잠시 생각에 잠겼다가 그녀가 말을 계속했다.

"저, 그분이 전에 네더필드에서 자신은 집념이 강하며, 사람을 용서하지 않는 성격을 갖고 있다고 자랑하던 것을 아직도 기억하고 있어요. 그 사람은 틀림없이 아주 무서운 성격을 가지고 있을 거예요."

"그 점에 대해서 나는 자신 있게 말씀을 드릴 수가 없습니다. 나는 그 사람에 대해서는 도저히 공평해질 수가 없습니다."

위컴이 대답했다.

다시 한동안 생각에 잠겨 있던 엘리자베스가 잠시 후 큰 소리로 말했다.

"아버님이 이름을 붙여줄 정도로 친하게 지내고 마음에 들어 하던 사람을 그런 식으로 취급하다니!"

그녀는 하마터면 뒤에 이런 말을 덧붙일 뻔했다.

'당신처럼 보기만 해도 좋은 사람이라는 걸 단번에 알 수 있는 분을.'

하지만 그녀는 그저 이렇게 말하는 데 그쳤다.

"당신이 말씀하신 대로 어렸을 때부터 친한 친구였던 당신에게."

"우리들은 같은 교구 안에서, 같은 장원 안에서 태어났습니다. 소년 시절의 대부분을 함께 보냈습니다. 우리 아버지는, 처음에는 당신의 이모부님인 필립스 씨가 성공을 거두고 계시는 그런 분야의 직업을 갖고 있었지만 돌아가신 다아시 씨를 위해서 모든 것을 내던지고 펨벌리의 재산관리에 전생애를 바쳤습니다. 아버지는 다아시 씨에게 상당히 높이 평가받아 신뢰를 얻고 있던 절친한 친구였습니다. 아버지의 착실한 관리 덕분에 큰 도움을 얻고 있다며 종종 칭찬을 하시곤 했는데 아버지가 돌아가시기 직전에 나를 돌봐주시겠다고 당신께서 스스로 아버지께 약속했습니다. 나를 아끼셨기 때문이기도 했고, 또 아버지에 대한 은혜를 갚기 위한 약속이라고 믿고 있습니다."

"정말 이상하네요! 그렇게 자존심이 강한 사람이 당신에게 공평하지 못하다니, 정말 알 수 없네요. 만약 자존심이 유일한 동기라면 그 자존심 때문에라도 정직하지 못한 일은 할 수 없었을 거예요. 그게 정직하지 못한 일이 아니고 뭐겠어요."

엘리자베스가 외쳤다.

"정말 알 수 없는 일이에요. 그 사람의 행위는 대부분 자존심에서 나오는 것들이거든요. 자존심이야말로 그 사람의 가장 친한 친구죠. 그 사람은 자존심을 위해서 자존심 이외의 그 어떤 감정에도 빠져들지 않기에 오히려 그것이 덕행과 연결돼요. 하지만 우리들 중에서 한 가지 일에만 시종일관할 수 있는 사람이 어디 있겠습니까? 그 사람의 나에 대한 행동에도 그 높은 자존심보다 더욱 강렬한 일시적인 감정이 있었겠지요."

위컴이 대답했다.

"그분의 그 밉살맞은 자존심이 그분을 위해서 뭔가 도움이라도 되었다는 말씀이신가요?"

"그렇습니다. 그것은 때때로 그 사람을 대범하게 만들고, 관대하며, 돈을 아끼지 않고 쓰게 만들어 다른 사람을 도와주고, 가난한 사람을 도와주게 만듭니다. 가문과 아버지를 자랑스러워하는 기분이 그렇게 만드는 것입니다. 왜냐하면 그는 아버지의 신분을 아주 자랑스럽게 생각하고 있거든요. 가문의 이름을 더럽힌다든지, 평판을 떨어뜨린다든지, 펨벌리의 세력을 잃게 될 만한 일은 조금이라도 일어나서는 안 된다는 것이 가장 유력한 동기입니다. 그리고 그 사람에게는 오빠로서의 자존심도 있습니다. 그 자존심과 함께 오빠로서의 애정이 조금 가미되어 그 사람은 동생을 아주 친절하고 주의 깊게 돌봐주고 있습니다. 당신도 그 사람이 아주 상냥하고 좋은 오빠라는 소문을 들었으리라 생각합니다."

"동생은 어떤 아가씨죠?"

그는 머리를 저었다.

"애교 넘치는 아가씨라고 말씀드렸으면 저도 좋겠군요. 다시 집안 사람을 나쁘게 말한다는 건 내게 고통이니까요. 하지만 그 아가씨 역시 오빠를 꼭 닮아서 정말, 정말 자존심이 강합니다. 어렸을 때는 애정이 많고 사람을 아주 잘 따랐고 나를 아주 좋아했었죠. 나는 몇 시간이고 함께 놀아주곤 했어요. 하지만 지금의 그녀는 내게 있어서 아무것도 아닙니다. 나이는 15, 6세 정도로 아름다운 아가씨입니다. 상당한 교양을 쌓은 듯합니다. 아버지가 돌아가신 뒤부터는 계속 런던에서 살면서 어떤 부인과 동거하며 교육을 받고 있습니다."

그 뒤로도 몇 번이고 이야기를 중간에 끊기도 하고 다른 주제에 대해서 이야기를 하기도 한 뒤에 엘리자베스는 다시 한 번 처음 화제로 돌아가서 이렇게 묻지 않을 수가 없었다.

"그 사람이 빙리 씨와 친하게 지내고 있다는 사실에 놀랐어요! 늘 쾌활하고, 그게 참된 상냥함이라고는 생각하지만, 그렇게 상냥하신 빙리 씨가 어떻게 그런 사람과 친하게 지낼 수 있는 거죠? 어떻게 두 분의 마음이 맞을 수 있겠어요? 당신은 빙리 씨를 알고 계시나요?"

"아니요, 전혀."

"아주 상냥하고 친절하며 매력이 있는 분이세요. 다아시 씨가 어떤 사람인지 모르고 있는 것이 분명해요."

"그럴지도 모르겠군요. 하지만 다아시 씨는 상황에 따라서는 아주 친절하게 행동하는 사람입니다. 상당한 재능을 가지고 있으니까요. 손해 볼 것이 없다고 생각하면 곧 재미있는 말동무로 돌변합니다. 지위가 비슷한 사람과 있을 때는 자신보다 지위가 낮은 사람들과 있을 때와는 전혀 다른 사람처럼 보입니다. 그 자존심을 잊는 경우는 없지만 갑부를 대할 때는 관대하고, 공정하며, 성실하고, 이성적이고, 명예를 중히 여기기 때문에 아마 상냥한 사람으로 받아들여질 것입니다. 물론 재산이나 용모에 따라서 그 태도를 어느 정도 조절하기는 하겠지만."

위스트를 즐기던 사람들이 자리를 떠나 다른 쪽 테이블 주위로 모여들었는데 콜린스 씨는 사촌동생인 엘리자베스와 필립스 부인 사이에 자리를 잡았다. '결과는 어땠나요', 라는 판에 박은 듯한 질문이 필립스 부인의 입술에서 흘러나오자 그는, '별로 좋지 않았어요, 나는 한 점도 따질 못했어요', 라고 대답했다. 하지만 필립스 부인이 그것에 대해서 그를 걱정하는 말을 하기 시작하자 그는 아주 진지한 표정이 되어 그런 일은 아무래도 좋다, 자기는 돈에 관해서는 아무렇지도 않게 생각한다, 부디 걱정할 필요 없다, 라고 말했다.

"부인, 저도 잘 알고 있습니다. 일단 카드 놀이를 시작한 이상 많이 따야 한다는 걸. 하지만 다행스럽게도 저는 5실링 정도의 돈을 목적으로 하지 않아도 될 만한 형편은 됩니다. 이런 말을 할 수 없는 사람도 실상 많이 존재하기는 하지만 나는 캐서린 드 버그 영부인 덕분에 사소한 일에는 구애받을 필요가 없어져 버렸습니다."

그가 말했다.

위컴 씨는 그의 말에 주의를 기울였다. 그리고 콜린스 씨를 잠시 살펴본 뒤, 엘리자베스에게 낮은 목소리로, '당신의 친척되시는 분은 드 버그 가족들과 절친하게 지내고 계신가요', 라고 물었다.

"캐서린 드 버그 부인이 얼마 전에 저분에게 어떤 교회를 주셨다고 했어요. 콜린스 씨가 어떻게 부인의 은혜를 입게 되었는지는 잘 모르겠지만 오래 전부터 알고 지내던 사이가 아닌 것만은 확실해요."

그녀가 대답했다.

"당신도 알고 계시겠지만 캐서린 드 버그 부인과 앤 다아시 부인은 자매예요. 그러니까 캐서린 드 버그 부인은 저 다아시의 이모가 되는 셈입니다."

"아니요, 전혀 몰랐어요. 캐서린 부인의 가족 관계에 대해서 전 아무것도 모르는 걸요. 그제까지만 해도 그런 분이 계시다는 것조차 몰랐으니까요."

"그 분의 따님인 드 버그 양은 굉장한 재산을 상속받게 되는데 사촌오빠와 결혼해서 두 사람의 재산을 합칠 거라는 소문이 파다하게 퍼지고 있습니다."

이 이야기를 들은 엘리자베스는 가엾은 빙리 양을 생각하고 미소를 지었다. 만약 그가 다른 사람과 결혼하는 일을 운명으로 받아들이고 있다면 그녀가 다아시를 위해서 아무리 마음을 써도 전부 소용없는 일이 되어버리고 말 것이다. 그의 동생에 대한 애정도, 그를 칭찬하는 일도 헛수고가 되어버리고 말 것이다.

"콜린스 씨는 캐서린 부인에 대해서도 따님에 대해서도 굉장히 칭찬을 하셨는데, 부인에 대해서 저분이 이것저것 말씀하신 것을 생각해보니 저분은 부인에 대한 고마움 때문에 부인에 대해서 오해를 하고 있는 듯하군요. 저분에게는 은인이겠지만 왠지 오만하고 자만심이 강한 사람이라는 생각이 들거든요."

그녀가 말했다.

"아주 오만하고 자만심이 강한 사람이라고 생각합니다. 벌써 몇 년째 만나지 못했지만 도무지 친숙함을 느끼지 못했다는 점과 태도가 오만해서 안하무인이었다는 점은 아직도 선명하게 기억하고 있습니다. 그 사람은 이해심이 많고 영리하다는 평을 듣고 있는데 그 사람의 재능은, 일부는 그 사람의 지위와 재산에서, 또 다른 일부는 그 권위에 찬 태도에서, 그리고 나머지는 조카인 다아시의 자존심에서 태어난 것이라고 생각됩니다. 다아시는 자신과 연고가 있는 사람이라면 누구라도 최고의 이해심을 갖고 있는 사람이라고 단정짓고 있으니까요."

위컴이 대답했다.

엘리자베스는 위컴의 설명이 아주 합리적이라고 생각했다. 이렇게 두 사람은 서로 만족스러운 기분으로 이야기를 계속하고 있었는데 곧 만찬 시간이 되어 카드 놀이는 끝이 났고 다른 여자들도 위컴 씨의 친절한 대접을 받을 수 있게 되었다. 필립스 부인의 만찬회는 너무 시끄러워서 이야기를 제대로 나눌 수 없을 정도였지만 위컴 씨의 태도만은 모든 사람들을 감동시켰다. 되돌아보면 그가 했던 말은 모두가 능란한 것이었으며, 그가 행한 행동은 모두가 우아하게 보였다. 엘리자베스는 그에 대한 생각으로 머리가 가득 찬 채 이모님 댁을 나섰다. 그녀는 집으로 가는 길 내내 위컴 씨에 대한 생각과 그가 자신에게 했던 말 이외에는 아무것도 생각할 수가 없었다. 하지만 리디아와 콜린스 씨가 잠시도 쉬지 않고 떠들어댔기에 엘리자베스는 그의 이름을 말할 틈조차 얻질 못했다. 리디아는 끊임없이 제비뽑기 놀이에 대해서, 얼마를 잃었다는 둥, 얼마를 땄다는 둥 이야기를 했으며 콜린스 씨는 필립스 부부의 예절바름에 대해서 이야기하기도 하고, 위스트에서 잃은 돈 따위는 전혀 신경 쓰고 있지 않는다고 말했으며, 만찬의 식탁에 올랐던 음식의 숫자를 헤아리거나, 조카들에게 재미없지 않았냐고 묻는 등 그 외에도 하고 싶은 말이 아주 많았지만 마차가 어느새 롱본의 집에 도착해 버렸다.

17

다음날 엘리자베스는 위컴 씨와 나눴던 이야기를 제인에게 들려줬다. 제인은 놀라기도 하고 걱정스럽다는 표정을 짓기도 하면서 이야기를 들었다. 그녀는 다아시 씨가 빙리 씨의 존경을 받을 만한 사람이 아니라는 사실을 어떻게 받아들여야 할지 몰랐다. 그렇다고 위컴과 같이 상냥하게 보이는 청년이 한 말을 의심한다는 것도 그녀의 성격상 있을 수 없는 일이었다. 어쩌면 위컴 씨는 정말로 그런 불친절을 실제로 받아왔을지도 모른다고 생각하니 그것만으로도 그녀의 상냥한 감정에 커다란 동요가 일어나기 시작했다. 그랬기 때문에 그녀는 두 사람모두 좋은 사람이라고 생각했고, 두 사람의 행위를 변호했으며 그 외에 설명하기 어려운 일에 대해서는 우연이라든지, 과실이라는 말로 설명할 수밖에 없었던 것이다.

"나도 정확히는 모르겠지만 두 분 모두 뭔가 오해를 하고 계신 거야. 이해관계 때문에 다른 사람들이 중간에 껴들어서 이런저런 말로 이간질했을 거야. 그러니까 우리들이 두 분의 사이가 벌어진 것에 대한 원인이라든지 사정을 억측하게 된다면, 어느 한 분을 나쁘게 이야기하지 않으면 안 된단 말이지."

제인이 말했다.

"정말 그렇다니까. 그런데 사랑하는 언니, 중간에 껴든 사람들은 어떻게 되는 거지? 역시 그들을 위해서 변명할 거야? 그렇다면 변명을 해봐. 그렇지 않으면 결국에는 누군가를 나쁜 사람이라고 생각하지 않으면 안 되니까."

"마음껏 비웃어도 좋아. 하지만 아무리 비웃어도 난 의견을 바꾸지 않을 거야. 사랑하는 엘리자베스, 한번 생각해보렴. 다아시 씨가 당신의 아버님께서 귀여워하시던 분을, 아버님께서 돌봐주시겠다고 약속했던 분을 그런 식으로 취급했다면 그건 위컴 씨를 인간 취급하지 않는다는 얘기가 되는 거야. 그런 일이 있을 리가 없잖아. 인정이라는 걸 가지고 있는 사람이라면, 조금이라도 인격이라는 걸 가지고 있는 사람이라면 그런 행동을 할 리가 없다니. 그분의 친구들까지 그런 식으로 그분에게 속고 있다니, 그런 일이 있을 수 있겠니?"

"나는 위컴 씨가 어제 저녁에 내게 했던 신변에 관한 이야기를, 이름이나 사실 전부를 아무렇지도 않게 거짓으로 늘어놓았다고 생각하기보다는 빙리 씨가 속고 있는 거라고 생각하는 편이 더 자연스럽다는 생각이 들어. 만약 그게 사실이 아니라면 다아시 씨가 그건 사실이 아니라고 말하면 그만이겠지. 그리고 위컴 씨의 얼굴에는 진실함이 넘쳐흐르고 있었어."

"아주 어렵고 곤란한 문제구나. 어떻게 생각해야 좋을지 모르겠다."

"뭐가 그렇게 어렵다는 거지? 뻔한 일이잖아."

하지만 제인이 확실하다고 생각할 수 있었던 단 한 가지 사실은 만약 빙리 씨가 속고 있는 것이라면, 이 문제가 세상에 알려질 경우 그가 아주 괴로워하지 않으면 안 될 것이라는 사실이었다.

두 아가씨들은 정원수 속에서 이야기를 나누고 있었는데 마침 화제에 올랐던 사람들 중 몇 명이 방문했다는 소식이 있어서 두 사람은 그곳에서 나왔다. 오랜 시간 기다려왔던 네더필드에서의 무도회를 드디어 다음 주 화요일에 개최하기로 결정했기에 빙리 씨와 그 오누이들이 초대를 위해서 방문을 한 것이었다. 두 자매는 친한 친구인 제인을 만나게 된 것을 기뻐했으며 정말 오랜만이라고 말하기도 하고, 그동안 어떻게 지냈냐며 몇 번이고 되물었다. 다른 가족들에게는 그다지 신경을 쓰지 않았다. 베넷 부인은 될 수 있으면 피하려고 했으며, 엘리자베스에게도 그다지 말을 걸지 않았고, 그 외의 사람들에게는 아예 말도 걸지 않았다. 그들은 곧 돌아갔는데 특히 빙리는 놀랄 정도로 잽싸게 자리에서 일어나 베넷 부인의 인사로부터 한시라도 빨리 도망가고 싶다는 듯이 급하게 그곳에서 떠났다.

네더필드의 무도회에 대한 상상은 집안 여자 모두를 기쁘게 했다. 베넷 부인은 이 무도회는 장녀를 위해서 열리는 것이라고 제멋대로 해석하고 형식적인 한 장의 초대장을 보내는 대신 빙리 씨가 직접 와서 초대했다는 사실에 아주 만족한 듯했다. 제인은 두 친구들과 함께 지내며, 그녀의 오빠에게 친절한 대접을 받을 행복한 밤을 마음속으로 그려보았다. 엘리자베스는 위컴 씨와 마음껏 춤을 추며 다아시 씨의 얼굴 표정과 거동에서 어떤 확증을 찾아낼 일 등을 생각하며 기뻐했다. 캐서린과 리디아가 상상하고 있는 행복이란, 어떤 특정한 사건이나 특정한 인물에 의한 것이 아니었다. 왜냐하면 두 사람은 각각 엘리자베스처럼, 그날 밤의 반 정도는 위컴 씨와 춤을 추겠다고 생각했지만, 특별히 위컴 씨만이 그들을 만족시켜 줄 수 있는 상대라고는 생각하지 않았고, 어쨌든 무도회는 그저 무도회에 지나지 않았기 때문이다. 그리고 메리조차도 마음이 끌린다고 가족들 앞에서 단언했다.

"나는 아침에 잠깐 혼자 지낼 수 있으면 그걸로 충분해. 가끔 저녁 모임에 얼굴을 내미는 일을 희생이라고 생각하지는 않아. 누구에게나 사회에 대한 의리가 있는 거니까. 휴양과 오락의 시간은 누구에게나 있어야 하는 거라고 생각하고 있어요."

메리가 말했다.

평소 같았으면 특별한 일 없이 콜린스 씨에게 말을 거는 일 따위 거의 없었던 엘리자베스도 그때만은 기분이 아주 좋았기 때문에, '당신은 빙리 씨의 초대에 응할 생각입니까? 만약 응할 생각이라면 그날 밤의 즐거움에 참가하는 것이 적당한 일이라고 생각합니까? 라고 묻지 않고는 견딜 수가 없었다. 하지만 놀랍게도 그는 그 문제에 대해서 조금의 주저함도 없이 자신이 춤을 췄다고 해서 대주교나 캐서린 드 버그 영부인으로부터 책망을 받는 일은 절대 없을 것이니 걱정할 필요가 없다고 말했다.

"제 의견은 이렇습니다. 훌륭한 성품을 지닌 청년이 존경할 만한 사람들을 불러서 무도회를 연다는 것은 조금도 나쁜 일이 아니라고 생각합니다. 나 자신이 춤을 추는 것에 대해서도 잘못 됐다고는 생각하지 않습니다. 아니, 오히려 나는 그날 밤에는 아름다운 사촌누이들의 손을 전부 잡아야겠다고 생각하고 있습니다. 이번 기회에 부탁을 드리겠습니다. 엘리자베스 양, 처음 두 번은 저와 함께 춤을 춰주시지 않겠습니까? 제인 양도 이 선택에 대해서는 정당한 이유가 있어서 그러는 거라고 이해하고 있을 겁니다. 결코 제인 양을 무시해서 이러는 게 아니라는 걸 알고 있으리라 믿습니다."

엘리자베스는 완전히 당했다고 생각했다. 그녀는 처음 두 번은 위컴 씨가 춤을 청해 올 것이라고 생각하고 있었다. 그런데 그게 콜린스 씨로 바뀌다니! 그녀의 명랑함이 이 때처럼 어처구니없는 결과를 낳은 적은 없었다. 하지만 어쩔 수가 없었다. 위컴 씨와 그녀 자신의 행복은 하는 수 없이 조금 뒤로 미루고 그녀는 콜린스 씨의 청을 받아들이는 수밖에 없었다. 그녀는 그의 은근한 태도가 춤 이상의 어떤 것을 암시하고 있는 것 같은 느낌이 들어 오히려 기분 나쁘게 생각되었다. 자기가 헌트퍼드 목사관의 안주인이 되어 로징스의 캐서린 부인 저택에 이렇다할 손님이 없을 때면 그들의 대리인으로서 카드 놀이의 머리수를 맞추기에 적당한 여자로 자매들 중에서 선택되었다는 사실을 그제야 비로소 알 수 있었다. 그녀는 그가 자신에 대해서 더욱 정중한 태도를 취하는 것을 보고, 종종 자신의 기지와 쾌활함을 칭찬하는 것을 들으면서 점점 자신의 생각이 틀리지 않았다는 사실을 확신할 수 있었다. 그녀는 자신의 매력이 그의 마음을 끌었다는 사실에 만족감을 느끼기보다는 오히려 놀라지 않을 수 없었는데, 그로부터 얼마 지나지 않아서 그녀의 어머니는 '네가 그분과 결혼하게 된다면 얼마나 좋겠니' 라는 의미를 담은 말을 슬쩍 던졌다. 하지만 엘리자베스는 어떤 식으로든 대답을 하게 되면 틀림없이 심각한 논쟁이 벌어질 것이라는 사실을 알고 있었기에 일부러 그 암시에 대해서 말을 하지 않기로 했다. 콜린스 씨는 청혼을 하지 않을지도 모른다. 청혼도 하기 전부터 그의 일로 언쟁을 벌이는 것은 의미 없는 일이었다.

만약 네더필드의 무도회를 위한 준비와 그에 대한 이야기를 하지 않았다면 베넷 가의 밑의 두 딸들은 틀림없이 따분한 날들을 보냈을 것이다. 초대받은 날부터 무도회 당일까지 하루도 쉬지 않고 비가 와서 한 번도 메리턴으로 갈 수 없었기 때문이었다. 이모나 사관들을 만나 새로운 정보를 들을 수도 없었으며, 네더필드에서 신을 구두를 장식할 리본조차도 심부름꾼을 보내서 사오게 했다. 엘리자베스조차 위컴 씨를 만나 정을 두텁게 쌓는 일을 방해하는 날씨가 자신의 인내력을 시험하고 있는 것이라 생각하고 있는지도 몰랐다. 화요일에 무도회가 없었다면 키티와 리디아는 이런 따분한 금요일, 토요일, 일요일, 월요일을 견딜 수 없었을 것이다.

18

엘리자베스는 네더필드의 응접실로 들어서서 무리지어 서 있던 붉은 상의의 사람들 속에서 위컴 씨를 찾았지만 발견하지 못했을 때까지만 해도 그가 오지 않은 것이 아닐까라는 의심은 조금도 들지 않았다. 여러 가지 정황을 생각해 본다면 불안에 휩싸이는 것이 당연할지도 몰랐지만 처음부터 만날 수 있으리라 생각하고 있던 그녀는 조금도 그런 생각 때문에 괴로워하지 않았다. 그녀는 평소보다 더욱 신경 써서 옷을 입고 위컴 씨의 마음속에 아직도 그녀에게 정복되지 않은 부분이 있다면 무슨 일이 있어도 오늘밤 안으로 자신의 것으로 만들겠다고 의기양양하게 결심하고 있었다. 그런데 그 순간 갑자기 빙리 씨가 사관들을 초대할 때, 다아시 씨를 생각해서 일부러 그를 빼놓은 것이 아닐까라는 두려운 의문이 들기 시작했다. 그 의문은 사실과는 달랐지만 그가 오지 않았다는 명백한 사실을 그의 친구인 데니 씨가 알려주었다. 리디아가 그 이유를 이야기해 달라고 진지하게 말했다. 그러자 데니 씨는 위컴은 용무가 있어서 어제 런던으로 갔는데 아직 돌아오지 않았다고 이야기하고 의미 있는 미소를 지으며 이렇게 덧붙였다.

"여기에 계신 어떤 신사와 만나고 싶지 않아서 그랬던 게 아닐까요? 지금 당장 가지 않으면 안 될 만한 용무가 아니었으니까요."

그의 이 말은 리디아에게는 들리지 않았지만 엘리자베스의 귀에는 확실히 들렸다. 위컴이 참석하지 않은 것은 그녀가 처음 추측했던 바대로 역시 다아시에게 책임이 있다는 것이 확실해졌다. 다아시에 대한 불쾌감은 위컴을 만날 수 없다는 실망감 때문에 더욱 날카로워져서 다아시가 바로 옆으로 와서 무엇인가 정중하게 물어도 평소처럼 예의바르게 대답할 수가 없었다. 다아시에 대해 친절하게 행동하고, 관대함을 베풀고, 그를 위해서 참는 다는 것은 위컴 씨에게 모욕을 주는 일이었다. 그녀는 다아시와는 한마디도 하지 않겠다고 결심하고 불쾌하다는 듯이 고개를 돌렸다. 그리고 빙리 씨에게 말을 걸었지만 그의 다아시에 대한 맹목적인 편애 때문에 화가 나서 역시 편안한 기분으로 있을 수는 없었다.

하지만 불쾌한 기분으로 있는다는 것은 엘리자베스에게 어울리는 일이 아니었다. 그날 밤, 자신이 바라고 있던 일은 산산이 깨어지고 말았지만 언제까지고 우울한 기분으로 있지는 않았다. 그녀는 일 주일 동안 만나지 못했던 샬럿 루카스에게 자신의 모든 슬픔을 밝힌 뒤, 이번에는 화제를 바꿔 사촌 오빠인 콜린스의 여러 가지 괴팍한 성격에 대해서 이야기를 하고

'저 사람이야'라며 손가락으로 가리켜 보였다. 그런데 처음 두 번의 춤에서 다시 곤란을 겪게 됐다. 참으로 힘든 춤이었다. 콜린스 씨는 서툴고 어색했으며 춤에 집중하지 않고 변명만을 늘어놓았다. 또 주의를 기울이지 않아 때때로 잘못된 동작을 보였다. 불쾌한 상대가 두 번의 춤을 통해서 상대에게 줄 수 있는 최대한의 부끄러움, 비참함을 그녀에게 주었다. 그로부터 해방되는 순간은 기쁨으로 미쳐버릴 것만 같았다.

그녀는 그 다음에 한 사관과 춤을 추면서 위컴에 대해서 물었는데, 모두가 그에게 호감을 가지고 있다는 대답을 듣고는 마음을 놓을 수 있었다. 그 춤이 끝난 뒤, 그녀가 샬럿 루카스 쪽으로 가서 이야기에 정신을 팔고 있을 때 갑자기 다아시 씨가 그녀에게 말을 걸어왔다. 그는 파트너가 되어 달라고 부탁했는데 그것은 너무도 갑작스러운 것이었기에 그녀는 자신도 모르게 승낙을 하고 말았다. 그는 곧 그 자리에서 떠났다. 그녀는 그 자리에 남아서 자신이 침착하지 못했음을 후회했다. 샬럿이 그녀를 위로하기 시작했다.

"조만간에 다정한 분이라는 걸 알게 될 거야."

"어림없는 소리! 만약 그렇게 된다면 그거야말로 더없는 불행일거야! 내가 절대 좋아할 수 없는 사람이라고 결심한 사람이 다정한 남자였다니! 그런 불길한 소리 하지도 말아."

하지만 다시 춤이 시작되고 다아시가 다가와 그녀의 손을 요구했을 때, 샬럿은 아무리 위컴을 좋아한다 해도 위컴보다 10배나 신분이 좋은 사람에게 불쾌한 여자라는 생각을 들게 하는 것은 좋지 않다고 작은 목소리로 말하며 그녀를 놀리지 않고는 견딜 수가 없었다. 엘리자베스는 그 말에는 대답을 하지 않은 채 춤추는 사람들 속으로 섞여 들어갔는데 다아시 씨와 마주보고 춤을 추다니 내가 생각해도 대단한 일이라며 스스로 놀라지 않을 수 없었다. 그리고 보니 주위 사람들도 자신의 이런 모습을 보고 그녀와 마찬가지로 놀랐다는 듯한 표정을 보이고 있는 것을 알 수 있었다. 두 사람은 한동안 아무 말도 하지 않은 채 서 있었다. 그녀는 이 대로라면 두 번 춤을 추는 동안 한마디도 하지 않을 것이라는 생각이 들었지만 그래도 이 상태를 깨지 말고 유지하자고, 처음에는 그렇게 생각하고 있었다. 그런데 갑자기 상대에게 말을 거는 편이 오히려 상대를 괴롭히는 일이 될지도 모른다는 생각이 들어 그녀는 한두 마디 춤에 대해서 자신의 의견을 말했다. 그는 그에 대해 대답을 한 뒤 다시 입을 다물었다. 2, 3분 정도 지나서 그녀는 두 번째로 말을 걸었다.

"다아시 씨, 이번에는 당신이 말씀하실 차례예요. 제가 춤에 대해서 말씀드렸으니까 당신은 방의 크기, 몇 쌍이 춤을 추고 있는지, 그런 것들에 대해서라도 말씀하시지 않으면 안 되겠지요?"

그는 미소를 지었다. 그리고 '무엇이든 원하시는 것을 말씀드리겠습니다'라고 말했다.

"그걸로 됐어요. 당분간은 그 대답으로 충분해요. 조금 후에 내가 사적인 무도회가 공적인 무도회보다 훨씬 재미있다는 사실에 대해서 이야기를 시작할지도 몰라요. 하지만 지금은 우리 아무 말도 하지 말기로 해요."

"당신은 춤을 출 때는 규칙에 따라서 이야기를 하시는군요?"

"경우에 따라서는 그럴 때도 있어요. 누구나 조금씩은 이야기를 하지 않으면 안 되죠. 30분 동안이나 아무런 말도 하지 않는다는 것도 이상한 일 아니겠어요? 하지만 가능하다면 서로 이야기하지 않고 마칠 수 있도록 하는 편이 오히려 나은 사람들도 있는 법이죠."

"그렇다면 지금은 자신의 감정을 존중하고 계시는 건가요, 아니면 내 감정을 생각하고 계시는 건가요?"

"양쪽 다죠. 저와 당신의 감정에는 아주 비슷한 데가 많다고 늘 생각해 왔거든요. 우리들은 모두 비사교적이고 말수가 적은 편이어서 방 안에 있는 사람들을 놀라게 하고, 속담처럼 인구에 회자되어 자손 대대로 전해질 만한 말을 할 수 있을 것 같은 때를 제외한다면 입을 열려고도 하지 않으니까요."

엘리자베스가 짓궂게 대답했다.

"당신의 성격과 잘 맞아떨어지는 대답이라고는 생각되지 않네요. 또 내 성격과 얼마나 가까운지에 대해서도 나로서는 말씀드릴 수가 없네요. 당신은 틀림없이 실물과 아주 닮은 초상화를 그렸다고 생각하고 계시겠지만."

그가 대답했다.

"자신이 그린 그림을 자신이 평해서는 안 되죠."

그는 대답하지 않았다. 그 후, 두 사람은 춤을 마칠 때까지 다시 아무 말도 하지 않았는데 춤이 끝나자 그는 '당신과 자매들은 곧잘 메리턴으로 가곤 하지 않습니까?' 라고 물었다. 그녀는 그에 긍정하고 이렇게 말하고 싶은 마음을 억누를 수가 없었다.

"얼마 전에 그곳에서 당신을 만났을 때, 우리들은 어떤 분을 알게 되었죠."

효과는 만점이었다. 그의 얼굴에는 보다 깊은 자만의 그림자가 퍼져갔다. 하지만 그는 단 한마디도 하지 않았다. 엘리자베스는 자신의 나약함을 책망해봤지만 이야기를 더 이상 이어나갈 수는 없었다. 결국은 다아시가 엘리자베스를 위해서 입을 열었다.

"위컴 씨는 태도가 쾌활해서 자연스럽게 친구를 만드는 재주를 가진 사람입니다. 하지만 그 친분을 오래 유지할 수 있을지는 의문입니다."

"그분은 불행하게도 당신과의 우정을 잃었지요? 그리고 그 사실이 평생 그 분을 괴롭힐 것 같군요."

엘리자베스가 강한 어조로 말했다.

다아시는 대답하지 않았다. 그리고 화제를 다른 곳으로 돌리고 싶어하는 듯이 보였다. 그 때 마침 윌리엄 루카스 경이 그들 곁으로 다가왔다. 그는 그들 사이를 지나 방 건너편으로 가려고 하고 있었다. 하지만 다아시 씨를 발견하고는 그곳에 멈춰서 공손하게 인사를 한 뒤, 그의 춤 솜씨와 그 파트너에 대해서 칭찬을 했다.

"저는 아까부터 정말 감탄하고 있었습니다. 이렇게 멋진 춤은 흔히 볼 수 있는 게 아니죠. 당신이 상류사회에 속한 분이라는 걸 한눈에 알아볼 수 있었습니다. 그런데, 실례의 말씀이 될지 모르겠지만, 당신의 파트너였던 아가씨도 당신을 부끄럽게 만들지는 않았습니다. 이런 즐거움의 기회를 자주 갖도록 하십시오. 특히 축복스러운 일이(제인과 빙리 쪽을 힐끗 쳐다본 뒤) 일어난다면, 그렇죠? 엘리자베스 양. 그때는 기쁨에 가득 찬 말들이 한꺼번에 쏟아질 거예요. 다아시 씨, 때로는⋯⋯ 하지만 방해는 하지 않을 테니까, 그만둡시다. 이 아가씨와의 즐거운 대화를 방해하면 당신에게도 실례가 될 것이고, 아가씨의 아름다운 눈도 저를 꾸짖고 있는 듯하니까요."

다아시는 이 말의 끝부분을 잘 들을 수가 없었다. 하지만 윌리엄 경이 빙리에 대한 일을 암시적으로 말한 것이 그의 가슴에 강한 인상을 준 듯, 그의 시선이 아주 진지한 빛을 띠면서 함께 춤을 췄던 빙리와 제인 쪽으로 향했다. 하지만 곧 마음을 가다듬고 자기 파트너를 향해서 말했다.

"윌리엄 경께서 방해를 하셨기에 우리들이 무슨 이야기를 하고 있었는지 잊고 말았습니다."

"이야기를 하고 있었다는 생각은 들지 않는데요. 이 방에 있는 사람들 중에서 가장 할 얘기가 없는 두 사람이니까. 윌리엄 경도 어떻게 방해를 해야 좋을지 몰랐을 거예요. 두세 가지 화제를 꺼내봤지만 제대로 이야기하지 못했어요. 이번에는 어떤 이야기를 하면 좋을지 저는 전혀 감도 못 잡겠어요."

"책에 대해서는 어떨까요?"

"책이라고요? 어림도 없죠. 어차피 우리는 같은 책을 읽지도 않았을 거고, 또 같은 마음으로 읽지도 않았을 테니까요."

"당신이 그렇게 생각한다면 그건 안타까운 일이군요. 하지만 그게 사실이라면 적어도 이야깃거리 때문에 고민하지는 않아도 좋을 듯합니다. 의견을 교환할 수 있을 것 아닙니까."

"아니요. 전 무도회장에서 책 얘기를 할 수는 없어요. 제 머릿속은 다른 일로 가득 차 있거든요."

"이런 곳에서는 현재가 언제나 당신을 점령하고 있다는 말이지요?"

"네, 언제나 그래요."

그녀가 대답했다. 자신이 무슨 말을 하고 있는지조차 모르는 채로. 왜냐하면 그녀의 마음은 그런 화제와는 전혀 동떨어진 곳에 가 있었기 때문이었다. 잠시 후, 그녀가 이렇게 외쳤기 때문에 그 사실을 알 수 있었다.

"다아시 씨. 나, 기억하고 있어요. 당신은 절대로 사람들을 용서하지 않는다고 하셨죠? 한번 화를 내면 좀처럼 풀지 않는다고 말씀하셨죠? 그래서 당신은 웬만하면 화를 내지 않으려고 노력하고 있는 거죠?"

"그렇습니다."

그가 단호한 어조로 대답했다.

"편견으로 판단이 흐려지지 않도록 노력하고 계시죠?"

"그렇게 하고 싶다고 생각하고 있습니다."

"결코 자신의 의견을 바꾸지 않는 사람은 처음부터 정확한 판단을 내릴 필요가 있는 거죠."

"한 가지 묻겠는데, 어째서 그런 질문을 하시는 거죠?"

"당신의 성격을 예를 들어서 증명하려는 것뿐이에요. 나는 당신의 성격을 증명하려 하고 있는 거예요."

그녀는 애써 표정을 부드럽게 하면서 말했다.

"잘 돼 가고 있습니까?"

그녀는 머리를 흔들었다.

"잘 모르겠어요. 나, 당신에 대해서 여러 가지 이야기를 들었기 때문에 갈피를 잡지 못하겠어요."

"아마 그럴 겁니다. 나에 대해서는 이설이 분분할 겁니다. 그러니까 베넷 양, 지금은 내 성격을 그리지 말도록 부탁드리고 싶습니다. 당신에게도, 내게도 그다지 명예롭지 못한 작품이 나올까 두렵거든요."

"하지만 지금 당신의 얼굴을 그려두지 않으면 다시는 기회가 오지 않을지도 모르잖아요."

"나는 당신의 즐거움을 방해할 생각은 조금도 없습니다."

그가 냉담하게 대답했다. 그녀는 아무런 말도 하지 않았다. 그리고 두 사람은 두 번째 춤을 마친 뒤 아무 말도 없이 헤어졌다. 정도는 달랐지만 두 사람 모두 불만을 품고 있었다. 다아시의 가슴에는 그녀에 대한 아주 강한 감정이 작용하고 있었기에 바로 그녀를 용서할 마음을 갖게 되었지만, 그 대신 그 노여움은 다른 사람을 향해서 한꺼번에 분출되었다.

두 사람이 헤어지고 얼마 지나지 않아서 빙리 양이 그녀 쪽으로 다가와서 사람을 무시하듯, 기분 나쁠 정도로 정중한 표정으로 그녀에게 말을 걸었다.

"저, 엘리자 양. 당신은 조지 위컴 씨를 아주 좋아한다고요? 당신 언니가 지금껏 그분에 대해서 이야기를 들려줬어요. 여러 가지 질문도 했어요. 그래서 알게 된 사실인데 그분은 자신에 대해서 여러 가지로 당신에게 이야기를 한 것 같더군요. 돌아가신 다아시 씨의 집사를 맡고 계시던 위컴이라는 사람의 아들이라는 사실은 이야기하지 않은 것 같지만. 친구로서 말씀드리는데 그 분이 하신 말씀은 믿지 않는 편이 좋을 것 같아요. 다아시 씨가 그 분에게 아주 잔혹한 일을 했다는 건 새빨간 거짓말이거든요. 아니, 오히려 조지 위컴 씨가 다아시 씨에게 굉장히 나쁜 짓을 했는데도 다아시 씨는 언제나 아주 친절하게 대하고 있어요. 나, 자세한 일은 잘 모르겠지만 다아시 씨는 위컴이라는 이름조차 듣기 싫어하신다는 것, 우리 오빠가 사관들을 초대할 때, 위컴 씨를 빼지 않았지만 그 분이 피했기 때문에 아주 기뻐했다는 사실 정도는 잘 알고 있어요. 그 사람이 이곳으로 왔다는 사실 자체가 아주 무례한 일이에요. 어떻게 그런 일을 할 수 있는 건지. 미안해요, 엘리자 양. 당신의 소중한 분의 죄를 이렇게 늘어놓아서. 하지만 그 사람의 집안을 생각한다면 어차피 그렇게 좋은 일을 하고 있을 리가 없을 거예요."

"당신의 말씀대로라면 그 분의 죄와 집안이 똑같다는 얘기군요. 당신은 그 분이 다아시 댁 집사의 아들이라는 이유만으로 책망을 하고 있으니까요. 그 일이라면 그 분에게서 직접 들었어요."

"그만두세요. 방해해서 죄송해요. 당신을 위해서 말씀드린 건데."

빙리 양이 비웃는 듯한 웃음을 지으며 다른 쪽을 바라보고 대답했다.

'무례한 사람! 그런 말도 안 되는 험담으로 내 마음을 바꿀 수 있다고 생각했다면 어림도 없는 일이지. 그 말 속에는 자기가 알고 있으면서도 모르는 척하고 있는 일과 다아시 씨의 악의가 훤히 들여다보이잖아.'

엘리자베스가 혼자 중얼거렸다.

그녀는 같은 문제로 빙리에게 이것저것 물어봤을 언니를 찾기 시작했다. 제인은 아주 만족스러운 미소를 지으며, 아주 행복해 보이는 얼굴을 붉게 물들인 채 동생과 얼굴을 마주했는데 오늘 밤의 일에 아주 만족하고 있는 듯한 모습이었다. 엘리자베스는 바로 언니의 마음을 읽을 수 있었다. 주저함 없이 행복을 향해서 걸어가고 있는 듯한 제인의 모습에 압도되어 위컴에 대한 걱정과 그의 적들에 대한 노여움까지도 단번에 사라져가는 듯한 느낌을 받았다.

"나, 알고 싶은 일이 있어. 위컴 씨에 대해서 언니가 알게 된 사실들을. 하지만 언니는 저분과의 즐거움에 정신이 팔려서 다

른 사람의 일 따위 생각할 여유도 없었겠지. 그건 용서해 줄
게."

그녀는 언니에게 지지 않을 정도로 만면에 미소를 띠며 말
했다.

"아니. 그 분에 대해서도 잊지 않고 있었어. 하지만 네가 만
족할 만한 대답은 해줄 수가 없어. 빙리 씨가 그 분의 신변에
대해서 전부 알고 있는 게 아니니까. 특히 다아시 씨의 감정을
상하게 한 일에 대해서는 조금도 아는 게 없어. 하지만 빙리
씨는 친구가 예의 바르고, 정직하며, 체면을 중히 여기는 사람
이라는 것만은 보장할 수 있다고 말씀하셨어. 그리고 위컴 씨
는 다아시 씨가 그렇게 잘 해줬으니 불평을 할 자격이 없다고
도 하셨어. 그러니까 이런 말하기는 좀 미안하지만, 빙리 씨와
그 동생의 말에 의하면 위컴 씨는 그렇게 훌륭한 청년은 아닌
것 같아. 뭔가 아주 불쾌한 행동을 해서 다아시 씨가 멀리하고
있는 거라고 생각해."

제인이 대답했다.

"빙리 씨와 위컴 씨는 직접 친분이 있는 건 아니잖아?"

"그래. 요전 아침에 메리턴에서 처음 만난 거였어."

"그럼 그 이야기는 다아시 씨에게서 들은 거겠네. 그렇다면
신경 쓸 거 없지. 그런데 교회의 목사직에 관한 문제에 대해서
는 무슨 이야기를 했지?"

"그 문제에 관해서 몇 번이고 다아시 씨에게서 들었는데 확
실하게 기억하지 못하겠다고 말씀하셨어. 하지만 그건 틀림없

이 조건부로 준 것이라고 말씀하셨어."

"빙리 씨의 성실성을 의심하진 않지만 보증만으로는 그걸 사실이라 믿을 수 없어. 언니 앞에서 이런 말 하기 미안하지만. 빙리 씨가 친구를 변호하고 싶어하는 건 당연하겠지. 하지만 그분이 아직 모르는 사실도 많을 거고, 알고 있는 사실도 그 친구로부터 들었을 테니 두 사람의 문제에 대해서는 내가 지금까지 생각하고 있던 사실을 믿을래."

엘리자베스가 진지한 표정으로 말했다.

그렇게 말한 뒤 그녀는 자신과 언니가 더욱 즐거워할 수 있는, 의견을 달리하지 않는 문제에 대해서 이야기하기 시작했다. 엘리자베스는 제인이 빙리 씨의 사랑 속에서 꿈꾸고 있는 미래의 행복과, 희망에 대한 이야기를 듣고 자신감을 심어주기 위해서 여러 가지 이야기들을 들려주었다. 그때 마침 빙리 씨가 다가왔기에 엘리자베스는 루카스 양이 있는 곳으로 자리를 피했다. 루카스 양이 그녀에게 조금 전에 그분과 함께 즐겁게 춤을 추었냐고 물었는데 그녀가 그 질문에 답하기도 전에 콜린스 씨가 두 사람이 있는 곳으로 다가와서, 자신은 행복하게도 지금 아주 중요한 사실을 발견했다고 자랑스런 표정으로 엘리자베스에게 말했다.

"드디어 발견했습니다. 우연찮게 알게 되었지만 이 방에 제 보호자의 가까운 친척이 계시더군요. 나는 그 신사가 이 댁의 주부 역할을 맡고 있는 아가씨에게 자신의 사촌동생인 드 버그 양과 그 어머니이신 캐서린 영부인의 이름을 말하는 것을 우연히 듣게 되었어요. 우연이란 정말 생각지도 않은 장소에서 일어나는 거로군요! 틀림없이 캐서린 영부인의 조카인 것같은데, 내가 이 모임에서 그 분을 만나게 될 줄은 꿈에도 몰랐어요. 너무 늦게 알아보게 돼서 그 분에게 경의를 표하지 못하게 되는 사태가 발생하지 않은 일에 나는 무엇보다도 감사하고 있습니다. 아니, 지금 당장 경의를 표하러 가겠습니다. 이제 와서 무슨 소리냐고 말씀하시지는 않을 겁니다. 친척이었다는 사실을 전혀 몰랐었다고 말씀드리면 틀림없이 용서해 주실 겁니다."

그가 말했다.

"설마, 스스로 다아시 씨에게 인사를 하려는 생각은 아니겠죠?"

"아니, 그렇게 할 생각입니다. 좀더 빨리 인사드리지 못한 점에 대해서 사과를 할 생각입니다. 틀림없이 캐서린 영부인의 조카님일 겁니다. 영부인은 지난주까지만 해도 아주 건강했었다는 사실을 말씀드리는 건 주제넘은 생각이 아니겠죠."

엘리사베스는 콜린스의 계획을 말리려 최선의 노력을 기울였다. 소개해 주는 사람 없이 스스로 인사를 한다면 다아시 씨는 이를 이모님에 대한 예의라고는 받아들이지 않고, 오히려 예의에 벗어나는 무례한 행동이라고 생각할 것이다. 그리고 서로 알고 지내야 할 아무런 이유도 없으며, 만약 그럴 필요가 있다면 신분이 높은 다아시 씨가 먼저 교제를 청하는 것이 순리일 것이라고 말했다. 콜린스 씨는 자신의 다짐을 끝까지 실행에 옮기겠다는 마음으로 엘리자베스의 이야기를 듣고 있었다. 그녀의 이야기가 끝나자 이렇게 말했다.

"친애하는 엘리자베스 양. 당신의 이해력이 미치는 범위 내의 모든 문제에 대해서 당신이 내린 뛰어난 판단에는 세상 누구보다도 감탄하고 있습니다. 하지만 제 말도 들어보세요. 속계의 습관이 되어버린 예식과 목사들 사이에서 행해지는 예식 사이에는 각각 차이가 있어야만 합니다. 한마디 덧붙이자면 목사직이란, 그 위엄이라는 점에 있어서는 이 왕국에서 가장 높은 자리에 있는 사람의 그것에 필적할 만한 것이라고 나는 생각하고 있기 때문입니다. 하지만 목사는 언제나 겸손한 태도를 보여야 하죠. 따라서 이번에도 내가 양심의 명령에 따라 행동할 수 있도록 허락해 달라고 부탁드리지 않을 수 없습니다. 그렇게 되면 내게 주어진 의무와 자신의 생각을 자연스럽게 행할 수 있게 됩니다. 당신의 충고를 듣지 않는 것 같아 죄송합니다. 다른 일에 관해서라면 언제나 당신의 충고에 따르도록 하겠습니다. 하지만 이번 일에 관해서는 당신과 같은 젊은 아가씨보다는 내가, 교육과 평소의 연구 덕에, 어떻게 하는 것이 옳은 일인지 제대로 판단할 수 있을 거라고 생각합니다."

이렇게 말한 그는 가볍게 머리를 숙여 그녀에게 인사를 한 뒤, 다아시 씨 쪽으로 가기 위해서 그녀 곁을 떠났다. 그녀는 콜린스가 접근해 오는 것을 다아시 씨가 어떻게 맞아들일지 바라보고 있었는데 그가 말을 걸자 다아시 씨가 놀란 표정을 짓고 있다는 것을 확실하게 알 수 있었다. 콜린스 씨는 우선은 정중하게 머리를 숙인 뒤에 이야기를 하기 시작했다. 그녀는 이야기를 단 한마디도 들을 수 없었지만, 마치 들릴 것만 같은 착각이 들어 그의 입술 모양을 바라보니 '사과'라든가 '헌스퍼드', '캐서린 드 버그'라는 등의 단어들을 발음하고 있었다. 그녀는 콜린스가 저런 사람에게 자신에 대해서 이야기하고 있는 것을 보고 화가 치밀었다. 다아시 씨는 놀랐다는 표정을 감추지 않은 채 그의 말을 듣고 있었다. 그리고 콜린스 씨가 드디어 그에게 이야기할 기회를 주자 어색하게 예의를 갖춰 대답을 했다. 그래도 콜린스 씨는 포기하지 않고 다시 이야기하기 시작했다. 그리고 그의 두 번째 이야기가 길어질수록 다아시 씨가 그를 더욱 경멸하고 있는 것처럼 보였다. 이야기가 끝나자 다아시 씨는 가볍게 목례를 한 뒤 다른 곳으로 가버렸다. 그리고 콜린스는 엘리자베스가 있는 곳으로 돌아왔다.

"나는 지금 내가 받은 대접에 대해서 불만을 품을 이유는 조금도 없다고 생각합니다. 다아시 씨는 내가 인사를 드린 사실에 아주 만족하고 계신 것 같습니다. 지극히 정중하게 내 인사에 답했으며, 캐서린 부인의 사람 보는 눈에 대해서는 내가 잘 알고 있다, 결코 격이 떨어지는 사람을 돌볼 분이 아니라는 칭찬의 말까지 해줬어요. 이건 정말 훌륭한 생각입니다. 나는 저분이 아주 마음에 들었어요."

엘리자베스는 더 이상 이야기하고 싶은 마음이 없었기에 언니와 빙리 씨 쪽에만 신경을 쓰고 있었다. 그렇게 두 사람을 관찰하며 그 즐거움에 빠져들다 보니 제인과 거의 같은 행복감을 느낄 수가 있었다. 그녀는 제인이 참된 연애결혼이 가져다 줄 수 있는 모든 행복에 잠겨서 이 집에서 살게 될 모습을 마음속으로 그려보았다. 그러자 그녀는 빙리의 두 오누이조차도 좋아하도록 노력할 수 있을 것 같은 기분이 들었다. 어머니도 자신과 같은 생각을 갖고 있다는 사실을 확실히 알 수 있었지만 어머니의 일장연설을 듣고 싶지 않아서 그녀 곁으로 가는 일만은 하지 않겠다고 결심했다. 그래서 저녁식사 때 어머니 옆에 앉게 된 것을 얄궂은 운명의 장난이라 생각했다. 어머니가 그 사람(루카스 부인)에게 조심성이라고는 조금도 없이 제멋대로 말을 걸어 제인이 곧 빙리 씨와 결혼하게 될 것 같다는 자신의 소망에 불과한 이야기를 하는 것을 보자 화가 나서 견딜 수가 없었다. 어머니에게는 아주 즐거운 화제였기에 그 결혼의 이점에 대해서 이야기할 동안 어머니는 전혀 피곤함을 모르는 사람처럼 보였다. 그는 매력에 넘치는 청년이며, 대단한 부자고, 거기다가 3마일밖에 떨어지지 않은 곳에 살고 있다는 점이 무엇보다도 어머니의 마음에 드는 것들이었다. 그리고 두 자매가 제인을 얼마나 좋아하는지, 그 점을 생각한다면 그녀들도 자신만큼 이 결혼이 성사되기를 바라고 있음에 틀림없을 것이란 생각 때문에 아주 기뻐하고 있었다. 그리고 제인이 이렇게 좋은 곳으로 시집오게 되면 그녀의 동생들도 부자에게 시집보낼 수 있을 거라고 생각하고 있었기 때문에 이는 동생들의 장래까지도 약속하는 일이 될 것이라고 보고 있었다. 마지막으로 그녀 정도의 나이가 되면, 혼전의 딸들을 언니가 돌봐주게 되는 일에 고마움을 느끼게 되는데 이는 자신이 원할 때 이외에는 사람들 앞에 나서지 않아도 되기 때문이었다. 이럴 경우 마지막에 든 즐거움은 말하는 사람의 예의로서도 일단 필요한 일이었다. 하지만 베넷 부인은 그녀의 일생을 통틀어 보더라도 집안에서의 생활을 즐기는 일은 애초부터 없을 것처럼 보였다. 그녀는 루카스 부인에게 당신도 곧 자신처럼 행복한 신분이 되기를 바란다면서 이야기를 마쳤는데 마음속으로는, 그런 기회는 죽어도 오지 않을 거라 생각하면서 가만히 승리감을 느끼고 있었다.

엘리자베스는 쉴새없이 계속되는 어머니의 이야기를 막아보려고, 자신의 행복에 대해서 이야기하는 소리를 주위 사람들에게 들리지 않도록 조금 작은 소리로 말하라고 권하기도 하는 등 여러 가지 노력을 해보았지만 모두 헛수고였다. 그녀는 그 이야기가 자신들과 마주보고 앉아 있는 다아시 씨의 귀에도 들린다는 사실을 잘 알고 있었고 그것 때문에 그녀는 뭐라 표현할 수 없는 울분을 느끼고 있었다. 어머니는 쓸데없는 소리 말라며 그녀를 책망했다.

"다아시 씨 때문에 그렇게 마음 졸이고 있다니, 도대체 저 사람이 우리들과 무슨 상관이 있다는 얘기지? 저 사람이 듣는다고 얘기를 못할 정도로 우리들이 저 사람에게 특별한 대접을 받은 적이 있는 것도 아닌데."

"어머니, 제발 부탁이니 좀더 작은 소리로 말해 주세요. 다아시 씨의 감정을 상하게 해서 어머니께 무슨 득이 있다는 거죠? 그런 일을 하면 저분의 친구까지도 어머니를 좋게 생각하지 않을 거예요."

하지만 그녀가 무슨 말을 해도 어머니는 그것을 듣지 않았다. 어머니는 변함없이 다른 사람에게도 들릴 만큼 큰 목소리로 자신의 생각을 이야기하는 일을 멈추려들지 않았다. 엘리자베스는 창피함과 노여움 때문에 몇 번이고 얼굴을 붉게 물들였다. 그녀는 때때로 다아시 씨 쪽을 훔쳐보지 않을 수가 없었다. 그럴 때마다 그녀가 걱정하고 있던 일이 벌어지고 있음을 알 수 있었다. 그는 그녀의 어머니 쪽을 계속 바라보고 있지는 않았지만 그의 온 신경은 끊임없이 어머니에게로 쏠려 있다는 사실을 알 수 있었기 때문이었다. 그의 얼굴은 불끈 치밀어 오르는 모욕의 표정에서 점점 냉정한 돌과 같이 딱딱하고 엄숙한 표정으로 변해갔다.

하지만 천하의 베넷 부인도 드디어 이야기할 것이 없어지고 말았다. 그리고 자신에게는 일어날 것 같지도 않은 즐거운 일들을 몇 번이고 반복해서 이야기하는 상대의 말을 오랜 동안 하품을 해가면서 듣고 있던 루카스 부인은 이제야 해방되었다는 듯이 차가운 햄과 닭고기를 맛볼 수가 있었다. 엘리자베스는 드디어 마음을 놓을 수 있겠다고 생각했다. 하지만 마음의 평정은 그리 오래 가질 못했다. 저녁식사가 끝나고 노래에 대한 이야기가 시작되자 메리가 청하는 사람이 그렇게 많지도 않은데 모두에게 노래를 들려주려고 하는 것을 보고 실망하지 않을 수 없었기 때문이었다. 엘리자베스는 그런 식으로 쓸데없이 나서는 것을 막아보려고 남들 모르게 눈짓을 주거나 무언의 애원을 보내봤지만 모두 소용없는 일이었다. 메리는 이를 눈치 채지 못하고 있었다. 이런 공연의 기회를 그녀는 기쁘게 생각하고 있었다. 그녀가 노래를 부르기 시작했다. 엘리자베스는 그녀에게서 시선을 떼지 않고 있었는데 말로 표현할 수 없는 괴로움을 느꼈다. 동생이 몇 소절을 부르는 동안 초조한 마음으로 바라보고 있었고 그 노래가 끝난 뒤에도 그 초조함은 가라앉질 않았다. 왜냐하면 메리는 테이블에 있던 사람들이 보낸 감사의 인사 속에 섞여 들려온, 다시 청하면 한 번 더 불러줄지도 모른다는 희망을 살짝 드러내는 말을 듣자 30초간 입을 다물고 있다가 다시 노래를 부르기 시작했기 때문이었다. 메리의 실력은 이렇게 많은 사람들 앞에서 자랑할 만한 것이 아니었다. 목소리는 연약했으며, 태도는 일부러 꾸민 것처럼 어색해 보였다. 엘리자베스는 듣고 있는 것이 괴로웠다. 그녀는 제인이 어떻게 이 순간을 참고 있는지 궁금해서 그녀 쪽으로 시선을 돌렸는데 제인은 전혀 아무렇지도 않다는 듯이 빙리 씨와 이야기를 나누고 있었다. 그녀는 빙리의 누이들에게 시선을 돌렸는데 두 사람은 경멸의 눈짓을 주고받고 있었다. 그리고 그녀는 다아시를 보았는데 그는 변함없이 엄숙한 표정을 짓고 있었다. 그녀는 메리가 밤새도록 노래를 부르게 내버려두어서는 안 되겠다고 생각하고 이번에는 아버지 쪽으로 시선을 돌려 노래를 멈추게 하라고 눈짓을 보냈다. 아버지는 그녀의 눈짓을 알아차리고 메리가 두 번째 노래를 끝내자 커다란 목소리로 말했다.

"메리, 그 정도면 충분하다. 아주 오랜 동안 우리를 즐겁게 해주었다. 이제 다른 아가씨들에게 자리를 양보하렴."

메리는 못 들은 척했지만 조금은 당황한 듯했다. 엘리자베스는 동생이 가엾은 생각이 들어 아버지에게 저런 말을 하게 한 것을 미안하게 생각했고, 동생을 생각해서 했던 자신의 행동이 아무런 도움도 되지 않은 것이 아닐까 하는 걱정이 들기 시작했다. 이번에는 좌석에 있는 다른 사람이 청을 받을 차례였다.

"만일 내게 노래할 수 있는 행운이 주어진다면 한 곡 들려드리겠습니다. 나는 음악이란 아주 순수한 오락으로 목사라는 직업과도 잘 어울리는 것이라고 생각하고 있습니다. 하지만 이렇게 말씀드린다고 해서 우리들의 모든 시간을 음악에만 바쳐도 된다는 얘기는 아닙니다. 왜냐하면 그 외에도 해야 할 일들이 아주 많기 때문입니다. 교구를 담당하고 있는 목사에게는 여러 가지로 해야 할 일들이 많습니다. 우선은 자신에게는 유익한, 하지만 보호자의 이익을 침해하지는 않도록 십일조를 정해야만 합니다. 또 설교를 위한 원고도 써야 합니다. 그리고 남은 시간만으로 교구를 위해서 일하고, 주거지를 손질하고 개선하기에는 시간이 충분하지 않습니다. 주거를 안락하게 꾸미는 일을 게을리 하는 것에 대해서는 변명의 여지가 없으니까요. 그리고 누구를 대할 때라도 정중하고 타협적인 태도를 취해야 하는데, 특히 자신을 발탁해준 사람에게 그런 태도를 보이는 것은 아주 중요한 일이라고 생각합니다. 목사에게는 그럴 의무가 있다고 생각하고 있습니다. 또 그분의 가족과 관계가 있는 분에게 경의를 표할 기회를 소홀히 하는 사람이 있다면, 나는 그런 사람을 좋아할 수 없을 것입니다."

콜린스 씨는 이렇게 말하고는 다아시 씨에게 인사를 하는 것으로, 방안에 있던 사람의 반수 정도가 들을 수 있을 만큼 큰소리로 떠들어대던 이야기를 마쳤다. 많은 사람들이 눈을 휘둥그렇게 떴으며, 또 많은 사람들이 미소를 지었는데 그중에서도 가장 재미있어 하는 사람은 다름 아닌 베넷 씨였다. 한편 그녀의 아내는 아주 재치 있는 이야기였다며 진지한 얼굴로 콜린스를 칭찬하고, 속삭이듯 작은 목소리로 루카스 부인에게 콜린스는 아주 영리하고 선량한 청년이라고 말했다.

엘리자베스는, 가령 그녀의 가족들이 오늘 밤에는 자신들에 대해서 모든 것을 털어놓자고 약속하고 왔다 하더라도 이렇게 자신만만하고 멋들어지게 자신들의 역할을 소화해내지는 못했을 거라는 생각이 들었다. 하지만 빙리 씨는 이 공연에서 엘리자베스가 느끼는 것을 느끼지 못하는 듯했고, 또 그도 확실히 봤을 이 한심한 장면들 때문에 고민을 할 정신이 없는 것처럼 보였기 때문에 이는 빙리에게 있어서도 언니인 제인에게 있어서도 다행스러운 일이라는 생각이 들었다. 하지만 그의 두 누이들과 다아시 씨가 자신의 가족을 비웃을 수 있는 이런 기회를 잡게 됐다는 것은 아주 좋지 않은 일이었다. 그녀는 이 신사의 무언의 경멸과 두 숙녀의 비웃음 중 어느 것이 더 견디기 힘든 것인가를 한순간에 결정하기란 쉬운 일이 아니라고 생각했다.

그날 밤, 그 이후에도 엘리자베스에게는 무엇 하나 즐거운 일이 없었다. 그녀는 콜린스 씨 때문에 고생을 했다. 그는 끈덕지게 그녀의 옆에 붙어서 다시 한 번 춤을 추자고 청했다. 결국 다시 한 번 춤을 추지는 못했지만 그녀는 콜린스 덕분에 다른 사람들과 춤을 출 수가 없었다. 그녀는 방에 있는 젊은 여자라면 누구라도 소개를 시켜줄 테니 다른 사람과 춤을 추라고 말했지만 소용없는 일이었다. 그는 사실 자기는 춤에는 관심이 없으며 단지 엘리자베스에게 세심한 친절을 베풀어 그녀의 마음에 들기만 한다면 그보다 더한 기쁨이 없을 것이니 오늘 밤 파티가 끝날 때까지 당신 곁에 있게 해 달라고 했다. 이런 계획에 대해서는 언쟁을 벌여봐야 소용없는 일이었다. 루카스 부인이 때때로 그들 곁으로 와 주었기에 그녀에게는 큰 도움이 되었다. 루카스 부인은 친절하게도 콜린스의 말상대가 되어주는 일을 자청했다.

그녀는 그 이상 자신을 바라보는 다아시 씨의 시선 때문에 기분이 상하는 일을 당하지 않게 되었다. 그는 때때로 그녀의 바로 옆까지 다가와서 아무런 상대도 없이 혼자 있는 경우도 있었지만 이야기할 수 있을 만큼 가까이 다가오지는 않았다. 아마도 자신이 위컴 씨에 대한 이야기를 한 결과라는 생각이 들어 좀 우스운 생각이 들었다.

롱본의 일행들이 가장 늦게 그곳을 떠나게 됐다. 베넷 부인의 계략으로 다른 사람들이 모두 돌아간 뒤에도 그들은 마차가 오기까지 15분이나 기다려야 했다. 그 동안 이 집 사람들은 그들이 빨리 돌아가기를 고대하고 있다는 사실을 알 수 있었다. 허스트 부인과 그 누이동생은 피곤하다는 말 이외의 다른 말은 하지 않았으며 한시라도 빨리 자신들만의 시간을 갖고 싶어 한다는 사실을 노골적으로 드러내보였다. 그녀는 베넷 부인이 이야기를 꺼내려고 할 때마다 찬물을 끼얹어 모두에게 더욱 권태감을 안겨줬다. 그랬기에 콜린스 씨가 아무리 길게 자신의 생각을 이야기해도 모두의 처진 기분이 좋아지지는 않았다. 그는 빙리 씨와 그 누이들의 손님에 대한 품위 있는 접대와 행동이 아주 친절하고 정중한 것이라고 칭찬했다. 다아시는 아무런 말도 하지 않았다. 베넷 씨도 역시 입을 다문 채 그 광경을 즐기고 있었다. 빙리 씨와 제인은 다른 사람들과 조금 떨어진 곳에 서서 둘만의 이야기를 나누고 있었다. 엘리자베스는 허스트 부인과 빙리 양에게도 지지 않을 만큼 완고하게 입을 다물고 있었다. 리디아조차 피곤에 지쳐서 '아, 피곤해!' 라고 외치며 커다랗게 하품을 하는 것 외에 다른 말은 하지 않았다.

그들이 드디어 작별인사를 하려고 자리에서 일어났을 때, 베넷 부인은 조만간에 모두가 롱본으로 오시길 바란다고 끈질기게 초대를 했는데 특히 빙리 씨에게는, 형식적인 초대장을 보내는 일과 같은 형식적인 일은 하지 않을 테니 언제라도 오셔서 가족들과 함께 저녁식사를 해준다면 모두가 아주 기뻐할 것이라고 말했다. 빙리 씨는 아주 반가운 소리라며 내일부터 며칠 간 런던에 다녀올 일이 있으니 런던에서 돌아오면 기회가 생기는 대로 방문을 하겠다고 말했다.

베넷 부인은 아주 만족한 듯했다. 그리고 부부간의 계약서와 새로운 마차와 혼례에 필요한 의상 등 필요한 준비를 감안한다 하더라도 넉넉잡아 3, 4개월 후에는 딸이 네더필드로 들어올 수 있을 것이라고 확신하고 만족스럽게 그 집에서 나왔다. 그녀는 또 다른 한 명의 딸이 콜린스 씨와 결혼할 것이라는 사실도 굳게 믿고 큰사위만큼은 아니지만 이 역시도 기쁘게 생각했다. 그녀에게 있어서 엘리자베스는 가장 정이 가지 않는 딸이었다. 그랬기 때문에 사위가 될 사람도, 혼처도 그녀는 별로 신경 쓰이지 않았지만 빙리 씨와 네더필드에 비하자면 아무래도 좀 떨어지는 듯한 느낌이 드는 건 사실이었다.

19

다음날 롱본에서는 새로운 국면이 전개되었다. 콜린스 씨가 정식으로 청혼을 한 것이다. 그는 이번 토요일까지밖에 시간이 없었기 때문에 때를 놓치지 말고 고백하자고 결심하고 있었다. 그리고 그는 이 말을 꺼낼 때조차도 어쩌면 자신에게 귀찮은 일이 될지도 모른다는 불안감조차도 느끼지 못했기 때문에 지극히 진지한 태도로, 이런 경우에 반드시 필요하다고 생각하고 있던 예절을 지켜가며 말을 꺼냈다. 막 아침식사를 마쳤을 때, 베넷 부인과 엘리자베스와 막내딸이 함께 있는 것을 보고 그 어머니에게 이렇게 말을 꺼냈다.

"오전 중에 아름다운 따님인 엘리자베스 양과 단 둘이서 이야기를 나누고 싶은 것이 있는데 도와주실 수 없겠습니까?"

엘리자베스가 놀라서 얼굴을 붉히고 있을 때 베넷 부인이 즉석에서 대답했다.

"어머, 좋고말고요. 엘리자베스도 아주 기뻐할 거예요. 내가 반대할 리가 있겠어요? 애, 키티야, 2층으로 가자."

이렇게 대답한 그녀가 바느질거리를 가지고 급히 자리를 뜨려고 하자 엘리자베스가 소리를 질렀다.

"어머니, 가지 마세요. 제발 부탁이니 가지 말아주세요. 콜린스 씨도 분명히 이해해주실 거예요. 남들이 들어서 안 될 이야기는 아닐 테니까요. 그렇다면 저도 함께 나가겠어요."

"아니, 안 된다. 무슨 소리를 하는 거니, 엘리자베스. 너는 거기 남아 있거라."

그리고 엘리자베스가 화난 듯한, 조금은 어이가 없다는 듯한 얼굴로 정말 도망치려 하는 것을 보고 그녀는 이렇게 말했다.

"엘리자베스, 여기서 콜린스 씨의 이야기를 듣거라."

어머니가 엄하게 얘기하자 엘리자베스도 굳이 거역하고 싶은 생각은 들지 않았다. 그리고 잠깐 생각을 해보니 이런 일은 가능한 한 빨리 원만하게 처리하는 것이 좋을 것 같다는 생각이 들어 다시 자리에 앉아 당혹감과 흥미로움이 섞인 기분을 숨기려고 재빨리 손을 움직여 일거리를 손에 잡았다. 베넷 부인과 키티가 방 밖으로 나갔다. 두 사람이 밖으로 나가자마자 콜린스 씨가 이야기를 시작했다.

"친애하는 엘리자베스 양. 제 말을 믿어주시기 바랍니다. 당신의 내성적인 성격은 당신의 적이 아닙니다. 오히려 당신의 다른 장점들에 빛을 비춰줍니다. 만약 당신이 그처럼 싫어하는 모습을 보여주지 않았다면 내 눈에 그처럼 사랑스럽게 보이지는 않았을 겁니다. 나는 당신의 훌륭하신 어머님의 허락을 받고 당신에게 이야기하고 있는 것입니다. 당신의 타고난 음전한 성격으로 아무리 모르는 척하신다 해도 제가 하고 싶은 이야기가 무엇인지 모르시지는 않을 것입니다. 그동안 당신에게 아주 은근하게 대했으니 잘못 생각하고 계실 리가 없습니다. 나는 이 집에 들어서는 순간부터 당신을 미래의 반려자로 선택했습니다. 하지만 이 문제에 대해서 내 감정에 빠져들기에 앞서 결혼해야 하는 이유와 아내를 고르기 위해서 하트퍼트셔에 온 이유를 말씀드리겠습니다."

그가 잠시 말을 끊어 자신이 말할 기회를 얻었지만, 이렇게 엄숙하고 침착한 태도를 보이면서도 '감정에 빠져들기에 앞서'라고 말하는 것이 참을 수 없을 만큼 우스웠기에 엘리자베스는 어떻게 해서든 그가 더 이상 말을 하지 못하도록 수단을 강구하는 것을 잊고 있었기에 다시 콜린스 씨가 이야기를 이어나갔다.

"내가 결혼해야 하는 첫 번째 이유는, 안정된 생활을 하고 있는 목사(나처럼)는 교구 내에서 모범적인 결혼생활을 보이는 것이 옳다고 생각하고 있기 때문입니다. 둘째로는 결혼을 하면 행복이 더욱 커질 것이기 때문입니다. 셋째로는, 이는 좀 더 빨리 이야기할 필요가 있었을지도 모르겠지만, 내가 보호자라고 부르고 있는 그 고귀한 영부인께서 내게 결혼을 하도록 특별히 충고해주셨기 때문입니다. 이 문제에 대해서(부탁하지도 않았는데!) 두 번이나 당신의 의견을 말씀해 주셨습니다. 그것은 바로 토요일 밤, 내가 헌스퍼드를 떠나기 전의 일이었는데 커드릴(네 명이서 40장의 카드를 가지고 승부를 겨루는 카드 놀이) 놀이를 하고 있을 때, 영부인은 돈을 거는 통과 통 사이에 계셨고 젠킨슨 부인이 드 버그 양의 발을 올려놓는 상자를 고치고 있었는데 그 때 이렇게 말씀하셨어요. '콜린스 씨, 당신은 결혼을 하셔야 해요. 당신과 같은 목사는 결혼을 해야 합니다. 적당한 사람을 선택하세요. 저를 위해서 훌륭한 사람을 고르도록 하세요. 그리고 당신을 위해서도 그다지 교육을 많이 받지 않은, 수입이 적어도 알뜰하게 꾸려나갈 수 있는, 일 잘하고 쓸모 있는 사람을 골랐으면 해요. 이게 당신에 대한 나의 충고예요. 될 수 있는 대로 빨리 그런 여자를 찾아서 헌스퍼드로 데리고 오세요. 그때는 나도 그 사람을 방문하도록 하죠.' 덧붙여 말하자면 나 때문에 캐서린 드 버그 영부인의 은혜와 친절을 받게 된다면 그건 적잖은 득이 되리라 생각합니다. 당신이 그분의 태도를 보게 된다면 나 같은 사람이 말로는 표현하지 못할 부분이 있다는 것을 알게 될 테지요. 그분도 틀림없이 당신의 기지와 쾌활한 성격을 마음에 들어 하실 겁니다. 특히 그런 계층에 계신 분 앞에 서게 되면 아무래도 말수가 적어져 경의를 표할 때는 당신의 그 기지와 쾌활함도 아주 적당한 것이 될 테니 말입니다. 내가 결혼을 하기로 마음먹은 이유는 이것뿐입니다. 그리고 마지막으로 내가 왜 가까운 곳에서 결혼 상대를 찾지 않고, 롱본으로 왔느냐에 대한 이야기를 해야겠습니다. 제 근처에도 젊고 귀여운 아가씨들은 아주 많습니다. 하지만 사실 나는 당신의 아버님께서 돌아가시면(아직은 몇 년 더 살아계실 것이지만) 이 토지를 상속하기로 되어 있기 때문에 따님들 중에서 아내를 고르지 않으면 마음이 개운치 않을 것입니다. 왜냐하면 그런 불행한 일이 일어났을 때(하지만 조금 전에도 말씀드린 것처럼 앞으로 몇 년 간은 그런 일이 일어나지는 않겠지만) 따님들의 손실을 최소한으로 줄이기 위해서입니다. 이것이 나의 동기였습니다. 그렇기 때문에 당신이 나를 가볍게 보시지는 않으리라 생각합니다. 자, 그럼 이제는 가장 생기에 넘치는 말로 격렬한 내 애정을 당신에게 확인시켜 주기만 하면 되겠지요. 나는 재산 따위에는 별다른 관심이 없습니다. 따라서 당신의 아버님에게 그런 종류의 요구는 하지 않을 것입니다. 요구한다 하더라도 아버님께서 들어주실 수 없다는 걸 잘 알고 있으니까요. 그리고 연이율 4퍼센트짜리 1천 파운드가 당신이 받을 수 있는 것의 전부로, 그것도 어머님이 돌아가신 뒤에나 얻을 수 있다는 사실도 잘 알고 있습니다. 그렇기 때문에 그 문제에 관해서는 끝까지 입을 다물고 있을 생각입니다. 우리가 결혼한 뒤에도 그런 경제적인 문제로 비난하지는 않을 생각이니 그 점에 대해서는 안심하십시오."

지금은 무슨 일이 있어도 그의 말을 중단시켜야만 했다.

"당신은 성격이 너무 급하시군요. 제가 아직 대답하지 않았다는 사실을 잊고 계시는군요. 이 이상 헛수고하시지 않도록 대답을 해야겠네요. 저에 대한 당신의 호의에는 감사를 드립니다. 그리고 제게 들려주신 말, 영광으로 생각합니다. 하지만 저는 거절을 할 수밖에 없네요."

그녀가 외쳤다.

그러자 콜린스 씨는 형식적으로 손을 흔들면서 대답했다.

"이건 지금에 와서야 알게 된 사실이 아닙니다. 젊은 아가씨들은 남자에게 처음 청혼을 받으면 마음속으로는 받아들이기로 생각하고 있으면서도 일단은 거절한다는 사실을. 때로는 두 번, 세 번 거절하는 경우도 있죠. 그렇기 때문에 나는 지금 당신이 하신 말씀에 실망하거나 하지 않습니다. 머지않아 당신을 제단으로 데려가기를 바라고 있습니다."

"어머, 정말. 내가 그렇게 확실하게 거절했는데 당신은 희망을 갖겠다니 정말 이상한 얘기로군요. 확실히 말씀드리겠는데 나는 두 번째 청혼에 자신의 행복을 걸만큼 대담한 젊은 아가씨들(만약 그런 아가씨들이 있다고 한다면)과는 달라요. 나는 진심으로 거절한 거예요. 당신은 나를 행복하게 해줄 수 없을 거고, 나도 다른 여자들처럼 당신을 행복하게 해줄 수 있는 여자가 아니라고 믿고 있어요. 아니, 만약 당신이 존경하고 있는 캐서린 부인이 나에 대해서 알고 계신다면 내가 모든 면에서 그런 위치에 놓일 자격이 없는 여자라는 사실을 잘 알게 될 것이라 생각해요."

엘리자베스가 큰소리로 말했다.

"설사 캐서린 영부인께서 그렇게 생각하신다 하더라도 당신을 전혀 인정하지 않으리라고는 생각하지 않습니다. 다음에 그분을 만나게 되면 당신이, 음전하고 알뜰한 성격, 그리고 그 외에도 여러 가지로 사람들의 마음을 끄는 성격을 갖고 있다고 잔뜩 칭찬을 해놓겠습니다."

콜린스가 아주 진지한 표정으로 말했다.

"아니요, 콜린스 씨. 나를 칭찬하실 필요는 없어요. 그보다 내 일은 내가 판단하게 내버려두세요. 그리고 내 말을 믿어 주세요. 나는 당신이 아주 행복하고 부유하게 살기를 바라고 있어요. 그렇기 때문에 나는 당신의 청혼을 거절해서 당신이 불행해지는 것을 막으려고 하고 있는 거예요. 당신은 내게 청혼을 하는 일로 우리 가족에게 신경 쓰고 있다는 사실을 증명했다고 생각하고 그걸로 스스로 만족하고 계실 테죠. 그래서 롱본의 토지가 당신 손에 떨어질 때는 아무런 거리낌 없이 그것을 수중에 넣을 수 있을 거라 생각하시겠죠. 그러니까 이 문제는 이것으로 결말이 난 거라고 생각해 주셨으면 좋겠어요."

이렇게 말하고 자리에서 일어섰는데, 만약 콜린스 씨가 다음과 같은 말을 하지 않았다면 그녀는 방 밖으로 나가버릴 참이었다.

"내가 이 문제로 당신과 다시 이야기할 수 있는 영광을 누리게 될 때는 지금 하신 대답보다 더 나은 대답을 들려주기를 희망합니다. 그렇다고 지금 당신을 잔혹한 분이라고 책망할 마음은 조금도 없습니다. 남자에게 처음 청혼을 받았을 때 거절하는 것이 여자들의 관습이라는 걸 알고 있기 때문입니다. 당신은 지금도 참된 여성의 정숙한 태도로 내게 용기를 주는 말씀을 하신 거라 생각합니다."

"이봐요, 콜린스 씨. 당신은 정말 나를 곤란하게 만드는군요. 지금까지 내가 드린 말씀을 용기를 북돋는 말이라 생각하신다면 도대체 어떻게 말씀을 드려야 거절하는 거라고 믿으시겠다는 건지 알 수가 없군요."

엘리자베스가 다소 흥분한 어조로 말했다.

"당신이 내 청을 거절하는 것은 그저 말뿐이라는 사실을 믿게 해주십시오. 내가 그렇게 믿고 있는 이유를 간단하게 말씀드리자면, 내 청혼은 당신이 받아들이기에 부족함이 없다고 생각하고 있으며, 또 내가 말씀드린 가정환경도 그다지 나쁘지만은 않다고 생각하기 때문입니다. 내 지위나 드 버그 댁과의 관계, 친척관계에 있는 이 댁과의 인연은 내게 아주 유리한 조건입니다. 그리고 당신은 틀림없이 여러 가지 매력을 가지고 있기는 하지만 앞으로도 청혼 받을 수 있을 거라는 보장은 어디에도 없다는 점을 깊이 생각해 주시기 바랍니다. 불행하게도 당신의 지참금은 아주 적을 테니 그 때문에 당신의 사랑스러움이나 상냥한 성격도 아무런 가치 없는 것이 되어버리고 말지도 모르니까요. 그렇기 때문에 당신이 내 청혼을 진심에서 거절하고 있는 거라고는 생각할 수 없습니다. 당신은 고귀한 아가씨들이 곧잘 쓰곤 하는 방법으로 나를 괴롭혀서 내 사랑을 더욱 깊어지게 만들려고 하는 거라고 저는 생각하고 있습니다."

"한 가지 말씀드리겠는데 내게는 훌륭한 분을 괴롭힐 만한 고귀함은 어디에도 없어요. 저는 그럴 자격이 없는 여자에요. 나는 차라리 성실한 여자라는 칭찬을 듣고 싶네요. 제게 청혼을 해주신 일에 대해서는 거듭 감사의 말씀을 드리겠지만 절대로 받아들일 수는 없어요. 아무리 생각을 해봐도 마음이 허락하질 않아요. 좀더 확실하게 말씀드릴까요? 내가 당신을 괴롭히는 고귀한 여자라 생각하지 마시고 진심으로 진실을 이야기하는 이성적인 여자라고 생각해 주시길 바라겠어요."

"당신은 정말 애교가 넘치는 분이로군요. 당신의 훌륭하신 양친들에게 확실하게 허락을 받아낸다면 내 청혼을 거절할 리가 없을 거라고 생각합니다."

이렇게 고집스레 자기를 기만하며 버티기만 했기에 엘리자베스도 더 이상 대답하고 싶은 마음이 없어졌다. 그녀는 입을 다문 채 그 자리에서 떠났다. 엘리자베스가 거듭 거절한 사실에 대해서 그가 언제까지고 자신의 마음을 끌기 위해서 일부러 그러는 거라고 생각한다면 그녀는 아버지에게 이 문제를 부탁하리라 마음먹고 있었다. 아버지라면 뒤탈이 생기지 않도록 확실하게 거절할 것이고, 그런 태도는 적어도 고귀한 여자의 자만심이나 교태라고 잘못 받아들여지지는 않을 것이라 생각했기 때문이다.

20

혼자 남은 콜린스 씨는 언제까지고 그의 성공적인 사랑에 대해서 조용히 생각하고만 있을 수가 없었다. 현관이 바라다보이는 곳에서 서성거리며 이야기가 끝나기를 기다리고 있던 베넷 부인이 엘리자베스가 문을 열고 빠른 걸음으로 옆을 지나서 계단이 있는 쪽으로 가는 것을 보고 바로 식당으로 뛰어들어 당신과 내가 더욱 친밀한 관계가 될 수 있는 행복한 미래가 보이기 시작한 일은 서로에게 있어서 축복할 만한 일이라는 내용의 말을 뜨거운 이조로 말했기 때문이었다. 콜린스 씨는 이 축복의 말에 그녀와 똑같이 기뻐하며 그에 대답을 한뒤, 두 사람의 대화에 대해서 자세하게 이야기를 하고 그 결과에 대해서 자신은 대단히 만족하며 그의 사촌동생은 완강하게 거절했지만 그것은 그녀의 수줍음 많은 내성적인 성격과 순진하고 정숙함 때문이기에 자연스레 그렇게 될 수밖에 없었을 것이라고 말했다.

하지만 콜린스 씨의 이야기는 베넷 부인을 놀라게 했다. 만약 그녀가 그와 마찬가지로 엘리자베스가 그의 청혼을 거절한 것이 그의 마음을 끌기 위한 것이었다고 믿었다면 그녀도 틀림없이 기뻐했을 것이다. 하지만 그녀는 그렇게 믿지 않았다. 그래서 이렇게 말하지 않을 수 없었다.

"콜린스 씨, 걱정 말아요. 엘리자베스를 잘 설득하겠어요. 제가 직접 말을 하죠. 그 아이는 아주 고집스럽고 어리석어서 자신에게 득이 되는 일이라는 걸 전혀 모르고 있는 듯해요. 하지만 제가 잘 알아듣도록 얘기할게요."

"부인, 말씀하시는 중에 죄송합니다. 만약 그 분이 정말 고집스럽고 어리석은 사람이라면 나와 같은 지위에 있으면서 결혼생활에서 행복을 찾는 것이 당연하다고 생각하고 있는 사람에게 과연 어울리는 신붓감인지 알 수가 없군요. 그러니까 그 분이 진심에서 내 청혼을 언제까지고 거절하는 거라면 굳이 억지로 승낙을 얻어내지 않는 편이 좋겠습니다. 그런 성격상의 결점에 빠지기 쉬운 사람이라면 제 행복을 더해줄 수 없을 테니까요."

콜린스가 큰소리로 말했다.

"당신은 내 말을 완전히 오해하고 계시는군요. 엘리자베스는 이런 일에 대해서만 고집을 피울 뿐이에요. 다른 일에 대해서는 그 어떤 아가씨에게도 지지 않을 만큼 고분고분해요. 지금 당장 남편과 함께 그 아이에게 가서 둘이서 승낙을 받아오겠어요."

베넷 부인이 놀랐다는 듯이 말했다.

그녀는 콜린스에게 대답할 틈도 주지 않고 바로 남편이 있는 서재로 달려가서 문을 열고 들어서자마자 큰소리로 말했다.

"여보, 잠깐만이요. 급한 일이에요. 정말 큰일 났어요. 어서요. 빨리 가서 엘리자베스가 콜린스 씨와 결혼하도록 설득해 보세요. 엘리자베스는 싫다며 말을 듣지 않아요. 서두르지 않으면 그분 마음이 변해서 그 아이를 아내로 맞아들이지 않겠다고 말씀하실 거예요."

그녀가 들어서자 베넷 씨는 책에서 눈을 들어 평범함과 무관심함으로 그녀의 얼굴을 바라보았고, 그녀가 말하는 중에도 역시 평범함과 무관심함으로 일관했다.

"무슨 말인지 도무지 모르겠군. 도대체 무슨 소리지?"

그녀의 말이 끝나자 그가 말했다.

"콜린스 씨와 엘리자베스에 대해서 얘기한 거예요. 엘리자베스는 콜린스에게 시집가지 않겠다고 하고 있어요. 그리고 콜린스 씨도 아내로 맞이하지 않겠다고 얘기했고요."

"그래서 내가 어떻게 했으면 좋겠다는 거지? 어차피 일은 그르친 것 같은데."

"당신이 이 문제에 대해서 엘리자베스와 얘기 좀 하세요. 무슨 일이 있어도 그분과 결혼을 해야 한다고 말씀 좀 해주세요."

"그 아이를 일 층으로 불러주시오. 내 의견을 말할 테니."

베넷 부인이 벨을 울렸다. 그리고 엘리자베스 양이 서재로 불려왔다.

"이리 오거라. 중요한 일로 너를 불렀단다. 콜린스 씨가 네게 청혼을 했다는 말이 사실이냐?"

그녀가 나타나자 아버지가 외쳤다.

엘리자베스는 사실이라고 대답했다.

"맞아요. 아버지."

"그랬군. 그렇다면 용건을 말하겠다. 네 어머니는 네게 꼭 승낙을 받아내라고 말하고 있다. 그렇잖소? 여보."

"맞아요. 승낙하지 않으면 난 이 아이를 두 번 다시 보지 않겠어요."

"불행한 선택이 네 앞에 놓여 있구나, 엘리자베스. 오늘부터 너는 우리들 중 한 명과는 남이 되어야 한다. 네가 콜린스 씨와 결혼을 하지 않는다면 네 어머니는 두 번 다시 너를 보지 않을 생각이고, 네가 결혼을 한다면 내가 두 번 다시는 만나지 않을 생각이니."

엘리자베스는 이야기가 이렇게 끝나게 되는 것을 듣고 미소를 짓지 않을 수 없었다. 그래서 이 일에 대해서 남편도 자신이 희망하고 있던 대로 생각하고 있을 거라고 믿고 있던 베넷 부인은 심하게 실망했다.

"당신은 무슨 생각으로 그런 말씀을 하시는 거죠? 꼭 결혼하도록 하겠다고 말씀하셨잖아요."

"여보, 당신에게 부탁하고 싶은 일이 두 가지 있소. 하나는 이 일에 관해서는 내 이해력을 자유롭게 사용할 수 있도록 해 달라는 것과, 또 다른 하나는 내 방을 자유롭게 사용할 수 있도록 해 달라는 것이오. 한시라도 빨리 이 서재에 혼자 있고 싶을 뿐이오."

그녀의 남편이 대답했다.

베넷 부인은 남편에게 실망했지만 아직도 그 일에 대해서 포기하지 않았다. 그녀는 엘리자베스를 달래보기도 하고 을러보기도 하면서 그녀를 설득하려 했다. 부인은 제인을 자기 편으로 만들려고 노력해 봤지만 제인은 정중하게 간섭하기를 거절했다. 엘리자베스는 어떤 때는 진심으로 어떤 때는 장난치듯 쾌활하게 어머니의 공격을 받아넘겼다. 그녀의 행동에 변화가 있었을지는 모르겠지만, 그녀의 결심에는 변화가 없었다.

그때 콜린스 씨는 지나간 일에 대해서 혼자 생각하고 있었다. 그는 자신을 너무 높이 평가하고 있었기에 사촌동생이 무슨 이유로 자신의 청을 거절했는지 이해하지 못하고 있었다. 자존심에 상처를 받기는 했지만 그것 말고는 아무런 아픔도 느낄 수가 없었다. 그녀에 대한 그의 사랑은 그저 상상 속에서 그려본 것에 불과했기 때문에 그녀가 어머니에게 질타를 받을지도 모른다는 생각이 들어도 그는 아무런 연민의 정도 느끼지 못했다.

일가가 이렇게 소란을 피우고 있을 때, 샬럿 루카스가 하룻밤 묵으며 놀기 위해서 찾아왔다. 그녀는 현관 앞에서 리디아와 맞닥뜨렸다. 그러자 리디아가 그녀 쪽으로 뛰어가 낮은 목소리로 외쳤다.

"마침 잘 오셨어요. 아주 재미있는 일이 벌어졌거든요. 오

180

늘 아침에 무슨 일이 있었는지 아세요? 콜린스 씨가 엘리자베스 언니에게 청혼을 했어요. 언니는 싫다고 하고 있고요."

그 말에 샬럿이 대답할 새도 없이 이번에는 키티가 다가와서 같은 말을 했다. 그리고 셋이서 베넷 부인 홀로 있던 식당으로 들어서자 베넷 부인 역시 똑같은 이야기를 하며 샬럿에게 동정을 호소했고 네 친구인 엘리자베스가 모든 가족의 희망에 따르기를 권해 보라고 애원하기도 했다.

"루카스 양. 제발 그렇게 해줘요."

그녀가 잠겨드는 목소리로 덧붙였다.

"아무도 내 편을 들어주지 않아요. 나를 도와주질 않아요. 나 아주 심한 일을 당하고 있어요. 아무도 내 연약한 신경을 달래주려 하지 않아요."

마침 제인과 엘리자베스가 들어섰기에 샬럿은 대답을 하지 않아도 되었다.

"옳지, 그 애가 오는군. 언제 무슨 일이 있었냐는 표정으로 자기의 고집만 피워대고, 우리들 같은 건 아무래도 좋다는 듯이 전혀 신경도 쓰질 않으니. 그래도 너를 위해서 한마디 해야겠다. 엘리자베스, 만약 네가 그런 식으로 청혼을 애초부터 거절한다면 너는 평생 남편을 가질 수 없을 거다. 만약 아버님께 무슨 일이라도 생기게 된다면 그때는 누가 너를 보살펴줄지 그건 내 알 바가 아니다. 나는 보살펴줄 수 없으니까. 미리 말해두겠다. 나는 오늘부터 너와의 연을 끊겠다. 두 번 다시는 너를 보지 않겠다고 서재에서 틀림없이 말하지 않았니? 나는 언행이 일치하는 사람이다. 불효막심한 아이와 말을 한다고 해서 무슨 즐거움이 있겠니. 그렇다고 누구와는 이야기를 나누면 즐거워서 어쩔 줄 모르겠다는 얘기는 아니다. 나처럼 신경의 병 때문에 고통 받는 사람들은 대화를 절대로 좋아할 수 없으니까. 내가 얼마나 고통스러워하고 있는지 아무도 모를 거다. 하지만 늘 이 모양이지. 말을 하지 않으면 아무도 알아주질 않으니."

그녀의 딸들은 아무리 어머니에게 사정을 설명하려 해도, 또 어머니를 달래주려 해도 오히려 그것이 어머니의 화를 돋울 뿐이라는 사실을 잘 알고 있었기에 사정없이 쏟아지는 이런 말들을 가만히 듣고만 있었다. 그녀가 누구의 방해도 받지 않고 이야기를 해대고 있을 때 콜린스 씨가 평소보다 더욱 엄숙한 모습으로 들어서서 그들과 함께 자리를 했다. 그 모습을 보고 어머니가 딸들에게 말했다.

"너희들은 입을 다물고 있거라. 난 콜린스 씨와 잠시 이야기를 해야겠다."

엘리자베스는 조용히 식당 밖으로 나갔다. 제인과 키티가 뒤를 이어서 밖으로 나갔지만 리디아는 끝까지 이야기를 들어야겠다고 생각했기에 발걸음을 멈췄다. 샬럿은 콜린스 씨가 자신에 대한 일과 가족에 대한 일을 자세하게 물었기에 처음에는 하는 수 없이 거기에 남아 있었지만 곧 약간의 호기심이 생겨서 창가로 걸어가 이야기가 들리지 않는 척하고 거기에 있기로 했다. 베넷 부인은 계획하고 있던 이야기를 가련한 목소리로 이렇게 시작했다.

"아, 콜린스 씨!"

그가 대답했다.

"부인, 이 문제에 대해서는 영원히 침묵을 지키기로 합시
다. 그렇다고 내가 따님의 태도에 분개하고 있는 것은 아닙니
다. 피하기 어려운 화는 포기하는 것이 우리 목사들의 의무입
니다. 특히 젊은 나이에 목사직에 오른 청년들의 의무입니다.
나는 포기했다고 생각합니다. 다행히 아름다운 따님께서 내
청을 들어주셨다 하더라도 과연 내가 정말로 행복해질 수 있
을지 의문이 들어 나는 그것을 포기했으리라 생각됩니다. 왜
냐하면 내가 종종 관찰한 바에 의하면 가장 깨끗하게 포기할
수 있을 때란, 거부된 행복에 대한 우리들의 평가가 수그러들
때이기 때문입니다. 내가 부인과 베넷 씨에게 나를 위해서 부
모님이 되어 달라고 청하기도 전에 따님에 대한 나의 청을 철
회했다고 해서 베넷 일가를 소홀히 여기고 있다고 생각지는
말아주십시오. 나는 부인이 아닌 따님으로부터 거절당했습니
다. 내 행동이 적절하지 않았을지도 모르겠습니다. 하지만 인
간은 누구나 실수를 저지르기 쉽습니다. 이 문제에 대해서 나
는 틀림없이 선의를 가지고 이곳에 왔습니다. 내 목적은 이곳
가족 모두의 이익을 감안한 뒤, 자신의 신붓감을 고르는 일이
었습니다. 따라서 내 태도에 조금이라도 비난받을 만한 점이
있었다면 나는 이 자리를 빌어서 사과 드리고 싶습니다."

21

콜린스 씨의 청혼에 대한 논의는 이제 거의 끝난 셈이었다. 그래서 엘리자베스는 이런 문제가 일어날 때면 늘 느끼게 되는 불쾌함과 어머니가 때때로 쏟아대는 잔소리에 시달릴 뿐이었다. 한편 이 문제의 당사자였던 콜린스 씨의 감정은 당황스러움이나, 낙담이나, 그녀를 피하려는 행동 등으로 나타난 것이 아니라 딱딱해진 태도와 무표정한 침묵을 통해서 표현되었다. 그는 엘리자베스에게는 거의 말을 걸지 않았고 그 이후로는, 누구보다도 먼저 자신이 감사하게 여기고 있는 열렬한 친절을 끊임없이 루카스 양에게 쏟아붓기 시작했다. 루카스 양은 예의를 갖춰서 그의 이야기를 들어줬는데 이는 모두를 위해서 다행스러운 일이었으며, 특히 그녀의 친구인 엘리자베스에게는 큰 도움이 되었다.

다음날이 되어도 베넷 부인의 불쾌함과 병은 조금도 나아지질 않았다. 콜린스 씨도 여전히 화가 난 듯 오만한 태도를 보였다. 엘리자베스는 그가 홧김에 빨리 돌아가 주기를 바랐지만 이 일은 그의 계획에 아무런 영향도 미치질 못했다. 그는 처음부터 토요일에 돌아갈 생각이었고 지금도 토요일까지 머물 생각을 버리지 않고 있는 듯했다.

아침식사를 마치고 아가씨들은 위컴이 돌아왔는지를 확인

하기 위해서 메리턴까지 걸어갔다. 만약 그가 돌아와 있다면 네더필드의 무도회에 참석하지 못해서 섭섭했다고 말할 생각이었다. 그녀들은 시내로 막 접어들려고 할 때 위컴을 만났다. 그는 그녀들을 이모님 댁까지 데려다 주었고 거기서 파티에 못 가서 죄송했다고 말다. 그녀들은 무슨 일이었는지 걱정했다고 말하는 등 서로가 그 일에 관해서 천천히 이야기를 나누고 있었다. 그는 엘리자베스에게만은 일부러 일을 만들어 파티에 가지 않았던 거라고 스스로가 밝혔다.

"그 날이 가까워 오자 나는 깨달을 수 있었습니다. 역시 다아시와는 만나지 않는 편이 좋으리란 사실을. 같은 방에서 그와 함께 몇 시간이고 보내야 하는 일은 내게는 견딜 수 없는 일입니다. 그리고 나뿐만 아니라 다른 모두에게도 불쾌한 일이 일어나게 될지도 모르니까요. 이런 생각이 들었기 때문이죠."

그녀는 아주 잘 참으셨다고 칭찬을 했다. 그리고 위컴과 또 다른 한 명의 사관이 그녀들을 롱본까지 배웅해 주었는데 거기까지 가는 도중, 위컴은 특히 엘리자베스와 많은 말을 나눴기에 그녀는 그와 참을성에 대해서 논하고, 서로의 장점을 정중하게 칭찬할 수 있는 여유를 가질 수 있었다. 그가 함께 와준 일에는 일석이조의 효과가 있었다. 그녀는 그의 배웅까지 해주는 친절함에 감탄했으며, 그를 아버지와 어머니에게 소개할 수 있는 절호의 기회를 잡을 수 있었기 때문이었다.

아가씨들이 돌아오자마자 제인 앞으로 한 통의 편지가 배달

되었다. 그것은 네더필드에서 온 편지였다. 바로 개봉을 해보니 봉투 속에는 한 장의 작고 품위 있는, 압착기로 눌러 광택이 나는 종이가 들어 있었는데 여자의 아름다운 글씨가 가지런히 늘어서 있었다. 엘리자베스는 그것을 읽고 있는 언니의 얼굴 표정이 변해가는 것을 볼 수 있었다. 또 언니가 어느 한 곳을 언제까지고 뚫어져라 쳐다보며 되풀이해서 읽고 있는 것을 보았다. 제인은 곧 제정신으로 돌아와 편지를 봉투에 넣고는 평소와 다름없이 쾌활하게 모두와 대화를 나누려고 노력했다. 하지만 엘리자베스는 이 문제에 신경이 쓰여 위컴에게조차 주의를 기울일 수가 없었다. 위컴 씨 일행이 돌아간 뒤, 제인이 눈짓을 보냈기에 그녀는 제인의 뒤를 따라서 이층으로 올라갔다. 두 사람이 방으로 들어서자 제인이 편지를 꺼내며 말했다.

"캐롤라인 빙리 양이 보낸 거야. 편지를 읽고 아주 놀랐어. 모두들 지금쯤은 네더필드에서 떠나 런던으로 가고 있는 중일 거야. 이제는 돌아오지 않을 거래. 읽어줄게."

그리고 나서 그녀는 첫 문장을 큰 소리로 읽었는데 거기에는 빙리 자매가 오빠를 따라서 바로 런던으로 갈 결심을 한 사실과, 그날은 허스트 씨의 집이 있는 그로스브너 가에서 식사를 할 예정이라는 내용이 담겨 있었다. 그 다음에는 이런 내용이 적혀 있었다.

'나는 당신과 교제가 끊기는 것을 제외한다면, 하트퍼트서에는 아무런 미련도 없습니다. 나의 사랑스런 친구여. 하지만 언젠가는 우리들이 지금처럼 즐거운 만남을 종종 가질 수 있는 날이 오리라고 믿습니다. 그 날이 오기 전까지 서로가 자주 허물없는 내용의 편지를 주고받는다면 이별의 고통도 어느 정도는 잊을 수 있을 거라고 생각합니다. 틀림없이 그렇게 해주시리라 믿습니다.'

엘리자베스는 이렇게 과장된 문구를 절대로 신용할 수 없었기에 아무런 감정도 없이 듣고만 있었다. 그들이 갑자기 이사를 하게 되었다는 사실에는 놀라지 않을 수 없었지만, 그녀에게는 그다지 슬픈 소식도 아니었다. 그들이 네더필드에서 떠났다고 해서 빙리 씨가 거기에서 완전히 사라지리라고는 생각되지 않았다. 그리고 그들과 교제를 갖지 못하게 된 일에 대해서도, 빙리 씨와 즐겁게 교제를 계속 이어 간다면 제인은 곧 그 일에 대해서는 아무렇지도 않게 생각하리라고 엘리자베스는 생각하고 있었다.

"정말 안타깝군."

엘리자베스가 잠시 입을 다물었다가 다시 말을 했다.

"친구들이 시골을 떠나기 전에 만나지 못한 일은. 하지만 빙리 씨가 학수고대하고 있는 미래의 행복한 날들이 그 사람도 모르는 사이에 의외로 빨리 올지도 모르는 일 아니겠어? 지금까지 즐거웠던 친구관계가 다음에 만날 때는 더욱 더 즐거운 가족관계가 되어 있지 말라는 법도 없으니까. 빙리 씨는 언제까지고 그들과 함께 런던에 있지는 않을 거야."

"캐롤라인은 이번 겨울에는 아무도 하트퍼트셔로 돌아오지 않을 거라고 확실하게 말했어. 읽어줄게."

'어제 오빠가 떠날 때는, 런던에서의 볼일은 3, 4일이면 끝날 거라고 말했지만, 우리들은 그럴 리가 없다는 사실을 알고 있었고 오빠는 런던에 도착하면 쉽게 돌아오지 않으리라 생각했기에 우리들도 뒤를 따라서 가기로 했습니다. 내가 알고 있는 많은 분들도 겨울을 나기 위해서 이미 그곳으로 가셨습니다. 당신도 그렇게 하겠다고 말씀하시는 걸 듣고 싶지만, 그건 힘들겠죠? 나는 하트퍼트셔에 계실 당신의 크리스마스가 평소와 다름없이 즐거운 것이 되길 바라며, 당신의 마음에 드는 남자들이 많이 나타나서 우리들이 당신에게서 빼앗은 세 사람 때문에 쓸쓸함을 느끼는 일이 없길 바랍니다.'

"여길 보면 알 수 있듯이, 이번 겨울에 그 분은 돌아오시지 않을 거야."

제인이 덧붙여 말했다.

"알 수 있는 건 단지 그분이 돌아오지 않을 거라고 빙리 양이 생각하고 있다는 사실 뿐이잖아."

"어째서 그렇게 생각하는 거지? 틀림없이 그분은 그렇게 하실 거야. 그분은 무슨 일이든지 마음대로 하시는 분이니까. 너는 아무것도 모르고 있지? 특히 내 마음을 괴롭히는 부분을 읽어줄게. 네게는 아무 것도 숨기지 않겠어."

'다아시 씨는 자신의 동생을 아주 만나보고 싶어합니다. 솔직히 말씀드리자면 우리들도 아주 만나보고 싶습니다. 나는 아름다움이나 품위, 교양에 있어서 조안나 다아시 양보다 뛰어난 사람이 있으리라고는 생각지 않습니다. 그 아가씨가 루이자(허스트 부인)와 내 마음에 심어준 애정은 좀더 홍미진진한 것이 되었는데 그것은 그 아가씨가 앞으로 우리들의 가족이 되리라는 생각 때문에 생긴 일입니다. 이 일에 대해서 전에 내가 당신에게 말씀드린 적이 있는지 잘 기억할 수는 없지만 이 사실을 밝히지 않고 이곳을 떠나고 싶지는 않았습니다. 그리고 당신은 이런 내 마음을 오해할 리가 없을 거라 믿고 있습니다. 오빠는 예전부터 그 아가씨를 아주 좋아했습니다. 앞으로는 오빠도 그 아가씨와 종종 아주 친밀하게 만날 것입니다. 그 아가씨의 가족들도 우리들과 마찬가지로 두 사람의 결혼을 바라고 있습니다. 오빠는 어떤 여자로부터도 사랑을 받고 있다고 내가 말한다 해도, 그것이 누이동생의 아전인수적인 발언이라고 생각하지는 않습니다. 이렇게 하나부터 열까지 애정을 위한 조건들이 모두 갖춰져 있고, 그것을 막을 만한 것이 하나도 없고, 모두가 행복해질 수 있는 이 일을 내가 기다린다는 건 잘못 된 일일까요? 친애하는 제인 양.'

"엘리자베스, 이 부분에 대해선 어떻게 생각하지? 아주 명확하지 않니? 읽은 대로 캐롤라인은 내가 가족이 될 수 있다고도, 또 되길 바라는 마음도 가지고 있질 않아. 자기 오빠가 나를 특별하게 생각하고 있지 않다는 걸 잘 알고 있는 거야. 내가 자기 오빠에게 마음이 있다는 걸 알고 (친절하게도!) 내게 주의를 주고 있는 거야. 아니면 다른 생각이라도 가지고 있니?"

"응, 있어. 내 생각은 전혀 달라. 들어볼래?"

"듣고말고."

"그럼 간단하게 말할게. 빙리 양은 자기 오빠가 언니를 사랑한다는 사실을 알면서도 오빠를 다아시 양과 결혼시키려 하고 있는 거야. 그래서 오빠 뒤를 따라 런던으로 가서 거기에 오빠를 잡아두고 언니에게는 빙리 씨가 언니를 특별하게 생각하고 있는 게 아니라고 말하려는 작전을 세운 거지."

제인이 머리를 흔들었다.

"안돼, 언니. 내가 하는 말을 믿어야 해. 언니와 그분이 둘이서 있는 모습을 본 사람들이라면 누구도 그 분이 언니를 사랑하고 있다는 사실을 부인하지 못할 거야. 그건 빙리 양도 마찬가지고. 그 사람은 그렇게 멍청하지 않거든. 만약 빙리 양이 다아시 씨로부터 그 사랑의 반만큼이라도 사랑을 받고 있다고 생각했다면 당장 결혼식을 위한 옷을 준비시켰을 거야. 즉, 이렇게 된 거지. 우리들은 그 사람들에게 어울릴 만한 부자도 아니고, 높은 신분을 갖고 있지도 못하니까 자기 오빠가 다아시 양과 결혼하는 편이 낫다고 생각한 거겠지. 그런 식으로 한 번 결혼관계를 맺어 놓으면 다음 번에는 쉽게 성사되리라 생각한 거겠지. 이건 틀림없이 그럴 듯한 생각으로 드 버그 양만 방해하지 않는다면 성공하게 될 거야. 하지만 사랑하는 언니, 언니는 설마 빙리 양이 자기 오빠는 다아시 양을 대단히 사랑하고 있다는 말을 했다고 해서 빙리 씨가 화요일에 언니와 헤어졌을 때보다 아주 조금이라도 언니를 가치 없이 본다든지, 빙리 양이 자기 오빠를 설득해서 언니에 대한 사랑을 그만두게 하고 다아시 양을 좋아하게 만드는 일이 가능하다든지, 그런 생각을 진심으로 하고 있는 건 아니겠지?"

"만약 내가 빙리 양에 대해서 너와 같은 생각을 하고 있다면, 네가 한 말들로 안심할 수 있었을지 몰라. 하지만 그건 근거 없는 얘기라고 생각해. 캐롤라인은 계획적으로 남을 속일 사람이 아니야. 그러니까 이번 일에 대해서도 뭔가 오해를 하고 있는 거라고 생각해."

"그도 그렇군. 언니는 애초부터 내 말로 위로받을 생각은 없었으니까 좀더 긍정적으로 생각하라고 말해봐야 소용없는 일이겠지. 차라리 그 사람의 말을 믿고 속는 편이 낫겠지. 언니는 이미 그 사람에 대한 의무를 다 했으니까 초조해 할 필요도 없겠지."

"엘리자베스, 하지만 아무리 긍정적으로 생각한다 하더라도 그분의 누이들이나 친구들이 다른 사람과 결혼했으면 좋겠다고 생각하고 있는데, 그분과 함께 산다고 해서 내가 행복해질 수 있다고 생각하니?"

"그건 언니 자신이 결정할 문제지. 잘 생각해봐서 그분 누이들의 마음에 따르지 않는 데서 오는 고통이 그 분의 아내가 되는 기쁨보다 더 크다면 난 언제까지고 거절하라고 충고할 거야."

엘리자베스가 말했다.

"어떻게 그런 말을 할 수 있는 거지? 만약 그런 경우라면, 나는 두 자매가 찬성하지 않는 건 아주 슬픈 일이지만, 그래도 주저하지 않을 거야."

제인이 엷은 미소를 지으며 말했다.

"나도 그럴 거라고 생각하고 있었어. 그렇다면 언니를 조금도 동정하지 않아도 된다는 얘기지?"

"하지만 그분이 이번 겨울 동안 돌아오지 않는다면 지금 한 얘기도 모두 소용없는 일이 돼버리고 말아. 6개월이라는 시간 동안 무슨 일이 일어날지 어떻게 알겠니?"

그가 돌아오지 않을지도 모른다는 사실을 엘리자베스는 대단한 문제로 삼고 있지 않았다. 그건 캐롤라인의 이기적인 소망을 드러내는 일 외에는 아무 것도 아니라고 생각하고 있었다. 그 소망이 아무리 공공연하게 이야기되어진다 하더라도, 또한 아무리 교묘한 말로 이야기되어진다 하더라도 스스로 사리판단을 할 수 있는 청년에게 영향을 주리라고는 도무지 생각할 수 없었다.

그녀는 이 문제에 대해서 자신이 느끼고 있는 일들을 가능한 한 강한 어조로 언니에게 이야기했다. 그리고 곧 그것이 좋은 효과를 보이는 데서 오는 기쁨을 얻을 수 있었다. 제인의 마음은 그렇게 잠겨 있지 않았다. 제인은 점점 빙리가 네더필드로 돌아와서 자신이 마음속에 품고 있는 모든 소망을 들어줄 것이라는 희망을 품게 되었다. 때로는 그의 사랑에 대한 불안이 희망을 압도하는 일도 있기는 했지만.

두 사람은, 어머니에게 빙리 씨의 행동에 대한 이야기를 해서 놀라게 하는 것은 가엾은 일이니 단지 가족들이 출발했다는 사실에 대해서만 이야기하자는 쪽으로 의견을 모았다. 하지만 그런 정도의 부분적인 이야기만으로도 그녀는 매우 걱정을 했다. 이제야 여자들이 친하게 지내기 시작했는데 이곳을 떠나다니 매우 안타까운 일이라며 한탄했다. 그렇게 한동안 그 일에 대해서 슬퍼하고 있었지만, 빙리 씨는 머지않아 돌아올 것이며, 롱본에 식사를 하러 올 것이라 생각을 고쳐먹고 마음을 놓았다. 결국 그녀는, 그저 가족들의 식사에 초대하는 것이지만 요리만큼은 두 코스를 마련하여 풍성한 대접을 하겠다고, 아주 즐거운 목소리로 말했다.

22

베넷 씨 일가는 루카스 씨 일가와 함께 식사를 하기로 약속이 되어 있었다. 그리고 루카스 양은 그날도 거의 하루 종일 콜린스 씨의 이야기를 들어주었다. 엘리자베스는 틈을 봐서 그녀에게 감사의 말을 전했다.

"네 덕분에 저 사람 아주 기분이 좋은 것 같아. 어떻게 고맙다는 말을 해야 할지 모르겠다."

샬럿은 도움을 줄 수 있어서 기쁘다며, 자기는 그저 시간을 보내기 위한 수단으로 생각하고 있을 뿐인데 감사의 말을 듣게 돼서 아주 기쁘다고 말했다. 아주 상냥한 말씨였다. 하지만 샬럿의 친절은 엘리자베스가 생각지도 못했던 곳까지 미쳐 있었다. 그도 그럴 것이 샬럿의 친절의 목적은 콜린스 씨의 구혼 상대를 자신 쪽으로 돌려 엘리자베스에게는 두 번 다시 말을 꺼내지 못하게 하자는 데 있었기 때문이었다. 그것이 루카스 양의 책략이었다. 상황이 그녀에게 유리하게 전개되었기 때문에 루카스 양은 밤이 되어 헤어질 때쯤에는 만약 그가 이렇게 빨리 하트퍼트셔를 떠나지만 않는다면 자신의 책략은 틀림없이 성공을 거뒀을 거라고 생각했을 정도였다. 하지만 이는 불과 같은 정열을 가진 그의 성격과 독립심에 대한 이해가 없었기에 생긴 오해에 불과했다. 그 증거로 그의 이런 성격은 다음 날 아침, 그를 그녀의 발밑에 무릎을 꿇게 하기 위해서 롱본가를 살짝 빠져나오게 해서 루카스 저택으로 발걸음을 서두르게 했다. 그는 사촌동생들에게 그런 모습을 보이고 싶지 않았다. 만약 그녀들이 자신이 밖으로 나가는 것을 본다면 틀림없이 자신의 의도를 눈치챌 것 같았고, 일을 성공하기 전에 계획이 알려지기를 원치 않았기 때문이었다. 샬럿도 상당한 유혹의 손길을 내밀었기 때문에 성공하는데 큰 문제는 없으리라 생각하고 있었지만 수요일의 모험 이후, 그는 자신감을 조금 잃고 있었다. 하지만 그는 최고의 영접을 받았다. 그가 루카스 저택 가까이로 다가가자, 루카스 양이 2층 창을 통해 그의 모습을 발견하고는 바로 집 밖으로 뛰어나와 골목길에서 그와 마주쳤다. 그녀는 그렇게 열렬한 사랑과 웅변이 거기서 자신을 기다리고 있으리라고는 꿈에도 생각지 못했다.

콜린스 씨의 장황한 이야기의 사이사이, 그 짧은 시간 동안에 두 사람 모두 만족할 만한 대화가 이루어졌다. 집으로 들어섰을 때 그는 더욱 뜨거운 어조로 자신을 행복한 남자로 만들어줄 날을 정해 달라고 애원하기에 이르렀다. 이런 종류의 애원은 한동안 거절해야만 하는 것이었지만, 샬럿은 이 남자의 행복을 농락할 마음이 조금도 생기질 않았다. 또 가정을 꾸미고 싶다는 순수하고 사심 없는 욕망으로 그를 받아들인 루카스 양은 내일 당장 가정을 꾸미게 된다 해도 상관없다고 생각하고 있었다.

윌리엄 경과 루카스 부인은 곧 결혼을 승낙해 달라는 청을 받았고 그들은 단 한마디로 이를 승낙했다. 콜린스 씨의 지금 형편을 감안한다면 재산을 나눠줄 수 없는 그들의 딸에게는 생각지도 못했던 좋은 혼처였다. 그리고 미래에 그가 많은 재산을 갖게 될 가능성도 아주 컸다. 루카스 부인은 앞으로 베넷 씨가 몇 년 더 살 수 있을지, 지금까지는 느끼지 못했던 관심을 갖게 되었고 바로 그것을 계산해보기 시작했다. 윌리엄 경은 윌리엄 경대로 콜린스 씨가 롱본의 토지를 소유하게 되는 즉시 그들 부부가 성 제임스에서 배알하고 분부를 받는 것이 상책이라고 말했다. 즉, 당연히 가족 전체가 아주 기뻐할 만한 일이었다. 그녀의 누이동생들은 1, 2년 정도 빨리 사교계에 나갈 수 있을 거라는 희망을 품게 되었다. 남자 형제들은 샬럿이 노처녀로 생을 마감하는 것이 아닌가 하는 걱정에서 해방될 수 있었다. 그런 와중에서도 샬럿 본인은 침착함을 잃지 않고 있었다. 그녀는 이미 목적을 달성했기 때문에 그 문제에 대해서 좀더 생각해볼 여유를 가지게 되었다. 그녀는 대체로 만족스러움을 느낄 수 있었다. 분명히 콜린스 씨는 영리한 사람도 아니었고, 느낌이 좋은 사람도 아니었다. 함께 있으면 따분할 것이며, 자신에 대한 애정도 상상에 불과한 것임에 틀림없다. 그래도 그는 자신의 남편이 될 사람이었다. 그녀는 남자나 부부생활이라는 것은 그다지 중요하게 여기지 않았고 오로지 결혼만이 언제나 그녀의 목적이었다. 교육을 많이 받았지만 재산은 갖고 있지 못한 젊은 여자에게 있어 부끄러움을 당하지 않으며 먹고살기 위한 유일한 길은 결혼밖에 없었다. 행복을 줄 수 있을지 없을지는 확실하지 않았지만 가난으로부터 가장 기분 좋게 벗어날 수 있는 방법이 바로 결혼이었다. 그녀는 바로 지금 그것을 얻은 것이다. 27살이 되기까지 단 한 번도 아름답다는 말을 들어본 적이 없었던 그녀는 결혼이라는 말이 주는 행복을 한껏 느낄 수 있었다. 단 한 가지 마음에 걸리는 일은 그녀가 그 사람과의 우정을 다른 어느 누구와의 우정보다 소중하게 생각하고 있는 엘리자베스가 이 사실을 알게 된

196

다면 틀림없이 놀랄 것이라는 사실이었다. 엘리자베스는 이를 이상하게 여기고 자신을 책망할 것이다. 자신의 결심이 흔들릴 리는 없지만 이런 친구의 비난을 받게 된다면 역시 기분은 좋지 않을 것이었다. 그녀는 자기가 직접 이 소식을 엘리자베스에게 알려야겠다고 마음먹었다. 그래서 콜린스에게 롱본으로 돌아가 저녁식사를 할 때 이 문제에 관해서는 가족 누구에게도 말하지 말아달라고 부탁했다. 무슨 일이 있어도 약속을 지키겠다는 대답이 있었지만, 그것을 지키는 일은 그리 쉬운 일이 아니었다. 그가 오랜 시간 동안 외출해 있었다는 사실이 가족들의 궁금증을 자아내어 그가 돌아오자마자 노골적인 질문들이 작렬했기에 이에 대해서 적절히 대응하지 않으면 안 되었고 그 역시 자신의 행복한 사랑을 밝히고 싶어했기에 극도의 자제력을 발휘하지 않으면 안 되었기 때문이다.

그는 다음날 아침 가족 누구와도 만나지 않고 아침 일찍 출발하기로 마음먹고 있었기에 그날 밤, 여자들이 잠자리에 들기 전에 작별인사를 했다. 베넷 부인은 아주 정중하고 친절하게 특별한 약속이 없을 때 롱본을 방문해 주신다면 언제라도 반갑게 맞이하겠다고 말했다.

"그렇게 초대해 주셔서 대단히 감사합니다. 실은 저도 그런 초대를 받고 싶었으니까요. 나도 가능한 한 빨리 다시 방문하도록 노력하겠습니다."

그가 대답했다.

모두가 깜짝 놀랐다. 베넷 씨는 그가 그렇게 빨리 다시 오기를 바라지 않았기 때문에 얼른 말했다.

"우리 집에 오면 캐서린 부인으로부터 무슨 말이 있지 않을까? 보호자의 기분을 상하게 할지도 모를 일을 하기보다는 차라리 친척들에게 무관심한 편이 낫지."

"저를 위해서 그렇게 충고를 해주다니 정말 고맙습니다. 하지만 그렇게 중대한 문제를 부인의 동의 없이 할 마음은 조금도 없으니 걱정 마십시오."

콜린스가 대답했다.

"조심에 조심을 거듭하는 게 중요하지. 부인의 마음을 상하게 하는 일만은 하지 말도록 하게. 만약 다시 이곳으로 오는 일 때문에 부인의 기분을 상하게 할 것 같으면 우리들 걱정은 하지 말고 집에 조용히 있도록 하게. 우리들은 괜찮으니까."

"그렇게 호의를 베풀어주서서 정말 감사합니다. 집으로 돌아가면 바로 이번 일에 대한 감사와 하트퍼트서에 머물고 있는 동안 받은 호의에 감사하는 내용의 편지를 드리려고 생각하고 있었습니다. 아름다운 사촌동생들과는 곧 다시 만날 수 있으리라 생각합니다만 그들의 건강과 행복을 빌겠습니다. 엘리자베스 양을 위해서도."

여자들은 이런 경우에 어울리는 작별인사를 한 뒤 방으로 들어갔다. 그가 머지않아 다시 올 생각으로 있다는 사실을 알고 모두가 벌어진 입을 다물지 못하고 있었다. 베넷 부인은 그가 다시 방문하는 것은 밑의 딸 중 누군가에게 청혼을 할 생각이기 때문이라고 믿고 싶었다. 그리고 잘 설득을 한다면 메리는 이 청을 받아들일지도 모른다고 생각하고 있었다. 메리는 다른 누구보다도 콜린스 씨의 능력을 높이 평가하고 있었기 때문이었다. 그의 생각에는 종종 그녀를 감동시키는 견실한 부분이 있었다. 메리만큼 영리하지는 못했지만 메리와 같은 사람이 솔선수범해서 책을 읽게 하고 수양을 닦을 수 있도록 격려한다면 꽤 즐거운 부부가 될지도 모른다고 베넷 부인은 생각했다. 하지만 그런 희망은 다음 날 아침에 깨지고 말았다. 아침 식사 후에 루카스 양이 찾아와서 엘리자베스에게 그 전날에 있었던 일을 얘기했기 때문이었다.

콜린스 씨가 어쩌면 자기 친구에게 사랑을 느끼고 있을지도 모른다는 생각을 그가 떠나기 하루, 이틀 전부터 하지 않았던 것은 아니었지만 자신의 경우와 마찬가지로 샬럿이 받아들일 것이라고는 생각지도 못하고 있었다. 그래서 그녀는 너무 놀란 나머지 처음에는 축하의 말도 잊은 채 큰 소리로 이렇게 외치고 말았다.

"콜린스 씨와 약속을 했다고? 샬럿, 어떻게 그럴 수가 있지?"

지금까지 침착한 얼굴로 이야기하고 있던 루카스 양은 갑작스런 비난을 받게 되자 일순 당황하는 모습을 보였지만, 이 정도의 일은 처음부터 각오를 하고 있었기에 바로 평정을 되찾고 조용히 대답했다.

"사랑하는 엘리자, 왜 그렇게 놀라는 거지? 너는 콜린스가 너에게 실패했다고 해서 다른 여자도 좋아하지 않을 거라고

믿고 있었던 거니?'

엘리리자베스는 조금 마음의 안정을 되찾았고, 또 되찾으려고 노력하고 있었기 때문에 두 사람이 결혼하게 된다면 자신에게도 고마운 일이니 부디 행복하게 살라고 아주 야무진 어조로 말할 수 있었다.

"네 기분을 모르는 바는 아니야. 깜짝 놀랐겠지? 아주 놀랐을 거야. 콜린스 씨가 너와 결혼하고 싶다고 말한 지 얼마 지나지 않았으니까. 하지만 곰곰이 생각해보면 내 행동에 만족하리라고 생각해. 너도 알고 있겠지만 나는 낭만적인 여자가 아니야. 옛날부터 그랬지. 나는 그저 즐거운 가정이 필요했을 뿐이야. 그리고 콜린스 씨의 성격이나 친척관계, 신분 등을 감안한다면, 세상 사람들이 결혼생활을 통해서 자만할 수 있을 만큼의 행복 정도는 틀림없이 잡을 수 있을 거라고 생각했던 거야."

샬럿이 대답했다.

엘리자베스가 조용히 대답했다.

"그럼, 그렇고말고."

한동안 어색한 침묵이 계속 된 뒤에 두 사람은 다른 사람들이 있는 곳으로 갔다. 샬럿은 그리 오래 그곳에 머물지 않았다. 그리고 혼자 남은 엘리자베스는 샬럿에게서 들은 이야기에 대해서 여러 가지로 생각해보았다. 엘리자베스는 조금 시간이 흐른 뒤에야 그처럼 전혀 어울리지 않는 두 사람의 결혼에 대해서 조금은 이해할 수 있을 것 같다는 생각이 들었다.

콜린스 씨가 3일 동안에 두 번이나 청혼을 했다는 사실도 쉽게 납득할 수 없는 일이었지만 그 청혼을 받아들인 사람도 있다는 사실에 비한다면 그다지 대단한 일은 아니었다. 그녀는 평소부터 샬럿의 결혼관이 자기와 다르다는 것을 알고는 있었지만 실제로 그것을 실행함에 있어서 세속적인 이익을 위해서 진심을 희생시키리라고는 상상도 못하고 있었다. 콜린스 씨의 부인 샬럿. 이렇게 수치스러운 일도 없었다. 친구가 스스로를 욕보였고, 자신은 이제 그 친구를 존경할 수 없게 되었다는 고통과 함께 그 친구가 스스로 선택한 운명 속에서 행복하게 살아갈 수는 없을 것이라는 확신이 그녀를 괴롭혔다.

23

엘리자베스가 어머니와 누이들과 함께 앉아서 자신이 들은 일에 대해 생각하며 자기가 그 일에 대해서 이야기해도 좋을지 고민하고 있을 때, 딸의 부탁을 받은 윌리엄 루카스 경이 찾아와 그녀의 약혼 소식을 전했다. 가족들에게 이런저런 형식적인 칭찬의 말을 건네고 양가가 곧 친척관계를 맺게 된 데 대해서 장황한 축하의 말을 늘어놓으며 그 소식을 전했다. 하지만 듣고 있던 사람들은 그의 말에 놀랐을 뿐만 아니라, 갑작스런 이 말이 믿겨지지 않았다. 베넷 부인은 정중하게 대답하기는커녕 오히려 무언가 잘못 알고 있는 게 아니냐며 완강하게 이를 부정하려 했다. 그리고 늘 경솔하고 때로는 버릇없이 구는 리디아는 법석을 떨며 이렇게 외쳤다.

"어머. 루카스 경, 어떻게 그런 말씀을 하실 수 있는 거죠? 콜린스 씨는 엘리자베스 언니와 결혼하고 싶어한다는 걸 모르셨나요?"

궁정에 있었던 사람의 은근함이 없었다면 이런 대접을 받고도 화를 내지 않고 참을 수는 없었을 것이다. 하지만 좋은 환경에서 자란 윌리엄 경은 이러한 대접에도 견뎌냈다. 그는 자신이 전한 소식은 모두 사실이라고 단언하면서도 그들의 무례한 말들을 예의바르게 듣고 있었다.

엘리자베스는 이런 난처한 상황에 빠진 그를 구하는 것이 자신의 의무라 생각했기에 자신은 그 이야기를 샬럿에게 들어서 전부터 알고 있었다고 그의 말을 인정했다. 그리고 어머니와 동생들이 떠들어대는 것을 막기 위해서 윌리엄 경에게 거듭 축하의 말을 건넸는데 그러자 제인도 함께 가세하여 축하의 말을 건넸고, 이번에는 둘이서 이 결혼으로 인해서 얻게 될 행복과, 콜린스 씨의 뛰어난 성격, 헌스펀드가 런던에서 그리 멀지 않다는 점 등에 대해서 이야기를 시작했다.

베넷 부인은 지나치게 흥분한 나머지 윌리엄 경이 있는 동안에는 제대로 말도 하지 못했지만 경이 돌아가자마자 감정이 폭발해버리고 말았다. 처음 그녀는, 자기는 이 일을 도무지 믿을 수 없다고 말했다. 다음에는 콜린스 씨가 속은 것이 확실하다고 했다. 그리고 다음에는 두 사람은 결혼을 한다 해도 결코 행복해질 수 없을 것이라고 말했다. 그리고 마지막으로 이 약혼은 깨질 것이라고 말했다. 또 일의 전반적인 상황으로 봐서 그녀는 두 가지 사실을 단정하게 되었다. 하나는 엘리자베스가 모든 손해의 원인을 제공했으며, 다른 하나는 자기는 모두에게 혹독한 대접을 받았다는 사실이었다. 그리고 그녀는 그 두 가지 일에 대해서 하루종일 불평을 해댔다. 그 어떤 말로 위로를 해봐도, 달래봐도 소용이 없는 일이었다. 그녀의 울분은 그날 하루만으로 끝나지 않았다. 일주일간이나 엘리자베스의 얼굴만 봐도 화를 내었다. 그리고 한 달간이나 윌리엄 경과 루카스 부인에게 실례가 되는 말을 했다. 자기의 딸을 용서하는 데는 몇 개월이라는 시간을 필요로 했다.

한편 이런 일이 있는 동안에도 베넷 씨의 감정은 평온하기만 했다. 그는 가족들 앞에서 자신은 아주 유쾌한 기분을 맛보았다고 말했다. 평소에 상당히 영리하다고 생각하고 있던 샬럿 루카스가 자기 아내만큼 어리석으며 자기 딸에게는 미치지도 못할 만큼 어리석다는 사실을 알게 되었으니 이렇게 즐거운 일도 없으리라는 것이 그의 주장이었다.

제인은 자신도 이 혼담에는 놀라지 않을 수 없었다고 고백했지만 그보다는 두 사람이 행복하게 살기를 바란다는 진심이 담긴 말을 더 많이 했다. 그리고 엘리자베스가 그렇게 되지 않을 거라고 아무리 말해도 그 말은 믿으려 들지 않았다. 키티와 리디아는 루카스 양의 일에 대해서 조금도 부러움을 느낄 수가 없었다. 상대인 콜린스 씨가 일개 목사에 지나지 않았기 때문이었다. 그녀들에게 있어서 그런 일은 메리턴에 떠도는 한 조각 소문 정도로밖에 여겨지지 않았던 것이다.

루카스 부인은 딸을 좋은 곳으로 시집보내게 되었다고 베넷 부인에게 마음껏 자랑하고 싶은 마음을 느끼지 않을 수 없었다. 그래서 그녀는 평소보다 더욱 자주 롱본을 방문해서 자신이 얼마나 행복한가를 이야기했다. 하지만 베넷 부인의 씁쓸한 표정과 악의에 찬 말은 그 행복감을 쫓아내기에 충분한 것이었다.

엘리자베스와 샬럿 사이에는 미묘한 어색함이 생겨서 이 문제에 대해서는 더 이상 이야기하지 않게 되었다. 그리고 엘리자베스는 두 사람이 더 이상은 서로를 신뢰하는 마음을 갖지 못하게 될 것 같다는 느낌이 들었다. 샬럿에게 실망감을 느낀 그녀는 언니에 대해서 더욱 깊은 사랑을 느끼게 되었다. 언니의 솔직함과 깊은 배려를 믿고 있는 자신의 마음은 결코 변하는 일이 없을 거라고 생각했다. 그리고 언니의 행복에 대해서도, 빙리가 떠난 지 벌써 일 주일이 지났는데도 그가 돌아왔다는 연락이 없었기 때문에, 날로 걱정이 깊어졌다.

캐롤라인의 편지에 대한 답장을 보낸 제인은 그에 대한 답장이 오는 날만을 손꼽아 기다리고 있었다. 콜린스가 보내겠다던 감사의 편지는 화요일에 아버지 앞으로 도착했는데 마치 12개월이나 머물고 있었던 것처럼 장황하고 딱딱한 감사의 말들이 가득 들어 차 있었다. 자신의 약속을 충분히 지킨 뒤에 아주 기쁘다는 듯한 표현을 사용하여 그들의 친절한 이웃인 루카스 양의 사랑을 얻은 행복에 대해 이야기하고, 떠나기 전날 친절하게도 또 롱본에 오라고 했던 말에 바로 응한 것은 단지 루카스 양을 만날 수 있다는 즐거움 때문에 그랬던 것이었다고 설명했다. 다음다음 주 월요일에는 갈 수 있을 것 같다는 내용이 담겨 있었다. 왜냐하면 캐서린 부인이 자신의 결혼에 진심으로 찬성하며, 하루라도 빨리 결혼을 하는 게 좋겠다고 말씀하셨는데 자신을 세상의 어떤 남자보다도 행복하게 만들어 줄 날을 가능한 한 빨리 잡는 일에는 상냥한 샬럿도 틀림없이 반대하지 않을 것이라 믿고 있기 때문이라고 덧붙였다.

베넷 부인에게 있어서 콜린스 씨가 다시 하트퍼드셔를 방문한다는 사실은 이제 더 이상 기쁨도 아무것도 아니었다. 아니 오히려 그녀는 툭하면 남편에게 지지 않을 만큼 불평을 해대곤 했다. 콜린스 씨가 루카스 저택으로 가지 않고 롱본으로 오는 일은 아주 이상한 일이었다. 그리고 맞이하는 쪽에서도 몹시 거북하고 귀찮은 일이었다. 몸이 좋지 않을 때 손님을 묵게 하기는 싫었으며, 거기다 사랑에 빠진 남자만큼 불쾌한 사람도 없었다. 이것이 베넷 부인의 조그만 불평이었는데 이 불평도 빙리 씨가 떠난 채로 돌아오지 않는다는 고민보다는 더 큰 것이 되지는 못했다.

제인과 엘리자베스도 이 일에 대해서는 좋은 감정을 가질 수 없었다. 빙리가 떠난 지 얼마 지나지 않아서 이번 겨울 동안에는 그가 네더필드로 돌아오지 않을 것이라는 소문이 메리턴에 퍼졌을 뿐, 그에 대한 아무런 소식도 없이 하루하루가 흘러가고 있었다. 그 소문에 베넷 부인은 아주 화를 냈으며, 이는 둘 사이를 이간질하기 위한 헛소문이라고 말했다.

엘리자베스조차 걱정을 하기 시작했다. 빙리의 사랑은 식지 않았지만 그의 누이들이 그를 돌아오지 못하게 하는 데 성공한 것이 아닐까 하는 걱정이 들었다. 그녀는 제인의 행복을 짓밟고 그 연인의 일편단심에 상처를 줄 수도 있는 이런 생각을 하고 싶지는 않았지만, 그래도 가끔 이런 생각이 떠오르는 것을 어떻게 막아볼 수가 없었다. 냉혹한 그의 두 누이와 위압적인 친구인 다아시 씨가 하나가 돼서 그를 붙들고, 거기에 다아시 양의 매력과 런던에서의 즐거움이 더해진다면 그의 사랑의 힘으로서도 어찌 해볼 도리가 없이 되는 것이 아닌가 하는 걱정이 들었다.

이 불안한 상태에서 엘리자베스 이상으로 마음에 상처를 입고 있던 것은 두말할 필요도 없이 제인이었다. 하지만 그녀는 될 수 있으면 자신의 걱정하는 모습을 보이지 않으려 했기 때문에 엘리자베스와 이 문제에 관해서 이야기하는 일은 없었다. 그런데 이런 세심한 배려를 할 줄 모르는 그녀의 어머니는 한 시간이 멀다하고 빙리에 대한 이야기를 하지 않고는 견딜 수가 없었다. 그가 빨리 왔으면 좋겠다고 말하기도 하고 만약 그 사람이 돌아오지 않는다면 너 역시도 모욕당한 것이라 생각하지 않느냐면서 제인에게 대답을 강요하기도 했다. 제인의 온순한 성격이 아니었다면 이런 공격에는 잠시도 견딜 수 없었을 것이다.

콜린스 씨는 정확히 2주일 뒤의 월요일에 다시 롱본을 방문했는데 롱본에서는 처음 방문했을 때처럼 은근한 태도로 그를 맞아들이지는 않았다. 하지만 그는 행복감에 푹 빠져 있었기 때문에 그 일에는 그다지 신경을 쓰지 않았다. 다행스럽게도 그는 연애라는 일로 바빴기에 주위 사람들은 그를 오랜 시간 상대하지 않아도 되었다. 그는 하루의 대부분을 루카스 저택에서 보냈다. 때로는 식구들이 잠들기 전에 간신히 롱본으로 돌아와 외출에 대한 사과의 말을 하기에 급급한 날도 있었다.

베넷 부인은 보기에도 가련한 상태에 빠졌다. 결혼에 대한 이야기가 조금이라도 나오면 그녀는 곧 불쾌함으로 고통을 받았다. 그런데 그녀가 가는 곳에서는 언제나 그 이야기가 화제가 되었다. 베넷 부인은 루카스 양이 꼴도 보기 싫어졌다. 이 사람이 우리 집을 물려받게 된다는 생각에 질투심과 울분이 치밀어 올랐기 때문이었다. 샬럿이 방문할 때면 이 집을 갖게 될 날을 학수고대하고 있을 것이라는 생각이 들었다. 그녀가 콜린스에게 작은 소리로 속삭일 때면 두 사람은 롱본의 토지에 대해서 이야기하고 있을 것이라는, 남편이 죽으면 바로 자기와 딸들을 집에서 내쫓자고 약속하고 있을 것이라는 생각이 들었다. 그녀는 이 모든 문제에 대해서 남편에게 격렬하게 호소했다.

"샬럿 루카스가 이 집의 안주인이 되어 나를 내쫓고, 그 사람이 이 집에서 내 자리에 앉게 되는 건가라고 생각하면 나 정말 견딜 수가 없어요."

"여보, 그런 우울한 생각을 해서는 안 되오. 좀더 희망적으로 생각하라고. 내가 끝까지 살아 있을 거라고 생각하도록 해요."

베넷 부인에게 이 말은 그다지 위로가 되지 않았다. 그래서 그녀는 이 말에 대한 대답은 하지 않고 자신의 말만을 계속했다.

"그 사람들이 이 땅을 송두리째 손에 넣는다니, 생각하기조차 싫어요. 한정 상속만 없었어도 아무렇지도 않았을 거예요."

"무슨 일에 대해서 아무렇지도 않았을 거란 거요?"

"어떤 일에 대해서도 아무렇지도 않았을 거예요."

"당신이 그런 불감증 상태에 빠지지 않게 되었다는 사실만으로도 감사할 만한 일이 아니겠소?"

"한정 상속에 대해서는 조금도 감사하고 싶은 마음이 없어요. 자기 딸들의 땅을 거둬들여 타인에게 한정 상속시켜야 한다니 그게 양심을 가진 인간이 할 짓인가요? 모두 콜린스 씨를 위해서! 하고많은 사람들 중에 어째서 그런 사람이 상속하게 되는 걸까요?"

"당신 편할 대로 생각하구려."

베넷 씨가 말했다.

24

빙리 양의 편지가 도착하자 모든 의문이 풀렸다. 첫 문장에서 그들이 이번 겨울을 나기 위해서 런던에 주거를 마련했다는 사실을 확실히 알 수 있었다. 그리고 마지막 부분에는 그녀의 오빠가 시골을 떠나기 전에 하트퍼셔의 친구들에게 인사를 하지 못한 것을 안타깝게 생각하고 있다는 내용이 적혀 있었다.

희망은 사라졌다. 완전히 사라졌다. 제인은 편지의 다른 부분에도 세심한 주의를 기울여 읽어봤지만, 보내는 사람은 자기에게 의례적인 애정을 표현했을 뿐 위로가 될 만한 말은 어디에서도 찾아볼 수 없었다. 다아시 양을 칭찬하는 말로 가득 찬 편지였다. 그녀의 수많은 매력에 대한 이야기가 끝도 없이 이어졌으며, 자신이 그녀와 더욱 친해지게 돼서 기쁘다는 자랑과, 이전 편지에서 말했던 소망이 드디어 이루어질 것 같다는 내용이 적혀 있었다. 그리고 오빠가 다아시 씨 집에서 묵고 있다는 사실과, 다아시 씨가 새로운 가구를 마련할 계획을 세우고 있다는 일에 대해서 아주 기쁘다는 듯이 적어놓았다.

엘리자베스는 곧 제인에게서 이에 대한 대강의 이야기를 들었다. 말없이 이야기를 듣고 있었지만 화가 나서 참을 수가 없었다. 그녀는 한편으로는 언니를 걱정하면서도 한편으로는 모두에게 화를 내고 있었다. 캐롤라인은 오빠가 다아시 양을 사랑하고 있다고 단언하고 있지만 엘리자베스는 이를 믿을 수가 없었다. 그가 제인을 정말로 사랑하고 있을 거라는 믿음에는 예나 지금이나 변함이 없었다. 엘리자베스도 언제나 그를 좋은 사람이라고 생각하고 있었지만 음모를 품고 있는 친구의 노예가 되어 그들의 변덕스러운 희망을 위해서 자신의 행복을 희생하는 빙리의 안이함과 우유부단함을 생각하면 화가 나서 그를 경멸하고 싶은 마음까지 들게 되는 것이었다. 그 자신의 행복이 희생될 뿐이라면 마음대로 그 행복을 가지고 장난을 쳐도 상관없는 일이지만, 그 속에는 언니의 행복도 포함되어 있다는 사실을 그도 알고 있을 터였다. 다시 말해서 그것은 생각하자면 끝이 없는 문제였으며, 또 아무리 생각해봐도 별반 도움이 되는 일도 아니었다. 그녀는 그 외의 일에 대해서는 아무것도 생각할 수 없었다. 하지만 실제로 제인에 대한 빙리의 사랑이 식은 것인지, 친구들의 간섭으로 억제당하고 있는 것인지, 또 그가 제인의 애정을 알고 있었는지, 아니면 미처 알지 못했는지, 엘리자베스는 그 사실 여하에 따라 그에 대한 생각이 틀림없이 바뀔 것이었지만 언니의 경우는 그것으로 불행한 처지가 좋아질 리도 없었고 상처받은 마음이 원래처럼 평화로워질 리도 없었다.

1, 2일이 지나서야 제인은 간신히 자신의 기분을 엘리자베스에게 이야기할 용기를 갖게 되었다. 베넷 부인이 네더필드와 그 주인에 대해서 평소보다 더욱 긴 시간 불평을 털어놓은

뒤, 두 사람을 남겨둔 채 밖으로 나가자 제인은 이렇게 말하지 않을 수 없었다.

"어머니는 자제력이 조금 더 있었으면 좋겠어. 늘 그분에 대한 이야기를 이것저것 늘어놓으면 내가 얼마나 괴로운지 조금도 생각지 않으시나봐. 하지만 난 불평하지 않겠어. 그렇게 오래 가지는 않을 거야. 곧 그분에 대한 일은 잊어버리고 우리들 모두 원래처럼 살아갈 테니까."

엘리자베스는 이 말을 믿을 수 없다는 듯 불안한 심정으로 언니를 바라보았지만 결국 아무런 말도 하지는 않았다.

"내 말을 못 믿겠다는 거니? 의심받을 만한 이유는 어디에도 없어. 그분은 내가 알고 있는 사람 중에서 가장 상냥한 분으로 기억될지는 모르겠지만 단지 그것뿐이야. 나는 더 바랄 것도 없고 두려워할 것도 없어. 그 분을 책망할 이유도 없고. 다행스럽게도 나는 그런 일로 고민하지는 않아. 그러니까 조금만 더 시간이 지나면 틀림없이 괜찮아질 거야."

제인이 얼굴을 조금 붉히며 말했다. 그리고는 잠시 후에 강한 어조로 덧붙였다.

"나는 얼마 지나지 않아서, 이 문제는 내 마음의 방황 때문에 생긴 것으로 다른 누구에게도 피해를 주지 않았다는 안심감을 갖게 될 거야."

"언니, 언니는 정말 좋은 사람이야. 천사처럼 상냥하고 공평한 사람이야. 언니에게는 할 말이 없네. 언니를 하나도 이해하지 못하고 있었던 듯한, 언니를 좀더 사랑했어야만 했었던 듯한 기분이 들어."

엘리자베스가 말했다.

베넷 양은 자기는 그렇게 대단한 평을 들을 만한 여자가 아니라고 말하며 오히려 동생의 따뜻한 애정을 칭찬해 주었다.

"아니, 그렇지 않아. 언니는 세상 모든 사람을 좋게만 생각하니까 내가 누군가를 나쁘게 말하면 마음이 언짢아지는 거야. 나는 단지 언니를 완전하다고 생각하고 있을 뿐인데 언니는 완전하지 못하다고 하잖아. 내가 아주 극단적인 이야기를 하는 것도 아니고 세상 모든 사람들에게 호의를 갖는 언니의 성격에 간섭하자는 것도 아니니까 걱정하지 말고 내 얘기 좀 들어봐. 너무 신경 쓰지 말고. 내가 진정으로 사랑하고 있는 사람은 아주 적어. 훌륭하다고 생각하고 있는 사람은 더욱 적지. 나는 세상을 볼수록 세상이 더욱 싫어져. 사람의 성격이란건 언제 어떻게 변할지 모르는 거야. 겉모습이 아무리 인간적이고 영리해 보인다 하더라도 결국 인간이란 그렇게 믿을 만한 존재가 아니라는 내 신념은 날이 갈수록 더욱 강해져만 가고 있어. 최근에 그런 경험을 두 번 했는데, 하나는 말하지 않겠어. 다른 하나는 샬럿의 결혼 문제야. 정말 모르겠어. 아무리 생각해봐도 모르겠어."

엘리자베스가 말했다.

"어머, 엘리자베스. 그런 감정에 휩쓸려서는 안 돼. 너의 행복이 엉망이 되어버리고 말 거야. 너는 사람에 따라서 지위나 성격이 다르다는 걸 깊이 생각하고 있지 않은 것 같아. 콜린스 씨는 아주 예의바른 사람이고, 샬럿은 세상을 살아가는 지혜를 갖고 있는 야무진 아가씨라는 사실도 생각해야지. 그리고 샬럿에게는 많은 형제들이 있다는 사실과 재산이라는 면에서 보자면 아주 적당한 조건의 혼처라는 사실도 생각하지 않으면 안 되고. 거기다 샬럿도 콜린스 씨에게 호의나 존경심을 전혀 느끼지 못하고 있으리라고는 생각되지 않아. 그러니까 이래저래 잘된 일 아니겠니?"

"언니가 믿으라고 한다면 난 뭐든지 믿고 싶어. 하지만 그런 사실들을 믿는다고 해서 누구에게 득이 되는 것도 아니잖아. 난 지금 샬럿을 애정이 부족한 사람이라고 생각하고 있는데, 만약 내가 그래도 샬럿은 그 사람을 조금은 존경하고 있는 거라고 믿는다면 이번에는 사람을 보는 눈이 없다고 생각하게 될 것이 뻔해. 언니, 콜린스라는 사람은 잘난 체 하기를 좋아하고, 오만하며, 마음이 좁고, 어리석은 사람이야. 언니도 그렇게 생각하고 있지? 그러니까 그런 사람과 결혼하는 여자는 정말 생각이 없는 여자라는 걸 언니도 틀림없이 인정할 거야. 아무리 샬럿 루카스의 일이라고 해도 변명해서는 안 되지. 언니는 한 사람을 위해서 도리와 성실이라는 단어의 의미를 바꿀 생각이야? 또 이기주의를 세상을 살아가기 위한 지혜라 하고, 위험에 대한 불감증을 행복을 위한 보증이라고 착각하고 그걸 내게 믿으라고 해서는 안 돼."

"두 사람에 대해서 너는 너무 지나치게 말하고 있다고 생각해. 두 사람이 행복하게 지내는 모습을 보고 생각이 바뀌었으면 좋겠다. 그 얘기는 이제 그만 하기로 하자. 너 조금 전에 다른 얘기를 하지 않았었니? 맞아, 두 가지를 경험했다고 했잖아. 나는 괜찮아. 너에 대해서 오해하고 싶지는 않지만, 엘리자베스 제발 부탁이니 그분이 나쁘다든지, 그런 사람인 줄 몰랐다든지 하는 말로 나를 괴롭히지 말아줘. 사람이란 계획적인 피해를 입었다고 생각하기 쉽지. 쾌활한 젊은 청년에게 언제나 방심하지 말고 빈틈없이 지내라고 요구하는 것은 잘못된 일이야. 우리들을 속이는 것은 대부분 우리들 자신의 허영심이야. 여자란 조금만 칭찬을 받아도 그 이상의 의미로 해석해 버리니까."

제인이 대답했다.

"남자 쪽에서 그렇게 생각하도록 만드는 거야."

"그런 꿍꿍이속이 있어서 그러는 거라면 그야 당연히 남자에게 잘못이 있는 거지. 하지만 몇몇 사람들이 상상하고 있는 것처럼 세상에 그런 마음을 갖고 있는 사람만 있는 건 아니라고 생각해."

"빙리 씨의 행동에 어떤 의도가 있다고는 한 번도 생각해본 적이 없었어. 하지만 잘못된 행동을 하려고 하지 않아도, 타인을 불행에 빠뜨리려고 하지 않아도, 실수가 있을 수도 있고 재난이 있을 수도 있지. 생각이 모자란다든지, 타인의 감정에 무신경하다든지, 결단력이 부족하다든지 하면 그런 일이 일어나지."

제인이 대답했다.

"그럼 빙리 씨의 행동도 그 중 어느 하나에 속한다는 말이니?"

"그렇지. 맨 마지막 경우에 해당돼. 더 이상 이야기하게 되면 언니가 존경하고 있는 사람들의 결점을 전부 이야기하게 될 테니까, 언니의 기분을 상하게 할 거야. 그러니까 말을 하지 못하게 해줘."

"그럼, 너는 아직도 누이들이 그 분을 움직인 거라고 생각하고 있는 거니?"

"그래, 맞아. 그 분의 친구인 다아시 씨와 함께."

"나는 믿을 수 없어. 모두 하나가 돼서 그분을 움직일 아무런 이유도 없지 않니? 모두가 그 분이 행복하기를 바라고 있을 텐데. 만약 그분이 나를 사랑하고 있다면 다른 여자가 그 분을 행복하게 해줄 수 있을 리가 없잖아."

"언니의 이야기는 전제가 잘못 됐어. 모두 그 분의 행복 외에 다른 것들을 원하고 있을지도 모르잖아. 그분의 재산이 늘어나고 지위가 오르기를 바라고 있을지도 몰라. 그 분이 돈도 많고, 집안도 훌륭하고, 자존심도 있는 좋은 조건을 모두 갖추고 있는 여자와 결혼하기를 바라고 있는지도 모르고."

"다아시 양과 결혼하길 바라고 있다는 건 의심의 여지가 없어. 하지만 그건 네가 생각하고 있는 것처럼 좋지 않은 의도가 있어서 그러는 게 아닐지도 몰라. 그 사람들은 나보다 훨씬 먼저 다아시 양을 알고 있었으니까 나보다 다아시 양을 더 좋아하는 게 당연하지. 그 사람들이 어떤 의도를 품고 있는지는 모르겠지만 그래도 오빠의 뜻을 거역했다고는 생각되지 않아. 어떤 동생이라도 뭔가 절대로 반대할 만한 이유가 있지 않는 한 그렇게 자기 마음대로 해도 된다고 생각하지는 않을 거야? 만약 그 분이 나를 사랑하고 있다는 사실을 알고 있다면 그 사람들도 우리들 사이를 갈라놓는 행동은 하지 않을 거야. 정말로 사랑이 있다면 그런 계획이 성공할 리가 없지. 그런 애정이 있다고 가정하기 때문에 세상 사람들이 모두 잘못 된 행동을 하고 있다고 생각하게 되는 거고, 나를 아주 불행한 사람이라고 생각하게 되는 거야. 그런 생각으로 나를 괴롭히지 말아줘. 내 생각이 잘못 되었다 하더라도 난 부끄럽지 않아. 그 분이나 누이들을 나쁜 사람이라고 생각하는 일에 비한다면 그런 잘못은 아무것도 아니지. 나는 될 수 있으면 좋은 쪽으로 해석하고 이해하고 싶어."

제인이 대답했다.

엘리자베스는 언니의 이런 생각에 반대를 할 수가 없었다. 이후로 두 사람 사이에서는 더 이상 빙리 씨의 이름이 오르지 않았다.

베넷 부인은 여전히 빙리 씨가 돌아오지 않는다고 불평을 해댔다. 엘리자베스가 그 이유에 대해서 하루도 빠짐없이 설명을 했지만 어머니는 전혀 이해하지 못하고 있는 듯했다. 딸은 어머니가 믿지 않으려는 사실을 믿게 하기 위해서 애를 먹고 있었다. 빙리의 제인에 대한 애정은 그저 잠깐 관심을 가진 정도의 것으로 제인을 잠깐이라도 보지 못하게 되면 곧 사라져버리는 그런 종류의 것이라는 사실을 이해시키려고 했는데 어머니는 이야기를 들을 때는 이해를 한 듯이 보였지만, 엘리자베스는 같은 이야기를 매일 되풀이하지 않으면 안 되었다. 베넷 부인에게 있어서 가장 큰 위로는 여름이 되면 빙리 씨가 다시 올 것이라는 사실이었다.

베넷 씨는 또 다른 식으로 해석하고 있었다.

"그래, 엘리자베스. 네 언니는 실연을 당했지? 나는 잘된 일이라고 생각한다. 여자들은 무엇보다도 결혼을 하고 싶어하지만, 가끔은 실연을 당해 보는 것도 나쁘지 않다고 생각한다. 실연을 당하면 여러 가지 일을 생각하게 되고, 친구들 중에서도 특별한 존재로 보이기도 하거든. 너는 언제쯤 그런 경험을 할 수 있을까? 너라고 언제까지고 제인에게 뒤질 수만도 없는 일이니까. 이번에는 네 차례. 메리턴에는 이곳의 아가씨들을 모두 실연시키기에 충분할 정도로 사관들이 많단다. 위컴 씨 정도면 괜찮을 게다. 쾌활한 청년으로 너를 멋지게 버려줄 게다."

어느 날 그가 말했다.

"고마워요. 하지만 그렇게 훌륭한 사람이 아니어도 저는 상관없어요. 모든 사람이 제인 언니처럼 멋진 남자와 만날 수 있는 건 아니니까요."

"네 말이 맞다. 하지만 네게 무슨 일이 생긴다 해도 애정이 많은 어머니가 알아서 잘 처리해줄 테니 마음을 편하게 갖도록 하거라."

베넷 씨가 말했다.

위컴 씨와의 교제는 최근에 일어난 좋지 않은 일 때문에 우울해져 있던 롱본의 가족들의 기분을 풀어주는 역할을 했다. 그들은 위컴 씨와 자주 만났다. 지금까지 그들이 알고 있던 위컴의 장점에 이번에는 누구와도 격의 없이 지낸다고 하는 장점이 추가되었다. 엘리자베스가 이미 들은 적이 있었던 얘기들, 즉 그가 다르 씨에 대한 요구권이 있다는 사실과 다아시 씨가 그에게 했던 일들은 이제 모두에게 인정을 받게 되었고 모두가 모여서 그에 관한 이야기를 하게 되었다. 모두는 그 일에 대한 진상을 잘 알지도 못하면서, 다아시 씨에게는 왠지 정이 가지 않았었는데 다 이유가 있었던 거라고 하면서 기뻐했다.

하지만 제인은 이 문제에는 하트퍼트셔 사람들에게 알려지지 않은 사정이 있을지도 모른다고 생각했다. 그녀의 조용하고 언제나 변함없이 공평한 마음은 모든 일을 관대하게 생각할 것을 호소했고 뭔가 잘못 된 점이 있을 것이라고 주장했지만, 다른 사람들은 모두 그렇게 나쁜 사람도 없을 거라며 다아시 씨를 비난했다.

25

사랑의 고백과 행복한 미래의 설계로 일 주일을 보내고 토요일이 되자 콜린스 씨는 그의 다정한 샬럿의 곁을 떠나지 않을 수가 없었다. 하지만 신부를 맞아들일 준비 때문에 이별의 괴로움은 그렇게 심하지 않았다. 다음에 하트퍼트셔에 오면 곧 남자 중에서 가장 행복한 사람이 될 날을 잡기로 했기 때문이었다. 그는 지난번과 다름없이 정중하게 롱본의 친척들과 작별인사를 한 뒤, 아름다운 사촌동생들의 건강과 행복을 빌고, 그들의 아버지에게는 다시 편지를 써서 예를 갖추겠다고 약속했다.

다음 주 월요일에 베넷 부인의 동생 부부가 방문했는데 그들은 다른 해와 마찬가지로 롱본에서 크리스마스를 보내기 위해서 온 것이었다. 가디너 씨는 영리하고 아주 신사다운 남자로 성품에 있어서도 교육에 있어서도 누나보다 훨씬 뛰어났다. 상업에 종사하면서 자신의 창고가 보이는 곳에서 생활하고 있는 사람이 어떻게 이렇게 예의바르고 좋은 느낌을 줄 수 있는 것인지, 네더필드의 여자들은 이를 이상하게 여길 정도였다. 가디너 부인은 베넷 부인이나 필립스 부인보다 나이가 조금 어렸는데 상냥하고 총명한 느낌을 주는 여자였다. 롱본의 조카들은 모두 그녀를 아주 좋아했다. 특히 위의 두 자매와 사이가 좋아서 두 사람은 종종 런던에 있는 외삼촌 댁에 묵으러 가곤 했던 적이 있었다.

가디너 부인이 도착하자마자 가장 먼저 한 일은 선물을 나눠주고 최신 유행에 대해서 이야기를 한 일이었다. 이 일이 끝나자 그녀는 좀더 조용한 역을 맡게 되었다. 이번에는 이야기를 듣는 쪽으로 돌아섰기 때문이었다. 베넷 부인이 우는 소리를 하면서 여러 가지로 불평을 털어놓았다. 전에 그녀와 헤어진 뒤로 자신들은 아주 지독한 일을 당했다. 두 딸들이 결혼 직전까지 갔지만 결국에는 혼담이 깨지고 말았다고 했다.

"제인은 아무것도 잘못 한 게 없어. 제인은 빙리 씨와 결혼을 하고 싶어했으니까. 그런데 엘리자베스는 어땠는지 아니? 내 얘기 좀 들어봐. 만약 저 애가 그렇게 고집을 피우지만 않았어도 지금쯤 콜린스 씨의 아내가 되어 있었을지도 몰라. 그 생각만 하면 얼마나 화가 나는지 몰라. 콜린스 씨는 이 방에서 청혼을 했는데 저 애가 그걸 거절했지 뭐니. 그래서 결국에는 루카스 부인이 나보다 먼저 딸을 시집보내게 됐고, 롱본의 토지도 예정대로 한정 상속하게 되었지. 루카스 집 사람들은 모두 교활하니까. 손에 넣을 수 있는 것은 뭐든지 넣고 보자고 생각하는 사람들이거든. 이런 말 하기는 좀 미안하지만 그게 사실인걸. 집안에는 이렇게 내 말을 듣지 않는 딸이 있고, 주위에는 남 일에는 관심도 갖지 않고 자신들의 일에만 정신없는 사람들이 살고 있고, 신경이 곤두서서 병에 걸릴 정도라니까. 하지만 이런 때 네가 와줘서 얼마나 기쁜지 몰라. 소매가 긴 옷에 대한 얘기를 들을 생각을 하면 정말 즐거워."

그녀가 쉴새없이 말했다.

가디너 부인은 제인과 엘리자베스가 보낸 편지를 통해서 사건의 대강을 알고 있었기에 시누이의 말에 맞춰 짧은 대답만을 하고, 조카들의 마음을 생각해서 화제를 바꿨다.

뒤에 엘리자베스와 단 둘이 남게 되자 그녀는 이 문제에 대해서 더욱 자세하게 이야기를 했다.

"제인에게는 아주 잘 어울리는 혼담이었던 것 같던데 혼담이 깨지다니 정말 안됐구나. 하지만 이런 일은 어디서나 일어나는 일이야. 너도 빙리 씨에 대해서 그렇게 생각하고 있겠지만, 그런 젊은 남자는 아름다운 아가씨와 2, 3주 정도 연애를 하다가 무슨 일이 생겨서 헤어지게 되면 바로 잊어버리곤 하지. 즉 그런 정도의 바람둥이는 어디에고 있는 법이란다."

가디너 부인이 말했다.

"그렇게 생각한다면, 마음이야 편하겠죠. 하지만 우리들에게는 아무런 위로도 되질 않네요. 우리들은 우연한 일로 이런 일을 당한 게 아니니까요. 자신의 재산을 가지고 있는 젊은 남자가 친구가 조금 간섭했다고 해서 2, 3일 전까지만 해도 격렬하게 사랑하던 아가씨를 아무렇지도 않게 버린다는 건 그렇게 흔히 있는 일이 아니니까요."

엘리자베스가 말했다.

"하지만 그 '격렬하게 사랑했던'이라는 말은 너무 진부하고, 애매하고, 막연해서 나는 잘 이해하지 못하겠다. 그 표현은 진실하고 강렬한 애정에 대해서도 쓸 수 있고, 때로는 30분 정도의 만남을 통해서 일어나는 감정에 대해서도 사용할 수 있으니까. 그래, 빙리 씨의 사랑은 도대체 얼마나 격렬했다는 거지?"

"나는 그렇게 듬직한 애정을 본 적이 없어요. 그분은 다른 여자에게 눈길 한번 주지 않을 정도로 언니에게 푹 빠져 있었어요. 두 사람이 만날 때마다 그런 모습이 눈에 띄게 느껴졌어요. 그분 댁에서 열렸던 무도회에서는 그분이 춤을 청하지 않았다고 두세 명의 아가씨들이 화를 냈었죠. 나도 그 분에게 두 번이나 말을 걸었는데 모두 못 들은 척하셨어요. 이보다 더 확실한 증거가 어딨겠어요? 다른 사람에게는 무관심해진 것이 사랑의 본질 아닐까요?"

"맞는 말이다. 빙리 씨가 느꼈던 사랑이라면 바로 그랬을지도 모르지. 불쌍한 제인. 제인이 가엾구나. 제인의 성격이라면 쉽게 잊을 수 있을 것 같지가 않구나. 엘리자베스, 차라리 네가 그런 일을 당했다면 좋았을 걸. 너라면 금방 잊고 웃어넘길 수 있었을 텐데. 내가 권한다면 제인이 우리들과 함께 런던으로 갈 거라고 생각하니? 환경을 바꾸는 게 좋을지도 모른다고 생각하는데. 잠시 집에서 떠나 있는 게 좋을 것 같거든."

이 제의를 엘리자베스는 무척 기뻐했다. 언니도 흔쾌히 승낙을 할 것이라고 생각했다.

"그 젊은이가 있는 곳이라고 해서 가기 싫다고 하지 않았으면 좋을 텐데. 같은 런던에 살고 있다고는 하지만 그 사람이 살고 있는 곳과는 전혀 다른 곳에 살고 있고, 친척관계도 전혀 맺고 있지 않으니까. 그리고 너도 알고 있다시피 좀처럼 외출은 하지 않으니까 그 사람이 제인을 만나러 오지 않는 한, 두 사람이 만날 일은 전혀 없을 거라고 생각하거든."

가디너 부인이 덧붙였다.

"그 점이라면 걱정하지 않아도 돼요. 그분은 지금 다아시 씨라는 친구 집에서 생활하고 있거든요. 그리고 다아시 씨도 그분이 런던의 그런 곳까지 언니를 만나러 가도록 내버려두지는 않을 거예요. 외숙모는 이 일에 대해서 어떻게 생각하세요? 다아시 씨는 그레이스처치 가라는 곳에 대한 이야기를 들은 적은 있겠지만 한 번이라도 빙리 씨가 그곳에 발을 들여놓는 다면, 1개월 동안 씻어도 그곳에서 묻은 더러움을 씻어낼 수 없을 거라고 생각할 거예요. 그리고 빙리 씨는 다아시 씨와 함께가 아니라면 밖으로는 한 발자국도 나서지 않을 테니 걱정할 거 없어요."

"그거 아주 잘 됐구나. 두 사람은 만나지 않는 게 좋을 거라고 생각한다. 하지만 제인은 빙리 씨의 누이동생과 편지를 주고받질 않니? 그렇다면 제인이 먼저 찾아가지 말라는 법도 없지 않겠니?"

"언니는 만남을 포기했어요."

엘리자베스는 이 점을 확신하고 있다는 듯이 말했고, 또 빙리 씨가 제인과 만나는 일을 금지 당하고 있을 거라는 한층 더 흥미 있는 일에 대해서도 틀림없는 사실인 것처럼 말했지만, 잘 생각해보니 자기는 아직도 두 사람의 관계가 전혀 희망이 없는 것이라고 생각하고 있지 않다는 사실을 알게 되어 이 문제가 신경 쓰이기 시작했다. 빙리의 애정이 되살아날지도 모르는 일이었고, 친구의 영향력이 제인의 매력이라는 아주 자연스러운 영향력 때문에 힘을 잃게 될지도 모르는 일이었다.

어떻게 보면 그렇게 될지도 모른다는 생각이 들기도 했다.

제인은 외숙모의 제의를 흔쾌히 받아들였다. 그와 동시에 캐롤라인이 오빠와 함께 있는 것이 아니니 가끔 캐롤라인과 함께 아침을 보내도 그와 만날 일은 없을 것이라고 생각했다.

가디너 부부는 롱본에서 일주일간 머물렀는데 그 동안 필립스 댁 사람들, 루카스 댁 사람들, 사관들 등을 단 하루도 초대하지 않는 날이 없었다. 베넷 부인은 동생 부부를 극진히 대접했기에 단 한 번도 가족들끼리만 식사를 한 적이 없었다. 손님을 초대할 때는 반드시 몇몇 사관들도 함께 초대했는데 그 중에 위컴 씨가 빠지는 일은 한 번도 없었다. 그럴 때마다 엘리자베스가 너무 열심히 그를 칭찬했기에 가디너 부인은 이를 이상하게 여기고 두 사람의 행동을 자세하게 관찰했다. 그녀가 보기에는 두 사람이 그렇게 진지하게 사랑하고 있는 것 같지도 않았는데 서로를 좋아하고 있다는 사실만은 잘 알 수가 있어서 조금 불안함을 느꼈다. 그래서 그녀는 하트퍼트셔를 떠나기 전에 그 일에 대해서 엘리자베스에게 그런 애정을 키우는 것은 자제하는 것이 좋다고 말해줘야겠다고 결심했다.

위컴은 자신의 타고난 재능 말고도 가디너 부인을 기쁘게 해줄 또 다른 수단을 가지고 있었다. 10년인가 12년 전, 그녀가 아직 결혼하지 않았을 때, 그녀는 다비셔의 지금은 다아시의 소유지가 된 지방에서 상당히 오랜 기간 생활한 적이 있었다. 따라서 두 사람에게는 서로가 알고 있는 사람이 많았다. 위컴은 아버지가 돌아가신 5년 전부터는 그곳을 별로 찾지 않았지만 그녀의 옛 친구들에 대한 새로운 소식을 여러 가지로 들려줄 수가 있었다.

가디너 부인은 펨벌리에 가본 적이 있었다. 그리고 돌아가신 다아시 씨의 인품에 대해서는 소문을 들어 잘 알고 있었다. 따라서 이 일에 관한 얘기도 끊이지 않고 계속되었다. 그녀는 펨벌리에 대한 위컴 씨의 자세한 이야기에 자신의 기억을 비춰보기도 하고 돌아가신 다아시 씨의 인품을 칭찬하기도 하면서 자신은 물론 상대까지도 기쁘게 만들었다. 지금의 소유주인 다아시의 위컴에 대한 행동을 듣고 그 사람의 성격에 대해서 옛날에 들은 소문이 있지 않을까 기억을 더듬어 가던 중에 피츠윌리엄 다아시는 아주 오만하고 고집이 센 아이라는 말을 들은 적이 있다는 사실을 기억해냈다.

26

가디너 부인은 엘리자베스와 단 둘이서만 이야기할 기회가 오자, 곧 친절하게 충고를 해주었다. 자신이 생각하고 있던 것에 대해서 솔직하게 이야기를 한 뒤에 이런 식으로 이야기를 이어갔다.

"너는 영리하니까, 충고를 들었다고 홧김에 고집을 피우면서 연애를 계속 하거나 하지는 않겠지. 그러리라 믿고 숨김없이 이야기하겠어. 진심으로 말하는데 네가 좀더 조심했으면 좋겠어. 재산이 없어서 고생을 하게 될 게 뻔한 그런 사랑에 빠져서는 안 된다. 그분의 마음을 끌려고 해서도 안 된다. 그렇다고 지금 내가 그분에 대한 험담을 하고 있는 건 아니란다. 그분은 아주 재미있는 분이야. 그분이 예정된 대로 재산을 받았다면 너에게 그렇게 어울리는 분도 없었을 거야. 하지만 사실은 그렇지 않으니 공상에 빠져서는 안 된단다. 우리들은 모두 네가 분별 있게 행동하기를 바라고 있단다. 틀림없이 아버님도 네 결심과 행동을 신뢰하고 계실 거야. 아버님을 실망시켜서는 안 된단다."

"외숙모, 얘기가 너무 진지해졌어요."

"그렇구나. 하지만 너도 진지하게 생각했으면 한다."

"그 문제라면 걱정하지 않으셔도 돼요. 나 자신에게도 주의를 기울이고, 위컴 씨에게도 주의를 기울일게요. 나만 조심한다면 위컴 씨도 연애를 할 수 없을 테니까요."

"엘리자베스, 너는 조금도 진지하지 않구나."

"죄송해요. 그럼 진지하게 말씀드릴게요. 지금 나는 위컴 씨를 사랑하고 있지는 않아요. 네, 틀림없이 사랑하고 있지는 않아요. 하지만 그분은 내가 지금까지 만난 사람들하고는 비교할 수도 없을 만큼 느낌이 좋은 분이에요. 그래서 만약 그분이 나를 사랑하게 된다면……, 그 분은 그러지 않는 게 좋을 거예요. 아주 경솔한 짓이에요. 오! 밉살맞은 다아시 씨. 아버지가 나를 신뢰하고 계시다니 아주 명예로운 일이에요. 그걸 잃는다면 난 아주 비참해질 거예요. 하지만 아버지는 위컴 씨를 좋아하고 있어요. 어쨌든 나 때문에 다른 사람을 불행하게 만들고 싶지는 않아요. 하지만 우리들은 재산 같은 것 그렇게 많지 않으면서도 애정 때문에 젊은 사람들이 약혼하는 모습을 끊임없이 봐서 알고 있잖아요. 그러니까 나도 유혹을 받는다면, 다른 사람들보다 영리한 척하리라고는 약속하지 못하겠어요. 지금 내가 약속할 수 있는 것은 서두르지 않겠다는 것밖에 없어요. 내가 그분의 애인이 될 유력한 후보자라고 섣불리 믿지 않겠어요. 그분과 함께 있을 때라 해도 그런 희망은 갖지 않겠어요. 어쨌든 나는 최선을 다할 거예요."

"그 사람이 너무 자주 여기에 오지 못하도록 하는 것도 좋은 방법이 될지 모르겠다. 적어도 어머니에게만은 그분을 초대하라고 부탁하지 말도록 하거라."

"어머, 얼마 전에 제가 부탁했는데, 역시 그런 행동은 하지 않는 게 현명하겠죠? 하지만 그분이 언제나 요즘처럼 자주 오는 거라고는 생각지 마세요. 이번 주에는 외숙모를 위해서 이렇게 자주 초대한 거니까요. 잘 아시겠지만 어머니는 손님에게 늘 상대를 붙여주는 것이 예의라고 생각하고 있으니까요. 하지만 이건 정말 제 명예를 걸고 드리는 말씀인데, 나 가장 현명하다고 생각되는 행동을 하겠어요. 이제 마음 놓으세요."

엘리자베스는 의식적으로 미소를 지으며 말했다.

가디너 부인은 마음이 놓인다고 말했다. 그리고 엘리자베스가 친절하게 충고해 주어서 감사하다고 말한 뒤, 두 사람은 헤어졌다. 아주 조심스러운 문제에 대해서 충고를 하고도 원망을 듣지 않은 훌륭한 일례였다.

콜린스 씨는 가디너 부부와 제인이 떠난 지 얼마 지나지 않아서 하트퍼트셔로 되돌아왔다. 하지만 그는 루카스 댁에서 묵었기 때문에 베넷 부인에게는 크게 폐를 끼치지 않았다. 그의 결혼 날짜가 점점 다가왔다. 베넷 부인도 결국에는 어쩔 수 없는 일이라고 포기를 하고 말았다. 그리고 그녀는 좀 심술궂은 목소리로 '행복하게 살기를 바라겠어'라고 말할 수 있게까지 되었다. 목요일에 결혼식을 올리기로 되어 있었기에 수요일에 루카스 양이 이별을 고하러 왔다. 그녀가 마지막 인사를 하려고 자리에서 일어섰을 때, 엘리자베스는 어머니가 무뚝뚝하게 씁쓸한 표정을 지으며 축하의 인사를 하는 것을 부끄럽게 생각했다. 자신은 진심으로 이별을 아쉬워하는 마음이 들었기에 루카스 양을 배웅하러 방 밖으로 나섰다. 두 사람이 계단을 내려갈 때 샬럿 양이 말했다.

"종종 편지를 줄거지? 엘리자."

"그럼, 걱정하지 마."

"부탁이 하나 더 있는데, 한 번 놀러와 주지 않겠니?"

"하트퍼트셔에서 가끔 만날 수 있겠지."

"나 당분간은 켄트를 떠날 수 없을 거야. 그러니까 헌스퍼드에 오겠다고 약속해 줘."

그곳에 간다고 해도 즐겁지 않으리라는 걸 잘 알면서도 엘리자베스는 이를 거절할 수가 없었다.

"3월에 아버지와 마리아가 오신다고 했어. 너도 동행을 하럼. 엘리자, 너를 아버지와 동생만큼 환영해 줄게."

식이 거행되었다. 신랑, 신부는 켄트를 향해서 교회 문을 나섰다. 모두가 이 결혼에 대해서 묻고 싶은 일, 듣고 싶은 일이 많았다. 엘리자베스는 곧 친구의 편지를 받았고 이 때부터 두 사람의 편지 왕래는 이전처럼 정기적으로 빈번하게 이루어졌다. 하지만 이전처럼 허물없이 모든 것을 털어놓지는 못했다. 엘리자베스는 편지를 보낼 때마다 허물없이 모든 것을 털어놓을 수 있는 친밀함이 사라진 것을 느꼈다. 그리고 편지 쓰는 것을 게을리하지 말자고 결심을 했는데 그건 현재를 위한 것이 아니라, 과거를 위한 행동이었다. 처음에는 샬럿의 편지를 설레는 마음으로 받아볼 수 있었다. 새로운 가정에 대해서 샬럿이 어떤 식으로 이야기를 할까, 캐서린 부인을 좋아하게 되었을까, 자신을 행복한 사람이라고 적어 보낼까. 엘리자베스는 그런 것들이 알고 싶어서 견딜 수가 없었다. 편지를 읽어본 후 그 어떤 점에 대해서도 자기가 예상하고 있던 일들밖에 적혀 있지 않다는 느낌을 받게 되었다. 아주 기쁨에 찬 어조로, 여러 가지 것들로부터 위안을 받고 있는 듯 편지는 칭찬의 말들로 가득했다. 집도, 가구도, 이웃도, 길도 모두 그녀의 마음에 드는 듯했다. 캐서린 부인의 태도는 더없이 친절하고 은근하다고 했다. 이는 헌스퍼드와 로징스에 대한 콜린스 씨의 이야기를 요약하여 부드럽게 쓴 것과 같은 글이었다. 그래서 엘리자베스는 그 이상의 일에 대해서 알기 위해서는 자신이 그 곳을 방문하는 수밖에 없다는 사실을 알게 되었다.

제인에게서 모두 무사하게 런던에 도착했음을 알리는 간단한 편지가 훨씬 전에 도착해 있었다. 엘리자베스는 제인이 다음에 편지를 보낼 때는 빙리 가 사람들에 대한 이야기를 어떤 식으로든 할 것이라고 생각하고 있었다.

엘리자베스는 이 두 번째 편지를 애타게 기다리고 있었는데 그 편지는 그녀를 실망시키지 않았다. 제인은 런던에 온 지 일주일이 지났지만 캐롤라인과는 만나지도 못했을 뿐만 아니라 편지도 한 통 없었다고 했다. 자신이 롱본에서 마지막으로 보낸 편지가 분명 무슨 사고로 분실됐을 것이라고 제인은 말했다.

'외숙모는 내일 시내 쪽으로 나가신단다. 나도 이번 기회에 그로스브너 가를 방문하려고 해.'

그 방문이 있은 후에 다시 편지를 보내서 빙리 양과 만난 이야기를 해주었다.

'캐롤라인은 건강하게 보이지 않았단다. 하지만 나를 만난 것을 아주 기뻐하면서 왜 런던에 오기 전에 소식을 주지 않았냐고 책망했단다. 그러니까 마지막 편지가 도착하지 않았다는 내 생각이 맞았던 거야. 나는 물론 빙리 씨가 어떻게 지내고 있는지 물었단다. 잘 계신대. 하지만 다아시 씨하고만 붙어 지내느라고 동생들과도 거의 만나지 않는다더구나. 마침 다아시 양을 만찬에 초대한 듯했어. 한번 만나보고 싶었지만 캐롤라인과 허스트 부인이 외출을 하려던 참이었기에 나는 서둘러 나올 수밖에 없었단다. 그 두 사람은 조만간에 여기를 방문할

거야.'

엘리자베스는 편지를 읽으면서 머리를 흔들었다. 이 편지에 의하면 어지간한 사정이 있지 않는 한, 그녀의 언니가 런던에 있다는 사실이 빙리 씨에게 알려지지 않을 것이라는 생각이 들었다.

4주일이 지났다. 그래도 제인은 빙리 씨를 만날 수 없었다. 그녀는 만나지 못하더라도 슬퍼하지 않겠다고 다짐했다. 하지만 빙리 양의 냉담한 태도를 그냥 보고 있을 수만은 없었다. 2주일 동안 매일 아침 집에서 기다렸으며, 밤이 되면 그녀를 위해서 무언가 새로운 구실을 만들면서 지내는 동안 그 방문자가 드디어 모습을 나타냈다. 하지만 그녀가 오자마자 금방 돌아간 사실과 태도에 지금까지와는 다른 변화가 있었던 사실을 생각하자 제인은 더 이상 자신을 속이고 싶은 마음이 들지 않았다. 그녀가 이번에 엘리자베스에게 보낸 편지가 그녀의 이런 느낌을 잘 말해주고 있었다.

'사랑하는 엘리자베스, 지금까지 내가 빙리 양의 친절함에 속았다는 사실을 고백해도 설마 자신의 판단이 옳았다며 나를 비난하거나 하지는 않겠지. 물론 이번 일에 대해서는 너의 판단이 옳았다는 사실이 증명되었지만, 그렇다고 빙리 양의 행동을 생각해 볼 때, 내가 그 사람을 신뢰했던 일은 네가 그 사람에게 의문을 품고 있었던 것처럼 아주 당연한 일이었다고 주장을 해도 너는 나를 고집스러운 사람이라고는 생각지 않겠지? 나는 그 사람이 왜 나와 친하게 지내려 했는지 도무지 알수가 없어. 그래도 만약 이 같은 일이 다시 일어난다면 나는 틀림없이 다시 속을 거야. 캐롤라인은 어제까지 나의 방문에 대한 답례를 하지 않았을 뿐만 아니라 그 동안 편지 한 통, 글 한 줄도 적어 보내지 않았어. 그리고 나를 방문하는 일이 조금도 기쁜 일이 아니라는 것을 잘 알게 되었단다. 빨리 오지 못한 것에 대해서 잠깐 형식적으로 사과를 했을 뿐, 다시 만나자는 말은 한마디도 하지 않고 모든 면에 대해서 사람이 완전히 변해버려서 그 사람이 돌아간 뒤에 이제 더 이상 저 사람과는 교제하지 않겠다고 결심을 했어. 나는 그 사람을 책망하지 않을 수가 없었지만 그래도 불쌍하다는 생각이 들어. 그 사람이 나를 친구로 선택한 것은 그 사람의 아주 커다란 잘못이었다고 생각해. 나와 친하게 지내려고 저쪽에서 먼저 시작한 것이니까 이렇게 말해도 괜찮을 거라고 생각해. 하지만 그 사람은 자신의 과오를 깨달았을 것이고, 오빠에 대한 걱정이 원인일 테니 불쌍하다는 생각이 들어. 이 이상 내 자신이 설명할 필요는 없다고 생각해. 우리들은 전혀 그런 걱정을 할 필요가 없다는 사실을 알고 있지만, 그 사람이 만약 오빠를 걱정하고 있는 거라면 그것으로 그 사람의 나에 대한 태도를 이해할 수 있을 거야. 오빠 되는 사람은 소중하게 생각할 만한 가치가 있는 사람이니 그 사람이 오빠를 걱정한다는 것은 아주 자연스러운 일이고 일종의 애교라고도 볼 수 있겠지. 그렇다고는 하지만 그 사람이 아직도 그런 일에 대해서 걱정하고 있다는 사실을 난 믿을 수가 없어. 만약 빙리 씨가 조금이라도 내게 관심을 갖고 있었다면 두 사람은 훨씬 전에 만날 수 있었을 테니까. 빙리 양의 말을 들어보니 빙리 씨는 내가 런던에 있다는 사실을 알고 있는 듯했어. 그리고 그녀의 말투에서 느껴진 건데, 빙리 양은 오빠가 정말로 다아시 양을 좋아하고 있는 거라고 자기 자신에게 납득시키려고 하는 듯했어. 난 정말 모르겠다. 만약 어떤 판단을 하게 되든 그것을 내가 두려워하지 않을 수 있다면 이번 일에는 굉장한 무엇인가가 숨어 있다고 말하고 싶을 정도야. 하지만 나는 될 수 있으면 이런 생각들은 털어버리고 자신을 행복하게 하는 일들, 즉 너에 대한 애정이나 사랑하는 외삼촌과 외숙모의 나에 대한 변함없는 상냥함만을 생각하려고 노력하고 있어. 이 편지를 보면 답장을 주기 바래. 빙리 양은 빙리 씨가 다시는 네더필드로 돌아가지 않을 거라는 둥, 집을 내놓을 거라는 둥 이야기를 했지만 어딘지 미심쩍은 데가 있는 말투였어. 우리들은 이 일에 대해서는 이야기하지 않는 편이 좋을 것 같아. 나는 네가 헌스퍼드의 친구들에게서 여러 가지 유쾌한 이야기를 듣고 있다는 사실을 아주 기쁘게 생각하고 있단다. 윌리엄 경과 마리아와 함께 샬럿의 집을 방문하도록 하렴. 틀림없이 즐거운 여행이 될 거야.

언니가'

이 편지는 엘리자베스에게 조그만 고통을 선사했다. 하지만 적어도 제인이 더 이상 빙리 자매에게 속지는 않을 것이라는 생각을 하고 기운을 회복했다. 그리고 오빠 되는 사람에게는 더 이상 아무런 기대도 걸 수 없었다. 그가 다시 한 번 호의를 표시해 주기를 바라는 마음조차 생기질 않았다. 생각하면 생각할수록 그의 인격이 의심스러울 뿐이었다. 그래서 그 자신에 대한 벌로, 그리고 제인을 위해서라도 하루 빨리 다아시씨의 동생과 정말로 결혼을 해버렸으면 좋겠다고 생각했다. 왜냐하면 위컴 씨가 말한 대로 다아시 양은 머지않아서 빙리씨에게 자신이 제인을 버린 일을 후회하도록 만들 것이라는 생각이 들었기 때문이었다.

그 때 마침 가디너 부인이, 엘리자베스에게 위컴에 대해서 주의를 늦추지 않겠다고 한 말을 상기시키고, 그날 이후의 경과에 대해서 이야기를 듣고 싶다고 연락을 보냈다. 엘리자베스는 자신보다도 외숙모에게 만족감을 줄 만한 이야기들을 적어 보냈다. 그의 형식뿐이었던 애정도 지금은 모습을 감췄으며, 친절한 마음도 사라졌고, 그는 다른 여자의 숭배자가 되어버렸다. 엘리자베스는 늘 주의를 기울이고 있었기에 그런 일들을 간파할 수 있었는데 그 사실을 알게 된 후에도, 그 일에 대한 편지를 쓰고 있어도 그렇게 고통스럽게는 느껴지지 않다. 그녀의 마음은 아주 조금밖에 흔들리지 않았던 것이다. 만약 재산이 조금이라도 있었다면 그는 틀림없이 자신을 선택했을 것이라고 생각하니 그녀의 허영심도 위로를 받을 수 있었다. 갑자기 1만 파운드가 그의 수중으로 굴러들어온다는 사실이 지금 그가 한참 열을 올리고 있는 여자의 가장 큰 매력이었기 때문이었다. 이번 일의 경우는 샬럿의 경우와는 달리 미래에 대한 전망이 없었기 때문에 그가 결혼을 해서 독립된 생활을 하겠다고 말했을 때 엘리자베스는 아무런 말도 하질 않았다. 아니 오히려 이렇게 자연스럽게 여겨지는 일도 없었다. 그리고 그가 자신을 포기하는 일 때문에 조금은 고통스러워하고 있다는 사실을 생각하고는 서로를 위해서 헤어지는 편이 현명하고 바람직한 처사라는 것을 깨닫게 되었다. 그리고 진심으로 그의 행복을 빌 수 있게도 되었다.

엘리자베스는 이 모든 일에 대해서 있는 그대로 가디너 부인에게 알렸다. 사정을 설명한 뒤 이렇게 적어넣었다.

'친애하는 외숙모님, 내가 그렇게 깊이 사랑에 빠지지는 않았다는 사실을 알게 되었습니다. 만약 내가 정말로 그 순수한 마음을 숭고하게 만들어주는 정열을 경험했다면 지금쯤 나는 그 사람의 이름만 들어도 혐오감을 느꼈을 것이고, 그 사람에게 여러 가지 재앙이 내리기를 바라고 있었을 거예요. 하지만 그 사람에 대한 나의 마음은 부드러울 뿐만 아니라, 킹 양에 대해서도 공평함을 잃지 않고 있어요. 나는 킹 양을 원망하고 있지도 않고, 아주 좋은 아가씨라고 생각해도 혐오스러운 감정이 들지 않아요. 그런데 어떻게 그 사람을 사랑하고 있는 거라고 말할 수 있겠어요? 내가 방심하지 않았던 것이 효과가 있었나 봐요. 그리고 만약 내가 미쳐버릴 만큼 그 사람을 좋아했다면 틀림없이 사람들의 흥미를 끌기에 충분한 사람이 되었겠죠. 하지만 나는 그다지 사람들의 주목을 받지 못하고 있는 지금의 나를 그렇게 한심하다고는 생각하고 있지 않아요. 세상의 중요한 자리를 차지하기 위해서 지나치게 비싼 대가를 치러야 할 경우가 종종 있지요. 키티와 리디아는 그 사람의 배신을 나보다도 훨씬 더 마음에 두고 있어요. 그 애들은 아직 어려서 세상물정을 잘 모르기 때문에 미남도 이 세상을 살아가기 위해서는 못생긴 사람들과 마찬가지로 돈이 필요한 것이라는 실망스러운 사실을 인정하려 들지 않고 있어요."

27

그 이후로 롱본의 가족들에게는 사건다운 사건도 일어나지 않았다. 어떤 때는 진흙탕이 된 길을, 또 어떤 때는 아주 추운 날에 메리턴까지 걸어가는 것이 생활의 변화라고 할 수 있을 만큼 평범한 1월과 2월이 지났다. 엘리자베스는 3월이 되면 헌스퍼드로 갈 예정이었다. 처음에는 그 일에 대해서 그렇게 진지하게 생각하고 있지 않았다. 하지만 얼마 지나지 않아서 샬럿이 그 계획이 이뤄지기를 기대하고 있다는 사실을 알게 되자 자신도 점점 그것을 기다리게 되었으며 전보다 더욱 진지하게 생각하게 되었다. 오랫동안 만나지 않았기 때문에 만나고 싶다는 생각이 들었고, 콜린스 씨에 대한 혐오감도 어느 정도 사라지게 되었다. 이 계획에는 참신한 면이 있었다. 그리고 어머니와, 재미라고는 조금도 없는 동생들만을 상대해야 하는 집에서의 생활에도 크게 만족할 수 없었기 때문에 잠깐 자리를 바꿔보는 것도 나쁘지 않을 것이라는 생각이 들게 되었다. 또 여행 도중에 어쩌면 제인을 만날 수 있을지도 몰랐다. 이런 이유들로 예정된 날짜가 가까워져 올수록 계획이 조금이라도 연기돼서는 안 된다는 생각이 들었다. 모든 일들이 별반 문제없이 진행되어 결국에는 샬럿이 처음 계획했던 대로 일이 결정되었다. 그녀는 샬럿의 아버지인 윌리엄 경과 그의 작은 딸과 함께 가게 되었다. 여행 중에 런던에서도 하룻밤 묵자는 의견이 더해져 계획은 아주 만족스러운 것이 되었다.

단지 아버지를 두고 가야 한다는 사실이 마음에 걸렸다. 아버지는 틀림없이 외로워하실 것이었다. 실제로 아버지는 그녀가 자기를 남겨두고 가는 것이 아주 싫었는지 막상 떠날 때가 되자 편지를 보내라고 하고 자신도 답장을 쓰겠다는 약속을 했다.

위컴 씨와는 사이좋게 헤어졌는데 오히려 그는 호의를 표시했다. 그는 지금 다른 여자를 사귀고 있었지만 그래도 엘리자베스가 그의 관심을 끌기에 충분했으며, 또 실제로 관심을 끈 첫 여자였고, 그의 이야기를 진지하게 들어줬으며, 그에게 동감한 최초의 여자였으며, 자신이 감탄한 최초의 여자였다는 사실을 잊을 수는 없었다. 그는 그녀에게 즐거운 여행이 되길 바란다고 했다. 또 캐서린 드 버그 부인에게 어떤 기대를 거는 것이 좋을지를 알려주었으며, 부인에 대한 두 사람의 의견—

모든 사람들에 대한 두 사람의 의견—은 언제나 일치할 것이라고 말했다. 이렇게 걱정을 해주고 관심을 가져주는 그의 이별의 태도를 보자 그녀는 언제까지고 그에게 호감을 갖게 될 것이라는 느낌을 받았다. 이 사람은 결혼을 하든 아니면 독신으로 살든 자신에게 있어서는 늘 사람 좋은 유쾌한 인간의 표본이 될 것이라고 생각하면서 그와 헤어졌다.

그녀의 동행들은 그다지 감동을 줄 수 있을 만한 사람들이 아니었기에 그녀는 다음날까지도 위컴에게서 받은 좋은 느낌에 대해서만 생각했다. 윌리엄 루카스 경과 활달하기는 하지만 자기 아버지를 닮아서 머리가 텅 빈 마리아는 들을 만한 이야기를 하지 못했기 때문이었다. 그들의 이야기를 듣고 있자면 마치 덜컹거리면서 달리는 마차 소리를 듣고 있는 것 같다는 생각이 들어서 아무런 재미도 느낄 수가 없었다. 엘리자베스는 잡담을 좋아하기는 했지만 윌리엄 경의 이야기는 너무 많이 들어 질려 있었다. 그의 배알과 작위를 받았다는 놀라움에 대한 이야기도 이제는 신선한 것이 아니었다. 거기다가 예의를 갖춘 인사법에 대한 것까지, 이것도 이미 너무 오래된 이야기였다.

겨우 24마일(38.4㎞ – 역자 주)에 걸친 여행이었고 출발이 아주 빨랐기 때문에 정오쯤에는 그레이스처치 가에 도착할 수 있었다. 가디너 씨 댁의 문으로 마차가 들어섰을 때, 제인은 응접실의 창가에서 그들이 오기를 기다리고 있었다. 복도로 들어서자 제인이 거기까지 마중을 나와 있었다. 엘리자베스는 언니가 변함없이 건강하고 아름다운 것을 확인하고 기뻐했다. 계단 위쪽에는 작은 남자 아이들과 여자 아이들이 모여 있었다. 아이들은 사촌누이의 얼굴이 보고 싶어서 응접실에 가만히 앉아 있을 수가 없었지만 12개월 동안이나 만나지 못했기 때문에 수줍은 생각이 들어 밑으로는 내려오지 못하고 있었던 것이다. 모두가 기뻐했으며 친절하게 대해줬다. 낮 시간을 즐겁게 보냈으며, 저녁에는 물건을 사느라 여기저기 바쁘게 돌아다녔고 극장에도 갔었다.

엘리자베스는 그 때 외숙모의 옆에 자리를 잡을 수 있었다. 두 사람이 처음으로 나눈 얘기는 언니에 관한 것이었다. 엘리자베스는 언니에 대해서 이것저것 캐물었는데 제인은 언제나 명랑하게 보이려고 노력하고 있지만 가끔 풀이 죽는다는 이야기를 듣고 가슴이 아프기보다는 슬픔을 느끼지 않을 수 없었다. 하지만 그런 기간이 그리 오래 계속되지는 않을 것이라는 생각이 들었다. 가디너 부인은 빙리 양이 그레이스처치 가를 방문한 일에 대해서도 자세하게 이야기를 했고, 제인과 나눴던 이야기에 대해서 들려주었는데 부인의 말에 의하면 제인이 정말로 그와의 만남을 포기하고 있다는 사실을 알 수 있었다.

가디너 부인은 엘리자베스가 위컴 씨에게 버림받은 일을 놀리기도 하고, 또 잘 참았다고 칭찬을 하기도 했다.

"그런데 엘리자베스. 킹 양은 도대체 어떤 아가씨지? 우리들의 친구를 욕심쟁이라고 생각하고 싶지는 않은데."

외숙모가 물었다.

"외숙모, 결혼을 하는 데 있어서 욕심을 부리는 것과 신중함을 보이는 것 사이에는 어떤 차이가 있는 걸까요? 분별력과 욕심의 경계선이란 도대체 어떤 것일까요? 작년 크리스마스 경에 외숙모는 그 사람이 나와 결혼하는 것이 아닐까 하고 걱정을 하셨어요. 그건 무분별한 짓이라고 하셨는데 지금은 그 사람이 겨우 1만 파운드를 가진 아가씨를 손에 넣으려고 하자 돈이 목적이라고 말씀하시잖아요."

"네가 킹 양이 어떤 아가씨인지만 말해준다면 나도 생각을 정리할 수 있을 거야."

"틀림없이 착한 아가씨일 거예요. 그 사람에 대해서는 나쁜 소리를 들은 적이 없어요."

"하지만 위컴 씨는 그 아가씨의 할아버지가 돌아가셔서 지금의 재산이 그 아가씨 손에 들어가기 전에는 거들떠보지도 않았겠지."

"그래요. 그게 어디가 잘못 됐다는 거죠? 내가 돈이 없다고 해서 그 사람이 내 사랑을 받아들이지 않기를 바란다면 그분도 자기가 좋아하지도 않는, 나처럼 가난한 집 딸을 일부러 사랑할 필요는 없잖아요."

"하지만 그런 일이 있은 바로 뒤에 그 아가씨에게 시선을 돌리다니 정말 수치심도 없는 사람인 것 같구나."

"곤란에 직면한 남자에게는 보통 사람들처럼 품위 있게 예의를 지킬 여유가 없죠. 만약 그 아가씨가 불만을 품지 않는다면 우리들이 불만을 가질 필요도 없는 일이죠."

"그 아가씨에게 불만이 없다고 해서 그 사람이 옳다고는 할 수 없단다. 그건 그 아가씨의 분별력이나 감정의 어딘가에 결함이 있다는 걸 보여주는 거란다."

"그렇다면 그냥 내버려두면 되겠네요. 그 분은 욕심쟁이고 그 아가씨는 바보라고."

엘리자베스가 외쳤다.

"아니, 엘리자베스. 그건 내가 생각하고 있던 일이 아니란다. 나도 다비서에서 오랜 동안 살았던 청년을 나쁘게 생각하고 싶지는 않아."

"어쩜! 그 정도밖에 되지 않는다면 나는 다비서에 살고 있는 젊은 남자들을 그다지 좋게는 생각할 수 없겠네요. 그리고 하트퍼트서에 살고 있는 그의 친구들도 그보다 더 좋게는 생각되질 않네요. 나 그 사람들에게 아주 질려버렸거든요. 어쩐다지. 내가 내일 가는 곳에 기분 좋은 사람은 단 한 사람도 없어요. 태도에 있어서도 분별력에 있어서도 이렇다할 장점이 없는 남자가 한 명 있죠. 결국에는 멍청한 남자만이 사귈 가치가 있다는 거군요."

"말을 조심하거라, 엘리자베스. 그런 식으로 말을 하면 실연당한 사람이라고 오해를 받을 뿐이란다."

연극이 끝나고 두 사람이 헤어지기 직전에 엘리자베스는 외삼촌과 외숙모가 계획하고 있는 올 여름의 유람여행을 같이 가자는 제안을 받아 생각지도 못했던 기쁨을 누리게 되었다.

"어디로 갈지 아직 확실하게 결정하지는 못했지만 아마도 호수가 있는 곳으로 가게 될 것 같다."

가디너 부인이 말했다.

엘리자베스에게 이처럼 즐거운 계획은 없었다. 그녀는 바로 감사의 말을 하고 이 초대를 받아들였다.

"사랑하는 외숙모, 나 정말 행복해요. 외숙모는 내게 새로운 생명과 용기를 주셨어요. 실망감과 우울함과는 이제 안녕이에요. 바위나 산에 비한다면 남자 같은 건 아무것도 아니죠. 우리들은 아주 즐거운 시간을 보낼 수 있을 거예요. 그리고 우리가 돌아올 때는 다른 여행자들처럼 무엇 하나 정확하게 얘기하지 못하는 그런 일은 없도록 하자고요. 우리 여행지에 대해서 확실하게 알고, 본 것들은 선명하게 기억할 수 있도록 해요. 우리들의 상상 속에서 호수와 산과 강이 엉망진창으로 얽혀서는 안 돼요. 그리고 어딘가 한 군데의 경치에 대해서 이야기할 때도 그 곳의 모습에 대해서 서로 언쟁을 하지 않도록 해야겠죠. 우리들은 다른 여행자들처럼 처음부터 감정을 다 쏟아내어 듣는 사람을 괴롭히는 일은 좀 자제해야 할 거예요."

28

다음날 여행에서 엘리자베스는 눈에 보이는 것 모두가 하나하나 새롭고 흥미롭게 느껴졌다. 그리고 그녀는 아주 즐거웠다. 언니를 만나기 전까지는 언니의 건강을 걱정했었는데 만나보고 아주 건강하다는 사실을 알 수 있었고, 북쪽으로의 여행에 대한 상상이 끊임없는 즐거움의 원천이 되었기 때문이었다.

마차가 국도에서 벗어나 헌스퍼드로 들어가는 좁은 도로로 접어들자 모두의 눈이 목사관을 찾기 시작했다. 그리고 길이 꺾일 때마다 목사관이 보이지 않을까 마음을 졸이고 있었다. 그들이 달리는 길의 한쪽 편으로 로징스 장원의 울타리가 이어졌다. 엘리자베스는 그곳에 살고 있는 사람들에 대해서 들은 이야기들을 전부 기억해 내고 미소지었다.

드디어 목사관이 눈에 들어왔다. 도로 쪽으로 경사진 정원, 그 정원 속에 서 있는 집, 녹색 울타리와 월계수 울타리 모두가 그들이 목적지에 거의 도착했음을 알려주고 있었다. 콜린스 씨와 샬럿이 문 앞에 모습을 나타냈고, 마차는 타고 있는 사람들의 끄덕임과 미소 속에서 작은 문 앞에 멈춰 섰다. 거기부터 집까지는 짧은 자갈길로 연결되어 있었다. 곧 그들이 마차에서 내려 서로의 얼굴을 보면서 기뻐했다. 콜린스 부인은 아주 기쁜 표정으로 자신의 친구를 맞아들였고 엘리자베스는 친구가 아주 기쁘게 맞아들인다는 사실을 알게 되어 오기를 매우 잘했다는 생각이 들었다. 그녀는 콜린스 씨가 결혼한 뒤에도 조금도 변하지 않았다는 사실을 금방 알 수 있었다. 그의 형식적인 인사는 전과 다름이 없었다. 그는 엘리자베스를 몇 분이나 문 앞에 세워놓고 그녀의 가족에 대한 안부를 하나하나 물었으며, 그에 대한 대답을 듣고는 만족스러운 표정을 지었다. 그런 다음에 그들은 입구의 깨끗함에 대해서 말하는 콜린스 씨의 이야기 때문에 조금 지체하기는 했지만 곧 집으로 들어섰다. 그들이 객실로 들어서자마자 그는 다시 한 번 과장스레 예의를 차려서 보잘것없는 집에 오신 것을 환영한다고 했다. 그리고 아내가 마실 것 등을 권할 때마다 그녀의 뒤를 따라서 똑같은 말을 되풀이했다.

엘리자베스는 그가 자랑을 늘어놓는 모습을 볼 각오를 하고 있었다. 그리고 그녀는 그가 그 방의 적당한 넓이와 방향, 가구 등을 손가락으로 가리키며 이야기할 때, 엘리자베스가 자신의 청을 거절한 것이 얼마나 큰 손해인가를 느끼게 해주려고 일부러 그녀를 향해서 이야기를 하고 있는 것이라는 생각이 들어서 견딜 수가 없었다. 모든 것이 깔끔하고 안락해 보이기는 했지만 그녀는 후회의 한숨을 내쉬어 그를 만족시킬 수는 없다고 생각했다. 아니, 오히려 그녀는 자신의 친구인 샬럿이 이런 사람과 함께 생활하고 있는 것이 아주 즐겁게 보였기에 이상하게 생각하며 그녀를 바라보았다. 아내 입장에서 부끄럽게 여겨질 만한 이야기를 콜린스 씨가 할 때, 그런 경우가 몇 번이고 있었는데, 엘리자베스는 자신도 모르게 샬럿 쪽으로 시선을 돌렸다. 한두 번쯤 그녀가 얼굴을 살짝 붉히는 것을 볼 수 있었다. 하지만 샬럿은 현명하게도 대부분의 이야기를 듣지 않으려고 했다. 찬장부터 난로의 재받이까지 방 안에 있는 가구 하나하나를 자랑한 뒤, 여행에 대한 이야기와 런던에서 있었던 일을 하나도 남김없이 이야기했기에 그들은 긴 시간 동안 앉아 있었다. 콜린스 씨는 그런 다음에서야 그들에게 정원을 둘러보자고 권했다. 정원은 넓고 잘 조형되어 있었는데 콜린스 씨가 정원수들을 재배하고 있었다. 자신의 정원에서 일하는 것은 그의 가장 품위 있는 즐거움 중 하나였다. 샬럿이 운동을 하는 것은 건강에 좋은 일이라며, 자신도 가능한한 남편이 일을 하도록 권하고 있다고 말하면서 얼굴에 웃음한번 짓지 않는 것을 보고 엘리자베스는 감탄했다. 콜린스는이 정원의 보도와 십자보도를 안내하면서 사람들에게 찬사를요구했지만, 그들이 입을 열 기회도 없을 만큼 이곳저곳의 풍경을 가리키며 그저 자세하기만 할 뿐 운치라고는 조금도 찾아볼 수 없는 설명을 계속해댔다. 그는 동서남북에 있는 밭의숫자에 대해서 이야기했을 뿐 아니라 가장 멀리 떨어져 있는숲에 나무가 몇 그루 있는가에 대해서까지 이야기했다. 하지만 그의 정원이, 이 지역이, 아니 이 나라가 자랑하고 있는 그어떤 풍경도, 그의 정원수 사이로 보이는 로징스 저택의 전망과 비교할 수 있는 곳은 아무 데도 없었다. 그것은 그의 집 정면에 있는 작은 언덕 위에 위치한 아름답고 현대적인 건물이었다.

콜린스 씨는 정원에서 나와 자신이 소유하고 있는 두 개의목장을 일주하면서 모두를 안내하려고 했지만 마침 여자들이하얀 서리가 남아 있는 곳을 지나기에 적당치 못한 신을 신고있었기에 다시 돌아올 수밖에 없었다. 윌리엄 경이 콜린스 씨와 함께 걷고 있는 동안 샬럿은 동생과 친구에게 집안을 구경시켰는데 남편의 도움 없이 안내할 기회가 생겨서인지 아주 기쁜 표정을 지어보였다. 집은 그다지 넓은 편은 아니었지만 짜임새가 있어서 편리하게 되어 있었다. 그리고 모든 것이 깔끔했고, 설비와 배치도 조화를 이루고 있었다. 엘리자베스는 이 모든 것이 샬럿의 손길이 닿았기 때문이라며 그녀를 칭찬했다. 콜린스 씨에 대한 생각을 하지 않아도 되자 아주 편안한 분위기가 감돌았다. 그리고 샬럿이 이런 시간을 즐기고 있다는 것을 느낄 수 있었다. 그래서 엘리자베스는 샬럿이 때때로 콜린스 씨를 잊고 있는 것이라고 생각했다.

엘리자베스는 캐서린 부인이 아직 이 곳에 살고 있다는 사실을 이미 들어서 알고 있었다. 그들이 식사를 하고 있을 때 그에 관한 이야기가 나오자 콜린스 씨가 참견을 했다.

"그렇습니다. 엘리자베스 양. 당신은 다음주 일요일에 교회에서 캐서린 드 버그 영부인을 뵐 수 있을 겁니다. 말할 필요도 없이 영부인은 당신 마음에 드실 겁니다. 사람들에게 아주 상냥하고 겸손하신 분이니까 예배가 끝나면 틀림없이 당신에게도 눈길을 주실 겁니다. 장담하건대 당신과 마리아가 여기에 머물고 있는 동안, 부인께서 날 부를 때는 틀림없이 당신들도 함께 부를 것입니다. 그분은 나의 사랑하는 샬럿에게도 아주 친절하게 대해 주신답니다. 우리들은 매주 두 번씩 로징스 댁의 식사에 초대를 받는데 걸어서 집에 온 적이 한 번도 없습니다. 언제나 영부인의 마차가 우리를 기다리고 있으니까요. 아니, 영부인의 마차 중 한 대죠. 영부인은 마차를 여러 대 갖고 게시니까요."

"캐서린 부인은 정말로 이해심이 많으신 분이야. 그리고 아주 친절한 이웃이기도 하지."

샬럿이 덧붙여 설명했다.

"그렇고 말고. 여보, 나도 그 말을 하고 싶었소. 우리들의 존경심을 다 표현할 수 없을 정도로 훌륭한 분이시지."

그날 밤은 주로 하트퍼트셔의 소식에 대해서, 그리고 편지를 통해서 이미 주고받았던 이야기에 대해서 이야기하면서 시간을 보냈다. 밤이 깊자 엘리자베스는 자신의 방에서 홀로, 샬럿이 만족을 느끼고 있다는 사실, 또 남편을 잘 인도하면서도 그를 감싸주는 그녀의 침착성에 대해서 생각하면서 모든 일이 아주 잘 되어가고 있다는 사실을 인정하지 않을 수 없었다. 그녀는 또 자신이 여기서 겪을 일들에 대해서 생각해 보았다. 이집 사람들이 일상적으로 행하고 있는 일의 조용한 진보, 콜린스 씨의 쓸데없는 참견, 로징스와의 화려한 교제 등을 예상할수 있었다. 하지만 곧 어떤 생생한 모습이 떠올라 이런 생각들을 모두 지워버리고 말았다.

다음날 점심 무렵, 그녀가 자신의 방에서 산책을 위한 준비를 하고 있을 때, 아래층에서 갑자기 시끄러운 소리가 들려와 집안에 일대 소동이 벌어졌음을 알려왔다. 엘리자베스는 순간 귀를 기울였는데 누군가가 난폭하고 급하게 이층으로 뛰어올라오면서 커다란 목소리로 자신을 부르고 있는 소리가 들렸다. 문을 열고 나서자 계단 중간에서 마리아를 만날 수 있었다. 마리아는 흥분으로 숨을 헐떡이며 외쳤다.

"오, 사랑하는 엘리자! 어서 서둘러 식당으로 가요. 좋은 구경거리가 있어요. 무슨 일인지는 말하지 않을래요. 빨리, 지금 당장 내려오세요."

엘리자베스가 이것저것 물었으나 모두 소용없는 일이었다. 마리아는 더 이상 아무런 말도 하지 않으려들었다. 그리고 두 사람은 그 구경거리를 찾아서 밑으로 뛰어 내려가 구석에 위치한 식당으로 들어섰다! 그 구경거리란 정원의 문 앞에 서 있는 사륜 쌍두마차에 타고 있는 두 명의 여자였다.

"뭐야, 저걸 두고 하는 말이니? 나는 적어도 돼지가 정원으로 침입한 줄 알았다. 캐서린 부인과 그 딸이 있을 뿐이잖아."

엘리자베스가 외쳤다.

"어머, 아니에요. 캐서린 부인이 아니에요. 저 나이 드신 분은 캐서린 부인과 함께 살고 있는 젠킨슨 부인이에요. 또 다른 한 분은 드 버그 양이고요. 저것 좀 보세요. 아주 작은 분이네요. 저렇게 마르고 작은 분이 또 있을까요?"

엘리자베스의 말에 마리아가 깜짝 놀라며 말했다.

"바람이 이렇게 세게 부는 데 샬럿을 밖으로 불러내다니, 정말 무례한 분이로구나. 자기가 집으로 들어오면 될 걸."

"어떻게 그런 일이. 늘 이곳에는 들어오지 않는다고 언니가 그랬어요. 드 버그 양이 들어온다는 건 굉장한 호의를 표하는 일일 테니까요."

"저 사람의 외모 아주 마음에 들었어. 병에 걸려 있고 아주 까다로운 것 같은데. 그래 누군가에게 아주 잘 어울리는 사람이야. 아주 좋은 부인이 될 수 있을 거야."

무슨 생각을 했는지 엘리자베스가 이렇게 말했다.

콜린스 씨와 샬럿, 두 사람은 문 앞에 서서 여자들과 이야기를 나누고 있었다. 엘리자베스는 아주 재미있는 구경거리라고 생각하고 있었다. 윌리엄 경은 입구 쪽에 서서 눈앞에 있는 훌륭한 분을 열심히 바라보면서 드 버그 양이 자신을 바라볼 때마다 꾸벅꾸벅 인사를 하고 있었다.

드디어 이야기가 끝났다. 여자들은 마차를 달리게 했고 나머지 사람들은 집으로 들어섰다. 콜린스 씨는 두 아가씨를 보자마자 두 사람의 행운을 축복했다. 샬럿은 내일 모든 사람들이 로징스 댁의 만찬에 초대를 받았기 때문이라고 했다.

29

이 초대는 콜린스 씨에게 완전한 승리감을 맛보게 했다. 그의 보호자인 부인의 훌륭한 모습과, 부인이 자신들 부부를 얼마나 정중하게 대접하는지를 의심의 눈초리로 바라보던 손님들에게 보일 수 있는 기회를 그는 기다리고 있었던 것이다. 그리고 그런 기회가 이렇게 빨리 찾아왔다는 것은 캐서린 영부인의 겸손함을 잘 보여주는 일례로, 그는 그저 그 일에 감사할 뿐이었다.

"사실 부인께서 일요일에 우리들을 로징스로 초대해서 차라도 마시면서 하룻밤을 보내자고 말씀하셨다면 나는 전혀 놀라지 않았을 겁니다. 나는 부인이 친절하다는 걸 잘 알고 있기 때문에 오히려 그럴 거라고 기대하고 있었습니다. 하지만 이렇게 큰 친절을 받게 될 줄이야 누가 예상이나 하고 있었겠습니까? 여러분들이 온 지 얼마 지나지도 않았는데 그곳의 식사 초대를 받게 되다니(그것도 모든 사람들이 초대를 받게 될 줄이야) 누가 상상이나 했겠습니까?"

그날의 나머지 시간과 다음날 아침까지 로징스 행에 대한 이야기 외에는 거의 화제가 되는 일이 없었다. 콜린스 씨는 사람들이 방들의 훌륭한 모습이나, 많은 하인들이 있다는 사실, 멋진 만찬 등을 보고 놀라지 않도록 그들에게 기대해야 할 부분에 대해서 미리 주의 깊게 들려주었다.

여자들이 치장을 하기 위해서 방으로 들어서려 할 때, 그는 엘리자베스에게 이렇게 말했다.

"당신은 옷에 대해서 걱정하지 않아도 돼요. 캐서린 영부인은 자신이나 그 따님에게나 어울릴만한 우아한 복장을 우리들에게까지 입으라고 요구하지는 않으시니까요. 그냥 당신이 가지고 있는 것 중에서 가장 좋은 옷을 입으세요. 그 이상의 것은 필요하지 않습니다. 소박한 차림을 하고 왔다고 해서 캐서린 영부인이 당신을 예의 없는 사람이라고 생각할 일은 없을 거예요. 그 분은 신분을 지키는 것을 좋아하시니까요."

그들이 옷을 갈아입는 동안 그는 몇 번이고 각각의 방으로 찾아가서 캐서린 영부인은 자신의 만찬을 기다리는 것을 아주 싫어하시니 서둘러 준비를 하라고 재촉했다. 영부인과 그 생활양식의 엄격함에 대한 이러한 설명은, 사교에 아직 익숙하지 못한 마리아 루카스를 완전히 경직되게 만들었다. 그녀는 로징스에서 일어날 일을 두려움에 떨면서 기다리고 있었는데 그것은 그녀의 아버지가 성 제임스 궁전에서 두려움에 떨면서 배알을 기다리고 있을 때의 모습과 같은 것이었다.

날씨가 좋았기 때문에 그들은 장원을 가로질러서 약 반 마일 정도를 즐거운 기분으로 걸을 수 있었다. 어떤 장원에도 아름다움과 좋은 전망이 있게 마련이었다. 엘리자베스는 콜린스 씨가 기대하고 있었던 것만큼 그곳의 경치에 감동하며 기쁨에 젖지는 않았고, 그가 집의 정면에 창이 몇 개 있는지를 말해도, 그 창들의 유리에 루이스 드 버그 경이 얼마만한 비용을 들였는지를 이야기해도 그다지 감탄하지 않았다. 하지만 즐거움을 더해주는 것들은 많았다.

그들이 현관을 향해서 계단을 오를 때, 마리아의 두려움은 점점 커져가고 있는 듯했으며 윌리엄 경조차도 조금은 침착성을 잃은 듯이 보였다. 엘리자베스만이 용기를 잃지 않았다. 그녀는 캐서린 부인이 이상한 재능이나 알 수 없는 능력을 가진 무서운 사람이라는 얘기는 한 번도 듣질 못했다. 단지 재산과 지위 때문에 얻은 위엄이라면 두려움 없이 바라볼 수 있을 것이라고 그녀는 생각했다.

콜린스 씨는 균형 잡힌 현관의 품위 있는 장식을 아주 기쁘다는 듯이 손가락으로 가리켜가며 설명했다. 거기서부터는 하인들의 인도를 받아 객실을 지나서 캐서린 부인과 그녀의 딸, 그리고 젠킨슨 부인이 앉아 있는 방으로 들어섰다. 캐서린 부인은 아주 겸손한 태도로 그들을 맞아들이기 위해 자리에서 일어났다. 그리고 콜린스 부인은 미리 남편과 이야기하여 자기가 소개를 하기로 결정해 두었기 때문에, 콜린스 씨라면 틀림없이 필요하다고 생각했을 변명이나 격식을 갖춘 말은 일체 하지 않고 예의 바르게 그들을 소개했다.

성 제임스 궁전에서 배알을 한 경험이 있는 윌리엄 경조차 주위의 장엄한 분위기에 기가 죽어 머리를 깊숙이 숙여 인사를 한 번 했을 뿐, 단 한마디도 하지 못하고 자리에 앉고 말았다. 마리아는 정신이 아득해질 정도로 공포심을 느끼고 있었기에 어디로 시선을 줘야 할지도 모른 채 의자의 끝에 걸터앉았다. 엘리자베스는 그런 분위기에 조금도 압도당하지 않았다. 그래서 자기 앞에 있는 세 여자를 침착하게 관찰할 수가 있었다. 캐서린 부인은 키가 크고 몸집이 좋은 부인으로 예전에는 아름다웠을 것으로 생각될 만한 특징이 있는 얼굴이었다. 그녀는 사람들을 감싸줄 만한 구석이 없는 듯이 보였다. 또 그들을 맞아들이는 태도에서는 방문자들에게 자신들이 신분이 낮다는 사실을 잊게 해주려는 모습이 보이질 않았다. 말 없이 있어도 위엄 있어 보이는 사람이 아니고 무슨 말을 할 때든 하나하나 위엄을 나타내려고 했기에 자존심이 상당히 강한 사람이라는 것을 바로 알 수 있었다. 엘리자베스는 바로 위컴 씨를 생각했다. 그녀는 그날 관찰한 결과 캐서린 부인은 역시 위컴 씨가 말한 대로의 사람이라는 것을 알 수 있었다.

어머니 쪽을 주의해서 관찰한 결과 그의 모습이나 행동에 어딘지 다아시 씨와 닮은 점이 있다는 사실을 바로 알 수 있었다. 그리고 딸 쪽으로 눈을 돌렸는데, 그녀의 마르고 작은 체구에 놀랐다는 마리아의 말에 자신도 동감할 수밖에 없다고 생각했다. 체구에 있어서도 얼굴 생김새에 있어서도 이 두 여자들에게서는 닮은 점을 찾아낼 수가 없었다. 드 버그 양은 얼굴이 창백해서 병에 걸린 사람처럼 보였다. 못생긴 얼굴은 아니었지만 예쁜 얼굴도 아니었다. 그녀는 작은 목소리로 젠킨슨 부인에게 이야기를 할 뿐 거의 입을 열지 않았다. 젠킨슨 부인의 모습에서도 이렇다할 만한 특징은 찾아볼 수 없었다. 그녀는 단지 드 버그 양이 하는 말에 귀를 기울이며 병풍을 그녀의 눈앞 적당한 곳에 놓아줄 뿐이었다.

몇 분간 앉아 있다가 풍경을 바라보기 위해서 한쪽 창가로 모두가 인도받는데 콜린스 씨가 함께 따라와서 여기저기 손가락으로 가리키며 그 아름다움에 대해서 설명을 했고 캐서린 부인은 친절하게도 여름에 전망이 더 좋다고 말해주었다.

만찬은 풍부한 음식들로 가득했다. 콜린스 씨가 말한 대로 하인들도 많았으며 요리의 종류도 많았다. 그리고 역시 그가 앞서 말한 대로 그는 영부인의 청에 의해 그녀의 버금가는 자리에 앉게 되자 인생에서 이보다 더 영광스러운 일은 없을 거라는 듯한 모습을 보였다. 그는 아주 즐겁다는 듯이 고기를 썰어 먹으면서 칭찬을 했다. 요리가 나올 때마다 우선 그가 칭찬을 했으며 뒤를 이어서 윌리엄 경이 칭찬을 했다. 윌리엄 경은 이제 완전히 기운을 되찾아서, 캐서린 부인이 참아낼 수 있을지 엘리자베스가 걱정을 할 정도로 사위의 말을 하나하나 따라하며 흉내를 내고 있었다. 하지만 캐서린 부인은 그들의 도를 넘어선 찬사에 만족해하는 듯이 보였다. 특히 식탁 위의 음식이 처음 보는 것이라고 말했을 때는 아주 은근한 미소를 지어 보였다. 그들은 말을 많이 하지 않았다. 엘리자베스는 기회가 주어진다면 바로 이야기를 해야겠다고 마음먹고 있었지만 그녀는 샬럿과 드 버그 양 사이에 앉아 있었기 때문에 기회를 잡을 수 없었다. 샬럿은 캐서린 부인의 이야기를 듣는 데만 정신을 팔고 있었고, 드 버그 양은 식사 시간 내내 그녀에게 단 한마디도 말을 걸지 않았기 때문이었다. 젠킨슨 부인은 드 버그 양이 음식을 잘 먹지 않는다고 주의를 주거나 다른 음식들을 권하거나 그의 몸이 어떤지 걱정스러운 눈길로 바라보기만 할 뿐이었다. 마리아는 이야기에 관해서 신경 쓸 정신이 아니었으며 남자들은 그저 먹고 칭찬하기에만 바빴다.

응접실로 돌아온 여자들은 캐서린 부인의 이야기를 듣는 것 외에는 달리 할 일이 없었다. 부인의 이야기는 커피가 나올 때까지 계속해서 이어졌다. 그녀는 여러 가지 문제점에 대해서 자신의 의견을 말했는데 그 태도가 아주 단호해서 그녀가 자신의 판단에 대해서 공격을 받은 적이 거의 없다는 사실을 잘 알 수 있었다. 그녀는 샬럿의 가정적인 문제에 대해서 친절하고 자세하게 물었으며, 그 대처법에 대해서 여러 가지로 충고를 했다. 그리고 아무리 적은 가족이라 하더라도 역시 무슨 일에든 철저하게 대처하는 것이 좋다면서 가축을 기르는 법에 대해서도 가르쳐주었다. 엘리자베스는 이 귀부인에게 있어서는 비천한 일이라 할지라도 남들을 지도할 수 있는 구실이 된다면 어떤 일도 놓치지 않는다는 사실을 발견할 수 있었다. 캐서린 부인은 콜린스 부인과 이야기를 나누면서 틈틈이 마리아와 엘리자베스(특히 엘리자베스)에게 여러 가지 것들을 물었다. 그녀의 인척관계에 대해서 그녀는 아무것도 몰랐지만 엘리자베스에 대해서는 아주 품위 있고 아름다운 아가씨라고 콜린스 부인에게 이야기했다. 그녀는 때때로 엘리자베스에게 형제가 몇 명 있는지, 그녀보다 나이가 많은지 적은지, 그 중에서 혼담이 오가고 있는 사람은 없는지, 모두 아름다운지, 어디서 교육을 받았는지, 아버지는 어떤 마차를 가지고 있는지, 결혼 전 어머니의 이름이 무엇이었는지 등에 대해서 물었다. 엘리자베스는 아주 무례한 질문들이라고 생각하면서도 그것이 표정에 나타나지 않도록 대답했다. 그러자 캐서린 부인이 말했다.

"아버님의 토지를 콜린스 씨가 상속하기로 되어 있지요? 당신을 위해서는 아주 잘 된 일이네요. 하지만 외가 쪽에서는 한정 상속을 할 권리가 없다고 생각해요. 루이스 드 버그 경의 집안에서는 그럴 필요가 없다고 생각하고 있어요. 베넷 양 악기를 연주하거나 노래를 부를 줄 아나요?"

"조금요."

"호오, 그렇다면 언젠가 한번 들려주세요. 우리 집 악기는 아주 훌륭한 거예요. 그 뛰어남은 아마도……, 한번 연주해 보세요. 형제들도 연주나 노래를 하나요?"

"한 명만 해요."

"왜 모두가 배우지 않은 거죠? 모두 함께 했으면 좋았을 텐데. 웨브 양의 누이들은 모두 연주를 할 줄 알거든요. 그 댁의 아버님은 댁의 아버님보다도 수입이 적은데도요. 그림은 그릴 줄 아시나요?"

"아니요, 전혀."

"어머, 모두가?"

"네, 아무도 그리지 않아요."

"참 이상한 일이네요. 기회가 없었던 것이겠죠. 어머님이 매해 봄에 당신들을 런던으로 데리고 왔었다면 선생님은 얼마든지 있었을 텐데."

"어머니는 그렇게 하고 싶으셨을 거예요. 하지만 아버지가 워낙 런던을 싫어하셔서요."

"가정교사는 이제 두질 않나요?"

"가정교사는 둔 적도 없는 걸요."

"가정교사 없이? 어떻게 그런 일이 있을 수가 있죠? 가정교사 없이 다섯 명이나 되는 딸을 집에서 교육시켰다니. 나는 그런 얘길 들어본 적이 없어요. 어머니는 딸들의 교육을 위해서 마치 노예와도 같은 생활을 하셨겠네요."

엘리자베스는 그렇지만도 않았다고 대답하면서 흘러나오는 미소를 감출 수가 없었다.

"그렇다면 누가 딸들을 가르쳤다는 거죠? 누가 돌봐줬나요? 가정교사가 없었다니 제대로 교육을 받지 못했겠군요."

"다른 집 사람들에 비하면 틀림없이 제대로 교육을 받지 못했겠지요. 하지만 우리들은 배우고 싶은 것을 못 배우지는 않았어요. 우리들은 늘 책을 읽으라는 소리를 들었고, 필요한 때는 선생님을 모시고 있었으니까요. 물론 하고 싶지 않은 일에 대해서는 소홀히 했겠지만."

"그야 그렇겠죠. 하지만 그렇게 소홀히 하지 않도록 하는 것이 가정교사의 할일이에요. 만약 제가 당신의 어머님을 알고 있었다면 가정교사를 두도록 단단히 일러두었을 거예요. 내가 늘 말하고 있듯이 교육이란 차근차근 규칙적으로 지도하지 않으면 안 되는 거예요. 그런 일은 가정교사만이 할 수 있는 일이죠. 나는 얼마나 많은 가정에 가정교사를 소개했는지 몰라요. 나는 언제나 젊은 사람을 좋은 곳에 소개시켜줘서 그들을 세상에 내보내는 걸 아주 좋아하죠. 젠킨슨 부인의 네 조카들도 내 소개로 좋은 곳에 자리를 잡을 수 있었죠. 얼마 전에도 이야기만 잠깐 들었던 젊은 사람을 추천해 주었더니, 그 집에서는 그 아가씨를 아주 마음에 들어하더군요. 콜린스 부인, 어제 메트칼프 부인이 감사하러 왔다는 걸 이야기했었나요? 그분은 포프 양을 보석 같은 사람이라고 하더군요. '캐서린 부인' 하고 그분이 말했어요. '당신은 내게 보석을 주셨습

니다' 라고. 베넷 양 동생들 중에 이미 사교계에 발을 들여놓은
분이 계신가요?"

"네, 모두들 발을 들여놓았는 걸요."

"모두들! 다섯 명이서 모두 함께? 참 대단하네요. 엘리자베
스 양이 둘째 딸이 아닌가요? 언니들이 아직 결혼도 하지 않았
는데 동생들이 발을 들여놓다니. 동생들은 아직 나이가 아주
어릴 텐데."

"네 막내는 아직 열여섯도 되질 않았어요. 아직 사교계에
나설 나이는 아니죠. 하지만 부인, 언니들이 일찍 결혼할 마음
이 없다든지 결혼할 마음이 아주 없는데도 동생들이 사교계의
즐거움을 맛볼 수 없다는 건 아주 잔혹한 얘기라고 생각해요.
가장 늦게 태어난 사람에게도 가장 일찍 태어난 사람처럼 청
춘을 즐길 권리가 있다고 생각해요. 그런 이유로 나가지 못하
다니! 그렇게 된다면 자매간의 애정이나 배려하는 마음이 사
라져버릴 거예요."

"당신은 젊은 나이에 어울리지 않게 의견을 확실하게 밝히
는군요. 지금 나이가 어떻게 되죠?"

"다 큰 동생이 3명이나 있는 제게 나이를 말하라고 하시는
건 아니겠죠?"

엘리자베스가 미소를 지으며 대답했다.

캐서린 부인은 정확한 대답을 들을 수 없었다는 사실에 매
우 놀란 듯한 모습이었다. 엘리자베스는 이렇게 무례한 말을
농담처럼 한 사람은 자신이 처음이 아닐까 하고 생각했다.

"틀림없이 스물은 넘지 않은 것 같은데. 그렇다면 굳이 숨길 필요 없어요."

"21살은 아니에요."

남자들까지 가세한 차시간이 끝나자 카드 테이블이 놓여졌다. 캐서린 부인과 윌리엄 경과 콜린스 부부는 커드릴 놀이를 시작했다. 그리고 드 버그 양이 카지노를 하고 싶다고 했기에 엘리자베스와 마리아는 젠킨슨 부인과 함께 그 상대가 되어주었다. 이 패들의 놀이는 처음부터 아주 재미가 없었다. 승부와 관계없는 일은 거의 한마디도 오가지 않았으며 단지 젠킨슨 부인이 드 버그 양에게 방의 온도가 너무 높지 않나, 너무 춥지 않나, 밝지 않나, 어둡지 않나와 같은 것을 물을 뿐이었다. 다른 테이블에서는 좀더 즐겁게 이야기가 오가고 있었다. 주로 캐서린 부인이 이야기를 하고 있었는데 다른 세 명의 잘못된 점을 지적하기도 하고, 자신의 신상에 관한 이야기를 하기도 했다. 콜린스 씨는 부인의 한마디 한마디에 고개를 끄덕이며, 한 점을 딸 때마다 일일이 부인에게 감사의 말을 했고, 점수를 너무 많이 냈다고 생각되면 사과의 말을 하기도 했다. 윌리엄 경은 그다지 말을 많이 하지 않았다. 그는 부인의 일화와 고귀한 사람들의 이름을 잽싸게 외우고 있었다.

캐서린 부인과 그 딸이 충분히 게임을 즐기고 난 뒤 테이블이 치워졌으며 콜린스 부인에게 마차를 권하자 그녀는 감사의 말을 전하고 마차를 빌리기로 했다. 바로 마차를 준비하라는 명령이 내려졌다. 그런 뒤에 모두는 난로 주위에 모여서 내일

날씨에 대한 캐서린 부인의 의견을 듣고 있었다. 그러는 중에 마차가 도착했다는 전갈이 왔다. 콜린스 씨가 장황한 감사의 말을 늘어놓았고 윌리엄 경이 장황하게 예를 표한 뒤에 그들은 밖으로 나왔다. 마차가 문 앞을 떠나자마자 콜린스 씨는 엘리자베스에게 로징스에서 본 모든 것에 대한 의견을 듣고 싶다고 말했다. 엘리자베스는 샬럿을 위해서 자신이 생각하고 있던 것보다 좋은 일들에 대해서만 말했다. 그 정도로 칭찬하는 것만으로도 엘리자베스에게는 귀찮은 일이었는데 콜린스 씨는 결코 만족할 줄 몰랐다. 그래서 그는 캐서린 부인을 칭찬하는 역할을 곧 자기가 맡지 않을 수 없었다.

30

윌리엄 경은 헌스퍼드에 일 주일밖에 머물지 않았지만 일주일이라는 시간은 딸이 아주 안락하게 생활하고 있다는 것과 그리 흔치 않은 남편과 이웃을 갖게 되었다는 사실을 확인하기에 충분한 시간이었다. 윌리엄 경이 있는 동안 콜린스 씨는 매일 아침 자신의 이륜마차에 그를 태워 그 일대를 구경시켜 주었다. 하지만 경이 돌아가자 가족들은 다시 일상으로 돌아갔으며 엘리자베스는 이 변화로 인해 콜린스와 만나는 시간이 줄어들었기에 이를 기뻐했다. 아침식사가 끝난 시간부터 저녁식사 전까지의 시간을 콜린스 씨는 주로 정원에서 일을 하거나, 독서를 하거나, 글을 쓰거나, 도로 쪽에 위치한 자기 서재의 창을 통해서 밖을 내다보거나 하는 일로 시간을 보냈기 때문이었다. 여자들이 머무는 방은 뒤쪽에 위치해 있었다. 처음 엘리자베스는 어째서 샬럿이 거실을 식당으로 쓰지 않는 걸까 궁금하게 생각했다. 거실 쪽이 넓이도 적당했고 전망도 훨씬 좋았다. 하지만 얼마 지나지 않아서 엘리자베스는 자기 친구가 그렇게 한 이유를 깨닫게 되었다. 만약 그들이 콜린스 씨의 방처럼 훌륭한 방에 있다면 그는 틀림없이 자신의 방에 붙어 있으려 하지 않을 것이기 때문이었다. 샬럿이 일부러 이렇게 배치한 것이라고 엘리자베스는 생각했다.

응접실에서는 골목을 오가는 사람들을 볼 수가 없었다. 그래서 어떤 마차가 지나갔는지, 특히 드 버그 양이 쌍두 사륜마차로 몇 번이나 지나쳤는지 등을 그들이 알 수 있었던 것은 모두 콜린스 씨의 공로 덕이었다. 그것도 거의 하루도 빠짐없이 그는 그 소식을 전하러 오는 것이었다. 드 버그 양은 곧잘 목사관 앞에 마차를 세워놓고 샬럿과 2, 3분 정도 이야기를 나누곤 했는데 아무리 권해도 마차에서 내리는 일은 거의 없었다.

콜린스 씨가 로징스에 가지 않는 날은 거의 없었다. 그리고 그가 아내까지 함께 갈 필요는 없다고 생각하는 날은 아주 가끔밖에 없었다. 엘리자베스는 로징스 가 주인의 뜻에 따라서 다른 사람에게 부여할 수 있는 수입을 가진 몇몇 교회가 아직 처분되지 않은 상태로 남아 있을 거라는 생각을 하기 전까지는 그들이 왜 그렇게 많은 시간을 희생하는지 이해할 수가 없었다. 가끔 부인이 이쪽으로 건너오는 일도 있었는데 부인은 방문 중 방에서 일어나는 일을 그 무엇 하나 놓치는 법 없이 눈여겨보았다. 부인은 그들의 일에 대해서 이것저것 묻기도 하고, 그 결과를 살펴보기도 하고, 방법을 바꿔보라고 충고하기도 하고, 가구의 배치가 좋지 않다고 말하기도 하고, 하녀들이 게으름을 피우고 있는 것을 발견해내기도 했다. 음식이 나오면 가끔 맛을 보는 일이 있었는데 그것은 단지 콜린스 부인이 이 가족에게는 어울리지 않게 커다란 크기로 고기를 썬다는 것을 보여주기 위해서 그러는 듯했다.

엘리자베스는, 이 귀부인은 이 주의 보안관은 아니지만 그녀의 교구 내에서는 가장 활동적인 장관으로 교구 내의 일이 아무리 하찮은 문제라도 콜린스 씨를 통해서 그녀에게 넘겨진다는 사실을 곧 알 수 있었다. 그리고 주민들 중 누군가가 싸움을 하려고 하거나, 불평을 하려고 하거나, 너무 가난하게 살고 있다는 것을 알게 되면 그녀는 기세 좋게 달려가서 화해를 시키거나, 불평을 잠재우거나, 야단을 쳐서 화해를 시킨 뒤 물건을 주고 오곤 했다.

로징스에서는 매주 두 번 정도씩 만찬회를 열고 있었다. 윌리엄 경이 돌아간 것과, 밤에 카드 테이블을 하나밖에 내놓지 않았다는 사실을 제외한다면 언제나 처음 모임과 비슷한 일들이 일어났다. 다른 가정으로부터 초대를 받는 일은 거의 없었다고 하는 편이 옳았다. 왜냐하면 콜린스 부부는 이웃 가정들의 생활양식을 따라갈 수 없었기 때문이었다. 하지만 엘리자베스에게 있어서 그것은 그리 나쁜 일이 아니었다. 그녀는 대체로 충분히 즐겁게 시간을 보내고 있었다. 30분 정도 샬럿과 즐겁게 이야기를 나누기도 하고, 날씨도 좋은 계절이었기에 때때로 산책을 하기도 하면서 즐거운 시간을 보냈다. 다른 사람들이 캐서린 부인을 방문하는 동안에 자주 들르는 그녀의 산책길은 장원의 한쪽 경계를 이루고 있는 자유롭게 출입이 가능한 숲을 따라 나 있었는데 그곳에는 사람들의 눈에 잘 띄지 않는 상쾌한 작은 길이 있었다. 그녀 이외에 그 오솔길을 마음에 들어 하는 사람은 없는 듯했고, 또 캐서린 부인의 호기심도 그곳까지는 미치지 못하고 있다는 느낌이 드는 곳이었다.

그녀가 체재하기 시작한 지 두 주일간은 이렇게 평온한 날들이 계속되었다. 부활제가 가까워지고 있었으며 부활제 전주에 로징스의 식구가 한 명 늘어날 것이라고 했다. 가족이 많지 않은 가정에서 이는 아주 중요한 사건이었다. 엘리자베스는 이곳에 도착한 지 얼마 지나지 않아서 다아시 씨가 조만간에 이곳으로 올 것이라는 이야기를 들은 적이 있었다. 그녀가 알고 있는 사람들 중에서 다아시 씨만큼 정이 가지 않는 사람도 없었지만, 그래도 그가 온다면 로징스의 모임에서 비교적 참신한 구경거리가 돼줄 것이라고 생각했다. 그리고 그녀는 다아시 씨의 사촌동생인 드 버그 양에 대한 태도를 보게 된다면 빙리 양이 품고 있는 여러 가지 희망들이 얼마나 실현 가능성이 없는 것들인지를 알 수 있게 되어 즐거울지도 모를 것이라고 생각하고 있었다. 캐서린 부인은 틀림없이 자신의 사위로 다아시 씨를 선택하려 하고 있었다. 부인은 그가 올 것이라는 사실에 아주 만족하고 있었으며, 갖은 말로 그를 칭찬했지만 마리아와 엘리자베스가 이미 그와 몇 번이고 만난 적이 있다는 사실을 알고는 기분이 상한 듯이 보였다.

그가 도착하자 그 사실은 곧 목사관까지 전해졌다. 누구보다도 먼저 그의 도착을 확인하고 싶었던 콜린스 씨가 헌스퍼드의 오솔길 쪽을 향해 있는 로징스의 몇몇 문지기들의 집이 보이는 곳을 아침 내내 오가고 있었는데 마차가 장원 쪽으로 접어들자 인사를 하고 이 대사건을 알리기 위해서 급히 집으로 돌아왔기 때문이었다. 다음날 아침, 그는 인사를 하기 위해서 서둘러 로징스로 향했다. 그곳에는 그가 인사를 해야 할 캐서린 부인의 조카가 두 명 있었다. 다아시 씨가 삼촌인 모 백작의 차남 피츠윌리엄 대령을 데리고 왔기 때문이었다. 콜린스 씨가 이 두 신사와 함께 집으로 돌아왔기에 모두 놀라지 않을 수 없었다. 남편의 방에서 그들이 길을 건너 이쪽으로 오고 있는 모습을 본 샬럿은 곧 엘리자베스와 마리아가 있는 방으로 달려가서 아주 명예로운 일이 될 것이라고 말한 뒤, 이렇게 덧붙였다.

"이렇게 인사를 받게 된 건 엘리자, 네 덕분이야. 그렇지 않다면 다아시 씨가 이렇게 빨리 오실 리가 없거든."

엘리자가 그런 칭찬을 들을 자격이 없다는 말을 할 새도 없이 현관의 벨이 울려 그들이 도착했음을 알렸다. 그리고 얼마

지나지 않아서 세 남자가 방으로 들어섰다. 가장 처음으로 들어선 피츠윌리엄 대령은 서른 정도로 보였는데 미남은 아니었지만 용모나 태도가 아주 신사다운 사람이었다. 다아시 씨는 하트퍼트셔에서 봤을 때와 조금도 달라진 것이 없었다. 평소와 다름없이 정중하게 콜린스 부인에게 인사를 했다. 그리고 엘리자베스와는 전에 품었던 감정과는 상관없이 아주 냉정한 태도로 인사를 나눴다. 엘리자베스는 아무런 말도 하지 않고 그저 무릎을 구부려 인사를 했을 뿐이었다.

피츠윌리엄 대령은 훌륭한 교육을 받은 사람인 듯 여자들과 자연스럽고 편안하게 이야기를 시작했으며 곧 유쾌하게 대화를 나눴다. 하지만 그의 사촌인 다아시는 집과 정원에 대한 감상을 콜린스 부인에게 잠깐 이야기한 뒤로는 누구와도 말을 하지 않고 의자에 앉아 있을 뿐이었다. 하지만 드디어 그는 예의를 갖춰서 엘리자베스에게 가족의 건강에 대한 질문을 했다. 그녀는 형식적인 대답을 한 뒤, 잠깐 말을 끊었다가 다시 말을 시작했다.

"한 3개월 전부터 언니가 런던에서 생활하고 있는데 만나러 가보신 적은 없으시겠죠?"

그가 언니를 만나지 않았다는 사실을 알고 있었으면서도 어쩌면 그가 빙리 자매들과 제인 사이에서 일어났던 일을 알고 있을지도 모른다고 생각했기에 이런 질문을 했다. 그가 유감스럽게도 베넷 양과는 만나지 못했다고 대답했을 때, 그녀의 눈에는 그가 조금 당황하고 있는 듯이 보였다. 이 문제에 대한 이야기는 더 이상 계속되지 않았다. 그리고 신사들은 곧 돌아갔다.

31

목사관 사람들은 모두 피츠윌리엄 대령의 태도에 감탄했다. 그리고 여자들은 그의 존재로 로징스의 초대가 더욱 즐거워질 것이라고 생각하고 있었다. 하지만 초대를 받은 것은 그로부터 며칠이 지난 후였다. 집에 손님이 있는 동안에는 그들을 초대할 필요가 없었기 때문이었다. 두 신사가 도착한 지 거의 일주일이 지나서, 부활절을 맞아 드디어 그들은 초대를 받을 수 있었다. 그것도 교회를 나설 때 그날 밤의 식사에 초대를 받은 것이다. 지난 일주일간 그들은 캐서린 부인과 그 딸을 자주 만나지 못했다. 피츠윌리엄 대령은 그 동안 몇 번 목사관을 찾았지만, 다아시 씨와는 교회에서 만난 것이 처음이었다.

두말할 것도 없이 초대에 응했으며 그들은 적당한 시간에 캐서린 부인의 응접실에서 그 집 식구들과 함께 자리를 했다. 부인은 정중하게 그들을 맞기는 했지만 그들 이외에는 상대할 사람이 없었을 때처럼 그들을 환영하지는 않는다는 사실을 명백하게 알 수 있었다. 실제로 그녀는 두 조카에게만 신경을 썼으며 방안의 그 누구보다도 두 사람, 특히 다아시 씨에게 많은 말을 했다.

피츠윌리엄 대령은 그들의 방문을 진심으로 기뻐하는 듯이 보였다. 그에게는 로징스에서 일어나는 모든 일이 즐거운 위안이 되었지만 특히 콜린스 부인의 아름다운 친구를 마음에 들어 했다. 그는 엘리자베스 옆에 앉아서 켄트와 하트퍼드셔에 관한 이야기, 여행이나 집에 있을 때의 이야기, 신간이나 음악에 대한 이야기를 즐겁게 하고 있었다. 엘리자베스는 그 동안 이 방에서 받은 대우는 지금 받는 대우의 반에도 미치지 못한다는 느낌이 들었다. 두 사람이 아주 활달하게 거리낌 없이 이야기를 했기 때문에 다아시 씨는 물론 캐서린 부인까지 이들에게 주의를 빼앗기지 않을 수 없었다. 다아시 씨는 곧 호기심에 가득 찬 눈으로 두 사람 쪽을 계속해서 바라보았다. 부인도 다아시 씨와 같은 생각을 품고 있다는 사실을 곧 노골적으로 드러냈다. 그녀는 아무런 주저함 없이 이렇게 물었다.

"무엇에 대해서 이야기를 하고 있니? 무슨 이야기를 하고 있는 거지? 베넷 양에게 무슨 말을 하고 있는 거니? 내게도 한 번 말을 해보렴."

"우리들은 음악 얘기를 하고 있어요."

그가 하는 수 없이 대답했다.

"음악 이야기! 그렇다면 큰 소리로 말하렴. 내가 가장 좋아하는 이야기니까. 음악 얘기를 하고 있는 거라면 나도 함께 하자꾸나. 영국에 나보다 더 음악을 즐기고 음악을 선천적으로 좋아하는 사람도 없을 거다. 만약 내가 음악을 배웠다면 훌륭한 음악가가 되었을 거야. 앤도 건강이 허락해서 연습만 할 수 있었다면 그랬을 거다. 아주 훌륭한 연주를 할 수 있었을 텐데. 다아시, 조지아나는 실력이 늘었니?"

다아시 씨는 동생의 실력이 많이 늘었다고 애정 어린 목소리로 말했다.

"그 애에 대한 좋은 소식을 들어서 매우 흡족하구나. 웬만큼 연습해서는 좀처럼 훌륭한 연주를 할 수 없다고 하더라고 전해주렴."

캐서린 부인이 말했다.

"아니, 조지아나에게 그런 충고를 할 필요는 없을 거예요. 늘 열심히 연습하고 있으니까요."

"아주 다행이로구나. 아무리 연습을 한다고 해도 끝이 없는 일이니까. 다음에 편지를 쓸 때, 무슨 일이 있어도 연습을 게을리 해서는 안 된다고 말해두어야겠다. 나는 곧잘 젊은 아가씨들에게 음악은 부단히 연습하지 않으면 능숙해지지 않는다고 말하곤 한단다. 베넷 양에게도 좀더 연습을 하지 않으면 훌륭한 연주를 할 수 없다고 몇 번이고 말해주었지. 콜린스 부인은 악기를 가지고 있지 않지만 매일 로징스로 오셔서 젠킨슨 부인의 방에 있는 피아노를 쳐도 좋다고 늘 말씀드리고 있단다. 그 방이라면 누구에게도 피해를 주지 않으니까."

다아시 씨는 이모님의 무례한 말을 조금 부끄럽게 여겼는지 아무런 대답도 하질 않았다.

커피를 마신 뒤에 피츠윌리엄 대령은 엘리자베스에게 연주를 해주기로 약속하지 않았느냐면서 그녀를 재촉했다. 그녀는 바로 피아노 앞에 앉았다. 그는 의자를 가져와 그녀 옆에 앉았다. 캐서린 부인은 노래의 중간 부분까지 듣다가 다시 조금 전처럼 자신의 또 다른 조카를 상대로 이야기를 시작했다. 하지만 다아시는 이야기 중간에 이모로부터 도망쳐 평소와 다름없는 표정으로 천천히 피아노 쪽으로 다가가서 아름다운 연주자의 얼굴이 잘 보이는 곳에 자리를 잡았다. 엘리자베스는 그가 무엇을 하려는 것인지 알 수가 없었다. 그래서 그녀는 잠시 연주를 쉬는 틈을 타서 그에게 장난스런 미소를 던지며 말했다.

"그렇게 엄숙한 모습으로 내 앞에서 음악을 들으시면 내가 겁이라도 먹을 줄 아셨나요? 당신 동생이 아무리 연주를 잘한다고 해도 난 조금도 겁먹지 않아요. 난 고집이 센 사람이라 다른 사람 생각대로 겁먹거나 놀라지 않아요. 나를 위협하려 할 때는 언제나 더욱 용기가 나죠."

"그건 착각이라고 말씀드리지는 않겠습니다. 무엇보다 당신은 진심으로 내가 당신을 위협하고 있다고 생각하실 리가 없을 테니까요. 오랜 동안 사귄 덕분에 당신은 때때로 자신이 생각하고 있지도 않은 일을 말하며 아주 즐거워하신다는 사실을 잘 알고 있으니까요."

엘리자베스는 자신의 성격에 대해서 이런 식으로 이야기하는 것을 듣자 마음 깊은 곳에서부터 웃음이 치밀어올랐다. 그녀는 피츠윌리엄 대령에게 말했다.

"당신의 사촌동생께서 나에 대해서 아주 잘 말씀해 주실 거예요. 그리고 내가 하는 말은 한마디도 믿어서는 안 된다고 말씀하실 거예요. 나는 여기서 조금은 신용이 있는 사람이라는 말을 듣고 싶었는데 이렇게 내 본성을 완전히 꿰뚫어보실 줄 아는 기술을 가진 분을 만나게 될 줄이야. 나는 참 운이 없는 사람이네요. 다아시 씨, 하트퍼트셔에서 알게 된 나의 약점을 그렇게 속속들이 말씀하시다니 정말 너무하시네요. 하지만 당신에게는 아무런 득도 되질 않을 것 같네요. 나도 복수를 하고 싶을 땐 당신 가족들이 들으면 깜짝 놀랄 만한 일을 입에 담게 될지도 모르니까요."

"나는 당신을 두려워하지 않습니다."

그가 미소 지으며 말했다.

"다아시가 어떤 나쁜 짓을 했는지 들려 주세요. 다아시가 다른 사람들 사이에서는 어떻게 행동하는지 알고 싶어요."

피츠윌리엄 대령이 외쳤다.

"그럼 말씀드리죠. 하지만 아주 놀라운 얘기니까 각오하고 들으세요. 하트퍼트셔에서 처음으로 저 분을 만나게 된 건 무도회에서였는데 그 무도회에서 저 분이 어떤 행동을 하셨는지 상상이나 하시겠어요? 단 네 번밖에 춤을 추시지 않았어요! 기분 상하게 해서 죄송하지만 그건 사실이었어요. 남자들의 숫자가 부족했는데도 네 번밖에 춤을 추지 않았죠. 나 아직도 기억하고 있는데 상대가 없어서 앉아 있었던 젊은 여자들이 한두 사람이 아니거든요. 다아시 씨, 이 일을 부정하실 수는 없겠지요?"

"당시 나는 같이 갔던 사람들 외에는 아는 여자가 단 한 사람도 없었어요."

"아참 그렇군요. 그리고 무도회장에서는 소개를 받아서는 안 되는 게 예의죠. 피츠윌리엄 대령님, 이번에는 어떤 음악을 연주할까요? 내 손가락은 당신의 명령을 기다리고 있어요."

"맞아요. 소개를 받는 편이 좋았을지도 모르겠네요. 하지만 나는 다른 사람에게 나를 추천할 만한 자격이 없는 인간이에요."

다아시가 말했다.

"우리 그 이유를 당신의 사촌에게 들어볼까요?"

엘리자베스는 다시 피츠윌리엄 대령에게 말을 걸었다.

"분별력도 있고 교육도 받았고 경험도 풍부하신 분이 어째서 낯선 사람에게 자신을 추천할 자격이 없는 건지 들려주실 수 있으세요?"

"그에 대해서라면 나도 답을 드릴 수가 있죠. 그야 다아시에게 물을 필요도 없는 일입니다. 귀찮은 것을 싫어하니까 그러는 거죠."

"내게는 사람들이 가지고 있는 재능이 없습니다. 처음 만난 사람과 편안하게 이야기를 나누는 재주가 없습니다. 나는 어떤 사람들처럼 처음 만난 사람의 이야기를 받아들이거나 상대가 하고 있는 말에 흥미가 있는 것처럼 보이는 행동을 할 수가 없거든요."

다아시가 말했다.

"내 손가락도 모든 여자들이 그러는 것처럼 이 악기 위에서 자유자재로 움직일 수는 없어요. 내 손가락은 다른 분들의 손가락과 같은 힘도 속도도 가지고 있지 못해요. 그래서 그들처럼 표현할 수가 없죠. 하지만 나는 이 모든 것이 내 잘못이라고 생각하고 있어요. 연습을 귀찮아하고 있기 때문이라고 생각하고 있어요. 내 손가락이 다른 사람들의 손가락처럼 훌륭한 연주를 하지 못할 거라고는 생각하고 있지 않아요."

엘리자베스가 말했다.

다아시는 미소를 지었다. 그리고 말했다.

"옳은 말씀입니다. 당신이 나보다 훨씬 시간을 유용하게 쓰고 계시다는 말씀이군요. 당신의 연주를 들을 수 있는 특권을 누리는 사람들은 전부 농담으로라도 어설픈 연주라고 생각할 리가 없으니까요. 우리들은 서로 모르는 사람 앞에서는 연주를 하지 않는다는 말이 되는군요."

순간 캐서린 부인이 무슨 이야기를 하고 있는지 들려달라고 외쳤기 때문에 두 사람의 이야기가 중단되었다. 엘리자베스는 다시 연주를 시작했다. 캐서린 부인이 다가와 2, 3분 정도 들은 뒤에 다아시에게 말했다.

"베넷 양도 좀더 연습을 하고 런던의 선생님에게 배운다면 잘못 치는 일 따위는 없을 텐데. 소질은 앤에 미치지 못하지만 연주법을 잘 알고 있으니까. 앤도 건강이 허락해서 연습만 할 수 있었다면 틀림없이 훌륭한 연주를 할 수 있었을 거야."

엘리자베스는 다아시가 자신의 사촌동생이 칭찬을 들은 일에 얼마나 진심으로 동의하는지를 알고 싶어서 그 쪽으로 시선을 돌렸다. 하지만 그 순간에도, 그리고 그 이후에도 사촌동생을 사랑하는 기색을 찾아볼 수가 없었다. 그리고 드 버그 양을 대하는 그의 태도에서 엘리자베스는 빙리 양에게 위로가될 만한 결론을 내리게 되었다. 그것은 만약 빙리 양이 그의사촌이었다면 그는 빙리 양과 결혼했을지도 모른다는 것이었다.

캐서린 부인은 엘리자베스의 연주에 대해서 이것저것 평을한 뒤, 연주법과 소질에 대해서 많은 교훈을 주었다. 엘리자베스는 억지로 예의를 차려서 그녀의 말을 인내하며 듣고 있었다. 그리고 그들을 집으로 보내기 위해서 캐서린 부인이 마차를 준비하는 동안에도 두 신사가 부탁하는 대로 악기 앞에 앉아 연주를 계속했다.

32

다음 날 아침, 콜린스 부인과 마리아가 마을까지 볼일을 보러 간 사이에 엘리자베스는 홀로 앉아 제인에게 편지를 쓰고있었다. 그때 문의 벨 소리가 방문자가 있음을 알려왔다. 마차소리가 들리지 않았기 때문에 캐서린 부인은 아닐 거라고 생각하기는 했지만 만약 캐서린 부인이라면 또 쓸데없는 참견을할 것 같아서 반쯤 써내려간 편지를 정리하고 있는데 문이 열리며 놀랍게도 다아시 씨가 혼자서 방안으로 들어섰다.

그도 그녀가 혼자 있었다는 사실에 놀란 듯, 다른 분들도 계신 줄 알고 그만 불쑥 들어와 버렸다고, 실례를 범했다고 사과의 말을 했다.

그런 다음에 두 사람은 자리에 앉았는데 그녀가 로징스의 안부를 묻고 나자 이야기가 끊겨 두 사람 모두 입을 열 수 없는 상태에 빠질 위험이 보였다. 그랬기에 어떻게 해서든 이야깃거리를 찾아내지 않으면 안 되었다. 이 위기의 순간에 그녀는 하트퍼트셔에서 마지막으로 그를 만났을 때의 일을 기억해 내고 그가 서둘러 떠난 일에 대해서 어떻게 얘기하는지 듣고 싶어져서 이렇게 물었다.

"작년 11월에 당신들은 아주 급하게 네더필드를 떠나셨죠, 다아시 씨. 빙리 씨도 당신이 서둘러 뒤따라와서 아주 기뻐하시면서도 놀라셨겠죠? 제 기억이 정확하다면 빙리 씨가 떠난 다음 날에 당신도 떠나셨으니까요. 빙리 씨와 그 분의 누이들은 모두 건강하신가요?"

"모두들 아주 건강합니다. 감사합니다."

그가 그 이상 대답할 기색을 보이지 않았기에 그녀가 다시 말했다.

"빙리 씨는 더 이상 네더필드로 오시지 않을 것처럼 보이던데요."

"빙리 본인이 그런 말을 한 적은 없습니다. 하지만 앞으로는 그곳에서 오래 머물 것 같지는 않습니다. 런던에는 친구도 많고, 지금은 초대가 점점 늘어갈 만한 나이니까요."

274

"네더필드에서 오랜 시간을 지내지 않을 거면 차라리 그곳을 팔아버리는 편이 낫지 않겠어요. 그러면 다른 가족 분들이 그곳에 들어오실 테니까요. 하지만 빙리 씨는 이웃들보다 자신의 형편을 생각해서 그곳을 손에 넣은 것이니 그걸 가지고 있든, 팔아버리든 자기 마음대로라고 생각하고 계시겠죠."

"집을 판다해도 내게는 놀라운 일이 아닙니다. 누군가가 적당한 가격을 제시하면 언제든지 내놓을 테니까요."

그 말에 엘리자베스는 대답하지 않았다. 빙리 씨에 대한 이야기를 더 하는 것이 두려워졌기 때문이었다. 더 이상 할 말이 없어 그녀는 화제를 찾는 일을 그에게 맡기기로 했다.

다아시 씨가 이를 알아채고 말을 했다.

"그렇겠죠. 그건 그렇고 캐서린 부인은 당신의 친절에 저렇게 감사하는 사람은 만나기도 힘들었을 겁니다. 콜린스 씨는 아주 좋은 아내를 맞아들인 것을 행운이라고 생각하고 있는 것 같던데요."

"그렇고 말고요. 콜린스 씨를 남편으로 맞아 그를 기쁘게 해줄 수 있을 만한 여자가 그렇게 흔하다고는 생각지 않는데 그런 사람 중의 한 명을 만났으니 그 분의 친구들이 기뻐할 만한 일이라고 생각해요. 제 친구 샬럿은 아주 분별력이 있는 사람이에요. 물론 콜린스 씨와의 결혼이 현명한 일이었는지는 모르겠지만요. 하지만 제 친구는 아주 행복해 보여요. 그리고 이해득실 면에서 보더라도 틀림없이 좋은 혼처였어요."

"그 분도 가족이나 친구들과 아주 가까운 곳에 살게 된 것을 만족스럽게 생각하고 계시겠죠?"

"50마일이나 떨어져 있는데 가깝다니요?"

"50마일이라도 길이 좋으니까요. 한나절 정도의 여행이면 되지 않습니까? 나는 아주 가까운 곳이라고 생각해요."

"거리가 결혼의 조건이라고는 생각지 않았을 거예요. 콜린스 부인은 가족과 가까운 곳에 살게 돼서 다행이라고는 말한 적이 없었잖아요?"

"그건 당신 마음이 하트퍼트서에 끌리고 있다는 증거예요. 롱본 근처가 아니면 아주 먼 곳이라고 생각하시죠?"

그는 이야기를 하면서 가벼운 미소 같은 것을 지어 보였는데 엘리자베스는 그를 이해할 수 있을 것 같다는 생각이 들었다. 그는 자기가 제인과 네더필드를 생각하고 있는 줄로 알고 있음에 틀림없었다. 그래서 그녀는 얼굴을 붉히며 대답했다.

"여자는 될 수 있으면 자기 집에서 가까운 곳에 시집가는 편이 좋다고 말하는 게 아니에요. 멀고 가까움은 상대적인 일로 여러 가지 사정에 의해서 결정되는 일이니까요. 돈이 아주 많아서 여비 같은 건 걱정할 필요도 없다면 거리는 문제가 되질 않죠. 하지만 샬럿은 그렇지 않아요. 콜린스 씨 부부에게 상당한 수입이 있기는 하지만 그렇게 언제나 여행을 할 수 있을 정도는 아니죠. 내 친구는 지금보다 절반 정도 가까운 곳에 있다 하더라도 자신의 가족과 가까이 있다고는 생각하지 않을 거예요."

다아시 씨는 의자를 그녀 쪽으로 조금 당기며 말했다.

"그렇게 강하게 고향에 집착할 권리가 당신에게는 없습니다. 당신이라고 해서 그 동안 롱본에서만 있었을 리가 없을 테니까요."

엘리자베스가 놀란 표정을 지었다. 다아시 씨는 어딘지 자신의 마음이 변했다는 것을 느꼈다. 의자를 뒤로 밀고는 탁자에서 신문을 집어들어 대충 훑어보면서 이전보다 더욱 냉담한 어조로 말했다.

"켄트가 마음에 드시나요?"

아주 잠깐 동안 켄트에 대한 이야기가 이어졌는데 두 사람 모두 말을 길게 하지는 않았다. 그리고 잠시 뒤에 샬럿과 그녀의 동생인 마리아가 산책에서 돌아왔기에 이야기는 거기서 끊겼다. 두 자매는 그들이 마주보고 앉아 있는 모습을 보고 깜짝 놀랐다. 다아시는 다른 분도 계신 줄 알고 들어왔다고 말했다. 그러고도 몇 분간 사람들과 그다지 대화를 나누지 않으면서도 의자에 앉았다가 로징스로 돌아갔다.

"이게 대체 어떻게 된 일이니? 사랑하는 엘리자, 저 분은 너에게 연심을 느끼고 있는 거야. 그렇지 않고서야 저렇게 친절하게 우리를 방문할 리가 없잖아."

다아시 씨가 나가자마자 샬럿이 말했다.

하지만 엘리자베스가, 다아시 씨는 침묵을 지키고만 있었다고 말하자 샬럿은 역시 그런 일은 있을 것 같지 않다는 생각을 했다. 샬럿은 이런저런 억측을 펼치다가 결국, 다아시 씨는 달리 할일이 없었기 때문에 훌쩍 이곳을 방문한 것이라고 결론

짓게 되었다. 계절이 계절이니만큼 그런 일이 없으라는 법도 없었다. 야외에서의 놀이도 이미 모두 끝난 시기였다. 집에는 캐서린 부인과 책과 당구대가 있었지만 남자란 언제나 집에만 붙어 있지 않는 법이었다. 그리고 목사관은 바로 코앞에 있었으며, 그곳까지의 길도 즐거웠고, 그곳에 살고 있는 사람들도 재미있었기에 두 사촌형제는 그 때부터 거의 매일 목사관을 방문하게 되었다. 그들은 오전 중에 불쑥불쑥, 때로는 따로따로, 때로는 함께 또 가끔은 이모님을 모시고 찾아왔다. 피츠윌리엄 대령이 찾아오는 것은 거기에 살고 있는 사람들과의 교제를 즐기기 위해서라는 사실을 모두가 잘 알고 있었다. 그 사실을 알게 되자 그들은 대령을 더욱 좋아하게 됐다. 엘리자베스는 그와 함께 있으면 만족감을 느낄 수 있었으며, 그가 자신을 아름답다고 생각하고 있다는 사실을 확실히 알 수 있었다. 그러자 전에 자신이 호감을 갖고 있었던 조지 위컴이 떠올랐다. 두 사람을 비교하자면, 피츠윌리엄은 상대를 편안하게 해주는 상냥함은 없었지만 위컴보다는 훨씬 아는 것이 많다는 사실을 알 수 있었다.

하지만 다아시 씨가 왜 그렇게도 자주 목사관에 오는지는 알 수 없는 일이었다. 그는 십분간이나 침묵을 지키고 앉아 있는 경우가 종종 있었기에 교제를 즐기러 오는 것처럼은 보이지 않았다. 그리고 이야기를 나눌 때도 마음에 있어서 하는 것이 아니라 어쩔 수 없이 하고 있는 것처럼 보였다. 자신이 즐거워서 하는 것이 아니라 예의상 어쩔 수 없이 하고 있는 것처럼 보였다. 그의 모습이 활기차게 보인 적은 거의 없었다. 콜린스 부인은 그가 어떤 사람인지 도무지 감을 잡을 수가 없었다. 피츠윌리엄 대령이 때때로 뭘 멍청하게 있냐고 그에게 농담을 거는 경우가 있는데 그것을 보면 평소에는 그렇지 않다는 것을 알 수 있었다. 하지만 콜린스 부인이 알고 있는 그에 관한 지식으로는 자세한 것을 알 수가 없었다. 그녀는 이 변화를 사랑의 결과라고 믿고 그 상대는 엘리자베스일 것이라고 믿고 있었다. 그래서 그것을 밝히기 위한 작업에 착수했다. 그녀는 초대를 받아서 로징스에 가게 될 때나 그가 헌스퍼드에 올 때면 언제나 그를 지켜봤지만 그다지 큰 수확을 올리지는 못했다. 그는 틀림없이 엘리자베스를 자주 보기는 했지만 그 시선에는 조금 의심스러운 부분이 있었기 때문이다. 열심히, 그리고 진지하게 바라보기는 했지만 그녀에게 반한 것 같지는 않았다. 때로 그것은 마음의 공허가 표현되는 것으로밖에 보이지 않을 때도 있었다.

그녀는 엘리자베스에게 다아시 씨가 너를 생각하고 있는 걸지도 모른다는 말을 한두 번 한 적이 있었다. 하지만 엘리자베스는 언제나 이를 웃어넘기곤 했다. 그리고 콜린스 부인은 친구의 마음에 결국은 실망만을 안겨줄 기대감을 심어줘서는 안 되겠다고 생각했기에 이 일에 대해서 더 이상은 이야기하지 않기로 했다. 왜냐하면 그녀의 친구가 만약 그를 자신의 힘으로 어떻게든 해볼 수 있겠다고 생각하게 된다면 틀림없이 지금까지 그를 싫어했던 마음이 사라질 것이라고 생각했기 때문이었다.

콜린스 부인은 엘리자베스를 위해서 그녀를 피츠윌리엄 대령과 결혼시킬 계획을 세웠다. 그녀는 비할 데 없을 만큼 활달한 사람이었다. 그는 틀림없이 엘리자베스를 아름답다고 말했다. 그리고 지위도 그녀에게는 적합한 사람이었다. 하지만 다아시 씨는 이러한 유리한 점들을 모두 압도할 수 있는 목사 임명권을 쥐고 있었다. 그리고 피츠윌리엄 대령에게는 그것이 없었던 것이다.

33

장원을 산책하던 중에 엘리자베스는 종종 다아시 씨를 만날 수 있었다. 아무도 없을 때 그가 불쑥 나타나는 일은 아주 불행한 일이라고 그녀는 생각하고 있었다. 처음 만났을 때 그런 일이 두 번 다시 일어나지 않도록 그녀는 여기는 내가 좋아하는 곳이라고 그에게 말했다. 그런데도 어째서 두 번째 만남이 있었는지 참으로 이상한 일이었다. 하지만 그런 일이 실제로 벌어진 것이다. 그것도 세 번이나. 일부러 심술궂은 장난을 하고 있는 거라 생각되기도 했고, 그 스스로가 행하는 고행 같기도 했다. 왜냐하면 두 사람이 마주치면 그는 두세 마디 형식적인 질문을 한 뒤 잠깐 동안 어색한 침묵을 지키다가 가버렸다가 곧 다시 되돌아와서 그녀와 함께 산책을 했기 때문이었다.

그는 별로 말이 없었으며 그녀도 그다지 말을 하거나 들으려고 하지 않았다. 하지만 세 번째 만났을 때 그가 헌스퍼드에 온 것을 즐겁게 생각하고 있는지, 혼자 걷는 것을 좋아하는지, 콜린스 부부가 행복해 보이는지 등 종잡을 수 없는 질문들을 해왔기에 그녀는 놀라지 않을 수 없었다. 그리고 로징스에 대한 이야기를 했는데 그녀가 그 집에 대해서 전혀 이해를 못하고 있는 듯이 보였는지 다음에 켄트에 오게 된다면 그곳에서 묵어보는 것이 어떻겠냐는 뜻이 담긴 말을 했다. 아무리 생각해도 그의 말은 그런 뜻을 담고 있었다. 그는 피츠윌리엄 대령을 염두에 두고 말하고 있는 것일까? 그가 한 말에 어떤 의미가 담겨 있는 것이라면 그런 의미일 것이라고 그녀는 생각했다. 그녀는 그 것이 조금 마음에 걸렸다. 그래서 목사관 맞은편 울타리에 있는 문에 도착했을 때 그녀는 마음을 놓을 수가 있었다.

어느 날 그녀는 산책을 하면서 제인이 얼마 전에 보낸 편지를 다시 한 번 읽고 있었다. 제인이 마음이 상해서 쓴 것임에 틀림없는 부분을 한 구절, 한 구절 음미하듯 읽고 있자니 또 다아시 씨가 나타난 듯해서 얼굴을 들어보니 피츠윌리엄 대령이 맞은편 길에서 걸어오는 것이 보였다. 얼른 편지를 집어넣고 억지로 미소를 지어보이며 그녀가 말했다.

"당신이 이 길을 좋아하실 줄은 꿈에도 몰랐어요."

"장원을 한 바퀴 둘러보던 중이었습니다. 매해 이 일을 하고 있죠. 지금부터 목사관으로 가서 이 순회를 마치려고 하던 참이었습니다. 당신은 더 멀리까지 갈 생각이신가요?"

"아니요. 막 돌아가려던 참이었어요."

그리고 그녀는 발길을 돌렸다. 두 사람은 함께 목사관을 향해서 걸었다.

"정말로 토요일에 켄트를 떠나시나요?"

그녀가 말했다.

"네. 다아시가 또 연기하지만 않는다면요. 나는 그 사람을 따를 거예요. 그 일에 관해서는 다아시가 마음대로 결정을 내리죠."

"그 분은 계획한 대로 일이 진행되지 않는다 하더라도 결정할 권리만 있다면 그것으로 만족하시겠죠? 다아시 씨처럼 자기 마음대로 결정할 수 있는 권리를 즐기는 사람은 본 적이 없어요."

"그 사람은 자기 마음대로 결정하기를 아주 좋아하는 사람입니다. 하지만 누군들 그렇지 않겠습니까. 단지 그 사람은 돈이 많고 다른 대부분의 사람들은 돈이 없기 때문에 그가 다른 사람들 보다는 자기 마음대로 결정할 수단을 더 많이 갖고 있을 뿐이죠. 내 말은 감정적입니다. 잘 알고 계시겠지만 차남은 인내와 복종을 강요받는 경우가 많으니까요."

"내 생각으로는 백작의 차남이라면 그 어느 쪽에 대해서도 그렇게 잘 알고 있으리라고는 생각되지 않는데요. 실제로 당신은 지금까지 어떤 일을 인내했고, 누구에게 복종해 왔나요? 돈이 없어서 가고 싶은 곳이 있는데도 못 가고, 사고 싶은 것이 있어도 사지 못했던 적이 있었나요?"

"이거 참 따끔한 질문이군요. 틀림없이 나는 그런 일 때문에 곤란을 겪은 적은 별로 없습니다. 하지만 돈이 없어서 좀더 중대한 문제로 곤란을 겪게 될지도 모르겠습니다. 차남은 자신이 좋아하는 사람과는 결혼할 수 없으니까요."

"돈이 많은 분을 좋아하면 되잖아요. 흔히 있는 일이니까요."

"우리들의 소비에 대한 습관이 우리들을 타인들에게 너무 의지하게 만들죠. 그렇기 때문에 우리와 같은 신분을 갖고 있는 사람들 중에 돈에 신경 쓰지 않고 결혼할 수 있을 정도로 여유 있는 사람은 그다지 많지 않습니다."

엘리자베스는 '나를 두고 하는 이야기길까?'라는 생각이 들어 얼굴을 붉혔지만, 다시 침착함을 되찾아 활달한 어조로 말했다.

"백작님 차남의 시세는 보통 얼마나 됩니까? 형님이 아주 지독한 병에 걸린 분이 아니라면 5만 파운드 이상을 요구하지는 않겠죠?"

이에 대해서 같은 말투로 대답했기에 그 이야기는 거기서 끝을 맺었다. 그대로 입을 다물고 있으면 지금의 이야기를 마음에 두고 있는 것이라는 오해를 받을 지도 몰랐기에 그녀는 뒤이어서 말했다.

"다아시 씨는 자기 마음대로 할 수 있는 사람이 필요해서 당신을 데리고 온 거겠죠? 그렇다면 차라리 아내를 맞아들여서 데리고 돌아다니면 될 것을. 하지만 당분간은 누이동생으로 충분하겠군요. 그분이 누이동생을 충분히 보살펴 주고 있으니까 자기 마음대로 할 수 있겠죠?"

"아니요. 그 일은 나하고 반씩 나눠서 하고 있습니다. 나도 다아시와 함께 다아시 양의 후견인이니까요."

피츠윌리엄 대령이 말했다.

"어머, 그래요? 어떤 일을 돌봐주시고 있나요? 감독하기 힘들지 않나요? 그 나이쯤 되는 아가씨들은 때때로 말을 잘 듣지 않으니까요. 그리고 만약 참된 다아시 가의 정신을 물려받은 사람이라면 그녀 역시 제 마음대로 하기를 좋아할 테니까요."

그런 말을 하면서 엘리자베스는 대령이 자신을 뚫어져라 쳐다보고 있다는 사실을 깨달았다. 그는 바로, 당신은 어째서 다아시 양이 우리들을 불안하게 할 거라고 생각하냐고 물었는데, 그의 말투에서 그녀는 자신의 생각이 그다지 틀리지 않았음을 확인할 수 있었다. 그녀 역시 바로 대답했다.

"그렇게 놀라실 필요 없어요. 나는 그 사람에 대한 험담을 들은 것이 아니에요. 아마 그 분은 아주 얌전한 분일 거에요. 내가 알고 있는 허스트 부인과 빙리 양은 그 분에게 굉장한 호감을 갖고 있는 걸요. 대령님도 이분들을 알고 계시는 것 같던데요."

"조금 알고 있습니다. 그분들의 남자 형제인 빙리 씨는 아주 느낌이 좋은 신사다운 남자지요. 다아시의 둘도 없는 친구고요."

"네 그래요. 다아시 씨는 빙리 씨에게 아주 친절하죠. 그리고 친척들보다도 더 극진하게 돌봐주고 있지요."

"돌봐준다고요? 그렇겠죠. 빙리 씨가 필요로 하는 일에 대해서는 손을 써주겠죠. 여기로 오는 동안 다아시가 내게 한 얘기에 의하면 빙리 씨가 많은 도움을 받은 것 같아요. 하지만 그 이야기가 빙리 씨에 관한 것이라고 생각할 권리는 제게 없습니다. 그러니까 빙리 씨에게는 실례가 되는 말이죠. 이건 완전히 내 추측일 뿐입니다."

"무슨 말씀이시죠?"

"아마 다아시로서는 남들에게 알려지기를 그다지 원치 않는 일일 겁니다. 얘기가 돌고 돌아서 그 여자 가족들의 귀에 들어가게 된다면 그다지 좋아할 만한 일이 아니니까요."

"다른 사람에게는 절대로 이야기하지 않을 테니 걱정 마세요."

"그리고 방금 말씀드렸듯이 그것이 빙리 씨에 대한 이야기인지도 정확하지 않아요. 다아시의 이야기란 건 이런 거예요. 이름도 밝히지 않았고 자세한 이야기도 않았지만, 얼마 전에 한 친구가 경솔한 결혼을 하려는 것을 막았다고 말하면서 기뻐하더군요. 나는 빙리 씨가 그런 상황에 빠질 만한 사람이라고 생각했고, 작년 여름 내내 두 사람이 함께 생활하고 있었다는 사실을 알고 있었기에 이건 빙리 씨의 일이 아닐까라고 생각해본 것일 뿐입니다."

"다아시 씨가 왜 간섭을 하셨는지 이유를 말씀하시던가요?"

"그 여자에게는 여러 가지로 비난받을 만한 점이 있다고 했어요."

"그럼 두 사람을 떼어놓기 위해서 어떤 방법을 쓰셨죠?"

"어떤 방법을 썼는지에 대해서는 이야기하지 않았어요. 내가 말씀드린 것 이외에는 달리 한 말이 없어요."

피츠윌리엄이 미소 지으며 말했다.

엘리자베스는 아무런 말없이 분노가 치밀어오르는 것을 느끼면서 계속 걸었다. 피츠윌리엄은 잠시 그녀를 지켜보다가 뭘 그렇게 깊이 생각하느냐고 물었다.

"지금 대령님께서 하신 말씀에 대해서 생각하고 있어요. 난 다아시 씨의 행동을 도무지 이해할 수가 없어요. 그 분은 어째서 그렇게 판사 노릇까지 하려고 드시는 거죠?"

"다아시가 한 일을 쓸데없는 간섭이라고 생각하시는군요."

"다아시 씨에게 무슨 권리가 있어서 친구의 결정이 적합한지 아닌지를 판단하고, 또 자신의 판단으로 어떻게 해야 친구가 행복해질 거라고 생각하고 인도하는지 나는 그 점을 알 수가 없네요."

이렇게 말한 엘리자베스는 마음을 좀 진정시킨 뒤 계속해서 말했다.

"하지만 우리들은 자세한 사정을 모르니까 그 분을 탓할 수도 없겠죠. 빙리 씨가 여자를 그렇게 사랑한 것 같지도 않고요."

"그도 그럴 법한 얘기지만 그렇다면 다아시의 자랑거리인 자존심도 많이 깎이게 되겠네요."

피츠윌리엄이 말했다. 농담처럼 이렇게 말했지만 다아시 씨를 아주 높이 평가하고 있는 듯한 느낌이 들어서 그녀는 대답할 자신을 잃고 말았다. 그 때부터 화제를 바꿔서 잡담을 하면서 목사관까지 갔다. 그리고 방문자가 목사관을 나서자마자 그녀는 곧 자신의 방으로 들어가 누구의 방해도 받지 않으면서 자신이 들었던 이야기에 대해서 깊이 생각하게 되었다. 아무래도 자신과 관계없는 사람들의 이야기 같지는 않았다. 다아시 씨가 그렇게 막대한 영향력을 행사할 수 있는 사람이 이 세상에 빙리 씨 말고 더 있을 것 같지 않았다. 그가 빙리 씨와 제인을 떼어놓으려는 책략에 관계하고 있었다는 사실을 이전부터 알고는 있었지만 그 책략을 세운 주모자는 빙리 양이라고만 알고 있었다. 다아시 씨가 자신의 허영심 때문에 한 일이 아니라고 할지라도 어쨌든 그 일 때문에 제인이 고통을 받았고, 지금도 고통을 받고 있다. 그의 오만함과 변덕이 원인이었다. 그는 세상에서 가장 애정이 많고, 관대한 마음을 가진 사람의 모든 행복과 희망을 앗아간 것이다. 그리고 그가 가져다 준 재앙이 언제까지 계속될지는 아무도 모르는 상황이었다.

'그 여자에게는 여러 가지로 비난 받을 만한 점이 있다.'

피츠윌리엄 대령은 이렇게 말했다. 그 비난 받을만한 점이란 틀림없이 그녀의 이모부는 시골에서 변호사를 하고 있으며, 외삼촌은 런던에서 장사를 하고 있다는 사실을 말하는 것일 터였다.

'제인에게 비난 받을 만한 점이 있을 리가 없어. 그렇게 사랑스럽고 선량한 사람도 없으니까. 이해력도 풍부하고 지성적이고, 태도에도 사람을 끌어당기는 힘이 있는 걸. 또 아버지에게도 비난 받을 만한 점은 없지. 그래, 좀 괴팍한 면이 있기는 하지만 다아시 씨가 비웃을 만큼 재능이 없는 것도 아니고, 다아시 씨가 도저히 흉내 낼 수 없는 품격도 갖추고 있으니까.'

어머니에 관해서는 조금 자신이 없었지만 그래도 다아시 씨가 그 문제를 중요시하지는 않았을 것이라 생각했다. 다아시 씨의 오만함은 친구의 아내가 될 사람의 가족들이 몰상식한 사람이라는 것보다도 가문이 별로 좋지 않다는 것을 더욱 치명적인 약점이라고 생각하고 있는 듯했다. 결국 그녀는 이렇게 생각하기로 했다. 다아시 씨는, 한 편으로는 오만함의 지배를 받고 있으며 다른 한 편으로는 빙리 씨를 자신의 처남으로 삼고 싶어하는 마음에 끌린 것이라고.

엘리자베스는 이 문제로 흥분해서 눈물을 흘려서인지 두통을 느끼게 되었다. 콜린스 부부와 함께 차를 마시자고 로징스로부터 초대를 받았지만 저녁이 되자 두통이 더욱 심해졌고, 다아시 씨를 만나고 싶지 않다는 마음도 있었기에 초대에 응하지 않기로 했다. 콜린스 부인은 그녀의 몸이 좋지 않은 것을 보고 함께 가자고 하지 않았으며, 또 남편에게도 함께 가자는 말을 하지 말라고 당부했다. 하지만 콜린스 씨는 그녀가 초대에 응하지 않으면 캐서린 부인이 기분 나빠하지 않을까 하고 걱정하는 모습을 감출 수가 없었다.

34

콜린스 부부가 밖으로 나가자 엘리자베스는 마치 다아시 씨에게 모든 화풀이를 하려는 듯이 자신이 켄트에 온 이후로 제인에게서 받은 편지를 모두 조사하듯 꼼꼼히 읽는 일에 착수했다. 그 편지에는 불평 한마디 적혀 있지 않았으며, 전에 있었던 일에 대한 언급도 없었고, 현재의 고통에 대한 말도 없었다. 하지만 그 어떤 편지에서도, 또 그 어떤 행에서도 제인의 특징적인 문체인 쾌활함을 읽어낼 수가 없었다. 차분하고 편안한 마음에서 흘러나와 모든 사람들을 부드럽게 감싸주는, 지난 날 단 한 번도 시든 적이 없었던 그 쾌활함이. 엘리자베스는 처음 읽었을 때는 느끼지 못했지만, 왠지 문장 하나하나가 어떤 불안한 심정을 전달하고 있는 것처럼 느껴졌다. 타인을 그 어떤 불행에 빠뜨려도 상관없다고 생각하고 있는 듯한 다아시 씨의 뻔뻔스러운 자존심 때문에 그녀는 언니의 고뇌를 더욱 강하게 느낄 수 있었다. 하지만 내일모레면 다아시가 로징스를 떠난다는 사실을 생각하니 마음이 좀 안정되는 듯한 느낌이 들기도 했다.

다아시 씨에 대한 생각이 들자 그녀는 그의 사촌형제도 그와 함께 떠날 것이라는 생각을 하지 않을 수 없었다. 하지만 피츠윌리엄 대령은 그럴 생각은 없다고 명확하게 밝혔고, 또 친절한 사람이기는 했지만 그가 떠났다고 해서 엘리자베스 자신이 불행을 느끼지는 않을 것이라고 생각했다.

이런 생각들을 하고 있는데 갑자기 현관 벨소리가 들려 그녀는 화들짝 정신을 차렸다. 피츠윌리엄 대령일지도 모른다는 생각이 들자 가슴이 조금 설레었다. 그는 전에도 밤늦게 방문한 적이 있었는데 이번에는 자신의 병문안 차 온 것일지도 모른다는 생각이 들었다. 하지만 이런 생각들은 곧 사라졌으며 그녀의 기분은 완전히 바뀌게 되었다. 다아시 씨가 방으로 들어오는 모습을 보고 깜짝 놀랐기 때문이었다. 그는 좀 부산스럽게 상태가 어떠냐고 물었으며, 실은 조금이라도 상태가 좋아졌다는 말을 듣고 싶어서 방문했을 뿐이라고 말했다. 그녀는 냉담하게 답례를 했다. 그는 2, 3분 정도 앉아 있다가 일어서서 방안을 거닐기 시작했다. 엘리자베스는 깜짝 놀랐지만 한마디도 하지 않았다. 5, 6분 정도 아무 말도 하지 않다가 그가 흥분된 표정으로 그녀 쪽으로 다가와 이런 말을 했다.

"나는 노력해 봤지만 소용없는 일이었습니다. 더 이상 참을 수가 없어요. 내 마음을 억누를 수가 없어요. 제발 내 말 좀 들어주세요. 내가 당신을 얼마나 숭배하고, 사랑하고 있는지 모르실 겁니다."

엘리자베는 아무런 말도 하지 못할 만큼 놀랐다. 그녀는 눈을 동그랗게 뜨고, 얼굴색을 바꿨으며, 의심했고, 침묵했다. 그는 드디어 고백했다고 생각했다. 그래서 그녀를 어떻게 생각하고 있는지, 오랜 동안 그녀에 대해서 어떻게 생각하고 있었는지를 밝혔다. 그는 아주 품위 있게 말을 했다. 그가 느꼈던 감정 이외에도 자세하게 설명해야 할 말들이 아주 많다고 느끼기는 했지만 그런 애정문제에 대해서는, 자존심에 대해서 말할 때만큼 잘 설명을 할 수가 없었다. 그녀의 신분이 낮다는 사실, 그것이 자신의 품위를 떨어뜨릴 것이라는 생각, 여러 가지 집안 상황을 고려한다면 단지 내가 좋아한다고 해서 해결될 일이 아니라는 생각들에 대해서 열정적으로 말했다. 그 열정은 그가 지금 스스로 흠집을 내고 있는 자신의 신분을 생각하는 마음에서 오는 것으로 보이기는 했지만, 청혼을 자신에게 유리한 쪽으로 이끌어 나가려는 데서 오는 것으로는 보이지 않았다.

호감을 느낄 수 없는 사람이라는 뿌리 깊은 생각에도 불구하고 이런 남자에게 청혼을 받았다는 사실로 마음에 어떤 감정이 일어나는 것을 억누를 수는 없었다. 자신의 생각에는 조금도 변함이 없었지만 상대가 받을 고통을 생각하자 처음에는 불쌍하다는 생각이 들었다. 하지만 그가 뒤이어서 한 말 때문에 울컥 화가 치밀어 올랐고 그녀의 동정심은 분노 속으로 사라지고 말았다. 그녀는 그래도 그의 말이 끝날 때까지 참았다가 대답하자고 생각하고 마음을 안정시키려 노력하고 있었다. 그는 자신이 아무리 노력해도 이 강렬한 애착심을 억누를 수가 없다고 말하고 제발 자신의 청을 받아들여 이 애정에 보답해 달라는 말로 끝을 맺었다. 그렇게 말하면서 그가 희망적인 대답을 기다리고 있다는 사실을 엘리자베스는 알고 있었다.

불안하며 걱정이 된다는 말을 하기는 했지만 그의 얼굴에는 안도감이 감돌고 있었다. 그것이 그녀를 더욱 화나게 만들었다. 그랬기에 그가 말을 마치자 그녀는 상기된 얼굴로 말했다.

"이런 경우에 고백한 분의 마음에 들 만한 답은 하지 못할지라도 감사의 말을 전하는 것이 예의라고 나는 믿고 있어요. 고마움을 느끼는 건 자연스러운 일이죠. 그리고 만약 내가 감사함을 느꼈다면, 나는 지금 당신에게 감사의 말을 했을 거예요. 하지만 안 되겠네요. 나는 당신이 나에 대해서 호의를 갖기를 바라지도 않았고 당신은 틀림없이 주저주저하면서 호의를 표시했어요. 나는 누군가에게 고통을 줬다면 미안하다고 생각할 거예요. 하지만 내가 그러려고 해서 그렇게 된 일도 아니고 또 그 고통이라는 것도 오래 가지는 않을 거예요. 내가 이렇게 말씀드린 이상, 당신의 애정을 오랫동안 억누르고 있었다는 그 또 다른 감정이 고통을 잊게 해줄 거예요."

다아시 씨는 난로 선반에 기대서 그녀의 얼굴에 시선을 고정시키고 그녀의 얘기를 듣고 있었는데 놀라움과 분노를 느꼈는지 얼굴이 창백해지더니 표정 하나하나에 마음의 동요가 나타나기 시작했다. 그는 애써 아무렇지도 않은 듯 보이려 노력했으며, 평정을 되찾을 때까지 입을 열지 않겠다고 생각했다. 엘리자베스는 이 침묵이 두려웠다. 드디어 그가 애써 침착한 어조로 말했다.

"내가 들을 수 있는 대답은 그게 전부지요? 왜 그렇게 무례하게 대답하시는지 그 이유에 대해서 묻고 싶은데, 이것도 그리 큰 문제는 아니로군요."

"나도 묻고 싶은 것이 있는데요. 당신은 왜 자신의 의지와
이성과 성격까지도 배반해가면서 내 감정을 상하게 하고 굴욕
감을 줄 생각으로 내가 좋다고 말씀하시는 거죠? 내가 무례하
다고 말씀하신다면 당신이야말로 무례하다고 말할 수가 있겠
죠. 하지만 나는 다른 일로 화가 나 있는 거예요. 그건 당신도
잘 알고 있을 거예요. 설령 내가 당신을 싫어하지 않았을지라
도, 당신에게 무관심했다 하더라도, 혹은 당신에게 호감을 갖
고 있었다 할지라도 소중한 언니의 행복을 영원한 파멸로 몰
아넣은 사람을 내가 받아들일 거라고 생각하셨나요?"

엘리자베스가 말을 하고 있는 동안 다아시의 얼굴색이 변했
다. 하지만 곧 감정을 억누르고 그녀의 말을 끊지 말자고 다짐
했다.

"당신을 좋게 생각하지 못할 만한 이유는 아주 많아요. 어
떤 동기도 그 일에 대해서 보여준 당신의 부당하고 비열한 행
동에 대한 변명은 되지 못할 거예요. 당신은 부정하지도 않을
테고 부정할 수도 없겠지요. 두 사람의 사이를 떼어내 남자는
바람둥이라고 세상 사람들에게 욕먹게 만들어 놓고, 여자는
부정한 사람이라고 세상 사람들로부터 비웃음을 받게 만들었
어요. 이렇게 두 사람을 비참하게 만든 일을 전부 당신 혼자서
했다고는 말씀드리지 않겠지만 당신이 앞장서서 한 일임에는
틀림이 없죠?"

그녀는 말을 끊었다. 그리고 그가 조금도 후회의 빛을 띠지

않고 이야기를 듣고 있는 것을 보고 적잖은 분노를 느꼈다. 아니, 그는 오히려 일부러 믿을 수 없다는 표정을 지어보였다.

"당신은 그런 일을 하지 않았다고 부정하실 수 있나요?"

그녀가 다시 한 번 물었다. 그러자 그가 일부러 침착한 듯한 목소리로 대답했다.

"나는 친구를 당신 언니로부터 떼어내려고 노력한 일과, 그것을 성공한 데서 기쁨을 느끼고 있다는 사실을 부정하고 싶은 마음은 없습니다. 나는 그 친구를 나 자신보다 더 소중하게 생각하고 있기 때문에 한 행동입니다."

엘리자베스는 다아시가 친절함에 대한 회상에 잠긴 표정을 그다지 좋은 기분으로 받아들일 수는 없었지만, 그 의미만은 확실하게 알 수 있었다. 그렇다고 해서 자신이 위로받을 수 있으리라고는 생각하지 않았다.

"하지만 그 일뿐만이 아니에요, 당신을 싫어하는 이유는. 당신에 대한 나의 감정은 그 일이 있기 훨씬 전부터 결정됐죠. 몇 달 전에 위컴 씨에게서 들은 자세한 이야기로 당신의 성격을 잘 알 수 있었어요. 이 일에 대해서 뭔가 하실 말씀이 있으신가요? 이번에는 어떤 말도 안 되는 우정을 들먹여서 변명을 하실 생각인가요? 어떤 엉터리 같은 말로 다른 사람들을 속이실 거지요?"

그녀가 말했다.

"당신은 그 신사에 대해서 이상할 정도로 관심을 갖고 계시 군요."

다아시는 얼굴빛이 조금 변해 침착함을 잃은 어조로 말했다.

"그분이 어떤 불행한 일을 당했는지 안다면 누구든지 그분에게 관심을 갖게 될 거예요."

"그분의 불행?"

다아시가 경멸하듯 되뇐 뒤, 말을 이었다.

"그렇군요. 그분의 불행은 실로 굉장한 것이었죠?"

"그리고 당신 탓이죠. 그분이 지금처럼 가난하게 된 것도, 아니 상대적으로 가난한 상태에 빠지게 된 것도 모두 당신 탓이죠. 당신은 그분을 위해서 남겨진 이익이라는 사실을 알면서도 그것을 그분에게 넘겨주지 않으셨어요. 그 분의 인생에 있어서 가장 행복한 시절에, 그분의 덕성이나 권리를 고려한다면 당연히 받을 자격이 있는 독립권을 앗아갔어요. 당신은 이런 일을 해놓고도 그분의 불행을 조소하듯 말씀하시는군요."

엘리자베스가 강한 어조로 말했다.

"그렇다면 그게."

다아시는 빠른 걸음으로 방안을 가로지르며 외쳤다.

"당신의 나에 대한 견해입니까? 당신은 나를 그렇게 평가하고 있었군요. 자세히 설명해주셔서 감사합니다. 당신 말씀대로라면 나는 아주 중대한 실수를 저질렀군요."

그가 발걸음을 멈추고 그녀 쪽으로 돌아보면서 말했다.

"만약 내가 오랫동안 결정을 내리지 못하고 주저하고 있었다고 솔직히 고백해서 당신의 자존심을 상하지 않게 했다면 그 정도 실수는 눈감아 주셨을지도 모르겠죠. 만약 내가 좀더 치밀한 방법으로 나의 번뇌를 감추고, 얼마나 무조건적으로 순수한 애정에 의해서, 이성에 의해서, 반성에 의해서, 그리고 그러한 모든 것들에 의해서 당신을 사랑하게 되었는지를 믿게 했다면 당신은 그런 가혹한 비난은 하지 않았을지도 모르겠죠. 하지만 나는 비밀을 싫어하는 사람입니다. 또 내가 지금 말씀드린 감정에 대해서 조금도 부끄러움을 느끼지 않습니다. 아주 자연스럽고 솔직한 감정이었으니까요. 당신 가족들의 낮은 신분을 내가 기뻐하리라고 생각하나요? 나보다 신분이 낮은 사람들과 친해진다고 해서 내가 기뻐하리라 생각하십니까?"

엘리자베스는 분노가 점점 더 커져만 갔다. 하지만 가능한 한 침착한 어조로 말하려고 노력했다.

"다아시 씨, 만약 당신이 좀더 신사적인 태도를 취했다면 내가 그렇게 무례하게 거절하지는 않았겠지만, 고백하는 방법에 의해서 내 마음이 달라졌을 거라고 생각하신다면 그건 잘못 생각하신 거예요."

그녀는 이 말을 듣고 그가 깜짝 놀랐다는 사실을 확인할 수 있었다. 하지만 그는 아무런 말도 하질 않았다. 그녀가 말을 이어갔다.

"당신이 어떤 방법으로 고백을 하셨든지 나는 그 청혼을 받아들이지 않았을 거예요."

그는 다시 한 번 놀라는 기색을 보였다. 그리고 불신과 굴욕

296

감이 섞인 표정으로 그녀를 바라봤다. 그녀가 계속해서 말했다.

"당신을 알게 된 순간부터라고 말씀드려도 좋을 거예요. 당신의 오만함과 자부심과 타인의 감정을 무시하는 이기적이고도 모멸감을 주는 태도가 내 마음 깊이 각인되었고 그것이 당신을 미워하게 된 기초가 되었죠. 그리고 뒤에 일어난 여러 가지 일들이 당신은 도무지 좋아할 수 없는 사람이라는 마음을 갖게 했죠. 나는 당신을 알게 된 지 한 달도 되지 않아서 이런 사람과는 무슨 일이 있어도 결혼하지 않겠다고 결심하게 됐어요."

"이제 그만하면 충분합니다. 당신의 마음을 잘 알았습니다. 지금은 내가 느꼈던 지금까지의 감정을 부끄럽게 생각하고 있습니다. 시간을 너무 많이 빼앗아서 죄송합니다. 부디 건강하고 행복하게 살기를 빌겠습니다."

그는 이렇게 말한 뒤, 서둘러서 밖으로 나갔다. 엘리자베스는 곧 그가 현관문을 열고 집 밖으로 나가는 소리를 들을 수 있었다. 그녀의 마음은 커다란 괴로움으로 흔들리고 있었다. 어떻게 마음을 다스려야 할지 알 수가 없었다. 그리고 몹시도 지쳐 있었기에 30분 가량이나 앉은 채로 눈물을 흘렸다. 지금까지의 일들을 생각할수록 놀라움은 더욱 커져갈 뿐이었다. 다아시 씨의 청혼을 받을 줄이야! 그 사람은 자기 친구가 언니와 결혼하려 했던 일에 반대를 했다. 그리고 반대했던 이유는 다아시 본인에게도 같은 힘을 발휘했을 것임에도 그녀와의 결혼을 결심하게 될 정도로 그녀를 사랑하고 있었다. 이것은 도저히 믿을 수 없는 사실이었다. 자신도 모르는 새에 그렇게 강한 사랑을 그의 가슴에 심어줬다는 사실은 기쁜 일이기는 했지만 그의 자존심, 그 견딜 수 없는 자존심, 제인에게 자신이 했던 일을 아무렇지도 않게 자백하는 뻔뻔함, 변명도 못하는 주제에 그렇게 했다고 인정하는 대담함, 위컴 씨에게 잔혹한 행동을 했다고 부정하려 들지도 않고 위컴 씨의 이름을 입에 올린 그 냉혹한 태도 등이 그의 애정을 생각해서 일어난 일말의 동정심을 단숨에 억눌렀다. 조금 전의 일로 심란해 있을 때 캐서린 부인의 마차 소리가 들려와 퍼뜩 정신이 들었다. 샬럿이 보면 이상하게 생각할 것이 틀림없었기에 서둘러서 자신의 방으로 돌아갔다.

35

　다음날 아침, 눈을 뜬 엘리자베스의 머리에 어젯밤 눈을 감기 직전까지 생각하고 있던 일들이 다시 떠올랐다. 그녀는 아직 어젯밤에 있었던 일의 충격에서 벗어날 수가 없었다. 그 일 이외의 다른 일에 대해서는 생각할 수가 없었다. 다른 아무런 일도 할 수가 없었기에 아침식사를 마치고 밖으로 산책을 나가려고 마음먹고 있었다. 곧장 자신이 좋아하는 산책길로 접어들었으나 문득 다아시가 때때로 이곳을 찾아온다는 생각이 들었기에 발걸음을 멈췄다. 그리고 장원으로는 들어가지 않고 골목길로 들어서 통행료를 받는 길 앞까지 걸어갔다. 길 한편으로는 아직도 장원의 울타리가 이어지고 있었다. 그녀는 곧 장원으로 통하는 문 안으로 들어섰다.

오솔길을 두세 번 오가면서 그녀는 상쾌한 아침 공기를 마셨다. 그러는 동안 자신도 모르는 사이에 몇 개의 문을 통해서 장원의 안쪽을 들여다보았다. 그녀가 켄트에 온 지 5주일이 지났는데 그동안 주위 풍경은 완전히 변해 있었다. 나무들은 날이 다르게 푸르름을 더해가고 있었다. 그녀가 다시 발걸음을 떼어놓으려는 순간 장원 숲 속 모퉁이에 있는 한 신사의 모습이 얼핏 보였다. 그는 이쪽을 향해서 걸어오고 있었다. 어쩌면 다아시 씨일지도 모른다고 생각한 그녀는 곧 발걸음을 돌렸다. 하지만 그대로 걸어온 신사는 그녀를 알아볼 수 있는 곳까지 접근해 있었다. 그리고 빠른 걸음으로 걸으면서 그녀의 이름을 불렀다. 이미 길의 구석 쪽을 향해서 걷고 있던 엘리자베스는 자신을 부르는 소리가 다아시의 목소리라는 것을 알고 있었지만 다시 문을 향해서 걸음을 돌렸다. 그때 다아시는 이미 문이 있는 곳까지 와 있었다. 그가 편지 한 통을 건네 줬고 그녀가 그것을 무의식적으로 받아들자 다아시가 오만하고 침착한 표정을 지으며 말했다.

"당신을 만나려고 한동안 숲 속을 거닐었습니다. 그 편지를 읽어주시기 바랍니다."

말을 마친 뒤 그는 가볍게 인사를 하고 다시 숲 속으로 발길을 돌려 곧 그 모습을 감추고 말았다.

즐거움을 기대할 수는 없었지만 강한 호기심에 끌려서 그녀는 봉투를 뜯었다. 봉투 속에는 깨알만한 글씨로 빽빽하게 메워진 편지지가 두 장 들어 있었다. 그리고 놀랍게도 봉투에까지 깨알 같은 글씨가 빽빽하게 들어서 있었다. 그녀는 오솔길을 따라 걸으면서 편지를 읽기 시작했다. 편지를 쓴 시간은 오전 8시, 로징스에서라고 되어 있었으며 내용은 다음과 같았다.

'이 편지를 받으시고 어젯밤에 당신을 그렇게도 화나게 했던 일에 대해서 다시 말하려는 것이 아닐까, 다시 청혼을 하려는 것이 아닐까라고 걱정하시며 놀라실 필요는 없습니다. 나는 두 사람의 행복을 위해서 한시라도 빨리 잊어버리는 것이 좋을 일들을 다시 한 번 여기에 적어서 당신을 괴롭히고 나 자신을 낮추자는 생각으로 편지를 쓰는 것이 아닙니다. 만약 내 성격이 이 편지를 쓰게 하고 당신에게 그것을 읽어 달라고 요구하지 않았다면 이런 편지를 쓰거나 읽어 달라고 하기 위해서 노력하지 않았을 것입니다. 그러니 내가 당신의 시간을 빼앗는 점에 대해서는 용서해 주시기 바랍니다. 당신은 틀림없이 이 편지를 읽고 싶지 않다는 감정을 갖고 있을 테지만, 당신의 정의감을 위해서라도 꼭 읽어주시기 바랍니다.

어젯밤에 당신은 성질도 다르고 그 정도도 완전히 다른 두 가지 죄를 내게 뒤집어씌웠습니다. 먼저 말씀하신 것은 두 사람의 감정을 무시한 채 빙리를 당신의 누이에게서 떼어냈다는 일에 대해서입니다. 또 다른 하나는 내가 위컴 씨의 여러 가지 요구권을 거부하고 명예와 인도에 어긋나게도 그의 번영을 파괴하고 미래의 희망을 빼앗았다는 일에 대해서입니다. 어렸을 때부터 친구였고, 아버님께서도 인정하시고 마음에 들어 했으며, 우리들의 후원 이외에는 거의 의지할 데가 없으며, 또 그것만을 목표로 자라온 청년을 내 마음대로 배신했다면 그것은 불과 몇 주일 만에 서로를 사랑하게 된 두 사람을 떼어놓은 일에 비하면 훨씬 더 비도덕적인 일이 될 것입니다. 하지만 이 두 가지 일에 대해서 어젯밤에 당신이 사정없이 퍼부은 혹독한 비난으로부터 나는 곧 벗어날 수 있으리라 생각합니다. 다음에 쓸 내 행동과 그 동기에 대한 설명을 당신이 읽으신 뒤에는 말입니다. 이에 대해서 적는 것은 나 자신에 대한 의무라고 생각합니다. 단지 그 과정에서 당신의 기분을 상하게 하는 감정적인 일을 쓰게 된다 하더라도 나는 그저 미안하다는 말씀 외에는 드릴 말씀이 없습니다. 나는 필요에 의해서 이 편지를 쓰는 것이니 이 이상의 변명은 쓸데없는 짓이라고 생각합니다.

나는 하트퍼트셔에 도착한 지 얼마 지나지 않아서, 이건 누구나 알고 있는 사실입니다만, 빙리가 그곳의 다른 어떤 아가씨들보다도 당신의 언니를 좋아하게 됐다는 사실을 알게 되었습니다. 하지만 네더필드에서 무도회가 있기 전까지는 그가 너무 심각하게 사랑하는 것이 아닐까 하는 걱정을 하지는 않았습니다. 나는 그 전에도 그가 종종 사랑에 빠지는 것을 보아왔기 때문입니다. 그 무도회에서 윌리엄 루카스 경이 당신과 춤출 것을 권하면서 문득 던진 말로 나는 처음, 빙리의 당신 언니에 대한 애정이 다른 사람들에게 두 사람이 결혼할 것이라는 기대를 품게 했다는 사실을 알게 되었습니다. 경은, 시기는 알 수 없지만 틀림없이 결혼할 것이라고 말씀하셨습니다. 그 말을 들은 순간부터 나는 친구의 행동을 주의 깊게 관찰했습니다. 그제서야 나는 그의 베넷 양에 대한 애정이 지금까지 보아왔던 것과는 다르다는 사실을 알게 되었습니다. 나는 당신 언니도 주의 깊게 관찰했습니다. 얼굴 표정과 태도는 변함없이 활발하고 쾌활하고 애교도 있었지만 특별히 그를 사랑하고 있다고는 보여지지 않았습니다. 이렇게 그날 밤 관찰한 상황들로 미루어보아 나는 당신 언니는 빙리의 사랑을 기쁘게 받아들이고는 있지만 자신의 마음은 움직이지 않은 것이라고 확신할 수 있었습니다. 이 점에 대해서 만약 당신의 견해가 잘못된 것이 아니라면 내 견해가 잘못된 것이겠죠. 당신은 언니에 대해서 나보다 더 잘 알고 계실 테니 틀림없이 내가 잘못 생각했을 것입니다. 만약 그렇다면, 내 오해 때문에 언니가 고통을 당하셨다면 당신이 화를 내시는 것도 당연합니다. 하지만 나는 조금도 주저하지 않고 말씀드릴 수 있습니다. 나뿐 아니라 그 어떤 예리한 관찰력을 가진 사람이라도 언니의 얼굴 표정과 침착한 행동을 봤다면, 그녀는 상냥하기는 하지만 마음이 쉽게 움직이는 사람이 아니라는 생각을 하지 않을 수 없었을 것입니다. 언니가 무관심하기를 바라는 마음을 갖고 있었던 것은 사실입니다. 하지만 나의 관찰과 판정은 언제나 내 희망이나 걱정의 영향을 받지 않는다는 사실만은 꼭 말씀드리고 싶습니다. 나는 언니가 무관심했으면 좋겠다고 생각했기 때문에 그렇게 믿게 된 것이 아닙니다. 나는 이성적으로 냉정하기를 바라면서 공정한 확신을 바탕으로 그렇게 믿게 되었습니다. 제가 이 결혼을 반대한 이유는, 어젯밤에 우리의 문제에 대해서 이야기하면서 말한, 다른 조건들을 떨치기 위해서 지극한 사랑의 힘이 필요했다고 한 그런 조건들 때문만이 아니었습니다. 예를 들어서, 상대에게 훌륭한 친척이 없다는 사실이 친구에게 치명적인 화가 되지는 않았을 것입니다. 그런데도 그 결혼을 기피하게 된 데는 여러 가지 다른 원인이 있습니다. 그 원인이라는 것은 그에게, 그리고 나에게도 아직까지 비슷하게 존재하고 있습니다. 내 경우에는 직접 눈으로 확인한 것이 아니었기에 잊으려고 노력했었습니다. 그 원인이라는 것에 대해서 간단하게나마 설명을 드리지 않을 수 없겠습니다. 당신 어머님과 친척들의 신분이 불만스러운 것도 사실이지만 그것은 당신 어머님과 세 동생들이 마치 사전에 작정이라도 한 듯이 종종 보여준 무례한 행동들, 그리고 당신 아버님까지 예의에 어긋난 행동을 보여주신 일에 비한다면 아무것도 아닙니다. 죄송합니다. 당신의 마음을 상하게 하는 일은 나로서도 고통에 가까운 일입니다. 당신은 가족들의 결점을 걱정하고, 또 그것을 내가 말씀드린다는 사실에 불쾌함을 느끼실지 모르겠지만, 당신과 언니는 그와 같은 비난을 받지 않도록 행동해

왔다는 사실은 두 분의 분별력과 성향에 있어서도 명예로운 일이며, 세상 사람들에게도 칭찬을 받을 만한 일이었다는 점을 생각하시고 그것으로 마음의 위로를 삼으십시오. 한 가지 더 말씀드리고 싶은 것이 있는데 나는 전부터 이건 아주 불행한 결혼이 될 것이라고 생각했기에 친구를 이 불행에서 건져야겠다는 생각을 갖고 있었고, 그날 밤의 일들로 여러분들에 대한 제 마음을 결정할 수 있었기에 그 생각을 더욱 강하게 갖게 되었습니다. 빙리는 다음 날 네더필드를 떠나서 런던으로 향했는데 바로 돌아올 생각을 갖고 있었다는 사실을 꼭 기억해 두십시오.

그때 내가 했던 행동들에 대해서 말씀드리겠습니다. 그의 누이들도 나와 같은 불안을 느끼고 있었습니다. 우리는 곧 서로의 감정에 대해서 알게 되었습니다. 그리고 한시라도 빨리 두 사람을 떼어놓아야겠다고 생각했기 때문에 우리들도 그의 뒤를 따라서 런던으로 갈 결심을 하게 되었습니다. 그렇게 해서 우리들은 런던으로 떠났습니다. 거기서 나는 친구에게 이번 선택이 가져다줄 화에 대해서 이것저것 시작하는 일에 차수했습니다. 나는 그런 점들을 강조해서 열심히 이야기했습니다. 하지만 이런 말들이 그의 결심을 어느 정도 흔들어 놓았다고 하더라도, 만약 당신 언니가 조금도 빙리에게 호감을 갖고 있지 않다는 사실을 내가 확실한 어조로 말하지 않았다면 결국 두 사람의 결혼을 막지는 못했을 것입니다. 그는 그때까지 당신의 언니가 자신만큼 열렬하게는 아니지만 은근한 연모의

정을 품고 있었기에 그의 애정을 받아줄 것이라고 믿고 있었습니다. 하지만 빙리는 내성적인 성격을 타고났기 때문에 자신의 판단보다는 내 판단을 더 믿게 되었습니다. 따라서 그가 잘못 생각하고 있는 것이라고 설득하는 일은 그다지 힘든 일이 아니었습니다. 그가 일단 그렇게 생각하게 되자 하트퍼트셔로 돌아가지 말라고 설득하는 일은 식은 죽 먹기와도 같은 일이 되었습니다. 나는 이런 일을 한 내 자신이 잘못 되었다고는 생각하지 않습니다. 단 하나, 이 사건을 전체적으로 되돌아봤을 때 마음에 걸리는 행동이 있는데 그것은 당신의 언니가 런던에 왔다는 사실을 그에게 숨겼다는 것입니다. 빙리 양과 나는 이미 알고 있었지만 빙리는 아직도 그 사실을 모르고 있습니다. 두 사람이 만난다고 해도 그다지 나쁜 결과가 나오리라고는 생각지 않았지만 내 눈에는 그의 애정이 그녀를 만나서도 흔들리지 않을 만큼 식지는 않은 것으로 보였기 때문입니다. 이 일을 숨긴 것, 그를 속인 것은 분명히 내가 부끄러워해야 할 일일 것입니다. 하지만 나는 그렇게 하는 것이 가장 좋을 것이라고 생각했습니다. 이 문제에 대해서는 더 이상 드릴 말씀이 없습니다. 이 이상의 변명도 하지 않겠습니다. 내가 당신 언니의 감정을 상하게 했다면 그것은 나도 모르게 한 일이었습니다. 그리고 나를 움직인 동기가 당신에게는 아주 불충분한 것으로 느껴지겠지만 나는 아직도 그것을 잘못된 행동이라고 생각하지는 않습니다.

그리고 또 다른 문제. 내가 위컴 씨에게 가혹한 짓을 했다는 더욱 참기 힘든 비난에 대해서 나는 단지 그와 우리 가족들과의 관계를 당신에게 전부 밝히는 일로 반박을 하려고 합니다. 그가 나의 어떤 점에 대해서 비난을 했는지 나는 모릅니다. 하지만 내가 하는 말이 사실이라는 점에 대해서는 정직하기로 소문난 증인들을 여럿 불러 모을 수 있습니다.

위컴 씨는 굉장히 훌륭한 분의 자제로 그분은 오랜 동안 펨벌리의 토지를 관리해온 분입니다. 충실하게 임무를 수행했기 때문에 내 아버님은 자연스레 그를 위해서 무엇인가를 해줘야겠다고 생각하게 되었고, 아버님 당신께서 손수 이름을 지어주신 조지 위컴을 아주 귀여워했습니다. 아버지는 그의 학비를 내주셨고 후에는 케임브리지에 입학까지 시켰습니다. 이건 아주 굉장한 후원이었습니다. 그의 어머니가 아주 사치스러운 생활을 하고 있었기 때문에 그의 아버지는 늘 돈에 쪼들리고 있었고, 따라서 자식에게 신사가 되기 위한 교육을 시키기란 전혀 불가능한 일이었기 때문이었습니다. 우리 아버지께서는 늘 이 상냥한 청년과 만나는 것을 즐거워하셨으며, 그를 아주 높이 평가하고 있었기 때문에 미래에는 교회에서 일하기를 바란다며 그를 목사로 임명할 생각이셨습니다. 나는 그보다 훨씬 전부터 그에 대해서 그때까지 가지고 있던 것과는 다른 생각을 갖게 되었습니다. 불량스럽고 의리 없는 성품, 그는 그것을 아버님께 들키지 않으려고 주의하고 있었지만, 나는 마침 그와 비슷한 나이였기에 아버님과는 달리 그의 행동을 놓치지 않고 볼 기회가 있었고 결코 그것을 놓치지 않았습니다. 여기서 나는 다시 한 번 당신에게 고통을 주게 될 것입니다. 그것이 얼마나 큰 것인지는 당신 외에 알 사람이 없겠지만. 위컴 씨가 당신에게 어떤 감정을 품게 했는지는 모르겠지만 그 감정을 생각해서 그의 참된 성격을 밝히는 일을 그만두거나 하지는 않을 것입니다. 이는 또 다른 일에 대한 동기가 되기도 하는 것이기 때문입니다.

홀륭하신 우리 아버님께서는 5년 전에 세상을 뜨셨습니다. 아버님은 마지막까지 위컴 씨를 사랑했으며 유언 속에서도 그의 직업이 허락하는 한도 내에서 최대한의 방법으로 그를 도우라고 내게 말씀하시고, 만약 그가 목사가 된다면 다아시 가의 권한 안에 있는 상당한 수입을 보장받을 수 있는 교회의 목사자리가 비는 대로 그를 목사로 임명하라고 말씀하셨습니다. 또 1천 파운드라는 재산도 유산으로 남겨주셨습니다. 그의 아버님도 우리 아버님께서 돌아가신 지 얼마 지나지 않아서 돌아가셨습니다. 그런데 이런 일이 있은 지 6개월도 지나지 않아서 위컴 씨는 편지로 자신은 결국 목사가 되지 않을 것이니 그다지 수입을 보장받을 수 없는 성직자로 임명받는 대신 좀더 직접적으로 금전적 이익을 볼 수 있는 무엇인가를 요구해도 자신을 무분별한 사람이라고 생각지 말아달라고 말했습니다. 그리고 법률을 연구하고 싶은데 1천 파운드라는 돈의 이자만으로는 경비가 터무니없이 부족하다는 사실을 알아달라고 덧붙였습니다. 나는 그가 진심에서 하는 말이기를 바라는 마음보다는 그렇게 되었으면 좋겠다는 생각을 갖게 됐습니다.

하지만 어찌됐든 그의 요구를 완전히 받아줄 생각이었습니다. 나는 위컴 씨가 목사에 적당하지 않은 사람이라는 것을 알고 있었습니다. 그리고 문제는 곧 해결됐습니다. 그는 교회의 목사가 될 수 있었음에도 그 권리를 모두 버리고 그 대신 3천 파운드를 받은 것입니다. 두 사람의 관계는 그것으로 완전히 끝난 것이라 할 수 있을 것입니다. 나는 그를 그다지 좋지 않게 생각하고 있었기 때문에 펨벌리로 초대하지도 않았고, 또 런던의 집으로도 오지 못하게 했습니다. 틀림없이 그는 주로 런던에서 생활했을 것이지만 법률연구라는 것은 그저 구실에 지나지 않았고, 모든 구속에서 벗어났기 때문에 그의 생활은 태만함과 낭비로 치달았습니다. 3년 정도 그에 대한 아무런 소식도 들을 수가 없었습니다. 그런데 그에게 상속하기로 했던 교회의 목사가 세상을 뜨자 그는 다시 내게 편지를 보내서 자신을 추천해 주기를 바란다는 말을 했습니다. 그는 극심한 생활난에 빠져 있다고 말했는데 이 사실은 나도 쉽게 믿을 수 있었습니다. 법률을 공부한다고 해도 이익을 얻을 수 없다는 사실을 알았으니 지금 내가 그 교회의 목사직에 오를 수 있도록 추천해 준다면 임명을 받아들이기로 결심했다고 말하는 것이었습니다. 그는 내가 자신을 추천해 주리라 굳게 믿고 있으며, 자신 외에 추천할 만한 사람이 없으며, 내가 돌아가신 아버님의 뜻을 잊었을 리가 없다는 사실을 잘 알고 있다고 했습니다. 내가 이 청을 거절했다고 해도, 또 몇 번이고 편지를 보냈는데 이를 허락하지 않았다고 해도 당신은 나를 책망하실 수 없을 것입니다. 그는 생활고가 심해질수록 나를 더욱 원망하게 되었습니다. 그가 내게 직접적으로 가한 원망도 대단한 것이었지만 틀림없이 다른 사람들에게도 지독한 험담을 했을 것입니다. 그 이후부터는 완전한 타인이 되고 말았습니다. 어떤 생활을 하고 있었는지도 전혀 알지 못합니다. 그런데 작년 여름, 나는 실로 가엾은 상태에 빠져 있는 그와 다시 만나게 되었습니다.

나는 지금부터 내 자신이 잊고 싶어 하는, 또 이와 같은 상황이 아니었다면 그 어떤 사람에게도 절대로 이야기하지 않았을 하나의 사건에 대해서 말씀드리려고 합니다. 그러니 당신도 틀림없이 비밀을 지켜주시리라 믿습니다. 나보다 열 살이 어린 누이동생은 우리 어머니의 조카인 피츠윌리엄 대령과 내가 후견인 역할을 맡고 있습니다. 일년쯤 전에 그녀는 학교를 그만두고 런던에서 혼자 생활하게 되었습니다. 그리고 작년 여름에 동생은 집안일을 돌봐주는 부인과 함께 램즈기트로 갔습니다. 그러자 위컴 씨도 그곳으로 따라갔는데 이는 틀림없이 어떤 음모를 품고 한 행동이었습니다. 왜냐하면 그가 전부터 동생을 돌봐주고 있는 영 부인을 알고 있었다는 사실을 알게 되었기 때문이었습니다. 그리고 불행하게도 우리들은 그 부인의 인격을 제대로 알지 못하고 있었습니다. 그는 이 부인의 묵인과 원조를 받아서 조지아나의 상냥한 마음에 아직도 어린 시절 그에게서 받았던 친절에 대한 강한 인상이 남아 있다는 사실을 미끼로 그녀에게 접근했습니다. 그녀 역시 자신도 그를 사랑하고 있다고 생각하게 되어 둘은 도망칠 생각을 갖게 되었습니다. 그녀는 당시 열다섯 살이었으니 동생에 대한 변명이 될 수 있을 것입니다. 이렇게 동생의 무분별한 행동에 대해서 말을 한 뒤, 그 사실을 내가 알게 된 것도 역시 그녀때문이라고 말할 수 있어서 저는 기쁩니다. 나는 두 사람이 도망치기로 한 날의 하루인가 이틀 전에 우연히 두 사람과 만나게 됐습니다. 그때 조지아나는 거의 아버님만큼 존경하고 있던 오빠인 나를 슬픔에 잠기게 하고 울분에 빠지게 할 것이라는 사실 때문에 괴로워하고 있었습니다. 그래서 모든 사실을 내게 고백했습니다. 내가 어떤 감정에 빠졌으며, 어떤 행동을 했을지에 대해서는 충분히 상상하실 수 있으리라 생각합니다. 나는 동생의 체면과 감정을 고려했기 때문에 이 일을 세상에 공표하지는 못했습니다. 그래서 나는 위컴 씨에게 편지를 썼습니다. 그러자 그는 곧 그곳을 떠났습니다. 영 부인은 물론 가정부에서 해고를 했습니다. 위컴 씨의 가장 큰 목적은 동생의 재산인 3만 파운드였겠지만, 내게 복수를 하려는 감정에도 상당히 강하게 지배받았을 것이라고 생각하지 않을 수 없습니다. 하마터면 그의 복수는 완전한 성공을 거둘 뻔했습니다.

여기까지가 당신과 내가 함께 관계해온 모든 일에 대한 거짓 없는 진술입니다. 만일 당신이 이 모든 말을 거짓이라고 완전히 부인하지만 않는다면 앞으로는 위컴 씨에게 잔혹한 짓을 했다는 누명을 내게 씌우지는 않을 것이라 생각합니다. 그가 어떤 식으로 어떤 거짓말을 했는지, 어떤 식으로 당신을 속였는지는 모르겠지만 그가 그 일에 성공을 거둔 것은 어쩌면 아주 당연한 일일지도 모르겠습니다. 당신은 그와 나에 대해서 전부터 알고 있었던 것이 아니기에, 내가 속다니 말도 안 된다고 생각하실지 모르겠지만. 당신은 애초부터 그걸 간파할 수 없었고, 당신의 성격을 생각한다면 의심을 품는 일조차도 불가능했으리라 생각됩니다.

당신은 왜 이런 말들을 어젯밤에 하지 않았는지 이상하게 생각하실지도 모르겠습니다. 하지만 어젯밤에 나는 이런 이야기를 당신에게 해도 되는 건지, 이야기하지 않으면 안 되는 것인지 제대로 판단할 만큼 이성적이지 못했습니다. 내가 여기에 적은 일들이 거짓이 아닌 사실이라는 것을 피츠윌리엄 대령에게 증언하도록 할 수 있습니다. 그는 나의 친척으로 언제나 친밀하게 지내고 있으며, 아버님의 유언 집행자 중의 한 명이기 때문에 이 모든 사정에 대해서 자세히 알고 있습니다. 당신의 나에 대한 미움이 너무 커서 내가 한 말들이 무가치한 것이라고 생각하신다 하더라도 설마 내 사촌의 말까지 믿지 못하시지는 않으시겠죠? 따라서 당신이 그와 이야기를 나눌 수 있는 기회를 주기 위해서 가능한 한 오전 중으로 이 편지를 당신에게 건네줬으면 좋겠다고 기회를 엿보고 있었습니다. 이제 내가 할 말은 이것뿐입니다. 당신에게 신의 가호가 있길 바랍니다.

피츠윌리엄 다아시'

36

　다아시 씨가 편지를 건네줬을 때, 엘리자베스는 어차피 그
가 다시 청혼을 해오리라고는 생각지도 않았지만 설마 이런
내용이 적혀 있으리라고는 전혀 생각지도 못했다. 하지만 실
제로는 이런 내용들을 담고 있었기 때문에 그녀가 얼마나 열
심히 읽어 내려갔는지, 또 얼마나 심한 반감을 품게 되었는지
는 쉽게 상상할 수 있을 것이다. 읽어 내려가면서 그녀는 뭐라
표현할 수 없는 감정에 휩싸였다. 처음에는 그가 이 일에 대해
서 변명을 할 수 있다고 생각하고 있다는 사실을 알고 놀라지
않을 수 없었다. 그리고 그녀는, 그가 하고 있는 말들이 만약
수치를 아는 인간이라면 절대로 입 밖으로 낼 수 없는 변명들
뿐이라는 사실을 확신할 수 있었다. 그녀는 그가 하고 있는 말
들 하나하나에 편견을 품은 채, 네더필드에서 있었던 일에 대
해서 그가 설명하고 있는 부분을 읽기 시작했다. 그녀는 편지
에 너무 빠져 있었기 때문에 내용을 완전히 이해할 수가 없었
다. 다음에는 어떤 문장이 적혀 있는지 빨리 알고 싶다는 마음
때문에 지금 읽고 있는 문장의 의미를 완전히 파악할 수가 없
었다. 그는 언니를 감수성이 없는 여자라고 말하고 있지만 이
는 잘못된 것이라고 그녀는 바로 반발심을 품었다. 그녀는 또,
다아시가 두 사람의 결혼을 가장 반대한 사람이었다는 설명을

읽고는 울컥 화가 치밀어 올라 그가 말하려고 한 참뜻을 이해할 마음이 사라지고 말았다. 그는 자신이 한 행동에 대해서 그녀를 만족시킬 만한 사죄의 뜻도 표하질 않았다. 미안하다는 듯한 글이 아니라, 베푼다는 듯한 기분으로 문장을 기술하고 있었다. 오만함과 무례함 그 자체였다.

하지만 이 문제에 이어서 그가 위컴 씨에 대해서 설명한 부분을 읽으면서 그녀는 이전보다는 얼마간 주의력을 되찾을 수 있었다. 만약 이것이 사실이라면 지금까지 그녀가 위컴 씨의 인간성에 대해서 품고 있었던 모든 견해를 뒤집을 만한 사건, 또 위컴 씨가 말한 자신의 신상에 관한 이야기와 아주 유사점이 많은 사건에 대한 부분을 읽으면서 그녀는 더욱 커다란 고통을 느끼게 되어 말로는 표현할 수 없는 감정에 빠져들고 말았다. 놀라움과 불안, 그리고 공포심마저도 느끼게 되었다. 그녀는 그것을 믿을 수 없는 일이라고 속으로 몇 번이고 외쳤다.

'거짓말이다! 그럴 리가 없어! 절대 거짓말이야.'

마지막 부분에는 어떤 내용이 있었는지 거의 머릿속에 들어오지도 않았지만 일단 전부를 읽은 뒤, 서둘러 편지를 접어 넣고는 이 편지에는 신경을 쓰지 말자고, 두 번 다시 읽지 않겠다고 되뇌었다.

이렇게 걷잡을 수 없이 어지러운 마음으로 그녀는 계속해서 걸었다. 하지만 편지가 자꾸 마음에 걸렸다. 30초도 지나기 전에 그녀는 다시 편지를 펼쳐들고 이번에는 마음을 진정시켜가며 위컴 씨에 대해서 적은 부분을 다시 한번 읽기 시작했다.

자신의 감정을 억누르고 문장 하나하나의 의미를 생각하며 읽었다. 펨벌리의 가족과 위컴 씨의 관계에 대한 설명은 위컴 씨의 말과 완전히 일치했다. 그리고 돌아가신 다아시 씨의 친절에 대해서 그녀는 이전에는 그 정도라고는 생각하지 못했지만, 이도 위컴 씨가 한 말과 일치하고 있었다. 여기까지는 편지의 내용과 위컴 씨의 말에 차이는 없었지만 유언에 대한 부분까지 읽자 거기에는 상당한 차이가 있었다. 위컴 씨는 수입이 많은 교회에 대해서 이야기를 했는데 그 일에 관해서 엘리자베스는 아직도 생생하게 기억하고 있었다. 그의 말을 생각해보자 두 사람 중에서 누가 거짓말을 하고 있는지 금방 알 수가 있었다. 아주 짧은 시간 동안 역시 자기가 바라고 있던 내용이 사실이었다고 자부하고 있었지만, 그 바로 뒤에 적혀 있는 위컴이 교회에 대한 모든 요구권을 포기하고 3천 파운드라는 거금을 받게 된 자세한 경위에 대해서 설명한 부분을 세심하게 몇 번이고 거듭해서 읽는 동안 그녀는 자신의 판단에 대해서 주저하지 않을 수 없었다. 그녀는 편지에서 눈을 떼고 공평한 마음으로 사건의 하나하나에 대해서 생각해봤다. 두 사람의 진술에 대한 진실성을 진지하게 생각해 보았다. 하지만 진상에 대해서는 여전히 알 수가 없었다. 두 사람 모두 단지 자기주장만을 하고 있었기 때문이었다. 그녀는 다시 편지를 읽기 시작했다. 그러자 한줄, 한줄 읽어 내려갈수록 지금까지는 아무리 생각을 해도 불명예라고 여겨졌던 다아시의 행동들에 대한 사건이 이번에는 사건 전체를 통해서 그는 조금도 비난받을 만한 점이 없다는 생각으로 바뀌어가는 것을 느끼지 않을 수 없었다.

그는 위컴 씨에 대해서 무슨 짓을 할지 모를 사람이며, 행실이 좋지 않은 사람이라고 말하고 있는데 이는 그녀를 아주 놀라게 했다. 그것이 거짓이라는 증거가 없었기 때문에 그녀의 충격은 더욱 컸다. 그가 주의 의용군에 들어가기 전까지의 일에 대해서 그녀는 아무 것도 들은 것이 없었기 때문이었다. 그는 지금껏 그다지 친하게 지내지도 않았던 청년을 런던에서 만나서 옛정을 나누다가 그 청년이 권하는 대로 의용군에 들어오게 된 것이다. 하트퍼트셔에는 그가 전에 어떤 생활을 하고 있었는지 그 자신이 말한 것 외에는 아는 사람이 하나도 없었다. 그의 성격에 대한 진실된 정보를 얻으려 했다면 얻을 수 있었겠지만 그녀는 굳이 그것을 물으려 들지 않았다. 그의 용모와 목소리와 태도를 보고 이 사람은 모든 미덕을 갖추고 있는 사람이라고 그녀는 그 자리에서 확신했기 때문이었다. 그녀는 다아시 씨의 공격에서 그를 구할 수 있을 만한 위컴 씨의 선행이나 결백이나 자애의 징표가 될 만한 특징을 기억해내려 애썼다. 심지어는 그를 덕망 있는 사람이라 생각하고 이 모든 일들은 한순간의 과실이었다고 치부해 보려고도 했다. 실제로 그녀는 몇 년간 나태하고 어지러운 생활을 했다고 다아시가 말한 부분도 한순간의 과실이었다고 생각하려고 노력해 보았다. 하지만 그런 생각들도 아무런 도움이 되어주질 못했다. 그녀는 용모나 태도가 아주 매력적인 그를 곧 눈앞에 그려볼 수는 있었지만, 대체적으로 주위 사람들에게 좋은 평을 듣고 있다는 것과 그의 사회적 위치 때문에 군인들 속에서 존경을 받고 있다는 이야기를 들은 외에 실제로 그가 선량한 행동을 했다는 이야기는 한 번도 들은 적이 없었기 때문이었다. 잠시 이런 점들을 생각한 뒤에 그녀는 다시 편지를 읽기 시작했다. 그런데 놀랍게도 그 다음에 적혀 있는, 위컴이 다아시 양을 손에 넣기 위해서 여러 가지 획책을 감행했다는 내용은 며칠 전 아침에 피츠윌리엄 대령과 나눴던 이야기를 생각해보니 새빨간 거짓말도 아니라는 생각이 들었다. 그리고 마지막으로 의심스러운 부분에 대해서는 그 진상을 피츠윌리엄 대령에게 직접 들으라고 적혀 있었다. 그녀는 이미 그에게서 자신이 사촌형제인 다아시에 관한 일에 깊이 관여하고 있다는 이야기를 들었고, 피츠윌리엄의 인격에 대해서는 조금도 의심하고 있지 않았기 때문에 역시 놀라지 않을 수 없었다. 그래서 그녀도 한때는 그에게 이 문제에 대해서 물어보기로 마음을 먹었지만 이도 어딘지 석연치 않은 부분이 있어서 일단은 뒤로 미루기로 했다. 그리고 그녀의 생각이 드디어는, 다아시가 이렇게까지 쓸 수 있었던 것은 자신의 사촌형이 자기를 두둔해 주리라는 확신이 있어서일 것이라는 생각에 이르렀기에 결국에는 대령에게 묻는 일도 그만두기로 했다.

그녀는 필립스 이모 댁에서 위컴과 처음 만난 날 밤에 그와 나눴던 이야기들을 선명하게 기억할 수 있었다. 그가 했던 말들 하나하나가 그녀의 기억 속에 선명하게 남아 있었다. 지금 생각해 보니 그가 처음 보는 자기에게 어떻게 그런 말을 할 수 있었는지 좀 이상하다는 느낌이 들었다. 그리고 어째서 지금까지 그 사실을 눈치채지 못했는지도 이상한 일이었다. 그녀는 위컴이 조신하지 못한 태도를 갖고 있으며, 언행이 일치하지 않는다는 점을 깨달을 수 있었다. 그녀는 그가 자기는 다아시 씨를 만나도 떳떳하다고 자만한 사실과, 다아시 씨는 여기를 떠날지도 모르지만 자기는 그렇게 하지 않겠다고 말해놓고서 그 다음 주에 네더필드에서 벌어진 무도회에 참석하지 않았다는 사실을 생각해냈다. 그녀는 또 네더필드에 빙리 씨 일행이 있을 때까지만 해도 그는 그 이야기를 그녀 이외의 다른 사람에게는 하지도 않았는데 그들이 떠난 순간 여기저기서 그 일이 문제시되었던 일이며, 다아시 씨의 아버지를 존경하기 때문에 그 아들의 행위를 폭로하는 일 따위는 절대로 할 수 없다고 스스로 단언해 놓고서는 그들이 떠나자마자 다아시 씨에 대한 평가를 깎아내리는 일을 아무런 주저 없이 행하고 있었다는 사실을 기억해냈다.

그와 관계된 모든 일들이 이제는 완전히 달라져 보였다. 그가 킹 양을 애지중지하고 있는 것도 지금은 저주할 만한 금전적인 욕망의 결과로밖에는 달리 생각되지 않았다. 대단한 재산은 아니었지만 그렇다고 그것이 그가 욕심이 적은 사람이라는 증거가 될 수는 없었다. 그것은 오히려 그가 아무것에나 들러붙는다는 사실의 증거밖에 되지는 않았다. 그가 자신에게 보여준 행동도 지금은 참을 수 없는 동기에서부터 그렇게 한 것이라는 생각이 들었다. 그는 틀림없이 그녀가 재산이 많다고 생각했던지, 그녀가 은연중에 보여준 호의를 확대해석하여 자신의 허영심을 만족시켰던지 했을 것이다. 그의 편을 들어야겠다고 생각했던 마음도 점점 사라져가고 있었다. 그리고 다아시 씨가 한 말이 옳다고 인정하게 되면서부터 점점 전에 제인이 빙리 씨에게 이 일에 관해서 물었을 때, 다아시 씨에게는 아무런 잘못도 없다고 장담했던 일과, 다아시 씨의 태도는 오만하고 냉정하기는 하지만 그와 만남을 갖는 동안 계속-그 만남이라는 것이 최근에 빈번하게 일어났기 때문에 그의 그런 성격에 대해서도 거부감을 갖지 않게 되기는 했지만- 그녀는 그가 의리 없는 부도덕한 사람이라고 여겨질 만한 행동이나 부정하다거나 부도덕하다고 생각될 만한 행동을 한 적이 없다는 사실을 생각해냈다. 그리고 그가 친척들 사이에서 존경을 받고 있으며, 위컴 씨조차도 그가 훌륭한 오빠라고 감탄했던 일과, 그가 자신의 누이동생에 대해서 애정 어린 어투로 이야기하는 것을 듣고 이런 사람에게도 애정이 있긴 있구나, 라고 생각했던 일과, 만약 그가 위컴 씨가 말한 대로 그런 지독한 짓을 했다면 그 일이 세상에 알려지지 않았을 리가 없을 거라는 생각과, 그가 만약 그런 잔혹한 짓을 아무렇지도 않게 행할 사람이라면 그와 그 사람 좋은 빙리 씨 사이에 우정이 싹텄을 리가 없었을 거라는 생각들을 인정하지 않을 수 없었다.

　그녀는 자신에게 참을 수 없는 부끄러움을 느꼈다. 다아시에 대해서도 위컴에 대해서도 자신은 맹목적이었으며, 편파적이었고, 편견을 가지고 있었기 때문에 어리석은 짓을 했다는 점을 느끼지 않을 수 없었다.

"내가 얼마나 비열한 짓을 한 거지? 자신을 분별 있는 사람이라고 자만하고 있던 내가! 자신의 능력을 자랑스럽게 생각하고 있던 내가! 나는 언니의 대범하고 담백한 성격을 경멸했고, 아무런 도움도 되질 않는, 비난받아 마땅할 불신을 자랑으로 삼고 있었어. 정말 굴욕적인 깨달음이야! 하지만 정말로 정당한 굴욕감이야! 연애를 한다고 해도 이렇게 비참한 바보는 되지 않을 거야. 하지만 내가 바보였던 것은 연애 때문이 아니고 허영심 때문이었어. 한 사람에게는 사랑을 받아 기뻐했고, 또 다른 한 사람에게는 무시를 당해서 화를 냈고, 처음 사귈 때부터 두 사람이 관계된 일에 대해서는 내 스스로가 선입견과 무지를 선택하고 이성을 내쫓았어. 지금까지 나는 나 자신에 대해서 너무도 무지했어."

그녀의 생각은 자신에게서 제인에게로, 제인에게서 빙리 씨로 내달았는데 그러자 그 점에 대해서는 다아시 씨가 충분히 설명하고 있지 않았던 것 같았기에 그녀는 다시 한 번 그 부분을 읽기 시작했다. 편지를 두 번째 읽자 그 전과는 아주 다른 효과를 얻을 수 있었다. 그녀는 편지의 다른 부분에서는 그의 주장을 신용하면서도 이 부분만은 신용하지 못하겠다고는 생각할 수 없었기 때문이었다. 그는 그녀의 언니인 제인의 빙리를 사모하는 마음을 의심하지 않을 수 없다고 밝혔는데 그녀는 평소에 샬럿이 어떤 의견을 갖고 있었는지를 생각해내지 않을 수가 없었다. 그녀는 또 그가 제인의 성격에 대해서 말하고 있는 부분이 정확하다는 것을 인정하지 않을 수 없었다. 그녀도 제인의 감정이 뜨겁기는 하지만 그다지 표면으로는 드러내지 않는다는 점, 그 모습이나 태도에는 언제나 스스로 만족하고 있는 듯한 모습이 보여 예민한 감수성이 부족해 보일 때가 적지 않다는 점을 알고 있었다.

그녀는 계속 읽어가면서 자신의 가족들이 굴욕적인, 하지만 당연하달 수도 있는 비난을 받고 있는 부분에 이르러서는 구멍에라도 들어가고 싶은 심정이 되었다. 비난받아 마땅하다는 생각이 먼저 들어서 도저히 부정할 마음이 생기질 않았다. 그가 네더필드에서 열린 무도회에서 일어난 일이라고 꼬집어서 말했는데, 이는 자신이 처음에 품었던 감정을 더욱 강하게 해주었다는 내용은 편지를 쓴 다아시에게보다 그녀에게 더욱 강렬한 인상을 남겨줄 정도였다.

자신과 언니에 대한 칭찬은 입에 발린 소리가 아니었다. 그것은 그녀의 고통을 어느 정도 덜어주기는 했지만 자신과 언니 이외의 가족들이 스스로 자처한 경멸에 대해서 생각하자 그녀는 편안한 마음으로 있을 수가 없었다. 제인을 실연하게 만든 것은 실은 그녀 가족들이 한 짓이라는 생각이 들었고, 그들의 무례함이 자신과 언니의 신용에 얼마나 커다란 타격을 주었는지를 생각하자 그녀는 심한 우울감에 빠지게 되었다.

이런저런 생각을 하면서, 여러 가지 일들에 대해서 생각을 바꾸기도 하고, 이렇게 생각할 수도 있지 않을까라고 마음을 바꿔보기도 하면서, 갑작스럽고도 중요한 이 변화에 가능한 한 자신을 적응시키도록 하자면서 두 시간이나 오솔길을 거닐다가 피곤하기도 하고, 너무 오래 집을 비웠다는 사실을 깨달았기에 그녀는 드디어 집으로 돌아왔다. 그리고 그녀는 평소와 다름없이 명랑한 표정으로 있자고 생각하고 다른 사람과 이야기를 하고 싶은 마음을 없앨만한 생각은 되도록이면 하지 말자고 결심한 뒤 집으로 들어섰다.

집으로 들어서자마자 집을 비운 동안 로징스의 두 신사가 따로따로 찾아왔었다는 이야기를 들었다. 다아시 씨는 겨우 몇 분간 있다가 돌아갔지만, 피츠윌리엄 대령은 적어도 한 시간 정도 다른 사람들과 함께 그녀가 돌아오기를 기다리다가 그녀를 찾아나설 생각까지 했었다고 했다. 엘리자베스는 그가 떠난다는 사실이 안타깝다는 듯한 기색을 보였지만 실은 그가 떠나게 된 것을 기쁘게 생각하고 있었다. 피츠윌리엄 대령은 이제 더 이상 그녀의 목표가 아니었다. 그녀는 단지 편지를 쓴 사람에 대해서만 생각을 하고 있었다.

37

두 신사는 다음날 아침 로징스를 떠났다. 콜린스 씨는 그들을 정중하게 보내기 위해서 문지기 집 가까운 곳에서 기다리고 있었는데 그들은 아주 건강한 모습으로, 로징스에서의 우울한 일을 겪은 뒤치고는 의외로 기분 좋게 떠났다는 희소식을 가지고 집으로 돌아왔다. 그리고 그는 캐서린 부인과 그 딸을 위로하기 위해서 로징스로 발걸음을 서둘렀다. 그리고 돌아와서는 부인께서 아주 우울하다며 가족 모두가 함께 식사를 하러 오라고 하셨다고 자랑스레 말했다.

엘리자베스는 캐서린 부인을 만나게 되자, 만약 자신만 허락을 했었다면 지금쯤은 이 사람의 예비 조카며느리로서 소개되었을 것이라는 사실을 생각하지 않을 수 없었다. 또 그녀는 만약 그랬다면 부인이 얼마나 화를 낼지 생각을 해보니 미소를 참을 수가 없었다.

'이 사람은 무슨 말을 했을까? 이 사람은 어떤 태도를 보였을까?'

이렇게 자문해 보면서 그녀는 홀로 이 상상을 즐기고 있었다.

가장 먼저 화제가 된 것은 로징스의 가족이 줄었다는 점이었다.

"이 점을 나는 아주 가슴 아프게 생각하고 있습니다. 이 친구들이 사라진 사실을 그 어떤 분도 나처럼 슬퍼하지는 않을 거예요. 나는 그 젊은이들을 아주 좋아합니다. 그리고 그들이 나를 좋아하고 있다는 사실도 잘 알고 있습니다. 그들은 떠나는 것을 아주 아쉬워하고 있었거든요. 그들은 언제나 그렇게 아쉬워하죠. 대령은 마지막까지 명랑한 모습을 보였지만, 다아시는 떠나기 아주 싫어하는 표정이었어요. 작년보다 더 싫어하는 듯했어요. 로징스에 대한 애착심이 더 강해져서겠지요."

캐서린 부인이 말했다. 콜린스 씨는 마치 기다리기라도 했다는 듯 그녀가 기뻐할 만한 말들을 늘어놓았고, 어머니와 딸은 그에게 미소를 지어 보였다.

식사를 마친 캐서린 부인은 베넷 양이 풀이 죽어 있다는 사실을 알았다. 그녀는 엘리자베스가 아직 집으로 돌아가고 싶지 않아서 그러는 것이라고 지레짐작하고 이렇게 말했다.

"그렇다면 어머님께 편지를 써서 이곳에 좀더 머물러도 되겠냐고 청을 해보세요. 당신이 더 머문다면 콜린스 부인도 기뻐할 거예요."

"친절한 말씀 정말 감사합니다. 하지만 저는 그럴 수가 없어요. 다음 주 토요일에 런던에 가봐야 하거든요."

엘리자베스가 대답했다.

"어머, 그렇다면 겨우 6주일밖에 이곳에 머물지 않게 되는 거네요. 나는 두 달 정도는 머물 거라고 생각하고 있었는데. 당신이 오기 전부터 콜린스 부인이 그렇게 얘기했거든요. 그렇게 빨리 떠나지 않아도 되지 않나요? 어머님도 틀림없이 두 주일 정도는 더 머물라고 허락하실 거예요."

"하지만 아버지가 허락하시지 않을 거예요. 전 주에 편지로 빨리 돌아오라고 하셨거든요."

"어머니가 허락하신다면 아버지는 크게 문제될 게 없잖아요? 아버지에게 있어서 딸은 그렇게 소중한 존재가 아닐 테니까요. 그리고 만약 한 달만 더 머문다면 두 분 중 한 분은 내가 런던까지 데려다줄 수 있어요. 6월 초에 런던에서 일주일간 머물 일이 있거든요. 어차피 마부인 도슨도 4인승 마차는 안 된다고 할 리는 없을 테니 당신들 중 한 명은 충분히 자리를 차지할 수 있을 거예요. 날씨만 그렇게 덥지 않다면 두 사람 모두 데려가도 상관없어요. 두 분 모두 몸이 큰 편은 아니니까."

"부인은 정말 친절하신 분이십니다. 하지만 나는 역시 처음 계획대로 해야 할 것 같습니다."

캐서린 부인은 이제 포기한 듯했다.

"콜린스 부인, 남자 하인을 한 명 딸려 보내도록 하세요. 잘 알고 계시죠? 난 언제나 마음속에 있는 생각들을 거침없이 이야기한다는 것을. 이렇게 젊은 아가씨들이 단 둘이서 역마차로 여행하게 하다니 그건 생각할 수도 없는 일이에요. 당치 않은 일이죠. 누군가를 딸려 보내야지. 나는 그런 일을 아주 싫어해요. 젊은 아가씨들에게는 각각의 신분에 맞는 보호와 주의가 필요한 법이죠. 내 조카딸인 조지아나가 작년 여름 램즈게이트에 갈 때도 나는 두 명의 남자 하인을 딸려 보냈어요. 그렇게 하지 않았다면 펨벌리의 다아시 씨의 딸인 다아시 양과 앤 부인도 못마땅하게 생각했을 거예요. 나는 이런 일에는 아주 신경을 많이 쓰거든요. 이 젊은 아가씨들께는 존을 함께 딸려 보내세요. 나 실례가 되는 말을 한 게 아니에요. 생각해 보세요. 만약 이 두 분만을 돌려보낸다면 그야말로 당신의 체면을 깎는 일이 될 테니까요."

"제 외삼촌이 하인을 보내주실 거예요."

"아, 외삼촌? 외삼촌은 남자 하인을 부리고 계시나요? 그런 일을 신경 써주시는 분이 계시다니 다행이로군요. 말은 어디서 바꿀 생각이죠? 맞아, 물론 브롬리에서 바꾸겠죠? 벨 여관에서 내 이름을 대면 잘 돌봐줄 거예요."

캐서린 부인은 그들의 여행에 대해서 그 외에도 여러 가지 질문을 했다. 그리고 그 질문에 대해서 부인 스스로가 답을 하지 않을 경우도 있었기에 주의를 기울이고 있지 않으면 안 되었다. 엘리자베스는 부인이 그러는 것이 오히려 행복하다고 생각했다. 마음이 다른 일로 가득 차 있었기에 그렇지 않다면 자신이 어디에 있는지조차 잊어버릴 것 같았기 때문이었다. 생각은 혼자 남은 시간을 위해서 남겨두기로 했다. 그녀는 언제나 혼자 있는 시간에 생각에 잠기는 일로 마음의 위안을 얻곤 했다. 불쾌한 생각들에 잠겨서 그것들을 즐기기 위해서 홀로 산책하는 일을 단 하루도 거르지 않았다.

다아시 씨의 편지는 이제 거의 암기하고 있을 정도가 되었다. 그녀는 하나하나의 문장을 연구했다. 그리고 편지를 보낸 사람에 대한 마음은 시시각각으로 변했다. 그녀는 그가 청혼했을 때의 말투를 생각하면 아직도 화가 났다. 하지만 자신이 얼마나 부당한 방법으로 그를 비난했는지를 생각하니 이번에는 자신에게 화가 났다. 그리고 실망을 느꼈을 그가 가엾게도 생각되었다. 그의 애정에 감사하는 마음을 갖게 되었고, 그의 인격을 존경하게 되었지만, 그를 시인할 수는 없었다. 또 그의 청을 거절한 것에 대한 후회도 없었으며, 다시 한 번 그를 만나고 싶다는 생각도 들지 않았다. 지난날 자신이 했던 행동은 언제 생각해 보아도 안타까움과 후회의 근본이 되었지만, 자기 가족들의 불행한 결점은 그보다 더욱 큰 안타까움이었다. 이는 달리 구제할 방법이 없는 일이었다. 아버지는 동생들을 비웃기만 할 뿐 그들의 경박함을 고치기 위한 노력은 전혀 하질 않았다. 어머니는 그 자신이 그다지 무게 있는 사람이 아니었기에 딸들의 무례한 행동을 깨닫지 못하고 있었다. 엘리자베스는 종종 제인과 힘을 합쳐서 캐서린과 리디아의 무분별한 행동을 막아 보려고 노력해 보았다. 하지만 어머니가 그들의 행동을 눈감아주고 있는 이상 그들의 행동은 좋아지지 않을 것이었다. 캐서린은 마음이 약하고 화를 잘 냈으며, 리디아의 영향을 받고 있었기 때문에 언니들이 충고를 하면 언제나 모욕감을 느끼고 있는 것처럼 보였다. 리디아는 이기적이고 조심성 없는 아이였기에 언니들의 말에는 애초부터 귀를 기울이려들지 않았다. 두 아이 모두 무식했으며, 게을렀고, 허영심도 강했다. 메리턴에 사관들이 있는 동안 그들은 사관들과 어울려다닐 것이다. 또 메리턴이 롱본에서 걸어갈 수 있는 가까운 거리에 있는 한 그들은 언제까지고 그곳으로 나갈 것이었다.

제인의 일도 마음에 걸려 견딜 수가 없었다. 다아시 씨의 설명으로 이전처럼 빙리 씨를 좋은 사람이라고 생각하게 된 지금, 제인은 정말 아까운 사람을 놓친 거라는 생각이 들었다.

빙리의 애정은 진실된 것이었으며, 그 행동에는 조금도 비난받을 만한 부분이 없었다는 사실이 증명되었다. 그가 친구인 다아시를 맹목에 가까울 만큼 신용하고 있다는 사실이 비난할 점이라면 비난할 점이라고 할 수 있었을지는 몰라도. 제인이 모든 점에 있어서 흡족한, 충분한 이익이 될 수 있었던, 틀림없이 행복하게 될 수 있었던 자리를 가족들의 어리석음과 무례함 때문에 빼앗겼다는 사실을 생각하자 괴로움에 견딜 수가 없었다.

이런 생각들에 위컴의 성격에 대한 생각까지 더해지자, 지금까지 웬만해서는 우울함을 느낀 적이 없었던 엘리자베스라 하더라도 이 순간만은 쾌활함을 가장할 수 없을 정도로 기분이 처져 있었다.

엘리자베스가 떠나기 일 주일 전부터 로징스에서의 초대가, 그녀가 처음 이곳에 왔을 때만큼 빈번하게 이뤄졌다. 마지막날 밤도 로징스에서 보내게 되었다. 그리고 부인은 다시 한 번 그들의 여행에 대해서 자세하게 묻고는 짐을 싸는 가장 좋은 방법에 대해서 가르쳐줬으며, 특히 상의는 절대로 이렇게 해야만 한다고 말했기 때문에 마리아는 돌아가자마자 아침에 싸두었던 짐을 풀어 다시 짐을 정리해야겠다고 마음먹었다.

그들이 떠날 때가 되자 캐서린 부인은 아주 정중한 태도로 무사히 여행을 마치라고 했으며 내년에도 헌스퍼드에 와달라고 말했다. 그리고 드 버그 양도 허리를 숙여서 두 사람에게 손을 내밀었다.

38

토요일 아침, 엘리자베스와 콜린스 씨는 식사에 앞서 다른 사람들이 아직 식당에 모습을 드러내기 전에 몇 분간 얼굴을 마주할 수 있었다. 콜린스 씨는 때를 놓치지 않고 꼭 해야겠다고 생각했던 작별 인사를 시작했다.

"엘리자베스 양, 나는 잘 모르겠지만, 아내가 당신이 방문해 주신 데 대한 인사를 했습니까? 하지만 당신이 떠나시기 전에 틀림없이 감사의 말을 전할 것입니다. 당신이 호의를 베풀어 함께 생활해 주신 것에 대해서는 아내도 틀림없이 감사하고 있을 테니까요. 사실 손님의 방문을 받을 만한 집은 아닙니다. 우리들의 빈곤한 생활, 조그만 방들, 변변히 하인도 없고, 세상 돌아가는 일에 대해서는 아무것도 모르기 때문에 당신과 같은 젊은 아가씨는 틀림없이 헌스퍼드란 아주 무료한 곳이라고 생각하셨을 것입니다. 하지만 당신이라면, 당신이 이런 곳까지 와주셔서 감사하고 있으며, 또 당신에게 불쾌함을 느끼지 않게 하려고 우리들이 최선을 다했다는 사실을 믿어주시리라 생각합니다."

엘리자베스는, 자신은 깊이 감사하고 있으며 정말로 행복했었다고 진심으로 말했다. 6주일 동안 정말로 즐겁게 지냈다. 샬럿과 함께 할 수 있어서 행복했으며 무슨 일이든 친절하게 돌봐주었기 때문에 오히려 그녀가 은혜를 입었다고 느끼지 않을 수 없었다. 콜린스 씨는 만족스러웠다. 그랬기에 더욱 밝게 미소를 지으며 진지한 표정으로 대답했다.

"당신이 불쾌하지 않았다고 하시니 나는 정말로 기쁩니다. 우리들은 실제로 최선을 다 했습니다. 그리고 다행스럽게도 우리들은 당신을 아주 훌륭한 교류사회에 소개할 수 있었고 로징스와의 관계로 이 따분한 집안환경에도 때때로 변화를 줄 수 있었기에 당신의 헌스퍼드 방문도 무료하기만 했던 것은 아니었다고 생각해도 괜찮으리라 생각합니다. 캐서린 부인 일가에 대한 우리들의 지위는 실로 대단한 이익과 축복이라고도 말할 수 있을 것이고 이는 누구나가 얻을 수 있는 것이 아닙니다. 우리들이 어떤 식으로 교류하고 있는지는 알고 계시는 바와 같습니다. 우리들이 종종 그곳에 초대받고 있다는 사실도 잘 알고 계실 겁니다. 그렇습니다. 이 허름한 목사관은 여러 가지로 불편하기는 하지만 여기서 묵게 되는 분들은, 우리들처럼 로징스의 친절을 받을 수 있기 때문에 조금도 초라하지 않다는 사실을 인정해야만 할 것입니다."

그의 고조된 감정을 말로는 다 표현할 수 없었다. 그리고 그는 엘리자베스가 짧은 문장 속에 예의와 진실을 담아 이야기하려고 노력하는 동안 방안을 이리저리 돌아다니지 않을 수가 없었다.

"당신은 하트퍼트서로 우리들에 대한 호의적인 보고를 가져가시겠지요? 사랑하는 사촌동생이여, 나는 적어도 그렇게 하리라 생각하고 있습니다. 캐서린 부인이 제 아내와 얼마나 친밀하게 지내는지는 당신이 매일 보아오신 대로입니다. 당신 친구인 제 아내는 대체적으로 불행한 제비를 뽑은 것 같지는 않다고 저는 믿고 있습니다. 아니, 이런 얘기는 하지 않는 편이 좋겠습니다. 제가 하고 싶은 말은 단지, 친애하는 엘리자베스 양, 나는 단지 당신도 부디 내 아내와 같은 행복한 결혼을 했으면 하고 성심성의껏 빌고 있다는 사실입니다. 제 아내인 샬럿과 나는 같은 마음, 같은 생각을 가지고 있습니다. 어떤 일에 대해서도 우리들은 매우 비슷한 성격과 사상을 가지고 있습니다. 우리들은 서로를 위해서 만들어진 인간이라고 생각됩니다."

엘리자베스는 만약 결혼생활이 그렇다면 아주 행복할 것이라고 단언할 수 있었다. 그리고 당신의 가정이 참으로 즐거워 보여 자신은 기쁘게 생각하고 있다는 말을 덧붙일 수 있었다. 하지만 그때 가정의 즐거움의 원천인 부인, 샬럿이 들어왔기 때문에 그녀는 그 즐거움을 하나하나 예를 들어서 설명할 수는 없었는데 이를 특별히 아쉽다고는 생각하지 않았다. 불쌍한 샬럿! 이런 남자에게 그녀를 맡겨두고 가는 것은 불안한 일이었다! 하지만 그녀는 고심한 끝에 이런 남자를 선택한 것이다. 그리고 그녀는 손님들이 돌아가는 것을 확실히 아쉬워하고는 있었지만 동정받고 싶다는 마음은 조금도 없는 듯이 보였다. 그녀의 가정, 그녀의 살림, 그녀의 교구, 그녀의 가축들은 그녀에게 있어서는 아직도 매력적인 것들이었다.

드디어 2인용 마차가 도착했다. 가방을 매달고 작은 짐들을 실어놓은 뒤 준비가 끝났다는 보고가 있었다. 두 친구들의 작별을 아쉬워하는 인사가 끝나자 콜린스 씨는 엘리자베스를 마차까지 바래다주었다. 정원을 내려오면서 그는 가족들 모두에게 안부를 전해 달라고 말하고 작년 겨울에는 롱본에서 신세를 많이 졌다고 잊지 않고 말한 뒤, 아직 그렇게 친해지지는 못했지만 가디너 부부에게도 안부를 전해 달라고 말했다. 그리고 그는 그녀의 손을 잡아 마차에 태우고 마리아가 뒤이어 마차에 올라 문이 닫히려고 하자 갑자기 조금 낭패했다는 표정을 지으며 당신들은 아직까지 로징스의 사람들에게 전할 말을 남기지 않았다고 말했다. 그리고 이런 말을 덧붙였다.

"하지만 여러분은 물론 그 분들께 안부를 전해주기를 원하고 있겠죠? 두 분께서 여기에 머물고 있는 동안 그 분들이 베푼 친절에 대해서 감사의 말을 전해주기를 원하고 있겠죠?"

엘리자베스는 특별히 반대하지 않았다. 그제서야 문이 닫혔고 마차가 달리기 시작했다.

몇 분간의 침묵 뒤에 마리아가 갑자기 외쳤다.

"어머, 우리들이 온 지 하루나 이틀밖에 지나지 않은 것 같은데 그동안 정말 많은 일들이 있었네요."

"정말, 여러 가지 일들이 있었네."

엘리자베스는 한숨을 쉬며 말했다.

"로징스에서 아홉 번이나 식사를 했고, 그 외에도 두 번이나 차를 마셨어. 가족들에게 들려주고 싶은 말들이 너무 많아."

'숨기고 싶은 일들도 너무 많아.'

엘리자베스는 마음속으로 중얼거렸다.

그녀들의 여행은 그다지 이야기가 많지 않았고 특별히 놀랄 만한 일도 일어나지 않은 채로 끝났다. 헌드퍼드를 떠난 지 네 시간도 지나지 않아서 두 사람은 가디너 씨 댁에 도착했고 거기서 며칠을 머물기로 했다.

제인은 건강하게 보였다. 엘리자베스는 외숙모가 그들을 위해서 일부러 준비해둔 여러 가지 초대에 쫓겼기 때문에 제인의 마음을 관찰할 기회가 거의 없었다. 하지만 제인은 그녀와 함께 집으로 돌아가기로 했기 때문에 롱본에 돌아가면 그녀를 관찰할 여유는 충분히 있을 것이었다.

곧 롱본으로 돌아갈 것이기는 했지만 그때까지 다아시 씨의 청혼에 대한 이야기를 언니에게 하지 않기 위해서는 대단한 노력이 필요했다. 제인을 놀라게 하고, 그와 동시에 아직 이성적으로는 몰아낼 수가 없는 자신의 허영심을 만족시켜줄 것임에 틀림없는 비밀을 말하게 되는 것이라는 생각을 하면 그녀는 밝히고 싶다는 충동을 억제할 수 없었지만 어디까지 밝혀야 할지 확실히 알 수가 없었고, 일단 그 이야기를 시작하게 되면 곧 빙리에 대한 이야기를 몇 번이고 하게 될지도 몰랐고, 그렇게 된다면 쓸데없이 언니를 슬픔에 잠기게 할 우려가 있었기 때문에 간신히 참아낼 수가 있었다.

39

5월 둘째 주에 세 명의 젊은 아가씨들은 하트퍼드셔로 향하기 위해 그레이스처치 가를 출발했다. 베넷 씨의 마차가 마중을 나오기로 지정된 여관에 가까워져 가자 마치 마부가 시간을 정확히 지켰음을 증명이라도 하듯이 캐서린과 리디아가 이층 식당의 창으로 머리를 내밀고 있는 모습이 그들의 눈에 띄었다. 이 두 아가씨들은 한 시간도 전에 이곳에 도착하여 길 건너편에 있는 부인용 모자가게에 가기도 하고, 보초를 서고 있는 초병들을 넋을 잃고 보기도 하고, 오이 샐러드에 소스를 뿌리기도 하면서 시간을 보내고 있었다.

언니들을 맞아들인 그들은 여관의 식당에서 흔히 볼 수 있는 차가운 고기들이 늘어서 있는 식탁을 가리키며 자랑스레 외쳤다.

"어때, 근사하지. 아주 맛있어 보이지?"

이에 리디아가 덧붙여 말했다.

"이건 우리들이 대접하는 거야. 대신 돈을 좀 꿔줘. 우리들은 저 가게에서 지갑을 다 털었거든."

그리고 자신들이 산 물건을 꺼내 보이며 말했다.

"이거 봐. 난 이 모자를 샀어. 그렇게 예쁘지는 않지만 그래도 사두는 편이 나을 것 같아서. 집으로 돌아가면 바로 뜯어서 좀더 나은 것으로 개조할 수 있을지 시험해봐야겠어."

그리고 언니들이 전혀 예쁘지 않다고 말했는데도 그녀는 아무렇지도 않다는 듯이 이렇게 말했다.

"하지만 가게에는 이것보다 더 보기 싫은 게 여러 개 있었어. 좀더 아름다운 색의 자수를 사서 장식을 하면 그래도 괜찮아질 거야. 그리고 올 여름에는 아무 모자를 써도 상관없어. 군대가 메리턴을 떠날 테니까. 앞으로 두 주일 안으로 떠나게 될 거야."

"그게 정말이니?"

엘리자베스는 아주 만족스럽다는 듯이 소리를 질렀다.

"브라이턴 근교에 주둔하게 됐나봐. 아버님께서 올 여름에 우리들을 그곳에 데려가 주셨으면 좋겠다. 어때 아주 즐거운 계획이지? 거기다 비용은 하나도 필요 없을 거야. 어머니도 가고 싶어 하실걸. 한 번 생각해 봐. 그렇게라도 하지 않는다면 무슨 할 일이 있겠어? 아주 비참한 여름이 되고 말거야."

'그래, 퍽이나 즐거운 계획이기도 하겠다. 기가 막혀서. 그렇게 된다면 우리들 모두 한꺼번에 망해버리고 말거야. 이런, 이런. 국민군의 빈약한 일개 연대와 메리턴에서 매달 열리는 무도회도 이제 지긋지긋한데 브라이튼과 전 주둔군이라고!'

엘리자베스가 마음속으로 생각했다.

모두가 식탁에 자리 잡고 앉자 리디아가 말했다.

"좋은 소식을 알려드리겠어요. 뭐라고 생각해? 정말 멋진 뉴스야. 우리들 모두가 좋아하는 사람에 관한 뉴스."

제인과 엘리자베스는 서로의 얼굴을 마주보았다. 그리고 웨이터에게 거기에 서 있지 않아도 된다고 말했다. 리디아가 웃으면서 말했다.

"어머, 언니는 늘 저렇게 형식을 차리고 주의를 기울인다니까. 웨이터가 들어서는 안 된다고 생각한 거지? 마치 듣고 싶어하기라도 했다는 듯이! 웨이터는 지금부터 내가 하려는 이야기보다 더 나쁜 이야기들을 늘 듣고 있을 거야. 그건 그렇고 저 사람은 너무 못생겼어. 보내길 잘했어. 저렇게 긴 턱은 본 적이 없어. 아무튼 이제 뉴스를 발표할게. 친애하는 위컴에 관한 이야기야. 웨이터에게는 들려주기 아까운 얘기지, 그렇지? 위컴 씨가 메리 킹과 결혼할 위험이 사라졌어. 언니야말로 위험에 처하게 됐어. 킹 양은 리버풀에 있는 아저씨 댁으로 가게 됐대. 그곳에서 머물기로 했대. 위컴 씨는 이제 안전해."

"메리 킹 양도 안전해. 재산을 잃게 될 혼담을 면했으니."

엘리자베스가 말했다.

"위컴 씨를 좋아하면서도 도망을 치다니 정말 바보 같아."

"그렇다면 서로 그다지 좋아하지 않았었나 보지."

제인이 말했다.

"위컴 씨는 틀림없이 그랬을 거야. 그건 장담할 수 있어. 눈곱만큼도 사랑하지 않았을 거야. 그렇게 천박한 땅꼬마, 주근깨투성이 여자를 누가 좋아하겠어?"

엘리자베스는 자신은 이렇게 천박한 말은 하지 않지만 그 감정만은 자신이 옛날부터 가슴 속에서 품고 있던 감정과 조금도 차이가 없다는 것을 알고 움찔하지 않을 수 없었다.

모두 식사를 마치고 언니들이 계산을 한 후에 마차를 불렀다. 그리고 이리저리 궁리를 한 끝에 자매들은 상자와 반짇고리, 작은 짐꾸러미 그리고 키티와 리디아가 물건을 사고 덤으로 받아온, 그다지 반가울 것도 없는 물건들까지 실은 뒤 마차에 올랐다.

"그 많은 걸 다 실었네. 이런 모자라도 사길 잘 했지. 모자 상자가 하나 더 늘었잖아? 모두 편안한 마음으로 집에 도착할 때까지 이야기하고 웃으면서 즐기자고. 우선 언니들이 여행에서 있었던 일들을 얘기해줘. 멋진 남자와 만났어? 바람은 피우지 않았겠지? 언니들 중 한 명이 남편과 함께 돌아오지 않을까 하고 크게 기대를 하고 있었는데. 제인 언니, 우물쭈물하다가 노처녀가 될지도 몰라. 이제 곧 23살이 되잖아. 아~. 23살이 되도록 결혼을 못한다면 난 정말 창피할 거야. 필립스 이모가 언니들의 결혼을 얼마나 기다리는지 모르고 있지? 엘리자베스는 콜린스 씨하고 결혼했어야 한다고 말씀하시고 있어. 나는 그런 사람한텐 조금도 관심이 없지만. 아, 나는 언니들보다 먼저 결혼하고 싶어. 그때는 내가 무도회에 언니들의 보호자로 따라가 줄게. 맞아! 얼마 전에 포스터 대령님 댁에서 아주 즐거운 시간을 보냈어. 키티하고 내가 놀러 갔더니 밤에 조그만 무도회를 열어주겠다고 하시잖아. 포스터 부인과 나는 아주 친한 사이가 되었거든. 그리고 부인은 해리턴 씨의 두 딸도 부르셨지. 그런데 해리에트는 병이 났다며 펜 양 혼자서 왔더라고. 그래서 우리가 어떻게 했는지 알아? 체인 발렌에게 여자 옷을 입혀서 귀부인처럼 꾸몄지. 얼마나 우스웠다고. 대령과 그 부인, 키티와 나, 이모 외에는 아무도 이 사실을 몰랐어. 이모한테는 옷을 빌렸거든. 근데 그가 얼마나 근사하게 보였는지 언니들은 상상도 못할 거야. 데니와 위컴, 프레트 씨하고 그 이외에도 두세 사람이 더 초대되었는데 누군지 전혀 알아보지 못하더라고. 내가 얼마나 웃었는지 알아? 포스터 부인도 그렇고. 너무 웃는 바람에 남자들이 이상하게 생각해서 곧 탄로가 나기는 했지만."

이렇게 자신들이 참석했던 모임에 관한 이야기나 농담을 하면서 리디아는 키티의 암시와 도움을 받아가면서 롱본으로 돌아오는 길에 언니들을 즐겁게 해주려고 노력했다. 엘리자베스는 될 수 있으면 듣지 않으려 했지만 종종 등장하는 위컴 씨의 이름만은 놓칠 수가 없었다.

집에서는 도착한 그들을 무척 다정하게 맞아주었다. 베넷 부인은 제인의 아름다움이 조금도 시들지 않았음을 보고 아주 기뻐했다. 그리고 베넷 씨는 몇 번이고 거듭해서 엘리자베스에게 진심으로 말했다.

"네가 돌아와서 정말 기쁘구나, 엘리자베스."

식당에는 많은 사람들이 모여 있었다. 마리아에게 소식을 듣기 위해서 루카스 가 사람들이 거의 한 명도 빠짐없이 와 있었기 때문이었다. 그들은 여러 가지 일들에 대해서 이야기했다. 루카스 부인은 식탁에 마리아와 마주앉아서 샬럿의 안부와 가축에 대한 것들을 물어보고 있었다. 베넷 부인은 자기보다 밑자리에 앉아 있는 제인에게 최근 유행에 대한 이야기를 듣고 그것을 루카스 가의 밑의 딸들에게 그대로 이야기해주느라 두 배로 바쁜 시간을 보내고 있었다. 그리고 리디아는 누구보다도 큰 목소리로 오늘 아침에 있었던 즐거운 일에 대해서 아무에게나 이야기를 해대고 있었다.

"아, 메리 언니. 같이 갔으면 좋았을 텐데. 아주 재밌었거든. 갈 때는 마차의 차일을 전부 걷어올리고 아무도 없는 것처럼 꾸몄어. 키티 언니가 아프지만 않았더라도 계속 그러고 갔었을 텐데. 조지 여관에 도착한 다음에 우리들이 한턱 썼지. 언니들에게 세계에서 가장 맛있는 냉동고기를 점심으로 사줬거든. 언니도 있었다면 잘 대접했을 텐데. 그리고 돌아올 때도 아주 즐거웠어. 커다란 목소리로 웃고 떠들고. 우리들 소리를 10마일 밖에서도 들을 수 있었을 거야."

리디아가 말했다. 이 말에 메리는 진지한 표정으로 대답했다.

"내가 그런 즐거움을 경멸한다는 건 아니야. 평범한 여자들에게는 아주 어울리는 일이지. 하지만 솔직하게 말하자면 난 그런 것에서는 아무런 매력도 느끼지 못해. 나는 책이 훨씬 더 재미있어."

하지만 리디아의 귀에는 이 대답이 한마디도 들리지 않았다. 그녀는 누구의 말이건 한 30초 가량은 들어 주었지만, 메리의 말은 단 한마디도 들으려 하지 않았기 때문이었다.

오후가 되자 리디아가 사람들을 만나러 메리턴까지 걸어 나가자고 언니들을 졸랐지만 엘리자베스는 끝내 이 계획에 반대했다. 베넷 가의 딸들은 집에 돌아온 지 반나절도 되지 않아서 사관들을 보러 밖으로 나돈다는 이야기를 듣고 싶지 않았을 뿐만 아니라 또 다른 이유에서 그녀는 이를 반대했다. 그녀는 위컴 씨를 다시 만나게 될까봐 걱정이 되었고, 당분간은 가능한 한 만나지 말아야겠다고 결심을 했기 때문이었다. 연대가 얼마 지나지 않아서 떠난다는 사실을 듣고 그녀는 얼마나 기뻤는지 몰랐다. 2주일이 지나기 전에 그들은 이동을 해버린다. 그렇게 된다면 더 이상 그의 문제로 고민할 필요도 없어지게 될 것이었다.

집에 돌아온 지 아직 몇 시간 지나지도 않았는데 리디아가 여관에서 계획했던 브라이턴으로의 여행에 대해서 부모님들이 자주 이야기를 나누고 있다는 사실을 엘리자베스는 알게 되었다. 그녀는 곧 아버지에게 이를 허락할 마음이 전혀 없음을 알았다. 하지만 아버지의 대답은 아주 모호한 것이어서 한편으로는 승낙을 하는 것처럼 들리기도 했다. 따라서 어머니는 때때로 실망을 하기는 했지만 그래도 마지막 희망을 버리지는 않았다.

40

엘리자베스는 여행 중에 있었던 일을 제인에게 얘기하고 싶은 마음을 더 이상은 억누를 수가 없었다. 그래서 결국은 언니와 관계 있는 일들은 말하지 않기로 하고 다음 날 아침, 놀라운 일을 말하겠다고 다짐을 해둔 뒤에 다아시 씨와 자신 사이에서 일어났던 중요한 일들을 들려주었다.

언니로서 엘리자베스를 귀여워하는 마음이 있었기에 제인의 놀라움은 많이 완화될 수 있었다. 다아시 씨뿐만 아니라 누구라도 동생을 사모하는 마음을 품게 되는 것은 아주 당연한 일이라고 생각하는 마음이 있었기 때문이었다. 그리고 놀라움이 완전히 사라졌을 때 또 다른 감정이 머릿속에 피어올랐다. 그녀는 자신의 감정을 고백하는 데 서툴렀던 다아시 씨가 가엾다는 생각이 들었다. 그리고 엘리자베스가 거절했기에 비참한 기분을 느꼈을 것이라 생각하니 더욱 가엾다는 생각이 들었다.

"틀림없이 받아줄 거라고 생각했던 것이 다아시 씨의 잘못이었어. 그런 표정을 보이지 않았어야 했던 건데. 하지만 그만큼 충격도 컸을 거야."

제인이 말했다.

"그래 맞아. 나도 진심으로 미안하다고 생각하고 있어. 하지만 그 분에게는 또 하나의 다른 감정이 있으니까 나에 대한 일은 금방 잊을 수 있을 거야. 언니는 내가 거절한 것이 잘못된 행동이었다고는 말하지 않겠지?"

엘리자베스가 대답했다.

"네가 잘못을 했다니? 절대 그렇지 않아."

"하지만 위컴 씨에게 호감을 갖고 있었던 건 잘못이었다고 말하겠지?"

"아니, 그게 어디가 잘못 됐다는 거니?"

"하지만 그 다음날 있었던 얘기를 듣는다면 잘못 됐다는 걸 알게 될 거야."

그런 다음 엘리자베스는 편지에 대한 이야기를 하고, 조지 위컴과 관계된 부분에 대해서 몇 번이고 그 내용을 들려줬다. 가엾게도 제인은 심한 충격을 받은 듯했다. 제인은 전인류 속에 존재하고 있는 악을 전부 끌어모아도 지금 여기에 있는 자신의 악보다는 크지 않을 것이라고 생각하고 한 세상을 가볍게 살아갈 수 있는 사람이었는데. 또 다아시가 자신의 결백을 증명했다는 사실에 기쁨을 느끼기는 했지만 그렇다고 해서 그 사실이 위컴 씨의 정체를 알게 된 그녀의 마음을 위로해 주지는 못했다.

그녀는 최선을 다해서 분명 무슨 오해가 있었을 것이라고 이를 증명하려 들었고, 다아시 씨를 개입시키지 않으면서도 위컴 씨의 오명을 씻어주려고 노력했다.

"소용없는 일이야. 두 사람 모두 좋은 사람이라는 걸 밝히

려는 건 무리야. 어느 한 쪽으로 결정을 내려야지. 한 사람만
으로 만족하지 않으면 안 될 거야. 두 사람 사이에는 양쪽 것
을 합쳐야 겨우 한 사람의 선인이 만들어질 만큼의 좋은 점밖
에 없었어. 그런데 최근 들어서 그것이 방향을 바꾸기 시작했
어. 나는 그것들은 전부 다아시 씨의 것이라고 믿고 싶어지기
시작했어. 언니는 언니 나름대로 생각하면 되겠지."

얼마쯤 시간이 지난 후에야 제인은 미소를 지어보였다.

"이렇게 놀란 적은 처음이야. 위컴이 그렇게 나쁜 사람이었
다니! 도저히 믿을 수가 없어. 다아시 씨도 가엾고. 애, 엘리자
베스. 그분이 얼마나 괴로웠을지 한번 생각해보렴. 굉장한 실
망감을 느낀 데다, 네가 좋은 감정을 갖고 있지 않다는 사실도
알게 되었고, 동생의 일까지 말할 수밖에 없는 상황이었으니.
정말 너무 불쌍하다. 너도 그렇게 생각하지 않니?"

제인이 말했다.

"아니, 나는 언니가 두 사람 모두를 가엾게 생각하는 것을
보니 후회도 동정심도 모두 사라져버렸어. 그분에 대해서는
언니가 앞으로 아주 공평하게 판단해 줄 것이라고 생각하니
걱정도 사라지고 이제는 무관심하게 되었어. 언니가 동정심을
낭비하고 있으니 나는 절약을 해야겠지. 언니가 그분을 동정
하면 할수록 내 마음은 깃털처럼 가벼워질 거야."

"불쌍한 위컴. 얼굴은 그렇게 선한 사람처럼 생겼는데. 태
도도 아주 솔직하고 상냥하더니만."

"그 두 사람이 받은 교육에는 아주 커다란 문제가 있었나보

군. 한 사람은 선인 그 자체가 되었고, 또 한 사람은 외관만 선인이 되었으니 말이야."

"나는 네가 언제나 생각하고 있었던 것처럼 다아시 씨의 외관이 선하게 보이지 않는다고는 한번도 생각한 적이 없어."

"하지만 내가 그 사람을 아무런 이유도 없이 미워한 것은 아주 영리한 행동이었다고 생각해. 그런 식으로 남을 미워하면 천성이 자극을 받아서 이성을 개발할 수 있게 되거든. 늘 남의 흉만 보고 장점에 대해서는 한마디도 하지 않게 된다는 단점이 있기는 하지만, 늘 사람을 비웃는다고 해서 재치 있는 말 한마디 못하라는 법도 없으니까."

"엘리자베스, 설마 처음 그 편지를 읽었을 때부터 그런 생각을 갖게 되지는 않았겠지."

"그건 사실이야. 그럴 수가 없었지. 그때는 불쾌함 때문에 견딜 수가 없었어. 너무 불쾌해서 불행했다고 말해도 상관없을 정도였으니까. 내 감정을 이야기할 상대도 없었고, 그래도 너는 네가 생각하고 있는 것처럼 약한 여자도 아니고, 자만에 빠진 여자도 아니고, 바보도 아니라고 말하면서 나를 위로해 줄 언니도 없었잖아. 그때는 정말 언니가 보고 싶었어."

"네가 다아시 씨에게 그렇게 강한 어조로 위컴 씨에 대해서 말했던 것이 좋질 않았던 거야. 지금에 와서 보니 모두 잘못된 것들뿐이니 말이야."

"그래 맞아. 하지만 혹독한 말을 한 탓에 쑥스러움을 느껴야 한다면 그건 내가 키워온 편견에 대한 당연한 결과라고 할 수 있겠지. 나 언니의 조언을 듣고 싶은 일이 하나 있어. 위컴 씨의 본성에 대해서 내가 알고 있는 사람들에게 말하는 것이 좋을까, 아니면 입을 다물고 있는 게 좋을까, 어떻게 해야겠어?"

제인은 한동안 입을 다물고 있다가 대답했다.

"그 사람의 행동까지 낱낱이 밝힐 필요는 없다고 생각해, 너는 어떠니?"

"나도 역시 그런 짓은 하지 않는 것이 좋다고 봐. 다아시 씨도 편지를 공개해도 좋다고는 말하지 않았으니까. 아니 오히려 동생에 관한 모든 일은 될 수 있으면 나만 알고 있어주길 바란다고 했거든. 그리고 다아시 씨의 행동에 대해서 다른 사람들에게 사실을 얘기한다고 한들 누가 내 말을 믿으려 들겠어? 다아시 씨에 대한 사람들의 편견은 아주 확고한 것이라 그분에 대해서 좋은 말을 하게 되면 그 때문에 메리턴에 있는 선량한 사람들 중 절반 정도는 죽고 싶을 만큼 불쾌하게 생각할 거야. 그런 짓은 할 수가 없어. 위컴 씨는 곧 떠날 거야. 그러니까 그 사람이 어떤 사람이든간에 이곳 사람들에게는 상관없는 일이 될 거야. 얼마 지나지 않아서 진실을 알게 될 테니까 그 때 우리들은 좀더 빨리 알아차리지 못한 사람들의 어리석음을 비웃을 수 있을 거야. 아직은 그 일에 대해서 아무 말도 하지 않도록 하겠어."

"그러는 게 좋을 거야. 그 사람의 악행에 대해서 밝힌다면 그 사람은 영원히 매장당할지도 몰라. 그 사람도 지금쯤은 자신이 한 일을 후회하고 명예회복을 위해서 고심을 하고 있을 거라 생각해. 그걸 방해해서는 안 되지."

엘리자베스는 이 대화로 심란함을 진정시킬 수 있었다. 그녀는 두 주일 간이나 마음속에 품고 있던 비밀을 두 가지 털어 놓았다. 이 두 가지 일에 대해서 다시 이야기를 꺼낸다고 하더라도 제인은 언제나 흔쾌히 그것을 들어줄 것이라는 자신감을 얻을 수가 있었다. 아직 제인에게 숨기고 있는 사실이 하나 있었지만 이성의 힘이 그것을 밝히지 못하도록 그녀를 붙들고 있었다. 엘리자베스는 다아시 씨의 편지에 적힌 나머지 내용에 대해서는 감히 이야기할 엄두를 내지 못했고, 또 다아시 씨의 친구인 빙리 씨가 제인에 대해서 얼마나 큰 성의를 가지고 존경하고 있는지에 대해서도 설명을 할 수가 없었다. 이 일에 대해서만은 누구에게도 말을 할 수가 없었다. 본인들 스스로가 서로를 완전히 이해할 때까지는 무슨 일이 있어도 이 마지막 남은 처치 곤란한 비밀을 밝혀서는 안 된다는 사실을 그녀는 잘 알고 있었다.

'그리고 만약 그 일어날 것 같지도 않은 일이 일어난다 하더라도 어차피 나는 빙리 씨가 하는 말을 언니가 쉽게 믿도록 할 수 있을 뿐이야. 내가 그 사실을 밝힐 수 있는 건 이미 그 사실을 밝혀도 아무런 의미가 없을 때일 거야.'

엘리자베스는 생각했다. 그녀는 집에 돌아와 안정을 되찾았기에 이제는 언니의 본심을 관찰할 수 있는 여유가 생겼다. 제인은 행복해 보이지 않았다. 그녀는 아직도 빙리에 대해서 애틋한 애정을 느끼고 있었다. 제인은 지금까지 풋사랑조차 경험한 적이 없었기 때문에 그녀의 사랑은 첫사랑에 담겨 있는 모든 정열을 갖고 있었으며, 나이와 성격 때문에 첫사랑을 그저 자랑거리로만 생각하는 다른 사람들과는 달리 좀더 진실한 부분이 있었다. 또 그녀는 빙리와의 추억을 아주 소중하게 생각하고 있었으며 누구보다도 빙리를 높이 평가하고 있었다. 그렇기 때문에 모든 이성을 총동원하여, 또 다른 가족들도 그녀를 생각해서 행동하지 않는다면 제인은 그와의 일에 대한 후회로 마음의 병을 얻어 결국에는 자신의 건강을 해쳐, 가족들의 근심거리가 되지 않을까 걱정이 될 정도였다.

어느 날 베넷 부인이 말했다.

"엘리자베스, 너는 제인의 불행했던 일에 대해서 어떻게 생각하고 있니? 나는 그 일에 관해서는 이제 아무에게도 얘기하지 않기로 했단다. 얼마 전에는 네 이모에게도 같은 말을 했단다. 하지만 제인이 런던에서 그 사람을 만나지는 않은 것 같더라. 그도 그렇겠지. 아주 형편없는 청년이니까. 그리고 이제 와서 제인이 그 사람을 손에 넣을 수 있으리라고는 생각하지 않거든. 여름이 되어도 네더필드로 돌아올 거라는 소리도 듣질 못했고. 알 만한 사람들에게 모두 물어봤거든."

"그 분은 이제 네더필드에서는 머물지 않을 거예요."

"그야, 그 사람 마음이겠지. 누구도 와달라고 할 사람은 없을 테니까. 그래도 나는 그 사람이 내 딸에게 지독한 짓을 했다고 떠들고 다닐 거야. 만약 내가 제인이었다면 절대로 가만두지 않았을 텐데. 나는 이런 생각으로 마음의 위로를 얻고 있다. 제인은 틀림없이 마음의 병으로 죽을 거고 그렇게 되면 그 사람도 자신이 한 일에 대해서 후회를 할 거라고."

엘리자베스는 그런 기대를 품는 일로 마음의 위로를 얻을 수는 없는 일이었기에 아무런 대답도 하지 않았다.

한동안 말이 없던 베넷 부인이 다시 말을 이었다.

"엘리자베스, 콜린스 씨 가족들도 잘 지내고 있니? 그래, 그래. 언제까지고 행복하게 살기를 바라는 마음뿐이다. 근데 평소에는 어떤 음식을 먹디? 그래도 샬럿은 대단한 살림꾼이었으니까. 제 어머니만큼 잘하지는 못하겠지만 그래도 야무진 구석이 있으니까. 그들은 낭비를 하면서 살고 있지는 않겠지?"

"예, 조금도요."

"대단한 수완가니까, 내참. 그렇겠지, 그렇겠지. 그 사람들은 지출이 수입을 초과하지 않도록 신경을 쓸 거야. 그 사람들은 돈 때문에 걱정하는 일은 없을 거야. 자기들만 좋으면 그만일 테니까! 그리고 틀림없이 그 사람들은 네 아버지가 돌아가시면 롱본을 손에 넣을 수 있다고 늘 얘기하고 있을 거다. 틀림없어. 그렇게 되면 자기들 것이 된다고 생각하고 있을 거야."

"내 앞에서는 그런 얘기하는 걸 들은 적이 없는데요."

"그야 그렇겠지. 네 앞에서 말할 리가 있겠니? 하지만 둘이 있는 때는 늘 그 얘기를 하고 있을 거다. 법률상으로 자기 것이 아닌 토지를 간단히 손에 넣을 수 있을 테니 횡재를 한 셈이지. 나 같으면 한정 상속으로밖에 손에 넣을 수 없는 토지라면 부끄러워서라도 받지 않을 거다.

41

집으로 돌아온 첫 주일은 바쁘게 지나갔고 두 번째 주일을 맞았다. 부대가 메리턴에 주둔하는 마지막 주였기에 근처 아가씨들은 점점 우울해지기 시작했다. 마을 전체가 침체에 빠진 듯했다. 베넷 가의 위의 두 딸들만이 평소와 같이 먹고, 마시고, 편하게 잠들었으며 그날그날의 일에 충실할 수 있었다. 키티와 리디아는 이런 두 언니의 무관심을 자주 비난했는데, 이 꼬마 아가씨들은 자기들 가족 중에 이렇게 몰인정한 사람이 있을 줄 몰랐다며 실망이 이만저만이 아니었고, 도무지 언니들을 이해할 수가 없었다.

"아이, 큰일났네. 우리들은 이제 어떻게 되는 거야? 어째야 좋은 거지? 엘리자베스 언니, 어떻게 그렇게 웃을 수가 있는 거죠?"

꼬마 아가씨들은 괴로움을 견디지 못하고 곧잘 이렇게 소리 지르곤 했다.

애정이 깊은 어머니는 그들과 함께 슬퍼해 주었다. 25년 전에 같은 경험을 했던 적이 있는 어머니는 그때는 자신도 많이 괴로워했다고 생각했다.

"밀러 대령의 연대가 철수했을 때는 나도 이틀이나 계속해서 울었단다. 심장이 찢어지는 줄 알았었지."

어머니가 말했다.

"나도 심장이 찢어질 것만 같아."

리디아가 말했다.

"브라이턴에 갈 수만 있다면 얼마나 좋을까?"

베넷 부인이 말했다.

"맞아! 브라이턴에 갈 수만 있다면! 하지만 아버지가 영 내켜하시질 않으니."

"바닷물에 잠깐 발이라도 담글 수 있다면 힘이 날 텐데."

"해수욕은 나를 위해서도 좋을 거라고 필립스 이모님이 말씀하셨는데."

키티가 덧붙였다.

이와 같은 비탄의 소리가 롱본의 집에서 끊임없이 흘러나왔다. 엘리자베스는 이런 그들을 재미있다고 생각하려 노력했지만, 재미는커녕 오히려 부끄럽기만 했다. 그녀는 새삼스레 다아시가 언니와 빙리 씨의 결혼을 반대한 이유를 확인하고 전과는 달리 그가 친구인 빙리의 결정에 간섭한 사실을 용서할 수 있을 것만 같은 기분이 들었다.

하지만 얼마 지나지 않아서 리디아의 어두운 앞길에 구름이 걷히기 시작했다. 연대 대령의 부인인 포스터 부인이 함께 브라이턴으로 가자고 말했기 때문이었다. 이 소중한 친구는 이

제 막 결혼을 한 매우 젊은 부인이었다. 쾌활하고 명랑한 성격이 리디아와 비슷했기 때문에 두 사람은 서로를 좋아하게 되었고 단 3개월 만에 아주 친밀한 사이가 되었다.

이 때 리디아가 얼마나 뽐을 냈는지, 얼마나 포스터 부인을 칭찬했는지, 베넷 부인이 얼마나 기뻐했는지, 키티가 얼마나 분개했는지는 말로 표현할 수 없을 정도였다. 리디아는 언니인 키티의 마음 같은 것은 아랑곳하지 않고 호들갑을 떨며 집안 여기저기를 뛰어다니며 모두에게 기뻐해달라고 소리지르며 평소보다 더욱 큰 소리로 웃고 떠들었다. 한편 가엾은 키티는 거실에서 의미를 알 수 없는 불평과도 같은 말들로 몇 번이고 자신의 신세를 한탄하고 있었다.

"포스터 부인이 왜 키티와 함께 나를 초대해 주지 않았는지 이유를 모르겠어. 뭐, 내가 그 사람하고 그다지 친하지 않은 건 사실이지만. 리디아가 초대를 받았다면 내게도 초대 받을 권리는 있어. 아니, 내게 권리가 더 많지. 내가 두 살이나 더 위니까."

키티가 말했다.

엘리자베스가 달래도 보고, 제인이 설득도 해보았지만 모두 소용없는 일이었다. 엘리자베스는 이 초대에 대해서 어머니와 리디아와 같은 마음을 갖기는커녕 오히려 어머니와 리디아의 상식에 대한 사형집행 명령과도 같은 것이라 생각하고 있었다. 그래서 엘리자베스는 만약 나중에 사실이 알려진다면 쏟아지는 비난을 면하지 못하리란 것을 알면서도 리디아를 가지 못하도록 하라고 아버지께 살짝 부탁을 했다. 엘리자베스는, 리디아는 평소부터 품행이 바르지 못했으며, 포스터 부인과 같은 사람과 가까이 지내봐야 아무런 도움도 되지 못할 것이며, 집에 있을 때보다 훨씬 더 유혹이 많은 브라이턴에서 그런 사람과 함께 있으면 어떤 경솔한 짓을 할지 모른다고 아버지께 말씀드렸다. 주의 깊게 그녀의 말에 귀를 기울이고 있던 아버지가 이렇게 말했다.

"리디아는 사람들 앞에서 창피를 한번 당해보기 전에는 얌전해지지 않을 게다. 그런데 지금 형편으로는 가족들에게 그렇게 많은 비용과 피해를 줄 수 없으니 나로서도 어쩔 수 없구나."

"만약 아버지께서 리디아의 경솔한 짓을 세상 사람들이 알게 되어 우리들이 굉장한 피해를 입을 것이라는, 아니 벌써 그런 손해를 봤다는 사실을 알게 되신다면 틀림없이 지금과는 다른 판단을 내리실 거라 생각해요."

엘리자베스가 말했다.

"벌써 손해를 봤다고? 무슨 소리지? 그 아이가 네 애인들을 놀라게 해서 몇 명인가가 도망을 가기라도 한 게냐? 가엾은 엘리자베스! 그래도 힘을 내야 한다. 조금 경솔한 아가씨와 가족관계를 맺는 것을 수치스럽게 생각하는 깐깐한 청년 같은 건 아까워할 필요도 없다. 어디, 멍청한 리디아 때문에 도망간 녀석들의 명부를 좀 보여주렴."

베넷씨가 말했다.

"어머, 그런 게 아니에요, 아버지. 나는 그런 분개할 만한 피해를 입지 않았어요. 내 얘기는 꼭 누가 손해를 봤다는 것이 아니라 일반적으로 그런 피해가 있을 수 있다는 거죠. 세상 사람들이 우리를 존중하고 존경하고 있는데 방정맞고, 경박하고, 몰염치하고, 구속받기 싫어하는 리디아의 성격 때문에 그런 평가에 영향을 받을 수도 있다는 점을 말씀드리는 거예요. 아버지, 만약 아버지가 리디아의 넘치는 기운을 자제시키고, 지금처럼 남자의 뒤꽁무니나 따라다니는 일은 그 애의 일생에 있어서 그리 중요한 일이 아니라는 점을 가르치지 않는다면 리디아는 곧 천덕꾸러기가 되고 말 거예요. 지금의 성격이 그대로 굳어져 16살이 되면 자신도, 가족도 세상으로부터 비웃음을 받는 구제할 수 없는 바람둥이가 될 거예요. 세상에서 가장 구제하기 힘든 비천한 바람둥이가 될 거예요. 젊음과 반반한 얼굴 외에는 아무런 매력도 없는, 무식하고 속이 텅 비어서 남들이 잘해주기만을 바라고 그 때문에 세상이 조롱해도 어떻게 막아볼 수도 없을 만한. 키티에게도 그런 위험은 있고요. 리디아가 가는 데라면 어디든지 따라가고 있거든요. 허영심에 빠져 있고, 무식하고, 게으르고, 뭐든 제멋대로인걸요. 아버지는 저 애들은 어디에 내놔도 비난을 받거나 경멸을 당하지 않을 거라고 생각하세요? 또 그 때문에 제인 언니와 나까지 그런 불명예를 받는 일은 없을 거라고 생각하고 계시는 거예요?"

베넷 씨는 엘리자베스가 온통 그 문제로 신경을 쓰고 있는 사실을 알아차렸다. 그는 엘리자베스의 손을 부드럽게 잡으며 이렇게 대답했다.

"걱정하지 말거라, 엘리자베스. 너와 제인은 어디를 가서도 존경과 귀여움을 받을 수 있을 테니. 두 명 정도, 아니 세 명이라고 해도 괜찮겠지. 멍청한 딸을 뒀다고 해서 손해 볼 일은 없을 거다. 리디아가 브라이턴에 가지 않는다면 우리들은 롱본에서 편하게 살 수 없을 거다. 그러니 보내야겠다. 포스터 대령은 영리한 사람이니 그 아이가 잘못을 저지르게 그냥 두지는 않을 게다. 그리고 다행스럽게도 리디아는 부자가 아니니 그런 미끼에 걸릴 만한 사람도 없을 게고. 브라이턴에서 평범한 아가씨들은 여기서처럼 그렇게 인기를 끌지 못할 거다. 사관들도 좀더 괜찮은 아가씨들을 찍을 거고. 그러니까 리디아는 거기에 가서 자기가 그렇게 대단한 여자가 아니었다는 사실을 알게 될 게다. 앞으로 행실이 더 나빠진다면 평생 가둬두면 될 테니까."

엘리자베스는 이 대답으로 만족할 수밖에 없었지만 그래도 자신의 뜻에는 변함이 없었다. 그래서 엘리자베스는 실망한 채로 자신을 가엾게 여기고 있는 아버지를 남겨두고 방에서 나왔다. 하지만 그녀는 그런 일에 언제까지고 얽매여 있을 성격이 아니었다. 그녀는 이로써 자신의 의무는 끝난 것이라고 생각했다. 불가피한 화 때문에 초조해 하거나, 쓸데없는 걱정으로 화를 크게 만드는 것은 그녀의 성격에 어울리지 않는 일이었다.

엘리자베스와 아버지가 나눈 이야기의 내용을 리디아와 어머니가 알게 된다면, 그 두 사람의 수다로도 미처 표현하지 못할 만큼 커다란 분노를 느꼈을 것이다. 리디아에게 있어서 브라이턴 방문이란, 이 세상 모든 행복의 가능성을 내포하고 있는 일이었다. 리디아는 공상 속에서 창조적인 눈으로 사관들로 가득 찬 해수욕장 마을의 활발한 거리를 보고 있었다. 그녀는 아직은 알지도 못하는 사관들 열 명, 스무 명이 자신을 점찍어두는 모습을 봤다. 그녀는 자랑스레 펼쳐진 군영의 모습을 보았다. 수많은 텐트가 나란히 줄지어 세워져 있었고, 활기에 넘치는 젊은 남자들이 무리지어 있는 곳에서 눈부시게 붉은 빛이 번쩍이는 것을 보았다. 그리고 마지막으로 이 광경을 완전한 것으로 만들기 위해서 자신이 한 텐트 속에 앉아서 한번에 적어도 6명이나 되는 사관들과 즐겁게 놀고 있는 모습을 봤다.

언니가 이런 희망, 이런 현실로부터 리디아를 떼어놓으려 했다는 사실을 알았다면 리디아는 어떤 기분에 빠졌을까? 그것은 어머니만이 이해할 수 있었을 것이다. 어머니였다면 리디아와 같은 기분에 빠졌을 것이다. 베넷 부인은 남편이 브라이턴에 갈 마음이 전혀 없다는 사실을 알고 우울함에 빠져, 그나마 리디아가 가게 된 사실을 마음의 위로로 삼고 있었다.

하지만 어머니와 리디아는 무슨 일이 있었는지 전혀 알지 못하고 있었다. 따라서 그녀들은 리디아가 집을 나서는 날까지 거의 흥분상태에 빠져 있었다.

엘리자베스는 위컴 씨와 마지막 인사를 나누게 되었다. 목사관에서 돌아온 이후, 종종 그와 자리를 함께 한 적이 있었기 때문에 흥분은 거의 없어진 상태였다. 또, 전에 그를 좋아했을 때 갖고 있던 감정은 완전히 사라지고 없는 상태였다. 그의 상냥한 행동을 처음에는 기쁘게 받아들였지만, 지금은 그 행동에서 거부감과 지루한 단조로움을 느끼고 있었다. 그리고 엘리자베스에 대한 위컴 씨의 행동에서 그녀는 전과는 다른 불쾌감을 느꼈다. 두 사람이 처음 만났을 때처럼 그녀에게 세심한 주의를 기울이려 했지만 워낙 충격적인 일이 있었기 때문에 그런 그의 모습에 오히려 화가 날 뿐이었다. 자신이 이런 변덕스럽고 책임감 없는 남자의 연애 상대로 선택되었다는 사실을 알게 되자 그에 대한 관심이 완전히 사라져버리는 것이었다. 그리고 어떤 이유에서든, 또 아무리 오랜 시간 동안 그녀를 돌아보지 않고 있다가 그가 다시 전처럼 다정한 모습을 보이기만 하면 그녀의 허영심은 곧 채워질 것이고, 그녀는 언제라도 다시 그를 좋아하게 될 것이라고 믿고 있는 위컴 씨의 모습을 보자 엘리자베스는 이를 강하게 부정하면서도, 이는 모두 자기 탓이라는 일종의 책임감 같은 것을 느끼지 않을 수 없었다.

군대가 메리턴을 떠나기로 되어 있는 날, 위컴은 다른 사관들과 함께 롱본에서 식사를 했다. 엘리자베스는 그와 기분 좋게 헤어져야겠다는 마음은 갖고 있지 않았기에, 헌스퍼드에서 어떻게 지냈냐고 묻는 그의 질문에 피츠윌리엄 대령과, 다아시 씨가 로징스에 와서 3주간 머물렀다는 사실을 이야기하고 피츠윌리엄 대령을 아느냐고 위컴 씨에게 물었다.

그는 놀라면서 기분이 상한 듯한, 당황한 듯한 모습을 보였다. 하지만 곧 침착함을 되찾은 그는 얼굴에 미소를 지으며 전에는 자주 만났었다고 대답했다. 그리고 그 사람은 아주 신사라고 말하고 엘리자베스에게 그 사람을 좋아하느냐고 물었다. 그녀는 그 사람에게 광장한 호감을 갖고 있는 것처럼 대답을 했다. 그가 냉담한 미소를 지으면서 바로 이렇게 말했다.

"그 사람이 로징스에 얼마나 머물렀다고 했었죠?"

"3주일 정도요."

"자주 만나셨나요?"

"네, 거의 매일이요."

"그 사람은 사촌과는 태도가 아주 다르죠?"

"네, 아주 다르던데요. 하지만 다아시 씨도 사귀어보니까 점점 좋아지더라고요."

"설마!"

위컴이 외쳤을 때 엘리자베스는 그의 표정을 놓치지 않고 관찰했다. 그가 계속해서 말했다.

"그렇다면, 한 가지 물어보고 싶은 것이 있는데."

일단 여기서 말을 끊은 뒤에 좀더 명랑한 어조로 덧붙여 말했다.

"좋아졌다는 건 사람을 대할 때의 태도를 말씀하시는 건가요? 그의 어투에 정중함이라도 섞이기 시작했다는 건가요? 설마 그 사람이."

좀더 낮고 진지한 목소리로 계속해서 말했다.

"본질적으로 좋아졌다고는 생각지 않아요."

"네, 맞는 말이에요. 본질적으로는 평소와 다름없이 보였어요."

엘리자베스가 말했다.

엘리자베스가 말하고 있는 동안 위컴은 그녀의 말에 기뻐해야 할지, 의심을 품어야 할지 몰라 하는 눈치였다. 엘리자베스가 다음과 같은 말을 덧붙여 하는 동안 그녀의 얼굴에는 그를 불안한 마음으로 귀를 기울이게 하는 무엇인가가 있었다.

"그분과 사귀어 보니 점점 좋아지더라고 했던 말은 그 분의 마음이나 태도를 두고 한 것이 아니에요. 그분을 알고 보니까 그분의 성격을 잘 알 수 있었다는 의미죠."

위컴의 상기된 얼굴과 흥분한 눈빛에서 그가 당황하고 있음을 알 수 있었다. 그는 몇 분간 침묵을 지키고 있다가 당황스러워하는 모습을 떨쳐내고 다시 그녀를 향해서 아주 부드러운 어조로 말했다.

"다아시에 대한 나의 감정을 잘 알고 있는 당신은, 그 사람이 정직한 척할 수 있을 정도로 영리해졌다는 사실을, 내가 얼마나 진심으로 기뻐하고 있는지에 대해서 금방 이해하실 수 있으시죠? 그 사람의 오만함이 그런 식으로 나타난다면 다아시에게는 별로 도움이 되지는 않겠지만, 많은 사람들에게는 도움을 줄 수 있을지도 몰라요. 왜냐하면 나를 고통에 빠지게 했던 그런 지독한 짓을 다시는 하지 않게 될 테니까요. 단지 내가 걱정하고 있는 것은 아까부터 당신이 말하고 있는 그 사람의 조심성이 이모님을 방문할 때만 보여지는 행동이 아닐까 하는 점입니다. 다아시는 전부터 이모님에게 잘 보여야겠다는 생각 때문에 그녀 앞에서는 언제나 행동을 조심했거든요. 다아시가 이모님과 함께 있을 때는 행동을 조심한다는 사실을 난 전부터 알고 있었어요. 다아시는 드 버그 양과 결혼하고 싶어 하거든요. 그는 그런 야심을 품고 있는 것이 틀림없어요."

이 말을 듣고 엘리자베스는 웃음을 참을 수가 없었다. 하지만 대답을 하는 대신 고개를 조금 갸웃거려 보였다. 엘리자베스는 위컴이 자신의 불행했던 과거의 일로 그녀를 끌어들이고 싶어한다는 사실을 알고 있었지만, 더 이상 그의 의도에 말리고 싶지 않았다. 그날 밤의 나머지 시간 동안 위컴은 엘리자베스에게 특별한 상냥함을 보이지 않은 채, 단지 평소의 쾌활함으로 겉모습을 꾸밀 뿐이었다. 모임이 끝난 뒤, 두 사람은 서로 정중하게 인사를 나누고 헤어졌지만 속으로는 두 번 다시 만나고 싶지 않다고 생각하고 있었을지도 몰랐다.

모임이 끝난 뒤 리디아는 포스터 부인과 함께 메리턴으로 떠났다. 두 사람은 다음 날 아침 일찍 출발하기로 되어 있었다. 리디아와 가족들은 슬픈 이별이라기보다는 오히려 떠들썩한 이별을 했다. 눈물을 흘린 것은 키티뿐이었는데 이는 분하고 부러워서 흘리는 눈물이었다. 베넷 부인은 장황한 말로 딸의 행복을 빌고, 즐길 수 있을 만큼 즐기고 오라고 주의를 주는 듯한 어조로 말했다. 이런 충고라면 틀림없이 즐겁게 받아들였을 것이다. 리디아는 아주 기쁘다는 듯이 커다란 목소리로 작별인사를 했기 때문에 언니들이 조신하게 말하는 인사는 그녀의 귀에 들어오지도 않았다.

42

만약 엘리자베스가 자기 가족들과의 생활을 바탕으로 자신의 의견을 세웠다면, 부부생활에서 오는 행복이나 가정을 꾸리는 데서 오는 즐거움에 대해서 그렇게 유쾌한 그림은 그릴 수 없었을 것이다. 그녀의 아버지는 젊음과 아름다움의 포로가 되어, 또 젊음과 아름다움이 일반적으로 선사해 주는 깊이 없는 즐거움에 마음을 빼앗겨 한 여자와 결혼을 하게 되었는데 그 여자는 이해력이 떨어지고 속도 좁았기 때문에 결혼하자마자 곧 그녀에 대한 참된 애정이 식어버리게 되었다. 존경심과 호의와 신뢰감은 영원히 사라졌고 행복한 가정이라는 생각은 완전히 깨져버리고 말았다. 하지만 베넷 씨는 불행한 사람들이 곧잘 그러는 것처럼 자신의 경솔함이 초래한 실망 대신 쾌락으로 자신의 어리석음이나 악덕의 결과를 위로하려드는 사람은 아니었다. 그는 전원에서의 생활과 책을 좋아하는 사람이었다. 그리고 그의 즐거움은 대부분 이런 그의 취향에서 생겨나는 것이었다. 부인으로부터는 그녀의 무지와 어리석음 덕분에 얻어지는 웃음 외에는 아무 것도 얻을 것이 없었다.

이것은 평범한 남자가 아내에게서 얻기를 바라는 것과 같은 종류의 행복이 아니었다. 그렇지만 다른 방법으로는 즐거움을 줄 수 있는 능력을 상대가 가지고 있지 못한 경우, 진정으로 현명한 사람은 상대가 줄 수 있는 것에서부터 조그만 이익이라도 끌어내는 법이다.

하지만 엘리자베스는 남편으로서 옳지 못한 태도를 보이는 아버지를 무조건 지지하지는 않았다. 엘리자베스는 그런 모습을 볼 때마다 마음이 괴로웠다. 그래도 엘리자베스는 아버지의 재능을 존중하고 있었으며, 자신에게 상냥한 모습을 보이는 것에 대해서 감사하는 마음을 품고 있었기 때문에 아버지가 어머니에게 취하는 참을 수 없는 행동들까지도 잊으려고 했다. 그리고 아버지가 남편으로서의 책임과 예의를 지키지 않기 때문에 자신의 아내를 아이들이 가볍게 보고 무례하게 행동을 하게 되었다는 사실조차도 될 수 있으면 생각하지 않으려고 노력했다. 하지만 그렇게 어울리지 않는 부부 사이에서 태어난 아이들에게 있게 마련인 불이익을 지금처럼 강하게 느낀 적은 없었다. 그리고 재능을 가지고 있으면서도 안타깝게도 그것을 엉뚱한 곳에 썼기 때문에 생겨난 화를 지금처럼 절실하게 느낀 적도 없었다. 만약 그것이 제대로 쓰이기만 했다면 비록 아내의 소견을 넓히는 일은 하지 못했을지는 모르지만 적어도 딸들이 품위를 지키게 할 수는 있었을 것이다.

엘리자베스는 군대가 위컴을 데리고 떠난다는 사실 때문에 기뻐하고 있었다. 하지만 군대가 떠난다는 사실에서 그 외의 즐거움을 발견할 수는 없었다. 전처럼 많은 사람들이 파티에 참석하지도 않았고, 집에서는 어머니와 동생들이 하루 종일 지루한 생활에 대해서 불평을 털어놓았기에 집안 분위기도 우울해졌기 때문이었다. 키티는 그녀의 머리를 혼란하게 만드는 사람이 없어졌기에 당분간은 분별력을 가지고 행동할지는 몰랐다. 하지만 그 성격만을 놓고 생각해봐도 지금보다 더 나쁜 짓을 하게 될지도 모를 리디아는 해수욕장과 군대라는 두 가지 위험한 조건 때문에 어리석음과 뻔뻔스러움을 더욱 확고한 것으로 만들지도 모른다는 생각이 들었다. 따라서, 전에도 몇 번 경험한 적이 있는 사실이지만, 엘리자베스는 기다리고 기다리던 사건이 막상 현실로 나타나도 생각하고 있던 것만큼의 만족을 얻을 수 없다는 사실을 알고 있었다. 현실적인 행복의 실마리를 찾는 일은 미래의 날들에 의지할 수밖에 없었다. 좀 더 색다른 일에 소망과 기대를 걸어놓고 다시 그날을 기다리는 일로 당분간은 스스로를 위로하며, 또 그것으로 다른 날에 찾아올 실망에 대비할 수밖에 없었다. 호반으로의 여행이 지금 그녀가 가질 수 있는 즐거운 목표였다. 어머니와 키티가 불만을 품고 있는 한, 집안이 즐겁지 못하리란 것은 당연한 일이었다. 이렇게 우울할 때 여행에 대한 상상이 그녀를 위로해 주었다. 그리고 만약 이 계획에 제인을 넣을 수만 있었다면 그 여행은 더할 나위 없이 즐거운 것이 되었을 것이다.

'그나마 다행이지 뭐야. 기대를 품을 수 있는 일이 있으니. 모든 조건이 완벽하게 갖춰지면 틀림없이 실망을 하게 될 거야. 나는 언제나 언니가 없을 때는 그 사실을 안타깝게 생각하니까 내가 생각하고 있는 즐거움에 대한 기대는 모두 실현되는 거라고 생각하면 되는 거지. 처음부터 끝까지 즐거움으로 가득 찬 계획은 결코 성공할 수가 없어. 커다란 실망을 방지하기 위해서는 하나쯤 마음에 들지 않는 일을 참을 필요가 있는 거야.'

엘리자베스는 이렇게 생각하기로 했다.

리디아는 집을 나서면서 어머니와 키티에게 자주 편지를 써서 자세한 상황을 알려주겠다고 약속을 했지만 오랫동안 기다린 끝에 받아보게 되는 리디아의 편지는 언제나 짧은 글들로 끝을 맺고 있었다. 어머니 앞으로 보낸 편지에는, 지금 우리들은 도서관에서 집으로 돌아가는 길인데 도서관에서는 어떤, 어떤 사관들과 함께 있었다든지, 아주 예쁜 장식을 봤는데 꼭 갖고 싶다든지, 가운을 새로 샀다든지, 파라솔을 샀다든지, 좀 더 자세한 내용을 적어 보내고 싶지만 포스터 부인이 불러서 곧 병영으로 가봐야 하기 때문에 이제는 붓을 놓을 수밖에 없다는 내용 등이 적혀 있을 뿐이었다. 그리고 키티에게 보내는 편지에는 그나마 들을 만한 사연이 더욱 없었다. 내용이 길기는 했지만 썼다가 지운 곳이 너무 많아서 도저히 읽을 수 없었기 때문이었다.

롱본에서는 리디아가 떠난 지 2, 3주일이 지나서야 건강함과 즐거움과 활기를 되찾을 수 있었다. 모든 것이 이전보다 더욱 행복한 모습을 보이고 있었다. 런던에서 겨울을 보낸 몇몇 가족들이 이곳으로 돌아와 여름옷을 준비하고 사람들을 초대하기 시작했다. 베넷 부인도 다시 불평투성이의 일상을 회복했다. 6월 중순이 되자 키티도 완전히 평정을 되찾아 메리턴을 방문해도 울지 않게 되었다. 아주 다행스럽게도 이대로 간다면 육군성이 무자비하게 악의를 가지고 다른 군대를 메리턴에 주둔시키지 않는 한, 이번 크리스마스까지는 키티도 분별력이 생겨서 사관들에 대한 이야기를 하루에 한 번 이상은 하지 않게 될 것이라고 엘리자베스는 희망을 가질 수가 있었다.

북쪽으로 여행을 떠나기로 한 날이 아주 가까이까지 다가와 있었다. 이제 두 주일 정도밖에 남지 않았을 때 가디너 씨의 편지가 도착했다. 여행을 뒤로 미루고 날짜도 줄이자는 것이었다. 가디너 씨에게 일이 생겼기 때문에 두 주일을 더 늦춰 7월이나 되어야 떠날 수 있을 것 같고, 또 한 달 안으로 런던에 가봐야 한다는 것이었다. 그렇다면 처음 계획대로 멀리까지 가서 많은 것을 보고 오거나, 천천히 여유를 가지고 즐겁게 걸어서 여행을 하기에는 시간이 부족했다. 따라서 호수가 있는 지방까지 간다는 것은 포기하고 좀더 짧은 여행만으로 만족할 수밖에 없었다. 이번 계획에서는 다비셔까지만 가기로 하고 더 이상 북쪽으로는 올라가지 않기로 했다. 다비셔에만 해도 3주일이라는 시간을 꼬박 투자해야 할 만큼 볼거리가 많았지만 가디너 부인은 특히 그곳에 강한 매력을 느끼고 있었다. 그녀가 전에 몇 년 동안 살고 있던 도시에서 며칠 간 머물기로 되어 있었는데, 그 도시는 메트로크(다비셔의 유명한 온천가),

체츠워드(한 유명한 공작의 저택이 있는 곳), 다브데일 계곡, 더 피크 산악지대 등과 같은 유명한 관광지에 뒤지지 않을 만큼 그녀의 관심의 대상이 되는 곳이었다.

엘리자베스는 크게 실망을 했다. 그녀는 오직 호수가 있는 지방에 가보고 싶었을 뿐이었다. 그리고 아직도 그곳을 둘러볼 정도의 시간은 있는 것이 아닐까 하는 생각이 들었다. 하지만 그녀는 그것만으로도 만족할 수밖에 없었다. 그리고 모든 일에서 행복을 느끼는 것이 그녀의 성격이기도 했다. 얼마 지나지 않아서 그녀는 이 일에 크게 신경을 쓰지 않게 되었다.

다비셔라는 말을 들으면 많을 것을 연상하게 된다. 그 말을 듣고 엘리자베스는 펨벌리와 그 소유자인 다아시를 떠올리지 않을 수 없었다.

'무사히 그곳으로 들어갈 수 있을 거야. 잘만 하면 그 사람의 눈에 띄지 않고 형석을 두세 개쯤 가지고 올 수 있을지도 몰라.'

기다려야 하는 시간이 두 배가 되었기에 외삼촌 부부가 올 때까지는 아직 4주일이 남아 있었다. 하지만 곧 그 4주일이 지나고 가디너 부부가 아이들 넷을 데리고 드디어 롱본에 모습을 나타냈다. 6살과 8살 난 여자 아이와, 두 사내아이는 제인이 돌봐주기로 했다. 아이들 모두 제인을 좋아하고 있었으며, 그녀는 야무지고 상냥했기 때문에 모든 면에서 그들을 돌보기에 가장 적합한 사람이었다. 가르침에 있어서도, 함께 노는 데 있어서도, 그들을 사랑하는 데 있어서도.

가디너 부부는 롱본에서 하룻밤 묵은 뒤, 다음날 아침 엘리자베스를 데리고 여행을 떠났다. 그들에게는 확실한 즐거움이 한 가지 있었다. 그것은 서로 마음 맞는 사람과 동행을 한다는 것이었다. 모두가 불편을 이겨낼 수 있을 만한 건강과 성격을 가지고 있다는 점, 그 어떤 쾌락에도 뒤지지 않을 정도의 쾌활함을 지니고 있다는 점, 그리고 다른 것 때문에 실망을 느끼게 되더라도 애정과 이성을 바탕으로 그들끼리는 즐겁게 지낼 수 있다는 점 등.

다비셔에 관한 일이나 그들이 그곳에 도착하기까지 들렀던 명승지에 대해서 묘사하는 것은 이 작품의 목적이 아니다. 옥스퍼드와 블레님, 워릭과 케닐워드, 버밍엄 등은 누구나가 알고 있는 곳이다. 여기서는 다비셔의 일부분만이 중요하다. 램턴이라는 작은 마을은 가디너 부인이 전에 살았던 곳으로 아직까지도 몇몇 이웃들이 살고 있다는 이야기를 최근 들은 적이 있었다. 그들은 유명한 명승지들을 모두 둘러본 후에 그 마을로 향했다. 엘리자베스는 펨벌리가 램턴이라는 마을에서 5마일밖에 떨어지지 않은 곳에 위치해 있다는 사실을 이모로부터 들을 수 있었다. 그들은 펨벌리를 직접 지나가지는 않았지만 그들이 지나는 길에서 겨우 1, 2마일밖에 떨어지지 않은 곳에 펨벌리가 있었다. 전날 밤, 여로에 대해서 이야기를 나눌 때 가디너 부인은 펨벌리에 한번 가보고 싶다고 말했다. 가디너 씨는 찬성이라고 말했다. 가디너 부인은 엘리자베스에게도 찬성해 주기를 바랐다.

"너도 그곳에 대해서 많은 이야기를 들었을 테니 한 번 가 보고 싶지 않니? 네가 알고 있는 사람들과 깊은 연관이 있는 장소가 아니니? 너도 알고 있겠지만 위컴 씨도 어렸을 때는 그곳에서 살았단다."

외숙모가 말했다.

엘리자베스는 괴로웠다. 그녀는 펨벌리에는 가고 싶은 마음이 없었다. 그래서 그녀는 별로 관심이 없다는 듯한 표정을 지어보이는 수밖에 없었다. 그녀는 호화로운 저택은 이제 싫증이 났으며, 너무 많이 봤기 때문에 아름다운 건물이나 수놓은 커튼도 이젠 흥미가 없다고 말할 수밖에 없었다.

가디너 부인은 모르는 소리 말라며 꾸짖었다.

"사치스러운 가구가 들어 차 있는 화려한 집뿐이라면 나도 그다지 보고 싶은 마음은 없어. 그곳은 정원이 훌륭하단 말이야. 전국에서도 가장 아름답다고 알려진 숲이 몇 군데나 있다고."

가디너 부인이 말했다.

엘리자베스는 그 이상 아무런 말도 하지 않았지만 속으로는 동의할 수가 없었다. 그곳을 구경하다가 다아시 씨와 만나게 될지도 모른다는 생각이 문득 떠올랐다. 생각하기도 싫은 일이었다. 생각하는 것만으로도 얼굴이 달아올랐다. 그런 모험을 하느니 차라리 외숙모에게 모든 것을 털어놓자고 결심했다. 하지만 그러기에도 문제가 있었다. 결국 그녀는 펨벌리의 가족들이 그곳에 머물고 있는지 어떤지를 슬쩍 물어봐서 만약 있다고 한다면 그때는 하는 수 없이 외숙모에게 모든 것을 털어놓을 수밖에 없겠다고 생각했다.

그녀는 밤이 되어 방으로 들어간 뒤 하녀에게 펨벌리는 얼마나 훌륭한 곳인지, 어떤 사람이 소유하고 있는지를 물은 다음, 조심스럽게 그 가족들이 올 여름에 런던에서 돌아왔는지를 물었다. 아주 고맙게도 마지막 질문에 대해서는 아니라는 대답이 돌아왔다. 그래서 다음날 아침 그 문제에 대한 이야기가 나와, 어떻게 할 것이냐는 질문을 받았을 때 엘리자베스는 아무렇지도 않게 실은 자신도 반대하지 않는다고 즉석에서 대답할 수가 있었다.

그래서 그들은 펨벌리로 가게 되었다.

43

마차 안에서 펨벌리의 숲을 처음 보게 되었을 때 엘리자베스는 가슴이 설레는 것을 조금 느낄 수 있었다. 그리고 마차가 정원으로 향한 길로 접어들자 그녀의 가슴은 심하게 고동치기 시작했다.

장원은 매우 넓었으며 여러 가지 신비한 모습을 간직하고 있었다. 마차는 지대가 낮은 곳을 통해 그곳으로 들어서서 곧 그 주변 일대를 둘러싸고 있는 아름다운 숲을 지나쳤다.

엘리자베스는 말도 제대로 할 수 없을 정도로 가슴이 설레어 단지 눈에 띄게 아름다운 곳이나 전망이 좋은 곳을 바라보며 감탄할 뿐이었다. 반 마일 정도 계속되는 언덕길의 정상에 오르자 거기는 꽤 높은 언덕이었는데 숲은 거기서 끝나 있었으며 계곡 건너편으로 펨벌리의 저택이 서 있는 것이 곧 눈에 들어왔다. 그리고 그 계곡 쪽으로 꽤 경사가 급한 내리막길이 이어져 있었다. 커다랗고 아름다운 석조 건물로 높은 지대에 보기 좋게 서 있었으며 잎들이 무성한 나무로 둘러싸인 높은 언덕을 등지고 있었다. 건물 앞으로는 자연의 위용을 과시하듯 한 줄기 큰 강물이 흐르고 있었는데 인공적인 모습은 어디에서도 찾아볼 수가 없었다. 양 기슭은 형식적이지도 않았으며 억지로 장식한 듯한 모습도 보이질 않았다. 엘리자베스는 기뻤다. 그녀는 지금까지 이곳처럼 자연을 해치지 않고 그것을 잘 활용한 곳을 본 적이 없었다. 세 사람 모두가 아낌없이 칭찬을 했다. 그 순간 엘리자베스는 펨벌리의 안주인이 되는 것도 그다지 나쁜 일만은 아닐 것 같다는 생각이 들었다.

그들의 마차는 언덕을 내려가, 다리를 건너, 문 쪽으로 다가갔다. 건물을 바로 앞에서 바라보고 있자니 엘리자베스는 다시 이 집의 주인을 만나게 되는 것이 아닐까 하는 불안감에 빠져들었다. 여관의 하녀가 착각을 하고 있었던 게 아닐까 하는 걱정이 들기 시작했다. 그들이 구경을 하고 싶다고 부탁하자 그들을 현관 안쪽으로 안내해 주었다. 거기서 가정부가 오기를 기다리는 동안 엘리자베스는 자신이 여기에 와 있다는 사실이 믿기지 않았다.

가정부가 모습을 드러냈다. 품위 있어 보이는 중년 부인으로 엘리자베스가 생각하고 있었던 것보다는 훨씬 아름답지 않았지만 아주 정중한 태도를 보였다. 그들은 가정부의 뒤를 따라서 식당으로 들어갔다. 균형 잡힌 커다란 방으로 깔끔하게 정돈되어 있었다. 방안을 한바퀴 둘러본 엘리자베스는 전망을 보기 위해서 창가로 갔다. 조금 전에 내려온, 숲으로 둘러싸인 언덕을 멀리서 바라보자 더욱 가파르고 아름답게 보였다. 그 어느 곳도 흠잡을 데 없이 잘 균형 잡힌 모습이었다. 그녀는 전경을, 강을, 양쪽 기슭에 산재해 있는 숲을 그리고 굽이굽이 흐르는 계곡을 시선이 닿는 데까지 바라보며 즐거워하고 있었다. 각기 다른 방에 들어설 때마다 풍경은 달라졌지만 어느 창을 통해서 바라보아도 모두 전망이 좋았다. 방들은 모두 천장이 높았으며 아름다웠다. 그리고 소유주의 재산에 어울리는 가구들이 들어서 있었다. 엘리자베스는 지나치게 화려하지도 않고, 단지 고급스러워 보이기만 하지도 않은 가구들을 보며 다아시의 안목에 감탄하지 않을 수 없었다. 로징스의 가구보다 화려하지는 않았지만 아주 기품 있게 보였다.

　엘리자베스는 속으로 생각했다.

　'어쩌면 이 집의 안주인이 될 수 있었을지도 몰라! 지금쯤에는 이곳 방들에 완전히 익숙해져 있었을지도 모른단 말이야! 손님으로 와서 구경하는 게 아니고 자기 물건으로서 이것들을 즐기며, 외삼촌과 외숙모를 손님으로 초대했을지도 모르지. 아니, 아니야. 그런 일이 있을 리가 없지. 초대해도 좋다고

허락하지 않았을 거야.'

이렇게 생각하자 조금은 후회스럽던 기분도 사라지고 말았다.

엘리자베스는 가정부에게 주인이 정말 집을 비우고 없는지를 묻고 싶었지만 그럴만한 용기가 생기질 않았다. 그런데 마침 외삼촌이 그것을 물어봐 주었다. 가정부인 레이놀즈 부인이 없다고 말하고 그 다음 말을 하는 동안 엘리자베스는 걱정으로 시선을 다른 곳으로 돌렸다.

"하지만 내일 친구들을 많이 데리고 돌아오실 예정입니다."

엘리자베스는 이번 여행이 어떤 사정에 의해서 하루 더 연기되지 않았다는 사실에 감사했다.

외숙모는 그림을 좀 보라며 엘리자베스를 불렀다. 다가가서 보니 벽난로 위쪽에 있는 몇 개의 초상화 속에 위컴의 초상화가 걸려 있었다. 외숙모는 미소 띤 얼굴로 어떻게 생각하냐고 물었다. 가정부가 다가와서 그건 돌아가신 주인님의 집사 아들의 초상화인데 주인님께서 학비를 대주시면서 교육을 시켰다고 말했다.

"지금은 군대에 있는데 아주 방탕한 생활을 했었다고 들었습니다."

가정부가 덧붙여 말했다.

가디너 부인은 조카를 바라보며 미소지었다. 엘리자베스는 미소를 지어보일 수가 없었다.

"그리고 저분이 우리 주인님입니다. 실물하고 아주 닮았어요. 저쪽에 있는 것과 같이 그린 거죠. 한 8년쯤 전에."

레이놀즈 부인이 또 다른 초상화 하나를 가리키며 말했다.

"훌륭한 분이라는 말을 종종 들은 적이 있습니다. 인물도 뛰어나시군요. 엘리자베스, 너는 닮았는지 안 닮았는지 알 수 있겠지?"

가디너 부인이 그림을 바라보며 말했다.

엘리자베스가 주인과 아는 사이라는 것을 알게 되자 레이놀즈 부인은 엘리자베스에 대한 존경심이 솟아나는 듯했다.

"아가씨는 다아시 님과 아는 사인가요?"

엘리자베스가 얼굴을 붉히며 말했다.

"네, 조금."

"굉장한 미남이라고 생각지 않으세요?"

"네, 굉장히."

"난 그렇게 훌륭한 분을 본 적이 없어요. 2층 화랑에 가면 더 크고 훌륭한 그림이 있어요. 이 방은 돌아가신 전 주인님께서 마음에 들어 하시던 방이라 그림들도 그때 것이 그대로 남아 있어요. 전 주인님께서는 이 그림을 아주 좋아하셨어요."

부인의 말을 듣고 엘리자베스는 위컴 씨의 초상화가 함께 걸려 있는 이유를 알게 되었다.

레이놀즈 부인은 이번에는 다아시 양이 8살 때 그렸다는 초상화를 그들에게 보여줬다.

"다아시 양도 오빠처럼 아름다운가요?"

가디너 부인이 물었다.

"그럼요. 그렇게 아름다운 아가씨도 없을 거예요. 그리고 재주도 뛰어나고요. 하루 종일 피아노를 연주하기도 하고, 노래를 부르기도 하시죠. 옆방에 아가씨를 위해서 런던에서 새로 산 피아노가 지금 막 도착해 있어요. 주인님이 보내는 선물이죠. 내일 주인님과 함께 돌아오실 겁니다."

가디너 씨는 태도가 대범하고 쾌활한 사람이었기에 이런저런 질문을 하기도 하고 자신의 의견을 밝히기도 했는데 레이놀즈 부인도 이에 따라 친절하게 이야기를 나눴다. 그녀는 자만심에서인지, 애정에서인지는 모르겠지만 자신의 주인과 주인의 동생에 대해서 아주 기쁘다는 표정으로 이야기를 했다.

"주인께서는 일년 중 펨벌리에 계시는 날이 많으신가요?"

"내가 바라고 있는 만큼 많이 계시지는 않아요. 그래도 반 정도는 이곳에 계시는 것 같아요. 아가씨는 여름이면 늘 이곳에서 지내시죠."

'램즈기트에 가지 않을 때는 여기에 있겠지.'

엘리자베스는 생각했다.

"주인께서 결혼을 하신다면 이곳에 더 오래 머물겠죠?"

"그렇고말고요. 하지만 언제나 그렇게 될지. 과연 주인님의 아내가 될 만한 아가씨가 있을까요?"

가디너 부부가 살짝 미소를 지었다. 엘리자베스는 한마디 하지 않을 수가 없었다.

"부인이 그렇게 말씀하시는 걸 보니 주인께서도 눈이 높으시겠군요?"

"저는 그저 사실을 말씀드렸을 뿐입니다. 주인님을 알고 계시는 분들은 모두 그렇게들 말씀하시죠."

레이놀즈 부인이 대답했다. 엘리자베스는 좀 지나치게 칭찬을 하고 있다는 느낌을 받았다. 엘리자베스가 더욱 놀라서 귀를 기울이고 있자 가정부가 이런 말을 덧붙였다.

"난 주인님이 네 살이셨을 때부터 알고 있었는데 지금까지 단 한 번도 잔소리를 들은 적이 없었어요."

이는 전혀 생각지도 못 했던 칭찬으로 엘리자베스의 생각과는 정반대되는 말이었다. 다아시는 온화한 성격이 아닐 것이라고 엘리자베스는 굳게 믿고 있었다. 그녀의 날카로운 관찰력이 눈을 떴다. 좀더 많은 이야기를 듣고 싶어졌다. 그리고 이렇게 말하는 외삼촌에게 감사를 느끼지 않을 수 없었다.

"그렇게 좋은 말만 듣는 분도 드물 겁니다. 당신은 훌륭한 주인님을 섬기고 있어서 아주 행복하겠군요."

"네, 나도 그렇게 생각하고 있어요. 세상 어느 곳에서도 그렇게 훌륭한 주인님을 만날 수는 없을 거예요. 내가 늘 하는 말인데, 어렸을 때 얌전했던 분은 어른이 돼서도 온후한 분이 되더라고요. 주인님은 언제나 세상에서 가장 다정하고 마음이 넓으신 도련님이셨지요."

엘리자베스는 그녀의 얼굴에서 시선을 뗄 수가 없었다.

'다아시 씨는 정말 그런 분일까?'

엘리자베스는 생각했다.

"아버님도 아주 훌륭한 분이셨겠죠?"

가디너 부인이 말했다.

"네, 정말 훌륭한 분이셨어요. 아드님도 그분을 꼭 닮으셔서 가난한 사람들을 많이 도와주고 있어요."

귀를 기울이고 있던 엘리자베스는 놀랍고도 의심스러워서 좀더 이야기를 듣고 싶었다. 레이놀즈 부인이 다른 이야기를 해도 그것에는 흥미를 느낄 수가 없었다. 그림에 관한 이야기, 방의 넓이에 관한 이야기, 가구에 대한 이야기를 했는데 엘리자베스에게는 조금도 재미없는 이야기였다. 가디너 씨가 가정부가 가족적 편견으로 주인을 지나치게 칭찬하는 것이 아주 재미있다는 듯이 곧 이야기를 다아시 씨에 관한 쪽으로 몰고 갔다. 모두가 함께 커다란 계단을 올라갈 때 레이놀즈 부인은 힘찬 어조로 주인의 장점에 대해서 이야기했다.

"주인님께서는 지주로서도 주인으로서도 더없이 훌륭하신 분이에요. 자기밖에 모르는 방탕한 요즘 젊은이들과는 다르죠. 소작인들도 하인들도 모두 주인님을 칭찬해요. 때로는 주인님을 오만한 사람이라고 말하는 사람도 있기는 하지만 조금도 그렇지가 않아요. 주인님께서 다른 젊은이들처럼 말을 많이 하지 않아서 그렇게들 말하는 거 같아요."

'그 분을 아주 다정한 사람으로 만들어주는 말이로군.'

엘리자베스는 생각했다.

"평판이 좋다는 얘기는 그분이 우리들의 가엾은 친구인 위컴 씨에게 한 일과는 전혀 어울리지 않는 얘긴데."

다른 사람들과 함께 걸어가면서 외숙모가 엘리자베스에게 속삭였다.

"어쩌면 우리가 속았을지도 모르죠."

"그럴 리가 없어. 우리들은 확실한 증거를 가지고 있잖아."

그들은 이층의 넓은 복도를 지나서 아주 아름다운 거실로 안내되었다. 그곳은 최근에 새로 꾸며서 아래층 방들보다 훨씬 품위 있고 깨끗해 보였는데 얼마 전에 다아시 양이 펨벌리에 와서 이 방이 마음에 든다고 말했기 때문에 그녀를 위해서 새로 손을 본 것이라고 했다.

"그 분은 아주 좋은 오빠로군요."

엘리자베스가 한쪽 창가로 발걸음으로 옮기며 말했다.

레이놀즈 부인은 다아시 아가씨가 이 방을 보시면 아주 기뻐할 것이라고 말하고 이렇게 덧붙였다.

"주인님은 늘 이런 식이에요. 아가씨께서 기뻐하실 일이라면 뭐든지 바로 해주거든요. 동생을 위한 일이라면 어떤 일도 마다하지 않으시죠."

화랑과 두세 개의 중요한 침실이 아직 안내되지 않은 채 남아 있었다. 화랑에는 좋은 그림이 많이 있었지만 엘리자베스는 미술에 대해서 잘 알지 못했다. 그래서 그녀는 밑에서도 본 그런 그림은 보지 않고 다아시 양이 크레파스로 그린 대체로 재미있고, 또 알기 쉬운 소재의 그림들을 둘러보았다.

화랑에는 가족들의 초상화도 가득 들어 차 있었는데 이 집안과 친분이 없는 사람의 관심을 끌만한 것은 그다지 많지 않았다. 엘리자베스는 자신이 알고 있는 사람들의 얼굴만을 찾아 돌아다녔다. 드디어 알고 있는 사람의 얼굴이 눈에 띄었다. 엘리자베스는 다아시 씨와 아주 닮은 얼굴을 볼 수 있었다. 다아시 씨가 엘리자베스를 바라볼 때 가끔 보였던 미소가 얼굴에 묻어 있었다. 그녀는 몇 분간 그 그림 앞에 서서 가만히 들여다봤다. 그리고 화랑을 떠나기 전에 다시 한 번 그 앞으로 다가가자 레이놀스 부인이 따라와 이건 아버님이 생존해 계실 때 그린 것이라고 설명해 주었다.

순간 엘리자베스의 마음속에는 이 그림에 있는 사람과 가장 은밀한 만남을 가졌을 때 느꼈던 것보다도 더욱 다정한 기분이 솟아오르고 있었다. 레이놀즈 부인이 한 칭찬도 그저 입에 발린 소리라고만은 생각되지 않았다. 세상에 대해서 알 만큼 알고 있는 하인의 칭찬만큼 가치 있는 칭찬이 또 있을까? 오빠로서, 지주로서, 주인으로서, 얼마나 많은 사람들의 행복이 그의 손에 들어 있는 것일까를 생각해봤다. 수없이 많은 기쁨이나 고통을 그는 부여할 수 있는 것이다. 그는 수많은 선행과 악행도 행할 수가 있었다. 가정부의 말은 전부가 그의 인격을 높이는 것들뿐이었다. 엘리자베스는 캔버스 앞에 서서 그 위에 그려져 있는 사람의 눈이 가만히 자기를 바라보고 있는 모습을 보고 있자니, 자신에 대한 다아시 씨의 호의가 지금보다 훨씬 더 고맙게 생각되었다. 그녀는 다아시 씨의 따뜻했던 호의만을 생각하고 그것을 표현하는 데 있어서 보여준 실례에 대해서는 생각하지 않으려 노력했다.

일반인에게 공개하는 부분을 다 둘러본 뒤에 그들은 다시 계단을 내려와 가정부에게 인사를 하고 이번에는 현관에서 만난 정원사의 안내를 받았다.

모두와 함께 강을 향해서 잔디 위를 걷고 있을 때 엘리자베스는 뒤돌아서 다시 한 번 건물을 바라보았다. 외삼촌과 외숙모도 발걸음을 멈췄다. 엘리자베스가 언제쯤 세워진 집인지 궁금해하고 있을 때, 그 집의 주인이 집 뒤쪽에 있는 마구간으로 통하는 길에서 갑자기 모습을 나타냈다.

두 사람은 20야드도 떨어져 있지 않았다. 그리고 그가 너무 갑자기 나타났기 때문에 그의 시선을 피할 여유가 없었다. 곧 두 사람의 시선이 부딪쳤다. 두 사람의 볼이 점점 붉어지기 시작했다. 다아시는 깜짝 놀라서 순간 몸이 굳어버렸다. 하지만 곧 정신을 차리고 일행이 있는 쪽으로 다가와서 침착한 어조는 아니었지만 아주 정중한 어조로 엘리자베스에게 말을 걸었다.

그녀는 본능적으로 시선을 돌렸지만 다아시가 다가오자 당황의 빛을 감추지 못한 채 그의 인사를 받았다. 외삼촌과 외숙모는 그를 처음 보았기 때문에 비록 조금 전에 그와 닮은 그림을 봤다고는 하지만, 그가 다아시 씨라고는 확실하게 알지 못했다. 정원사가 주인을 보고 깜짝 놀라는 표정을 지어보였기에 곧 그 사람이 다아시라는 것을 알게 되었다. 외삼촌과 외숙모는 그가 조카와 이야기를 나누고 있는 동안 조금 떨어진 곳에 있었는데 엘리자베스는 너무 놀란 나머지 그의 얼굴을 제대로 바라보지도 못했으며, 그가 정중하게 가족들의 안부를 물어도 어떻게 대답해야 좋을지 몰라하고 있었다. 두 사람이 마지막으로 헤어졌을 때와는 전혀 다른 태도를 보였기에 엘리자베스는 당황하고 있었으며, 다아시의 말 한마디, 한마디가 그녀를 더욱 당황스럽게 만들고 있었다. 그리고 이런 곳에서 그를 만났다는 어색함이 때때로 가슴을 죄어왔기에 그와 함께 있었던 몇 분간은 그녀의 생애 중에서도 가장 기억하기 싫은 시간이 되었다. 다아시 씨도 침착하게 보이지는 않았다. 특히 이야기할 때는 평소의 차분한 어조를 조금도 찾아볼 수가 없었다. 다아시가 롱본에서 언제 출발했는지, 다비서에는 언제까지 있을 건지를 그녀에게 아주 급하게 몇 번이나 물었다는 사실로도 그의 머릿속이 혼란스럽다는 사실을 알 수 있었다.

결국 생각을 정리할 수 없었던지 그는 잠시 아무 말 없이 서 있다가 갑자기 작별 인사를 했다.

외삼촌과 외숙모가 엘리자베스 쪽으로 와서 다아시의 남자다운 외모에 대해서 칭찬을 했지만 엘리자베스의 귀에는 한마디도 들어오질 않았다. 그녀는 자기 감정에 완전히 빠져서 아무 말도 없이 두 사람의 뒤를 따라 걸었다. 그녀는 부끄러워서 견딜 수가 없었다. 분해서 견딜 수가 없었다. 여기에 온 것은 세상에서 가장 큰 불행, 가장 큰 실수였다. 그분이 얼마나 이상하게 생각했을까? 저 자존심 강한 분이 얼마나 불쾌하게 생각했을까? 어쩌면 일부러 자기 앞에 나타났다고 생각할지도 몰라. 아아, 나는 어쩌자고 여기에 온 것일까? 그리고 저분은 어째서 예정보다 하루 일찍 돌아온 것일까? 우리들이 10분만 일찍 왔어도 그분이 나타나기 전에 이곳을 떠날 수 있었을 텐데. 그분은 지금 막 도착해서 말이나 마차에서 내린 것 같았으니까. 그녀는 이 불행한 만남을 생각하고 몇 번이고 얼굴을 붉혔다. 그런데 그분의 태도가 이렇게 바뀐 것은 도대체 어째서일까? 그 분이 나에게 말을 걸었다는 것부터가 이상한 일이야. 거기다가 그렇게 정중하게 이야기하고 가족들의 안부까지 묻다니. 엘리자베스는 지금껏 그가 이렇게 격 없이 행동하는 것을 본 적이 없었고, 이렇게 상냥하게 말을 하는 것을 본 적이 없었다. 전에 로징스의 장원에서 자신에게 편지를 건네줄 때의 말투와는 전혀 다른 것이었다. 엘리자베스는 이를 어떻게 받아들여야 할지, 어떻게 설명해야 할지 알 수가 없었다.

일행은 강가의 아름다운 길을 걷고 있었다. 걸음을 옮길 때마다 발밑의 풍경은 기품을 더해갔으며 아름다운 숲이 점점 다가왔다. 엘리자베스는 한동안 그것을 느끼지 못하고 있었다. 외삼촌과 외숙모가 몇 번이고 그에 대해서 이야기를 했지만 그 때마다 기계적인 대답을 하며 그들이 가리키는 곳으로 시선을 돌리기는 했지만 풍경이 눈에 들어오지는 않았다. 그녀의 모든 신경은 펨벌리 저택의 어느 한 곳, 다아시 씨가 지금 있는 장소에 집중되어 있었다. 엘리자베스는 다아시 씨가 지금 무슨 생각을 하고 있는지 알고 싶었다. 그녀에 대해서 어떻게 생각하고 있는지, 여러 가지 일들이 있기는 했지만 그래도 그녀에 대해서 생각을 하고 있는지를 알고 싶었다. 그가 정중할 수 있었던 것은 이미 마음의 평정을 되찾았기 때문일 것이다. 하지만 그의 목소리는 침착하지 못한 면이 있었다. 다아시 씨가 그녀를 만난 순간 고통과 기쁨 중 어떤 감정을 더 많이 느꼈는지는 알 수 없지만, 그가 침착하지 못했던 것만은 사실이었다.

곧 가디너 씨 부부에게 어디에 그렇게 정신을 팔고 있느냐는 질문을 받은 엘리자베스는 정신을 차리고 평소의 자기로 돌아가야겠다고 마음먹었다.

그들은 숲 속으로 들어섰다. 잠시 강과 작별을 한 뒤, 야트막한 고개를 몇 개 넘었다. 숲 사이의 전망 좋은 곳으로 계곡과 대부분이 고목들에 둘러싸인 언덕의 아름다운 풍경이 보였으며 강의 흐름이 보일 때도 있었다. 가디너 씨는 장원을 전부 둘러보고 싶지만 한 번에 다 둘러보지 못할지도 모른다고 했다. 정원사가 자랑스레 미소를 지으며 주위가 10마일도 넘는다고 말했다. 그래서 그들은 통상적인 산책길을 둘러보기로 했다. 한동안 발걸음을 옮기자 조금 전에 보았던 계곡의 내리막길이 나타났다. 그들은 그 길을 따라 내려가 강폭이 가장 좁은 곳의 강가로 나섰다. 그들은 주변 경치와 조화를 이룬 소박한 다리를 건넜다. 그곳은 지금까지 둘러봤던 곳 중에서도 가장 꾸밈이 없는 곳이었다. 이 부근에서 계곡은 한층 더 폭이 좁아져 흐르는 강물과, 강가를 따라 자라 있는 잡목림 속으로 좁다란 오솔길이 나 있을 뿐인 협곡으로 변해 있었다. 엘리자베스는 굽이쳐 흐르는 강물을 따라가 보고 싶다는 생각이 들었다. 하지만 다리를 건너 집에서 멀리 떨어진 곳에 와 있다는 사실을 알게 되자 다리가 그다지 튼튼하지 못한 가디너 부인이 더 이상은 걸을 수 없을 것 같아서 가능한 한 빨리 마차가 있는 곳으로 돌아갈 일만 생각하고 있었기 때문에 엘리자베스는 외숙모의 뜻에 따르지 않을 수가 없었다. 거기서 다시 건너편 기슭으로 건너간 일행은 지름길을 통해 집을 향해 걷기 시작했다. 그런데 비록 그것을 즐길 기회는 별로 없지만 낚시를 아주 좋아하는 가디너 씨가 물 속으로 간간이 모습을 드러내는 송어를 한참 동안 바라보며 정원사와 이야기를 나눴기 때문에 그들의 발걸음은 더욱 더딜 수밖에 없었다. 이렇게 천천히 걷고 있을 때 다아시 씨가 그렇게 멀지 않은 곳에서 그들을 향해 걸어오고 있는 모습이 보였기에 그들은 다시 놀라지 않을 수 없었다. 특히 엘리자베스는 그를 처음 만났을 때만큼 놀랐다. 길은 건너편 기슭보다 나무가 많지 않았기 때문에 그들은 다아시와 얼굴을 마주치기 전부터 그의 모습을 볼 수 있었다. 엘리자베스는 놀라기는 했지만 이번에는 얼굴을 마주칠 때를 대비해서 마음의 준비를 할 여유가 있었다. 그래서 만약 다아시 씨가 그들에게 다시 말을 걸어온다면 이번에는 침착하게 이야기를 하자고 마음먹고 있었다. 잠시 후, 엘리자베스는 다아시가 다른 길로 접어들지도 모른다는 생각을 했다. 길이 꺾여 이쪽에서 그의 모습이 보이지 않는 동안은 계속 그렇게 생각하고 있었는데 다시 곧게 뻗은 길로 나서자 다아시 씨가 그들 바로 앞까지 와 있다는 사실을 알게 되었다. 엘리자베스는 한눈에 다아시 씨가 조금 전의 정중함을 조금도 잃지 않았다는 사실을 알 수 있었다. 다아시와 마주치게 된 엘리자베스는 그의 은근한 태도를 흉내 내서 아름다운 주위 풍경을 칭찬했다. 하지만 '기분이 좋다', '멋진 곳이다' 라는 말을 하는 동안 자신이 펨벌리를 칭찬하는 것이 나쁜 의미로 해석될지도 모른다는 불길한 생각이 들었다. 그녀는 안색이 변했다. 그리고 그때부터 아무런 말도 하지 않았다.

가디너 부인은 엘리자베스의 조금 뒤쪽에 서 있었다. 엘리자베스가 입을 다물자 다아시 씨가 당신의 일행들을 소개시켜 달라고 청해왔다. 엘리자베스는 그가 이렇게 예의를 차려서 정중하게 나올 줄은 꿈에도 생각지 못했다. 다아시 씨가 청혼을 하던 날, 그의 오만함 때문에 멀리하려 했던 자신의 가족들에게 지금은 스스로가 교제를 청하고 있다는 생각 때문에 웃음을 참을 수가 없었다.

'이분들이 누군지 알게 된다면 깜짝 놀라겠지. 이 분들을 상류사회의 사람들인 줄 알고 있는 건가?

그녀는 생각했다.

곧 그분들을 소개했다. 그녀는 외삼촌과 외숙모라고 말하면서 다아시가 놀라움을 얼마나 잘 참을지 궁금해져 가만히 그의 얼굴을 훔쳐보았다. 그가 이런 명예롭지 못한 사람들로부터 한시라도 빨리 도망치려고 할지도 모른다는 생각도 아주 없지는 않았다. 다아시가 가족관계에 있다는 말을 듣고 놀란 것만은 사실이었다. 하지만 그는 그것을 가만히 참고 있었다.

그리고 도망가기는커녕 오히려 그들과 함께 길을 걸으며 가디너 씨와 이야기를 나누기 시작했다. 엘리자베스는 기뻐하지 않을 수 없었다. 의기양양해지지 않을 수가 없었다. 자신에게도 남부끄럽지 않은 친척이 있다는 사실을 다아시 씨가 알게 되었다고 생각하니 마음의 위로를 얻을 수 있었다. 그녀는 두 사람의 이야기를 한마디도 놓치지 않으려는 듯 열심히 귀를 기울였다. 그리고 외삼촌의 한마디, 한마디가 그의 총명함과, 기품과 예의를 나타내고 있음을 보고 이를 자랑스레 여기지 않을 수 없었다.

두 사람은 곧 낚시에 대해서 이야기하기 시작했다. 엘리자베스는 다아시 씨가 아주 정중하게 이 근처에서 머물 거라면 언제라도 편한 시간에 오라고 삼촌을 낚시에 초대하는 소리를 들을 수 있었다. 도구도 빌려주겠다고 했으며 잘 낚이는 곳의 위치를 알려주는 소리도 들을 수 있었다. 엘리자베스의 팔짱을 끼고 걷고 있던 가디너 부인은 아주 놀랐다는 표정을 지어 보였다. 엘리자베스는 아무 말도 하지 않았지만 너무 기뻐서 견딜 수가 없었다. 이렇게 친절한 것은 자신 때문이라는 생각이 들었기 때문이었다. 하지만 놀라움 역시 이만저만한 것이 아니었다. 그녀는 끊임없이 이런 생각을 했다.

'저분이 이렇게 변한 이유는 뭘까? 저분의 태도가 이렇게 상냥해진 것은 나 때문이 아니야, 나를 위해서가 아니야. 내가 헌스퍼드에서 질책했다고 해서 저분이 저렇게 변할 리가 없어. 저분이 아직도 나를 사랑하고 있을 리가 없잖아.'

이렇게 두 여자가 앞서 걷고 두 신사가 그 뒤를 따라 걷다가 그들은 한 진귀한 수초를 보기 위해서 물가까지 내려갔는데 다시 길로 올라올 때 조그만 변화가 일어났다. 변화의 원인은 가디너 부인에게 있었다. 그녀는 이번 산책으로 완전히 기운을 잃어 엘리자베스의 팔에 의지해서는 몸을 지탱할 수 없을 것 같았기에 남편의 팔에 의지해야겠다고 생각했다. 다아시 씨가 가디너 부인 대신 엘리자베스 옆으로 가서 두 사람이 함께 걷게 되었다. 한동안 아무 말도 없다가 엘리자베스가 먼저 말을 걸었다. 그녀는 다아시가 부재중인 줄 알았기에 자기가 여기에 왔다는 사실을 그에게 알리고 싶었기에 우선 당신이 돌아올 줄은 꿈에도 몰랐다고 말했다. 그리고 계속해서 이렇게 말했다.

"가정부도 내일이나 돼야 당신이 돌아올 거라고 말했거든요. 그래서 우리들이 베이크웰을 떠나기 전에 당신이 이곳으로 돌아오는 일은 없을 거라고 생각하고 있었어요."

다아시는 그녀의 말이 전부 사실이라고 인정했다. 그리고 집사에게 볼일이 생겨서 함께 여행을 하고 있던 사람들보다 한발 앞서서 돌아온 것이라고 말했다.

"다른 사람들은 내일 아침 일찍 도착할 겁니다. 그 무리들 속에는 당신과 친하다고 말하는 사람들도 있어요. 빙리와 그 동생이요."

엘리자베스는 대답 대신 가볍게 머리를 숙였다. 그녀는 곧 자기와 다아시 씨가 빙리 씨의 이름을 말하던 때의 일을 떠올렸다. 그리고 다아시 씨의 얼굴빛에서 그도 같은 일에 대해서 생각하고 있다는 사실을 알 수 있었다.

"그리고 다른 사람이 한 명 더 있는데……"

그는 잠시 사이를 둔 뒤에 다시 말을 이었다.

"그 사람은 당신과 친하게 지내기를 간절히 바라고 있습니다. 허락해 주시겠습니까? 너무 이기적인가요? 당신이 램턴에 머무는 동안 친하게 지낼 수 있도록 제 동생을 소개시키는 일은."

이 말을 듣고 그녀는 크게 놀랐다. 너무 놀라서 어떻게 동의해야 할지도 모를 정도였다. 다아시 양이 왜 자기와 친하게 지내고 싶어하는지는 몰랐지만 그런 마음이 들게 한 것은 다아시 씨임에 틀림없을 것이라는 생각이 들었다. 그것만으로도 그녀는 만족스러웠다. 다아시 씨는 비록 자신에게 화를 내기는 했지만 정말 악의가 있어서 그랬던 것이 아니라는 사실을 알게 되어 아주 기뻤다.

그들은 말없이 걸었다. 두 사람 모두 깊은 생각에 잠겨서. 엘리자베스는 마음이 편하지는 않았지만 위로를 받은 듯한 느낌이 들어 기뻤다. 다아시 씨가 동생을 소개하고 싶다고 한 것은 최고의 경의의 표시였기 때문이었다. 그들은 곧 가디너 부부를 앞질렀다. 두 사람이 마차가 있는 곳까지 왔을 때 가디너 부부는 그들보다 8분의 1마일(약 200m)이나 뒤떨어져 있었다.

이때 다아시 씨가 집으로 들어오라고 말했다. 하지만 엘리자베스는 그렇게 피곤하지 않다고 말했다. 그래서 두 사람은 함께 잔디 위에 서 있었다. 이럴 때는 얼마든지 이야기를 나눌 수 있었고, 아무 말도 하지 않는다면 오히려 어색한 시간이 될 것이었다. 엘리자베스는 무슨 말이든 해보려고 했지만 어떤 화제든 이야기하는 것이 금지되어 있는 것만 같은 느낌이 들었다. 그녀는 문득 자신이 여행을 하고 있다는 사실을 떠올렸고 그래서 두 사람은 메트로크와 다브데일에 대해서 이야기했다. 하지만 시간도 외숙모의 발걸음도 좀처럼 전진할 줄 몰랐기에 엘리자베스의 인내심과 이야깃거리는 이 두 사람만의 대담이 끝나기도 전에 바닥이 나고 말았다.

가디너 부부가 당도하자 다아시 씨가 모두들 집으로 들어가서 차를 마시자고 했지만 일행이 사양했기 때문에 그들은 아주 공손하게 이별의 인사를 나눴다. 다아시 씨는 두 여자의 손을 잡아 마차에 오르는 것을 도왔다. 마차가 움직이기 시작했을 때, 엘리자베스는 다아시가 천천히 집으로 걸어 들어가는 것을 보았다.

외삼촌과 외숙모는 그에 대해서 이야기하기 시작했다. 두 사람은 모두 다아시 씨가 그렇게 훌륭한 사람일 줄은 몰랐다고 말했다.

"아주 예절바르고 정중하고 겸손하던데."

외삼촌이 말했다.

"확실히 좀 오만한 면은 있더군요. 하지만 그건 겉으로만 그러는 거고, 또 그럴 만도 하다고 생각하지 않으세요? 오만하다고 말하는 사람이 있을지도 모르겠지만 가정부가 말했던 것처럼 그런 모습은 조금도 찾아볼 수 없었어요."

외숙모가 대답했다.

"우리들을 대하던 그 사람의 태도에는 정말 놀라지 않을 수 없었소. 예절바르고 친절했소. 그럴 필요까지는 없었는데. 엘리자베스와 아는 사이라고는 하지만 그렇게 친하지도 않았을 텐데."

"엘리자베스, 위컴 씨만큼 미남은 아니더구나. 위컴 씨야 굉장한 미남이지. 다아시 씨는 그렇게 미남은 아니야. 그래도 너는 왜 그렇게 다아시 씨를 기분 나쁜 사람이라고 생각하는 거니?"

외숙모가 말했다.

엘리자베스는 극구 변명을 했다. 켄트에서 만났을 때는 그 전보다 훨씬 호감이 간다고 생각했었지만 오늘처럼 상냥한 태도를 본 적은 없었다고 말했다.

"그 사람의 정중함은 변덕에 의한 것이었을지도 모르겠는 걸. 흔히들 말하는 지체 높은 사람들이란 대체로 그런 면이 있거든. 그래서 나는 낚시를 오라는 그 사람의 말을 진지하게 받아들이지는 않았지. 내일이 되면 마음이 변해서 우리 집에 발도 들여놓지 말라고 말할지도 모를 일이니까."

삼촌이 말했다.

엘리자베스는 외삼촌과 외숙모가 다아시 씨의 성격에 대해서 오해를 하고 있다고 생각했지만 아무 말도 하질 않았다.

"우리들이 본 바에 의하면 다아시 씨가 위컴 씨에게 한 것과 같은 잔혹한 행동을 누군가에게 했다고는 생각되지 않아요. 인상도 그렇게 나쁜 사람 같아 보이지는 않았고 이야기할 때는 귀엽기까지 하던데요. 기품 있어 보이는 얼굴하며 그렇게 마음이 삐뚤어진 사람처럼 보이진 않아요. 우리들을 안내해 준 그 선량한 가정부가 좀 과장스레 이야기한 건 사실이지만. 나, 종종 터져나오는 웃음을 참을 수가 없었어요. 하지만 틀림없이 관대한 주인일 거예요. 하인들 입장에서 보자면 관대함만 갖추고 있다면 모든 덕을 갖춘 사람으로 보일 테니까요."

엘리자베스는 위컴 씨에 대한 다아시 씨의 행동을 어떤 식으로든 변호하지 않으면 안 되겠다고 생각했다. 그래서 그녀는 아주 조심스럽게 켄트에 있는 다아시 씨의 친척인 캐서린 일가 사람들의 말에 의하면 그의 행동은 전혀 다른 의미로 해석할 수 있으며, 하트퍼트셔 사람들이 생각하고 있는 것처럼 그렇게 성격상의 결점이 많은 사람이 아니라는 점과 오히려 위컴 씨는 우리들이 알고 있는 것처럼 그렇게 상냥한 사람이 아니라는 점을 외삼촌과 외숙모에게 이해시키려고 했다. 이런 사실들을 증명하기 위해서 엘리자베스는 이 두 사람 사이에 있었던 모든 금전적 거래에 대해서 자세하게 이야기한 뒤, 누구에게 들었다는 말은 하지 않고 단지 믿을 만한 이야기라고만 말했다.

가디너 부인은 놀라서 걱정이 되기도 했지만 마침 그녀가 옛날에 즐겁게 뛰놀던 곳 근처를 지나게 되었기에 지난 추억에 잠기느라 모든 일을 잊고 말았다. 부인은 그 주변의 즐거웠던 장소를 하나하나 손가락으로 가리키며 남편에게 설명하는데 정신이 팔려서 다른 일을 생각할 여유가 없었다. 아침나절의 산책으로 피곤하기는 했지만 함께 식사를 마치자 가디너 부인은 옛 친구들을 방문하겠다며 외출을 했다. 몇 년 만에 만난 사람들과 옛정을 나누며 즐거운 저녁 시간을 보냈다.

엘리자베스는 그날 있었던 일이 너무도 즐거웠기에 새로운 친구들에게 마음을 줄 여유가 없었다. 그녀는 다아시 씨의 정중했던 태도, 특히 자신의 동생을 소개하겠다고 했던 말을 생각하고 이를 이상하게 여기고 있을 뿐이었다.

44

엘리자베스는 다아시 씨가 동생이 도착하면 그날 오후에나 동생과 함께 자신을 찾아올 것이라고 생각하고 있었기에 오전에는 여관에서 멀리 떨어진 곳까지 가지 않겠다고 마음먹고 있었다. 하지만 그녀는 잘못 생각하고 있었다. 그들이 램턴에 도착한 날 아침에 두 사람의 방문객이 찾아왔기 때문이었다. 엘리자베스 일행이 새로운 친구들과 함께 그 주변을 둘러본 뒤 그 친구들과 식사를 하기 위해서 옷을 갈아입으러 여관으로 돌아왔을 때 마차 소리가 들려서 창가로 뛰어가 보니 신사한 명과 숙녀 한 명이 이두마차를 타고 이쪽으로 다가오고 있는 모습이 보였다. 엘리자베스는 말쑥하게 차려입은 하인의 모습을 알아보고 그들이 다아시 씨 일행임을 깨달았다. 엘리자베스는 자신이 맞이하게 될 영광을 외삼촌 부부에게 알려 그들을 적잖이 놀라게 했다. 외삼촌과 외숙모는 매우 놀랐다. 그들은 침착성을 잃고 이야기하고 있는 엘리자베스의 태도와 지금의 상황 그리고 어제의 상황들을 생각하며 이 사건에 대한 새로운 생각을 하게 되었다. 지금까지는 전혀 깨닫지 못하고 있었지만 이런 식의 마음 씀씀이는 조카에 대한 특별한 감정에 의한 것이라고 생각하는 외에 달리 설명할 방법이 없다는 사실을 알게 되었다. 이렇게 새롭게 떠오른 생각이 외삼촌과 외숙모의 머릿속에서 오가는 동안 엘리자베스의 감정의 동요는 점점 더 심해져만 갔다. 그녀 자신마저도 당황스럽게 만드는 감정의 동요에는 여러 가지 원인이 있었다. 하지만 그 중에서도 가장 불안한 것은 다아시 씨가 동생에게 자신을 너무 칭찬해 놓지나 않았을까 하는 점이었다. 그리고 막상 그때가 되면 상대를 기쁘게 해줘야겠다고 너무 의식한 나머지 기운이 쏙 빠져버리지나 않을까 걱정이 되기도 했다.

엘리자베스는 다아시 남매가 자신의 모습을 봐서는 안 된다고 생각했기에 창가에서 떨어졌다. 그리고 마음을 진정시켜야겠다고 생각했기에 방안을 이리저리 돌아다녔는데 외삼촌과 외숙모의 얼굴에 조금 의심스러운 듯한, 조금 의외라는 듯한 표정이 떠올랐기에 오히려 분위기가 어색해지고 말았다.

다아시 양과 그 오빠가 모습을 드러냈다. 그리고 마침내 놀랄 만한 소개가 행해졌다. 엘리자베스는 이 새로운 친구가 적어도 자신만큼 떨고 있는 모습을 보고 놀라지 않을 수 없었다. 엘리자베스는 램턴에 와서 다아시 양이 아주 오만하다는 얘기를 들은 적이 있었지만 단 2, 3분만의 관찰로도 그녀가 아주 내성적인 사람어라는 것을 확인할 수 있었다. 그리고 이야기를 할 때는 단지 물음에 대한 대답만 할 뿐, 자신이 먼저 이야기하는 경우가 없다는 사실도 알게 되었다.

다아시 양은 키가 컸으며 몸도 엘리자베스보다 풍만했다. 이제 겨우 16살 남짓했지만 몸이 성숙해서 벌써 아가씨 티가 났으며 태도도 얌전했다. 오빠만큼 잘 생기지는 못했지만 영리하고 명랑한 얼굴을 하고 있었으며 태도는 공손하고 얌전했다. 지금까지 다아시 씨 못지않게 날카롭고 냉정한 관찰력을 가진 사람일 것이라고 생각하고 있던 엘리자베스는 자신이 잘못 생각하고 있었음을 인정하고 마음이 편안해지는 것을 느꼈다.

얼마 지나지 않아서 다아시는 곧 빙리도 이곳을 방문할 것이라고 엘리자베스에게 말했다. 엘리자베스가 기쁘다는 뜻을 표하고 그의 방문에 대한 마음의 준비를 하기도 전에 빙리의 서두르는 듯한 발소리가 들리더니 곧 그가 방안으로 들어섰다. 그에 대한 엘리자베스의 분노는 이미 오래 전에 사라지고 없었다. 만약 아직까지 얼마간 그런 감정을 가지고 있었다 하더라도 다시 그를 만나 성의를 가지고 이야기하는 그의 모습

앞에서 언제까지고 마음을 닫고 있을 수는 없었을 것이다. 그는 좀 형식적이기는 하지만 친밀함을 느낄 수 있는 어조로 가족들의 안부를 물었는데 그 모습은 전과 다름없이 명랑하고 경쾌한 것이었다.

가디너 부부에게도 그는 흥미로운 사람이었다. 그들은 평소부터 그를 만나보고 싶어했다. 부부는 자신들 앞에 있는 사람들을 주의 깊게 관찰했다. 얼마 전부터 다아시 씨와 엘리자베스와의 관계를 의심하기 시작했기에 그들은 이 두 사람에게 진지한 탐색의 시선을 보냈다. 그런 탐색 결과 적어도 둘 중 한 사람은 사랑이 어떤 것인지 잘 알고 있다는 사실을 알게 되었다. 엘리자베스의 마음은 아직 확실히 알 수 없었지만 다아시 씨는 엘리자베스에게 완전히 빠져 있다는 사실을 확실히 알 수 있었다.

엘리자베스 역시도 마음이 분주했다. 그녀는 방문자들 각각의 기분을 알고 싶었으며, 자신의 마음을 진정시켜 모두에게 기분 좋게 대하고 싶다고 생각하고 있었다. 그들을 기쁘게 해줄 수 있을까 걱정하고 있었지만 이는 걱정할 필요도 없는 사실이었음을 알 수 있었다. 기쁘게 해줘야겠다고 생각하고 있던 사람들이 모두 엘리자베스를 좋은 사람이라고 생각하고 있었기 때문이었다. 빙리는 지금 당장이라도 기뻐할 준비가 되어 있었고, 조지아나는 기쁨을 갈망하고 있었으며, 다아시는 기뻐해야겠다고 굳게 결심하고 있었다.

빙리를 만나자 엘리자베스의 생각은 곧 언니에게로 달려갔다. 그리고 빙리의 생각이 조금이라도 같은 방향으로 달려가고 있는지를 알고 싶어서 견딜 수가 없었다. 때때로 빙리가 전보다는 말이 없어진 것처럼 느껴지기도 했고, 또 가끔 그가 자신을 볼 때면 언니와 닮은 점을 찾으려고 하는 것이 아닐까라는 생각이 들어 혼자서 기뻐하기도 했다. 이는 엘리자베스의 착각일지도 몰랐지만 제인의 경쟁자라고 알려진 다아시 양에 대한 그의 태도에는 그 어떤 오해의 소지도 없었다. 두 사람 모두 서로를 특별히 마음에 두고 있는 듯한 모습은 보여주지 않았다. 두 사람 사이에서 빙리 양에게 희망을 갖게 할 만한 일은 아무것도 일어나지 않았다. 이 점에 관해서 엘리자베스는 곧 마음을 놓을 수 있었다. 그리고 헤어지기에 앞서 두세 가지 조그만 사건이 일어났는데 그 사건에 대해서 엘리자베스는 조심스레 이렇게 해석했다. 그 사건이란 빙리가 제인을 미워하지 않고 있다는 사실, 그가 좀더 많은 얘기를 해서 차라리 제인의 이름까지 화제에 오르기를 바라고 있다는 사실을 나타낸 일이었다. 다른 사람들이 이야기를 하고 있는 틈을 타서 아주 안타깝다는 어조로 빙리가 엘리자베스에게 말했다.

"아주 오랫동안 뵙지 못했군요."

이렇게 말한 빙리는 엘리자베스가 대답할 틈도 주지 않고 계속해서 말했다.

"8개월이 넘었군요. 네더필드에서 모두가 함께 춤을 춘 11월 26일 이후로 한 번도 만나질 못했어요."

엘리자베스는 빙리 씨가 정확히 기억하고 있는 것을 보고 기뻐했다. 그리고 잠시 시간이 지난 뒤 다시 아무도 그들에게 주의를 기울이지 않는 틈을 타서 형제들은 모두 롱본에 있냐고 물었다. 이 질문에도 그 앞의 말에도 특별한 의미는 없었지만 그 눈빛이나 태도에는 뭔가 의미가 담겨 있는 듯했다.

그녀는 다아시 씨 쪽을 직접 바라보지는 못했지만 어쩌다 얼핏 그의 모습이 보일 때면 그는 늘 상냥한 표정을 짓고 있었다. 그리고 그가 남을 업신여기거나 친구를 얕잡아보는 듯한 말을 하는 것을 전혀 들을 수 없었기 때문에 어제 그녀가 경험한 그의 태도의 변화가 비록 일시적인 것이라 할지라도 적어도 만 하루는 계속되고 있다는 사실을 알 수 있었다. 수 개월 전이었다면 면목이 서지 않는다며 사귀지 않으려 했었을 사람들에게 다아시 씨는 지금 교제를 청하고 있으며 그들의 환심을 사려고 하고 있다. 다아시는 엘리자베스에게 대해서만이 아니라 전에는 공공연히 무시하던 그녀의 가족들에게 대해서도 지금은 이렇게 정중한 태도를 취하고 있다. 이런 그의 모습을 실제로 보면서 헌스퍼드 목사관에서의 그 격렬했던 말다툼을 생각하니 그 차이, 변화가 너무나도 커서 마음에 강하게 울렸기 때문에 놀라움을 밖으로 드러내지 않는 일은 그다지 수월한 일이 아니었다. 네더필드에서 그의 친한 친구들과 함께 있을 때도, 또 로징스에서 훌륭한 친척들과 함께 있을 때도 엘리자베스는 다아시가 지금처럼 사람의 환심을 사려고 노력하고, 또 자존심이나 격식을 깨끗이 버린 모습을 본 적이 없었다. 이제와서 다아시의 그런 노력이 성공한다 하더라도 특별히 그의 인격이 좋은 평가를 얻게 되는 것도 아니고, 이런 사람들과 은근한 태도로 교제하는 것은 오히려 네더필드나 로징스 여자들의 조소와 비난을 면치 못하게 될지도 모르는데도.

방문자들은 30분 이상 그들과 함께 있다가 이별을 고하려고 자리에서 일어섰는데 그때 다아시 씨는 동생을 불러서 함께 가디너 부부와 엘리자베스에게 이곳을 떠나기 전에 펨벌리로 와서 식사를 하자고 권하지 않겠느냐고 물었다. 다아시 양은 사람을 초대하는 일에 아직 익숙하지 않은 듯 조금 망설이기는 했지만 곧 오빠의 뜻에 따르기로 했다. 가디너 부인은 이 초대와 가장 깊은 관계가 있는 엘리자베스가 이 초대를 어떻게 받아들일지 궁금해서 그녀 쪽을 바라보았지만 엘리자베스는 외숙모의 시선을 외면하고 말았다. 하지만 일부러 피하는 듯한 모습은 초대를 기피하고있다기 보다는 아주 잠깐 동안의 망설임을 의미하는 것뿐이라는 생각이 들었고, 남편은 원래 사람 사귀는 것을 좋아하는 사람이었기에 이 초대에 흔쾌히 응하리라고 생각되었기 때문에 가디너 부인은 주저하지 않고 찾아뵙겠다고 약속을 했다. 그리고 방문일은 이틀 후로 결정되었다.

빙리는 엘리자베스에게 아직 할 얘기가 많이 남아 있고 하트퍼트셔에 있는 친구들에 대해서도 여러 가지 묻고 싶은 것이 있기 때문에 다음에 다시 당신을 만나게 된 것은 아주 기쁜 일이라고 말했다. 엘리자베스는 빙리 씨가 이렇게 말하는 것도 다 언니에 대한 이야기를 듣고 싶어서 그러는 것이라 해석하고 기뻐했다. 이런 이유에서이기도 했지만 또 다른 몇 가지 이유로 손님이 돌아간 뒤 그들과 보낸 30분이, 당시에는 특별히 즐겁다고 생각되지 않았지만, 꽤 만족스러운 시간이었다고 생각하게 되었다. 엘리자베스는 빨리 혼자 있고 싶기도 했고, 또 외삼촌과 외숙모가 이것저것 묻기도 하고 이리저리 탐색을 할지도 모른다고 생각했기에 두 사람이 빙리의 칭찬을 하는 동안 옷을 갈아입기 위해서 재빠르게 그곳을 떠났다.

하지만 엘리자베스가 가디너 부부의 호기심을 두려워할 필요는 없었다. 그들은 굳이 그녀의 의중을 떠보려 하지 않았기 때문이었다. 생각지도 못했던 일이었지만 엘리자베스가 다아시 씨와 친한 사이가 되었다는 것은 분명한 사실이었다. 다아시 씨가 엘리자베스를 좋아하고 있다는 것도 분명한 사실이었다. 궁금한 것은 헤아릴 수도 없이 많았지만 그걸 굳이 탐색할 필요는 없는 일이었다.

다아시 씨에 대해서는 두 사람 모두 호감을 갖게 되었다. 그리고 지금까지 사귀어본 결과 특별한 문제가 있는 것 같지도 않았다. 그의 정중함에도 감탄하지 않을 수 없었다. 따라서 만약 가디너 부부가 다른 이야기는 전혀 무시하고 단지 자신들의 감정과 가정부의 얘기만을 바탕으로 다아시의 성격을 그린다면, 그를 알고 있는 하트퍼트셔 사람들은 그것을 보고 다아시 씨를 그린 거라고는 생각지도 못할 것이었다. 하지만 지금은 가정부의 말을 믿는 것이 상책일 것이다. 그리고 그들은 네 살 때부터 그를 알고 있으며 당사자의 태도로 봐서도 상당한 인품을 가지고 있을 것으로 생각되는 가정부의 증언도 처음부터 외면할 수 없다는 사실을 곧 알게 되었던 것이다. 그리고 램턴에 있는 가디너 부인의 친구들에게서 얻은 정보 가운데서도 가정부의 증언을 실질적으로 부정할 만한 것은 하나도 없었다. 그는 오만하다는 것 외에는 비난할 만한 그 어떤 것도 가지고 있지 않은 사람이었다. 틀림없이 그는 오만할 것이다. 그리고 만약 오만하지 않다 하더라도 그의 가족들이 방문한 적이 없는 시의 조그만 마을에서 살고 있는 주민들에게는 오만하게 보일 것이었다. 하지만 그가 씀씀이가 좋으며 가난한 사람들을 잘 돌본다는 사실은 인정하고들 있었다.

이 지방에서 위컴 씨는 그다지 존경받고 있지 못하다는 사실을 여행자들은 금방 알 수 있었다. 위컴 씨와 다아시 씨 사이에 있었던 중요한 일에 대해서 알고 있는 사람은 거의 없었지만 위컴 씨가 다비셔를 떠날 때 남기고 간 거액의 부채를 다아시 씨가 나중에 정리했다는 사실은 대부분의 사람들이 알고 있었기 때문이었다.

엘리자베스의 생각은 어젯밤보다도 더욱 펨벌리 근처를 맴돌고 있었다. 다른 날보다 훨씬 길게 느껴지는 밤이었지만 그 저택에 살고 있는 사람에 대한 자신의 감정을 정리할 수 있을 만큼 충분히 긴 밤은 아니었다. 엘리자베스는 자신의 감정을 확인하려 노력하면서 침대에서 두 시간이나 잠들지 못한 채 누워 있었다. 그녀는 다아시 씨를 미워하고 있지는 않았다. 그랬다. 미움은 먼 옛날에 이미 사라지고 없었다. 그날 이후로 엘리자베스는 그에게 혐오감을 품고 있었던 자신을 부끄럽게 생각하게 되었다. 다아시 씨의 뛰어난 인품을 처음 알게 되었을 때만 해도, 조금 씁쓸한 마음으로 품고 있던 그에 대한 존경심도 이미 오래 전부터 그 씁쓸한 부분이 없어졌는데 어제는 그에게 아주 유리한, 그리고 그를 아주 좋은 사람이라고 생각하게 만드는 증언이 있었기 때문에 지금은 어딘지 모르게 깊은 친밀감이 느껴지는 존경심을 가질 수 있게 되었다. 하지만 그녀의 마음속에는 경의와 존중보다도 더욱 그에게 호감을 갖게 하는, 결코 간과할 수 없는 요인이 하나 더 있었다. 그것은 감사의 마음이었다. 지난날 자신을 사랑했었기 때문에 그렇게 느끼는 것이 아니라 그가 청혼을 했을 때 홧김에 독기 품은 태도를 보이고, 있지도 않은 일을 말했음에도 불구하고 그 모든 것은 용서해줄 만큼 아직도 자신을 사랑하고 있다는 사실에서 느끼는 감사였다. 엘리자베스를 최대의 적으로 생각하고 있어야 할 다아시 씨를(그녀는 그렇게 확신하고 있었지만) 우연한 기회에 만나보니 그는 전과 다름없는 관계를 유지하려 하고 있었고, 저속한 호의를 보이려고 하지도 않았으며, 일부러 꾸민 듯한 태도를 보이지도 않았고 오히려 자신의 친구들의 호감을 사려 노력했으며, 동생을 엘리자베스에게 소개시켜 주고 싶어하고 있었다. 그렇게도 오만했던 사람이 이렇게까지 변했다는 사실을 생각하니 놀라움을 넘어서 감사한 마음까지 들게 되었던 것이다. 사랑하기 때문에, 뜨겁게 사랑하기 때문에 가능한 일이었다고 생각되었기 때문이었다. 그리고 이 변화가 그녀에게 준 감동은 뭐라 표현하기 힘든 것이었지만 결코 불쾌한 것이 아니었기에 그 변화는 격려해도 좋을 그런 종류의 것이라 생각하게 되었다. 엘리자베스는 다아시를 존경하고 존중하고 그에게 감사를 느끼고 있었다. 그가 행복해지기를 진심으로 바랐다. 그리고 그녀는 그의 그 행복이 자신의 태도에 영향을 받는 것이었으면 좋겠다고 간절하게 바라고 있었다. 또 실제로 그럴 것 같다는 생각을 갖고 있었지만 그에게 다시 한 번 청혼을 하도록 할 만큼의 힘을 발휘하는 것이 두 사람의 행복을 위해서 얼마나 도움이 될지를 알고 싶었다.

그날 밤 외숙모와 엘리자베스는, 다아시 양이 예정보다 늦게 펨벌리에 도착했음에도 불구하고 그날로 자신들을 방문해 준 그 성의에는 비록 미치지 못 할지라도 이쪽에서도 나름대로의 성의를 보여줘야겠다고 생각했기에 다음날 아침에 펨벌리로 가서 다아시 양을 만나보기로 합의를 봤다. 그들은 다음날 아침에 다아시 양을 방문하기로 했고 엘리자베스는 이를 무척 기뻐했다. 그녀가 기뻐하는 데는 다른 이유가 있기는 했지만.

가디너 씨는 아침식사를 마치자마자 다른 사람들보다 한발 앞서 외출을 했다. 전날 낚시에 대한 이야기가 다시 나와, 오늘 12시에 펨벌리에서 몇몇 신사와 함께 만나기로 굳게 약속을 했기 때문이었다.

45

　엘리자베스는 빙리 양이 자신을 싫어하는 것은 질투심 때문이라는 것을 알고 있었기에 자신이 펨벌리에 모습을 나타내는 것을 빙리 양이 좋아할 리 없다는 사실도 알고는 있었지만, 과연 빙리 양이 얼마나 정중하게 지난날의 정에 대한 예를 표시할지 궁금해지기도 했다.

　저택에 도착하자 두 사람은 현관의 거실을 지나서 응접실로 안내되었다. 그곳은 북쪽으로 창이 나 있어서 여름을 보내기에 알맞은 방이었다. 정원 쪽으로 난 창으로는 저택 뒤의 높고 숲이 울창한 동산과 그 앞쪽으로 펼쳐진 잔디밭에 산재해 있는 아름다운 참나무와 밤나무가 보여 아주 시원해 보이는 풍경이 펼쳐져 있었다.

　이 방에서 허스트 부인과 빙리 양, 그리고 런던에서 같이 생활하고 있는 부인들과 함께 앉아 있던 다아시 양의 영접을 받았다. 조지아나는 아주 정중한 태도로 그들을 맞아들였지만 원래 내성적인 사람이었기에 실례를 범하지나 않을까 조심조심 행동하고 있었는데 신분이 낮은 사람들이 보기에는 그것이 오히려 오만함에서 나오는 격식으로 보일 수도 있었다. 하지만 가디너 부인과 엘리자베스는 그녀를 이해할 수 있었기에 오히려 가여운 생각이 들었다.

    허스트 부인과 빙리 양은 단지 무릎을 굽혀 간단히 인사를 했을 뿐이었다. 두 손님이 자리에 앉자 이런 경우에 흔히 있을 법한 어색한 침묵이 잠깐 동안 이어졌다. 처음 말을 꺼낸 것은 앤즐리 부인이라는 호감이 가는 얼굴을 한 품위 있는 사람이었는데, 그 부인이 어떻게든 이야기의 실마리를 찾으려고 노력하는 모습에서 다른 두 사람보다는 예의바른 사람이라는 사실을 알 수 있었다. 그렇게 해서 이 부인과 가디너 부인 사이에, 그리고 때로는 엘리자베스도 여기에 가세해서 이야기가 진행되어 갔다. 다아시 양도 함께 이야기를 나누려고 용기를 내고 있는 듯, 때때로 다른 사람들이 귀를 기울이고 있지 않을 때를 이용해서 짧은 말을 던지곤 했다.

    엘리자베스는 곧 빙리 양이 자기를 줄곧 지켜보고 있으며, 만약 다아시 양에게 한마디라도 말을 건넨다면 틀림없이 빙리 양의 주의를 끌게 될 것이라는 사실을 알게 되었다. 그렇지만 만약 다아시 양과 이야기 나누기에 적당한 자리에 앉아 있었다면 몇 번이고 말을 걸었을 것이다. 하지만 다아시 양과 많은 이야기를 나누지 못한 것은 오히려 행운이었다. 엘리자베스는 이런저런 생각들로 분주한 시간을 보내고 있었다. 두, 세 명의 신사들이 지금 당장이라도 방에 들어오는 것이 아닐까 하는 마음으로 그들을 기다리고 있었다. 그 속에 이 집의 주인도 함께 있기를 바라는 마음과 그런 일이 일어나지 않기를 바라는 마음이 있었는데 어느 쪽이 자신의 본심인지 본인도 알 수가 없었다. 이렇게 빙리 양의 목소리를 듣지 않고 15분 정도를 앉아 있다가 가족들의 건강을 묻는 빙리 양의 어색한 질문에 엘리자베스는 퍼뜩 정신을 차렸다. 그리고 엘리자베스도 역시 어색하게 짧은 대답을 했고 이후로는 아무도 이야기를 하는 사람이 없었다.

그들의 방문으로 인해 일어난 다음 변화는 하인들이 냉동 고기와 과자, 신선한 과일들을 내온 데서 일어났다. 그것도 앤즐리 부인이 몇 번의 눈짓과 미소로 다아시 양에게 그녀의 해야 할 일을 깨우쳐줘서 간신히 일어나게 됐다. 이로서 모든 사람들에게 할 일이 생겼다. 모든 사람들이 한꺼번에 이야기할 수는 없는 일이었지만, 먹는 일은 모두가 함께 할 수 있었기 때문이었다. 피라밋 형으로 쌓아올려진 포도와 복숭아가 그들을 식탁 쪽으로 모이게 했다.

모두가 분주히 입을 움직이고 있을 때 엘리자베스는 자신이 다아시 씨가 나타나기를 기다리고 있는 것인지 두려워하고 있는 것인지, 그가 모습을 드러냈을 때 과연 어떤 감정이 우세할지를 확인할 수 있는 기회를 얻었다. 다아시가 모습을 나타내기 전까지는 와주기를 바라는 마음이 강한 것이라고만 생각하고 있었는데 막상 그가 모습을 나타내자 안타깝다는 생각이 들기 시작했다.

그는 한동안 두세 명의 신사들과 함께 낚시를 하고 있는 가디너 씨를 상대하고 있었는데 가디너 부인과 엘리자베스가 다아시 양을 방문할 것이라는 말을 듣고는 그를 버려둔 채로 집으로 돌아온 것이었다. 그의 모습을 보자마자 엘리자베스는 현명하게도 마음을 편하게 갖고 실수하지 말자고 다짐했다. 이는 꼭 필요한 일이기는 했지만 그렇게 쉽게 지킬 수 있을 만한 다짐은 아니었다. 다아시가 들어서자 갑자기 모든 사람들이 두 사람에게 의심을 품기 시작했으며, 그의 거동을 지켜보지 않는 사람이 단 한 사람도 없었기 때문이었다. 그 관심의 대상 중의 한 명인 다아시 씨와 이야기를 나눌 때는 만면에 웃음을 띠고 있었지만 그 누구보다도 빙리 양의 얼굴에 가장 큰 호기심이 나타났다. 질투심은 아직도 그녀가 다아시 씨를 포기하지 못하게 만들고 있었으며, 다아시 씨에 대한 배려도 전과 전혀 다름이 없는 것으로 만들어 놓았다.

다아시 양은 오빠가 들어서자 무슨 말이든 하려고 더욱 노력했다. 또 다아시 씨는 동생과 엘리자베스를 친한 사이로 만들기 위해서 두 사람이 이야기를 나눌 수 있도록 노력하는 모습을 보였다. 빙리 양의 눈에도 이런 그의 모습이 보였기에 정숙함을 잃은 그녀는 기회를 놓치지 않고 상대를 얕잡아보는 듯한 정중함으로 이렇게 말했다.

"저, 엘리자. 메리턴의 군대가 철수를 했다지요? 당신 가족들은 틀림없이 이를 아주 안타까워했겠죠?"

다아시 씨의 앞이었기에 위컴 씨의 이름을 말하지는 않았지만 엘리자베스는 빙리 양이 곧바로 위컴 씨의 일을 생각해 냈다는 사실을 알 수 있었다. 그리고 위컴 씨와 관련된 여러 가지 일들이 떠올라 일순 마음의 상처를 받았지만 곧 이 악의가 담긴 공격을 뿌리치기 위해서 용기를 내 별로 관심이 없다는 듯한 표정으로 그 질문에 대답을 했다. 대답을 하면서 얼핏 다아시 씨를 바라보니 그는 빨갛게 상기된 얼굴로 엘리자베스를 지켜보고 있었으며, 다아시 양은 얼굴조차도 들지 못하고 있었다. 만약 빙리 양이 자신의 친구인 다아시 양에게 얼마나 큰 고통을 주는 일인지를 알았다면 그와 같이 비꼬는 듯한 말은 하지 않았을 것이다. 하지만 그녀는 단지 엘리자베스가 관심을 갖고 있을 것이라 생각되는 남자의 얘기를 꺼내서 엘리자베스의 마음을 혼란하게 만들고, 또 엘리자베스의 가족들이 그 부대와 멍청하기 짝이 없는, 말할 가치도 없는 관계를 맺고 있다는 사실을 그에게 말해두어야겠다는 심산이었을 뿐이었다. 다아시 양이 그와 함께 도망치려 했다는 사실을 그녀는 전혀 알지 못했다. 엘리자베스 이외의 사람들에게는 가능한 한 이 일을 숨겨왔기 때문이었다. 특히 다아시 씨는 빙리 가 사람들에게는 이를 극구 숨기려 했다. 왜냐하면 엘리자베스가 오래 전부터 간파하고 있었던 것처럼 빙리 씨가 자신의 동생을 아내로 맞아들이기를 바라고 있었기 때문이었다. 다아시 씨는 그런 계획을 갖고 있었다. 다아시 씨는 빙리 양의 말로 인해 엘리자베스와 자신을 떼어놓으려는 노력을 받아들여야겠다고는 생각하지 않았다. 단지 자기 친구의 행복에 더욱 신경을 쓰게 되었을 뿐이었다.

하지만 엘리자베스의 침착한 태도가 곧 그의 마음까지도 침착하게 만들어 주었다. 그리고 빙리 양은 분하고 실망했기 때문에 더 이상 위컴에 대한 이야기는 하지 않게 되었고, 따라서 조지아나도 곧 기운을 회복할 수 있었다. 하지만 아직 이야기를 할 수 있을 만큼 회복되지는 못했다. 다아시 양은 오빠와 시선이 마주칠까봐 두려워하고 있었지만 다아시 씨는 동생이 이 사건에 관계가 있다는 사실을 기억해내지 못했다. 그래서 엘리자베스에게서 그의 생각을 떼어놓으려 했던 이 사건은 오히려 그의 마음을 더욱 엘리자베스에게로 향하게 하는 결과를 낳고 말았다.

이 사건이 일어난 지 얼마 지나지 않아서 엘리자베스 일행은 그곳을 떠나기로 했다. 다아시 씨는 그들을 마차가 있는 곳까지 배웅했는데 그동안 빙리 양은 엘리자베스의 용모와 거동, 복장 등에 대한 험담으로 울분을 터트리고 있었다. 하지만 조지아나는 빙리 양과 함께 그런 이야기를 하고 싶은 기분이 아니었다. 오빠의 소개로 만난 것이었기에 다아시 양은 엘리자베스에게 쉽게 마음을 열 수가 있었다. 오빠가 사람을 잘못볼 리가 없었다. 오빠는 동생에게 엘리자베스는 아름답고 애교가 있는 사람이라며 칭찬하는 말만을 했다. 다아시가 응접실로 돌아오자 빙리 양은 지금까지 다아시 양에게 하고 있던 말의 일부를 다시 한번 다아시에게 들려주었다.

"오늘 엘리자 베넷의 얼굴은 정말 꺼칠해 보였죠, 다아시 씨? 사람 얼굴이 그렇게 변할 수도 있다니 정말 믿을 수가 없네요. 정말 새까맣고 천박하게 변했어요. 루이자와 내가 그 사람이라고 도저히 알아 볼 수 없었을 정도였다니까요."

다아시 씨는 그녀에 대해서 이런 식으로 말하는 것이 아주 불쾌했지만 '맞아요. 조금 탄 것 같지만 여름에 여행하면 누구라도 그렇게 되지 않아요? 이상할 것은 조금도 없죠.' 라는 냉정한 대답만 했다.

"나는 그 사람의 아름다운 점을 조금도 발견할 수 없었어요. 얼굴은 여위었고, 생기가 없었어요. 얼굴도 잘 생기지 않았어요. 아무런 특징도 없는 코, 콧날도 오똑하지 못하고, 이는 그래도 괜찮은 편이지만 그것도 아름답다고 할 수는 없어요. 눈이 아름답다고 하는 사람도 있기는 하지만 나는 특별히 아름답다고 생각하지는 않았어요. 그리고 눈매가 너무 날카로워서 심술 맞아 보이고 느낌이 별로 좋지 않아요. 몸매에 기품이라고는 조금도 없는 주제에 혼자 잘난 척하고 있는 것 같아서 도저히 참을 수가 없었어요."

빙리 양은 다아시가 엘리자베스에게 완전히 빠져 있는 것이라고 생각하고 있었지만, 이것은 자신을 돋보이게 하는 최선의 방법이 아니었다. 화를 내는 사람들은 현명함을 잃는 경우가 종종 있다. 다아시가 드디어는 조금 화난 듯한 표정을 짓는 것을 보고 빙리 양은 드디어 성공을 했다고 생각했다. 하지만 다아시는 끝내 아무런 말도 하지 않았기에 어떻게 해서든 입을 열게 하려고 그녀가 계속해서 말했다.

"하트퍼트셔에서 우리들이 처음으로 그 사람을 만났을 때, 이 사람이 아름답기로 소문 난 사람이라는 말을 듣고 모두 깜짝 놀라하던 일을 아직도 기억하고 있어요. 그 사람들을 네더필드의 만찬에 초대한 날, 만찬이 끝나고 당신이 하신 말씀은 아직도 생생하게 기억하고 있어요. '저 사람이 미인이라고? 그렇다면 그 어머니도 대단한 사람이겠군.' 이라고. 하지만 그 뒤로는 당신도 점점 아름답다고 생각하게 되었고 한때는 조금 아름다운 사람이라고 생각했던 적이 있었죠?'

"그렇습니다. 하지만 그건 그 사람을 처음 만났을 때의 일입니다. 내가 알고 있는 여자들 중에서 가장 아름답다고 생각하게 된 지도 벌써 몇 달이 지났는지 모를 정도니까요."

다아시가 더 이상은 입을 다물고 있을 수만은 없어서 말을 했다. 그는 이 말을 남긴 채 자리에서 떠났다. 자리에 남은 빙리 양은 그가 드디어 입을 열어 자기 외에는 누구도 고통을 받지 않을 만한 대답을 했다는 사실에 쓸쓸함을 느끼지 않을 수 없었다.

여관으로 돌아온 가디너 부인과 엘리자베스는 방문중에 있었던 일들에 대해서 이야기를 나눴는데 무슨 이유에서인지 두 사람의 최대의 관심사에 대해서는 서로 이야기를 하지 않았다. 그들이 만난 모든 사람들의 용모와 거동에 대해서 이야기를 했지만 누구보다도 주의를 끌었던 사람에 대해서만은 이야기를 하지 않았다. 그 사람의 동생과 친구들과 집과 과일에 관한 이야기를 했다. 하지만 그 사람에 대한 이야기는 하지 않았다. 하지만 엘리자베스는 외숙모가 그 사람에 대해서 어떻게 생각하고 있는지를 알고 싶었다. 또 가디너 부인도 자신의 조카가 먼저 그 사람에 대한 이야기를 꺼냈으면 하고 기다리고 있었다.

46

엘리자베스는 램턴에 도착한 날 제인의 편지가 와 있지 않았기에 크게 실망했다. 그 실망감은 램턴에서 아침을 맞을 때마다 점점 커지고 있었다. 하지만 사흘째 되는 날 아침에 언니가 보낸 편지를 두 통이나 받을 수 있었기에 그녀의 불평은 사라졌고, 언니의 체면도 설 수 있게 되었다. 특히 두 통 중 한 통에는 잘못 배달되었었다는 도장이 찍혀 있었다. 제인이 받는 사람의 주소를 잘못 적었기 때문으로 엘리자베스도 이를 이상하게 생각하지는 않았다.

편지가 도착했을 때, 일행은 마침 산책을 위한 외출 준비를 하고 있었다. 외삼촌과 외숙모는 엘리자베스가 조용히 편지를 읽을 수 있도록 그녀를 남겨둔 채 둘이서만 외출을 했다. 잘못 배달됐던 편지를 먼저 읽었다. 5일 전에 쓴 편지였다. 첫 부분에는 시골에 흔히 있을 법한 소식과 그곳의 조그만 모임과 초대에 관한 일들이 적혀 있었다. 나머지 절반쯤은 다음날 쓴 것으로 되어 있었는데 흥분 상태에서 쓴 것임을 한 눈에 알아볼 수 있을 정도로 커다란 사건에 대해서 이야기하고 있었다.

'사랑하는 엘리자베스, 여기까지 쓴 이후에 생각지도 못했던 커다란 일이 일어났었단다. 하지만 걱정할 필요는 없어. 우리들은 모두 무사하니까. 커다란 일이란 가엾은 리디아에 관한 일이란다. 어젯밤 12시, 모두가 침대에 누워 있는데 포스터 대령이 보낸 특별속달이 도착했단다. 내용은 리디아가 포스터 대령의 부하 사관 중 한 명과 스코틀랜드로 도망을 쳤다는 거였어. 그런데 그 사관이라는 사람이 바로 위컴 씨였어. 정말 놀라지 않을 수 없었단다. 하지만 키티는 어느 정도 알고 있었던 듯했어. 나는 정말 분하고, 분해서 견딜 수가 없었단다. 두 사람 모두 이처럼 경솔한 행동을 하다니! 하지만 나는 비관하지 않을 거고, 그 사람의 성격에 대한 우리들의 생각이 오해이기를 바라고 있어. 생각이 없고 무분별한 사람임에는 틀림없지만 이번 행동은 특별히 악의가 있어서 그런 것 같지는 않다(우리 이 말을 위로로 삼자구나). 위컴 씨가 리디아를 선택한 것은 특별히 욕망이 있어서 그런 것 같지는 않구나. 아버지께서 리디아에게 아무 것도 줄 것이 없다는 사실을 잘 알고 있을 테니. 불쌍한 어머니는 아주 슬퍼하고 계신단다. 아버지는 잘 참고 계시고. 부모님에게 그 사람에 대한 험담을 하지 않았던 것은 아주 잘한 일이었다고 생각해. 우리들도 이제는 잊자. 두 사람은 토요일 밤 12시쯤 출발했을 거라고 하는데 어제 아침 8시까지 아무도 눈치를 채지 못하고 있었대. 그때서야 바로 특별속달을 보낸 거고. 사랑하는 엘리자베스, 두 사람은 틀림없이 여기서 10마일도 떨어져 있지 않은 길을 지났을 거야. 포스터 대령이 곧 이곳을 방문하겠다고 하셨어. 리디아는 대령의 부인에게 자신들의 의향을 적은 메모를 남기고 떠났단다. 가 없은 어머니 곁을 오래 떠나 있을 수가 없어서 이만 펜을 놓아야겠다. 일이 도대체 어떻게 된 건지 모르겠지? 나도 내가 무슨 말을 쓴 건지 모르고 있으니.'

천천히 생각할 여유도 없이, 자신의 감정이 어떤 것인지도 모른 채 이 편지를 다 읽고 난 엘리자베스는 초조한 마음으로 다음 편지를 뜯어 읽기 시작했는데 그 편지는 전에 보낸 편지보다 하루 늦게 쓰여진 것이었다.

'사랑하는 엘리자베스, 지금쯤 너는 내가 급하게 써서 보냈던 편지를 읽었겠구나. 이번에는 좀더 알기 쉽게 쓸 수 있기를 바란다. 하지만 지금은 시간의 제약을 받는 것도 아닌데 머릿속이 엉망이 되어 있어 정리된 글을 쓸 수 있을지는 모르겠다. 사랑하는 엘리자베스, 무슨 말을 써야 할지 나 자신도 확실히 알 수는 없지만, 더 이상 지체할 수 없는 좋지 않은 소식을 네게 전해야겠구나. 위컴씨와 우리들의 가엾은 동생인 리디아의 결혼은 경솔한 것이기는 하지만 우리들은 그것이 실제로 행해졌는지를 알고 싶어 하고 있어. 여러 가지 정황으로 미루어봐서 스코틀랜드로 가지 않았을 가능성도 크거든. 포스터 대령은 그저께 브라이턴을 출발해서 어제, 특별속달이 도착한 지 몇 시간 지나지 않아서 이곳에 도착하셨어. 리디아가 포스터 부인에게 남긴 메모 속에는 두 사람이 그레트나 그린으로 갈 것처럼 적혀 있었지만, 데니 씨의 말에 의하면 위컴은 그곳으로 갈 마음도, 리디아와 결혼을 할 마음도 없다고 하더구나. 그 사실을 안 포스터 대령이 깜짝 놀라서 우선 두 사람을 쫓아서 브라이턴을 출발하셨대. 클라팜까지는 쉽게 뒤쫓을 수 있었는데 거기서 그만 행방이 묘연해졌대. 거기에 도착한 두 사람은 에프섬에서 타고 온 이륜마차를 돌려보내고 다른 마차를 빌렸다고 하더구나. 이것 외에 우리가 알게 된 사실은 두 사람이 런던 거리를 지나가고 있는 것을 보았다는 사실뿐이란다. 난 도무지 어떻게 생각해야 할지 모르겠다. 포스터 대령이 런던 쪽을 철저히 살펴본 뒤에 하트퍼트셔로 오셨는데 오시는 중에도 통행요금을 받는 곳과 바네트, 해트필드의 여관까지 전부 뒤져봤지만 두 사람을 찾을 수 없었대. 그런 사람들을 본 적이 없다는 말들뿐이었다고 하더구나. 그래서 걱정이 돼서 롱본까지 오셔서, 정말 정이 많은 분이라는 것을 우리가 알 수 있을 만한 태도로 자신이 걱정하고 있는 일들에 대해서 설명을 해주셨단다. 포스터 대령 부부를 생각하면 정말 불쌍해. 비난받을 아무런 이유도 없는데. 사랑하는 엘리자베스, 우리들은 아주 걱정을 하고 있단다. 아버지와 어머니는 최악의 경우까지 생각하고 계신 듯하지만 나는 위컴 씨가 그렇게 나쁜 사람이라고는 생각지 않아. 여러 가지 사정이 생겨서 처음 계획대로 하는 것 보다는 런던에서 결혼을 하는 편이 좋겠다고 판단했을지도 모르지. 그리고 그럴 리는 없겠지만, 위컴 씨가 리디아처럼 대단할 것도 없는 식구를 가진 젊은 아가씨를 속이려 했다고 해서 리디아가 수치도 부끄러움도 모르는 여자가 되리라고는 생각지 않아. 그럴 리가 없을 거야. 하지만 안타깝게도 포스터 대령은 두 사람의 결혼을 믿으려 하지 않는구나. 내가 두 사람이 결혼하기를 바란다고 말하자, 포스터 대령은 머리를 흔들면서 위컴이란 사람은 아무래도 신용이 가지 않는 남자라고 하시더구나. 불쌍한 어머니는 정말로 병에 걸려서 방에 드러누우셨단다. 마음을 좀 굳게 가지셨으면 좋으련만 어머니께 그런 것을 바라기는 힘들 것 같다. 또 이번처럼 아버지가 약한 모습을 보이신 적도 없었단다. 키티는 가엾게도 두 사람의 일을 숨기고 있었다는 비난을 듣고 있지만 비밀이었으니 어쩔 수 없는 일 아니었겠니? 사랑하는 엘리자베스, 나는 네가 이런 슬픈 장면을 보지 않아도 되었다는 점을 아주 기쁘게 생각하고 있단다. 하지만 지금은 처음보다 많이 안정되었으니, 네가 집에 돌아와 주었으면 좋겠다고 생각한단다. 그쪽 형편이 좋지 않다면 굳이 돌아오라는 말을 하고 싶지는 않지만. 안녕. 참, 다시 펜을 쥐어야겠다. 조금 전에 굳이 돌아오라는 말을 하고 싶지는 않다고 말했지만 사정이 사정이니만큼 외삼촌께 곧 이곳으로 출발하자고 부탁을 해보렴. 난 외삼촌과 외숙모를 잘 알고 있단다. 그런 부탁을 하기가 그리 힘들지만은 않을 거야. 그리고 외삼촌에게는 또 다른 일로도 부탁을 드리고 싶은 게 있거든. 아버지는 곧 포스터 대령과 함께 리디아를 찾으러 런던으로 가실거야. 어떻게 하실 작정인지는 모르겠지만 아버지는 너무 허약해지셔서 최선의 방법을 생각해 내실 여유도 없는 듯하더구나. 더구나 포스터 대령은 내일 저녁에 브라이턴으로 돌아가셔야 한다는구나. 이렇게 위급한 때, 외삼촌의 조언과 조력이 무엇보다도 필요하다고 생각해. 외삼촌도 내 마음을 충분히 이해하실 수 있을 거야. 난 그분의 친절을 믿고 있단다.'

"아! 어디, 외삼촌은 어디로 가셨을까?"

편지를 다 읽은 엘리자베스는 귀중한 시간을 한시라도 지체할 수 없었기 때문에 바로 외삼촌을 찾아 나서려고 자리에서 일어서며 외쳤다. 문으로 다가가자 하인이 밖에서 문을 열었는데 거기에 다아시 씨가 서 있었다. 그녀의 파랗게 질린 얼굴과 당황스러워하는 태도를 보고 다아시는 깜짝 놀랐다. 그가 말을 할 수 있을 만큼 마음을 안정시킬 여유도 주지 않고 엘리자베스가 급히 외쳤다.

"죄송하지만 실례해야겠어요. 피치 못할 사정이 생겨서 바로 삼촌을 찾아야 해요. 한시도 지체할 수 없어요."

"아니, 도대체 무슨 일이지요?"

예의라기보다는 그녀를 사랑하는 마음에서 이렇게 외쳤지만 곧 정신을 차리고 다시 말을 이었다.

"한시라도 잡아두지 않겠습니다. 나와 하인들도 가디너 부부를 찾아보겠습니다. 당신은 몸이 좋지 않은 것 같으니 밖으로 나가지 않는 게 좋을 것 같아요."

엘리자베스는 망설였지만 무릎이 마구 떨려왔기 때문에 자신이 찾아 나선다 해도 그다지 도움이 되지는 않을 것 같았다.

그래서 하인들을 불러서 무슨 말을 하고 있는지 알아들을 수 없을 정도로 숨가쁘게 바로 주인 부부를 찾아오라고 말했다.

하인이 방을 나서자 엘리자베스는 몸을 가누지 못하고 주저 앉았는데 다아시 씨는 그녀의 마음을 잘 알 수 있었기에 그곳을 떠나지 못하고 부드러운 말로 그녀를 위로하지 않을 수 없었다.

"하녀를 불러드릴까요? 기운을 차리도록 무엇을 좀 드실래요? 포도주를 가지고 올까요? 몸이 아주 안 좋아 보이는데."

"아니요, 괜찮아요. 아무 일도 아니에요. 괜찮아요. 조금 전에 롱본에서 온 끔찍한 소식을 읽고 조금 괴로워하고 있을 뿐이니까요."

애써 아무 일도 아니라는 듯한 어조로 대답했다. 하지만 이렇게 말하면서 엘리자베스는 울음을 터트리더니 2, 3분간은 아무런 말도 하질 못했다. 다아시는 애써 자신의 마음을 달래가며 몇 마디 걱정의 말을 건넨 뒤, 가엾다는 듯이 그녀를 바라볼 뿐이었다. 다시 엘리자베스가 말을 했다.

"나 지금 막 제인 언니에게서 끔찍한 소식을 들었어요. 아무에게도 숨길 수 없는 일이에요. 막내 동생이 식구들을 버리고 도망쳤대요. 위컴 씨에게 자신의 몸을 맡겼대요. 둘이 브라이턴에서 도망쳤어요. 다아시 씨는 위컴 씨를 잘 알고 계시니 일이 앞으로 어떻게 될지 잘 알고 계시겠지요? 그 아이는 돈도 없고, 훌륭한 친척도 없고, 그 사람을 유혹할 만한 것은 아무것도 갖고 있질 않아요. 이제 그 아이는 영원히 구제할 수 없을 거예요."

다아시는 깜짝 놀라 몸이 그대로 굳어버렸다. 엘리자베스가 더욱 흥분한 목소리로 말했다.

　"내가 그 일을 막을 수도 있었다는 생각을 하면……. 나는 그 사람의 됨됨이를 알고 있었어요. 그에 대해서 조금이라도, 내가 알고 있는 일에 대해서 조금이라도 식구들에게 말을 해두었다면, 그 사람의 성격을 조금이라도 식구들이 알았었다면 이런 일은 없었을 텐데. 하지만 이젠 너무 늦었어요. 모두 끝장이에요."

　"참으로 슬픈 일이로군요. 슬픈 일이에요. 놀랐습니다. 하지만 확실합니까? 정말 확실한 이야기입니까?"

　다아시가 외쳤다.

　"네, 확실하고말고요. 두 사람이 일요일 밤에 브라이턴을 떠나서 런던까지 왔다는 사실은 밝혀졌는데 그 뒤로 행방이 묘연한가 봐요. 틀림없이 스코틀랜드로는 가지 않았을 거예요."

　"그럼 동생을 찾기 위해서 어떤 일을 했죠? 어떤 일들을 시도해 봤나요?"

　"아버지가 런던으로 갔어요. 제인은 바로 외삼촌에게 조력을 구하라고 했고요. 난 우리들이 30분 안으로 출발할 수 있었으면 좋겠어요. 하지만 이제 무슨 일을 해도 소용없을 거예요. 나는 잘 알고 있어요. 아무리 애를 써도 소용없을 거예요. 무슨 일을 해도 위컴 씨에게는 효과가 없을 거예요. 아니, 두 사람을 찾아내지도 못할 거예요. 이제 모두 틀려버렸어요. 정말 너무나 끔찍한 일이에요."

엘리베스의 말에 동감하면서도 그렇다고는 말하지 못하고 다아시 씨는 말없이 고개만 흔들었다.

"제 두 눈이 그 사람의 속을 훤히 들여다보고 있었는데, 용기를 내서 제가 해야 할 일이 무엇인지를 알았더라면 얼마나 좋았을까요? 그러나 전 몰랐어요. 너무 지나친 짓인 줄로만 알았죠. 정말 큰 잘못을 저질렀어요."

다아시 씨는 대답하지 않았다. 그는 엘리자베스의 말이 거의 귀에 들어오지 않는 듯, 생각에 잠겨서 이마를 찌푸린 채 우울한 모습으로 방을 이리저리 돌아다니고 있었다. 엘리자베스는 이런 그를 보고 곧 떠오르는 생각이 있었다. 자신의 매력은 점점 빛을 잃어가고 있는 것이다. 자신의 가정적 결함과 깊은 치욕이 명백히 드러난 지금 엘리자베스는 더 이상 다아시 씨에게 매력을 줄 수가 없었다. 그녀에겐 이미 의심도 비난도 있을 수 없었다. 그가 자기의 감정을 억제하고 있는 것이라고 생각해 보았지만 아무런 위로가 되지 못했고 그녀의 고통을 덜어주지 못했다. 오히려 반대로 그녀는 자신의 소원이 무엇인가를 이제 명확히 이해할 수 있게 되었다. 모든 사랑이 허무로 돌아가야 할 지금처럼 그녀가 그를 사랑할 수 있다고 절실히 느껴본 적은 없었다.

이기심이 엘리자베스의 마음에 침입하긴 했으나 그녀를 완전히 점령할 수는 없었다. 리디아가 가족들에게 끼친 치욕과 비극은 즉시 엘리자베스의 모든 사사로운 걱정을 삼켜버리고 말았다. 몇 분간의 침묵이 흘렀다. 손수건으로 얼굴을 가린 채 리디아 외의 모든 것을 잊고 있던 엘리자베스는 다아시 씨의 목소리에 겨우 정신을 차렸다. 그는 동정적이면서도 억제하는 태도로 이렇게 말했다.

"내가 가버렸으면 하고 아까부터 바라고 계셨겠지만, 나도 비록 도움이 되지 않는 걱정이긴 해도 정말 걱정이 된다는 것 외에는 제가 머물러 있는 이유를 변명할 길이 없습니다. 저로 서도 어떤 위로가 될 말이나 일을 해드릴 수가 있으면 좋겠습 니다만, 쓸데없는 걱정으로 당신을 괴롭히진 않겠습니다. 일 부러 치사를 받고 싶어하는 것 같아서요. 그렇다면 오늘 밤 펨 벌리에는 못 오시겠군요."

"네, 다아시 양에겐 내 대신 사과를 드려주세요. 급한 일로 곧 집으로 돌아가게 되었다고요. 그리고 이 일만은 될 수 있는 대로 숨겨 주세요. 오래 가진 않을 테지만요."

다아시 씨는 비밀을 지킬 것을 선뜻 약속했다. 그리고 엘리 자베스의 슬픔에 다시 한 번 위로의 뜻을 표하고 지금 추측하 고 있는 것보다 더 좋은 결과가 있기를 바란다고 말했다. 끝으 로 그의 가족에게 자기의 안부를 전해줄 것을 바란다면서 진 지한 이별의 시선을 한 번 보내고는 방을 나섰다. 다아시 씨가 가버리자 엘리자베스는 그들이 다비서에서 몇 번 만났을 때와 같은 애정으로 서로가 다시 재회할 수 있었다는 것이 꿈만 같 이 여겨졌다. 엘리자베스는 모순과 변화로 가득 찬, 그들이 사 귀어온 모든 과거를 회상해보고 전에는 그와의 교제를 끝맺는 것을 기뻐했지만 지금은 계속되기를 바라고 있는 자기감정의 변화에 한숨을 지었다.

만약 감사와 존경이 애정의 좋은 발판이라면 엘리자베스의 이런 감정적 변화는 결코 있어서는 안 될 것도 그릇된 것도 아니었다. 하지만 그것이 사실과 다르다면, 즉 흔히 세상에서 말하듯 상대방을 처음 봤을 때 사랑이 싹트는 것이라고 한다면, 이런 감사와 존경에서 우러나오는 호의가 불합리하고 부자연스러운 것이라고 한다면, 그녀가 위컴 씨를 편애함으로써 후자의 방법을 실험해보고 그것이 성공하지 못하니까 자연히 전자의 방법을 택하게 되었다는 것밖에는 엘리자베스를 변호해줄 아무런 말도 없었다. 아무튼 엘리자베스는 그가 떠나는 것을 섭섭한 눈으로 바라보며 그 슬픈 일을 곰곰이 생각하자, 리디아의 추문으로 닥쳐올 불운에 괴로움이 더욱 커지는 것 같았다. 제인의 두 번째 편지를 읽은 이래 엘리자베스는 위컴 씨가 리디아와 결혼할 것이라는 희망은 조금도 가져본 적이 없었다. 그런 생각에 기대를 걸고 만족할 만한 사람은 제인밖에 없을 것이다. 이 사건의 발단을 생각해볼 때, 엘리자베스에겐 그다지 놀라운 감정은 없었다. 첫 번째 편지의 사연이 머릿속에 남아 있는 동안에만 그녀는 놀라고 당황했다. 돈 때문에 하는 결혼이라면 도저히 불가능한 결혼을 위컴 씨가 리디아와 한다는 것과, 도대체 리디아가 위컴 씨 같은 남자를 어떻게 사랑할 수 있게 되었는지 도저히 이해할 수가 없었으나, 이제는 모든 것이 너무나 확실하고 리디아가 그러한 사랑에 충분히 매력을 느꼈을 것이라는 생각도 들었다. 리디아가 결혼할 마음도 없었으면서 일부러 함께 도피했다고는 생각되지 않았지만 리디아의 도덕도 이해심도 그녀를 유혹으로부터 보호해주진 못했으리라는 것만은 쉽게 알 수 있었다.

리디아가 위컴 씨를 좋아하고 있다는 사실을 군대가 하트퍼트셔에 주둔하고 있는 동안에는 전혀 몰랐으나 그녀가 상대가 누구든 자극만 받으면 금방 그 사람을 좋아할 수 있다는 것만은 알고 있었다. 누구든지 그녀에게 친절을 베풀기만 한다면 어떤 때엔 이 장교, 어떤 때엔 저 장교가 리디아의 애인이 될 수 있었다. 그녀의 애정은 일정한 대상도 없이 이리저리 마구 옮겨 다니고 있었던 것이다. 리디아 같은 소녀에게는 태만의 죄와 그릇된 방종이 있었음을 엘리자베스는 그제서야 절실히 느낄 수 있었다.

엘리자베스는 미칠 듯이 집으로 돌아가고 싶어졌다. 아버지도 안 계시고 어머니는 병으로 누워 계시니 언제나 돌봐드려야만 하는 어지러운 집안에서 혼자 모든 일을 도맡아 하고 있을 제인이 그리웠다. 이제 리디아는 더 이상 어쩔 수 없다고 생각하면서도 외삼촌이 한몫 거들어주는 것이 무엇보다도 긴요한 일처럼 여겨졌다. 그래서 그가 방안에 들어설 때까지 느낀 엘리자베스의 초조함이란 말로 표현할 수 없는 것이었다. 가디너 부부는 하인이 전하는 말을 듣고 엘리자베스가 갑자기 병이 난 줄 알고 놀라서 급히 달려왔다. 엘리자베스는 우선 그들을 안심시키고 대신 그들을 부른 이유를 말했다. 그녀는 편지 두 장을 소리 내어 읽고 특히 떨리는 목소리로 두 번째 편지의 추신을 자세히 읽었다. 가디너 부부는 리디아를 예뻐하진 않았지만 큰 충격을 받았다. 리디아 한 사람뿐만 아니라 모든 가족과 친척이 관련된 일이었기 때문이었다. 그래서 가디너 씨는 놀라움과 두려움의 비명을 지른 다음에 자기 힘이 닿는 한 최선을 다하겠다고 흔쾌히 약속했다. 엘리자베스는 그 정도의 일은 기대했던 바지만 눈물을 흘리며 감사했다. 세 사람은 한마음으로 여행에 관한 모든 일들을 곧 처리하고 한시 바삐 출발하기로 했다. 이때 가디너 부인이 소리쳤다.

"그런데 펨벌리는 어떻게 한담. 존이 그러는데 우리를 부르러 온 사이에 다아시 씨가 왔었다는데, 정말이니?"

"네, 그 분에게 약속을 지킬 수 없게 되었다고 말씀드렸어요. 그 문제는 해결됐어요."

"뭐가 해결됐다는 거냐? 아니, 벌써 그런 사실까지 털어놓을 만한 사이가 됐다는 얘기냐? 그와 너의 관계가 정말 어느 정도인지 궁금하구나."

가디너 부인이 짐을 꾸리려고 자기 방으로 달려가면서 중얼거렸다.

그러나 희망은 헛된 것이었다. 그것은 기껏해야 다음에 올급하고 혼란한 시간 동안, 그녀를 즐겁게 해줄 뿐이었다. 만약 엘리자베스에게 게으름을 피울 만한 여유가 있었다면 자기처럼 슬픔에 잠긴 사람이 무슨 일을 한다는 건 도저히 불가능하다는 것을 알았을 것이다. 그러나 가디너 부인과 마찬가지로 엘리자베스에게도 해야 할 일이 있었다. 무엇보다도 램턴에 있는 친구들에게 그들이 갑자기 떠나게 된 이유를 거짓 변명하는 편지를 써야 했다. 한 시간 내에 모든 일이 끝났다. 가디너 씨가 여관비를 치르자 이제 남은 일은 출발하는 일뿐이었다. 아침 내내 슬픔에 잠겨 있던 엘리자베스는 생각보다 일이 일찍 끝났다고 느꼈다. 드디어 그녀를 실은 마차가 롱본을 향해 달리기 시작했다.

47

마차를 타고 마을을 빠져나올 때 가디너 씨가 입을 열었다.

"엘리자베스, 이 일에 대해서 여러 번 생각해 봤는데 아무리 생각을 해봐도 네 생각보다는 제인의 생각을 믿는 편이 나을 듯하구나. 도대체 어떤 미친 청년이 보호자와 친구가 있는 아가씨에게, 더구나 자기 부대장 집에 머물고 있는 아가씨에게 그런 음모를 꾸밀 수 있겠니? 그래서 난 두 사람이 정식으로 결혼할 것이라고 낙관하고 싶다. 그는 리디아의 친구들이 간섭하지 않을 거라고 생각했을까? 또 대령을 그렇게 모욕하고도 다시 부대로 돌아갈 수 있을 거라고 생각했을까? 그의 유혹은 이런 모험에는 적당하지 않아."

"정말 그럴까요?"

이 말을 듣는 순간 엘리자베스는 마음이 밝아져서 외쳤다.

이 말을 가디너 부인이 받았다.

"나도 외삼촌과 같은 생각이 들기 시작했다. 위컴이 정말 그런 죄를 지었다면 그의 신분과 명예와 이익을 한꺼번에 잃어버리게 되거든. 난 위컴이 그렇게 나쁜 사람이라고는 생각지 않아. 엘리자베스, 넌 어떠니? 위컴이 그런 일을 저지를 수 있다고 생각될 만큼 나쁜 사람이니?"

"아마 자기의 이익만은 소홀히 하지 않았겠죠. 그러나 그 외의 모든 것은 능히 무시할 만한 사람이라고 믿어요. 하지만 사실이 그렇다고 해도 전 감히 믿을 용기가 없어요. 만약 사실이 그렇다면 그들은 스코틀랜드로 가지 않았을까요?"

"두 사람이 스코틀랜드로 가지 않았다는 확실한 증거도 없지 않니?"

가디너 씨가 대답했다.

"그렇지만 그들이 이륜마차를 보내고 다른 마차를 빌렸다는 것만은 거의 확실하잖아요. 더구나 바네트로 가는 길을 모조리 알아봤지만 흔적도 없다지 않아요?"

"그래? 그럼 런던에 있다고 가정을 하자. 거기 있을 법도 하니까. 숨으려는 뜻에서였는지는 모르겠지만 그리 비난할 이유도 없지 않겠니? 필시 두 사람에겐 경제적 여유가 없을 거야. 그렇다면 그리 급한 건 아니지만 스코틀랜드에서 결혼하는 것보다 런던에서 하는 것이 더 경제적이라고 생각했을지도 모르지 않니?"

"그렇다면 왜 몰래 하려고 하는 거죠? 왜 숨어 다니는 거죠?

두 사람이 몰래 결혼해야 할 이유가 뭐예요? 아, 아니에요. 그럴 리가 없어요. 그는 리디아와 결혼할 생각은 전혀 없었다고 한 친구의 말을 언니의 편지에서 보셨잖아요. 위컴 씨는 돈 없는 여자와 결혼할 사람이 아니에요. 자기가 돈이 없거든요. 리디아가 젊고 건강하고 명랑하다는 것 외에 그가 조건이 좋은 결혼을 포기할 만한 무슨 매력이 있는 것도 아니잖아요. 부대원들에 대한 체면을 걱정하는 그의 수치심이 리디아와의 도피에 얼마나 제재를 가할 것인지 저로서는 판단할 능력이 없어요. 저는 그러한 시도가 초래할 결과밖에는 아는 게 없어요. 외삼촌의 이의에 대해서도 그것이 이론적으로 옳은지는 의문이에요. 리디아에겐 그런 일에 신경을 써줄 오빠가 없어요. 아마도 우리 아버지의 태도가 자기 가정에서 일어나고 있는 일에 관심이 없고 주의를 기울이지 않던 지난날의 경험에 비추어서, 아버지도 세상의 다른 아버지처럼 그런 일에 대해 거의 간섭하지 않을 것이라고 위컴 씨는 생각했을 거예요."

"하지만 리디아가 위컴 씨를 사랑하는 것 외에는 자존심도 부끄러움도 다 잊어버리고, 결혼도 하지 않은 채 그와 동거하는 것에 동의했다고는 생각할 수 없지 않겠니?"

엘리자베스는 눈에 눈물을 글썽이며 대답했다.

"언니로서 이런 일에 대한 동생의 도덕관념을 의심해야 한다는 것은 정말이지 무엇보다도 고통스러운 일이에요. 뭐라고 말씀드려야 좋을지 모르겠군요. 제가 리디아를 잘못 판단하고 있는지도 모르지만, 리디아는 아직 어려서 중대한 일을 신중히 고려하는 법을 배우지 못했어요. 그리고 지난 6개월 동안 아니, 일 년 동안 리디아는 환락과 허영밖에 배운 것이 없어요. 자기의 시간을 전혀 가치 없고 쓸모 없는 일에 허비하며 방치했고, 그때그때 생각이 떠오르는 대로 제멋대로 행동했어요. 군대가 메리턴에 처음으로 주둔한 이래 그 애 머릿속은 연애라든가 유희라든가 장교 따위로 가득 차 있었어요. 무엇이든 제멋대로 생각하고 지껄였어요. 그래서 그 애의 감정에는, 뭐라고 할까, 감수성만이 점점 늘어나게 되었고, 그러니까 자연히 쾌활해지고 덜렁거리게 되었죠. 그런데다 위컴 씨가 여자를 사로잡을 만한 모든 매력과 수완을 구비하고 있다는 것은 우리도 잘 아는 사실이잖아요."

"그러나 제인은 위컴이 그런 일을 저지를 만큼 나쁘다고는 생각지 않는 모양이던데."

가디너 부인이 말했다.

"언니가 언제 남을 나쁘게 말한 적이 있었나요? 그 사람의 과거의 소행이야 어쨌든간에 그 사람의 비행이 실제로 드러나기 전까진 그 사람이 그런 일을 할 만한 사람이라고 언니가 믿을 사람은 하나도 없어요. 사실은 언니도 저와 마찬가지로 위컴 씨가 실제로 어떤 사람인가를 잘 알고 있어요. 어느 모로 보든 그는 바람둥이라는 것, 책임감도 부끄러움도 없다는 것, 아첨을 좋아하고 거짓되고 사람을 잘 속인다는 것 등을 우리들은 알고 있어요."

"아니 정말 알고 있었단 말이냐?"

가디너 부인이 호기심 가득한 얼굴로 물었다. 엘리자베스가 정색을 하며 대답했다.

　"그럼요. 전에도 다아시 씨에 대한 그의 몰염치한 행동에 대해 제가 말씀드렸죠. 그리고 지난번에 롱본에 오셨을 때 그가 자기에게 은혜와 자비를 베푼 사람을 어떻게 말하는지 외숙모도 들으셨죠? 그리고 말할 가치도 없지만 제 마음대로 말할 수 없는 일들이 또 있어요. 아무튼 펨벌리 가에 대해서 그가 떠벌린 거짓말이란 끝이 없어요. 그가 조지아나 양에 대해서 한 말을 듣고 저는 그녀가 오만불손하고 까다로운 여자인 줄로만 알았어요. 그 사람은 전혀 반대로 말하고 있었던 거예요. 우리도 알다시피 다아시 양이 사랑스럽고 겸손하다는 것을 그는 알았어야 했어요."

　"그런데 리디아는 그 사실을 몰랐니? 너와 제인이 이렇게도 잘 알고 있는 사실을 리디아가 몰랐다니 말이 되니?"

　"바로 그게 가장 큰 잘못이었어요. 제가 켄트에서 다아시 씨와 그의 사촌인 피츠윌리엄 대령을 알게 되기 전까지는 저도 그 사실을 몰랐어요. 집에 돌아오니까 군대는 이 주일 내로 메리턴을 떠나게 되어 있더군요. 그래서 내 얘기를 들은 언니나 나는 일부러 우리가 알고 있는 사실을 알릴 필요는 없다고 생각했어요. 이웃 사람들이 이미 그에 대해 지니고 있는 호의를 그 때 뒤집어버린다고 한들 무슨 좋은 일이 있었겠어요? 그리고 리디아가 포스터 부인을 따라가기로 결정되었을 때는 리디아에게 위컴 씨의 인격을 밝혀줄 필요는 없다고 생각했거든요. 리디아가 그런 잘못을 저지를 줄 누가 알았겠어요. 이제야 쉽사리 이해가 가시겠지만 이런 일이 일어날 줄은 꿈에도 생각지 못했어요."

"그리고 군대가 모두 브라이턴으로 떠났을 때만 해도 두 사람이 서로 좋아하고 있다고 믿을 만한 근거가 없었단 말이지?"

"조금도 없었죠. 어느 쪽에도 애정의 조짐은 보이지 않았으니까요. 만약 그런 낌새가 조금이라도 보였다면 집에서 몰랐을 리가 있었겠어요? 위컴 씨가 입대하자 리디아는 곧 그를 칭찬했지만 그건 우리도 모두 그런걸요. 메리턴과 메리턴 주변의 아가씨들이 처음 두 달 동안은 모두 그에게 정신을 못 차리고 있었어요. 그렇다고 그가 리디아에게만 특별한 호의를 보인 것도 아니에요. 그러나 어느 정도 시간이 흐르자 그에 대한 터무니없이 열광적인 찬미도 수그러들더군요. 그 다음엔 색다른 호의를 보여주는 다른 장교들이 리디아의 애인이 되었어요."

이렇게 계속 이야기를 나눔으로써 이 흥미 있는 화제 위에, 그들의 두려움과 희망과 추측에 더해지는 신기함이 아무리 줄어들었다 하더라도, 그들의 여정 중 이 화제만큼 시간을 오래 끌만한 다른 화제가 없었다는 것은 믿기 어렵지 않은 일이다. 엘리자베스의 머릿속에서는 한시도 그 생각이 떠난 적이 없었고 쓰라린 고민과 자책에 사로잡혀서 조금도 마음이 편안하거나 그 일을 잊을 틈이 없었다.

그들은 가능한 한 빨리 달렸다. 그래서 길에서 하룻밤을 새우고 이튿날 점심에 롱본에 도착했다. 엘리자베스는 제인이 너무 오래 기다려 지치지 않도록 빨리 올 수 있었던 것을 다행스럽게 여겼다.

가디너 부부의 자녀들은 마차가 집 주위의 목장으로 들어서자 그것을 바라보느라 집 앞 계단에 서 있다가 마차가 문에 다다르자 그제서야 반색을 하며 소리를 질렀다. 그리고 기뻐 깡충거리며 어리광을 피우는 등 자기들의 반가움을 온몸으로 표시했다. 이것이 그들이 집에 돌아와서 처음으로 받은 환영이었다.

엘리자베스는 마차에서 뛰어내려 아이들에게 얼른 입을 맞춘 다음 현관으로 달려갔다. 거기서 베넷 부인의 방에서 아래층으로 뛰어내려온 제인과 마주쳤다.

두 사람은 얼싸안고 눈물을 흘렸다. 엘리자베스는 그 후에 별다른 소식을 듣지 못했느냐고 급히 물었다.

"아직 없어. 하지만 이젠 외삼촌이 오셨으니까 모든 일이 잘 풀릴 거야."

"아버지께선 런던에 계셔?"

"응, 지난번에 편지로 얘기한 것처럼 화요일에 그곳으로 가셨어."

"그럼 그 동안 아버지한테서 소식은 있었어?"

"딱 한 번 있었어. 수요일에 나한테 짧은 편지를 보내셨는데, 무사히 도착하셨다는 것과 내가 특별히 부탁을 드린 대로 내게 지시를 주시는 사연이었어. 그리고 이젠 꼭 전해야 할 중요한 일이 생기기 전에는 편지하시지 않겠다고 말씀하셨어."

"그럼 어머니는 좀 어떠셔? 동생들은?"

"많이 좋아지셨어. 정신적으로 상당한 충격을 받으셨지만. 지금 이층에 계시는데 널 보면 아주 반가워하실 거야. 아직 침실 밖으로는 못 나오셔. 메리와 키티는 고맙게도 아주 건강해."

"언닌 어때? 안색이 창백한데. 어려운 일을 많이 치르느라고 혼났지?"

그러나 제인은 아주 건강하다고 대답했다. 가디너 부부가 자기 아이들과 이야기하고 있는 동안에 나누었던 둘의 대화는 그들이 다가오자 중단되었다. 제인은 외삼촌 부부에게 달려가서 웃음과 울음이 뒤섞인 말로 그들을 맞이하며 감사를 표했다.

모두들 응접실에 가서 앉자 가디너 부부는 엘리자베스가 이미 한 질문을 또 되풀이했지만, 제인도 그들에게 알려줄 만한 새로운 소식은 갖고 있지 못하다는 것을 알았다. 그러나 그녀의 자비로운 마음이 원했던 낙관적인 희망을 제인은 아직도 버리지 않고 있었다. 그녀는 아직도 모든 일이 잘 될 것이라고 믿었고, 매일 아침 리디아나 아버지로부터 그 동안의 경과를 알리는, 두 사람의 결혼을 알리는 편지가 오기를 기다리고 있었다.

몇 분간 이야기를 나눈 다음 그들은 베넷 부인의 방으로 올라갔다. 부인은 생각했던 대로 후회의 눈물을 흘리고 탄식을 토해내며 위컴 씨의 야비한 행동에 대해 비난을 퍼붓고, 자기가 받는 고통에 대해 불평을 늘어놓기도 하면서 그들을 맞이했다. 그녀는 자기의 그릇된 판단이 딸의 잘못을 초래한 주원인임에도 불구하고 자기 이외의 모든 사람들을 비난했다. 그녀는 이렇게 말했다.

"내 계획대로 처음부터 가족 모두가 브라이턴에 갔더라면 이런 일은 일어나지 않았을 텐데. 리디아는 가엾게도 아무도 돌봐줄 사람이 없었어. 도대체 포스터 부인은 왜 리디아를 그냥 가게 내버려두었을까? 확실히 소홀히 했던 거야. 리디아는 누가 잘 돌봐주기만 하면 절대로 그런 일을 저지를 애가 아니거든. 포스터 부인이 리디아를 맡는 걸 나는 항상 못마땅하게 여겼지만 그냥 내버려뒀지. 가엾은 애야. 그런데 그이는 나가버렸어. 어디서든지 위컴을 만나기만 하면 결투를 신청할 거고, 결투만 하면 남편은 돌아가실 거야. 그러면 우린 어떻게 되지? 그분의 몸이 무덤에서 식기도 전에 콜린스가 우리를 내쫓을 텐데. 그때 동생마저 우리한테 불친절해지면 우리는 어떻게 살아가지?"

모두들 이 무서운 생각에 반대하여 소리쳤다. 가디너 씨는 베넷 부인과 전 가족에 대한 자기의 애정을 확인시킨 다음, 내일 바로 런던으로 가서 베넷 씨를 도와 리디아를 찾는 데 전력을 기울이겠다고 말하고 이렇게 덧붙였다.

"너무 쓸데없는 걱정은 하지 말아요. 최악의 경우에 대비하는 게 옳긴 하겠지만 그렇게 단정지을 필요는 없어요. 두 사람이 브라이턴을 떠난 지 일 주일도 안 됐잖아요? 며칠만 더 기다리면 무슨 소식이 있을 거예요. 그러니 두 사람이 결혼하지 않는다거나 결혼할 의사가 없다는 것을 확인하기까지는 가망이 없다고 단념하지 말아요. 런던에 가는 즉시 매형을 찾아가서 그레이스처치 가의 집으로 모시고 갈게요. 거기서 앞으로 할 일을 의논하도록 하죠."

"아, 그래주면 좋겠구나. 런던에 가면 그 애들이 어딘가에 있을 테니 꼭 찾아보도록 하거라. 아직도 결혼을 안 했거든 결혼을 시키고, 결혼 예복 때문에 결혼을 미루지 않도록 결혼한 다음에 그 애가 원하는 대로 돈을 보내주겠다고 말해줘. 그리고 무엇보다도 매형이 결투를 하지 않도록 하거라. 내가 얼마나 비참한 지경에 빠져 있는가를 반드시 말하고 말이야. 놀라서 정신이 나가고 어찌나 온몸이 떨리고 허리가 쑤시고 머리가 아프고 가슴이 두근거리는지 밤낮으로 한시도 편한 날이 없다고 전해주렴. 그리고 리디아에게는 나를 만날 때까지 옷을 주문하지 말라고 해라. 그 애는 어떤 상점이 좋은지도 모르거든. 너는 자상한 사람이니 모든 일을 잘 해줄 거라 믿는다."

가디너 씨는 최선의 노력을 다할 것을 다시 약속했지만 누님이 바라는 것이나 두려워하는 것에 대해 중용을 취하라고 권하지 않을 수가 없었다. 저녁 식사가 준비될 때까지 이런 이야기를 주고받다가 딸들이 없는 동안 부인의 시중을 드는 가정부에게 그녀의 감정을 퍼붓도록 놓아두고 모두들 방에서 나왔다.

가디너 부부는 베넷 부인을 이렇게 가족들과 격리시킬 필요는 없다고 생각했으나 이를 입 밖으로 내지는 않았다. 그 이유는 하인들이 심부름을 하는 동안 그들 앞에서 입을 다물고 있을 만한 분별력이 그녀에게 없음을 그들은 잘 알고 있기 때문이었고, 그들이 가장 신뢰할 수 있는 가정부 혼자서 베넷 부인의 모든 불안과 걱정을 이해하는 것이 오히려 나으리라 생각했기 때문이다.

　식당에서 그들은 메리와 키티를 만났는데 그들은 각자의 방에서 자기 일에 열중한 나머지 일찍 모습을 드러내지는 못했다. 한 아이는 책을 보다가 나왔고 또 한 아이는 화장을 하다가 나왔다. 그러나 두 아이의 표정은 매우 평온했고 사랑하는 동생의 일이 마음에 걸려서인지, 아니면 그 일에 자신이 직접 분노를 느낀 때문인지, 키티의 목소리에 평소보다 약간 초조한 빛이 감도는 것 외에는 어느 아이에게서도 달라진 점을 찾아볼 수 없었다. 모두들 식탁에 둘러앉자마자 메리가 엄숙한 얼굴로 태연하게 엘리자베스에게 이렇게 속삭였다.

　"몹시 불행한 일이야. 아마 말들이 많을 거야. 그러나 우리는 마땅히 이 악의 조류를 거슬러 올라가서 서로의 상한 가슴에다 언니다운 위로를 부어넣어 주어야만 해."

　엘리자베스가 대꾸하고 싶은 생각이 없다는 것을 알자 메리는 말을 계속했다.

　"리디아에게는 확실히 불행한 사건이지만 우리는 여기서 다음과 같은 유익한 교훈을 얻을 수가 있지. 첫째, 여자는 한

번 도덕성을 잃으면 회복할 수 없다는 것. 둘째, 처음 한 발을
잘못 디디면 이것이 그 사람을 영원한 파멸로 이끈 다는 것.
셋째, 여자의 명예란 소중한 만큼 동시에 깨지기도 쉽다는 것.
넷째, 여자란 무가치한 남성에 대해서는 몸가짐을 아주 조심
해야 한다는 것이야."

엘리자베스는 놀라서 눈을 둥그렇게 뜨고 동생을 바라보았
으나 너무 기가 막혀서 말이 나오지 않았다. 그러나 메리는 눈
앞의 불행한 사건으로부터 그러한 도덕적 교훈을 찾아낼 수
있었다는 데에 만족감을 느끼는 듯했다.

오후가 되어서야 제인과 엘리자베스는 약 30분 정도 둘만
의 시간을 가질 수 있었다. 엘리자베스는 그 기회를 놓치지 않
았고, 제인 역시 자신이 알고 싶어 하던 일에 대한 질문들을
던졌다. 두 사람은 함께 이 무서운 결과에 대해 걱정했다. 엘
리자베스는 그 결과가 거의 확정적이라고 생각했고 제인도 그
것을 전적으로 부정할 수는 없었다. 엘리자베스는 다음과 같
이 말하면서 화제를 이어갔다.

"내가 아직 모르는 것들에 대해서 전부 얘기해줘. 좀더 자
세하게 전말을 들려줘. 포스터 대령은 뭐라고 그래? 둘이 도망
가기 전에 뭐 눈치챈 건 없었대? 늘 같이 있었을 텐데."

"특히 리디아 쪽에서 호의를 좀 보이는 듯하다고 가끔 생각
은 했지만 경계해야 할 정도는 아니었다. 그 분께는 참 죄송한
일이야. 그 분의 행동이야 더할 나위 없이 정중하고 친절했지.
두 사람이 스코틀랜드로 가지 않았다는 생각이 들기 전에 그

분도 걱정하고 계시다는 것을 알리려고 여길 오셨어. 그런데 그 걱정이 점점 커지니까 여행을 서두르셨지."

"데니라는 장교는 위컴 씨가 결혼하지 않을 거라고 했다면서? 그 사람은 둘이 도망칠 것을 알고 있었대? 대령도 그 사람을 직접 만나보셨대?"

"응, 그런데 대령이 물으니까 아무것도 모른다고 잡아떼며 사실을 말하려 들지 않더래. 두 사람이 결혼하지 않을 거라는 종래의 자기 주장을 되풀이하지 않더라는구나. 이것으로 추측해보건대 그 사람이 오해하고 있지 않았나 하는 생각이 들어."

"그러니까 포스터 대령이 오실 때까지는 두 사람이 정말 결혼했을까에 대해 아무도 의심을 품지 않았단 말이지?"

"어떻게 그런 생각을 할 수 있었겠니? 난 위컴 씨가 항상 옳게 처신하는 사람이 아니라는 걸 알기 때문에 그 사람과 결혼한다는 리디아의 행복에 대해서 약간 불안하고 걱정스러웠어. 부모님은 그 사실은 전혀 모르고 그저 그 결혼이 얼마나 경솔한 결혼인가를 느끼셨을 뿐이지. 그제야 키티가 우리보다 아는 게 많다고 의기양양해하며 리디아가 마지막 편지에서 자기의 계획을 암시했다고 말하지 않겠니? 키티만은 두 사람이 수주일 전부터 가까운 사이라는 걸 알았던 모양이야."

"그럼 리디아가 브라이턴에 가기 전엔 몰랐던 거야?"

"그랬을 거야."

"포스터 대령도 위컴 씨를 좋지 않게 생각하셨어? 대령도 그의 본성을 알고 계셔?"

"대령님도 위컴 씨를 전과 같이 그리 좋게 말씀하시진 않았어. 그는 무분별하고 경솔한 사람이라고 믿고 계셨어. 그리고 이런 일이 일어난 이후로 그가 빚을 잔뜩 진 채 메리턴을 떠났다는 소문이 돌고 있어. 난 사실이 아니길 바라고 있어."

"제인 언니, 우리가 그에 대해 알고 있는 사실을 숨김없이 얘기했더라면 이런 일은 일어나지 않았을 거야."

"아마 결과가 나빠지진 않았겠지."

"그러나 그땐 사람의 현재의 기분은 생각지도 않고 과거의 결점을 폭로한다는 것은 도리에 어긋나는 일이라고 생각했었잖아."

"우리의 의도야 좋았지."

"리디아가 포스터 부인에게 남긴 편지를 대령은 자세히 기억하고 계셨나 보지?"

"그걸 우리에게 보여주기 위해서 가져오셨어."

제인은 손가방에서 편지를 꺼내 엘리자베스에게 주었다. 그것은 다음과 같은 사연이었다.

'해리엇 아주머님께, 제가 어디로 가는지 아시면 비웃으시겠지만 저도 내일 아침 제가 없어진 다음에 아주머님이 놀라실 일을 생각하니 웃지 않을 수가 없군요. 전 그레트나 그린으로 가요. 누구와 같이 가는지 짐작 못 하신다면 아주머니는 바보예요. 제가 사랑하는 사람은 이 세상에서 단 하나뿐, 천사 같은 사람이에요. 그가 없으면 전 행복할 수가 없어요. 그래서 둘이 도망치는 걸 조금도 불행하다고 생각지 않아요. 원치 않으시면 제가 없어졌다고 롱본에 편지하지 않으셔도 좋아요. 리디아 위컴이라고 내 이름을 적어 편지를 보내면 더욱 놀랄 테니까요. 얼마나 재미있어요? 웃음이 나와서 견딜 수가 없군요. 프래트에게 오늘 밤 같이 춤을 못 추게 돼서 미안하다고 전해 주세요. 모든 일을 알게 되면 나를 용서해 주겠죠. 이 다음에 기쁜 얼굴로 다시 만나게 되면 반드시 그와 춤을 추겠다고 전해 주세요. 롱본에 가면 제 옷들을 가지러 보내겠지만 샐리에게 짐을 챙기기 전에 저의 수놓은 모슬린 가운을 기워달라고 전해 주세요. 좀 찢어진 데가 있거든요. 안녕! 대령께도 안부 전해주시고 저희의 행복한 여행을 위해서 축배를 들어주세요.

아주머니의 귀여운 리디아 베넷'

편지를 다 읽자 엘리자베스가 소리쳤다.

"참, 리디아는 너무 철이 없어. 그 틈에 이런 편지까지 쓰다니, 이게 뭐야. 그런데 이 편지로 보아 적어도 리디아는 자기 여행 문제에 있어선 신중했던 모양이야. 나중에 위컴 씨가 어떻게 설득시켰는지는 모르겠지만 이 파렴치한 계획을 리디아 쪽에서 세웠을 리가 없어. 아버지도 이 점을 아셔야 할 텐데."

"아버지가 그렇게 충격 받는 것을 난 지금까지 본 적이 없어. 아무튼 꼬박 10분 동안 아무 말씀도 못 하셨으니까. 어머니는 당장에 병이 나시고. 그래서 온 집안이 이렇게 뒤숭숭하지 뭐니?"

"아, 언니, 그래 그날 하루 동안 한 사람의 하인도 이 사실을 몰랐을까?"

"모르겠어. 하지만 그런 와중에 조심한다는 건 매우 어렵단다. 어머니는 히스테릭해지시고 난 나름대로 힘껏 보살펴드리려고 애썼지만, 마음만큼 해드리지 못한 것 같아. 무슨 일이 일어날까 겁에 질려서 꼼짝도 못했단다."

"어머니 시중드느라고 너무 힘이 들었나 봐. 안색이 별로 좋지 않아. 내가 언니와 함께 있었다면 좋았을 텐데. 걱정이란 걱정은 혼자 도맡아 하고 있었으니."

"메리와 키티도 친절했어. 사소한 일은 무엇이고 하려고 들었지만 그 애들에겐 일이 맞지 않는 것 같아. 키티는 너무 가냘프고 메리는 어찌나 공부를 열심히 하는지 쉬는 시간마저 빼앗을 수가 있어야 말이지. 필립스 이모가 아버지가 떠나신 뒤 화요일에 오셔서 고맙게도 목요일까지 계셔주셨어. 많은 도움과 위로가 되었단다. 루카스 부인도 매우 친절하셨어. 수요일 아침에 우리를 위로하러 오셔서 많이 도와주셨단다. 필요하다면 따님들을 보내주시겠대."

"이럴 땐 그냥 집에 가만히 계시지 않고. 호의야 고맙지만 이웃이 그런 불상사를 당하면 될 수 있는 대로 안 찾아가 보는 편이 좋아. 도움이라니 당치도 않고, 위로라니 아니꼬워. 멀리 앉아서 으스대기나 하고 코웃음이나 치라고 하지."

그리고 엘리자베스는 아버지가 런던에서 어떤 방법으로 리디아를 찾으려 하는지에 대해서 물었다. 제인은 이렇게 대답했다.

"내 생각엔 두 사람이 마차를 바꿔 탄 에프섬에 가서 마부들을 만나보시고 무슨 단서를 찾으려는 것 같아. 주된 목적은 클래팜에서 두 사람을 태우고 간 마차의 번호를 알아내려는 것일 거야. 그 마차는 런던에서 승객을 태우고 온 것인데 두 젊은 남녀가 마차를 바꿔 타는 것이 눈에 띄었으리라 생각하고 클래팜에서 알아보실 모양이야. 그렇게 해서 그 전에 마부가 손님을 내려준 곳을 알게 되면 그곳을 수소문해 볼 작정이시지. 그 마차가 서는 곳과 번호를 찾아내는 것은 불가능하지 않대. 그 밖에 또 다른 계획이 있는지는 모르지만 너무 급히 가시고 애를 많이 태우시는 바람에 이 정도의 것도 알아내기 힘들었단다."

48

이튿날 아침 베넷 씨로부터 편지가 오기를 모든 식구가 기다렸으나 우체부는 단 한 통의 편지도 전해주지 않았다. 그들은 베넷 씨가 대체로 편지를 잘 쓰지 않는 사람이라는 것을 알고는 있었지만, 때가 때인만큼 그가 편지를 보내주기를 바랐다. 그래서 그들은 편지를 보낼 만한 좋은 소식이 없는 것이라고 단정 지을 수밖에 없었으나 그것만이라도 속 시원하게 알려줬으면 좋겠다는 생각을 했다. 가디너 씨도 출발하기 전에 그의 편지가 오기만을 기다리고 있었다.

베넷 씨가 떠날 때, 그들은 적어도 일의 경과만은 계속해서 알려주리라 믿고 있었다. 가디너 씨는 매형을 설득해서 될 수 있는 대로 빨리 롱본으로 돌려보내겠다고 약속했다. 베넷 부인은 그것만이 자기 남편을 결투에서 구하는 유일한 길이라 생각하고 몹시 기뻐했다.

가디너 부인은 자기가 이곳에 머물러 있는 것이 조카딸들에게 도움이 될지도 모른다고 생각하고 아이들과 함께 하트퍼트셔에 며칠간 더 머물기로 했다. 그녀는 제인 자매와 함께 베넷 부인의 시중을 들었는데 한가한 시간에는 그들에게 큰 위안이 되었다. 필립스 이모도 그들을 자주 방문했다. 올 때마다 위컴 씨가 저지른 좋지 않은 행위에 대한 새로운 이야기를 들려주었으며 돌아갈 때면 그들을 더욱 실망시키곤 했으나 그 구실은 언제나 그들을 위로하고 격려하기 위함이었다.

온 메리턴이 석 달 전만 해도 거의 광명의 천사였던 위컴 씨를 헐뜯는 듯했다. 메리턴의 모든 상인들에게 그가 빚을 졌고 어느 상가의 딸들과도 관계를 가졌다는 말이 유혹이라는 칭호 아래 논란을 불러일으켰다. 누구든지 다 그는 이 세상에서 가장 악독한 청년이라고 선언했고, 그의 표면상의 미덕이 늘 의심스러웠다는 사실을 이해하기 시작했다. 엘리자베스는 이런 말들을 절반은 믿지 않았지만, 리디아는 영영 신세를 망쳐버렸다는 생각이 한층 더 확실해졌고 그런 말을 조금밖에 믿지 않았던 제인까지도 거의 절망적인 기분에 빠졌다. 이러한 절망, 만약 제인이 전적으로 믿고 있는 대로 두 사람이 스코틀랜드로 갔다면 지금쯤 당연히 무슨 소식이 있어야만 했으므로 더욱 커졌다.

가디너 씨는 일요일에 롱본을 떠났다. 화요일에 가디너 부인은 편지 한 장을 받았는데 거기에는, 그가 런던에 도착하는 즉시 베넷 씨를 찾아가서 그를 설득시켜 그레이스처치 가로 데리고 왔다는 것, 자기가 런던에 도착하기 전에 베넷 씨는 에프섬과 클래팜에 갔다왔는데 만족할 만한 정보를 하나도 얻지 못했다는 것, 또 베넷 씨가 두 사람이 런던에 와서 하숙을 구하기 전에 어느 호텔에 들었을 법하다고 생각하고 있으므로 자기는 지금부터 런던의 주요한 호텔들을 알아볼 작정이라는 것, 자기로서는 이 방법에 대해 아무런 성과도 기대하지 않지만 매형이 강력히 주장하기 때문에 그를 도울 작정이라는 것, 베넷 씨가 현재로서는 런던을 떠날 마음이 전혀 없는 듯하다는 것, 그리고 곧 또 편지하겠다는 약속 등이 적혀 있었다. 그리고 다음과 같은 추신이 덧붙여져 있었다.

'나는 포스터 대령에게 가능하다면 부대에서 위컴과 친했던 사람에게 위컴이 지금 숨어 있는 곳을 알 만한 친척이 있는지 여부를 알아봐 달라는 편지를 보냈소. 만약 우리가 이용할 만한 단서를 가지고 있는 사람이 나타난다면 그건 중요한 수확이 될 거요. 지금으로서는 어떻게 손을 대야 할지 모르겠지만 포스터 대령은 최선을 다하리라 믿고 있소. 하지만 위컴의 친척이 어떤 사람들인지에 대해서는 누구보다 엘리자베스가 잘 알고 있을 것 같다는 생각이 드오.'

엘리자베스는 자기에게서 확실한 것을 알아내려는 외삼촌의 겸손한 태도가 무엇을 근거로 해서 나온 것인지 짐작하면서도 조금도 당황하지 않았으나, 그녀의 능력으로는 추신의 기대에 보답할 만한 어떤 만족스러운 정보도 제공할 수가 없었다. 그녀는 위컴 씨에게서 이미 돌아가신 지 몇 년이 지난 부친 외에 다른 친척이 있다는 말을 들어보지 못했기 때문이었다. 그러나 부대에 있는 그의 친구라면 좀더 자세한 정보를 제공할 수도 있는 일이었다. 엘리자베스는 이것에 크게 희망을 걸지는 않았으나 기대해 봄직한 일이라고는 생각했다. 롱본에서는 하루하루를 걱정으로 보냈다. 그 중에서도 가장 불안스러운 때는 편지가 올 만한 때였다. 편지는 아침마다 그들을 초조하게 만드는 첫 대상이었다. 소식이야 좋든 나쁘든간에 그것은 편지를 통해서만 전해졌고, 그래서 내일은 혹시 중대한 소식이 오지나 않을까 하고 매일같이 내일을 기다렸다.

그러나 가디너 씨에게서 다시 편지가 오기 전에 전혀 생각지도 못한 콜린스 씨로부터 베넷 씨에게 한 장의 편지가 전달되었다. 제인은 아버지가 부재중일 때 그에게 오는 편지를 뜯어보라는 지시를 받았으므로 그 편지를 읽었다. 엘리자베스도 콜린스 씨의 편지가 늘 흥미진진했던 것을 알고 있었으므로 같이 읽어보았다. 사연은 다음과 같았다.

　　'삼가 올립니다. 저는 우리의 관계와 제 도리로 보아 현재
당하고 계신 어려움에 위로의 말씀을 드려야 마땅하다고 생각
하고 붓을 들었습니다. 저희는 어제 하트퍼트셔로부터 편지를
받고 이 일을 알았습니다. 제 아내와 저는 시간조차 제거할 수
없는 원인으로 인한 눈앞의 가장 쓰라린 슬픔을 당하신 아저
씨와 존경하는 가족들에게 깊은 동정을 표합니다. 저로서는
이 뼈아픈 불행을 조금이라도 덜어드리고 무엇보다도 부모로
서 마음이 가장 괴로우실 이때 어떤 위로의 말씀을 드려야 할
지 모르겠습니다. 이에 비하면 따님의 죽음이 오히려 다행한
일인지도 모르며, 오히려 제 아내의 말대로 따님의 방탕한 행
동은 부모의 그릇되고 너그러운 방임에서 시작되었음을 더욱
한탄해야 할 일이 아닌가 생각됩니다. 그러나 저는 두 내외분
의 영예를 위해 따님 자신의 성품이 선천적으로 나빴거나 아
니면 아직 나이가 어리기 때문에 그만한 일은 죄가 될 수 없다
고 생각합니다. 아무튼 저는 심심한 동정을 표합니다. 이는 제
아내뿐만 아니라 캐서린 부인과 그 따님께서도 동감하고 있습
니다. 이 분들께 저는 그 일의 전말을 말씀드렸습니다. 그 분
들은 따님 한 분의 잘못이 다른 따님의 운명에도 커다란 해를
끼칠 것이라는 제 의견에 동의하셨습니다. 캐서린 부인께서는
정중하게 누가 그런 가정과 인척관계를 맺겠느냐고 말씀하셨
습니다. 저는 작년 11월의 일을 생각하고 매우 다행이라고 여

겼습니다. 그때 제가 엘리자 양과 결혼했더라면 현재 당하시는 슬픔과 치욕 속에 저도 포함되었을 것이기 때문입니다. 그래서 저는 가능하다면 아버지로서의 애정으로부터 무가치한 따님을 떼어버리시고 따님으로 하여금 자신이 뿌린 가증스러운 죄의 열매를 거두도록 하시기를 삼가 권합니다. ……'

가디너 씨는 포스터 대령으로부터 답장을 받은 후에야 비로소 롱본에 편지를 보내왔으나 조금도 기쁜 소식은 아니었다. 위컴 씨에게는 인척관계가 되는 사람은 단 한 명도 없었고 살아 있는 친척 또한 한 사람도 없음이 확실해졌다. 그의 옛 친구들은 많았지만 그가 입대한 이후로는 특별히 친하게 지낸 사람은 없는 듯했고, 그래서 그에 관한 일을 얘기해줄 만한 사람 또한 단 한 사람도 없었다. 특히 파산 상태에 이른 그의 재정은 리디아의 친척에게 발각될 것을 두려워하는 것과 더불어 그가 숨어사는 가장 커다란 동기였다. 노름을 하다가 상당한 액수의 빚을 졌는데 포스터 대령이 알기로는 브라이턴에서 그가 진 빚을 다 갚으려면 천 파운드 이상의 돈이 필요했고, 게다가 증서 없는 부채는 그보다 훨씬 더 많을 것이라고 했다. 가디너 씨는 이 모든 소식들을 숨김없이 롱본에 전했다. 제인은 소름이 끼치는 글을 읽고 '도박꾼이군. 그런 줄은 전혀 몰랐어. 꿈에도 생각지 못했어.' 라고 소리쳤다.

가디너 씨는 매형이 다음날인 토요일쯤에 집으로 돌아갈 것이라고 덧붙였다. 베넷 씨는 모든 노력이 수포로 돌아가자 몹시 실망하여 뒤처리는 자기에게 맡기고 집으로 돌아가라는 처남의 간청에 순응한 것이다. 이 말을 들은 베넷 부인은, 지금까지 남편의 생명만 걱정했던 것과는 달리 제인 자매가 기대한 만큼의 큰 기쁨을 나타내진 않았다. 부인은 이렇게 소리쳤다.

"뭐라고? 리디아도 안 데리고 돌아오신다고? 그 애들을 찾기 전엔 런던을 떠나시면 안 돼. 그 양반이 와버리면 누가 위컴과 싸워서 리디아와 결혼시키겠니?"

가디너 부인이 집에 돌아가고 싶어 했으므로 베넷 씨가 런던에서 돌아오는 즉시 그녀는 아이들을 데리고 런던으로 떠나기로 했다. 그래서 마차는 우선 가디너 부인 일행을 런던까지 데려다 주고 돌아오는 길에 베넷 씨를 태워 오기로 했다.

가디너 부인은 엘리자베스와 다아시 씨와의 관계에 대해서 다비셔에서부터 마음에 품고 있었던 의혹이 풀리지 않은 채 롱본을 떠났다. 엘리자베스가 먼저 그의 이름을 꺼낸 적도 없었고, 집에 돌아오면 곧 그에게서 편지가 올 것이라는 가디너 부인의 희미한 기대도 수포로 돌아가고 말았다. 엘리자베스는 집으로 돌아온 후에 펨벌리로부터 아무런 편지를 받지 못했다.

현재의 불행한 집안 분위기 때문에 엘리자베스는 그녀의 침울한 기분에 대해 어떤 다른 이유를 붙일 필요가 없었다. 그래서 이제 자기 감정을 어느 정도 잘 알게 된 엘리자베스는 만약 그녀가 다아시 씨에 관한 일을 전혀 몰랐더라면 리디아의 비행에 신경을 덜 써도 되었으리라는 것을 잘 알고 있었으나(이틀 중 하루는 잠을 잘 수 있었으나) 그럼에도 불구하고 의기소침해지는 원인을 정확히 예측할 수는 없었다.

베넷 씨가 돌아왔다. 그는 여전히 평소의 냉정한 태도를 잃지 않고 있었다. 그는 평상시와 같이 말이 적었고 런던을 다녀온 일에 대해서도 한마디 말이 없었다. 오랜 시간이 지난 뒤에야 딸들이 용기를 내서 먼저 말을 꺼냈다. 즉 오후가 되어 베넷 씨가 그들과 함께 차를 들 때 엘리자베스가 용감히 화제를 꺼냈던 것이다. 그가 겪었을 고생에 대해 엘리자베스가 간단한 말로 위로의 뜻을 표하자 그는 이렇게 대답했다.

"그 이야긴 하지 말자. 내가 당연히 받을 고통이었어. 내 잘못이었어. 내 잘못이었다는 걸 난 알아야만 해."

"자신을 너무 괴롭히시면 안 돼요."

"그런 지나친 자책이 나쁘다고 경고해 주는 것은 좋지만 인간이란 그런 함정에 빠지기가 정말 쉬운 거야. 엘리자베스야, 내가 얼마나 많은 질책을 받아야 할 사람인가를 내 생애에서 이번 한 번만이라도 느끼도록 내버려두렴. 난 이런 감정에 휩싸이는 것을 두려워하지 않아. 그런 것은 곧 지나가버리는 것이니까."

"아버지는 리디아와 위컴이 런던에 있다고 생각하세요?"

"그래. 다른 데서 그렇게 감쪽같이 숨을 수가 있겠니?"

"리디아도 늘 런던에 가고 싶어했어요."

키티가 한마디 덧붙였다.

"행복하겠구나, 그럼. 거기서 꽤 오랫동안 살겠는걸."

베넷 씨가 냉담하게 대답했다. 그리고 잠깐 침묵을 지킨 뒤에 말을 이었다.

"엘리자베스야, 난 네가 지난 5월에 내게 해준 충고가 옳았다고 해서 전혀 언짢게 생각지는 않는다. 사건을 잘 생각해 보면 그 충고는 관대한 마음을 보여주는 것이었어."

이 이야기는 베넷 부인의 찻잔을 가지러 온 제인 때문에 중단되었다.

"이건 유쾌한 시위야. 불행치고는 멋지지 않니? 언제 또 한번 그래봐야겠어. 나이트캡과 나이트가운을 입고 서재에 앉아서 많은 걱정거리를 준비해야지. 아니면 키티가 도망칠 때까지 기다릴까?"

베넷 씨가 말했다.

"난 도망가지 않아요. 내가 만약 브라이턴에 가게 되더라도 리디아보다는 얌전하게 행동할걸요."

키티가 불만이라는 듯이 대꾸했다.

"네가 브라이턴엘 간다고? 50파운드를 주고 이스트본까지만 간대도 난 마음이 안 놓인다. 천만에! 키티, 난 적어도 이제부터는 신중해야 한다는 걸 알았어. 그 결과가 어떤지 너도 알게 될 게다. 다시는 장교 따위를 내 집안에 들일 줄 아니? 동네도 못 지나가게 할 테다. 언니들과 같이 가. 그렇지 않으면 무도회엔 절대로 못 갈 줄 알아라. 매일 10분간만이라도 올바른 정신으로 산다는 걸 증명할 수 있을 때까진 문밖에도 못 나간다."

키티는 이런 위협을 모두 심각하게 받아들이고 울음을 터뜨렸다.

"아냐, 아냐. 그렇게 슬프게 생각할 건 없어. 앞으로 10년만 착하게 굴면 열병식엔 데리고 가주지."

49

베넷 씨가 돌아온 지 이틀 후, 제인과 엘리자베스가 집 뒤의 관목림 속의 길을 함께 걷고 있자니 가정부가 그들에게로 다가오는 것이 보였다. 어머니가 부른 줄 알고 두 사람이 그녀 쪽으로 걸어가자, 뜻밖에도 가정부는 제인에게 이렇게 말하는 것이었다.

"길을 막아서 죄송합니다만 무슨 좋은 소식을 들으신 게 없나하고 실례를 무릅쓰고 좀 여쭤보러 왔습니다."

"무슨 말이죠, 힐? 런던에서는 아무런 소식도 없었어요."

힐 부인은 깜짝 놀라 소리쳤다.

"그럼 아버지한테 가디너 씨로부터 속달이 온 것을 모르시는군요. 30분 전에 우체부가 다녀갔는데 아버님께 온 것이 한 장 있어서 갖다드렸어요."

나머지 말은 듣지도 않고 두 사람은 정신없이 뛰어갔다. 현관을 지나 식당으로, 식당에서 다시 서재로 가보았으나 거기에도 베넷 씨는 없었다. 어머니와 같이 계신가 하고 이층으로 올라가려는 참에 집사를 만났다.

"아버님을 찾으세요? 저쪽 작은 숲으로 걸어가고 계십니다."

이 말을 듣자 다시 현관을 지나서 아버지의 뒤를 쫓아 잔디밭을 가로질렀다. 그는 목장 한쪽에 있는 작은 숲으로 유유히 걸어가고 있었다.

엘리자베스만큼 몸이 가볍지도 못하고 또 그다지 뛰어본 적도 없는 제인은 곧 뒤로 처졌으나 엘리자베스는 숨을 헐떡이며 아버지에게로 다가가서 간절하게 소리쳤다.

"아버지, 무슨 소식이죠? 외삼촌한테서 편지를 받으셨어요?"

"응, 속달이 왔더구나."

"그래요? 뭐라고 썼어요? 좋은 소식이에요, 나쁜 소식이에요?"

"무슨 좋은 소식이 있겠니, 아무튼 읽어보고 싶겠지?"

이렇게 말하면서 그는 주머니에서 편지를 꺼냈다. 엘리자베스는 조바심이 나서 편지를 받아들었다. 그때 제인이 다가왔다.

"큰 소리로 읽어봐라. 나도 무슨 말인지 잘 모르겠으니."

아버지가 말했다.

'존경하는 매형께, 드디어 리디아에 관한 얼마간의 소식을 드릴 수 있게 되었습니다. 대체로 만족할 만한 소식이라고 믿습니다. 토요일에 매형께서 출발하신 직후 다행히도 두 사람이 런던의 어느 곳에 있다는 사실을 알게 되었습니다. 자세한 이야기는 직접 만나서 말씀드리겠지만 그들을 찾았다는 것만은 알아두시기 바랍니다. 저는 두 사람을 직접 만나보았습니다.'

"내가 늘 바라던 대로 결혼을 했나봐."
제인이 말했다. 엘리자베스는 계속해서 편지를 읽었다.

'그러나 둘은 아직 결혼하지는 않았고 결혼할 의사가 없는 것 같았습니다. 그러나 만약 매형께서, 제가 매형 측의 입장에서 대담하게 맺어버린 계약을 이행하실 의사가 있으시다면 머지않아 두 사람의 결혼이 이루어지리라고 믿습니다. 매형께서 하실 일은, 매형과 누님이 돌아가시면 자녀들에게 주기로 약속한 재산 중 재산 분배법에 따라 리디아에게도 5천 파운드를 분배해 주겠다는 것을 그녀에게 확약할 것과, 또 특히 매형 생전에 매년 100파운드의 연금을 지불한다는 약속을 하시는 일입니다. 모든 것을 고려해 본 후에 저는 매형을 대신해서 권한이 미치는 한 이 조건에 주저 없이 응할 생각입니다. 매형의 대답을 즉시 들어야겠기에 이 편지를 속달로 보냅니다. 위의 사실로 보아 위컴 군의 재정 형편이 세간에서 알고 있듯이 그렇게 형편없는 것만은 아님을 쉽게 깨달으실 줄 믿습니다. 다행히 그에게는 부채를 다 갚고 난 뒤에도 리디아의 재산에 보텔 돈이 약간은 있는 모양입니다. 만약 위와 같은 경우 매형의 이름으로 모든 일 처리를 대행할 권한을 제게 위임해 주신다면 곧 변호사 해거스턴에게 선처토록 지시를 하겠습니다. 그러면 매형께서 다시 오실 필요도 없으며 집에서 편히 쉬시면서 모든 일을 제게 맡기시기만 하면 됩니다. 될 수 있는 대로속히 회답을 주시길 바랍니다. 매형께서도 이에 동의하실 줄로 믿습니다. 리디아는 오늘 저희 집으로 올 것입니다. 더 결정되는 일이 있는 대로 다시 편지 드리겠습니다.

그레이스처치 가에서 8월 2일 월요일
에드워드 가디너 올림.'

"그럴 수가 있을까? 위컴 씨와 리디아의 결혼이 가능할까?"
엘리자베스가 편지를 다 읽고 나서 말했다.
"그것 봐, 위컴 씨는 우리가 생각한 것같이 그렇게 형편없는 사람은 아니라니까. 잘 됐어요, 아버지."
제인이 말했다.
"아버지, 답장을 하셨나요?"
엘리자베스가 물었다.
"아니, 곧 쓰긴 해야 할 텐데."
엘리자베스는 아주 간절히, 더 시간을 끌지 말고 답장을 쓰라고 애원했다.
"아버지. 얼른 가서 쓰세요. 이런 때 일분일초가 얼마나 중요한지 생각 좀 해 보세요."

"힘드시면 제가 대신 쓸게요."

제인이 말했다.

"정말 지긋지긋하다. 그래도 쓰긴 써야지."

이렇게 말하면서 그는 돌아서서 집 쪽으로 발걸음을 옮겼다.

"그 조건은 들어주어야 하지 않을까요?"

엘리자베스가 이렇게 물었다.

"여부가 있겠냐? 왜 겨우 그것만 청구했는지 낯이 뜨거울 지경인데."

"결혼해야 해요. 위컴 씨는 그만한 자격은 있는 인물이니까요."

"그렇지, 결혼해야지. 그밖에 다른 방법이 있겠니? 그러나 내가 꼭 알고 싶은 게 두 가지 있단다. 하나는 이 결혼을 성사시키기 위해 네 외삼촌이 돈을 얼마나 썼느냐 하는 것이고, 또하나는 내가 그 돈을 언제나 갚을 수 있을까 하는 것이다."

"외삼촌이 돈을 쓰다니요? 무슨 말씀이시죠?"

제인이 물었다.

"내 말은, 정신이 제대로 박힌 사람이라면 내 생전의 연금 100파운드와 죽은 뒤엔 5천 파운드라는 보잘것없는 유혹에 끌려서 리디아와 결혼할 것 같냐는 말이다."

"정말 그런데요. 그런 생각은 전혀 하지 못했어요. 빚을 다 갚고도 얼마간 남는다니! 아, 그건 다 외삼촌이 하신 일이에요. 착하고 관대하신 분! 우리 때문에 곤궁해지지나 않으셨는지 모르겠어요. 적은 돈이 아닐 텐데."

엘리자베스가 말했다.

"아니고말고. 위컴이란 녀석은 1만 파운드에서 단 한 푼이 모자라도 안 받을 게다. 인척 관계를 맺는 시작부터 이렇게 나쁘게만 생각하는 건 유감스러운 일이다만."

"1만 파운드라고요? 맙소사! 그 반도 갚을 수 없잖아요?"

베넷 씨는 대답하지 않았다. 그들은 각자 깊은 생각에 잠겨서 집까지 묵묵히 걸었다. 베넷 씨는 편지를 쓰기 위해서 서재로 들어갔고 제인과 엘리자베스는 식당으로 들어갔다.

단둘이 되자 엘리자베스가 입을 열었다.

"그래, 둘이 정말 결혼하게 됐군. 일이 참 묘하게 됐어. 그래도 우린 감사히 생각해야 한단 말이야. 행복해질 가능성은 적고 남자의 인격은 볼품없는 넝마 같은데도 결혼을 한다? 그걸 또 우리는 억지로 기뻐해야 하고? 에이, 리디아도!"

"난 위컴 씨가 리디아에게 진정한 호의가 없었다면 아마 결혼하지 않을 거라고 생각하고 스스로를 위로하지. 고마운 외삼촌이 그의 부채를 갚으려고 어떤 일을 하신 모양이지만 만 파운드까지 치르셨다고는 믿어지지 않아. 아이들도 있고 또 더 낳을지도 모르는데 어떻게 만 파운드의 반이라도 쓸 수가 있겠니?"

"만약 위컴 씨의 부채가 모두 얼마고, 또 그가 리디아에게 준 돈이 얼마인지 안다면, 외삼촌이 두 사람을 위해 쓰신 돈이 어느 정도인지 정확히 알 수 있을 텐데. 위컴 씨는 자기 돈이라곤 한푼도 없을 테니까 말이야. 외삼촌과 외숙모의 친절은 이루 다 갚을 수 없을 거야. 리디아를 집에 데려가고 친히 돌봐주시고 잘못도 묵인하시고…… 리디아의 장래를 위해서 치르신 희생을 생각하면 두고두고 감사를 해도 모자랄 것 같아. 지금쯤은 리디아가 외삼촌 댁에 가 있겠군. 그런 친절에 괴로움을 느끼지 않는다면 행복할 자격이 없어. 외숙모를 처음 뵈었을 때 리디아는 무슨 생각이 들었을까?'

"우리는 두 사람에게 있었던 일들을 모두 잊으려고 노력해야만 해. 나는 아직도 그들이 행복하기를 바라고 또 그리리라고 믿어. 내 생각으로는 그가 리디아와의 결혼에 찬성한 것은 올바른 사고방식으로 돌아왔다는 증거야. 서로의 애정이 두 사람을 성실하게 만들 거야. 나는 이렇게 믿어. 그들은 얼마 안 가서 자기들의 지난날의 무모했던 행동을 잊고 조용히 또 올바르게 살 거라고."

"그들의 행동은 언니도 나도, 또 누구도 결코 잊을 수 없는 그런 것이었어. 그건 쓸데없는 말이야."

이 때 두 사람의 머리에는 지금 생긴 일에 대해 어머니는 전혀 모르고 있을 것이라는 생각이 들었다. 그래서 그들은 서재로 가서 어머니에게 이 일을 알려도 좋으냐고 아버지에게 물어보았다. 편지를 쓰고 있던 그는 고개도 들지 않은 채 냉담하게 말했다.

"마음대로 하렴."

"이 편지 가지고 가서 어머니에게 읽어드려도 돼요?"

"뭐든지 가지고 나가라니까."

엘리자베스는 아버지의 책상에서 편지를 집어들고 제인과 함께 이층으로 올라갔다. 메리와 키티도 어머니와 함께 있었으므로 편지는 한 번만 읽으면 되었다. 좋은 소식이라는 것을 미리 잠깐 말한 다음 제인이 큰 소리로 편지를 읽었다. 베넷 부인은 어쩔 줄을 몰라했다. 리디아가 곧 결혼할 것을 믿는다는 대목을 읽자 베넷 부인의 기쁨은 폭발하였고, 편지를 읽어내려갈수록 이 기쁨은 더욱 커져만 갔다. 놀람과 짜증으로 괴팍스러웠을 때와는 대조적으로 그녀는 이제는 기쁨의 탄성을 내질렀다. 리디아가 결혼하게 되었다는 사실을 안 것만으로도 충분했다. 그녀의 행복을 걱정한다거나, 또는 그녀의 잘못을 기억해내고 침울해하지 않았다.

"내 귀여운 리디아! 정말 기쁘구나. 그 애가 결혼을 하다니! 그 애를 다시 볼 수 있겠구나. 열여섯 살에 결혼하게 되다니. 고맙고 친절한 내 동생. 내 이럴 줄 알았지. 모든 걸 잘 처리해 줄 줄 알았어. 리디아가 너무 보고 싶구나. 그리고 위컴도 말이야. 그나저나 결혼 예복을 어떻게 한담. 곧 외숙모에게 편지를 해야겠다. 엘리자베스, 아버지에게 좀 뛰어가 봐라. 가서 리디아에게 돈을 얼마나 주실 건지 좀 여쭤보고 오렴. 아니, 여기 있어라. 내가 가야지. 키티, 종을 울려서 힐을 좀 불러주렴. 곧 옷을 입어야겠다. 오, 내 귀여운 리디아! 우리가 만날 땐 얼마나 즐거울까?"

제인은 외삼촌에게 그들이 받은 은혜를 깨닫게 함으로써 어머니의 격정을 조금이나마 완화시키려고 애썼다.

"이 다행스런 결과는 모두 친절하신 외삼촌 덕택이에요. 외삼촌이 당신 돈을 들여서 위컴 씨를 도우신 게 틀림없어요."

"그래, 그거야 당연하지. 외삼촌이 아니면 누가 한단 말이냐? 그리고 만약 외삼촌에게 자식들이 없었다면 그의 재산은 나와 너희들이 차지했을 것이라는 건 너도 알고 있지. 그리고 몇 가지 선물 외에 외삼촌이 우리에게 무얼 해준 것은 이번이 처음 아니냐? 아무튼 난 기쁘다. 얼마 안 있으면 딸 하나를 결혼시키게 됐으니 말이다. 위컴 부인이라, 근사하군. 지난 6월에야 겨우 만 열여섯 살이 됐는데. 제인, 너무 가슴이 두근거려서 편지를 못 쓸 것 같다. 내가 부를 테니 대신 받아쓰렴. 돈에 대해서는 차후에 아버지와 결정을 하겠지만 우선은 결혼 예복만이라도 주문해야겠다."

그러면서 부인은 캘리코(면포)를 비롯해서 모슬린(면직물)이며 흰 캠브릭(흰 삼베 손수건) 등을 주워 외기 시작했다. 만약 제인이 아버지가 한가한 때를 기다렸다가 아버지와 상의해 본 다음에 쓰자고 어머니를 겨우 설득시키지 않았다면 주문은 상당한 액수에 달했을 것이다. 제인은 하루쯤 늦는 것을 그리 대수롭게 생각하지 않았고 부인도 기쁨에 넘친 나머지 평소와 같은 고집을 부리지는 않았다. 그러자 다른 생각이 떠올랐는지 부인은 이렇게 말했다.

"옷을 입는 대로 메리턴에 가야겠어. 가서 필립스 이모에게 이 좋은 소식을 전해줘야지. 그리고 오는 길에 루카스 부인과 롱 부인 댁에 들를 수 있겠군. 키티, 내려가서 마차를 불러라. 바람 좀 쐬는 게 몸에도 좋을 거야. 아, 힐이 오는군. 힐, 좋은 소식 들었어? 우리 리디아가 결혼을 한대. 결혼을 축하하게 펀치 한 잔씩 만들어줘."

힐 부인은 기쁨을 표시했고, 엘리자베스가 여러 사람을 대신해서 이 축하의 말을 받았다. 그리고는 이런 어리석은 짓에 염증이 나서 혼자 생각 좀 해보려고 제 방으로 돌아와버렸다. 아무리 생각해도 리디아의 처지는 불행할 것임에 틀림없었지만, 그러나 최악은 아니라고 생각하고 감사해할 수밖에 없었다. 또한 앞날을 내다볼 때 리디아에게서 정당한 행복이나 속세의 행운을 기대할 수는 없었지만 불과 두 시간 전에 지녔던 불안을 생각하여 이만한 지금의 수확에도 만족을 느껴야만 했다.

50

베넷 씨는 그의 자녀들과 또 아내가 자기보다 오래 살 경우, 그들의 미래를 위해서 그의 모든 수입을 지출하는 대신 매년 저축을 하는 것이 좋겠다고 이전에 종종 생각해 왔었는데 지금에 와서 그는 어느 때보다도 더 저축의 필요성을 절실히 느끼게 되었다. 만약 그가 이 점에 대해 그의 의무를 다했더라면 리디아를 위해 명예나 신용을 회복하는 데 있어서 구태여 가디너 씨에게 폐를 끼칠 필요가 없었을 것이다. 자기 의무를 이행했더라면 영국에서도 가장 쓸모없는 청년 중의 한 사람을 리디아의 남편으로 택한 것에 대한 보상은 당연히 원래의 제 위치에 머물러 있었을는지도 모르는 일이었다.

별로 이득이 없는 목적을 위해 처남이 단독으로 비용을 들였다는 것을 베넷 씨는 매우 중요하게 생각했다. 그래서 가능하면 가디너 씨가 도와준 액수가 얼마나 되는가를 알아보고 될 수 있는 한 조속히 빚을 갚기로 마음먹었다.

당초에 베넷 씨가 결혼했을 때에는 당연히 아들을 낳을 것으로 예상했기 때문에 경제 문제에 대해서는 전혀 걱정할 필요가 없었다. 이 아들이 성년이 되는 대로 한정 상속의 제한이 풀어질 것이고 이로써 아내와 어린 자녀들의 생활은 보장될 것이었기 때문이었다. 딸만 잇따라 다섯이나 낳았을 때에도 아직 아들에 대한 꿈을 버리지 않았고 리디아를 낳은 후로도 수년 동안 베넷 부인은 아들을 낳을 수 있다고 장담했었다. 그러나 결국 이런 희망은 수포로 돌아갔고 그 때는 이미 저축하기엔 너무 늦어 있었다. 게다가 부인은 절약하는 데에는 소질이 없었다. 수입 초과를 방지해온 것은 오로지 베넷 씨가 독립을 사랑한 때문이었다.

결혼 계약서에는 5천 파운드가 부인과 자녀의 상속재산으로 명시되어 있었으나 자녀들에게 어떤 비율로 분배하느냐 하는 것은 부모의 뜻에 달려 있었다. 바로 이 점이 최소한 리디아에 관한 한 결정되어야 할 문제였다. 베넷 씨는 눈앞의 제안을 허락하는 데 망설일 수가 없었다. 그는 우선 처남의 친절에 감사한다는 말을 한 다음, 아주 간결한 표현으로 모든 처사에 전적으로 찬성한다는 것과 자기 대신 체결한 모든 계약을 기꺼이 이행하겠다고 썼다. 그는 위컴 씨를 리디아와 결혼하도록 설득시킬 경우 현재와 같은 적은 비용으로 가능하리라고는 전혀 생각지 못했다. 리디아에게 매년 100파운드를 주게 되더라도 감소되는 연수입은 고작해야 100파운드밖에 안 되는데, 그 이유는 리디아의 식비라든가 용돈이라든가 또 늘 어머니의 손을 거쳐서 흘러 들어가는 돈 등을 합해 보면 그녀가 일 년에 소비하는 비용이 거의 100파운드 정도 되었기 때문이었다.

베넷 씨에게 있어서 또 한 가지 놀라운 즐거움은 자기 쪽에서 아주 적은 노력을 들이고 이 일을 한다는 것이었다. 지금 그의 간절한 희망은 이 사건에 대해 될 수 있는 한 걱정을 덜하는 것이었다. 그에게서 리디아를 찾는 행동으로 옮기게 한 처음의 격한 분노가 사라지자, 그는 본래의 나태함으로 되돌아갔다. 그는 곧 편지를 부쳤다. 그는 일을 결정하는 데에는 느렸으나 실행은 빨랐다. 자기가 가디너 씨에게 지고 있는 부채에 대해 자세히 알고 싶다고 간청했으나 화가 난 나머지 리디아에게는 편지를 쓰지도 않았다.

리디아가 결혼한다는 소식은 곧 온 집안에 퍼졌고 빠른 속도로 이웃에까지 퍼졌으나 이들은 무던한 침착성을 지니고 냉정하게 행동했다. 물론 만약 리디아가, 영락해서 양육비를 동네가 부담한다거나 또는 이보다는 다행스럽게도 세상과 떨어져 어느 먼 농가에 격리되어 있다면 이것은 좀더 재미있는 이야깃거리가 되었을 것이다. 그러나 리디아가 사라진 채로 아직 정식 결혼에 대한 말이 없었을 때 메리턴의 짓궂은 노부인들이 동정하는 듯이 리디아의 선행을 바랐던 때의 그 생각은 이제 사정이 변했음에도 불구하고 여전히 그대로였다. 그것은 리디아가 그런 남자와 결혼해봤댔자 불행할 것이 뻔한 일이었기 때문이었다.

　베넷 부인이 아래층에 발길을 끊은 지 이미 2주일이 되었으나 이 기꺼운 날을 맞이해서 그녀는 다시 아래층 식당의 식탁 머리에 앉았다. 그녀의 기분은 말할 수 없이 좋았고 어떤 부끄러움도 그녀의 의기양양한 기분을 손상시키긴 않았다. 제인이 열여섯 살이 된 이후로 그녀가 한결같이 바라던 딸의 결혼이 이제 드디어 이루어지려는 단계에 있었던 것이다. 그녀의 말과 생각은 오로지 근사한 결혼식의 하객들과 아름다운 모슬린 옷과 새 마차들과 하인들 따위로 꽉 차 있었다. 그녀는 온 동네를 누비고 다니면서 리디아에게 알맞은 신혼 주택을 물색하기에 바빴다. 두 사람의 수입이 얼마나 될 것인가는 알지도 생각하지도 않고 집이 좁다느니 쓸모가 없다느니 하면서 숱한 거절을 했다.

　"굴딩에만 나간다면 헤이파크도 괜찮고, 아니면 스토크에 있는 집도 응접실만 좀더 크다면 쓸 만하겠어. 애쉬워드는 너무 멀고. 여기서 10마일 이상 떨어진 곳은 안 돼. 팔비스는 다락방이 음산해서 싫어."

베넷 씨는 하인들이 옆에 있는 동안은 마음대로 지껄이라고 내버려두었으나 하인들이 물러가자 부인에게 이렇게 말했다.

"여보, 그 애들에게 그 중의 어느 집을 사주든지 아니면 전부를 사주든지 간에, 우선 정신 좀 차리고 생각해 봅시다. 어느 집이고 이 근방에는 그 애들을 들여놓을 수 없소. 그 애들을 롱본에 들임으로써 그 뻔뻔스러움을 북돋워줄 생각은 없단 말이오."

이 말로 인해 오랫동안 논쟁이 벌어졌다. 그러나 베넷 씨는 결코 자신의 뜻을 꺾지 않았다. 이것이 또 싸움을 유발시켰다. 게다가 베넷 부인은 남편이 리디아의 옷을 살 돈을 한푼도 주려고 하지 않는다는 것을 알고는 기겁을 했다. 베넷 씨는 부인에게, 리디아는 어떤 경우든지 자기로부터 애정의 표시는 받지 못할 것이라고 딱 잘라 말했다. 부인은 이 말을 도무지 이해할 수 없었다. 남편의 노여움이 결혼을 무효화할지도 모르는, 즉 리디아의 특권을 거부할 정도의 생각조차 할 수 없는 울분에까지 이르렀다는 사실을 부인이 아무래도 믿을 수가 없었다. 그녀는 리디아가 위컴 씨와 도망을 치고 결혼식도 올리기 전에 일주일씩이나 동거를 했다는 데 대한 어떤 수치심보다는 딸의 결혼식에 입힐 새 옷이 없어서 망신당할 것에 더 마음이 쓰였다.

엘리자베스는 전에 한 순간의 괴로움에 못 이겨서 다아시 씨에게 리디아에 대한 그들의 걱정을 알렸던 것을 이제 와선 가장 가슴 아프게 후회하였다. 왜냐하면 리디아의 결혼이 그들의 도피행각에 곧 종지부를 찍어줄 것이므로 불필요한 사람들에게는 상서롭지 못한 사실을 숨길 수도 있는 일이었기 때문이다.

엘리자베스는 다아시 씨를 통하여 더 이상 소문이 퍼지는 것을 걱정하지는 않았다. 그녀에게는 자기의 비밀을 남에게 누설하지 않고 지켜줄 것을 확신할 만큼 마음 터놓고 이야기할 수 있는 사람도 별로 많지 않았지만, 또 동시에 자기 동생의 부정한 행동을 알고 있다고 해서 자기에게 심한 굴욕이 될 만한 사람도 없었다. 그래서 자신이 불리해질 것이라는 불안 때문은 아님에도 불구하고 어쨌든 자기와 다아시 씨 사이에는 건널 수 없는 심연이 있는 것 같았다. 설사 리디아의 결혼이 가장 훌륭한 조건하에서 이루어진다 하더라도, 다른 모든 이유는 그만두고라도 그렇게도 경멸하던 위컴 씨와 가장 가까운 친척의 인연을 맺는 자기 가정과 인척관계를 맺으리라고는 생각되지 않았기 때문이다.

이런 관계를 그가 피하려 들 것은 틀림없는 일이고, 자기의 사랑을 얻으려던 그의 희망이(비록 다비서에서는 그가 사랑을 얻었다고 생각했었음을 엘리자베스 자신도 잘 알고 있었지만) 이러한 엄청난 타격으로부터 벗어날 수 있다고는 합리적으로 기대할 수 없었다. 엘리자베스는 맥이 풀렸고 슬펐으며 왠지 모를 후회감이 들었다. 더 이상 그의 호의의 덕을 바랄 수 없게 되자 엘리자베스는 그의 호의가 아쉬워졌으며, 이제 다시는 둘이 만나는 일이 없을 것이라는 생각이 들자 자기는 그와 함께 행복할 수 있을 것이라는 확신이 들었다.

자기가 겨우 4개월 전에 자신 있게 일축해 버린 그의 청혼을 지금은 기쁘고 감사한 마음으로 받아들일 것이라는 것을 그가 안다면 그는 얼마나 의기양양해할 것인가 하고 엘리자베스는 가끔 생각했다. 그가 남자 중에서도 가장 관대한 남자임을 엘리자베스는 믿어 의심치 않았으나, 그도 역시 인간인 이상 승리감을 가지는 것은 당연한 일이다.

엘리자베스는 이제야 다아시 씨가 성품과 재능에 있어서 자기에게 가장 적합한 사람임을 이해하기 시작했다. 그의 이해력과 기질은 비록 엘리자베스와 비슷하지는 않았지만 그녀가 바라는 모든 것에 부합하는 것이었다. 이들의 결합은 두 사람 모두에게 유익할 것이다. 엘리자베스의 여유 있고 명랑한 모습으로 인해 다아시 씨의 마음은 부드러워지고 태도는 개선될 것이며, 다아시 씨의 판단력과 견문과 세상에 관한 지식에 의해 엘리자베스는 매우 소중한 이익을 얻을 수 있을 것이다.

그러나 지금은 아무리 행복한 결혼도 그것을 찬미하는 무리들에게 부부의 행복이란 진정 무엇인가를 가르쳐줄 수는 없었다. 서로 다른 두 성격의 결합이 행복한 부부의 가능성을 배제한 채 그들의 가정에서 이루어지려는 참이었다.

위컴 씨와 리디아가 얼마만큼 자립적인 생활을 이겨낼 것인지 엘리자베스는 상상할 수 없었으나, 도덕심보다는 강한 정열로 결합된 부부에게 따르는 행복은 얼마나 짧게 지속될 것인가 하는 것만은 쉽사리 예측할 수 있었다.

가디너 씨는 베넷 씨에게 금방 다른 편지를 보냈다. 그는 누구든지간에 자기 가문의 사람이면 그의 행복을 위해서 최선을 다하겠다는 확언을 하고 베넷 씨의 감사에 간단히 답례한 다음, 자기가 돈을 썼느니 어쨌느니 하는 이야기는 다시는 꺼내지 말아달라고 간청했다. 이번 편지의 중요한 취지는 위컴 씨가 군대를 그만두기로 결심했다는 사실을 그들에게 알리는 것이었다. 가디너 씨는 다음과 같이 덧붙였다.

'위컴의 결혼이 확정되는 대로 그가 부대를 나오는 것은 제가 무척 바라던 일입니다. 저는 매형께서도 이 일이 위컴이나 리디아를 위해 극히 현명한 일이라는 데에 동의하실 줄로 믿습니다. 위컴은 정규군에 입대하려 하고 있는데 이 일을 기꺼이 도와주려는 그의 친구들 중 한 사람으로부터 모 장군 부대의 기수직을 약속받고 있습니다. 주둔지가 이곳에서 먼 거리에 있다는 것은 오히려 다행한 일이라고 생각합니다. 위컴도 쾌히 승낙하고 있는데 다른 사람들 틈에 가서 살면 각자가 갖추어야 할 인격을 지니게 될지도 모르는 일이며, 또 두 사람 모두 좀더 신중해지리라고 믿습니다. 저는 포스터 대령에게 저희들의 처사를 알리고 브라이턴 인근에 있는 위컴의 모든 채권자들에게 채무를 빠른 시일 내에 청산하겠다는 보증을 서 달라는 편지를 보냈습니다. 이 청산에 대해서는 제게 서약을 했습니다. 그러니 매형께서도 메리턴에 있는 위컴의 채권자들에게 동일한 보증을 서주지 않으시겠습니까? 채권자의 명단은 위컴에게 알아봐서 곧 보내드리겠습니다. 위컴은 그의 모든 채무 건수를 제출한 바 있습니다. 적어도 이 점에 대해서만은 우리를 속이지 않았으리라 믿습니다. 해거스턴 변호사가 우리의 지시를 받고 있는데 일 주일이면 모든 일을 무난히 해결할 것입니다. 그리고 롱본에서 먼저 두 사람을 초대하지 않는다면 그들은 그냥 북부의 군대를 따라갈 것입니다. 제 아내를 통해 듣기로는 리디아가 남부를 떠나기 전에 롱본의 가족들을 몹시 만나보고 싶어 한다는 얘깁니다. 리디아는 건강하며 매형과 누님께서 부모의 도리로 자기를 잊지 않고 기억해 주기를 바라고 있답니다. ……

에드워드 가디너 올림'

베넷 씨와 그의 딸들은 가디너 씨와 마찬가지로 위컴 씨가 의용군에서 정규군으로 옮기는 것을 기뻐했으나 베넷 부인만은 그리 흡족해하지 않았다. 그녀는 두 사람을 하트퍼트셔에 정착시키려는 애초의 계획을 절대 포기하지 않았고 마침 거기에 커다란 기쁨과 긍지를 기대하고 있었던 참이라 리디아가 북방에 정착하게 되었다는 사실은 그녀에게 쓰라린 실망을 안겨주었다. 게다가 많은 사람들이 리디아를 알고 있고, 또 리디아가 좋아하는 군인들이 많은 부대를 떠나야 한다는 것은 몹시도 애석한 일이었다. 그녀는 이렇게 말했다.

"포스터 부인을 몹시 좋아하던 그 애를 그렇게 멀리 보내버리다니 정말 기가 찰 노릇이야. 또 그 애가 무척 따르던 청년들도 몇 명 있었는데. 그 장군 부대의 장교들은 그리 쾌활하지 못할 거야."

리디아가 북쪽으로 떠나기 전에 집에 다녀가게 하자는 제안을 예상했던 대로 베넷 씨는 처음에는 단호히 거절했다. 그러나 리디아의 감정과 장래의 지위를 위해 그녀의 결혼을 부모에게 알려야 한다는 생각에 합의를 본 제인과 엘리자베스가 두 사람이 결혼하는 대로 롱본에 초대하자고 열심히, 그러면서도 합리적으로 간청하는 바람에 베넷 씨는 마음이 누그러져서 마음대로들 하라고 마지못해 허락하고 말았다. 베넷 부인은 출가한 딸이 북쪽으로 가버리기 전에 이웃 사람들에게 보여줄 수 있게 되어 매우 만족해했고, 베넷 씨는 두 사람이 롱본에 오는 것을 승낙한다는 편지를 다시 가디너 씨에게 썼다. 이리하여 결혼식이 끝나는 대로 두 사람이 롱본으로 곧바로 오게 되었다. 그러면서도 엘리자베스는 위컴 씨가 그런 제안을 수락했다는 데 놀라지 않을 수 없었다. 만약 엘리자베스가 자신의 감정만을 생각한다면 그녀는 무엇보다도 그와의 재회가 가장 싫었기 때문이었다.

51

    리디아의 결혼식 날이 다가왔다. 제인과 엘리자베스가 리디아를 맞는 감회는 리디아가 집에 돌아오는 감회보다도 더 컸다. 마차가 두 사람을 맞으러 어느 지점까지 갔는데, 저녁 시간까지는 도착할 예정이었다. 제인과 엘리자베스는 그들의 도착을 두려워했다. 특히 제인은, 만약 자기가 죄인일 경우, 자신이 품고 있는 생각을 리디아도 품고 있지나 않을까 하는 생각을 하고 더욱 두려워했고, 리디아가 이제부터 견뎌내야 할 수모를 생각하고는 가엾은 생각이 들었다.

    드디어 두 사람이 왔다. 온 가족이 그들을 맞기 위해 식당에 모여 있었다. 마차가 대문에 다다르자 베넷 부인의 얼굴에는 미소가 번졌고 베넷 씨는 꿰뚫을 수 없는 엄숙한 표정을 짓고 있었다. 딸들은 놀라고 불안해하면서 안절부절 못했다.

    현관에서 리디아의 목소리가 들렸다. 문이 확 열리더니 그녀가 방안으로 뛰어 들어왔다. 베넷 부인이 앞으로 달려나가 그녀를 껴안고 열광적으로 환영을 했다. 그리고 리디아를 뒤따라온 위컴 씨에게 다정한 미소를 지으면서 손을 내밀자 그는 그들의 행복을 의심 없이 보여주는 유쾌한 태도로 모녀가 오래간만에 다시 만나서 기쁘시겠다는 인사를 했다.

    그리고 두 사람은 베넷 씨에게로 돌아섰다. 베넷 씨는 그들을 진심으로 환영하진 않았다. 그의 얼굴은 더욱 굳어졌고 거의 입을 열지 않았다. 아무렇지도 않은 듯이 행동하는 젊은 부부의 뻔뻔스러움이 다시 그의 화를 돋구기에 충분했다. 엘리자베스도 비위가 거슬렸고 제인마저 충격을 받았다. 리디아는 변함없이 리디아였다. 길들여지지 않고 부끄러움을 모르며 거칠고 수다스럽고 겁이 없었다. 그녀는 이 언니에게서 저 언니에게로 돌아다니며 그들에게 축복해 달라고 졸랐다. 드디어 모두가 자리에 앉자 리디아는 방안을 열심히 둘러보고 약간 변한 것을 알아채곤 웃으면서 여기를 떠난 지도 꽤 오래 되었다고 말했다.

위컴 씨는 리디아보다 더 당황스러운 빛이 없었다. 그의 태도가 옛날처럼 어찌나 유쾌했던지, 그의 인격이나 결혼 방법에 하등의 비난할 점이 없었더라면 이제는 그들과 친척간임을 선언할 때의 그의 미소와 유유한 말솜씨는 모두를 즐겁게 해주었을 것이다. 엘리자베스조차도 그가 이처럼 뻔뻔스러우리라고는 미처 생각지 못했었다. 그녀는 앉은 채로 이제 다시는 뻔뻔스러움에 한계선을 긋지 않겠다고 속으로 다짐했다. 그녀는 얼굴이 뜨거웠다. 제인도 낯을 붉혔다. 그러나 정작 이러한 사건을 야기시킨 장본인들은 부끄럽지도 않은 모양인지 도무지 안색의 변화가 없었다.

화제는 궁하지 않았다. 리디아나 베넷 부인은 모두 말을 빨리 하지 못했고 엘리자베스와 가까이 앉게 된 위컴 씨는 가까운 곳에 사는 사람들의 안부를 물어보기 시작했다. 그는 평소

466

와 같이 명랑하게 말을 했으나 대답을 하는 엘리자베스는 그럴 수가 없었다. 리디아와 위컴 씨는 세상에서도 가장 행복한 추억들만 지니고 있는 것 같았다. 지난 일을 회상하면서 괴로워하는 빛은 전혀 없었고, 리디아는 오히려 제인과 엘리자베스가 무슨 일이 있어도 화제 삼고 싶지 않던 이야기를 스스로 꺼냈다.

"내가 집을 떠난 지 벌써 석 달이 됐다는 생각을 하니 참 이상해. 겨우 2주일밖에 안 된 것 같거든. 그런데도 그 동안에 많은 일이 있었지. 내 참, 내가 집을 떠날 때에는 돌아올 때 결혼을 해서 오리라는 생각은 꿈에도 안 했어. 내가 결혼을 한다면 무척 재미있을 거라는 생각은 했지만."

베넷 씨가 두 눈을 쳐들었다. 제인은 당황했고 엘리자베스는 의미 있는 눈으로 리디아를 쏘아보았으나, 리디아는 무감각한 채 아무것도 듣지도 보지도 못하는 것처럼 즐거운 듯 말을 계속했다.

"엄마, 동네 사람들이 제가 오늘 결혼한 줄을 아나요? 아마 모르고 있을 거야. 참, 오다가 윌리엄 굴딩 씨의 이륜마차를 앞지르게 됐는데 굴딩 씨에게 내가 결혼한 사실을 알려주려고 마차가 옆에 오자마자 창문을 내리고 장갑을 벗은 다음 손을 창틀 위에 얹어놓았어. 내 반지 좀 보라고 말이야. 그리고 인사를 하고는 활짝 웃어줬어요."

엘리자베스는 더 이상 참을 수가 없었다. 그녀는 일어나서 방을 뛰어나와 버리고 말았다. 그리고 그들이 복도를 지나 응접실로 가는 소리를 듣고서야 비로소 다시 돌아와 그들과 함께 자리를 했다. 얼마 후에 엘리자베스는 리디아가 아주 자랑스레 어머니의 오른쪽으로 다가가는 것을 보았는데, 그녀가 제인에게 이렇게 말하는 것이 들렸다.

"큰언니, 이젠 내가 언니 자리를 차지해야 돼. 언니는 나보다 아랫자리로 가야 해. 난 이제 결혼한 여자거든."

처음부터 쑥스러움을 느끼지 못했던 리디아에게서 시간이 지났다고 해서 그것을 느끼기를 바라는 것은 상상할 수도 없는 일이었다. 리디아의 여유 있고 유쾌한 기분은 점점 커졌다. 그녀는 필립스 이모와 루카스네 가족들, 그 밖의 모든 이웃 사람들을 몹시 보고 싶어했고 그들이 자기를 '위컴 부인'이라고 부르는 것을 듣고 싶어했다. 식사를 마치자 리디아는 그 동안에라도 힐 부인과 두 하녀에게 반지를 보여주고 결혼했다는 것을 자랑하고 싶어서 방을 나갔다.

모두가 다시 식당으로 돌아오자 리디아가 또 말했다.

"그런데 엄마, 엄마는 위컴 씨를 어떻게 생각하세요? 매력 있는 사람이죠? 언니들은 확실히 나를 부러워할 거야. 내 행운의 절반만이라도 차지했으면 좋겠어. 언니들도 브라이턴에 가야만 해. 남편감을 고를 데는 브라이턴이 최고야. 왜들 여름에 전부 안 갔는지 모르겠어. 유감스러운 일이야. 그렇지요, 어머니?"

"그렇고 말고. 내가 하자는 대로만 했어도 좋았을 텐데. 그러니 리디아, 난 네가 이젠 아주 멀리 가버리는 게 정말 싫구나, 안 그러냐?"

"아이, 괜찮아요. 그런 것은 아무것도 아니에요. 난 무엇보다도 좋은 걸요. 어머니랑, 아버지랑, 언니들이랑 모두들 우릴 보러 와야 해요. 우린 겨우내 뉴캐슬에 있을 거예요. 아마 무도회도 열릴 거예요. 언니들에게 멋진 파트너를 골라줄게요."

"그거 참, 무엇보다도 반가운 일이로구나."

"어머니가 다녀가실 땐 한두 언니쯤 두고 가세요. 겨울이 가기 전에 신랑들을 얻어줄게요."

그러자 엘리자베스가 말했다.

"호의는 고맙지만 네 식으로 남편을 얻을 생각은 없단다."

두 사람의 체류는 열흘을 넘기지 못하게 되었다. 위컴 씨가 런던을 떠나기 전에 임명을 받고 2주일 안으로 부대에 부임하게 되어 있었기 때문이었다.

베넷 부인 외에는 어느 누구도 그들의 체류 기간이 짧은 것을 서운해 하는 사람이 없었다. 부인은 리디아와 함께 이웃을 방문하고 집에서 자주 파티를 여는 일로 이 기간의 대부분을 보냈다. 파티는 모든 사람들의 마음에 들었다. 생각이 없는 사람들보다 오히려 생각이 있는 제인과 엘리자베스가 더 집안 식구들을 피하고 싶어했던 것이다.

리디아에 대한 위컴 씨의 애정은 엘리자베스가 생각했던 것과 같이 위컴 씨에 대한 리디아의 애정과 같지 않았다. 일의 결과를 놓고 생각해볼 때, 그들의 도피는 위컴 씨의 사랑보다는 리디아의 사랑의 힘에 의해 감행되었다는 추측을 엘리자베스는 구태여 확신시킬 필요가 없었다. 그가 당시 도망치지 않을 수 없는 처지에 놓여 있었다는 것과, 또 만약 이런 경우, 그 도망의 동행자가 생겼을 때 그가 그런 좋은 기회를 놓칠 인물이 아니라는 것을 엘리자베스가 확신하지 않았더라면 그녀는 어째서 위컴 씨가 그다지 사랑하지도 않으면서 리디아와의 도피행각에 나섰는지를 의심했을 것이다.

리디아는 위컴 씨를 몹시 좋아했다. 어떤 경우에나 그는 리디아의 사랑스런 위컴이었다. 그녀에 의하면 어떤 경쟁을 하든 그를 따를 사람은 아무도 없으며 그가 무엇을 하든 세상에서 최고라는 것이었다. 그리고 9월에 사냥이 시작되면 그가 누구보다도 많은 새를 잡을 것이라고 리디아는 확신했다.

그들이 도착한 지 얼마 안 된 어느 날 아침, 제인과 엘리자베스와 리디아가 함께 앉아 있을 때 리디아가 엘리자베스에게 이렇게 말했다.

"엘리자베스 언니, 아마 언니에겐 내 결혼식 얘기 안 했지? 어머니랑 다른 식구들에게 얘기할 때 언니는 옆에 없었어. 어땠는지 듣고 싶지 않아?"

"아니, 그런 얘긴 될 수 있으면 듣지 않는 게 좋겠어."

"어머! 언닌 참 이상해. 하지만 얘기를 해야겠어. 언니도 알다시피 우린 성 클레멘트 교회에서 결혼했어. 위컴 씨의 숙소가 그 교구에 있었거든. 우린 11시에 모두 그 교회에서 만나기로 되어 있었지. 외삼촌하고 외숙모님이 나와 같이 가기로 했고 다른 사람들은 교회에서 만나기로 되어 있었어. 그래, 드디어 월요일 아침이 되었지. 난 얼마나 몸이 달았는지 몰라. 무슨 일이 생겨서 결혼식이 연기될까봐 무척 걱정했으니까. 그렇게 되었더라면 난 정말 미쳐버렸을 거야. 내가 옷을 입는 동안 외숙모께서 내내 옆에 계시면서 마치 설교 원고를 읽으시듯 일장연설을 하셨지만 내 귀에는 열 마디 중 한 마디밖에 들어오지 않았어. 왜냐하면 난 줄곧 위컴 씨만을 생각하고 있었으니까. 위컴 씨가 푸른 색 연미복을 입고 결혼식을 올릴지 그게 몹시 알고 싶었거든. 우린 다른 때와 같이 10시에 아침을 먹었어. 난 이런 생활이 영원히 끝나지 않을 줄로만 알았어. 언니도 차차 이해하게 되겠지만 내가 외삼촌댁에 있는 동안 난 두 분이 끔찍이도 싫었거든. 언닌 안 믿을지도 모르겠지만 보름 동안이나 한 번도 문밖에 나가보지 못했거든. 파티도 한 번도 없었고 외출이고 뭐고 아무것도 못했어. 확실히 런던은 비교적 한산한 편이지만 그러나 소극장만은 개관 중이었거든. 그건 그렇고, 막 마차가 대문까지 왔는데, 아 글쎄 그 지긋지긋한 스톤 씨가 사업상의 일로 외삼촌을 불러내지 않겠어. 난 어찌나 놀랐던지 어쩔 줄을 몰라했지. 외삼촌이 식장에서 나를 위컴 씨에게 넘겨주는 들러리 역을 맡으셨거든. 만약 정한 시간을 넘기게 되면 그날은 결혼할 수 없으니까. 그러나 다행히 10분 만에 돌아오셔서 우린 모두 식장으로 출발했어. 하지만 그 후에, 설령 외삼촌 때문에 가지 못했다 해도 결혼식을 연기할 필요는 없었다는 것을 알게 됐어. 다아시 씨가 다 잘해주셨을 테니까."

"다아시 씨가?"

엘리자베스는 몹시 놀라서 말을 되받았다.

"아, 그럼. 위컴 씨와 함께 오시기로 되어 있었거든. 아차, 이런! 깜박 잊었네. 그 얘긴 한마디도 해서는 안 되는데. 그렇게 단단히 약속을 하고도! 위컴 씨가 뭐라고 하실까? 그건 정말 비밀이었는데……."

"그게 그렇게도 비밀스러운 이야기라면 이제 그 얘긴 그만하려무나. 더 이상 물어보지 않을 테니까."

제인이 대꾸했다. 엘리자베스는 호기심이 불타올랐지만 이렇게 말했다.

"그럼, 아무것도 묻지 않을게."

"고마워, 언니들이 캐물으면 난 모든 것을 다 이야기하고 말 거야. 그러면 위컴 씨가 몹시 화를 낼걸."

그러나 엘리자베스는 캐묻고 싶은 충동을 강하게 느꼈기에 그 충동을 자제하기 위해서 리디아가 없는 다른 곳으로 가지 않고는 견딜 수가 없었다.

하지만 엘리자베스는 그런 사실을 모르고 지낼 수는 없었다. 적어도 그런 사실을 알고 싶어 하지 않을 수는 없었다.

'다아시 씨가 리디아의 결혼식에 왔었다니! 필시 볼만했겠군. 자기와는 아무런 상관도 없고, 또 가고 싶지도 않았을 텐데 그곳엘 가다니.'

그가 리디아의 결혼식에 참석한 데 대한 여러 가지 의미들이 급히, 또 닥치는 대로 엘리자베스의 머리에 떠올랐으나 아무엇에도 만족할 수는 없었다. 그의 행동을 그의 고결한 인격의 탓으로 돌리는 것이 가장 엘리자베스의 마음에 들었지만, 또 동시에 이것이 가장 진실과는 먼 추측으로도 보였다. 엘리자베스는 이런 의혹을 견뎌내기가 어려웠다. 그래서 급히 종이 한 장을 꺼내 가디너 부인에게 짤막한 편지를 썼는데, 만약 사실의 설명이 애초에 의도했던 비밀에 반대되는 것이 아니라면 리디아가 빠뜨린 사실을 알려달라고 부탁했다.

그리고 그녀는 다음과 같이 덧붙였다.

'외숙모께서는 우리와는 아무런 관계도 없는 사람이, 비유적으로 말씀드리자면 우리 일가가 아닌 이방인이, 어떻게 하필이면 그런 때에 오게 되었는가에 대해 알고자 하는 내 호기심을 이해할 것이라 믿어요. 부디 즉시 답장을 주셔서 내가 알 수 있도록 해주세요. 만약 리디아가 생각하는 것 같이 그냥 비밀로 남겨두는 게 좋다는 이해가 갈 만한 이유가 있다면 그때는 모르는 채 지내는 것에 만족하려고 노력해 보겠어요.'

여기서 엘리자베스는 다음과 같이 혼잣말을 하면서 편지를 끝맺었다.

'아니요. 모르는 채로 지낼 수는 없어요. 만약 외숙모께서 솔직히 말씀해 주시지 않는다면 무슨 수를 써서라도 알아내고 말겠어요.'

제인은 그녀의 섬세한 명예심 때문에 리디아가 입 밖에 꺼냈던 말에 대해서 엘리자베스와 은밀히 이야기하는 것을 꺼렸다. 엘리자베스는 그러는 편이 더 좋았다. 자기 편지에 대한 회답이 과연 어느 정도의 만족을 가져다 줄 것인지 그 윤곽이 드러날 때까지는 마음을 털어놓을 친구가 없는 편이 오히려 그녀에게는 좋았다.

52

만족스럽게도 엘리자베스는 그녀가 기대할 수 있는 가장 빠른 회답을 받았다. 답장을 손에 쥐자마자 그녀는 누구의 방해도 받지 않을 작은 숲으로 급히 달려갔다. 그녀는 벤치에 앉아 행복을 맞이할 태세를 갖추었다. 편지의 두께로 봐서 외숙모가 사실에 대한 설명을 거부하지 않았음을 확신했기 때문이다.

'사랑하는 엘리자, 방금 네 편지를 받았다. 답장을 하려면 아침나절이 꼬박 걸릴 거야. 대강 쓰는 것 가지고는 할말을 다 못 할 테니까 말이야. 난 네 편지를 받고 무척 놀랐단다. 네게서 그런 편지가 올 줄은 생각지도 못했거든. 그렇다고 내가 화났다고는 생각지 말아라. 난 단지 그런 일이 네게 필요하다고는 생각지 못했다는 것을 말하고 있을 뿐이니까. 만약 내 말을 받아들일 뜻이 없다면 내 주제넘은 생각을 용서하렴. 외삼촌께서도 나만큼이나 놀라셨단다. 너도 그 사건에 관계가 있는 한 사람이라고 외삼촌께서 믿고 계셨기 때문에 더욱 놀라신 거야. 하지만 네가 정말 깜깜하게 그 일을 몰랐다면 나도 좀더 솔직해져야지.

내가 롱본에서 집으로 돌아오던 바로 그날 외삼촌은 의외의 손님 한 분을 맞으셨단다. 바로 다아시 씨가 찾아와서 외삼촌과 몇 시간 동안이나 이야기를 했어. 모든 일이 내가 도착하기 전에 끝나 있었기 때문에 나는 너처럼 호기심이 주는 무시무시한 고통을 받지 않은 셈이야. 다아시 씨는 외삼촌께, 그가 리디아와 위컴이 있는 곳을 알아냈다는 것뿐만 아니라 두 사람을 만나보았고 리디아와 한 번, 위컴과는 여러 번 이야기를 나눴다는 말을 하러 온 것이었어. 내가 알게 된 사실에 의하면 다아시 씨는 우리가 다비셔를 떠난 바로 그 이튿날 거길 떠나서 두 사람을 찾을 작정으로 런던엘 왔다는구나. 표면상의 이유는, 품성이 고결한 여자라면 감히 위컴 같은 사람을 사랑하거나 믿는 일이 있을 수 없게끔 위컴의 무가치함을 세상에 알리지 못한 것은 전부 자기 책임이라는 확신 때문이라나. 그는 모든 것을 자기의 잘못된 자존심의 탓으로 돌리고 있었고, 위컴의 개인적 행위를 세상에 알리는 것은 수치스러운 일이라고 지금까지 생각해 왔다고 고백했어. 위컴의 인격이 스스로를 대변할 줄 알았다는구나. 그래서 이 일에 협력해서 자기가 초래한 불행을 해결하는 것이 자기의 의무라고 말하더구나. 또 다른 이유가 있었더라도 결코 그를 욕되게 하진 않았을 거야. 그는 런던에 며칠간 머문 뒤에야 두 사람을 찾을 수 있었는데, 그에게는 우리보다 더 효과가 있는 자기 나름대로의 어떤 수색방법이 있었나 보더라. 그리고 이 수색방법을 알고 있었다는 것이 그가 우리 뒤를 쫓아 런던으로 올 결심을 하게 된 또 하나의 이유라고 하더구나.

얼마 전까지 조지아나 양의 가정부로 있다가 다아시 씨가 무엇이라고 말은 않지만 무슨 좋지 않은 이유로 해고된 영이라는 부인이 있다더라. 이 부인이 당시 에드워드 가에 커다란 집을 가지고 있었는데, 해고된 이후로는 그 집에서 하숙을 치며 살아왔다는구나. 이 영 부인이 위컴과 친밀한 사이임을 다아시 씨는 알고 있었기 때문에 런던에 오자마자 그녀한테 가서 위컴의 소식을 물었대. 그러나 2, 3일이 걸린 후에야 바라던 정보를 얻을 수 있었대. 내 생각에는 그 여자가 정말로 위컴이 있는 곳을 알고 있었는데 뇌물을 받지 않고는 비밀을 누설하려 들지 않았던 모양이야. 사실상 위컴은 런던에 처음 도착하자마자 그 부인에게로 갔으니까. 이때 부인이 두 사람을 자기 집안에 받아들일 여유만 있었더라면 그들은 아마 그 여자의 집에서 지냈을 거야. 하여튼 다아시 씨는 원하던 정보를 얻었지. 두 사람은 무슨 가에 있다고 하더라나. 다아시 씨는 위컴을 만나본 후에 리디아를 만나야겠다고 주장했대. 다아시 씨의 말에 의하면 그가 리디아를 만나려 한 것은 자기가 최선을 다해서 리디아의 부모에게 그녀를 용서하도록 권유할 테니까 그 권유가 성공하는 대로 지금의 수치스러운 처지를 버리고 집으로 돌아가라는 설득을 하려는 것이었대. 그러나 다아시 씨는 리디아가 그곳에 머물러 살기로 굳게 결심한 것을 알았대. 리디아는 친구고 가정이고 개의치 않고, 다아시 씨의 도움도 거절하더래. 위컴과 헤어지라는 얘기는 들으려고도 하지 않더라나. 두 사람이 어느 때고 결혼할 것은 확신하고 있지만, 그것이 언제냐 하는 것은 그리 중요한 문제가 아니라고 하더라는 거야. 리디아의 생각이 이러니까 이제 남은 유일한 길은, 결혼을 반드시 하되 빠른 시일 내에 식을 올리는 것뿐이라고 다아시 씨는 생각했다. 그래서 위컴을 만나 이야기해 보니 그는 결혼할 의사가 조금도 없다는 것을 금방 알 수 있었다는 거야. 위컴은 자기가 부대를 떠날 수밖에 없었던 것은 무섭게 독촉하는 증서 없는 빚이 있었기 때문이라고 고백했대. 그리고는 그들의 도피행각으로 일어날 모든 후환을 그녀 한 사람만의 어리석은 행동으로 돌리는 것을 주저치 않더라는구나. 어디로든지 가긴 가야 할 텐데 어디로 가야 할지 모르겠다는 거야. 도저히 살아나갈 방법이 없다는 것을 자기도 알고 있더라는구나.

다아시 씨는 위컴에게 왜 리디아와 즉시 결혼하지 않느냐고 물었대. 베넷 씨가 큰 부자라고는 생각지 않지만 그렇게 되면 난 너를 위해 무슨 일이든 할 수 있을 것이고, 또 너도 결혼을 하면 네 입장도 좋아질 것이 아니냐고 다아시 씨는 위컴에게 말했지만, 위컴은 다른 주에서 결혼해서 좀더 큰 재산을 만들어보려는 희망을 아직도 품고 있다는 것을 다아시 씨는 그의 대답에서 알았대. 그러나 위컴도 결국 현재 처해 있는 위험에서 구제될 수 있다는 유혹에 마음이 움직이지 않을 순 없었던 모양이야.

상의할 일이 많았기 때문에 두 사람은 여러 번 만난 것 같아. 위컴은 물론 자기가 얻을 수 있는 것 이상의 것을 바랐지만 결국은 실질적인 타협에 응한 모양이더라.

모든 문제가 두 사람 사이에서 결정된 후, 다아시 씨가 두 번째로 한 일은 그 사실을 외삼촌에게 알리는 일이었지. 그래서 그레이스처치 가에 처음 들른 것이 바로 내가 집에 오기 전날 저녁이었어. 그러나 그날은 외삼촌을 만나지 못했대. 또 너희 아버지께서 아직 집에 머물러 계시다는 것, 그러나 이튿날 아침이면 떠나신다는 것도 하인들에게서 듣고 안 모양이더라. 다아시 씨는 너희 아버지는 외삼촌만큼 그가 의논할 만한 적절한 분이 아니라고 생각한 때문인지 아버지께서 떠나신 다음에 외삼촌을 뵙기로 방문을 연기했대. 명함도 안 두고 가서 우린 그 이튿날까지 누가 사업상의 일로 찾아왔던 줄로만 알고 있었단다.

다아시 씨는 토요일에 다시 왔어. 너희 아버지께서는 떠나시고 네 외삼촌은 집에 계셨지. 그래서 처음에 얘기한 대로 두 분은 오랜 시간 동안 회담을 했단다.

두 분은 일요일에 다시 만났는데 그땐 나도 다아시 씨를 보았지. 모든 문제는 월요일에야 해결됐어. 그리고 즉시 롱본으로 속달 편지를 보냈지. 다아시 씨는 몹시 고집이 세더군. 이 고집은 누가 뭐래도 결국 그의 인격적 결함의 하나라고 난 생각한다. 그는 때때로 여러 가지 비난을 받았지만 이것만은 정말 결점이야. 외삼촌이 모든 일을 아주 신속한 시간에 해결하셨을 텐데도(난 이것이 감사받을 만한 일이라는 말은 안 해. 그래서 그 얘긴 않겠다) 무엇이든지 자기가 직접 하지 않는 일은 못 하게 했어. 두 사람은 이 문제를 가지고 오랫동안 다투었는데, 이 문제에 관련된 두 남녀를 생각하면 그럴 가치도 없는 과분한 일이었지. 그러나 결국 외삼촌이 양보하지 않으면 안 됐단다. 그래서 실제로 외삼촌은 리디아를 위해서 아무 일도 못하셨는데도 너희들이 외삼촌이 힘써주셨다고 믿고 있도록 아무 말 없이 참지 않으면 안 되었지. 그래서 오늘 아침 네 편지를 보고 외삼촌은 퍽 기뻐하셨으리라고 난 믿는다. 네가 요구한 설명이 외삼촌의 터무니없는 생색을 없애주고 받아 마땅할 곳으로 칭찬을 돌리게 될 테니까. 그러나 이 사실은 너만 알아야 해. 제인까지는 알아도 무방하지만 그 외 다른 사람들이 알아서는 안 돼.

그래서 두 사람을 위해 다아시 씨가 어떤 일을 했는지는 아마 너도 잘 알고 있겠지? 위컴의 빚을 갚아주기로 했는데, 내 생각엔 천 파운드가 훨씬 넘을 거야. 그리고 리디아가 집에서 물려받는 재산에다 천 파운드를 더 얹어주고 위컴에게 장교직을 사주었단다. 왜 다아시 씨가 혼자서 이런 일들을 했느냐 하는 이유는 내가 위에서 말한 바와 같다. 위컴의 인격을 세상에서 잘못 알고 있고, 따라서 그가 사교계에 발을 들여놓을 수 있었고 그가 지난날과 같은 인정을 받은 것은, 순전히 자기가 사실의 공표를 보류한 것과 적절한 조치를 취하지 않은 탓이라는 거야. 그가 보류했다고 해서 또는 누가 보류했든지간에 이것이 사건의 책임을 져야 할 이유가 되는지 아닌지 난 의심이 가지만 다아시 씨의 말에도 일리는 있지. 그러나 이 사건에 있어서는 다아시 씨에게 또 다른 이해관계가 있다는 것을 우리가 믿지 않았다면 외삼촌께서는 결코 양보하지 않으셨을 것이라는 것은, 위의 허울좋은 구실에도 불구하고 네가 확신해도 좋을 거야.

모든 일이 결정되자 다아시 씨는 친구들이 아직도 머물고 있는 팸벌리로 돌아갔단다. 그러나 결혼식이 거행될 때 다시 오기로 합의를 보았어. 모든 부채도 그때 갚아주기로 했지.

이제는 할 말을 다한 것 같구나. 네가 말한 대로 꽤 놀라운 이야기지? 그러나 적어도 네게 불쾌감은 주지 않을 거야. 리디아는 우리집에 와 있었고 위컴도 수시로 출입하도록 허락했었지. 위컴은 내가 하트퍼트셔에서 알고 있던 위컴과 다를 바가 없었다. 지난 수요일에 제인의 편지를 받고, 리디아가 집에 가서도 여기 있을 때와 똑같이 행동한다는 것을 알았기에 망정이지, 그리고 내가 지금 말하는 것이 네게 새삼스러운 고통은 주지 않을 것이라는 사실을 아니까 하는 말이지만, 리디아가 우리와 함께 있는 동안 내가 얼마나 그 애의 소행에 불만을 품었던가 하는 것은 네게 얘기하지 않겠다. 난 몇 번이나 되풀

480

이해서 아주 조심스런 태도로 리디아가 저지른 과오를 지적하면서 그 애가 우리 가문에 누를 끼치게 된 점을 말해주었단다. 만약 그 애가 내 말을 들었다면 그건 요행수야. 도무지 내 말엔 귀도 안 기울였으니까. 어떤 땐 정말 화가 나더라. 그러나 그때마다 우리 귀여운 엘리자베스와 제인을 생각하고 참았단다.

다아시 씨는 어김없이 돌아와서 리디아가 네게 말한 대로 결혼식에 참석했지. 이튿날 우리와 같이 저녁을 먹었는데 수요일이나 목요일쯤 다시 런던을 떠난다고 했어. 엘리자베스, 만약 내가 이 기회를 이용해서(전에는 감히 해볼 생각도 못 했던 말인데) 내가 다아시 씨를 무척 좋아하게 되었다면 넌 내게 화를 내겠지? 우리에 대한 다아시 씨의 행동은 우리가 다비셔에 있었을 때처럼 모든 점에 있어서 마음에 드는 것이었어. 그의 이해심과 생각은 우리 모두를 흡족하게 했단다. 그에게 더 바라고 싶은 것이 있다면 조금만 더 활기가 있었으면 하는 것이야. 그러나 이것은 그가 현명하게 결혼만 한다면 부인이 가르쳐줄 수도 있는 것이지. 내 생각엔 다아시 씨가 좀 엉큼한 것 같더라. 네 이름은 거의 입 밖에도 안 내는 거야. 요즘은 엉큼한 것이 유행인 듯싶기도 하다만.

내가 너무 주제넘었다면 용서해라. 용서 못 한다고 하더라도 나를 펨벌리 공원에서 추방하는 벌만은 제발 내리지 말도록. 공원을 다시 한 번 전부 둘러볼 때까지는 내 마음이 기쁘지 않을 거야. 예쁜 망아지 한 쌍이 이끄는 낮은 사륜마차라면 더욱 그만이겠지.

그만 써야겠다. 30분이나 아이들을 돌보지 못했어.

그레이스처치 가에서 9월 6일

외숙모가 씀'

이 편지의 내용은 엘리자베스의 가슴을 두근거리게 했으나 그녀의 가슴 속에서 가장 큰 자리를 차지하고 있는 것이 즐거움인지 아니면 괴로움인지는 단정짓기 어려웠다. 사실을 명백히 모르는 불확실성이 일으켰던, 다아시 씨가 리디아의 결혼을 성사시키기 위해 했을지도 모르는 것에 대한 막연한 두려움과 의혹, 또 그가 애쓴 것이 사실이라고는 믿어지지 않을 정도로 훌륭한 행위였기 때문에 그럴 리가 없다고 생각했던 의심과, 동시에 만약 그가 정말 그랬다면 그 은혜를 갚기란 어려운 일이기 때문에 사실이기를 두려워했던 의심이 이제는 모두가 사실로 증명되고 말았다. 다아시 씨는 일부러 그들을 쫓아 런던으로 갔었던 것이다. 그가 그러한 수색에 수반되는 모든 수고와 굴욕을 감당했다는 것이다. 그는 자신이 가장 증오하고 경멸하는 여자에게 애원해야 했고, 항상 피하기를 바라왔고 이름조차 입에 담기 꺼려하던 남자를 만나서, 그것도 자주 만나서 이치에 닿는 말로 그를 설득하고 권유하고 나중에는 뇌물까지 주어야 했던 것이다. 그것도 전혀 호감도 가지 않고 존경할 수도 없는 아가씨를 위해서. 엘리자베스의 마음은 그가 '리디아를 위해서 했다'고 속삭였으나 이것은 금방 다른 생각으로 말미암아 부인할 수밖에 없었다. 다아시 씨가 위컴 씨와 인척이 되는 것을 몹시 싫어했을 만큼 당연한 그 혐오감마저 누를 수 있을 정도로, 그가 과거에 이미 그의 청혼을 거절한 적이 있었던 여자인 자기에 대해 아직도 애정을 갖고 있다는 설명을 붙여야 한다면, 엘리자베스가 아무리 허영심이 많은 여자라 하더라도 이 설명으로는 부족하다는 것을 곧 느낀 것이다. 위컴 씨와 동서지간이 된다고! 그의 모든 자존심이 여기에 반기를 들었을 것이다. 그는 확실히 큰일을 했다. 그 크기를 생각하면 엘리자베스는 낯이 뜨거워질 정도였다. 그러나 그는 그의 개입에 대해 설득력 있는 이유를 붙였다. 자기가 잘못을 범했다고 그가 느낀 것은 있을 수 있는 일이었다. 그는 관대함을 지니고 있었고 이 관대함을 실천할 수단도 지니고 있었다. 엘리자베스는 자기가 다아시 씨의 행위의 주요한 원인이라고는 생각하고 싶지 않았으나, 자기에 대한 그의 미련이, 자기의 마음의 평화와 사실상으로 연관되어 있을 사유를 위해 그의 진력을 쏟게 했으리라는 것은 믿을 수 있었다. 그러나 은혜를 갚을 수 없는 사람에게 은혜를 입었다는 것은 매우 고통스러운 일이었다. 리디아의 귀가와 그녀의 명예회복과 그 외의 모든 것들은 다아시 씨 덕분이었다. 엘리자베스는 지난날에 다아시 씨에 대해 지녔던 일체의 무례한 감정과 그에게 한 일체의 오만한 말투를 가슴 깊이 뉘우쳤다. 엘리자베스는 자기를 낮추고 다아시 씨를 높였다. 그것은 개인적인 감정을 극복할 수 있었던 다아시 씨에 대한 동정이었고 영예에 대한 존중이었다. 엘리자베스는 외숙모가 그를 칭찬한 구절을 몇 번이나 읽었다. 칭찬은 그것만으로는 부족했으나 엘리자베스를 기쁘게 했다. 엘리자베스는 외삼촌 내외가 다아시 씨와 자기 사이에 애정과 비밀이 있다고 믿고 있음을 알고 유감 섞인 기쁨을 느끼기조차 했다.

누군가가 다가오는 기척에 엘리자베스는 이런 생각으로부터 깨어나 벤치에서 일어났다. 엘리자베스가 미처 다른 길로 접어들기도 전에 위컴 씨가 뒤따라왔다. 그는 엘리자베스에게 다가서면서 이렇게 말했다.

"혼자 즐기시는 산책을 제가 방해했나 보군요."

엘리자베스는 웃으면서 말했다.

"그런 것 같아요. 하지만 방해가 반드시 성가신 것만은 아니죠."

"방해가 되었다면 정말 죄송합니다. 우린 좋은 친구였죠. 지금은 친구 이상이지만 말이에요."

"그래요. 다른 사람들도 나오나요?"

"모르겠습니다. 장모님과 아내는 마차로 메리턴에 갈 모양입니다. 그런데 외삼촌 내외분께 듣자니까 엘리자베스 양께서도 직접 펨벌리에 가보셨다고요?"

엘리자베스는 그렇다고 대답했다.

"엘리자베스 양의 기쁨이 부럽군요. 그러나 제게는 과분한 기쁨이죠. 그렇지만 않다면 뉴캐슬까지 그 기쁨을 지니고 갈 수 있었을 텐데. 나이든 가정부도 보셨겠군요. 가엾은 레이놀즈 부인. 그녀는 저를 무척 좋아했답니다. 하지만 제 이름은 입 밖에 내지 않았겠죠?"

"아뇨, 말하던데요."

"그래요? 뭐라고 하던가요?"

"위컴 씨께서 군대에 입대하셨다고요. 그런데 잘되신 것 같지는 않다고 걱정하시더군요. 그러나 그렇게 먼 거리에 있으면 가끔 터무니없는 소문이 돌기가 일쑤지요."

"사실 그래요."

위컴 씨는 입술을 지그시 깨물면서 대답했다. 엘리자베스는 이것으로 그가 입을 다물기를 바랐으나 그는 얼마 지나지 않아서 이렇게 말했다.

"지난달에 런던에서 다아시를 보고 놀랐습니다. 서로 몇 번이나 마주쳤죠. 런던에서 그가 무슨 일을 하고 있는지 모르겠어요."

"아마 드 버그 양과의 결혼을 준비중이었겠죠. 이럴 때 런던에 가신 건 분명 무슨 특별한 일이 있었기 때문일 거예요."

"그럴 겁니다. 램턴에 계실 때 다아시를 만나보셨나요? 외삼촌 댁에서 들은 바에 의하면 만나보셨다고 하던 것 같은데."

"네. 만났어요. 동생에게도 우리를 소개시켜 주더군요."

"조지아나 양을 좋아하십니까?"

"네, 매우."

"요즘 1, 2년 사이에 무척 형편이 나아졌다고 하더군요. 제가 마지막으로 그녀를 보았을 때는 그다지 장래가 기대되지

않았답니다. 조지아나 양을 좋아하신다니 반갑군요. 그녀가
잘되길 바랍니다."

"아마 잘 되겠죠. 가장 시련이 많은 나이는 이제 지나갔으
니까요."

"킴프턴이라는 마을을 지나셨습니까?"

"그런 기억은 없는데요."

"이 이야기를 꺼내는 이유는 그 킴프턴이 바로 제가 목사직
을 받기로 했던 교회가 있는 곳이기 때문입니다. 아주 아늑한
곳이죠. 목사관도 훌륭하고. 어느 모로 보나 제게 꼭 알맞을
법한 곳이었습니다."

"어떻게 해서 설교하는 걸 좋아하게 되셨나요?"

"무척 좋아했답니다. 제 의무라고까지 생각했었으니까요.
그런데 그 노력이 곧 수포로 돌아갈 줄이야 누가 알았겠습니
까? 불평해서는 안 되겠지만 확실히 그것은 제게 적당한 직책
이었을 거예요. 조용한 은퇴 생활은 행복에 대한 나의 이상을
만족시켜 주었을 겁니다. 그런데 그렇게 안 됐죠. 켄트에 계실
때 다아시가 그런 얘길 안 하던가요?"

"믿을 만한 소식통에 의하면 목사직은 오로지 조건부였고
후원자의 의식에 달려 있었다고 하더군요. 그건 믿을 수 있는
말이라고 생각하는데요."

"들으셨군요. 다소 그런 의미도 있었죠. 처음부터 제가 그
렇게 말씀드린 것을 기억하고 계실 텐데요."

"또 이런 말도 들었습니다. 한때는 지금처럼 설교하시는 것

이 취미에 맞지 않는 때도 계셨다고요. 그래서 거기에 따라 일이 결정되었다고 하더군요. 그리고 성직에는 절대 나가지 않겠다는 결심을 표명하셨다고요."

"그래요? 전혀 근거 없는 말은 아닙니다. 그 점에 대해서 우리가 처음 그 이야기를 할 때 제가 뭐라고 말씀드렸는지는 기억하고 계실 텐데요."

이때 두 사람은 벌써 집 앞에 이르렀다. 그것은 엘리자베스가 위컴 씨를 피하고 싶어서 걸음을 재촉했기 때문이다. 그러나 리디아를 위해 그를 화나게 만드는 것은 좋지 않을 것 같아서 엘리자베스는 애교 있게 웃으며 이렇게 대답했다.

"자, 위컴 씨, 위컴 씨도 아시다시피 우린 이제 한 가족이에요. 그러니 지난날의 일로 다투지 말기로 해요. 앞으로는 우리들이 언제나 한마음이길 빌어요."

그러면서 엘리자베스는 손을 내밀었다. 그는 어떤 표정을 지어야 할지 잘 몰랐으나 다정하고 정중하게 그녀의 손에 입을 맞췄다. 그리고 두 사람은 집안으로 들어갔다.

53

위컴 씨는 엘리자베스와의 대화에 아주 만족했으므로 다시는 그 화제를 꺼내서 자신을 괴롭히거나 그녀의 마음을 건드리지 않았다. 엘리자베스는 자기가 그의 입을 다물게 한 것을 알고는 흐뭇해졌다.

드디어 위컴 씨와 리디아가 떠날 날이 다가왔다. 베넷 부인
은 다시 자기 방에 앓아눕게 되었다. 이번 이별이, 베넷 씨가
올 겨울에 모두 뉴캐슬에 가자는 부인의 계획에 도무지 찬성
하려 들지 않았으므로 최소한 열두 달은 계속될 듯싶었기 때
문이었다. 부인은 이렇게 소리쳤다.

"얘, 리디아, 언제 다시 만나겠니?"

"아, 저도 모르겠어요. 아마 2, 3년은 못 볼 것 같아요."

"편지나 자주하렴."

"될 수 있는 대로 자주 하겠어요. 하지만 결혼한 여자는 편
지 쓸 시간이 그리 많지 않다는 것을 어머니도 잘 아시죠? 언
니들이 내게 편지를 해주세요. 아무 것도 할 일이 없을 테니
까."

위컴 씨의 작별인사가 리디아의 인사보다 훨씬 다정스러웠
다. 그는 줄곧 미소를 지었으며 태도는 훌륭해 보였고 멋들어진
말을 많이 했다. 그들이 떠나자마자 베넷 씨는 이렇게 말했다.

"내 생전에 위컴처럼 훌륭한 친구는 처음 봤어. 언제나 싱
글벙글하고 능청스럽고 추근추근하고. 우리 집의 큰 자랑거리
라니까. 윌리엄 루카스 경에게 어디 위컴보다 더 괜찮은 사윗
감이 있으면 찾아보라고 할까."

리디아가 가버리자 베넷 부인은 며칠 동안 매우 우울해했
다. 부인은 이렇게 말했다.

"세상에 자기 친구와 헤어지는 것처럼 불행한 일은 없어.

친구가 없으면 너무 쓸쓸해."

그러자 엘리자베스가 말했다.

"딸을 결혼시키면 늘 그런 거예요, 어머니. 그렇잖으면 어머닌 나머지 네 딸이 결혼도 안 한 채 늙어야 좋으시겠어요?"

"그런 말이 아냐. 리디아는 결혼했다고 해서 나를 떠난 게 아니거든. 어쩌다 자기 남편의 부대가 먼 곳에 있으니까 가게 됐지. 만약 부대가 가까이 있었더라면 그렇게 빨리 가버리진 않았을 게 아니냐?"

그러나 이번 일로 인한 베넷 부인의 우울한 기분은 금방 풀렸고, 부인의 마음은 그때 돌기 시작한 한 건의 정보로 말미암아 다시 희망으로 흔들리기 시작했다. 네더필드에서 수일간 사냥을 하기 위해 올 테니까 준비하라는 명령을 네더필드의 가정부가 빙리 씨로부터 받았다는 것이다. 베넷 부인은 도대체 가만히 있지를 못했다. 부인은 제인을 보고 웃으면서 번갈아 머리를 내둘렀다. 베넷 부인은 이 소식을 전하러 온 필립스 부인에게 이렇게 말했다.

"그래, 빙리 씨가 다시 온다고? 그것 참 잘 됐구나. 그렇다고 내가 뭐 그 일에 큰 관심이 있는 건 아니지만. 잘 알겠지만 그는 우리와 아무 관계도 없는 사람이고, 또 나도 두 번 다시 그 사람을 보고 싶지가 않아. 그러나 그가 마음이 내켜서 오는 거라면 하여튼 매우 반가운 일이지. 무슨 일이 있을지 누가 알겠어? 그러나 그것은 우리와는 상관없는 일이야. 우리가 벌써 오래 전에 그런 얘기는 다시 꺼내지 않기로 한 것을 알고 있지? 그런데 빙리 씨가 온다는 건 정말 확실해?"

필립스 부인은 다음과 같이 말했다.

"틀림없다니까요. 니콜스 부인이 지난 밤에 매리턴에 왔었으니까요. 나도 그녀가 지나가는 것을 보고 그 사실을 확인하고 싶어서 밖으로 나가 물어봤더니 사실이래요. 아무리 늦어도 수요일이나 목요일에는 온대요. 그날 쓸 고기를 주문하러 정육점에 가는 길이라고 말하더군요. 그리고 금방 잡은 오리 세 쌍을 사들고 가던데요."

제인은 빙리 씨가 온다는 말을 듣자 얼굴을 붉히지 않을 수 없었다. 수 개월 동안 제인은 엘리자베스에게 그의 얘기를 꺼내지 않았지만 드디어 단둘이 있게 되자 제인이 입을 열었다.

"이모가 오늘 빙리 씨 얘기를 할 때 넌 내 얼굴을 쳐다보더구나. 아마 당황한 얼굴이었을 거야. 하지만 걱정하지 마. 빙리 씨가 오면 아무래도 만나지 않을 수 없을 것 같아서 잠깐 당황했던 것뿐이니까. 난 정말 그 소식을 듣고 기뻐하지도 괴로워하지도 않았어. 그러나 빙리 씨 혼자 온다는 것만은 반가운 일이야. 그만큼 빙리 씨를 만날 기회가 적어질 테니까 말이야. 나 자신이 두려운 게 아니라 단지 다른 사람들이 지켜보는게 싫을 뿐이야."

엘리자베스는 빙리 씨가 오는 것을 어떻게 해석해야 좋을지 몰랐다. 만약 엘리자베스가 다비서에서 그를 만나지 않았더라면 그녀는 그가 다른 사람들이 말하는 대로 사냥할 목적으로 오는 것이라고 생각했을지도 모른다. 그러나 엘리자베스는 그가 아직도 제인에게 애정을 품고 있다고 생각했기 때문에 그가 다시 씨의 허락을 받고 오는 것인지 아니면 그의 허락도 받지 않고 혼자 용감히 오는 것인지에 대해서는 판단을 내릴 수가 없었다. 엘리자베스는 때때로 이렇게 생각했다.

'그러나 이 딱한 양반이 합법적으로 빌린 자기 집에 오는데, 꼭 이런 생각을 해야만 올 수 있다는 것은 좀 믿기 어려워. 일단 내버려 두고 지켜봐야지.'

빙리 씨가 온다는 사실에 대한 제인의 의사에도 불구하고, 또 제인 자신이 자기 감정이 그렇다고 확신했음에도 불구하고, 엘리자베스는 제인의 마음이 흔들리고 있다는 것을 쉽게 알 수 있었다. 엘리자베스가 보아온 그 어느 때보다도 제인은 더 불안해했고 그러므로 평상시와는 사뭇 다른 모습을 보였다.

약 일 년 전에 베넷 씨와 베넷 부인 사이에서 그렇게도 격렬하게 논의되었던 화제가 이제 또 다시 두 사람 사이에 거론되었다.

베넷 부인은 이렇게 말했다.

"물론 빙리 씨가 오는 대로 한 번 찾아가 보시겠죠?"

"천만에. 당신은 작년에도 억지로 가보라고 그러지 않았소. 그리고 내가 한 번 찾아보기만 하면 빙리 씨가 우리 딸 중 하나와 결혼할 거라고 했지. 그러나 허탕만 치지 않았소? 그런 어리석은 심부름은 다시는 하지 않겠소."

베넷 부인은 네더필드로 돌아오는 빙리 씨를 위해 동네의 남자 어른들이 그만한 격식을 차리는 것은 절대로 필요한 일이라고 주장했다.

"그런 것은 내가 경멸하는 겉치레에 불과해. 빙리 씨가 우리와 사귀고 싶다면 그 사람보고 우리를 찾아오라고 해요. 그는 우리가 살고 있는 데를 알고 있지 않소? 나는 내 소중한 시간을 동네 사람들이 오갈 적마다 그 뒤를 쫓아다니는 데 낭비하고 싶지 않소."

"그래요? 내가 알고 있는 것은 만약 당신께서 찾아가지 않으면 굉장한 실례가 될 것이라는 사실뿐이에요. 그렇다고 빙리 씨를 만찬에 초대하지 못할 것은 없잖아요. 꼭 초대하고 말 거야. 롱 부인과 굴딩 네도 곧 초대해야겠어요. 그러면 우리까지 합해서 열세 명이 되니까 꼭 빙리 씨 자리만 남는 셈이에요."

베넷 부인은, 베넷 씨가 사교상의 의무를 거절했기 때문에 자기들보다 앞서서 모든 동네 사람들이 빙리 씨를 만날 것이라는 생각을 하면 비록 마음이 쓰리긴 했으나, 그를 초대하겠다는 결심에 위안을 얻고 남편의 무례함에 대한 불만을 잘 참아냈다. 빙리 씨가 도착할 날이 다가오자 제인은 엘리자베스에게 이렇게 말했다.

"난 빙리 씨가 온다는 게 드디어 걱정되기 시작했어. 그러나 대수롭지 않은 일이니까 냉담하게 대할 수 있을 거야. 그런데도 왜 그 문제를 가지고 저렇게 노상 말씀들을 하시는지 난 더 이상 들을 수가 없어. 물론 어머니야 좋은 뜻에서 그러는 것이겠지만 어머니가 하시는 말씀 때문에 내가 얼마나 괴로워하는지는 모르실 거야. 이건 어머니뿐만 아니라 아무도 몰라. 빙리 씨의 네더필드 체류가 끝나면 난 얼마나 기쁠까."

이 말에 엘리자베스가 대답했다.

"뭐든지 언니에게 위안이 될 만한 말이 있었으면 좋겠어. 하지만 내 힘으로는 어쩔 수가 없어. 그건 언니도 알아줘야 해. 수난자에게 인내를 설교하는 것으로 흔히 만족하는 것 같은 방법은 난 싫어. 언니는 항상 잘 참아냈으니까."

마침내 빙리 씨가 도착했다. 베넷 부인은 하인들의 도움으로 그 소식을 제일 먼저 알았기 때문에 불안과 초조의 시간 또한 길었다. 그녀는 그를 초대할 수 있을 때까지의 날짜를 세어보고 그 전에는 그를 만날 수 없다고 생각했으나, 그가 하트퍼서에 온 지 사흘째 되는 날 아침, 베넷 부인은 화장실 창문으로부터 말을 탄 그가 목장에 들어서서 집 쪽으로 오는 것을 보았다.

자기의 기쁨을 딸들과 함께 나누기 위해 베넷 부인은 다급하게 딸들을 불렀다. 제인은 식탁 앞에 그대로 앉아 있었으나 엘리자베스는 어머니를 만족시켜주려고 창가로 다가갔다. 그러나 다아시 씨가 그와 함께 오는 것을 보고는 돌아와 제인 옆에 앉아버렸다.

"어머니, 빙리 씨하고 또 한 사람이 같이 오는데 누굴까요?" 키티가 말했다.

"아마 친구거나 혹은 누구 아는 사람쯤 되겠지. 나도 모르겠구나."

"어머니 항상 빙리 씨와 함께 다니던 사람 같아요. 이름이 뭐였더라……. 그 왜 키 크고 오만한 사람 말이에요."

"아, 다아시 씨로군. 내 그럴 줄 알았다니까. 좋아, 빙리 씨의 친구라면 누구든지 언제나 대환영이야. 사실은 그가 빙리 씨의 친구만 아니었다면 눈에 띄는 것조차 싫지만."

제인은 놀람과 걱정이 섞인 표정으로 엘리자베스를 돌아보았다. 그녀는 다아시 씨와 엘리자베스가 다비서에서 만난 일에 대해서는 단지 약간만 알고 있었으므로, 다아시 씨의 장황한 편지를 받은 이후 처음 만나다시피 하는 그들의 만남에서 엘리자베스가 받을 어색함을 염려했다. 제인도 엘리자베스도 모두 불안해졌다. 그들은 서로를 염려해 주었고, 물론 자기 자신을 걱정했다. 부인은 두 딸의 이야기는 들어보지도 않고 자기는 다아시 씨를 싫어한다느니 오직 빙리 씨의 친구로서만 그를 대접하겠다느니 하는 말들을 계속 중얼거렸다. 엘리자베스에게는 제인이 생각지도 못할 불안이 있었다. 그녀는 제인에게 아직 가디너 부인의 편지를 보일 만한 용기가 나지 않고, 다아시 씨에 대한 그녀의 감정 변화도 말하지 않았던 것이다. 제인에게 있어서 다아시 씨는 엘리자베스에게 청혼을 했다가 거절당한 사람이고 그 진가가 충분히 알려지지 않은 사람일 수밖에 없었지만, 엘리자베스의 좀더 넓은 이해력으로 볼 때 그는 자기 가정이 처음으로 재정적인 은혜를 입은 사람이며, 비록 그다지 반하지는 않았지만 제인이 빙리 씨에게 느끼듯 적어도 이성적이고 타당한 호의를 느끼고 있는 사람이었다. 그가 네더필드와 롱본에 와서 자발적으로 자기를 찾아온 것을 본 엘리자베스의 놀라움은, 다비서에서의 그의 달라진 태도를 보고 놀랐을 때와 거의 똑같은 것이었다.

엘리자베스의 얼굴은 순식간에 상기되어 더욱 달아올랐다. 다아시 씨의 애정과 희망이 아직도 변하지 않았다는 생각이 들자, 회심의 미소와 함께 그녀의 두 눈엔 생기가 돌았으나 그녀는 다아시 씨의 애정을 과신하려 들지는 않았다. 엘리자베스는 속으로 이렇게 생각했다.

'우선 어떻게 처신하는지 두고 봐야지. 속단은 금물이야.'

엘리자베스는 침착하려고 애쓰면서 두눈도 감히 들지 못하고 일에만 몰두하며 앉아 있었다. 그러다가 하인이 문으로 다가오는 소리를 듣고는 호기심에 찬 걱정스러운 눈으로 제인의 얼굴을 건너다보았다. 제인의 얼굴은 평상시보다 조금 더 창백했으나 엘리자베스가 생각했던 것보다는 침착했다. 두 손님이 방에 들어서자 엘리자베스의 얼굴은 짙은 홍조를 띠었다. 그러나 매우 침착했으며 화난 표정도 불필요한 친절도 없는 적절한 태도로 그들을 맞아들였다.

엘리자베스는 예의가 허락하는 한 될 수 있는 대로 말을 적게 했다. 그리고 여느때와는 달리 새삼스러운 열정으로 다시 자기 일에 몰두했다. 엘리자베스는 용기를 내어 꼭 한 번 다아시 씨를 건너다보았을 뿐이었다. 그는 평소와 다름없이 딱딱한 표정이었는데, 엘리자베스의 생각에 그것은 하트퍼트셔에서 늘 그랬던 대로 펨벌리에서 보았을 때보다도 더 심각한 표정이었다. 그러나 아마 다아시 씨는 어머니 앞이기 때문에 외삼촌 부부 앞에서와 같은 태도는 취할 수 없을 것이라고 그녀는 생각했다. 이렇게 생각하는 것은 괴로웠으나 억측은 아니었다.

엘리자베스는 또한 빙리 씨에게 눈길을 주었다. 그 순간 그의 얼굴에는 기쁨과 동시에 당황한 빛이 감돌고 있었다. 베넷 부인은 딸들이 부끄러울 정도로 은근하게 빙리 씨를 대했다. 이것은 특히 다아시 씨에 대한 쌀쌀맞고 형식적인 예의나 태도와 비교해볼 때 더욱 부끄러운 것이었다.

씻을 수 없는 오명으로부터 리디아를 구해주었다는 은혜를 그에게 입고 있음을 알고 있는 엘리자베스는, 어머니의 이와 같은 잘못된 차별 대우에 고통스러울 만큼 가슴이 아프고 괴로웠다.

다아시 씨는 엘리자베스에게 가디너 씨 부부의 안부를 묻고는 거의 입을 열지 않았다. 그러나 엘리자베스는 이 질문에 당황하지 않을 수 없었다. 그는 엘리자베스 곁에 앉지 않았다. 아마 이것이 그의 침묵의 원인인지도 몰랐다. 그러나 다비서에서는 그렇지 않았었다. 그곳에서는 그가 자기에게 말할 수 없을 때에는 가디너 부부와 이야기했었다. 그러나 지금은 벌써 몇 분이 흘렀는데도 그의 목소리는 들리지 않았다. 엘리자베스는 호기심이 발동하여 가끔 눈을 들어 볼 때마다 그는 제인과 자기를 번갈아보고 있거나 그렇지 않으면 방바닥만 내려다보고 있었다. 지난번에 둘이 만났을 때보다도 더 생각이 깊고 덜 걱정스러운 표정이 솔직하게 드러나 있었다. 엘리자베스는 실망했다. 그리고 실망한 데 스스로 화를 냈다. 그녀는 속으로 혼잣말을 했다.

'하지만 달리 내가 무엇을 기대할 수 있을까? 그런데 도대체 여긴 왜 왔을까?'

엘리자베스는 오로지 다아시 씨하고만 이야기를 주고받고 싶었으나 그에게 말을 건넬 용기가 없었다. 겨우 조지아나의 안부를 물어본 다음에는 한마디도 더 할 수가 없었다.

"빙리 씨, 여길 떠나신 지 꽤 오래됐죠?"

베넷 부인이 말했다.

그는 그렇다고 대답했다.

"난 빙리 씨가 다시는 돌아오지 않을 줄 알고 걱정했어요. 사람들은 빙리 씨가 미카엘제 때 네더필드를 아주 떠나버릴 작정이었다고들 했지만 난 사실이 아니길 바랐죠. 빙리 씨가 안 계신 동안에 많은 일이 있었어요. 루카스 양이 결혼해서 살림을 차렸고 내 딸애도 하나 결혼했어요. 아마 벌써 들으셨거나 신문에서 보셨겠죠. 제대로 나진 않았지만 《타임즈》와 《쿠리어》 신문에도 났지요. 겨우 '최근에 조지 위컴 씨와 베넷 양이 결혼함'이라고만 했지만요. 리디아의 아버지에 대해서라든가 그 애가 사는 곳이라든가 그런 것에 대해선 한 마디도 없었죠. 내 동생인 가디너가 기사를 작성한 모양인데 왜 그렇게 서툴게 썼는지 모르겠어요. 그 기사 보셨어요?"

빙리 씨는 보았다고 대답하고 축하의 인사를 했다. 엘리자베스는 감히 고개를 들지 못했기 때문에 다아시 씨의 표정이 어땠는지는 알 도리가 없었다.

베넷 부인이 말을 이었다.

"딸을 좋은 데로 시집보낸다는 건 확실히 즐거운 일이죠. 그러나 동시에 그 딸이 멀리 떨어져 산다는 건 견디기 어려운 일이에요. 두 사람은 뉴캐슬로 갔는데 상당히 북쪽이라나 봐요. 거기서 얼마 동안 살게 될지는 나도 몰라요. 위컴의 부대가 거기에 주둔하고 있죠. 참, 위컴이 그전에 있던 곳에서 나와 정규군에 입대했다는 소식은 들으셨겠죠? 고마운 일이에요. 위컴과 비길 만한 친구는 많지 않아도 꽤 친구가 있는 편이에요."

이 말이 다아시 씨를 가리키는 것임을 아는 엘리자베스는 어찌나 커다란 수치심을 느꼈던지 거의 앉아 있을 수조차 없을 지경이었다. 그러나 이것은 그녀에게 말할 용기를 갖게 해 주었다. 전에는 어느 것도 그녀에게 그럴 만한 용기를 주지 못했던 것이다. 엘리자베스는 빙리 씨에게 네더필드에는 얼마나 머물 예정이냐고 물었다. 그는 몇 주일쯤 될 거라고 대답했다.

베넷 부인이 또 거들었다.

"빙리 씨, 네더필드의 새를 모두 잡으시거든 롱본으로 오셔서 베넷 씨의 소유지에서 마음껏 사냥을 하세요. 남편도 빙리 씨에게 호의를 베푸는 것을 무척 좋아하실 것이고 가장 좋은 새들은 당신을 위해 남겨놓으실 거예요."

엘리자베스의 슬픔은 이러한 어머니의 불필요하고 공연한 친절 때문에 더욱 커져만 갔다. 만약 제인과 빙리 씨가 지금도 일 년 전에 그랬던 것과 똑같은 아름다운 꿈을 기대하고 있었다면, 모든 것은 그 때와 같은 괴로운 종말을 향해 달려가고 있을 거라고 그녀는 생각했다. 그 순간 그녀는 수년간의 행복이 보장된다 해도 제인과 자기에게 닥친 이 순간의 고통을 보상해줄 수는 없을 것이라고 느꼈다. 엘리자베스는 이렇게 중얼거렸다.

'내 마음이 우선 바라는 것은 이제 저 두 사람과는 더 이상 교제하지 않는다는 거야. 그들과의 교제도 지금과 같은 슬픔을 보상할 만한 기쁨을 줄 수는 없어. 이제는 아무와도 다시는 만나지 않겠어.'

그러나 이렇듯 수년간의 행복조차 지금의 슬픔을 보상할 수 없으리라던 엘리자베스의 마음도, 제인의 아름다움이 빙리 씨의 애정에 다시 불을 지피고 있는 것을 보았을 땐 금방 사라졌다. 처음 방안에 들어왔을 때 빙리 씨는 제인에게 거의 말을 걸지 않았으나 시간이 흐를수록 제인에 대한 관심이 점점 깊어져 갔다. 그는 제인이 지난해처럼 아름답고 말은 적었으나 상냥하고 침착하다는 것을 알았다. 제인은 자기에게 달라진 점이 없다는 것을 보이려고 애를 썼다. 그리고 자기 딴에는 다른 때처럼 말을 많이 했다고 믿었으나 마음만 앞섰을 뿐 언제 자기가 침묵을 지켰는지조차 알지 못했다.

두 사람이 가려고 일어서자 베넷 부인은 의도했던 계획을 잊지 않고 그들을 식사에 초대했다. 그들은 2, 3일 후 롱본의 오찬에 참석할 것을 약속했다. 그러자 그녀는 또 덧붙였다.

"빙리 씨, 나한테 빚진 방문이 아직도 한 번 더 있어요. 지난 겨울에 런던으로 가시면서 돌아오는 대로 우리들과 저녁을 들기로 약속했었죠? 난 아직 잊지 않고 있어요. 그런데도 곧 돌아오지 않고 약속도 안 지켜서 얼마나 실망했다고요."

이 말에 빙리 씨는 생각이 안 나는 듯, 일 때문에 그렇게 된 것이라며 미안하다는 변명을 했다. 그리고 두 사람은 가버렸다.

베넷 부인은 그날 저녁에 그들을 초대하고 싶은 마음이 간절했다. 그러나 비록 집에서도 항상 식탁을 훌륭하게 차리긴 했으나, 적어도 두 코스의 요리가 아니면 자기가 그렇게도 대접하고 싶어하던 빙리 씨에게는 충분한 것이 못 되고, 또 연수입이 1만 파운드나 된다는 다아시 씨의 식성과 자존심을 만족시킬 만한 것도 못 될 것 같아 그녀는 생각을 달리하기로 한 것이다.

54

두 사람이 가버리자 엘리자베스는 기분을 회복하기 위해, 말하자면 오히려 기분을 더 가라앉게 할 그런 화제들을 누구의 방해도 없이 생각해보기 위해 밖으로 나갔다. 다아시 씨의 태도는 엘리자베스를 놀라게 했을 뿐 아니라 괴롭혔다.

'도대체 벙어리처럼 무뚝뚝하고 냉담하게 앉아 있을 바에는 무엇 때문에 왔을까?'

이렇게 엘리자베스는 혼잣말을 했다. 그녀는 이것을 자기 마음에 들도록 해석해 볼 길이 없었다.

'런던에 있을 때에는 외삼촌 내외분께 상냥하고 유쾌하게 대했으면서 왜 내게는 그러지 않는 것일까? 나를 두려워한다고 치자, 그럼 무엇 때문에 여길 왔으며, 이제는 나에게 관심이 없다고 치자, 그럼 도대체 왜 꿀먹은 벙어리처럼 앉아 있었을까? 괜히 사람만 괴롭히고, 이젠 생각을 말아야지.'

이 결심은 제인이 다가오는 바람에 본의 아니게 잠시 중단되었다. 제인이 즐거운 표정으로 엘리자베스 곁에 와 앉는 것을 보니 그녀는 엘리자베스보다 두 사람의 방문에 만족한 것 같았다. 제인은 이렇게 말했다.

"그를 만나고 나니까 이제 난 아주 마음이 편해. 난 내 담력을 알았어. 빙리 씨가 또 오더라도 절대로 당황하지 않을 거야. 화요일에 오찬에 오신다니 반가워. 이젠 다른 사람들도 우리가 특별한 관계가 아닌 친구로서만 만난다는 것을 알게 될 테니까 말이야."

그러자 엘리자베스가 웃으면서 말했다.

"아무렴, 아무 관계도 없고말고. 하지만 언니, 조심해."

"엘리자베스, 너는 내가 위험한 지경에 빠질 만큼 약하다고 생각하고 있구나."

"내 생각에는 지금 빙리 씨와 언니는 어느 때보다도 더 사랑에 빠질 위험이 짙은 것 같아."

그들은 화요일에야 두 사람을 다시 만났다. 그동안 베넷 부
인은, 빙리 씨가 30분 동안의 방문에서 보여준 활기차고 공손
한 태도에 의해 되살아난, 모든 즐거운 기대에 마음을 쏟고 있
었다.

화요일, 롱본에서는 대규모의 파티가 열렸다. 그들이 가장
간절히 기다리던 두 사람은 사냥꾼의 영예에 어긋나지 않도록
시간에 맞추어 도착했다. 그들이 식당으로 들어가자 엘리자베
스는 빙리 씨가 예전에 파티 때마다 그랬듯이 제인의 옆자리
로 가는가를 열심히 지켜보았다. 눈치 빠른 베넷 부인도 그녀
와 같은 생각을 하고 제인 옆에 앉으라고 권하고 싶은 마음을
꾹 참으며 그가 어떻게 하나 보았다. 그때 제인이 우연히 주위
를 둘러보다가 그를 발견하곤 쌩긋 웃었다. 그래서 모든 일은
결정되었고 그는 제인 옆에 가서 앉았다.

엘리자베스는 의기양양한 기분으로 다아시 씨 쪽을 바라보
았다. 그는 관심 없는 듯한 표정이었다. 만약 빙리 씨가 반은
웃으면서 놀랐다는 표정으로 다아시 씨를 바라보지 않았더라
면, 그가 다아시 씨의 제재를 기꺼이 받아들인 것으로 엘리자
베스는 생각했을 것이다.

식사하는 동안 제인에 대한 빙리 씨의 태도는 이전보다 주
시하는 사람이 더 많았음에도 불구하고 그의 애정을 역력히
드러내고 있었기 때문에, 엘리자베스는 만약 두 사람끼리만
내버려 둔다면 두 사람의 행복은 빠른 속도로 발전할 것이라

고 믿게 되었다. 그래서 그녀는 빙리 씨가 제인에게 구혼하게 되는 결과까지는 감히 기대하지 않았으나 그러한 빙리 씨의 태도를 보는 것만으로도 기뻤다. 엘리자베스 자신은 별로 유쾌한 기분이 아니었기 때문에 이러한 생각은 그녀의 기분에 최대한의 생기를 불어넣어 주었다. 다아시 씨는 그녀와 가장 멀리 떨어져서 베넷 부인 옆에 있었다. 그녀는 그러한 위치가 다아시 씨나 어머니에게 무척 어색할 것임을 알고 있었고 두 사람 모두에게 무익한 것임을 알고 있었다. 엘리자베스의 위치는 두 사람의 대화를 들을 수 있을 만큼 가깝지는 않았으나, 두 사람이 이야기를 주고받는 것이 얼마나 드문가, 또 대화를 할 때에도 서로의 태도가 얼마나 쌀쌀맞고 형식적인가 하는 것은 볼 수 있었다. 다아시 씨에 대한 어머니의 불친절한 태도는 그에게 은혜를 입고 있다는 사실을 알고 있는 그녀의 마음을 더욱 괴롭혔다. 때때로 엘리자베스에게는 모든 것을 제쳐 놓고 그에게, 그의 친절을 전 가족이 알지도 느끼지도 못한다는 사실을 말해버리고 싶은 충동이 문득문득 솟구쳤다.

엘리자베스는 저녁에 다아시 씨와 단둘이 만날 기회가 오기를 기다렸다. 파티가 끝나기 전에 손님을 맞는 형식적인 인사 이상의 어떤 대화를 엘리자베스는 그와 나누고 싶었다. 두 사람이 들어오기 전에 응접실에서 보내는 불안하고 초조한 시간 동안 엘리자베스는 거의 견딜 수 없을 만큼 지루하고 우울해 졌다. 그녀는 두 사람이 나타나면 매우 즐거워질 것이라고 기대하고 있었다. 그녀는 속으로 이렇게 중얼거렸다.

'만약 다아시 씨가 내게로 오지 않으면 그땐 그를 영원히 단념할 테야.'

드디어 두 사람이 들어왔다. 엘리자베스는 아마 다아시 씨가 자기의 소원을 들어줄 것이라고 생각했다. 그러나 애석한 일이었다. 제인이 차를 만들고 엘리자베스가 그 차를 따르고 있는 테이블 주변에는 여자들이 어찌나 빈틈없이 모여 있었는지, 엘리자베스 가까이에는 의자를 하나 더 갖다놓을 만한 자리도 없었다. 게다가 남자들이 다가오자 한 아가씨가 전보다도 더 엘리자베스에게로 바싹 다가와서 귓속말로 다음과 같이 말하는 것이었다.

"남자들이 와서 우리를 갈라놓지 못하도록 할 테야. 사내들은 필요 없어, 그렇지?"

다아시 씨는 그 방의 다른 구석으로 걸어가 버리고 말았다. 엘리자베스는 눈으로 그의 뒤를 쫓으면서 그가 말을 건네는 모든 사람들을 부러워한 나머지 사람들에게 차를 권하는 친절마저 거의 잊어버릴 정도였다. 그런 다음 순간 이와 같은 자신의 멍청한 태도에 화가 치밀었다.

'내가 한 번 거절했던 사람에게서, 이렇게 그의 사랑이 되살아나기를 바보처럼 기대할 수 있단 말인가? 도대체 남자들 중에 같은 여자에게 두 번씩이나 구혼하는 멍청한 사람이 단한 명이라도 있을까? 그만큼 모욕적인 감정이 또 있을까?

그러나 다아시 씨가 자기 찻잔을 직접 돌려주러 오는 바람에 엘리자베스의 기분은 약간 좋아졌다. 엘리자베스는 이 기회를 놓치지 않고 말을 걸었다.

"누이동생은 지금도 펨벌리에 있나요?"

"네, 크리스마스 때까지 머물 예정입니다."

"혼자서요? 친구들은 모두 갔나요?"

"앤즐리 부인과 같이 있죠. 다른 분들은 요 3주일 동안 스카
보로에 가 있습니다."

엘리자베스는 더 이상 할 말이 생각나지 않았다. 만약 다아
시 씨가 그녀와의 대화를 원했더라면 그는 그녀보다 더 쉽게
성공할 수 있었을 것이다. 그러나 그는 엘리자베스 옆에 선 채
2~3 분간 입을 다물고 있었다. 그러다가 결국 문제의 아가씨
가 엘리자베스에게로 다시 다가와 귓속말을 하자 그는 가버리
고 말았다.

찻잔들을 옮기고 카드 테이블을 갖다 놓자 여자들이 모두
일어섰다. 엘리자베스는 다시금 다아시 씨와 자리를 같이 할
희망에 잠겼으나, 그가 그 때 휘스트 놀이 할 사람들 모으고
있던 어머니에게 붙들려서 잠시 후에 다른 사람들과 함께 자
리에 앉는 것을 보자 그녀의 희망은 또 다시 무너지고 말았다.
엘리자베스는 이제 모든 희망을 잃고 말았다. 저녁 내내 그들
은 서로 다른 테이블에 앉아 있었다. 엘리자베스에게는, 다아
시 씨가 자기처럼 카드 놀이가 제대로 안 될 정도로 매우 자주
그녀 쪽으로 눈길을 돌린다는 사실 외에는 희망을 가질 만한
것이 아무것도 없었다.

베넷 부인은 빙리 씨와 다아시 씨를 저녁 식사 때까지 붙들

어둘 심산이었으나 불행하게도 두 사람은 다른 사람들보다 먼저 마차를 불렀다. 베넷 부인은 그들을 붙잡아둘 수가 없었다.

모든 사람들이 가고 가족들끼리만 남게 되자 베넷 부인은 이렇게 말했다.

"그런데 애들아, 오늘 어땠니? 내 생각엔 모든 것이 아주 기막히게 잘 됐어. 정찬은 내가 본 중에서도 가장 잘 차린 것이었지. 사슴고기도 아주 적당하게 구워졌고, 다들 그러는데 그렇게 살찐 사슴의 허리 고기는 처음 먹어보았다는 거야. 수프도 지난 주일에 루카스 댁에서 먹은 것보다 50배나 더 맛있었고, 다아시 씨까지도 가재 요리가 참 잘 되었다고 인정하더라. 내 생각엔 그는 프랑스 요리사를 적어도 두세 명은 데리고 있을 텐데 말이야. 그리고 제인, 난 네가 그렇게도 예쁜 모습을 처음 봤다. 롱 부인도 그러더라. 내가 예쁘지 않고 물어봤거든. 롱 부인이 뭐랬는지 아니? '베넷 부인, 결국 제인이 네더필드로 시집가게 됐군요.' 하고 말했어. 정말 그랬단다. 내 생전에 롱 부인만큼 착한 사람은 못 봤다. 그 조카딸들은 아주 얌전한 아가씨들이지. 조금도 예쁘진 않지만 난 그 애들이 아주 좋더라."

베넷 부인은 기분이 매우 좋았다. 제인에 대한 빙리 씨의 태도를 보고 드디어 그를 사로잡았다고 그녀는 확신한 것이다. 그를 사위로 맞으면 자기 가정에 돌아오는 이익도 많을 것이라는 이성을 넘어선 기대가 어찌나 컸던지, 바로 그 이튿날 빙리 씨가 다시 와서 청혼을 하지 않자 부인은 크게 실망을 했다.

제인은 엘리자베스에게 이렇게 말했다.

"꽤 즐거운 날이었어. 사람들도 잘 골라서 초대했고 모든 것이 아주 잘 어울리는 파티였어."

엘리자베스는 웃기만 했다.

"엘리자베스, 그러면 못써. 날 의심해선 안 돼. 의심하면 억울해. 난 빙리 씨가 명랑하고 분별 있는 청년이기 때문에 그분과 얘기하기를 즐긴다는 것뿐이지 그 이상의 의도는 없다는 것을 단언해. 난 그분의 태도에서, 그분에게 내 애정을 끌려는 의사가 전혀 없다는 것을 알고 굉장히 만족했어. 그것은 단지 빙리 씨가 다른 어떤 사람들보다도 더 상냥한 말씨와 모든 일에 즐거워하려는 강한 욕망을 타고났기 때문이야."

"언닌 정말 심술궂어. 나보고 웃지 말라고 하면서 자꾸 웃음이 나오게 만드니."

"경우에 따라서는 남이 나를 이해해 주기를 바란다는 것이 얼마나 어려운 일이라고."

"또 어떤 경우에는 아주 불가능하기도 하지."

"하지만 넌 왜 내가 입으로 말하는 것 이상으로 마음으로도 사랑하고 있다고 자꾸 설득시키려 드는 거지?"

"바로 그게 내가 어떻게 대답해야 할지 모르는 문제야. 사람들이란 알 만한 가치도 없는 것만을 겨우 가르칠 수 있으면서도 그래도 대개 남들을 가르치고 싶어 하는 법이지. 용서해. 그래도 언니가 관심 없다고 고집을 부려야겠다면 이젠 날 믿을 수 있는 동생으로 생각하지 마."

55

　며칠 후에 빙리 씨는 혼자서 또 다시 롱본을 방문했다. 다아시 씨는 그날 아침 런던으로 떠났는데, 열흘 후에나 다시 돌아올 예정이라는 것이었다. 그는 한 시간 이상을 앉아 있었는데 무척 기분이 좋아 보였다. 베넷 부인은 같이 식사를 하자고 했으나 그는 유감스럽다고 하면서 다른 데 약속이 있다고 말했다. 그러자 부인이 말했다.

　"요 다음에 오실 땐 우리에게 좀더 기쁨을 베푸셔야 돼요."

　빙리 씨는 어느 때라도 좋았을 것이고, 만약 베넷 부인이 허락한다면 아무 때고 가장 빠른 시일 내에 그들을 방문하고 싶었을 것이다.

　"내일 오시겠어요?"

　사실 그는 내일은 아무 약속도 없었다. 그는 쾌활한 태도로 부인의 초대를 수락했다. 이튿날 빙리 씨가 왔다. 그런데 어찌나 이른 시간에 왔던지 여자들이 옷을 입기도 전이었다. 베넷 부인은 화장 옷을 입은 채로 머리도 반쯤 빗다 말고 제인의 방으로 뛰어가서 소리쳤다.

　"제인, 빨리 하고 어서 내려가 봐. 왔다, 빙리 씨가 왔어. 정말이야, 어서 서둘러. 사라, 이럴 땐 이리 좀 와서 제인이 옷 입는 것을 도와주렴. 엘리자베스 머리는 나중에 하고."

"준비되는 대로 곧 내려가겠어요. 하지만 키티가 우리들보다는 더 빠를 텐데요. 30분 전에 이층으로 올라왔거든요."

"키티가 무슨 소용이람. 그 애가 무얼 아니? 자, 빨리, 빨리. 허리띠는 어디 있어?"

그러나 어머니가 가버리자 제인은 동생들 중의 누가 함께 가주지 않으면 내려가지 않겠다고 말했다.

빙리 씨와 제인만을 한 곳에 남겨두고 싶다는, 언제나 변함없는 부인의 희망이 저녁에도 눈에 띄게 드러나 보였다. 차를 마신 후 베넷 씨는 습관대로 서재로 들어가 버리고 메리는 악기가 있는 이층으로 올라가 버렸다. 그리하여 다섯 명의 장애물 중에 두 명은 없어진 셈이었다. 베넷 부인은 앉은 채로 엘리자베스와 캐서린을 바라보며 계속 눈짓을 했으나 두 사람은 아무런 눈치도 채지 못했다. 엘리자베스는 일부러 모르는 체했지만 키티는 나중에야 눈치 채고 아주 순진하게 말했다.

"무슨 일이에요, 어머니? 왜 자꾸만 제게 눈을 깜박이세요? 어떻게 하라는 거예요?"

"아냐, 아무것도 아니다. 네게 눈짓을 하다니."

베넷 부인은 5분을 그냥 더 앉아 있었다. 그러나 이렇게 귀중한 시간을 낭비할 수 없다고 생각했는지 갑자기 일어서서 키티에게 말했다.

"이리 온 키티, 얘기하고 싶은 게 있어."

그러면서 부인은 키티를 방 밖으로 데리고 나갔다. 제인은 즉시 엘리자베스를 쳐다보았다. 그 표정은 어머니의 뜻을 미리 짐작하고 당황하는 눈치였고, 그녀에게 제발 나가지 말아달라고 간청하는 듯했다. 몇 분이 지나지 않아 부인은 방문을 반쯤 열더니 엘리자베스마저 불러냈다.

"엘리자베스, 네게도 얘기하고 싶은 게 있어."

엘리자베스는 일어나지 않을 수가 없었다. 복도로 나가자마자 어머니가 속삭였다.

"둘만 남겨두어야 하지 않겠니? 키티와 난 이층에 가서 내 침실에 앉아 있을 테다."

엘리자베스는 어머니에게 따르려 들지 않았다. 그녀는 어머니와 키티가 보이지 않을 때까지 복도에 그대로 잠자코 서 있다가 객실로 돌아와 버리고 말았다.

베넷 부인의 계획은 성과를 보지 못했다. 자기 딸의 애인이라고 부인이 자인하지 않더라도 그날의 빙리 씨는 모든 점에 있어서 훌륭했다. 그의 여유 있고 명랑한 기질은 그날 저녁의 모임을 매우 즐겁게 했다. 그는 베넷 부인의 쓸데없는 간섭과 참견을 꿋꿋이 참아냈고 부인의 모든 어리석은 말을 듣고도 그것을 견디며 가소롭다거나 불쾌한 기색을 얼굴에 드러내지는 않았다. 제인에게는 이것이 여간 고마운 일이 아니었다.

그들은 구태여 빙리 씨에게 저녁때까지 머물렀다가 만찬에 참석해 달라고 권할 필요가 없었다. 그는 집으로 돌아가기 전에 자신의 의사와 베넷 부인의 주선에 의해, 이튿날 아침 베넷 씨와 사냥을 하러 오겠다는 약속을 했다.

이날 이후로 제인은 '무관심 운운······' 하는 말을 다시는 하지 않았다. 제인과 엘리자베스 사이에서 빙리 씨에 관한 이야기는 한마디도 나오지 않았으나, 엘리자베스는 만약 다아시 씨가 언약한 기한보다 빨리 돌아오지만 않는다면 모든 일이 빠른 속도로 진행될 것이라는 행복한 기대를 안고 잠자리에 들었다. 그러나 모든 일들은 결국 다아시 씨의 동의가 있어야만 이루어질 수 있다는 사실을 그녀는 엄격하게 인정하지 않으면 안 되었다.

이튿날 빙리 씨는 약속시간에 맞춰 왔다. 베넷 씨와 그는 전날 합의 본 대로 아침나절을 함께 보냈다. 베넷 씨는 빙리 씨가 기대한 이상으로 훨씬 유쾌해했다. 빙리 씨는 베넷 씨의 비웃음을 자극하거나 또는 그의 비위를 상하게 해서 침묵 속에 몰아넣을 만한 위선적인 행동이나 어리석은 행동을 하지 않았기 때문에, 베넷 씨는 빙리 씨가 지금까지 보아온 어느 때보다도 스스럼이 없었고 고약한 성질도 누그러져 있었다.

빙리 씨는 물론 베넷 씨와 함께 돌아와서 오찬에 참석했다. 저녁이 되자 베넷 부인이 또 다시 모든 사람들을 빙리 씨와 제인으로부터 떼어놓으려는 '명안'을 실행에 옮겼다. 써야 할 편지가 있었던 엘리자베스는 차를 마신 다음 곧 편지를 쓰기 위해 식당으로 가버렸는데, 그 이유는 다른 모든 사람들은 응접실에서 카드놀이를 할 예정이었으므로 그녀 혼자 구태여 어머니의 계획을 방해할 필요가 없었기 때문이었다.

그러나 엘리자베스가 편지를 다 쓰고 응접실로 돌아왔을 때, 그녀는 어머니가 자신으로서는 도저히 따라가지 못할 만큼 현명했었다는 사실을 알고 매우 놀랐다. 응접실 문을 열었을 때, 엘리자베스는 빙리 씨와 제인이 마치 무슨 이야기에 열심히 골몰하고 있는 듯 벽난로 앞에 서 있는 것을 보았던 것이다. 이것이 '설마'라고 생각되지 않더라도 급히 돌아서서 서로 떨어져 갈 때 두 사람의 얼굴이 이것을 충분히 말해 주었을 것이다. 그들은 매우 난처해했다. 특히 제인의 입장은 더욱 난처했다고 엘리자베스는 생각했다. 아무도 말을 꺼내지 않았다. 엘리자베스가 다시 문을 닫고 나가려고 하자 제인과 같이 앉아 있던 빙리 씨가 갑자기 일어나서 제인에게 몇 마디 귓속말을 하고는 방을 뛰어나갔다.

흔히 비밀이란 기쁨을 주는 것이긴 하지만 일이 이렇게 되자 제인은 엘리자베스에게 아무 것도 숨길 수가 없었다. 제인은 엘리자베스를 포옹하면서 무척 고조된 감정으로 자기는 세상에서 가장 행복한 사람이라고 그녀에게 말했다. 그러면서 다음과 같이 덧붙였다.

"난 행복해. 내겐 너무 과분해. 나에겐 그만한 가치가 없어. 아아, 어째서 모든 사람들이 나처럼 행복하지 못한 것일까?"

엘리자베스는 진지하고 따뜻하게 기쁜 마음으로 축하했으나 그 표현은 오히려 빈약했다. 친절한 말 하나하나가 제인에게는 새로운 행복의 기원이 되었다. 그러나 제인은 엘리자베스와 같이 있으려 하지 않았고 현재로서는 아직 남아 있는 이야기를 더 이상 하려들지 않았다. 제인은 이렇게 말했다.

"곧 어머니에게로 가 봐야겠어. 무슨 일이 있어도 어머니의 사랑 깊은 염려를 소홀히 하고 싶진 않아. 나는 이 얘기를 꼭 내 입으로 들려드리고 싶어. 빙리 씨는 이미 아버지께 말씀드 리러 가셨어. 오, 엘리자베스, 내가 하는 이야기가 온 식구에 게 얼마만한 기쁨을 줄 것인가를 생각하면 얼마나 좋은지 몰 라. 내가 어떻게 이 벅찬 행복을 감당할 수 있겠니?

그리고 제인은 어머니에게로 달려갔다. 베넷 부인은 일부 러 카드 놀이판을 걷어치우고 키티와 함께 이층에 가서 앉아 있었다.

혼자 남은 엘리자베스는 지난 몇 개월 동안 그들에게 놀라 움과 괴로움을 가져다 준 일이 결국 이렇게 빠르고 쉽게 해결 된 것을 생각하고는 미소를 지었다. 엘리자베스는 혼자 중얼 거렸다.

'결국 이것이 다아시 씨가 그렇게도 걱정하고 조심하던 일 의 결말이로군. 또 빙리 양이 꾸몄던 거짓과 계책의 결말이기 도 하고. 아, 얼마나 행복하고 슬기롭고 당연한 결말인가!'

몇 분 후에 빙리 씨가 들어왔다. 그와 베넷 씨와의 대화는 아주 짧았는데 요점만을 간단히 이야기했던 것이다. 문을 열 더니 그는 다급하게 물었다.

"제인 양은 어디 있습니까?"

"이층 어머니께 갔어요. 아마 곧 돌아올 거예요."

그러자 빙리 씨는 문을 닫고 엘리자베스에게로 다가와서 제 인의 호의와 애정을 기뻐해 달라고 했다. 그녀는 성실한 태도 로 서로 머지않아 친척의 인연을 맺게 되는 것을 진심으로 기뻐한다고 했다. 그리고 두 사람은 아주 다정스럽게 악수를 했다. 그 후 제인이 돌아올 때까지 엘리자베스는, 그가 말하는, 자기는 행복한 남자이고 제인은 흠잡을 데 없는 여자라는 등의 이야기를 들었다. 그들의 애정은 탁월한 이해심과 더할 나위 없이 고상한 제인의 성품과, 빙리 씨와 제인 두 사람 사이의 감정과 취미의 유사성을 토대로 하고 있었기 때문에, 빙리 씨가 사랑에 빠져 눈이 멀었다지만 그가 기대하는 행복은 합리성을 지니고 있는 것이라고 엘리자베스는 진심으로 믿었다.

그날 저녁은 그들 모두에게 유난히 기쁜 날이었다. 제인의 흡족한 마음은, 그녀의 얼굴에 즐거운 생기와 홍조를 띠게 해 주어 그녀를 어느 때보다도 아름답게 보이게 했고, 키티는 생글생글 웃으면서 곧 자기 차례도 돌아올 것이라고 말했다. 베넷 부인은 빙리 씨와 30분 동안이나 이야기를 했으면서도, 두 사람의 사랑을 승낙한다는 말을 하는 데 있어서 자기의 감정을 충분히 만족시킬 만큼 부드러운 말을 하진 못했다. 저녁 식사를 함께 하러 나온 베넷 씨의 목소리와 태도도 그가 얼마나 기뻐하고 있는가를 역력히 드러내고 있었다.

그러나 밤이 되어 빙리 씨가 돌아갈 때까지도 여기에 대한 말은 한마디도 베넷 씨의 입 밖으로 나오지 않았다. 하지만 빙리 씨가 돌아가자마자 그는 제인을 돌아보며 말했다.

"제인, 축하한다. 넌 매우 행복한 아내가 될 거야."

제인은 곧 아버지에게로 달려가서 입을 맞추고, 고맙다는 인사를 했다. 베넷 씨는 이렇게 대답했다.

"넌 착한 아이야. 난 네가 그렇게 잘된 것을 생각하면 너무 기쁘다. 나는 너희들이 유복하게 살 것을 의심치 않아. 그렇지만 너희들은 성격이 너무 닮았어. 둘 다 서로의 요구에 응하려 하기 때문에 아무것도 결정되는 게 없을 거고, 마음들이 너무 좋아서 모든 하인들이 속이려 들 거고, 씀씀이가 너무 헤퍼서 언제나 수입을 초과할 거다."

"그렇지 않을 거예요, 아버지. 금전 문제에 있어서는 경솔하거나 분별없는 일을 전 용서하지 못 해요."

베넷 부인은 다음과 같이 소리쳤다.

"수입을 초과한다고요? 여보, 도대체 무슨 말씀을 하시는 거예요? 빙리는 연수입이 4, 5천 파운드나 된다는 걸 모르세요? 아마 그보다 훨씬 더 많을 거예요."

그러더니 베넷 부인이 제인에게 이렇게 말했다.

"얘, 제인아, 정말 기쁘구나. 오늘 밤은 아마 밤새 한잠도 못잘 게다. 나는 이렇게 될 줄 알았어. 결국은 이렇게 될 것이라고 내가 늘 말했잖니? 예쁘게 태어난 보람이 있지 뭐냐. 작년에 빙리 씨가 처음 하트퍼드셔에 왔을 때, 난 그를 보자마자 너희들 둘이 인연을 맺게 되면 얼마나 그럴 듯한 한 쌍이 될까 하고 생각했단다. 지금도 기억하고 있지. 그는 내가 본 남자 중에서 가장 잘생긴 사람이야."

베넷 부인은 위컴 씨도 리디아도 모두 잊고 있었다. 지금은 제인만이 그의 둘도 없는 사랑스런 딸이었다. 이 순간 베넷 부인은 다른 누구에게도 관심이 없었다. 메리와 키티는 제인이 가까운 장래에 자기들에게 나누어줄 수 있는 행복을 얻기 위해 곧 제인에게 공작을 펴기 시작했다.

메리는 네더필드의 서재를 이용할 수 있게 해달라고 탄원했고 키티는 겨울마다 무도회를 몇 번씩 열어달라고 열심히 간청했다.

이때부터 빙리 씨는 매일같이 롱본에 드나들었다. 어느 속 모르는 몹시도 얄미운 이웃 친구가 빙리 씨가 수락하지 않을 수 없는 오찬에 그를 초대하지 않는 한 대개는 아침 식사 전에 왔다가 저녁 늦게서야 돌아가곤 했다.

엘리자베스는 이제 제인과 이야기할 시간이 거의 없었다. 왜냐하면 빙리 씨가 있을 때면 제인은 그 외의 다른 사람에게는 주의를 돌릴 겨를이 조금도 없었기 때문이다. 그러나 엘리자베스는 때때로 두 사람이 서로 떨어져 있는 시간이면 자기가 그들에게 상당히 필요한 존재임을 알았다. 제인이 없을 때 빙리 씨는 언제나 엘리자베스에게 다가와 즐거운 듯이 이야기를 했고, 반대로 그가 가버리면 제인도 언제나 같은 방법으로 그녀에게서 위안을 얻었던 것이다. 어느 날 저녁 제인은 엘리자베스에게 이렇게 말했다.

"난 빙리 씨가 내가 지난 봄에 런던에 가 있었던 일을 전혀 모르고 있었다는 이야기를 듣고 얼마나 기뻤는지 몰라. 난 여태까지 그럴 리가 없다고 믿었거든."

"나도 그렇게 생각했었어. 그런데 왜 몰랐대?"

"아마 분명히 빙리 씨 누이들의 소행이었을 거야. 그들은 내가 빙리 씨와 친한 것을 별로 달가워하지 않았던 모양이야. 그야 그럴 수밖에. 빙리 씨는 여러 가지 면에서 나보다 더 나은 배우자를 고를 수도 있었으니까. 그러나 이제 빙리 씨가 나와 더불어 행복하다는 것을 알게 되면 그들도 만족해 할 거야. 난 그리리라고 믿어. 그러면 다시 우리 사이가 좋아지겠지. 비록 전처럼이야 될 수 없겠지만 말이야."

"그건 지금까지 언니가 한 말 중에서 가장 용서할 수 없는 말이야. 언닌 마음씨가 착하기도 하지. 언니가 또 빙리 양의 표면상의 호의에 속는 것을 보다니, 정말 괴로운 일이야."

"엘리자베스, 만약 빙리 씨가 작년 11월에 런던에 갔을 때 이미 나를 진심으로 사랑하고 있었다고 한다면, 또 내가 정말 무관심한 줄 알고 이번에 다시 내려오지 않으려 했다고 하면 넌 그 말을 믿겠니?"

"빙리 씨가 약간 실수를 했어. 그러나 그것도 천성이 겸손했기 때문이야."

이렇게 되자 자연히, 빙리 씨는 모든 일에 조심스럽다든가 자기의 훌륭한 자질을 낮게 평가한다든가 하는 등의 그에 대한 찬사가 제인의 입에서 쏟아져 나왔다.

엘리자베스는 다아시 씨가 그들의 일에 간섭한 사실을 그가 누설하지 않은 것을 알고 기뻐했다. 왜냐하면 비록 제인이 세상에서 가장 너그럽고 쾌히 용서하는 마음씨를 지니고 있다고 해도, 그 사실을 제인이 알 경우 다아시 씨에 대해 나쁜 편견을 갖지 않을 수 없으리라는 것을 엘리자베스는 알고 있었기 때문이다.

제인은 이렇게 말했다.

"나는 지금 확실히, 지금까지 살아온 사람들 중에서 가장 행복한 사람이야. 아, 엘리자베스, 난 왜 이렇게 식구들과 동떨어져서 나 혼자만 큰 축복을 받는 것일까? 너도 나처럼 행복한 것을 볼 수 있다면! 네게도 빙리 씨 같은 남자가 한 사람 생겼으면 좋으련만."

"언니, 그런 사람 40명을 준대도 난 언니만큼 행복할 순 없을 거야. 언니 같은 성품과 미덕을 지니기 전엔 언니처럼 행복할 수 없어. 없고 말고. 난 나름대로 그럭저럭 살아가게 내버려 둬. 그러다가 운이 좋으면 콜린스 씨 같은 사람을 또 한 번 만나게 될지 누가 알아."

롱본 집의 경사는 오래지 않아 곧 온 동네에 퍼졌다. 베넷 부인이 필립스 부인의 귀에다 속삭였는데 필립스 부인이 허락도 없이 메리턴 인근에 이 소식을 퍼뜨리고 만 것이었다.

겨우 일 주일 전만 하더라도 리디아가 처음으로 도망쳤을 때 모두들 베넷 집을 불운이 깃든 집이라고 단정했으나, 이제는 세상에서 가장 운 좋은 집안이라는 말이 재빨리 나돌았다.

56

빙리 씨와 제인이 약혼한 지 일 주일쯤 되는 어느 날 아침,

그와 다른 여자 식구들이 식당에 모여 앉아 있을 때 마차 소리
가 들렸으므로 그들의 주의는 일제히 창 쪽으로 쏠렸다. 그러
자 그들은 네 마리의 말이 끄는 마차가 잔디 위를 달려오는 것
을 보았다. 방문객이 오기에는 너무 이른 시간이었다. 그 마차
는 인근 사람들의 마차와는 달랐다. 말들은 역말이었을 뿐만
아니라 마차와 앞장 선 하인의 복장 또한 그들에게는 낯선 것
이었다. 그러나 누가 오고 있는 것만은 틀림없었기 때문에 빙
리 씨는 이러한 방문객의 거북스런 구속을 피하기 위해 관목
숲으로 같이 산책을 나가자고 얼른 제인을 설득했다. 두 사람
은 나가버리고 남아 있는 세 사람은 여러 가지로 추측을 해보
았으나 누군지 도무지 짐작이 가지 않았다. 그때 문이 활짝 열
리면서 방문객이 들어왔다. 그 사람은 바로 캐서린 부인이었
다.

　그들은 물론 방문객의 일로 놀랄 준비를 하고 있었지만 그
순간의 놀라움은 예상 밖의 것이었다. 그리고 베넷 부인과 키
티는 캐서린 부인과는 초면이었으므로 엘리자베스보다는 덜
놀랐다.

　캐서린 부인은 유난히 불손한 태도로 방에 들어서서 엘리자
베스가 절을 하자 머리를 약간 까딱였을 뿐 아무 말도 없이 자
리에 앉았다. 엘리자베스는 그녀가 들어올 때 소개하라는 부
탁은 없었지만 자신의 어머니에게 그녀가 누구인지를 말했다.

　베넷 부인은 이렇게 굉장한 손님을 맞은 것이 기뻤지만 너
무 놀란 탓에 아주 공손하게 그녀를 영접했다. 잠시 묵묵히 앉

아 있다가 캐서린 부인은 몹시 딱딱한 어조로 엘리자베스에게 말했다.

"베넷 양, 별고 없었지요. 저분은 어머니신가요?"

엘리자베스는 그렇다고 대답했다.

"그리고 저 아가씬 동생인가요?"

"네, 부인. 그 애는 끝에서 둘째랍니다. 막내는 얼마 전에 결혼했죠. 그리고 맏딸은 정원 어딘가에 있을 거예요. 어떤 청년과 산책하고 있는데, 그 사람도 곧 한식구가 된답니다."

베넷 부인은 캐서린 부인과 이야기하고 싶어서 재빨리 말했다.

"댁의 정원은 참 좁군요."

하고 캐서린 부인은 잠시 묵묵히 있다가 말했다.

"로징스 댁에 비하면야 상대가 안 되죠. 하지만 윌리엄 루카스 댁보다는 크지 않을까요?"

"여름날 저녁엔 이 거실을 쓸 수가 없겠군요. 창이 모두 서향이니까."

베넷 부인은 자기들은 저녁을 먹은 후엔 그 방에 들어가지 않는다고 힘주어 말하고 나서 다음과 같이 덧붙였다.

"콜린스 씨 내외분도 모두 안녕하시겠죠?"

"그럼요. 그저께 밤에도 만났죠."

그러자 엘리자베스는 샬럿이 자기에게 쓴 편지를 캐서린 부인이 가지고 와서 꺼내놓을 것만 같이 생각되었다. 이 부인이 여기를 찾아온 유일한 동기가 그것인 것만 같았다. 그러나 편지를 내놓지 않았기 때문에 엘리자베스는 대체 무슨 영문인지 몰랐다.

베넷 부인은 아주 정중한 태도로 캐서린 부인에게 다과라도 들라고 권했다. 그러나 그녀는 단호하게, 그다지 공손하지 않은 말투로 아무것도 먹지 않겠다고 말했다. 그리고 자리에서 일어나며 엘리자베스에게 말했다.

"베넷 양, 잔디밭 저쪽에 아담한 숲이 있는 것 같던데, 나하고 함께 거닐지 않겠어요? 그곳을 한바퀴 돌아보고 싶군요."

"다녀오거라. 부인께 여기저기 길을 안내해 드리려무나. 정자를 보면 좋아하실 거다."

베넷 부인이 말했다.

엘리자베스는 어머니 말씀에 따랐다. 그래서 자기 방으로 뛰어 들어가 양산을 들고 나와 귀빈을 아래층으로 모시고 내려왔다. 복도를 지나면서 캐서린 부인은 식당과 응접실 문을 열고 살짝 훑어본 다음 정돈이 잘 됐다고 말하면서 나갔다.

그녀의 마차는 문 앞에 있었다. 엘리자베스는 부인의 시녀가 마차 안에 있는 것을 보았다. 그들은 묵묵히 조그만 숲으로 나 있는 자갈길을 걸었다. 엘리자베스는 유난스럽게 오만하고 불쾌한 이 부인에게 애써 말을 걸지 않기로 마음먹었다.

'어떻게 이런 여자를 그 조카처럼 생각할 수 있었을까?'

엘리자베스는 그 여자의 얼굴을 쳐다보며 생각했다.

그들이 숲 속으로 들어서자 캐서린 부인은 다음과 같이 말을 시작했다.

"베넷 양, 내가 여기에 온 이유를 알겠지요? 왜 내가 왔는지 스스로 생각해보고 양심에 물어보면 알 거예요."

엘리자베스는 자연스럽게 놀라며 그녀를 쳐다보았다.

"잘못 생각하셨습니다. 저는 이렇게 오시리라고는 생각도 못했습니다."

"베넷 양. 날 놀리면 못써요. 성의가 있든 없든 그건 아가씨 마음이지만, 나는 그렇지 않아요. 내 성격은 성실하고 솔직한 것으로 알려져 있어요. 그리고 이처럼 중대한 일에 있어서는 더군다나 성실하고 솔직해야지. 이틀 전에 아주 놀라운 소식을 접하게 되었어요. 당신 언니도 유리한 결혼을 하게 되어 있을 뿐만 아니라, 바로 당신 엘리자베스 베넷도 마찬가지 조건으로 조금만 있으면 내 조카하고 결혼한다는 얘기였어요. 내 조카 다아시하고 말이에요. 하긴 말도 안 되는 헛소문이라는 걸 나는 알지만(그런 소문이 사실일지도 모른다는 생각으로 조카의 마음을 괴롭혀주고 싶진 않아요) 당장에 이곳으로 달려올 결심을 했어요. 내 기분을 당신에게 알려야겠기에 말이에요."

부인은 화가 난 어조로 말했다.

"그것이 사실일 수 없다고 생각하셨다면 여기까지는 왜 오신 거죠? 그래서 어떻게 하시겠다는 말씀이세요?"

엘리자베스는 놀라움과 모멸감으로 얼굴이 붉어지면서 말했다.

"그 따위 소문은 말도 안 되는 것이에요."

"저와 제 가족을 보러 롱본까지 오신 것은 오히려 그 사실을 확인하고 싶었기 때문일 겁니다. 만일 실제로 그런 소문이 있다면 말씀이에요."

엘리자베스가 냉담하게 말했다.

"만일이라고! 그럼 모르는 척하는 거예요? 당신들이 열심히 그런 소문을 퍼뜨리고 있는 것이 아닌가요? 이 소문이 널리 퍼지고 있는 걸 모른단 말이에요?"

"그런 소문이 퍼지고 있다는 얘긴 전혀 듣지 못했는데요."

"그럼 아무 근거 없는 얘기라고 단언할 수 있어요?"

"저는 부인과 같이 솔직한 성격을 지닌 척하지는 않겠습니다. 질문은 무엇이든 하실 수 있겠지만 제가 반드시 대답해야 하는 건 아니겠죠?"

"이건 참을 수 없군요. 난 알아야만 되겠어요. 그 애가, 저, 내 조카가 결혼하자고 그랬어요?"

"부인께선 그런 일은 있을 수 없다고 지금 그러셨잖아요."

"그야 물론이지. 그 애가 이성을 지니고 있다면야 안 되고 말고. 하지만 당신의 술책과 유혹에 넘어가면 그 애로 하여금 저 자신과 가족에 대한 의리를 저버리게 만들 수도 있을 거예요. 당신은 능히 유혹할 수 있을 거예요."

"제가 그랬더라도 절대로 자백하진 않을 겁니다."

"베넷 양, 내가 누군지 알아요? 나는 그따위 말을 내 평생 들어본 적이 없어요. 나는 그 애의 가장 가까운 친척이에요. 그러니까 그 애와 관계된 일은 알 권한이 있어요."

"하지만 제 일은 아실 권한이 없으시죠. 그러한 태도로 저에게 자백시킬 수는 없을 겁니다."

"잘 들어요. 이 결혼을 무척 하고 싶은 모양이지만 절대로 안 될 소리에요. 안 되지. 절대로 안 되고말고. 다아시는 내 딸하고 약혼했으니까. 그래, 아직도 할 말이 더 있어요?"

캐서린 부인은 잠시 주저했다. 이윽고 그녀는 대답했다.

"그 애들의 약혼은 좀 색다를 것이에요. 어렸을 때부터 피차에 그렇게 할 생각이 있었거든. 나는 물론이려니와 다아시 어머니도 그게 소원이었어요. 그 애들이 요람 속에 있을 때부터 짝지어줄 것을 계획했으니까. 그런데 이제 우리 두 사람의 소원이 그들의 결혼으로 이루어지려는 순간, 가문으로 보나 사회적 지위로 보나 보잘것없고 또 우리 가족과 하등 관계도 없는 여자 때문에 방해를 받아야 한다니 될 법한 소리에요? 당신은 다아시 친구들의 소원은 생각지도 않아요? 다아시와 드버그의 묵인된 약혼엔 관심도 없어요? 옳고 그른 것을 분간하는 감정마저 잃어버렸나요? 다아시가 어렸을 때부터 내 딸하고 짝이 되기로 약속되어 있었다는 내 얘기를 지난번에도 들었지요?"

"네, 그 전에도 들었어요. 하지만 그것이 저하고 무슨 상관이에요? 제가 부인의 조카와 결혼하는 데 이의가 없다면, 다아시 씨의 어머니와 이모님이 드 버그 양과 결혼시키고 싶어했다고 해서 제가 물러날 이유는 조금도 없지요. 두 분께서 결혼계획을 세우신 것까지는 좋아요. 그러나 하고 안 하고는 당사자에게 달렸죠. 다아시 씨가 명예라든지 애정에 의해서 드 버그 양에게 얽매여 있지 않다면 다른 여자를 선택하지 말란 법은 없잖아요? 제가 바로 그 대상이라면 그분을 받아들여선 안 될 이유가 없지 않습니까?'

"안 되지요. 명예, 예의, 지각. 아니, 남의 이목을 봐서라도 그런 짓은 못할 거예요. 베넷 양, 이목이란 말이에요, 모든 사람들의 호의를 일부러 거스르는 행동을 하면 다아시의 가족이나 친구들에게 인정받기는 어려워요. 다아시와 관계 있는 사람이라면 모두 당신을 비난하고 모욕하고 업신여길 거예요. 그따위 결혼이란 불명예스러운 것이지. 아무도 당신 이름을 입 밖에 낼 사람은 없을 거예요."

"굉장한 불행이로군요. 하지만 다아시 씨의 아내 되는 사람은 응당 자기 지위에 따르는 특별한 행복을 누리겠죠. 그래서 전체적으로 따져보면 아내로서 불평할 이유가 없을 거예요."

엘리자베스가 대답했다.

"어쩌면 그렇게 고집이 세고 제멋대로일까? 부끄러운 일이야. 이것이 겨우 지난 봄에 내가 베푼 친절에 대한 보답인가요? 은혜를 원수로 갚는군. 자, 앉아요. 나는 내 목적을 이행할 결심을 하고 왔다는 걸 알아야 해요. 절대로 포기하지 않을 테니까. 나는 남의 대중없는 생각을 받아들여 본 적이 없어요. 실망을 참고 견뎌본 적도 없고요."

"그러시다면 지금 부인의 입장을 더욱 비참하게 만드실 뿐이에요. 저한테는 아무런 효과도 내지 못할 테니까요."

"남의 말을 가로막지 말아요! 잠자코 내 말을 들으란 말이야. 내 딸과 조카는 천생연분이에요. 그 애들은 외가 쪽으로 같은 귀족 혈통을 이어받았고, 친가 쪽은 비록 작위는 못 받았지만 점잖고 존경할 만한 오래된 가문이지. 양가의 재산도 많아요. 그들은 양가의 모든 사람들의 축복 속에서 피차에 인연을 맺게 되어 있는 거예요. 그런데 무엇이 그들을 갈라놓으려는지 알아요? 이렇다할 가족과 친척도 없고 재산도 없는 어린 여자가 건방지게 권리를 내세운단 말예요. 될 법이나 한 소리예요? 어림없는 소리지. 자신의 이익을 잘 생각한다면 자기가 자라난 신분을 버려서는 안 돼요."

"조카님하고 결혼해도 그런 신분을 버렸다고는 생각지 않겠어요. 그분은 신사고 나 역시 신사의 딸이니까 우린 동등합니다."

"그래요. 당신은 신사의 딸이긴 하지요. 그런데 어머니는 어떻지요? 또 외삼촌 내외는 어떤 사람들이지요? 그들의 신분을 내가 모르는 줄 알아요?"

"제 친척들이 어떻든간에 조카님께서 그분들한테 이의가 없으시다면 부인에게 무슨 상관이 있습니까?"

엘리자베스가 말했다.

"여러 말 할 것 없어요. 그 애하고 약혼했나요?"

엘리자베스는 다만 캐서린 부인의 궁금증을 풀어주기 위해 이 물음에 대답하기는 싫었으나 잠시 생각한 뒤에 '아뇨'라고 대답하지 않을 수 없었다.

캐서린 부인은 기뻐하는 것 같았다.

"그러니까 그런 약혼은 안 하겠다고 약속해줘요."

"그런 약속은 못 하겠군요."

"베넷 양, 참 놀랍군요. 나는 당신이 좀더 도리를 아는 여잔 줄 알았어요. 내가 물러나리라 생각지 말아요. 내가 요구하는 확증을 주지 않는 한 난 단념하지 않겠어요."

"하지만 전 그런 확증은 드리지 못하겠는데요. 위협하신다고 이치에 맞지 않는 일을 하겠어요? 부인께서는 다아시 씨를 따님하고 결혼시키고 싶으시죠? 그렇다고 원하시는 약속을 제가 한다고 해서 그 분들의 결혼이 가능할까요? 다아시 씨가 제게 애정을 느끼고 있다면 제가 그분을 거절한다고 해서 따님한테 구혼을 하게 될까요? 이런 말씀을 드려 죄송합니다만, 그런 황당한 이론의 적용은 쓸데없는 천박한 것입니다. 이러한 설득에 제가 좌우되리라 생각하셨다면 저를 아주 잘못 보신 거예요. 조카님께서 자기 일에 부인이 간섭하시는 것을 어떻게 받아들일지는 모르겠지만 제 일에 대해서는 간섭할 권리가 없으십니다. 그러니까 이 문제에 대해선 이 이상 귀찮게 하지 말아주십시오."

"서두를 건 없어요. 아직 얘기는 끝나지 않았으니까. 지금까지 내가 주장한 반대 이유 외에도 또 한 가지가 있어요. 난 당신의 막내 동생이 수치스럽게도 도망친 일에 대해 다 알고 있어요. 그 청년을 당신 동생과 결혼시킨 것은 당신 아버지와 외삼촌을 희생시켜 가면서 억지로 합쳐놓은 것밖에 안 돼요.

그래, 그런 여자가 내 조카의 처제가 된다고? 그 남편이 다아시와 동서간이 된다고? 그 청년은 바로 돌아가신 다아시 어른의 집사의 아들이에요. 도대체 우리를 어떻게 보는 거예요? 펨벌리의 그늘이 이런 식으로 더럽혀져도 된단 말인가요?"

"이젠 말씀 다 하셨죠? 온갖 방법으로 저를 모욕하시는군요. 그만 집으로 돌아가시죠."

엘리자베스는 분개하여 이렇게 말하면서 자리에서 일어섰다. 그러자 캐서린 부인도 따라 일어나 그녀와 함께 돌아왔다. 부인은 몹시 화가 난 것 같았다.

"그럼, 내 조카의 명예나 신용은 아무래도 좋단 말이군. 매정하고 이기적인 여자! 당신과 인연을 맺는 것은 바로 다아시의 명예를 모든 사람들의 면전에서 손상시키는 것이라고 생각하지 않아요?"

"더 드릴 말씀이 없어요. 이제 제 생각은 아셨겠죠?"

"그럼 기필코 그 애를 차지하겠단 말인가요?"

"전 그런 말 한 적은 없어요. 저는 저 스스로 생각해봐서 제 행복을 이룰 수 있는 방법으로 행동할 것을 결심했을 뿐이에요. 부인과 상관없고 저와 아무 연관도 없는 어떠한 사람과도 상관없어요."

"좋아. 그럼 내 말은 안 듣겠다는 거지. 의무와 명예와 은혜에 복종하지 않겠다는 거로군. 다아시를 친구들의 입에 오르내리게 해서 망치려는 속셈이야. 세상의 웃음거리로 만들려는 거야."

528

"의무니 명예니 은혜니 하는 것이 지금의 저에게는 아무런 호소력도 발휘할 수 없어요. 다아시 씨와 결혼한다고 해서 의무니 뭐니 하는 것의 원칙이 유린당하는 것도 아니고요. 그분의 가족의 원한이니 사회의 분개니 하는 것에도 구애받지 않겠어요. 만일 그분이 저와 결혼함으로써 가족들이 원한을 품는다 해도 전 눈 하나 깜빡하지 않겠어요. 그리고 세상 사람들도 분별력이 있으니까 저를 욕하지는 않을 거예요."

엘리자베스가 대답했다.

"그게 당신의 진심이로군. 최종적인 결심이야. 좋아, 나에게도 다른 방법이 있지. 그런 야심이 이루어지리라고는 생각지 말아요. 사실은 당신이 어떤 식으로 나오나 보려고 온 거야. 분별 있는 여자이기를 바랐는데. 그러나 난 내 고집대로 할 거야."

이런 식으로 캐서린 부인은 말을 계속하면서 마차 앞까지 왔다. 그러더니 그녀가 재빨리 돌아서며 덧붙였다.

"베넷 양, 작별 인사는 그만두겠어요. 어머님께도 인사 못 드려요. 그런 친절을 받을 자격조차 없으니까. 난 지금 불쾌하기 짝이 없어요."

엘리자베스는 대답하지 않았다. 그리고 부인에게 집안으로 들어가자는 말도 하지 않은 채 혼자 조용히 걸어 들어갔다. 그녀가 이층으로 올라갈 때 마차가 떠나는 소리가 들렸다. 그녀의 어머니는 매우 궁금했는지 화장실 문 앞에서 딸을 붙잡고 서서 캐서린 부인이 왜 들어와서 쉬어가지 않느냐고 물었다.

"마음이 내키지 않는 모양이죠. 가겠다고 그러더군요."

엘리자베스가 말했다.

"아름다운 여자더구나. 여기까지 찾아와 주다니 얼마나 고마운 일이냐. 콜린스 내외가 잘 있다는 소식을 알려주러 들렀으니 말이야. 어디 또 다른 데로 가는 길일 거야. 그래서 메리턴을 지나는 길에 너를 만나보려고 온 거지 뭐니. 뭐 특별히 너한테 할 얘기라도 있었니?"

엘리자베스는 거짓말을 할 수밖에 없었다. 캐서린 부인과 주고받은 이야기를 알릴 수는 없었기 때문이었다.

57

이 뜻밖의 방문이 엘리자베스에게 던져준 불안감으로부터 그녀는 쉽사리 회복될 수가 없었고, 몇 시간 동안이나 줄곧 그일만을 생각지 않을 수 없었다. 캐서린 부인은 오직 그녀와 다아시 씨 사이에 내정된 약혼을 깨뜨릴 목적만을 위해 로징스에서 롱본까지 여행하는 수고를 한 것 같았다. 이것은 확실히 그럴 듯한 추측이었다. 그러나 도대체 어디서 그들의 약혼에 대한 얘기가 새나왔는지 생각해 보았으나 그녀는 전혀 감을 잡을 수가 없었다. 그러다가 드디어 한 쌍의 결혼이 예상되고 모든 사람들이 또 한 쌍의 결혼을 열망하는 이때, 그는 빙리 씨의 친한 친구요, 또 자기는 제인의 동생이라는 사실만으로도 그런 생각을 하기에 충분하다는 것을 깨달았다. 그녀 자신도 언니와 빙리 씨와의 결혼이 자기와 다아시 씨를 더욱 가깝게, 또 자주 만나게 해줄 것이라는 것을 모르지는 않았다. 그래서 이웃인 루카스 댁 사람들도, 엘리자베스가 가까운 미래에 실현되기를 기대하고 있는 것이 거의 확정적이고 다 된 일이라고 생각하고 있었던 것이다. 이 루카스 집과 콜린스 씨와의 친분 때문에 소문이 캐서린 부인의 귀에까지 들어간 것이라고 엘리자베스는 결론을 내렸다.

그러나 캐서린 부인의 말을 곰곰이 생각해볼 때, 엘리자베스는 그녀가 간섭을 고집함에 따라 야기될 결과에 대해 어떤 불안을 느끼지 않을 수 없었다. 그들의 결혼을 방해하기로 결심했다는 캐서린 부인의 말에서 부인이 다아시 씨에게도 그런 권유를 했음이 틀림없다는 생각이 그녀의 머리에 떠올랐던 것이다. 다아시 씨가 자기와 결혼할 경우 그에 따르는 여러 가지 좋지 않은 일이 많다는 부인의 이야기를 어떻게 받아들일 것인지 엘리자베스는 감히 판단을 내리고 싶지 않았다. 엘리자베스는 그가 부인에게 어느 정도의 애정을 갖고 있는지 또 부인의 판단에 어느 정도 의존하고 있는지 정확히는 몰랐으나, 그가 엘리자베스가 생각하는 것보다 부인을 훨씬 더 높이 평가하고 있을 것이라는 상상은 당연한 것이었다. 다아시 씨의 가장 가까운 친척인 캐서린 부인과는 비교도 안 되는 친척밖에 없는 엘리자베스와의 결혼에서 올 불행을 낱낱이 열거함에 있어서, 부인이 그의 가장 큰 약점들만을 골라서 말했을 것은 뻔한 일이었다. 또 품위에 대한 애착이 강한 그가 엘리자베스에게는 보잘것없고 가소롭게 보이는 말들 속에서도 충분한 의의와 견실한 이유를 발견할 법도 한 일이었다.

　게다가 만약 다아시 씨가 이전부터 자기가 취해야 할 태도에 대해 주저하여 왔다면 이것은 있을 법한 일이라고 가끔 생각했는데 친척인 부인의 충고와 간청은 그의 모든 의혹을 해결해 줄지도 몰랐고, 그로 하여금 엘리자베스를 포기하게 함으로써 이내 자기의 품위를 손상치 않는 흠 없는 위엄으로 만족하자는 결심을 하게 할지도 모르는 일이었다. 그렇다면 그는 다시는 네더필드에 돌아오지 않을 것이다. 캐서린 부인은 도중에 런던에 들러서 다아시 씨를 만나볼 것이다. 그러면 그는 10일 후에 네더필드로 돌아오겠다고 빙리 씨에게 한 약속을 지키지 않겠지! 엘리자베스의 생각은 꼬리에 꼬리를 물고 이어졌다.

　'그래서 만약 열흘 안에 빙리 씨에게 다아시 씨로부터 약속을 못 지켜서 미안하다는 사과 편지가 오면, 그땐 나도 그것을 어떻게 받아들여야 할지를 알게 돼. 그 다음엔 나도 그의 지조에 대한 일체의 기대와 희망을 포기해야지. 그리고 만약 나의 애정과 구애를 얻을 수도 있을 때 그가 겨우 나를 아까운 여자 정도로만 생각한다면 나도 다아시 씨에 대한 미련은 조금도 갖지 않을 테야.'

　방문자가 누구였는지를 들은 나머지 식구들의 놀라움이란 매우 컸다. 그러나 고맙게도 그들은 베넷 부인의 호기심을 진정시킨 것과 같은 종류의 상상을 함으로써 만족했다. 그래서 엘리자베스는 그 일에 대해 많은 질문 공세를 받지 않았다.

이튿날 아침 엘리자베스는 아래층으로 내려오다가 편지 한 장을 들고 서재에서 나오는 아버지와 마주쳤다. 베넷 씨는 이렇게 말했다.

"엘리자베스, 너를 찾고 있었다. 내 방으로 들어오너라."

엘리자베스는 아버지를 따라 들어갔다. 아버지가 하려는 말씀에 대한 엘리자베스의 호기심은 아버지가 손에 쥐고 있는 편지와 무슨 관련이 있을 것이라는 추측 때문에 더욱 달아올랐다. 그러나 갑자기 그 편지가 캐서린 부인에게서 온 것이 아닌가하는 생각이 떠오르자 엘리자베스는 낙담이 되어 모든 있음직한 사실들을 예상했다.

엘리자베스는 난로 가까이로 아버지를 따라갔다. 두 사람이 자리에 앉자 베넷 씨는 이렇게 말했다.

"오늘 아침 편지 한 장을 받고 굉장히 놀랐다. 주로 너에 관한 일이었기 때문에 그 내용을 너도 알고 있어야 할 것 같아서 불렀다. 난 딸들이 한꺼번에 둘씩이나 결혼하려고 한다는 것을 몰랐지. 아주 대단한 남자의 사랑을 얻었더구나. 축하한다."

엘리자베스는 즉각적으로 캐서린 부인에게서 온 편지가 아니라 다아시 씨에게서 온 것임을 확신하고 갑자기 얼굴이 빨개졌다. 그러나 다음 순간, 도대체 그가 직접 편지한 것을 기뻐해야 할지 아니면 자기에게 직접 편지를 하지 않은 것에 대해 화를 내야 할지 망설이고 있는데 베넷 씨가 말을 이었다.

"넌 참 생각이 있어 보여. 하기야 젊은 여자들은 이런 때에는 직관력이 생기는 법이지만. 그래도 어디 네 슬기로움을 찬미하는 남자의 이름이 무엇인가 한 번 알아맞혀 볼래? 이 편지는 콜린스에게서 온 거야."

"콜린스 씨에게서요? 무슨 할 말이 있었을까요?"

"물론 있지. 요령 있게 꽤 많이 썼어. 앞으로 있을 제인의 결혼을 축하한다는 말로부터 시작했는데, 이 소식은 순하고 수다스런 루카스네 식구 중의 한 사람에게서 들은 모양이야. 이에 대해 콜린스가 한 말을 내가 읽어주마. 공연히 네 인내심을 즐기진 않겠다. 너에 대한 사연은 다음과 같아. '이 경사에 대해 제 아내와 저는 심심한 축하를 드리며 아울러 또 다른 건에 관해서도 잠깐 암시를 드릴까 합니다. 우리는 그것을 동일한 소식통에게서 들었습니다. 그것은 다름 아니라 따님 되시는 엘리자베스 양도 큰따님이 베넷 이라는 성을 양도한 이후 머지않아 그 성을 양도할 것이라는 겁니다. 그리고 엘리자베스 양이 선택한 반려자는 이 나라에서도 가장 저명한 명사 중의 한 분으로서 존경받아 마땅한 분이라고 생각합니다.' 엘리자베스, 누구 얘기를 하는 건지 짐작할 수 있겠나? '이 젊은 신사는 모든 사람이 부러워하는 많은 재산에다 명문의 혈연이며 광범위한 승직 추천권이며 그 외의 모든 것에 있어서 축복을 받은 사람입니다. 그러나 이 모든 유혹을 뿌리치시고 아저씨께서는 이 분의 청혼을 조급히 동의함으로써(물론 즉석에서 수락하고 싶으시겠죠) 입으실 해로운 일에 대해 저는 엘리자베스 양과 아저씨께 삼가 경고를 드릴까 합니다.' 엘리자베스, 누군지 정말 생각이 안 나니? 그러나 이제 곧 알게 돼. '제가 주의를 드리는 동기는 다음과 같습니다. 즉, 저희는 그 분의 이모님 되시는 캐서린 드 버그 부인께서 그 결혼을 호의적으로 보시지 않는다고 추측했기 때문입니다. 거기에는 그럴 만한 충분한 이유가 있습니다.' 이제 알았지? 바로 다아시란다. 자, 엘리자베스야 놀랐지? 콜린스나 루카스 네가 우리들이 아는 사람들 중에서 그 이름이, 그들이 말하는 것이 거짓임을 다아시보다 더 효과적으로 밝힐 사람을 골라낼 수 있겠니? 어느 여자에게서나 흠을 잡았고 또 생전 너 같은 정도의 여자는 거들떠볼 것 같지도 않던 다아시가 아니냐? 참 감탄할 노릇이로구나."

엘리자베스는 될수록 아버지의 익살에 장단을 맞추려 했으나 간신히 내키지 않는 웃음만 새나올 뿐이었다. 아버지의 재치가 지금처럼 엘리자베스를 곤란하게 한 적은 한 번도 없었다.

"재미없니?"

"아니요, 재미있어요. 그 다음을 읽어주세요."

" '지난밤, 부인께 이 결혼의 가능성을 여쭤보았는데 부인께서는 평소처럼 친절한 태도로 곧 이에 대해 부인하는 견해를 말씀하셨습니다. 부인께선 엘리자 양의 가정의 몇 가지 결함을 이유로 결코 이 불명예스러운 결혼을 허락할 수 없다고 분명히 하셨습니다. 그래서 저는 이 사실을 가장 빨리 엘리자베스 양에게 알려서 그녀와 그녀의 고매한 찬미자께서 지금 어떤 상황에 처해 있는가를 알게 함으로써, 정당하게 승인 받지 못할 결혼을 서두르지 않도록 하는 것이 제 의무라고 생각했습니다.' 콜린스는 또 이런 말도 덧붙이고 있단다. '리디아의 슬픈 사건이 아주 잘 해결된 것을 진심으로 기뻐하며 지금은 두 사람이 결혼하기 전에 동거했다는 사실이 너무 멀리까지 퍼지지 않을까 걱정하고 있을 뿐입니다. 그러나 저는 제 지위로서의 의무를 소홀히 할 수 없는바, 두 사람이 결혼하자마자 그들을 집안에 받아들였다는 말을 듣고 적잖이 놀랐다는 말씀을 드리지 않을 수 없습니다. 그것은 악의 조장이므로 만약 제가 롱본 교구의 목사였다면 저는 한사코 이에 반대했을 것입니다. 기독교인으로서 마땅히 용서는 해주어야 하되 그들을 직접 대면한다거나 그들의 이름을 귀에 들리게 해서는 안 된다고 생각합니다.' 흥, 이것이 소위 말하는 기독교인의 용서관이로군. 이 나머지는 샬럿이 임신중인데 아들이기를 바란다는 사연뿐이야. 그런데 엘리자베스, 넌 기쁘지 않은 듯한 표정이니 어쩐 일이냐? 이젠 숙녀인 척 새침하고 부질없는 소문에 모욕당한 척해선 안 돼. 때때로 이웃 사람들을 위해 재미를 선사하고 그 다음엔 차례로 우리가 이웃 사람들을 놀려주지 않는다면 무슨 재미로 산단 말이냐?"

"아버지, 전 무척 재미있어요. 하지만 너무나 이상한걸요."

"그렇지, 바로 그게 일을 즐겁게 만드는 것이란다. 만약 어느 한 사람에게만 고정되어 있다면 그건 아무것도 아니지. 다아시의 완전한 무관심과 너의 명백한 증오, 이것이 일을 터무니없이 유쾌하게 만들거든. 난 편지 쓰는 일은 질색이지만 어떤 일이 있어도 콜린스에게 답장하는 건 단념치 않겠어. 천만에, 콜린스의 편지를 읽어보니 내가 위컴의 몰염치와 위선을 높이 평가하는 것과 마찬가지로 콜린스를 위컴 이상으로 좋아하지 않을 수 없겠는걸. 그런데 엘리자베스, 이 소문에 대해 캐서린 부인은 뭐라고 하던? 허락하지 않겠다고 하더냐?"

이 물음에 엘리자베스는 다만 웃음으로 대답했다. 그리고 이 질문에는 추호의 의심도 없었기 때문에 엘리자베스는 아버지가 그 질문을 되풀이하는데도 조금도 당황해하지 않았다. 일찍이 엘리자베스는 지금처럼 자기 감정과는 반대되는 감정을 나타내야 하는 곤경에 빠진 적이 없었다. 오히려 울고 싶었지만 엘리자베스는 웃어야 했다. 다아시 씨가 무관심하다는 아버지의 말이 엘리자베스에게는 더없이 슬프고 억울했다. 엘리자베스는 아버지의 통찰력이 어째서 이토록 부족한가를 이상하게 생각할 수밖에 없었으며, 혹은 아버지의 통찰력이 부족한 것이 아니라 아마도 자기의 상상이 너무도 지나쳤던 것이라고 걱정할 수밖에 없었다.

58

엘리자베스는 빙리 씨가 그의 친구의 사과 편지를 전해주기를 기다렸으나 편지는 오지 않았다. 캐서린 부인이 다녀간 지

며칠 지나지 않아 그는 다아시 씨를 데리고 롱본으로 왔다. 그들은 아침 일찍 도착했다. 그리고 베넷 부인이 다아시 씨의 이모님이 왔다갔다는 얘기를 하기도 전에, 제인과 단둘이 있고 싶은 빙리 씨는 그녀에게 산책을 하자고 제의했다. 엘리자베스는 어머니가 그 얘기를 꺼낼까봐 잠시 불안해하고 있었으므로 모두 산책하자는 제의에 동의했다. 그러나 어머니는 산책을 별로 좋아하지 않았고 메리 역시 시간을 낭비하는 성격이 아니었기 때문에 다섯 사람만 가게 되었다. 그러나 빙리 씨와 제인은 곧 그들과 뒤떨어지게 되었다. 그들은 엘리자베스와 키티와 다아시 씨가 서로 즐기고 있는 동안에 뒤에 처져서 꾸물거렸다. 엘리자베스는 다아시 씨를 두려워하고 있었기 때문에 말도 걸지 못했다. 그녀는 마음속으로 굉장히 중요한 결정을 내리기로 결심했다. 아마 다아시 씨 역시 마찬가지 생각으로 걷고 있었는지도 모른다.

그들은 키티가 마리아를 만나고 싶다고 했기 때문에 루카스 댁으로 가고 있었다. 그리고 엘리자베스는 그들 모두가 마리아를 만날 필요는 없다고 생각했기 때문에 키티가 그 집으로 들어가자 다아시 씨와 단둘이서 걸어갈 만큼 용기를 내었다. 이제 자기의 결심을 실행에 옮길 때가 온 것이다. 그래서 자기가 대담해진 이 순간을 놓치지 않으려고 곧 말을 꺼냈다.

"다아시 씨, 저는 정말 이기적인 인간이에요. 제 괴로운 마음을 달래기 위해 당신의 감정에 얼마든지 상처를 입힐 수 있으니까요. 당신이 제 동생에게 베푼 흔치 않은 친절에 감사드리지 않을 수 없군요. 전 그 사실을 안 다음부터 어떻게 감사의 말씀을 드려야 좋을지 매우 걱정하고 있었어요. 우리 가족들이 그 사실을 알았다면 나뿐만 아니라 모두가 당신께 감사드렸을 거예요."

"유감이군요. 어떻게 잘못 전달되었든간에 그렇게 불쾌한 사실에 대해 들으셨다니 정말 유감입니다. 가디너 부인은 그다지 믿을 만한 분이 못 되는군요."

그가 놀라면서 감동한 듯한 어조로 말했다.

"우리 외숙모를 탓하지 마세요. 저에게 당신이 그 사건에 관련되어 있다는 말을 처음으로 해준 사람은 조심성 없는 리디아였으니까요. 물론 사건의 전말을 다 알 때까진 매우 걱정했어요. 우리 집안을 대표해서 당신께 거듭 감사의 말씀을 드려요. 그들을 찾기 위해 그렇게 많은 수고와 고생을 아끼지 않으신 것을 정말로 고맙게 생각하고 있습니다."

"만일 감사하다는 인사를 하시려거든 자신의 고마운 마음만 표시하십시오. 당신을 행복하게 해주고 싶다는 제 마음이 다른 곳에까지 참견하게 만들었다는 사실을 부인하고 싶지는 않습니다. 하지만 당신의 가족들이 저에게 감사해야 할 하등의 이유는 없습니다. 저는 그분들을 모두 존경하고는 있지만 당신 한 분만을 사랑하고 있으니까요."

엘리자베스는 너무 당황했기 때문에 한마디도 할 수가 없었다. 잠시 후 그는 이렇게 덧붙였다.

"당신은 마음이 너그러우니까 저를 나무라지는 않을 겁니다. 만일 저에 대한 당신의 감정이 지난 4월과 조금도 달라진 것이 없다면 그렇다고 말씀해 주십시오. 저의 사랑과 희망에는 변함이 없습니다. 하지만 당신이 아니라고 한마디로 대답하신다면 이젠 영원히 이 문제는 단념해 버리겠습니다."

엘리자베스는 여느때 이상으로 어색하고 초조한 그의 입장을 알아차리고 억지로 말을 하지 않을 수 없었다. 그래서 잘 표현할 수는 없었지만, 그 동안 자기의 감정이 실질적인 변화를 겪었다는 것을 그가 금방 알아들을 수 있을 만큼 이야기했다. 그리고 그의 변함없는 사랑을 감사하고 기쁘게 생각한다고 말했다. 이 대답을 듣자 다아시 씨는 여태까지 느낄 수 없었던 크나큰 행복을 느꼈다. 이러한 기쁨 속에서 그는 열렬히 사랑하는 사람들이 하는 식으로 분별 있으면서도 열정적으로 자기의 심정을 털어놓았다. 만일 엘리자베스가 그의 눈을 바라보았다면 형언할 수 없는 기쁨에 넘친 그의 얼굴이 얼마나 멋있는가를 알 수 있었을 것이다. 그러나 엘리자베스는 그의 얼굴을 볼 수는 없었지만 그의 기쁨에 넘친 말을 들을 수는 있었다. 그는 엘리자베스가 자기에게 얼마나 소중한 존재인가를 고백하면서, 더욱더 그의 사랑을 가치 있는 것으로 이끌어주는 자기의 모든 감정에 대해 말했다.

그들은 어디로 가고 있는지도 모른 채 무턱대고 걸었다. 다른 것을 생각할 틈이 없을 만큼 그들은 생각할 것이 많았고 느낄 것이 많았으며 이야기할 것이 많았다. 엘리자베스는 곧 자기들이 이렇게 서로를 잘 이해하게 된 것은 순전히 캐서린 부인 덕분이라는 것을 알았다. 캐서린 부인은 집으로 돌아가는 길에 런던에 들러서 다아시 씨를 만났고, 그에게 롱본에 갔었다는 것과 그 동기와 엘리자베스와 만나서 한 이야기를 전부 말했을 것이다. 더구나 엘리자베스의 표정 하나하나까지 다 말하며 자기 생각에는 엘리자베스가 성미가 몹시 까다롭고 몰염치한 사람같이 보이더라는 말을 특히 강조했을 것이다. 이렇게 말하면 엘리자베스가 자기 조카의 사랑을 얻을 수 없을 것이라고 믿었기 때문이다. 그러나 사실상 엘리자베스는 그의 사랑을 거절하고 있었는데, 불행히도 캐서린 부인은 자신의 의도와는 반대되는 결과를 초래하고 말았던 것이다.

"그런 말을 듣고 저는 전에는 가망이 없었다고 생각했던 일에 희망을 품게 되었지요. 저는 당신이 어떻게 돌이킬 수 없을 만큼 확실히 저를 싫어하고 있다는 것을 잘 알고 있었습니다. 그런 사실을 솔직히 주저하지 말고 저의 이모님께 털어놓지 그러셨어요."

다아시 씨가 말했다.

엘리자베스는 상기된 얼굴로 웃으면서 말했다.

"네, 제가 그런 말까지도 할 수 있을 만큼 솔직한 사람이라는 걸 잘 아시는군요. 당신 눈앞에서 그렇게 지독한 욕설을 한 사람이니까 당신 친척 앞에서도 얼마든지 그렇게 할 수 있었겠지요."

"제가 들을 자격이 없는 말씀도 하셨다는데요? 비록 그때 당신의 비난이 근거가 없는 것이고 또 무조건 오해하신 것이라 해도 확실히 그때의 제 태도는 그런 질책을 받을 만했습니다. 정말 용서받을 수 없는 짓을 했죠. 지금도 그 생각을 하면 몹시 불쾌합니다."

"그날 밤의 일에 대해서는 잘잘못을 따질 필요도 없어요. 사실 엄격하게 따지자면 두 사람 모두에게 잘못이 있었으니까요. 하지만 그 후론 둘 다 예의를 좀 차릴 줄 알게 되었나 봐요."

"난 그렇게 쉽게 만족할 수 없어요. 그 때 제가 한 얘기를 다시 생각해 보면(그 때의 행동, 태도, 또 저녁 내내 지었던 표정 같은 것을 생각해 보면) 몇 달이 지난 지금도 말할 수 없이 괴롭습니다. 그렇게 적절했던 당신의 질책을 저는 잊을 수가 없어요. '당신이 좀 신사다운 태도를 취하셨다면' 바로 이게 그 때 하신 말씀이죠. 아마 당신은 이 말이 얼마나 나를 괴롭혔는지 생각도 못하실 거예요. 하긴 내가 그 말이 옳다는 것을 깨달은 것은 훨씬 후의 일이지만요."

"저는 그 말이 그렇게 심한 상처를 주리라고는 생각조차 못했고 또 그렇게 느끼시라고는 꿈에도 몰랐어요."

"그러실 거예요. 그 때 당신은 내가 올바른 감정을 갖지 못한 사람이라고 생각했으니까요. 나도 잘 알아요. 당신이 나의 고백을 받아들일 수 있도록 구혼할 줄도 모르는 인간이라고 말씀하셨을 때의 그 표정을 난 평생 잊을 수가 없습니다."

"아이, 그 때 제가 한 말을 자꾸만 되풀이하지 마세요. 그런 기억을 상기시켜 봐야 아무 소용도 없는 걸요. 전 오래 전부터 그런 말을 한 나 자신을 정말로 수치스럽게 생각하고 있었어요."

다아시 씨는 자기의 편지 이야기를 꺼냈다.

"그 편지가 저에 대한 나쁜 감정을 풀어주었습니까? 그걸 읽고 제 진의를 알게 되셨나요?"

엘리자베스는 그 편지가 어떤 효과를 나타냈는가를 설명했다. 그리고 차츰 그에게 가졌던 자신의 편견이 사라지기 시작했다고 말했다.

"나는 그 편지가 당신에게 괴로움을 줄 것을 잘 알고 있었습니다. 하지만 그런 편지를 쓰지 않을 수가 없었어요. 그 편지를 모두 없애버리셨기를 바랍니다. 더구나 맨 첫 번째 구절은 두 번 다시 읽을 용기조차 나지 않으실 거예요. 당신으로 하여금 저를 미워하도록 만든 구절들을 나는 아직도 기억할 수 있습니다."

다아시 씨가 말했다.

"만일 당신이 저의 호감을 간직하기 위해 필요하다고 생각하신다면 물론 태워버리겠어요. 하지만 비록 저의 생각이 아주 변할 수 없는 것은 아니라 할지라도 그 편지에서 말씀하신 것처럼 그렇게 쉽게 변하는 것도 아닐 거예요."

"저는 그 편지를 쓸 때 내가 아주 침착하고 냉정한 마음으로 쓰고 있다고 생각했어요. 그러나 그 후에야 그 편지를 쓸 때 감정이 몹시 상해 있었다는 것을 알았지요."

"아마 처음에는 감정으로 편지를 쓰기 시작하셨을 거예요. 하지만 끝 부분에 가서는 그렇지도 않더군요. 마지막 인사말은 애정이 가득 넘쳐흐르고 있었어요. 어쨌든 그 편지에 대해서는 이제 그만 생각하기로 해요. 그 편지를 쓴 사람이나 받은 사람의 감정이 이제는 그 때와는 아주 달라져서 그 때의 모든 불쾌한 감정은 다 잊어버리게끔 되었으니까요. 당신도 제 철학을 배우셔야 해요. 즉 당신에게 기쁨을 주는 과거만을 회상하라는 게 저의 철학이에요."

"그런 철학은 그다지 훌륭하다고는 말할 수 없는데요. 당신의 과거는 대체로 부끄러울 만한 것이 없기 때문에 과거를 회상하고 만족을 느낀다는 것은 어떤 철학이 있어서가 아니라 괴로움을 모르기 때문에 저절로 그렇게 되는 것일 거예요. 하지만 저는 그렇지 않습니다. 쫓아버릴 수도 없고 또 쫓아버려서도 안 될 괴로운 추억이 저를 점령합니다. 저는 어려서부터 도의적으로 그렇지 않았는지는 모르지만 실제로는 퍽 이기적인 인간이었죠. 어렸을 때 저는 무엇이 올바른 것인가를 배웠어요. 하지만 제 성격을 고치라는 충고를 받지는 못했습니다. 저는 훌륭한 원칙들을 배웠지만 오만과 자존심을 가지고 그 원칙들을 실천에 옮겨도 어느 누구도 탓하지 않았어요. 불행하게도 외아들로 태어나서(오랫동안 동생이 없었죠) 부모님들이 애지중지하며 기르셨어요. 부모님들은 퍽 인자하셨지만(특히 아버지는 인정이 많으시고 친절하셨죠) 저의 이기적이고 오만한 행동을 나무라시기는커녕 오히려 권하고 가르쳐주기까지 하셨지요. 우리 집안 사람들 외에는 아무에게도 신경을 쓰지 않고 다른 사람들은 모두 천하게 생각했는데, 그것은 적어도 그들의 지각과 가치는 제게 비하면 천하다고 생각했기 때문입니다. 여덟 살 때부터 스물 여덟 살이 된 지금까지 저는 언제나 그랬어요. 그리고 그것은 아직도 나의 가장 소중하고 사랑스러운 엘리자베스 당신 이외의 사람들에게는 마찬가지일 겁니다. 제가 당신에게 무슨 빚이 있습니까? 당신이야말로 저에게 훌륭한 교훈이었지요. 당신 덕분에 저는 겸손해졌습니다. 저는 의례 환영해 주실 줄 알고 당신한테 찾아왔죠. 당신은 제가 좋아하는 여자를 기쁘게 해주기 위한 모든 겉치레가 얼마나 쓸데없는 것인가를 깨닫게 해주셨습니다."

"그 때 당신은 내가 그런 태도를 받아들일 것이라고 생각하셨나요?"

"물론이죠. 당신은 내 허영심을 어떻게 생각하십니까? 그때 나는 당신이 나의 청혼을 원하고 있으며 기다리고 있다고 생각하고 있었죠."

"저의 태도는 정말 나빴어요. 그러나 일부러 한 것은 아니에요. 전 결코 당신을 속이려고는 생각지 않았어요. 하지만 제마음은 곧잘 비뚤어지곤 한답니다. 그날 저녁 이후로 당신이 얼마나 저를 미워했을까요?"

"미워했다고요? 처음에는 좀 화가 났죠. 그러나 곧 적당한 방향으로 제 감정이 흐르기 시작했습니다."

"펨벌리에서 만났을 때는 저를 어떻게 생각하고 계시는지 물어볼 수도 없었어요. 속으로 저를 나무라고 계셨지요?"

"아닙니다. 난 단지 놀랐을 뿐입니다."

"당신이 저를 친절하게 대해주시는 걸 보고 저는 당신 이상으로 놀랐어요. 저는 양심상 당신의 지나친 공손한 대접을 받으리라고는 꿈에도 생각지 못했어요."

"그 때의 내 목적은 최선을 다해 모든 것에 예의를 지켜서 내가 지난 일 따위에 원한을 품는 비겁한 인간이 아니라는 걸 당신에게 보여주고 싶었던 것입니다. 그리고 당신의 용서를 구하고 나쁜 감정을 적게 하고 당신이 나무랐던 점을 고쳤다는 사실을 당신이 알도록 하고 싶었습니다. 언제 다른 감정이 내 마음에 떠올랐는지는 저도 잘 모르겠어요. 아마 당신을 보고 한 30분쯤 후에 그런 감정이 생겼을 거예요."

그리고 다아시 씨는 조지아나가 엘리자베스를 알게 된 것을 아주 기뻐하고 있으며, 갑자기 일이 생겨서 그들의 만남을 방해하게 된 것에 아주 실망을 하고 있다는 이야기를 했다. 그 뒤로 이야기는 자연스럽게 방해의 원인이 되었던 일로 이어졌는데, 곧 그녀는 다아시 씨가 자기의 동생을 찾아야겠다고 그 여관을 떠나기 전부터 결심하고 있었고, 그곳에서 그가 씁쓸한 표정을 지으며 생각에 잠겨 있었던 것은 다아시 씨가 그런 결심을 한데서 오는 번뇌에 잠겼기 때문이라는 것을 알게 되었다.

엘리자베스는 다시 고맙다는 말을 했다. 그러나 그 이야기는 서로 더 이상 말할 필요도 없는 괴로운 화제였다.

이렇게 한가하게 수 마일을 걸어가면서도 그들은 아무것도 의식하지 못하고 있었다. 그들은 시계를 들여다보고 나서야 비로소 집에 가 있어야 할 시간이라는 것을 알게 되었다.

'빙리 씨와 제인은 어떻게 될까?' 라는 것이 자기들의 일을 얘기하게 된 동기가 되었다. 그는 그들의 약혼을 기뻐했다. 사실은 빙리 씨가 그 소식을 재빨리 그에게 알려주었던 것이다.

"놀라셨나요?"

엘리자베스가 물었다.

"천만에요. 내가 떠나 있을 때 머지않아 그렇게 될 거라고 생각했었습니다."

"말하자면 허락을 하겠다는 건가요? 저도 짐작했어요."

그 말에 다아시 씨는 아니라고 소리쳤으나 엘리자베스는 그것이 사실이었다는 것을 알았다.

"런던으로 떠나기 전날 밤에 오래 전부터 마음먹었던 걸 빙리에게 고백했죠. 그 동안 일어났던 일을 전부 얘기했습니다. 내가 그 친구 일에 간섭한 것이 어리석고 주제넘었다는 걸 말이에요. 빙리는 무척 놀라더군요. 그런 줄은 전혀 모르고 있었으니까요. 난 또 제인 양이 빙리에게 애정이 없다고 생각한 건 잘못이었다고 말했죠. 그런데다 제인 양에 대한 빙리의 애정이 조금도 식지 않은 것을 쉽게 알 수 있었기 때문에 그 두 사람의 행복은 확실하다고 생각했습니다."

다아시 씨가 말했다.

엘리자베스는 다아시 씨가 친구를 생각하는 모습이 몹시 담백한 것을 보고 미소를 금할 수가 없었다.

"직접 관찰해 보시고 말씀하신 건가요? 언니가 그 분을 사랑한다고 말씀하셨다니 말이에요. 지난 봄에 제가 말씀드린 것만 가지고 그렇게 짐작하신 건 아닌가요?"

엘리자베스가 물었다.

"제 눈으로 보고 알았죠. 최근에 제인 양을 여기에 두 번 와서 보지 않았습니까? 그 때 유심히 관찰해 봤거든요. 빙리에 대한 제인 양의 애정은 틀림없는 것입니다."

"그럼, 그렇게 확신하셨으면 빙리 씨도 그렇게 믿고 계시겠군요?"

"그렇죠. 빙리는 꾸미는 데가 없고 겸허하죠. 너무 수줍어서 몹시 걱정스러운 일에 대해서는 자기 자신의 판단을 신뢰하지 못하거든요. 그러나 내 말은 믿습니다. 한 가지 그에게 고백해야만 할 일이 있었는데 이거야말로 한동안 그 친구를 화나게 했죠. 일리가 있는 일이었으니까요. 저는 제인 양이 지난 겨울 석 달 동안 런던에서 보내셨다는 사실을 숨길 수가 없었습니다. 나는 그 사실을 알고 있으면서 일부러 친구에게 말하지 않았으니까요. 빙리는 화를 내더군요. 그러나 그 노여움은 그리 오래가지 않았습니다. 제인 양의 애정에 의심을 품었던 것보다는 말이에요. 이제는 그 친구도 내 잘못을 다 용서한 셈입니다."

엘리자베스는 빙리 씨가 아주 유쾌한 친구이며 쉽사리 남의 말에 이끌리는 사람이기 때문에 그의 가치가 더욱 소중한 것이라는 말을 하고 싶었으나 그만두었다. 다아시 씨야말로 남에게 농담조의 말을 들어본 적이 아직 없으며 그러기엔 좀 이르다고 생각했기 때문이다. 설사 자기의 행복보다는 못할지라도 빙리는 행복하게 될 것이라고 예측하면서, 그는 집에 도착할 때까지 이야기를 계속했다. 현관에 들어서자 그들은 헤어졌다.

59

"얘, 엘리자베스, 어디 갔었니?"

엘리자베스가 방으로 들어서자마자 제인이 물었다. 다른 사람들도 그녀가 식탁에 앉자 모두들 이렇게 물었다. 엘리자베스는 다만 걷다 보니까 자기도 모르게 이리저리 돌아다녔다고 대답해 버렸다. 이렇게 말할 때 그녀의 얼굴이 약간 붉어졌다. 그러나 그렇다고 해서 그들에게 사실을 의심할 만한 근거는 없었다.

그날 밤은 아무 일 없이 조용한 가운데 지나갔다. 이미 인정을 받은 연인들은 서슴없이 이야기를 나누며 즐거워했다. 아직 공인을 받지 못한 연인들은 침묵을 지키고 있었다. 다아시 씨는 행복감이 희열과 함께 넘쳐흐르는 그러한 성격의 사람은 아니었다. 그리고 엘리자베스는 들뜨고 흥분했으나 자신이 행복하다는 것을 인식하고 나서야 비로소 행복감에 젖었다. 사실 어색한 이러한 자리는 고사하고 그녀의 앞에는 다른 어려운 일들이 놓여 있었다. 그녀는 자기의 처지가 알려진다면 집안에서 어떻게들 생각할 것인가를 예측할 수 있었다. 제인을 제외하고는 그 사람을 좋아할 사람은 아무도 없었다. 심지어는 다른 문제와 더불어 그의 재산과 사회적인 지위가 어느 정도 손상을 입을지도 모른다는 생각에 이르러서는 싫다 못해 불안하기조차 했다.

저녁에 그녀는 제인에게 마음을 털어놓았다. 제인은 여간해서 남을 의심하지 않는 성질이었지만 이 점은 도무지 믿을 수가 없었던 모양이다.

"농담이겠지, 엘리자베스. 될 법이나 한 소리니? 다아시 씨와 약혼한다고! 괜히 날 속이지 마, 이건 정말 말도 안 되는 소리야."

"그런 말 말아, 언니. 난 언니만을 믿고 있었어. 언니가 내 말을 믿지 않는다면 누가 날 믿어준단 말이야. 정말 난 진정이야. 내가 왜 거짓말을 하겠어? 그 분은 아직도 날 사랑해. 우린 약혼할 거야."

제인은 그녀를 의심스러운 눈으로 바라보았다.

"오, 엘리자베스! 그건 안 될 소리야. 넌 그분을 얼마나 싫어했니?"

"언니는 아무것도 몰라. 싫어한 건 옛날 얘기야. 그 때야 지금보다는 덜 사랑했지. 하지만 지나간 일을 일일이 기억하고 있는 건 좋지 않아. 이번을 끝으로 다시는 지나간 일을 기억하지 않겠어."

제인은 여전히 어리둥절해했다. 엘리자베스는 조금 전보다도 더욱 심각하게 자신의 진실을 언니에게 확인시켰다. 이를 듣고 제인이 소리쳤다.

"맙소사. 정말 그럴 수가 있니? 하지만 네 말을 믿을 수밖에. 애, 엘리자베스, 난 저……, 축하한다. 하지만 정말……. 이런 걸 물어봐서 안 됐다만……. 그분하고 정말 행복할 자신 있니?"

"문제없어. 이 세상에서 가장 행복한 부부가 되기로 둘이 약속했거든. 언니도 기쁘지? 어때, 그 분이 동생의 남편감으로 괜찮을 것 같아?"

"괜찮다 뿐이니. 빙리 씨도 나에게 이 이상의 기쁨을 줄 수는 없어. 하지만 우리는 불가능하다고 생각하고 그 얘길 했단다. 그래 정말 넌 그분을 사랑하니? 애, 엘리자베스, 애정 없는 결혼은 절대 해서는 안 된다. 정말 너 자신 있니? 네가 할 일을 잘 아느냐 말이야."

"그야 물론이지. 내가 해야 되는 것 이상으로 잘 알고 있다는 것만 알아둬. 내가 얘길 다 해줄 테니."

"그건 무슨 소리야?"

"얘길 해야겠군. 나는 빙리 씨보다 다아시 씨를 더 사랑해. 언니가 화낼 테지만."

"애, 제발 농담 좀 하지 마. 난 진심으로 얘기하고 싶어. 어서 궁금한 걸 다 얘기해줘. 도대체 언제부터 그 분을 사랑하게 되었니?"

"조금씩 진전된 거니까 언제부터 시작됐는지는 몰라. 그렇지만 펨벌리에서 그 분의 아름다운 정원을 처음 구경했을 때부터일 거야."

그러나 진지하게 얘기해 달라는 또 한 번의 제인의 간청 때문에 엘리자베스는 자기의 애정을 엄숙하게 확언함으로써 제인의 궁금증을 해결해 주었다. 이 문제에 대해 확신을 갖게 된 제인은 이제 더 바랄 것이 없었다.

"이젠 안심했다. 나와 마찬가지로 너도 행복하게 될 테니까 말이야. 난 항상 그분을 높게 평가했었어. 너에 대한 그분의 사랑만 아니라면 언제까지나 그분을 동경했겠지만, 이제 빙리 씨의 친구요, 또 네 남편이 된다니 나한테는 빙리 씨와 너만이 소중하지. 하지만 엘리자베스야, 넌 앙큼스럽지 뭐냐. 나한테 한 마디도 하지 않고. 넌 펨벌리와 램턴에서 일어난 일에 대해 나한테 별로 얘기한 게 없지 않니! 모두 다른 사람들한테서 들은 얘기뿐이야."

제인이 말했다.

엘리자베스는 비밀로 할 수밖에 없었던 이유를 언니에게 이야기했다. 그녀는 빙리 씨에 관한 이야기를 언니에게 하고 싶지 않았고, 불안한 상태에 있는 자신의 감정이 역시 다아시 씨의 이름을 피하게 만들었던 것이라고 말했다. 그러나 이제 와서는 리디아의 결혼에 대한 그의 공로를 숨기려 하지 않았다. 제인은 모든 일을 알게 되었으며 그날 밤의 절반은 이야기를 주고받는 데 보냈다.

"맙소사!"

다음날 아침 창가에 서서 베넷 부인이 외쳤다.

"제발 저 기분 나쁜 다아시 씨가 다시는 우리 빙리 씨하고 같이 오지 말았으면 좋겠어. 날마다 오다니 귀찮은 일이야. 제발 사냥이든 뭐든 좋으니까 밖으로 나가서 우리 옆에 붙어 있지 않았으면 좋겠어. 불편하기 짝이 없거든. 엘리자베스, 네가 한 번 같이 나가거라. 빙리 씨에게 방해가 되지 않도록 말이야."

엘리자베스는 어머니가 이런 좋은 기회를 만들어주는 것이 우스웠지만 어머니가 늘 그를 못마땅해 하는 것은 마음 아팠다.

빙리 씨는 다아시 씨와 함께 들어오자마자 베넷 부인을 의미심장하게 바라보았다. 그리고 열렬하게 그녀와 악수를 했다. 그것은 좋은 소식을 가져왔다는 표시였다. 빙리 씨는 얼마 안 있다가 큰 소리로 말했다.

"베넷 부인, 이 근방에 엘리자베스 양이 오늘 또 길을 잃을 만한 좁은 길이 없습니까?"

"저, 다아시 씨하고 엘리자베스, 그리고 키티는 말이야 오늘 아침엔 오컴 산으로 산책을 하렴. 다아시 씨, 산책길로는 걸을 만할 거예요. 아마 처음 보실걸요."

베넷 부인이 말했다.

"두 분에게는 좋을지 모르지만 키티에게는 힘들 거예요. 키티, 안 그래?"

빙리 씨가 말했다. 키티는 차라리 집에 있겠다고 대답했다. 다아시 씨가 산에서 경치를 바라보고 싶다고 말하자 엘리자베스는 잠자코 동의했다. 그리고 준비를 하기 위해 이층으로 올라가자 베넷 부인이 따라오며 말했다.

"엘리자베스, 네게는 안 됐다. 저 기분 나쁜 사람을 네가 억지로 떠맡아야 되니 말이야. 하지만 괜찮겠지? 다 제인을 위해서야. 네가 구태여 그에게 말을 걸려 애쓸 필요는 없으니까. 이따금 몇 마디씩만 하면 돼. 그러니 너무 어렵게 생각진 마라."

그들은 산책하는 동안 저녁 안으로 베넷 씨의 허락을 받기로 결정지었다. 어머니 쪽은 엘리자베스가 맡기로 했다. 그녀는 어머니가 어떻게 생각할지 예측할 수가 없었다. 다아시 씨의 전 재산과 위엄이 그에 대한 어머니의 증오를 억제시킬 수 있을지는 의심스러운 일이었다. 그러나 어머니가 이 혼담을 맹렬히 반대하든 혹은 맹렬히 기뻐하든간에 어머니의 태도가 세련되지 못할 것은 당연한 일이었다. 그리고 그녀는 다아시 씨가 어머니의 맹렬한 반대보다는 맹렬한 환희의 외침을 듣게 되도록 해야 한다는 생각밖에는 아무것도 생각할 수가 없었다.

저녁에 베넷 씨가 서재로 들어간 뒤 곧 다아시 씨가 일어나서 뒤따라 나가는 것을 엘리자베스는 보았다. 그것을 본 그녀는 몹시 마음이 설레었다. 그녀는 아버지의 반대를 염려하지는 않았으나 아버지가 불행하게 되지는 않을까, 또 아버지의 귀여운 딸인 자기가 남자를 선택함으로써 아버지를 슬프게 하고 딸을 시집보내는 데 있어서 아버지의 마음을 불안과 아쉬움으로 가득 차게 해드리지는 않을까 하고 괴로운 심정으로 곰곰이 생각해 보았다. 이렇게 비참한 마음으로 앉아 있는데 다아시 씨가 다시 나타났다. 그가 미소를 띤 것을 보자 엘리자베스는 다소 마음이 놓였다. 조금 있다가 그는 키티와 같이 앉아 있는 엘리자베스의 테이블로 다가왔다. 그리고 그녀의 뜨개질을 칭찬하는 척하면서 조그만 소리로 말했다.

"아버님께 가보세요. 서재에서 부르십니다."

엘리자베스는 곧바로 방을 나갔다.

베넷 씨는 근심스러운 표정으로 방안을 왔다갔다하고 있었다.

"엘리자베스, 어떻게 된 영문이냐? 정신 나갔니? 이런 사람을 받아들이다니. 넌 늘 그 사람을 미워하지 않았니?"

그가 엘리자베스를 보자 말했다.

그 때 엘리자베스는 그 전의 자기 의견이 더 사리에 맞고 자기 표현이 더 온당했었더라면 하고 얼마나 진심으로 바랐던가! 그랬다면 이렇게 어색한 해명과 고백은 하지 않아도 될 것이 아닌가! 그러나 지금은 그러한 해명이 필요했다. 그래서 그녀는 약간 당황하며 자기도 다아시 씨를 사랑한다는 것을 아버지에게 분명히 이야기했다.

"다시 말해 그 사람을 붙잡기로 결심했단 말이지? 그 사람은 부자이니까 네 언니보다 좋은 옷도 많이 입을 수 있을 거고, 훌륭한 마차도 타게 될 거란 말이지. 그러나 그것만으로 행복하겠니?"

"제게 애정이 없다고 믿으시는 모양인데, 그것 말고 다른 이의는 없으세요?"

엘리자베스가 말했다.

"다른 건 없다. 우리는 모두 그가 오만하고 불쾌한 부류의 인간이라는 걸 잘 알고 있지 않니? 하지만 네가 정말로 그 사람을 사랑한다면 그런 건 문제가 안 돼."

"전 그 사람이 좋아요. 그를 사랑해요. 사실 그 사람은 부당하게 오만을 떠는 건 아니에요. 아주 인자해요. 아버지는 그 사람이 정말 어떤 사람이라는 걸 잘 모르세요. 그러니까 그 사람을 나쁘게 말씀하셔서 저를 괴롭히지 말아 주세요."

엘리자베스가 눈물이 맺힌 눈으로 대답했다.

"엘리자베스, 그 사람한테 허락했다. 겸손하게 청했기 때문에 나로서는 도저히 거절할 수 없도록 만드는 그런 종류의 사람이더라. 이제 네가 확실히 그 사람하고 결혼하기로 결심했다면 너한테도 허락하겠다. 그러나 좀더 잘 생각해 보는 게 좋아. 난 네 성격을 잘 안다. 네가 네 남편을 진심으로 존경하지 않으면 행복할 수도 없고 훌륭하게 될 수도 없다는 걸 난 잘 알아. 네가 우러러보는 사람이라야 되지. 넌 너무 재주가 많아서 네게 어울리지 않는 결혼을 할 경우 몹시 위험한 처지에 놓일 염려가 있다. 그러다간 불명예와 비참함에서 빠져나오지 못해. 애, 제발 네가 남편을 존경할 수 없게 되는 걸 보는 슬픔을 이 아비가 맛보지 않도록 해다오. 넌 네가 무엇을 하려고 하는 잘 모르고 있어."

아버지가 말했다.

엘리자베스는 더욱 감동되어 진정으로 엄숙하게 대답했다. 그래서 마침내 다아시 씨가 정말 자기 남편감이라는 것을 거듭 확신시킴으로써, 또 그를 존경하는 가운데 자기가 정신적으로 점점 변했다는 것을 설명함으로써, 또 그의 애정은 하루 아침에 생긴 것이 아니라 여러 달 동안 시험해본 결과라는 확실성을 이야기함으로써, 또 그의 장점을 끈기 있게 늘어놓음으로써 드디어 아버지가 의심을 풀고 그들의 결혼에 동의하게 만들었다. 딸의 말이 끝나자 아버지가 말했다.

"알았다. 더 할 말도 없다. 사정이 그렇다면 네게 맞는 배필이지. 사실 너보다 못한 자리로 너를 시집보낼 수는 없었어."

엘리자베스는 다아시 씨의 인상을 더욱 좋게 하기 위해서 그가 자진해서 리디아에게 베푼 친절에 대해 아버지에게 이야기했다. 아버지는 놀라며 딸의 말을 들었다.

"이거 참 놀라운 밤이로구나. 그래 모든 걸 그가 했단 말이지? 짝을 지어주고 돈을 주고 친구의 빚을 갚아주고 장교로 만들어주고. 잘 됐다. 물심양면의 걱정거리가 없어지는 셈이로구나. 네 외삼촌이 돈을 치렀다면 갚아야 되고 사실 갚으려고 했지. 그런데 이 맹렬한 연인들이 다 저희 마음대로 일 처리를 해놓은 것이었구나. 내일 그 돈을 갚겠다고 말해야겠다. 그럼 그 친군 너를 사랑하노라고 한바탕 신파극을 벌일 테지. 그러면 일은 그걸로 끝나는 거란 말이야."

그리고 그는 2, 3일 전 콜린스 씨의 편지를 읽었을 때 엘리자베스가 당황해하던 것을 회상했다. 그는 잠깐 딸을 보고 미소를 지은 다음 그만 나가보라고 말했다. 딸이 방에서 나가려 하자 그는 이렇게 말했다.

"어떤 청년이고 메리나 키티를 달라고 오거든 들여보내라.

아주 한가하니 말이야."

엘리자베스의 마음은 이제 무거운 짐에서 벗어난 것 같았다. 그래서 자기 방에서 30분 동안 조용히 생각에 잠긴 뒤에 아주 침착한 태도로 다른 식구들과 어울릴 수가 있었다. 모든 것이 새로운 기쁨이었으나 그날 밤은 조용히 지나갔다. 이제는 물질적인 고통은 없었다. 그리고 얼마 안 있으면 오직 안락과 친밀함 속에서 맛보는 위로만이 찾아올 것이다.

그녀의 어머니가 저녁에 침실로 올라가자 엘리자베스는 뒤쫓아 올라가서 이 중요한 이야기를 했다. 그 효과는 아주 특별했다. 어머니는 처음에 그 말을 듣자 가만히 앉아서 말 한마디 없었다. 그러나 자기가 들은 것을 이해하는 데는 그리 많은 시간을 필요로 하지 않았다. 물론 자기 가족에게 이익이 된다는 것과, 그것이 그들 가족 중의 누구의 애인이라는 이름으로 날아 들어온다는 것을 모를 정도로 둔하지는 않았다. 드디어 베넷 부인은 마음을 진정시키기 시작했다. 그러나 의자에 앉은 채 가만히 있지를 못하고, 일어났다 앉았다 경탄했다가 성호를 그으며 신의 축복을 빌었다.

"맙소사! 어쩌면! 생각해 보렴! 아니, 다아시 씨라고! 누가 그런 생각을 했겠니? 그런데 정말이라고? 애, 엘리자베스, 넌 돈더미 위에 올라앉게 됐구나! 용돈이다, 보석이다, 마차다, 네 마음대로겠지! 제인은 비교도 안 된다. 문제가 안 돼. 참 기쁘다. 아주 행복해. 얼마나 멋있는 남자냐 말이야! 잘 생겼지, 키가 훤칠하지. 엘리자베스, 내가 너무 미워해서 미안했다고 대

558

신 사과해다오. 그 사람은 그런 건 문제시하지 않겠지. 귀여운 엘리자베스! 런던에 집을 지니게 되고! 얼마나 멋있니! 딸 셋이 결혼이라! 일 년에 만 파운드야! 오, 하느님. 난 어떻게 되는지? 정신이 아득해진다."

이것은 베넷 부인의 승낙을 의심할 필요가 없다는 것을 증명하기에 충분했다. 엘리자베스는 이런 말을 자기 혼자만 들은 것을 다행스럽게 생각하며 조금 뒤에 방에서 나왔다. 그러나 그녀가 자기 방으로 가서 채 3분도 되기 전에 어머니가 따라왔다.

"애야. 다른 건 생각할 필요도 없다. 일 년에 만 파운드가 어디냐? 더 될지도 모르지. 희한하지 뭐니! 특별 면허야. 넌 특별 면허 결혼을 하는 거야! 애, 그런데 다아시 씨가 무슨 음식을 특별히 좋아하니? 내일은 그 음식을 만들어야겠다."

이것은 그 신사에 대한 어머니의 처신을 걱정스럽게 만드는 슬픈 조짐이었다. 다행스럽게도 엘리자베스는 다아시 씨의 가장 열렬한 애정 속에 있었고 식구의 동의도 틀림없이 얻었으나 그것만으로는 부족한 느낌이 들었다. 그러나 다음날은 생각했던 것보다 유쾌하게 지나갔다. 왜냐하면 베넷 부인은 다행히 사위가 될 사람의 위엄에 눌려 있었기 때문에 그에게 함부로 말을 걸지 못했고, 기껏해야 자기 쪽에서 친절을 베풀고 상대편의 의견에 경의를 표할 따름이었기 때문이다.

엘리자베스는 자기 아버지가 다아시 씨와 사귀려고 애쓰는 것을 보고 마음이 흡족했다. 이윽고 얼마 후에 베넷 씨는 다아시 씨가 볼수록 훌륭한 사람이라고 그녀에게 확언했다.

"사위란 사위는 모두 훌륭해."

하고 베넷 씨는 말했다.

"아마 위컴이 제일 맘에 들 거야. 그러나 제인의 남편도 마찬가지고 네 남편도 무척 좋아질 것 같다."

60

엘리자베스의 기분은 얼마 안 가서 다시 명랑해졌다. 그녀는 다아시 씨가 애초에 자기를 어떻게 사랑하게 되었는지 자세히 설명해 주기를 원했다.

"어떻게 시작됐어요? 일단 시작하면 멋있게 진행시키는 건 이해할 수 있어요. 하지만 첫째로 무엇이 그렇게 시작하도록 만들었을까요?"

엘리자베스가 물었다.

"시작의 토대가 된 시간이라든지 장소, 얼굴 표정, 말, 이런 건 확실치 않아요. 벌써 오래된 일이니까. 한참 후에야 내가 그랬었구나 하는 걸 알았죠."

"처음에는 제 용모에 좀처럼 안 넘어가셨죠. 그리고 제 태도로 말하면, 특히 당신에 대한 제 태도는 버릇이 없을 정도였어요. 뿐만 아니라 당신과 얘기할 때는 으레 고통을 주려고 했거든요. 그런데 이건 농담이 아닌데요, 저의 무례한 태도 때문에 좋아하게 되셨나요?"

"당신 마음이 명랑했기 때문이지요."

"그냥 무례했다고 말씀하셔도 괜찮아요. 별로 차이도 없으니까요. 사실 당신은 은근함이나 겸손, 친절함에 지쳐 있었을 거예요. 당신에게 칭찬받고 싶다는 일념으로 말을 하고 겉모습을 꾸미고 생각하는 여자들에게 싫증이 나셨던 거예요. 그런데 저는 그런 사람들과 전혀 달랐기 때문에 당신 마음이 움직여서 흥미를 갖게 된 거예요. 당신이 진정으로 다정한 분이 아니셨다면 그런 나를 싫어하셨을 거예요. 당신은 감추려고 여러 가지로 고심하셨지만, 당신의 감정은 언제나 품위 있고 옳았기 때문에 마음속으로는 당신의 사랑을 얻으려 초조해하는 여자들을 완전히 경멸하고 계셨던 거예요. 자, 당신이 설명하는 수고를 제가 덜어드렸어요. 아무리 생각해봐도 이게 가장 타당한 생각 같아요. 당신은 이렇다 할 만한 저의 좋은 점을 모르고 계시는 것 같지만, 사랑에 빠질 때는 모두 그런 일에는 신경을 쓰지 않죠."

"제인이 네더필드에서 병에 걸렸을 때, 당신의 그 사랑에 넘치던 행동에는 좋은 점이 하나도 없었던 걸까요?"

"아! 사랑스러운 제인. 그 사람을 위해서라면 누구라도 그정도의 일을 하지 않고는 못 견딜 거예요. 하지만 그것을 제 덕이라고 생각하신다면 제게도 기쁜 일이죠. 저의 장점은 당신의 보호 아래 있고, 당신은 그것을 가능한 한 과장하시려 하고 있어요. 그리고 그에 대한 보답으로 저는 기회가 있을 때마다 당신을 괴롭히고, 싸움을 걸려 하고 있어요. 그러니 이번에도 망설이지 않고 시작하겠는데, 당신은 그렇게 주저하시면서도 왜 결혼 얘기를 꺼내신 거죠? 처음으로 오셨을 때, 그리고 만찬에 초대를 받아 오셨을 때 왜 그렇게 저를 무서워했던 거죠? 특히, 전에 찾아오셨을 때 왜 그렇게 제게 무관심한 척했던 거죠?"

"당신이 괴로운 얼굴로 한마디도 하지 않고 관심을 가져주지 않았기 때문이에요."

"하지만 전 어떻게 해야 좋을지 몰랐어요."

"나도 그랬어요."

"만찬에 오셨을 때에는 얘기라도 더 할 수 있지 않았어요?"

"감정이 메마른 사람이라면 그럴 수도 있었겠죠."

"당신은 이치에 맞는 대답만 하시고 난 또 그걸 받아들여야만 하니 슬픈 일이로군요. 하지만 당신을 혼자 내버려두었다면 얼마나 오래 끌었을지 궁금해요. 내가 물어보지 않았다면 결코 말씀하시지 않았을 거예요. 리디아에게 친절을 베푸신데 대해 감사드리기로 결심한 것이 큰 효과를 가져왔죠. 지나친 효과에요. 우리들의 마음이 파혼하는 것으로 편안해진다면 애정의 의리는 어떻게 되죠? 그 문제에 대해서는 말하지 말 걸 그랬어요. 해서는 안 될 소리죠."

"마음 쓰지 말아요. 우리들의 애정 문제는 잘 해결될 테니까. 우리를 갈라놓으려고 하는 캐서린 부인의 도리에 어긋나는 노력은, 결과적으로 내 모든 의문을 풀어주는 역할을 했습니다. 내가 지금 행복한 것은 자꾸 나한테 감사하고 싶어하는 당신의 희망 때문은 아니에요. 난 그런 말을 기대하지 않았으니까. 나의 이모님의 전언은 나한테 희망을 주었거든요. 그래서 난 당장 모든 걸 알아보기로 결심했죠."

"캐서린 부인은 우리에게 아주 유익한 일을 많이 해주신 셈이군요. 그것으로 그분은 행복하실 거예요. 남에게 도움이 되는 걸 좋아하시니까. 그런데 네더필드엔 왜 오셨죠? 겨우 롱본에 말이나 타고 와서 당황해하시려고 오신 건가요? 아니면 좀 더 중요한 일 때문에 오신 건가요?"

"진짜 목적은 당신을 만나기 위해서였소. 그리고 당신이 나를 사랑하게 만들 수 있을지 없을지 판단해보기 위해서였소. 그리고 내 공공연한 목적은, 말하자면 나 혼자 마음먹은 것은, 제인 양이 아직도 빙리를 사모하고 있는지에 대해서 알고 싶은 것이었소. 그리고 만일 그렇다면 빙리에게 고백하려고 했소. 사실 그 후에 하긴 했지만."

"캐서린 부인에게 무슨 일이 일어날지 알려드릴 만한 용기가 있으세요?"

"용기보다는 시간이 필요할 것 같소. 그러나 결국 알려드려야지요. 편지 한 장만 주면 당장 쓰리다."

"제게도 편지 쓸 데가 없다면 당신 옆에 앉아서 전에 어떤 여자가 그랬던 것처럼 저도 당신이 글씨를 잘 쓴다고 칭찬이나 해주고 싶군요. 그러나 저한테도 외숙모님이 계세요. 오랫동안 편지를 드리지 않으면 야단맞죠."

다아시 씨와의 친교가 과대평가되어 온 것을 고백하기가 싫었기 때문에 엘리자베스는 가디너 부인의 긴 편지에 대한 답장을 아직 보내지 않고 있었다. 그러나 이제 축하 받을 만한 소식이 생긴데다가 외삼촌 부부가 편지를 기다리느라 사흘 동안이나 걱정했을 것을 생각하고 몹시 미안해진 그녀는 즉시 다음과 같이 편지를 썼다.

'외숙모, 일전에 여러 가지 문제에 대해 자세한 편지를 주셔서 감사해요. 진작 편지를 드렸어야 했는데 사실은 마음이 내키지 않아 쓰지 못했어요. 외숙모께서는 사실 이상으로 상상하셨겠죠. 그러나 지금은 마음대로 상상하셔도 좋아요. 공상의 고삐를 놓으시고 상상의 날개를 타고 무한히 날아올라도 좋습니다. 그리고 제가 실제로 결혼했다고만 생각지 않는다면 그 외엔 아무렇게나 생각하셔도 그다지 틀리지는 않을 거예요. 빠른 시일 내에 다시 편지 주시고, 지난번에 하신 것보다도 훨씬 더 그를 칭찬해 주세요. 호수 지방으로 가지 않은 것에 거듭 감사드립니다. 그렇게 가고 싶어하다니 저도 어리석었죠. 망아지에 대한 얘기는 기쁜 일이군요. 날마다 정원을 돌아다니겠어요. 저는 누구보다도 행복한 여자예요. 다른 사람들도 전에 한 번쯤은 그런 말을 한 적이 있었겠지만 저처럼 거짓말 하나 안 보태고 정말 행복했던 여자는 없었을 거예요. 전언니보다도 행복하니까요. 언니는 미소를 지을 뿐이지만 저는 큰 소리로 웃거든요. 다아시 씨가, 제게서 떼어갈 수 있는 한

의 모든 사랑을 다 외삼촌 내외분께 보내드린대요. 크리스마
스에는 펨벌리로 모두 오셔야 해요.

그럼 이만 줄이겠어요.'

케서린 부인에게 보내는 다아시 씨의 편지는 스타일이 달랐
다. 그리고 베넷 씨가 콜린스 씨에게 쓴 회답 역시 엘리자베스
와 다아시 씨의 편지와는 스타일이 또 달랐다.

'삼가 아룁니다. 축하를 받기 위해 한 번 더 폐를 끼쳐야겠
습니다. 엘리자베스는 곧 다아시의 아내가 될 것입니다. 귀하
께서 캐서린 부인을 위로해 주시기 바랍니다. 그러나 내가 만
일 당신이라면 다아시 편을 들겠습니다. 어느 면으로 보나 그
는 출중한 인물이니까요.

그럼 이만.'

다가오는 오빠의 결혼에 대한 빙리 양의 축하는 애정에 넘
친 것이기는 했으나 성의가 없었다. 그녀는 제인에게도 두 사
람의 결혼을 정말로 기쁘게 생각한다는 편지를 보내고 전과
마찬가지로 말뿐인 인사치레를 늘어놓았다. 제인은 이런 것에
속지는 않았지만 감동을 받았으며, 그녀에 대한 어떠한 기대
도 갖고 있지 않았지만 분수에 넘칠 정도로 친절한 답장을 보
냈다.

자기 오빠의 결혼 소식을 들은 다아시 양의 기쁨은 오빠만

큼이나 진지한 것이었고 편지의 내용 역시 그러했다. 자신의 모든 기쁨과 또 올케 언니에게 사랑을 받고 싶다는 열렬한 희망을 다 적기에는 편지지 넉 장이 모자랄 지경이었다.

콜린스 씨에게서 회답이 오기 전에, 또 샬럿으로부터 엘리자베스에게 축하의 편지가 오기 전에, 롱본 가족은 콜린스 씨 내외가 루카스 저택에 왔다는 소식을 들었다. 이렇게 갑작스럽게 오게 된 이유는 곧 명백해졌다. 캐서린 부인이 조카의 편지를 보고 몹시 화를 냈기 때문에 엘리자베스의 결혼을 기뻐하는 샬럿으로서는 일대 소동이 가라앉을 때까지 그곳을 떠나 있고 싶었던 것이다. 이러한 때에 친구를 만난다는 것은 엘리자베스에겐 매우 기쁜 일이었다. 그러나 그들이 만나는 가운데 콜린스 씨가 다아시 씨에게 아부하는 듯한 예의를 일부러 나타내려고 하는 것을 볼 때에는, 친구를 만나는 기쁨이 그다지 쉽게 얻어지는 것만은 아님을 새삼 느꼈다. 그러나 다아시 씨는 감탄하리만큼 조용히 이를 참아냈다. 그는 윌리엄 경의 말까지도 가만히 듣고만 있었다. 윌리엄 경은 그가 이 고장의 가장 빛나는 보석을 데려가게 된 데 대해 온갖 칭찬을 한 다음 굉장히 점잔을 빼면서 성 제임스 궁전에서 자주 만나뵙기를 바란다는 희망을 표시했다. 그러나 그는 윌리엄 경이 그의 눈앞에서 사라지자 비로소 어깨를 움츠리며 불쾌한 듯한 몸짓을 했다.

필립스 부인의 예의 없는 태도는 그가 가장 견뎌내기 어려운 것이었다. 필립스 부인은 자기 언니와 마찬가지로 마음 좋은 빙리 씨하고 친밀하게 이야기를 나누었지만 다아시 씨와는 그렇게 하는 것을 두려워했다. 그녀가 말할 때에는 언제나 비천하게 보였다. 그녀는 다아시 씨에 대한 존경심 때문에 다소 조용히 있기는 했지만 조금도 품위 있어 보이지는 않았다. 엘리자베스는 그가 그 두 사람에게 시선을 자주 주지 않도록 자기 쪽으로 주의를 끌려고 애를 썼다. 이런 데서 일어나는 모든 불안한 감정은 그가 사랑을 호소할 좋은 기회가 올 적마다 방해가 되곤 했지만, 한편으로는 앞날에 대한 희망을 갖는 데 도움이 되기도 했다. 그녀는 앞으로 이렇게 달갑지 않은 사람들과 헤어져서 펨벌리의 편안하고 훌륭한 가족과 파티에 갈 날만을 즐거운 마음으로 고대하고 있었다.

61

집안에서 가장 소중했던 두 딸이 결혼하던 날, 베넷 부인은 어머니로서 딸과 헤어져야 하는 섭섭함보다는 기쁜 마음을 금할 수가 없었다. 베넷 부인이 빙리 부인이 된 딸을 방문할 때 그 얼마나 기쁘고 자랑스러워했으며, 다아시 부인이 된 둘째 딸의 이야기를 할 때에는 또 얼마나 만족스럽고 행복했는지는 독자들이 상상할 수 있을 것이다. 나는 독자들에게 베넷 집안을 위해 다음과 같은 사실을 말하려 한다. 여러 딸들이 훌륭한 살림을 차리고 살기만을 열망했던 베넷 부인의 소원이 이루어졌기 때문에, 베넷 부인은 지각 있고 인자하고 교양 있는 부인으로 변모되었으며 나머지 여생을 그런 행복한 상태에서 보내게 되었다는 사실이다. 이처럼 특별한 집안의 경사를 기쁘게 생각지 않았을지도 모르는 그의 남편에게는, 오히려 베넷 부인이 가끔 신경질을 부리고 전처럼 어리석은 짓을 하는 편이 아마 더 행복했을지도 모른다.

베넷 씨는 둘째 딸을 몹시 보고 싶어 했다. 엘리자베스가 보고 싶어 견딜 수 없을 때면 그는 가끔 집을 나왔다. 그리고 펨벌리에(특히 아무도 그가 오리라고는 생각지 않을 때에) 가기를 좋아했다.

빙리 씨와 제인은 네더필드에서 겨우 열두 달밖에 머무르지 않았다. 제인처럼 성격이 온화하고 마음 착한 사람도 친정과 메리턴의 친척들과 너무 가까운 곳에 사는 것은 원치 않았던 것이다. 빙리 씨는 사랑하는 누이의 소원대로 다비셔와 인접한 주에 땅을 샀다. 그래서 다른 모든 행복을 갖춘 제인과 엘리자베스는 서로 30마일 떨어진 곳에 살게 되었다.

키티는 실질적으로 자기에게 유익하게 대부분의 시간을 두 언니네 집에서 보냈다. 자기가 평소에 접하던 사회보다 훨씬 고상한 상류사회에서 그녀는 굉장한 발전을 보였다. 그녀의 성격은 리디아처럼 그렇게 통제하기 어려울 정도는 아니었다. 그녀는 리디아와 같은 행위의 영향을 받지 못하게 되었다. 그녀는 적당한 주의와 조정에 의해 신경질이 줄어들었고 다소 총명해졌으며 좀더 세련되어졌다. 리디아로부터 나쁜 영향을 받지 않도록 행동을 금지당한 것은 물론이다. 위컴 부인이 된 리디아가 때때로 무도회나 젊은 남자들이 많으니까 와서 놀다 가라고 초대했지만 베넷 씨가 절대로 허락해 주지 않았던 것이다.

메리만이 혼자 집에 남아 있었다. 그러나 베넷 부인은 혼자 앉아 있을 수 없는 성미여서 메리를 계속 끌어냈기 때문에 제대로 자기의 취미를 살릴 수가 없었다. 메리는 사람들과 어울리지 않으면 안 되게 되었다. 이제 언니의 아름다움과 자기의 아름다움을 비교해봄으로써 고민하는 일이 없어졌기 때문에 아버지는 메리가 이런 변화에 기쁘게 순응해 가는 것이 아닌가 하고 생각했다.

위컴 씨와 리디아의 경우 그들의 성격은 언니들의 결혼을 보고도 아무런 변화가 없었다. 위컴 씨는, 엘리자베스가 전에는 자기의 망언과 거짓된 행실을 모르고 있었지만 이젠 그 모든 것을 다 알게 되었다고 생각했다. 그러나 자기의 나쁜 행실을 알더라도 다아시 씨가 여전히 자기를 도와주도록 설득시킬 수 있으리라는 희망을 버리지는 않았다. 리디아가 엘리자베스에게 보낸 결혼 축하 편지를 보면 그 자신은 조금도 그런 마음이 없다 하더라도 적어도 리디아는 그런 희망을 가지고 있다는 것을 알 수 있었다. 그 편지는 다음과 같았다.

'그리운 언니께, 결혼을 축하합니다. 만약 내가 위컴을 사랑하는 절반만큼만 형부를 사랑한다면 언니는 행복할 거예요.

언니가 그렇게 부잣집에 시집간 것을 생각하면 정말 마음이 흡족해요. 그리고 한가할 때에는 우리 생각도 해주세요. 그는 궁중에 아무 자리에라도 취직하기를 원하고 있어요. 우리는 남의 도움 없이는 살아갈 수가 없어요. 그저 일 년에 3, 4백 파운드 가량만 받을 수 있는 자리라면 충분할 거예요. 하지만 형부에게는 말하지 않는 편이 나을 거라고 생각된다면 말하지 마세요.

그럼 안녕히.'

엘리자베스는 확실히 남편에게 말하지 않는 편이 좋다고 생각했기 때문에 그런 것을 요구하거나 바라는 짓은 그만두라는 요지의 답장을 겨우 써서 보냈다. 그러나 엘리자베스는 자기의 개인적인 지출을 줄여가면서 할 수 있는 데까지는 힘껏 리디아에게 금전적인 도움을 주었다. 엘리자베스는 동생 내외가 뭐든지 사고 싶어하고 장래를 생각지 않는 성미이기 때문에 그 수입으로는 도저히 그들의 생활을 유지해 나갈 수 없다는 사실을 언제나 잘 알고 있었다. 그래서 그들이 숙소를 옮길 때마다 제인이나 엘리자베스는 집세를 치르는 데 보태 달라는 청구를 받아야 했다. 이러한 그들의 생활태도는 평화가 회복되어 군인들이 집으로 돌아오게 된 후에도 계속되었으므로 아주 불안정한 상태에 빠졌다. 그들은 값싼 집을 찾아 이곳저곳으로 이사를 다녔고 언제나 분수에 넘치게 돈을 썼다. 리디아에 대한 위컴 씨의 애정은 곧 무관심으로 변해 버렸다. 리디아의 사랑 역시 그보다 조금 더 지속되었을 뿐이다. 그리고 자기의 나이와 처지가 그러함에도 불구하고 자기의 결혼이 애초에 그에게 부여한 명예에 대해 모든 주장을 포기하지 않고 있었다.

다아시 씨는 위컴 씨를 절대로 펨벌리에는 오지 못하도록 했지만 엘리자베스를 위해 그의 직업을 얻어주는 데 많은 힘을 썼다. 리디아는 때때로 남편이 혼자 런던이나 바드에 놀러 갈 때면 펨벌리를 방문하곤 했다. 그러나 빙리 씨의 집에는 리디아 내외가 자주 방문해서 너무 늦게까지 자기 집으로 돌아가지 않곤 했기 때문에 결국에는 빙리 씨의 유쾌한 기분까지 망쳐놓아 은근히 가라는 암시까지 받을 정도가 되었다.

빙리 양은 다아시 씨의 결혼에 대해 몹시 화를 냈다. 그러나 펨벌리를 방문하는 권리를 버리지 않는 편이 현명하다고 생각했기 때문에 그런 모든 원한을 잊기로 했다. 전보다 조지아나를 더욱 좋아했고 전과 마찬가지로 다아시 씨에게 친절했으며 엘리자 베스에게 역시 이전에는 갖추지 못했던 예의를 모두 갖추게 되었다.

펨벌리는 이제 조지아나의 집이 되었다. 그리고 다아시 씨가 바라던 대로 시누이와 올케는 서로를 사랑했다. 조지아나는 엘리자베스의 세계를 전보다 더 높이 평가하게 되었다. 처음에는 엘리자베스가 명랑하게 장난기 어린 말투로 자기 오빠에게 말하는 것을 보고 근심될 정도로 놀란 적이 있었다. 그러나 지금은 자기에게 늘 존경의 대상이었던 오빠, 그래서 애정보다 존경심을 가지고 대했던 오빠가 이젠 터놓고 농담할 수 있는 대상이 되었다. 그녀는 전에는 생각조차 해본 일이 없는 새로운 지식을 얻었다. 엘리자베스의 가르침 때문에 조지아나는 차츰 오빠가 열 살이나 아래인 동생에게는 절대로 허락지 않을 농담을 아내와 주고받을 수 있다는 사실을 알게 되었다.

캐서린 부인은 자기 조카의 결혼에 대해 몹시 화를 내고 있었다. 그리고 너무나 솔직한 자기 성격을 이기지 못하여, 결혼을 알린 편지의 답장에다 매우심한 욕을, 특히 엘리자베스에 대한 욕을 써 보냈기 때문에 얼마 동안 이모님과의 왕래는 완전히 끊겨버리고 말았다. 그러나 엘리자베스의 권유로 그런 모욕을 다 무시해 버리라고 설득당한 다아시 씨는 다시 이모님에게 화해를 청하게 되었다. 그의 이모님은 조금 더 고집을 부리더니 조카에 대한 애착심에서인지 혹은 엘리자베스가 어떻게 처신하고 있는지 보고 싶어서인지 얼마 후에는 화가 모두 풀려서 고맙게도 그들을 보러 펨벌리까지 왔다. 이런 천한 아내를 맞아들였을 뿐만 아니라 그런 아내의 외숙모와 외삼촌이 다녀갔기 때문에 펨벌리의 숲이 더럽혀졌다고 생각했던 그녀 자신이 몸소 그곳으로 찾아왔던 것이다.

그들은 가디너 씨 부부와 언제나 가장 가깝게 지냈다. 다아시 씨는 엘리자베스와 마찬가지로 그들을 진심으로 사랑했다. 그리고 엘리자베스를 다비셔에 데려옴으로써 그들을 맺어준 두 분에 대해 그들 부부는 언제나 변함없는 깊은 감사의 마음을 간직하고 있었다.

■ 제인 오스틴 연보 **Jane Austen**(1775-1817)

1775년 영국 햄프셔 주 스티븐턴에서 목사의 둘째 딸로 태어남.

1782년 학원에 입학(아베이 스쿨에서 일 년간 교육 받음).

1791년 소설을 습작.

1792년 《키티나 바우어》 집필.

1795년 《엘리너와 매리앤》(서간체 소설) 집필.

1796년 《첫인상》 집필.

1797년 《첫인상》의 출판을 거절당함. 《엘리너와 매리앤》을 《분별력과 감수성》으로 개작.

1798년 《수잔》 집필.

1801년 아버지가 장남 제임스에게 목사직을 넘겨줌. 스티븐턴을 떠나 바스로 이사.

1802년 하리스에게 청혼을 받아 승낙하지만, 다음 날 거절하고 일생을 언니와 함께 독신으로 삶.

1803년 《수잔》을 런던의 크로스비 출판사에 판매. 《왓슨 가의 사람들》 집필.

1805년 아버지인 조지 오스틴이 세상을 떠남. 4월부터 셋방살이 시작.

1806년 바스를 떠나 사우샘프턴으로 이사.

1809년 《수잔》의 판권을 되찾음. 사우샘프턴을 떠나 7월에 초턴으로 옮김.

1811년 《맨스필드 장원》 집필. 《분별력과 감수성》 출판.

1813년 《첫인상》을 《오만과 편견》으로 개작하여 출판.

1814년 《에머》 완성. 《맨스필드 장원》 출판.

1815년 《설복》 집필 시작. 《에머》 출판.

1816년 《설복》 완성. 8월 《설복》의 일부 개작. 《맨스필드 장원》, 《엠마》 불역 출판. 건강 악화.

1817년 《샌디션》을 쓰기 시작. 건강 악화로 집필 중단. 5월 원체스터로 이사. 7월 18일 숨을 거둠. 7월 20일 원체스터 사원에 잠듦.